Tempelriddaren

JAN GUILLOU

Tempelriddaren

pirat

ISBN 91-642-0036-1
© Jan Guillou 1999
Utgiven av Piratförlaget
Omslagsillustration av Kaj Wistbacka
Omslagsform av Monica Eskedahl
Tryckt i Danmark hos
Nørhaven Paperback A/S 2002

I GUDS, DEN NÅDERIKES, DEN BARMHÄRTIGES NAMN!

"Stor är Gud i Sin härlighet, Han som under natten förde Sin tjänare från den heliga böneplatsen Kaaba till den mest avlägsna böneplatsen, vars omgivningar Vi har välsignat, för att visa honom våra tecken; Gud är Den som hör allt, ser allt."

Den Heliga Koranen, sura 17, vers 1

DET HELIGA LANDET

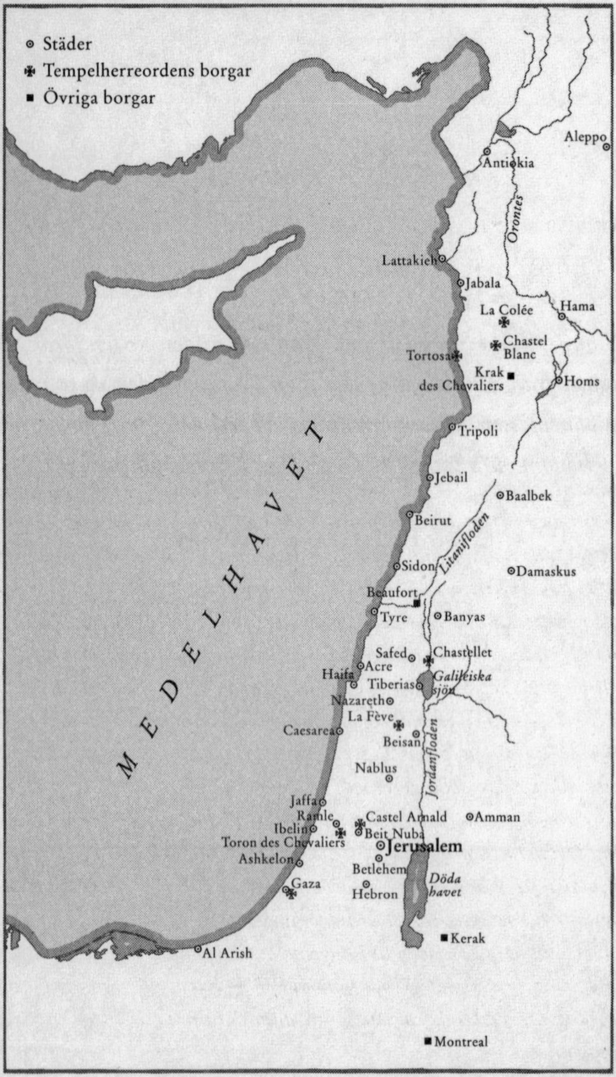
Städer
Tempelherreordens borgar
Övriga borgar
MEDELHAVET
Aleppo
Antiokia
Orontes
Lattakieh
Jabala
La Colée
Hama
Chastel Blanc
Tortosa
Krak des Chevaliers
Homs
Tripoli
Jebail
Baalbek
Beirut
Litanifloden
Sidon
Damaskus
Beaufort
Tyre
Banyas
Safed
Chastellet
Acre
Haifa
Tiberias
Galileiska sjön
Nazareth
La Fève
Caesarea
Beisan
Jordanfloden
Nablus
Jaffa
Ramle
Ibelin
Castel Arnald
Amman
Beit Nuba
Toron des Chevaliers
Jerusalem
Ashkelon
Betlehem
Gaza
Hebron
Döda havet
Kerak
Al Arish
Montreal

Den natten kom Guds ärkeängel Gabriel till Muhammed, tog honom vid handen och ledde honom till den heliga böneplatsen Kaaba. Där väntade Al Buraq, den bevingade, på att föra dem vidare dit Gud ville.

Och Al Buraq, som i ett enda steg kunde ta sig från horisont till horisont, bredde ut sina vita vingar och steg rakt upp mot den stjärnklara rymden och förde så Muhammed, frid över hans namn, och hans ledsagare till den heliga staden Jerusalem och den plats där Salomos tempel en gång stått. Vid denna plats fanns den mest avlägsna böneplatsen vid den västra muren.

Och ärkeängeln Gabriel förde Guds budbärare vid handen till dem som föregått honom, till Moses, till Jesus, till Yahia som de vantrogna kallar Johannes Döparen, och till Abraham som var en lång man med lockigt svart hår och med ett utseende just sådant som Profetens, frid över honom, medan Jesus var en kortare man med brunt hår och fräknar.

Profeterna och ärkeängeln Gabriel bjöd nu Guds sändebud att välja sin dryck och han fick välja mellan mjölk och vin och han valde mjölk. Då sade ärkeängeln Gabriel att detta var ett gott val och att hädanefter skulle alla troende följa detta val.

Sedan förde ärkeängeln Gabriel Guds sändebud till den klippa där en gång Abraham hade gjort sig beredd att offra sin son och vid denna klippa stod en stege som ledde upp genom de sju himlarna till Gud. Och så uppsteg Muhammed, frid över honom, genom de sju himlarna till Guds tron och skådade på vägen hur ängeln Malik öppnade locket till helvetet där de förtappade, med läppar kluvna som på kameler, i oändliga plågor tvingades äta glödande kol som fortfarande var eld när det kom ut genom deras ändor.

Men under sin uppstigning till Guds himmel skådade också Hans sändebud paradiset med blommande trädgårdar genomkorsat av friskt vatten eller av sådant vin som inte rubbar sinnet.

När Muhammed återvände till Mecka efter sin himmelsfärd hade han fått Guds instruktioner att föra Ordet ut till människorna och därmed började nedteckningen av Koranen.

En mansålder senare svepte den nya tron och dess krigare som en stormvind upp från öknarna i Arabien och ett nytt imperium skapades.

Den umayyadiske kalifen, Profetens efterföljare, Abdul Malik ibn Marwan lät mellan Anni Domini 685 och 691 bygga först en moské vid "den mest avlägsna böneplatsen", vilket är just vad Al Aksa betyder, och en moské över den klippa där Abraham tänkt offra sin son och Muhammed uppsteg till himlen, Qubbat al Sahkra, Klippmoskén.

Anno Domini 1099 drabbades de rättroendes tredje heligaste stad och deras tredje viktigaste böneplats av en katastrof. De kristna frankerna erövrade staden och vanhelgade den på det mest fasansfulla sätt. De mördade allt levande med svärd och spjut, utom stadens judar som de brände inne i synagogan. Blodet flöt så tjockt längs gatorna att det tidvis räckte en man upp över anklarna. Aldrig senare i denna krigiska världsdel utfördes en liknande massaker.

Klippmoskén och Al Aksa förvandlade frankerna till egna böne-tempel. Och inom kort lät den kristne kungen av Jerusalem, Balduin II, upplåta Al Aksa till kvarter och stall åt de rättroendes mest fruktansvärda fiender, tempelriddarna.

En man svor en helig ed att han skulle återta Al Quds, den heliga staden som de vantroende kallar Jerusalem. I den kristna världen och på våra språk är han känd under namnet Saladin.

I

I DEN HELIGA SORGEMÅNADEN Moharram, som vid denna tid inföll
när sommaren var som hetast, i år 575 efter Hijra, som de vantroende
kallade Anno Domini 1177, sände Gud sin mest egendomliga rädd-
ning till den av Hans troende som Han älskade mest.

Yussuf och hans bror Fahkr red för sina liv och snett bakom dem
som skydd för fiendens pilar följde emiren Moussa. Förföljarna som
var sex till antalet närmade sig stadigt och Yussuf förbannade sitt hög-
mod som fått honom att tro att något sådant aldrig skulle kunna
inträffa eftersom han själv och hans följeslagare hade de snabbaste av
hästar. Men landskapet här i dödens och torkans dal strax väster om
Döda havet var lika ogästvänligt torrt som det var stenigt. Det gjorde
det farligt att rida för fort, men det var som om förföljarna alls inte
besvärades av den saken. Om någon av dem råkade ut för ett fall så
var det heller inte lika ödesdigert som om någon av de förföljda skul-
le falla.

Yussuf valde plötsligt att styra av tvärt mot väster, uppåt och mot
bergen, där han hoppades att man skulle kunna finna ett skydd. De
tre jagade ryttarna följde snart en *wadi*, en torr flodfåra, brant uppåt.
Men wadin både smalnade och djupnade så att de snart red som i en
lång skål, som om Gud fångat dem i deras flykt och nu styrde dem åt
ett enda håll. Nu fanns bara en väg och den ledde allt brantare uppåt
och gjorde det allt svårare att hålla farten uppe. Och förföljarna när-
made sig allt mer, de skulle snart vara inom skotthåll. De förföljda
hade redan spänt fast sina runda järnskodda sköldar på ryggen.

Yussuf hade inte för vana att be för sitt liv. Men nu när han måste
sänka farten allt mer bland alla förrädiska klippblock i wadins botten
kom ändå en vers över honom från Guds ord som han rabblade and-
fått och med torra läppar:

Han som har skapat livet och döden för att sätta er på prov och låta er visa vem av er som i sitt handlande är den bäste. Han är den Allsmäktige. Den som ständigt förlåter.

Och Gud satte då verkligen sin älskade Yussuf på prov och visade honom, först som en hägring mot den nedgående solens ljus, sedan med fruktansvärd klarhet den mest ohyggliga syn som någon rättroende i denna jagade och svåra belägenhet kunde se.

Från andra hållet uppe i wadin kom en tempelriddare med sänkt lans och bakom honom hans *sergeant.* De båda fienderna till allt liv och allt som är gott red med så hög fart att deras mantlar stod ut som stora drakvingar bakom dem, de kom som öknens djinner.

Yussuf tvärbromsade sin häst och fumlade med sin sköld som nu måste fram från ryggen för att möta den vantroendes lans. Han kände inte skräck, utan den kalla upphetsning som var närheten till döden och han styrde hästen in mot wadins branta vägg för att minska träffytan och öka vinkeln för fiendens lans.

Men då höjde tempelriddaren, som nu bara var några andetag bort, sin sänkta lans och viftade åt sidan med sin sköld som ett tecken att Yussuf och de andra rättroende bara skulle maka sig undan för att inte vara i vägen. Och de gjorde så och i nästa ögonblick dundrade de två tempelriddarna förbi samtidigt som de släppte sina mantlar som fladdrande föll ner i dammet bakom dem.

Yussuf tecknade snabbt en befallning åt sina följeslagare och så krånglade de sig mödosamt och med halkande hästhovar uppför wadins branta sluttning så att de kom till en plats där de kunde få god överblick. Där kastade Yussuf runt sin häst och stannade, ty han ville förstå vad Gud menade med allt detta.

De andra två ville att man skulle ta vara på tillfället och dra sig bort medan tempelriddarna och rövarna fick göra upp bäst de ville. Men Yussuf bröt alla sådana resonemang med en kort irriterad handrörelse, för han ville verkligen se det som nu skulle hända. Han hade aldrig varit så nära en tempelriddare, dessa ondskans demoner, i hela sitt liv och han kände starkt, som om Guds röst rådde honom, att han måste se det som skulle ske och att ingen normal klokhet fick hindra honom. Den normala klokheten hade varit att fortsätta ritten mot Al Arish så långt ljuset tillät, till dess mörkret kom med sin skyddande mantel. Men det han nu såg skulle han aldrig glömma.

De sex rövarna hade inte mycket att välja på när de upptäckte att de nu i stället för att förfölja tre rika män mötte två tempelriddare lans mot lans. Wadin var alldeles för smal för att de skulle kunna stanna, vända och få ordning på sin reträtt innan frankerna var ikapp dem. Efter kort tvekan gjorde de det enda som kunde göras, de grupperade om sig så att de red två och två och sporrade sina hästar för att inte drabbas stillastående av anfallet.

Den vitklädde tempelriddaren som red framför sin sergeant gjorde först ett skenanfall mot den högra av de två första rövarna och när denne höjde sin sköld för att ta emot den fruktansvärda lansstöten – Yussuf hann undra om rövaren förstod vad som nu väntade honom – så kastade tempelriddaren om sin häst i en snabb rörelse som inte borde ha varit möjlig på det svåra underlaget, fick en helt ny vinkel och körde sin lans rätt genom skölden och kroppen på den vänstra rövaren och släppte sin lans i samma ögonblick för att inte själv vridas ur sadeln. Just då kom sergeanten i kontakt med den förbluffade högra rövaren som krupit ihop bakom sin sköld och väntat på stöten som inte kom och nu tittade upp bara för att från fel håll få den andre fiendens lans i ansiktet.

Den vitklädde med det vidriga röda korset mötte nu nästa par fiender i en passage som var så trång att tre hästar i bredd knappt rymdes. Han hade dragit sitt svärd och det såg först ut som om han tänkte anfalla rakt fram, vilket hade varit mindre klokt med vapen på bara ena sidan. Men plötsligt vred sig hans vackra hingst, en skimmel i sina mest kraftfulla år, på tvären och slog bakut mot den ene rövaren som träffades och slungades ur sadeln.

Den andre rövaren såg då en god möjlighet eftersom fienden kom mot honom på tvären, nästan baklänges, med sitt svärd i fel hand och utom räckvidd. Vad han inte hann uppfatta var hur tempelriddaren släppt sin sköld och flyttat över sitt svärd i vänster hand. Så när rövaren sträckte sig framåt i sadeln för att stöta med sin sabel kom han att blotta hela sin hals och sitt huvud för det hugg som nu kom från fel håll.

"Om huvudet kan behålla en tanke just i dödens ögonblick, om så bara för ett kort andetag, så var det där ett förvånat huvud som föll till marken", sade Fahkr häpet. Också han hade nu fångats av skådespelet och ville se mer.

De två sista rövarna hade utnyttjat den stund av förlorad fart som drabbade den vitklädde tempelriddaren när han dödade sin andre rövare. De hade vänt sina hästar och flydde nu nedåt wadin.

Samtidigt kom den svartklädde sergeanten fram till den ogudaktige hund som hade slagits till marken av tempelriddarens häst. Sergeanten steg av, tog lugnt rövarens häst vid tygeln i ena handen medan han med andra handen stack den vimmelkantige, vacklande och säkert blåslagne rövaren med svärdet just i halsgropen där den med stålfjäll klädda läderbrynjan slutade. Men därefter gjorde han inte min av att längre följa sin herre, som nu fått upp god fart i jakten på de två sista undflyende rövarna. I stället band han tyglarna om frambenen på den häst han just fångat in och började försiktigt gå efter de andra lösa hästarna medan han tycktes tala lugnande till dem. Det var som om han inte alls bekymrade sig om sin herre, som han hade bort följa snett bakom till skydd, utan som om det nu var viktigare att samla in fiendens hästar. Det var i sanning en mycket märklig syn.

"Det där", sade emiren Moussa och pekade mot den vitklädde tempelriddaren som långt ner i wadin var på väg ur sikte för de tre rättroende, "det där du ser, herre, är Al Ghouti."

"Al Ghouti?" undrade Yussuf. "Du säger hans namn som om jag borde känna honom. Men det gör jag inte. Vem är Al Ghouti?"

"Al Ghouti är en av dem du borde känna, herre", svarade emiren Moussa sammanbitet. "Han är den som Gud skänkt oss för våra synder, han är den bland det röda korsets djävlar som rider med turkopolerna ibland och med deras tunga ryttare ibland. Nu rider han som du ser en arabisk hingst som turkopol, men ändå med lans och svärd som om han satt på någon av de tröga och tunga frankiska hästarna. Han är dessutom tempelriddarnas emir i Gaza."

"Al Ghouti, Al Ghouti", mumlade Yussuf tankfullt. "Honom vill jag träffa. Vi väntar här!"

De andra två såg förfärat på honom men insåg genast att han verkligen hade bestämt sig, så det var inte lönt att komma med några aldrig så kloka invändningar.

Medan de tre saracenska ryttarna väntade uppe på wadins brink såg de hur tempelriddarens sergeant till synes obekymrat, som om han sysslade med vilket som helst dagligt arbete, hade samlat ihop de fyra dödas hästar, bundit dem samman och börjat kånka och släpa på rövarnas lik som han med stor möda, även om han föreföll att vara en mycket kraftfull man, stjälpte upp och fjättrade, var och en död över sin egen häst.

Tempelriddaren och de två återstående rövare som varit förföljare men nu var förföljda syntes inte längre till.

"Klokt", mumlade Fahkr nästan som för sig själv, "det är klokt. Han binder upp rätt man på rätt häst för att hålla dem lite lugnare trots allt blod. Han tänker sig tydligen att de ska ta med sig hästarna."

"Ja, det är ju verkligen mycket bra hästar", instämde Yussuf. "Vad jag inte kan förstå är hur sådana där brottslingar kan ha hästar som ankommer en kung. Deras hästar höll ju jämna steg med våra."

"Värre än så. De närmade sig på slutet", invände emiren Moussa som aldrig tvekade att säga sin uppriktiga mening till sin herre. "Men har vi inte sett det vi ville se? Vore det nu ändå inte klokast att rida bort mot mörkret innan Al Ghouti kommer tillbaka?"

"Är du så säker på att han kommer tillbaka?" frågade Yussuf roat.

"Ja herre, han kommer tillbaka", svarade emiren Moussa buttert. "Jag är lika säker på det som den där sergeanten där nere som inte ens brydde sig om att följa sin herre till stöd mot bara två fiender. Såg du inte hur Al Ghouti körde sitt svärd i skidan och drog fram sin båge och spände den just som han vek om hörnet där nere?"

"Drog han en båge, en tempelriddare?" frågade Yussuf förvånat och höjde sina smala ögonbryn.

"Just det, herre", svarade emiren Moussa undfallande. "Han är ju som jag sa turkopoler, han rider ibland lätt och skjuter från sadeln som en turk, fast med en större båge. Alltför många rättroende har dött för hans pilar. Jag vill ändå drista mig att föreslå, herre..."

"Nej!" avbröt Yussuf. "Vi väntar här. Jag vill träffa honom. Vi har stillestånd med tempelriddarna just nu och jag vill tacka honom. Jag är honom tack skyldig och jag vill inte ens tänka tanken att häfta i skuld till en tempelriddare!"

De andra två insåg att det inte var lönt att argumentera mer om saken. Men de kände sig illa till mods och deras samtal dog.

De satt så under tystnad en stund, framåtlutade med ena handen stödd på sadelns framkant, medan de betraktade sergeanten som nu var färdig med liken och hästarna. Han hade börjat samla upp vapen och de båda mantlar som han och hans herre kastat av sig just inför anfallet. Efter en stund kom han med det avhuggna huvudet i ena handen och såg ett tag ut som om han grubblade över hur han skulle få det med i packningen. Till slut drog han av en av de döda rövarnas abay, svepte in huvudet och gjorde ett paket som han knöt fast vid sadelknappen intill det upphängda lik som saknade huvud.

Till slut var sergeanten färdig med alla sina sysslor, prövade att alla packningar satt bra och steg sedan upp till häst och började sakta dra sin karavan av sammankopplade hästar efter sig och förbi de tre saracenerna.

Yussuf hälsade då sergeanten artigt på frankiska och med en vid armgest. Sergeanten log osäkert tillbaka, men de kunde inte höra vad han svarade dem.

Det började skymma, solen hade sänkt sig bakom de höga bergen i väster och det salta havet där nere i fjärran glänste inte längre i blått. Det var som om deras hästar kände av sina herrars otålighet, de kastade med huvudena och frustade då och då som om också de ville ge sig iväg innan det blev för sent.

Men så såg de den vitklädde tempelriddaren komma där nere i wadin. På släp efter sig hade han två hästar med två döda män hängande över sadlarna. Han gjorde sig inte någon brådska och red med huvudet sänkt så att det såg ut som om han var försjunken i bön fastän han förmodligen mest betraktade den steniga och gropiga marken

för att välja rätt väg. Det var som om han inte hade sett de tre väntan-
de ryttarna, trots att de från hans håll måste ha visat sig i silhuett mot
den ljusa delen av kvällshimlen.

Men när han kom fram till dem såg han upp och höll in sin häst
utan att säga något.

Yussuf kom fullständigt av sig, det var som om han blivit stum där-
för att det han nu såg inte stämde med det han hade sett bara en kort
stund tidigare. Den av djävulens demoner som tydligen kallades Al
Ghouti utstrålade frid. Han hade hängt av sig sin hjälm i en kedja
över axeln och hans korta ljusa hår och hans grova ovårdade skägg i
samma färg visade sannerligen en demons ansikte med ögon som var
just så blåa som man kunde vänta sig. Men här var en man som nyss
hade dödat tre eller fyra andra män, Yussuf kunde i upphetsningen
inte hålla reda på vilket trots att han i vanliga fall kom ihåg allt han
såg under strid. Och Yussuf hade sett många män i stunden efter en
seger, i stunden efter att de dödat och vunnit, men han hade aldrig
sett någon som då såg ut som om han kom från dagens arbete, som
om han skördat säd på fälten eller sockerrör i träsken, så fylld av det
goda samvete som bara gott arbete kan ge. De blåa ögonen var inte
som en demons ögon.

"Vi väntat dig... vi säga tack dig...", sade Yussuf på en sorts franki-
ska som han hoppades att den andre skulle förstå.

Mannen som på de rättrognas språk kallades Al Ghouti såg fors-
kande på Yussuf medan hans ansikte sakta lystes upp av ett leende,
som om han letat i sitt minne och funnit vad han sökte, vilket fick
emiren Moussa och Fahkr men inte Yussuf själv att försiktigt, nästan
omedvetet sänka händerna mot sina vapen vid sidan av sadeln. Tem-
pelriddaren såg alldeles tydligt dessa händer som nu tycktes tänka
själva på sin väg mot sablarna. Så höjde han sin blick upp mot de tre
på slänten, såg Yussuf rakt i ögonen och svarade på Guds eget språk:

"I Guds den Barmhärtiges namn, vi är inte fiender i denna stund
och jag söker inte strid med er. Betänk dessa ord från er egen skrift, de
ord som Profeten, frid över honom, själv uttalat: *'Tag inte en annans
liv – Gud har förklarat det heligt – annat än i rättfärdigt syfte.'* Ni och

jag har inget rättfärdigt syfte, ty nu är vapenvila mellan oss."

Tempelriddaren log ännu bredare mot dem, som om han ville locka dem i skratt; han var alldeles tydligt medveten om vilket intryck det måste ha gjort på de tre fienderna att bli tilltalade på Koranens heliga språk. Men Yussuf, som nu kände att han måste vara snabb i tanken och snabb att ta befälet över situationen, svarade tempelriddaren efter bara kort tvekan:

"Guds, den Allsmäktiges vägar är i sanning outgrundliga", och åt detta nickade tempelriddaren som om de orden vore honom synnerligen bekanta, "och bara Han kan veta varför Han sände en fiende till vår räddning. Men jag är skyldig dig, riddare av det röda korset, ett tack och jag vill ge dig av det som dessa fördömda som ville åt oss inte fick något av. Här där jag nu sitter lämnar jag hundra dinarer i guld och de tillfaller med rätta dig för det du har uträttat inför våra ögon!"

Yussuf tyckte nu att han hade talat som en kung, och som en mycket generös kung som kungar borde vara. Men till hans och ännu mer hans brors och emiren Moussas förtrytelse svarade tempelriddaren först bara med ett skratt som var alldeles ärligt och utan hån.

"I Guds, den Barmhärtiges namn, du talar till mig av både godhet och okunnighet", svarade tempelriddaren. "Från dig kan jag intet ta emot. Vad jag gjorde här var det jag måste göra, om du så fanns eller inte fanns här. Och jag har inga ägodelar och kan inga ta emot, det är en sak. En annan sak är att vägen runt detta mitt löfte är att du skänker hundra dinarer till tempelriddarna. Och med förlov sagt, min okände fiende eller vän, den gåvan tror jag du skulle få svårt att förklara för din profet!"

Med de orden samlade tempelriddaren ihop sina tyglar, sneglade bakåt mot de två hästar och de två lik han hade på släp och satte skänklarna i sin arabiska häst samtidigt som han höjde sin högra hand med knuten näve till de ogudaktiga tempelriddarnas hälsning. Han såg ut som om han fann situationen mycket lustig.

"Vänta!" sa Yussuf så fort att hans ord kom snabbare än hans tanke. "Då bjuder jag i stället dig och din sergeant att dela aftonmaten med oss!"

Tempelriddaren höll in sin häst och såg på Yussuf med ett ansiktsuttryck som om han måste tänka efter.

"Jag antar din inbjudan, min okände fiende eller vän", svarade tempelriddaren långsamt, "men bara på villkor att jag har ditt ord på att ingen av er tre har för avsikt att dra vapen mot mig eller min sergeant så länge vi är tillsammans."

"Du har mitt ord vid den sanne Guden och hans profet", svarade Yussuf snabbt. "Har jag ditt?"

"Ja, du har mitt ord vid den sanne Guden, Hans Son och den Heliga Jungfrun", svarade tempelriddaren lika snabbt. "Om ni rider två fingrar söder om den punkt där solen gick ner bakom bergen kommer ni till en bäck. Följ den mot nordväst och ni kommer till några låga träd där det finns vatten. Stanna där för natten. Vi finns längre västerut, uppåt bergen vid samma vatten som leder till er. Men vi kommer inte att orena vattnet. Nu är snart kväll och ni har bönestund och så har också vi. Men när vi därefter kommer i mörkret till er så kommer vi så att ni hör det och inte tyst som den som har onda avsikter."

Tempelriddaren sporrade sin häst, hälsade på nytt avsked, startade sin lilla karavan och red bort i skymningen utan att se sig om.

De tre rättroende såg efter honom länge utan att någon rörde sig eller sade något. Deras hästar frustade otåligt, men Yussuf hade försjunkit i tankar.

"Du är min bror och inget du gör eller säger borde längre förvåna mig efter alla dessa år", sade Fahkr. "Men det du just gjorde förvånade mig mer än något annat. En tempelriddare! Och den de kallar Al Ghouti av alla!"

"Fahkr, min älskade bror", svarade Yussuf medan han med en lätt rörelse vände sin häst för att styra mot den väg som han fått anvisad av fienden, "man måste känna sin fiende, det har vi ju talat mycket om, inte sant? Och vem av fienderna måste man då inte helst lära känna om inte den mest ohygglige av dem? Gud har gett oss ett gyllene tillfälle, låt oss inte avvisa den gåvan."

"Men kan man lita på en sådan mans ord?" invände Fahkr när de ridit en stund under tystnad.

"Ja, det kan man faktiskt", muttrade emiren Moussa. "Fienden har många ansikten, kända och okända. Men på den mannens ord kan vi lita, liksom han på din brors ord."

De red efter sin fiendes anvisningar och fann snart en liten bäck med friskt kallt vatten där de stannade och lät sina hästar dricka. Sedan fortsatte de längs bäcken och kom precis som tempelriddaren sagt till ett plant område där bäcken brett ut sig till en liten damm där det växte låga träd och buskar och fanns något litet magert bete åt hästarna. De sadlade av och lämpade undan sin packning, band hästarnas framben samman så att de skulle hålla sig kvar längs vattnet och inte söka bete längre bort där ändå inget fanns. Därefter tvagade de sig noga som reglerna föreskrev inför bön.

När den första ljusa månskäran visade sig på den blåa sommarnattshimlen bad de sina böner för sorgen efter sina döda och tacksägelse för att Gud i sin outgrundliga barmhärtighet sänt dem den värste av fiender för att rädda dem.

De talade något om just den saken efter bönen och Yussuf menade då att Gud därmed på ett närmast skämtsamt sätt visat Sin allsmäktighet, visat att ingenting var omöjligt för Honom, inte ens att sända en tempelriddare att rädda just dem som till slut skulle besegra alla tempelriddare.

Det där var en sak som Yussuf intalade sig själv och alla. Frankerna reste till och från den heliga staden, ibland talrika som gräshoppor, ibland alls inte så många. År efter år kom nya krigsherrar från frankernas länder, plundrade och vann eller förlorade och dog, och om de vann for de snart hem igen med sina tunga laster.

Men somliga franker reste aldrig hem och de var de bästa liksom de värsta. De var de bästa därför att de inte skövlade som nöje, därför att man kunde tala med dem eller sluta kontrakt om handel och avtal om fred med dem. De var emellertid också de värsta därför att somliga av dem var fruktansvärda motståndare i krig. Och värst av dem alla var de två förbenat troende ordnarna av stridande munkar, Tempelherreorden och Johanniterorden. Den som ville rena landet från fienden,

den som ville återta Al Aksa och Klippmoskén i Guds heliga stad, måste till slut besegra både tempelriddarna och johanniterna. Något annat var inte möjligt.

Men just dessa förbenat troende verkade omöjliga att besegra. De slogs utan fruktan, övertygade om att de kom till paradiset om de dog i strid. De gav sig aldrig eftersom deras regler förbjöd att man löste ut tillfångatagna bröder ur fångenskap. En fången johanniterriddare eller tempelriddare var en värdelös fånge som man lika gärna kunde släppa fri som döda. Således alltid döda.

Om femton rättroende, sade tumregeln, mötte fem tempelriddare ute på en slätt så betydde det att alla fick leva eller ingen. Om de rätt-troende femton anföll de vantroende fem så skulle ingen rättroende komma undan med livet. För att vara säker på ett sådant anfall måste man vara fyra gånger fler och ändå beredd att betala ett mycket högt pris i egna förluster. Med vanliga franker var det inte så, vanliga fran-ker kunde man besegra även om man var färre män på de rättroendes sida.

Medan Fahkr och emiren Moussa samlade bränsle till en eld låg Yussuf med armarna under nacken och stirrade upp mot himlen där allt fler stjärnor började tändas. Han grubblade över dessa sina värsta fiender. Han tänkte på det han sett strax före solnedgången. Den man som kallade sig Al Ghouti hade haft en häst värdig en kung, en häst som tycktes tänka samma tankar som sin herre, som lydde innan den ens fått signal till vad den skulle göra.

Det var inte trolldom, Yussuf var en man som i det längsta avvisade sådana förklaringar. Det var helt enkelt så att den mannen och den hästen stridit och övat samman i många år och gjort det med största allvar, alls inte bara som en syssla då man inte hade annat för sig. Bland de egyptiska mamelukerna fanns det liknande män och liknan-de hästar, och mamelukerna gjorde förstås ingenting annat än att öva sig tills de blev tillräckligt framgångsrika för att få befäl och jord, sin frihet och guld som tack för många och goda år av krigstjänst. Detta var inte mirakel eller magi, det var människan och inte Gud enbart som skapade sådana män. Frågan var bara vad som var det mest betydelsefulla för att nå det målet.

Yussufs svar på den frågan var alltid att det var den rena tron, att den som helt och fullt följde Profetens ord, frid över honom, om *Jihad*, det heliga kriget, också skulle bli en oemotståndlig krigare. Men problemet var ju att man bland mamelukerna i Egypten knappast fann de mest troende av muslimer; vanligtvis var dessa turkar mer eller mindre vidskepliga, trodde på andar och heliga stenar och bekände sig bara med läpparna till den rena och sanna tron.

Och än värre var ju i så fall att till och med de vantroende kunde skapa män som Al Ghouti. Vad Gud visade med det måste vara att det är människan som med sin fria vilja bestämmer sitt mål i livet, i detta jordelivet, och att det är först när den heliga elden skall skilja agnarna från vetet som det visar sig vem som var rättroende och vem som var vantroende?

Det var en nedslående tanke. För om Guds mening var att de rättroende, om de kunde ena sig i Jihad mot de vantroende, skulle belönas med seger, varför hade han då skapat fiender som var omöjliga att besegra man mot man? Möjligen för att visa att de rättroende verkligen måste ena sig mot fienden, att de rättroende måste upphöra med alla inbördes strider eftersom de som enade skulle vara tio eller hundra gånger fler än frankerna som då var dömda att gå under om de så vore tempelriddare allihopa.

Yussuf framkallade på nytt sina minnesbilder av Al Ghouti, hans hingst, hans svarta välsmorda och alldeles hela seldon, hans utrustning där ingenting var till för ögats fröjd utan allt för handens glädje. Av detta kunde man lära något. För säkert hade många män dött på slagfältet därför att de inte kunde avstå från att klä sig i sin nya guldglänsande styva brokad över rustningen så att de hindrades i sina rörelser i det avgörande ögonblicket och på så vis dog mer av fåfänga än av annat. Av allt man såg måste man minnas och lära, hur skulle man annars kunna besegra den djävulska fienden som nu besatte Guds heliga stad?

Det knastrade redan från elden och Fahkr och emiren Moussa hade brett ut ett muslintyg och börjat duka upp av deras proviant och ställt fram dryckeskärl med vatten. Emiren Moussa satt på huk och malde sina moccabönor för att i sinom tid få sin svarta beduindryck färdig. När mörkret nu fallit kom kylan, först som en svalkande bris som rann nedför bergssidorna från Al Khalil, Abrahams stad. Men snart skulle svalkan efter het dag övergå i kyla.

Den västliga vindriktningen gjorde att Yussuf kände vittringen av de två frankerna samtidigt som han hörde dem ute i mörkret. Det var en lukt av slavar och slagfält, tvivelsutan kom de otvättade till kvällsvard som de barbarer de var.

När tempelriddaren steg in i ljuset från elden såg de rättroende att han bar sin vita sköld med det röda korset framför sig, så som en gäst inte borde komma och emiren Moussa tog några tveksamma steg mot sin sadel där han staplat upp sina vapen tillsammans med seldonen. Men Yussuf fångade snabbt hans oroliga blick och skakade stilla på huvudet.

Tempelriddaren bugade sig för sina tre värdar i tur och ordning och hans sergeant gjorde tafatt efter sin herre. Sedan överraskade han de tre rättroende genom att lyfta upp sin vita sköld med det avskyvärda korset och fästa den så högt det gick i ett av de låga träden. När han därefter gick fram och spände av sig sitt svärd för att sätta sig så som Yussuf bjöd honom med handen förklarade han att det visserligen inte såvitt han visste fanns några illasinnade män kvar i området, men säker kunde man ju aldrig vara. Och därför skulle en tempelriddarsköld nog ha en hälsosamt avkylande verkan på deras stridslust. Han erbjöd dessutom generöst att låta skölden hänga kvar över natten och hämta den i gryningen när det väl ändå var dags för dem alla att resa vidare.

När tempelriddaren och hans sergeant satte sig vid muslintyget och började duka upp ur sitt eget knyte – där syntes dadlar, fårkött, bröd och någon orenlighet – kunde Yussuf inte hålla tillbaka det skratt han länge försökt kväva. Alla de andra såg förvånat upp mot honom, eftersom ingen sett något komiskt. De två tempelriddarna rynkade sina pannor, då de ju måste misstänka att de själva varit föremål för Yussufs löje.

Han måste alltså förklara sig och sade att om det varit någonting i denna världen som han aldrig väntat sig som nattligt skydd så var det i sanning en sköld med fiendens värsta märke. Fast å andra sidan bekräftade det vad han alltid trott, att Gud i Sin allsmäktighet sannerligen inte var främmande för att skämta med Sina barn. Åt denna tanke kunde de alla le.

Just då upptäckte tempelriddaren ett stycke rökt kött bland det som hans sergeant plockat fram och han sade något barskt på frankiska och pekade med sin långa vassa dolk. Sergeanten tog rodnande undan köttet medan tempelriddaren urskuldade sig med en axelryckning att det som var orent kött för den ene här i världen var gott kött för den andre.

De tre rättroende förstod nu att det legat ett stycke svin mitt i maten och därmed skulle hela måltiden vara orenad. Yussuf påminde dem emellertid snabbt viskande om Guds ord i de fall då människan befinner sig i nöd, då regler inte är regler på samma sätt som när man befinner sig i sitt eget hem och därmed lät sig alla nöja.

Yussuf välsignade maten i Guds den Barmhärtiges och den Nåderikes namn och tempelriddaren välsignade maten i Herren Jesu Kristi och Guds Moders namn och ingen av de fem männen gjorde därvid miner av avsmak åt den andres tro.

De började nu truga varandra och slutligen drog tempelriddaren på Yussufs uppmaning åt sig ett stycke fårkött inbakat i bröd, skar det med sin gråa, osmyckade och som man kunde se ohyggligt vassa dolk i två stycken och räckte över det ena med dolkspetsen till sin sergeant, som stoppade det i munnen med behärskad tveksamhet.

De åt en stund under tystnad. De rättroende hade serverat detta fårkött inbakat i bröd och gröna hackade pistagemandlar inbakade i spunnet socker och honung på sin sida av muslintyget. De vantroende hade torkat fårkött, nu när det orena rökta köttet försvunnit, dadlar och torrt vitt bröd på sin sida.

"Det är en sak jag gärna vill fråga dig, tempelriddare", sade Yussuf efter en stund. Han talade lågt och intensivt så som de som stod honom nära visste att han gjorde när han tänkt länge och ville komma fram till något viktigt.

"Du är vår värd, vi har antagit din inbjudan och vi vill gärna svara på dina frågor men minns att vår tro är den sanna och inte din tro", svarade tempelriddaren med en min som om han dristade sig att skämta om själva tron.

"Du förstår säkert vad jag anser om den saken, tempelriddare, men nu till min fråga. Du räddade oss, dina fiender. Jag har redan erkänt att det är så och jag har tackat dig. Men nu vill jag veta varför?"

"Vi räddade inte våra fiender", sade tempelriddaren tankfullt. "Vi har sökt dessa sex rövare länge, en vecka har vi följt dem på avstånd och väntat på rätt läge. Vår uppgift var att döda dem, inte att rädda er. Men Gud råkade samtidigt hålla sin skyddande hand över er och varken du eller jag vet varför."

"Men du är självaste Al Ghouti?" envisades Yussuf.

"Ja, det är sant", sade tempelriddaren. "Jag är den som de otrogna på det språk vi talar nu kallar Al Ghouti, men mitt namn är *Arn de Gothia* och mitt uppdrag var att befria jorden från dessa sex ovärdiga och jag följde mitt uppdrag. Det är hela saken."

"Men varför skall en sådan som du, är du inte dessutom tempelriddarnas emir i er borg i Gaza, en man av rang? Varför skall en sådan man syssla med en så låg uppgift, dessutom farlig, som att ligga ute i dessa ogästvänliga trakter bara för att döda rövare?"

"Därför att det var så vår orden kom till långt innan jag ens var född", svarade tempelriddaren. "Från början när de våra hade befriat Guds Grav hade våra pilgrimer inget skydd när de skulle vallfärda ner till floden Jordan och den plats där Yahia, som ni kallar honom, en gång döpte Herren Jesus Kristus. Och på den tiden bar alla pilgrimer sina ägodelar med sig, i stället för att som nu lämna dem i säkert förvar hos oss. De blev lätta byten för rövare. Då uppstod vår orden för att skydda dem. Än idag är det ett hedersuppdrag att skydda pilgrimerna och döda rövarna. Det är alltså inte som du tror, att detta är ett lågt uppdrag som vi ger vem som helst, det är tvärtom kärnan och ursprunget till vår orden, ett hedersuppdrag, som jag sa. Och Gud uppfyllde våra böner."

"Du har rätt", konstaterade Yussuf med en suck. "Vi borde alltid skydda pilgrimer. Hur mycket lättare skulle inte livet vara här i Palestina om vi alla gjorde så? I vilket frankiskt land ligger förresten det där Gothia?"

"Noga räknat inte alls i något *frankiskt* land", svarade tempelriddaren med en road glimt i ögat som om all hans högtidlighet nu plötsligt var bortblåst. "Gothia ligger långt norr om frankernas land, längst bort i världen. Gothia är ett land där jag kan gå på vattnet nästan halva året därför att den starka kylan gör vattnet hårt. Men vilket land kommer du själv ifrån, för du talar inte arabiska som om du kom från Mecka precis?"

"Jag är född i Baalbek, men vi är kurder alla tre", svarade Yussuf häpet. "Det här är min bror Fahkr och det här är min... vän Moussa. Hur och varför har du lärt dig de troendes språk, såna som du brukar ju inte hamna i lång fångenskap?"

"Nej det är sant", svarade tempelriddaren. "Såna som jag hamnar inte alls i fångenskap och jag tror säkert att du vet varför. Men jag har bott i Palestina i tio år, jag är inte här för att stjäla gods och fara hem om ett halvår. Och de flesta som arbetar åt oss tempelriddare talar arabiska. Min sergeant heter förresten Armand de Gascogne, han är tämligen ny här och förstår inte så mycket av det vi säger. Det är därför han är tyst, inte som de dina för att de inte får yttra sig innan du har gett dem ditt tillstånd."

"Ditt öga är skarpt", mumlade Yussuf rodnande. "Jag är äldst, du ser redan gråa hår i mitt skägg, det är jag som förvaltar familjens pengar. Vi är handelsmän på väg mot en viktig affär i Kairo och... jag vet inte vad min bror och min vän skulle vilja fråga en av fiendens riddare. Vi är alla fredliga män."

Tempelriddaren såg forskande på Yussuf men svarade inte på en stund. Han tog sig lite tid genom att äta av de honungsindränkta mandlarna, han gjorde en paus och höll uppskattande fram ett stycke av läckerheten i eldens ljus och konstaterade att dessa bakverk måste vara från Aleppo. Sedan drog han åt sig sin vinsäck och drack utan att fråga eller be om ursäkt och räckte säcken vidare till sin sergeant. Därefter lutade han sig bekvämt tillbaka och drog åt sig sin stora tjocka vita mantel med det skräckinjagande röda korset och såg på Yussuf som om han värderade en motspelare i brädspel, inte som en fiende, men någon som måste värderas.

"Min okände vän eller fiende, vad har någon av oss för nytta av osanning när vi äter samman i fred och båda har gett vårt ord att inte skada varandra?" sade han slutligen. Han talade mycket lugnt och utan agg i rösten. "Du är krigare liksom jag. Om Gud så vill möts vi nästa gång på slagfältet. Dina kläder röjer dig, era hästar röjer er liksom era seldon, liksom svärden som står lutade mot sadlarna där borta. Det är svärd smidda i Damaskus, inget av dem kostar under femhundra dinarer i guld. Din och min fred är snart över, stilleståndet är på väg att upphöra och om du inte vet det nu så vet du det snart. Låt oss därför njuta av denna märkliga stund, det är inte ofta man får lära känna sin fiende. Men låt oss inte ljuga för varandra."

Yussuf drabbades av en nästan oemotståndlig frestelse att ärligt säga tempelriddaren vem han var. Men det var sant att stilleståndet nu snart var över även om det ännu inte märkts på något slagfält. Och deras ömsesidiga ord att inte skada varandra, skälet till att de över huvud taget kunde sitta och äta tillsammans, gällde bara denna kväll. De var båda som lamm som åt tillsammans med lejon.

"Du har rätt, tempelriddare", sade han till slut. "*Insh'Allah*, om Gud så vill, möts vi en gång på slagfältet. Men jag tycker också som du, att man bör lära känna sina fiender och du tycks verkligen känna fler rättroende än vi här känner vantroende. Jag ger nu de mina tillstånd att tilltala dig."

Yussuf lutade sig tillbaka och drog nu också han sin mantel tätare omkring sig och tecknade åt sin bror och sin emir att de hade tillstånd att tala. Men de båda tvekade, inställda som de var att sitta hela kvällen och bara lyssna. Eftersom ingen bland de rättroende kom sig för att säga något lutade sig tempelriddaren över mot sin sergeant och förde ett kort viskande samtal på frankiska.

"Min sergeant undrar över en sak", förklarade han sen. "Era vapen, era hästar och era kläder är enbart de värda mer än dessa olycksaliga

25

rövare någonsin kunnat drömma om. Hur kan det då komma sig att ni tog denna farliga väg väster om Döda havet utan tillräcklig eskort?"

"Därför att det är den snabbaste vägen, därför att en eskort väcker för stor uppmärksamhet...", svarade Yussuf dröjande. Han ville inte genera sig med att på nytt säga sådant som var osanning, så han måste väga sina ord; hans eskort skulle förvisso ha väckt uppmärksamhet eftersom den skulle ha bestått av minst tretusen ryttare för att betraktas som säker.

"Och därför att vi litade på våra hästar, vi trodde inte att några usla rövare eller franker skulle kunna nå oss", tillade han snabbt.

"Klokt men ändå inte klokt", nickade tempelriddaren. "Men dessa sex rövare har härjat i drygt ett halvår i dessa trakter, de kände marken som sin egen handflata, de kunde rida snabbare på vissa sträckor än någon av oss. Det var det som gjorde dem rika. Tills Gud straffade dem."

"Jag skulle vilja veta en sak", sade Fahkr som nu yttrade sig för första gången och måste klara strupen eftersom han snubblat över sina egna ord. "Det sägs att ni tempelriddare som... håller till i Al Aksa har en *minbar* där, en böneplats för de rättroende. Och man har också sagt mig att just ni tempelriddare en gång slog en frank som hindrade en rättroende från att be. Är detta verkligen sant?"

Alla de tre rättroende såg nu uppmärksamt på sin fiende eftersom de tycktes lika intresserade av svaret. Men tempelriddaren log och översatte först frågan till frankiska åt sin sergeant, som då genast nickande föll i skratt.

"Jo, det är mer sant än så", sade tempelriddaren när han tänkt efter en stund, eller låtsats tänka efter för att få sina lyssnare än mer intresserade. "Vi har en minbar i *Templum Salomonis*, som ni kallar Al Aksa, *'den mest avlägsna böneplatsen'*. Hur som helst, det är inte så märkvärdigt. I vår borg i Gaza har vi en *majlis* varje torsdag, den enda dagen som är möjlig, och då får vittnen svära på Guds Heliga Skrift, på Torarullar, eller på Koranen och i vissa fall på något annat som de håller heligt. Om ni tre varit egyptiska affärsmän som ni påstod, så hade ni också vetat att vår orden har många stora affärer med egypterna och ingen av dem lär ju ha vår tro. I *Al Aksa*, om vi nu ska använda det ordet, så har vi tempelriddare vårt huvudkvarter och därför många gäster som vi vill behandla som gäster. Problemet är att i varje september månad kommer nya fartyg från Pisa eller Genua eller frankernas södra länder med nya män uppfyllda i anden och ivriga, om inte att omedelbart resa till paradiset så dock att döda otrogna eller åtminstone bära hand på dem. Sådana nykomlingar är oss andra till stort besvär och det händer alltså varje år kort efter september att vi har uppträden i vårt eget kvarter därför att nykomlingar ger sig på folk av er tro, och då får vi naturligtvis ta dem i hård upptuktelse."

"Ni dödar era egna för de våras skull!" flämtade Fahkr.

"Sannerligen inte!" svarade tempelriddaren med plötslig hetta. "För oss är det en svår synd, liksom för er i er tro förresten, att döda någon man av den rätta tron. Det kan aldrig komma på fråga."

"Men", tillade han efter en kort stund med sitt goda lynne åter, "ingenting hindrar oss från att ge sådana busar en rejäl omgång om de inte låter sig rättas med lämpor. Jag har själv haft det goda nöjet vid några tillfällen..."

Han lutade sig fort över mot sin sergeant och översatte. När sergeanten nickande och bekräftande började skratta var det som om en stor lättnad kom över dem alla och de förenades i höga skratt, kanske aningen för höga skratt.

En kort vindil, som kvällsbrisens sista suck uppe från bergen vid Al Khalil, förde plötsligt över stanken från tempelriddarna mot de tre rättroende och de ryggade och vädrade utan att kunna dölja sina känslor.

Tempelriddaren såg deras förlägenhet och reste sig genast och föreslog att de alla skulle byta sida och vindriktning vid muslintyget där emiren Moussa nu började slå upp små koppar av mocca. De tre värdarna följde genast rådet, utan att säga något oartigt.

"Vi har våra regler", förklarade tempelriddaren urskuldande när han sjönk ner på sin nya sittplats. "Ni har regler för att tvätta er i tid och otid och vi har regler som förbjuder sådant, det är inte värre än att ni har regler för att jaga och vi har regler mot det, såvida det inte gäller lejon, eller att vi dricker vin och ni inte."

"Vin är en annan sak", invände Yussuf. "Förbudet mot vin är strängt och det är Guds ord till Profeten, frid över honom. Men i övrigt är vi inte som våra fiender, betänk bara Guds ord i den sjunde suran: *'Vem har förbjudit de sköna ting som Gud har skänkt Sina tjänare och allt det goda Han gett dem för sin försörjning.'* "

"Nåja", sade tempelriddaren. "Er skrift är fylld av både det ena och det andra. Och om du vill få mig att för min fåfängas skull blotta min blygd och göra mig väldoftande som världsliga män så kan jag lika gärna få dig att sluta kalla mig för din fiende. För lyssna bara på orden i er egen skrift, från den sextioförsta suran, ord från er egen profet, frid över honom: *'Troende! Bli Guds medhjälpare. Så som Jesus, Marias son sade till de vitklädda; 'Vem vill bli min medhjälpare för Guds sak?' Och de svarade: 'Vi vill vara Guds medhjälpare!' Bland Israels barn kom några att tro på Jesus medan andra förnekade honom. Men Vi stödde dem som trodde på honom mot deras fiender och de troende avgick med segern.'* Själv uppskattar jag förstås särskilt det där med de vitklädda..."

Vid dessa ord rusade emiren Moussa upp som om han varit på väg att gripa efter sitt svärd, men fann sig halvvägs och stannade. Han var röd i ansiktet av ilska när han sträckte ut sin arm och riktade ett anklagande finger mot tempelriddaren.

"Hädare!" skrek han. "Du talar Koranens språk, det är en sak. Men att förvrida Guds ord till hädelse och gyckel är en annan sak som du inte borde få överleva om det inte vore för att Hans Maje... för att min vän Yussuf givit sitt ord!"

"Sitt ner och uppför dig, Moussa!" röt Yussuf hårt men samlade sig fort medan Moussa lydde hans order. "Det du hörde var verkligen Guds ord och det var verkligen från den sextioförsta suran och det är ord som du bör betänka. Och tro förresten inte att det där med *'de vitklädda'* betyder det som vår gäst behagade skämta."

"Nej, det gör det förstås inte", skyndade sig tempelriddaren att släta över. "Det syftar på vitklädda långt innan min orden fanns, min klädsel har inget med saken att göra."

"Hur kommer det sig att du är så hemmastadd i Koranen?" frågade Yussuf i sitt vanliga och alldeles lugna tonfall, som om ingen förolämpning hade ägt rum, som om hans höga rang inte just varit på väg att röjas.

"Det är en klok sak att studera sin fiende, om du vill kan jag hjälpa dig att förstå Bibeln", svarade tempelriddaren som om han ville skämta sig ifrån ämnet och som om han ångrade sitt klumpiga intrång på de rättroendes mark.

Yussuf var på väg att lämna ett skarpt svar på det lättvindiga talet om att bli satt i hädiska studier, men han kom av sig av ett fasansfullt utdraget skri. Skriet övergick i något som lät som gälla hånskratt, rullade ner mot dem och ekade från bergssidorna där uppe. Alla fem männen stelnade till och lystrade, emiren Moussa började genast rabbla de ord som de rättroende använde för att besvärja öknens djinner. Så kom skriet på nytt, men nu lät det som från flera avgrundsandar, som om de samtalade med varandra, som om de hade upptäckt den lilla elden där nere och de enda människor som fanns i trakten.

Tempelriddaren lutade sig fram och viskade några ord på frankiska till sin sergeant, som genast nickade, reste sig och fäste sitt svärd, svepte sin svarta mantel tätare omkring sig, bugade mot sina otroende värdar och sedan utan att säga ett ord vände helt om och försvann ut i mörkret.

"Ni får ursäkta oss denna oartighet", sade tempelriddaren. "Men som det nu är har vi en hel del blodvittring och färskt kött uppe i vårt läger och hästar som måste ses till."

Det verkade som om han inte tyckte att han behövde förklara mer och sträckte med en bugning fram sin lilla moccakopp mot emiren Moussa för påfyllning. Emirens hand var något osäker när han hällde upp.

"Du sänder din sergeant ut i mörkret och han lyder utan att blinka?" undrade Fahkr med en röst som lät något hes.

"Ja", sade tempelriddaren. "Man lyder även om man känner fruktan. Men det tror jag inte att Armand gjorde. Mörkret är mer vän för

29

den som bär en svart mantel än den som bär en vit och Armands svärd är skarpt och hans hand säker. De där vilda hundarna, de fläckiga bestarna med sina otäcka skall, är också kända för sin feghet, inte sant?"

"Men är du säker på att det bara var vilda hundar vi hörde?" frågade Fahkr tvehågset.

"Nej", sade tempelriddaren. "Det finns mycket vi inte känner mellan himmel och helvete, säker kan ingen vara. Men Herren är vår herde och oss skall intet fattas om vi så vandrar i dödsskuggans dal. Det är nog så Armand ber nu när han går i mörkret. Det är så jag skulle be i alla fall. Om Gud har uppmätt vår tid och vill kalla oss hem kan vi förstås ingenting göra. Men till dess klyver vi skallen på vilda hundar som på våra fiender och därvidlag vet jag att ni som tror på Profeten, frid över honom, och förnekar Guds Son tänker precis som vi. Har jag inte rätt, Yussuf?"

"Du har rätt, tempelriddare", konstaterade Yussuf. "Men var går då gränsen mellan förnuft och tro, mellan rädsla och tillit till Gud? Om en man måste lyda, som din sergeant måste lyda, gör det hans fruktan mindre?"

"När jag var ung, nåja jag är inte en särskilt gammal man", sade tempelriddaren medan han tycktes tänka efter skarpt, "så sysslade jag ständigt med den sortens frågor. Det är gott för ens huvud, man blir vig i tanken av att arbeta med sitt huvud. Men numer är jag nog rätt trög, är jag rädd. Man lyder. Man besegrar det onda. Man tackar Gud efteråt, det är allt."

"Och om man inte besegrar sin fiende?" undrade Yussuf med mjuk röst som hans nära inte kände som hans vanliga röst.

"Då dör man, åtminstone i mitt och Armands fall", svarade tempelriddaren. "Och på den yttersta dagen kommer du och jag att mätas och vägas och varthän du ska därefter vill jag inte säga även om jag vet vad du tror själv. Men om jag dör här i Palestina är min plats i paradiset."

"Det tror du verkligen?" fortsatte Yussuf med sin ovanliga mjuka röst.

"Ja, det tror jag", svarade tempelriddaren.

"Säg mig då en sak, står detta löfte verkligen i din bibel?"

"Nej, inte just så, det står inte just så."

"Men ändå är du helt säker?"

"Ja, den Helige Fadern i Rom har lovat..."

"Men han är ju bara en människa! Vilken människa kan lova dig plats i paradiset, tempelriddare!"

"Men Muhammed var också bara en människa! Och *du* tror på hans löften, förlåt, frid över hans namn."

"Muhammed, frid över honom, var Guds sändebud och Gud sade: *'Men sändebudet och de som följer honom i tron och strävar för Guds sak med sina ägodelar och livet som insats skall belönas med det goda i detta liv och i nästa och det skall gå dem väl i händer.'* Det är väl klara ord? Och fortsättningen lyder..."

"Ja! I nästa vers i den nionde suran", avbröt tempelriddaren bryskt. *"'Gud har i beredskap för dem lustgårdar, vattnade av bäckar, där de skall förbli till evig tid. Detta är den stora, den lysande segern!'* Nå, då borde vi väl förstå varandra? Ingenting av detta är dig främmande, Yussuf. Och förresten, skillnaden mellan dig och mig är att jag inte har några ägodelar, jag har överlämnat mig till Gud och när Han bestämmer dör jag för Hans sak. Din egen tro motsäger ju inte det jag säger."

"Din kunskap om Guds ord är verkligen stor, tempelriddare", konstaterade Yussuf, men han kände sig samtidigt nöjd med att ha fångat sin fiende i en fälla och hans nära kunde se det på honom.

"Ja som jag sa, man måste känna sin fiende", sade tempelriddaren för första gången något osäker som om också han insåg att Yussuf trängt in honom i ett hörn.

"Men om du talar så är du inte min fiende", svarade Yussuf. "Du citerar Den Heliga Koranen som är Guds ord. Det du säger gäller alltså för mig, men än så länge inte för dig. För de rättroende är allt detta klart som vatten, men vad är det för dig? Jag vet sannerligen inte lika mycket om Jesus som du vet om Profeten, frid över honom. Men vad sade Jesus om det heliga kriget? Sade Jesus alls ett enda ord om att du

31

skulle komma till paradiset om du dödade mig?"

"Låt oss nu inte tvista om detta", sade tempelriddaren med en självsäker gest med handen som om allt plötsligt blivit småttigt, fastän alla kunde se hans osäkerhet. "Vår tro är inte densamma, även om mycket är likt. Dock måste vi leva tillsammans i samma land, slåss mot varandra i värsta fall, sluta avtal och göra affärer i bästa fall. Låt oss nu tala om annat. Det är min önskan som er gäst."

De hade alla förstått hur Yussuf drivit sin motståndare in i ett hörn där han inte längre hade något försvar; Jesus hade tydligen aldrig sagt något om det gudi behagliga i att döda saracener. Men som mest trängd hade tempelriddaren ändå slingrat sig ur den besvärliga situationen genom att ta till de rättroendes egna oskrivna lagar om gästfrihet. Och då måste han få som han ville, han var ju gäst.

"I sanning, du vet mycket om din fiende, tempelriddare", sade Yussuf med både ton och min som om han var starkt uppmuntrad över att ha vunnit diskussionen.

"Som vi var överens, man måste känna sin fiende", svarade tempelriddaren lågt och med sänkt blick.

De satt tysta en stund och såg i sina moccakoppar eftersom det tycktes svårt att få igång samtalet på ett otvunget sätt efter Yussufs seger. Men så slets tystnaden sönder av att de på nytt hörde odjuren. Denna gång visste de alla att det var djur och inget av djävulens väsen, och det lät som om de attackerade någon eller något och snart som om de flydde efter tjut av smärta och död.

"Armands svärd är skarpt som jag sa", mumlade tempelriddaren.

"Varför i all frids namn släpade ni med er deras lik?" frågade Fahkr, som tänkt samma tanke som sina trosbröder.

"Det hade förstås varit mycket bättre att ta med dem levande. De hade inte luktat så illa på hemvägen i så fall och så hade de kunnat rida utan besvär. Men i morgon blir en het dag, vi måste börja vår resa tidigt för att få dem till Jerusalem innan de börjar stinka för mycket", svarade tempelriddaren.

"Men om ni nu tagit dem som fångar, om ni fått dem levande till Al Quds, vad hade hänt med dem då?" envisades Fahkr.

"Vi hade överlämnat dem till vår emir i Jerusalem som är en av de högsta i vår ordensrang. Han hade överlämnat dem till den världsliga makten, sen hade de klätts av allt utom det som skyler deras blygd och hängts uppe på muren vid klippan", svarade tempelriddaren som om allt vore självklart.

"Men ni har ju redan dödat dem, varför inte klä av dem här och lämna dem åt det öde de förtjänar? Varför till och med försvara deras lik mot vilddjuren?" frågade Fahkr vidare som om han inte ville ge sig eller inte kunde förstå.

"Vi kommer att hänga dem där i alla fall", svarade tempelriddaren. "Var och en måste veta att den som plundrar pilgrimer till slut kommer att hänga där. Det är ett heligt löfte från vår orden och det måste, så långt Gud hjälper oss, alltid uppfyllas."

"Vad gör ni med deras vapen och kläder? undrade emiren Moussa med en ton som om han ville få ner samtalet på ett mer begripligt plan. "De måste ju haft en hel del dyrbarheter?"

"Ja, men allt är stöldgods", svarade tempelriddaren med något av sin gamla säkerhet åter. "Det vill säga, inte deras vapen och rustningar, sånt har vi ingen användning för. Men där uppe där Armand och jag har vårt läger fanns deras tjuvgömma i en grotta. Vi får tungt lastade hästar hem i morgon, minns att de där bestarna har härjat här i mer än ett halvt år."

"Men ni får ju inte äga någonting", invände Yussuf milt med roat höjda ögonbryn som om han trodde att han på nytt vunnit en huvudets strid mot en man som rimligtvis skulle slå honom till marken som ett barn om de möttes med vapen.

"Nej, jag får verkligen inte äga någonting!" utbrast tempelriddaren förvånat. "Om ni tror att vi skulle ta tjuvgömman för egen del så har ni sannerligen misstagit er. Vi kommer att ställa ut allt tjuvgods utanför Heliga Gravens kyrka nästa söndag och om de bestulna då kan återfinna sina ägodelar så får de tillbaka dem."

"Men de flesta av de bestulna är väl antagligen döda?" invände Yussuf stilla.

"De kan ha levande arvingar, men det som ingen gör anspråk på tillfaller vår orden", svarade tempelriddaren.

"Det är en mycket intressant förklaring till det jag hört om att ni alltid skulle hålla er för goda för att plundra på slagfältet", sade Yussuf med ett leende som om han trodde sig ha vunnit ännu en ordväxling.

"Nej, vi plundrar inte på slagfältet", svarade tempelriddaren kallt. "Det brukar inte vara något problem med den saken, det finns det så många andra som gör. När vi deltagit i en seger vänder vi oss genast mot Gud. Om du vill höra vad din egen Koran säger om att plundra på slagfältet..."

"Tack men nej!" avbröt Yussuf och höll varnande upp sin hand. "Vi skall helst inte tillbaks till ett samtalsämne där det kan verka som om du, vantrogne, kan mer än vi om Profetens, frid över honom, ord. Låt mig däremot ställa dig en mycket uppriktig fråga."

"Ja. Ställ mig en uppriktig fråga och den skall få det svar den förtjänar", svarade tempelriddaren och höll upp sina båda handflator för att på de rättroendes sätt visa att han var helt överens om att byta samtalsämne.

"Du sa att stilleståndet mellan er och oss snart var över. Är det Brins Arnat du syftar på?"

"Du vet mycket, Yussuf. Brins Arnat som vi kallar Reynald de Châtillon, han är förresten ingen 'prins' men en ond man, olyckligtvis tempelriddarnas allierade, har börjat plundra igen. Jag vet det och jag beklagar det och jag ville inte vara hans allierade men jag lyder order. Men nej, det är inte han som är det stora problemet."

"Då är det något med den där nye *prinsen* som kom från frankernas land med en stor här. Vad är det han heter nu igen, Filus någonting?"

"Nej", log tempelriddaren. "*Filus* är han nog, någons son. Han heter Philip av Flandern, han är hertig och ja, han kom med en stor här. Men nu måste jag varna dig för fortsättningen på detta samtal."

"Varför det?" undrade Yussuf spelat obesvärad. "Jag har ju ditt ord. Har det någonsin hänt att du brutit det du svurit?"

"En sak har jag svurit som jag ännu inte kunnat uppfylla, det dröjer tio år innan jag kan, om Gud vill. Men jag har aldrig brutit mitt ord och det skall, hjälpe mig Gud, aldrig hända."

"Nå då så. Och varför skulle vårt stillestånd brytas för att det kommer någon Filus från något Flamsen? Sånt händer väl hela tiden?"

Tempelriddaren såg länge forskande in i Yussufs ögon, men Yussuf vek inte med blicken. Det hela drog ut, ingen ville ge sig.

"Du ville hålla hemligt vem du är", sade tempelriddaren till slut utan att släppa Yussufs blick. "Men få män kan veta så mycket om det som sker i det krigiska livet, ingen som säger sig vara handelsman på väg till Kairo för övrigt. Om du säger mer än så här kan jag inte längre låtsas att jag inte vet vem du är, en man som har spioner, en man som vet. Sådana män finns inte många."

"Du har också mitt ord, minns det, tempelriddare."

"Av alla otrogna är nog ditt ord det de flesta av oss skulle lita mest på."

"Du gör mig en ära med dina ord. Nå, varför kommer vårt stillestånd att brytas?"

"Be dina män att lämna oss om du vill fortsätta detta samtal, Yussuf."

Yussuf tänkte efter en stund medan han tankfullt drog sig i skägget. Om tempelriddaren verkligen förstått vem han talade med, ville han då göra det enklare att döda och samtidigt bryta sitt ord? Nej, det var inte troligt. Som denne man uppträtt när han dödade i den tidiga kvällen skulle han inte behöva göra ett sådant svek mot sitt ord enklare, han skulle för länge sedan ha dragit sitt svärd.

Det var ändå svårt att förstå hans begäran som föreföll orimlig samtidigt som inget särskilt skulle gagnas om den uppfylldes. Det blev till slut så enkelt att Yussufs nyfikenhet segrade över hans försiktighet.

"Lämna oss", beordrade han kort. "Gå till sömns ett stycke bort, ni kan städa upp här i morgon, minns att vi är i fält med fältmässiga regler."

Fahkr och emiren Moussa tvekade, de reste sig halvvägs upp och såg på Yussuf, men hans stränga blick fick dem att lyda. De bugade mot tempelriddaren och drog sig undan. Yussuf väntade under tystnad tills hans bror och hans bäste livvakt kommit tillräckligt långt bort och det hördes hur de bökade för att ordna sina sovplatser.

"Jag tror inte att min bror och Moussa kommer att falla lättvindigt i sömn", sade Yussuf.

"Nej", sade tempelriddaren. "Men de kommer inte heller att höra vad vi säger."

"Varför är det så viktigt att de inte hör vad vi säger?"

"Det är inte viktigt", log tempelriddaren. "Det viktiga är att du vet att de inte hör vad du säger. Då behöver du inte längre besegra mig med ord och då blir vårt samtal mer uppriktigt. Det är hela saken."

"För att vara en man som lever i kloster vet du mycket om mannens natur."

"I kloster lär man sig mycket om mannens natur, mer än du anar. Nu till det som är viktigare. Jag säger ingenting som jag inte är säker på att du redan vet, eftersom allt annat vore förräderi. Men låt oss granska situationen. Här kommer som du vet ännu en frankisk furste. Han kommer att vara här någon tid, han är välsignad av alla och envar där hemma för sitt heliga uppdrag i Guds tjänst och så vidare. Han har en stor här med sig. Vad vill han då göra?"

"Berika sig fort eftersom han har haft stora kostnader."

"Just det, Yussuf, just det. Men vill han gå mot Saladin själv och Damaskus?"

"Nej. Då riskerar han att förlora allt."

"Just det, Yussuf. Vi förstår varandra fullkomligt och vi kan tala utan överdriven artighet och snirkel nu när dina underlydande inte hör. Så vart går nu den nye plundraren och hans här?"

"Mot en lagom stark och lagom rik stad, men jag vet inte vilken."

"Just det. Jag vet inte heller vilken stad. Homs? Hama? Kanske. Aleppo? Nej för långt bort och för stark stad. Vi säger Homs eller Hama, det uppenbara. Vad gör då vår världsliga kristna kung i Jerusalem och den kungliga hären?"

"De har inte stort val. De följer med på plundring fastän de hellre ville använda den nya styrkan för att gå mot Saladin."

"Just det, Yussuf. Du vet allt, du förstår allt. Så nu vet vi alltså båda hur läget är. Vad gör vi åt det?"

"Till att börja med håller både du och jag vårt ord."

"Självklart, det behöver inte ens sägas. Men vad gör vi mer?"

"Vi använder denna stund av fred mellan oss för att bättre förstå varandra. Jag kanske aldrig får tala med en tempelriddare mer. Du kanske aldrig får tala med... en fiende som jag."

"Nej, du och jag möts nog bara denna enda gång i livet."

"En sällsam Guds nyck... men låt mig då fråga dig, tempelriddare, vad behövs mer än Gud för att vi rättroende skall besegra er?"

"Två saker. Det som Saladin nu gör, att ena alla saracener mot oss. Det sker redan. Men den andra saken är förräderi bland oss på Jesu Kristi sida, svek eller svåra synder så att Gud straffar oss."

"Men om inte svek och om inte dessa svåra synder?"

"Då kommer ingen av oss någonsin att segra, Yussuf. Skillnaden mellan oss är att ni saracener kan förlora det ena slaget efter det andra. Ni sörjer era döda och ni har snart en ny armé på marsch. Vi kristna kan bara förlora ett stort slag och så dumma är vi inte. Är vi i överläge anfaller vi. Är vi i underläge tar vi skydd i våra borgar. Så kan det pågå för evigt."

"Så vårt krig är för evigt?"

"Kanske, kanske inte. En del av oss... vet du vem greve Raymond de Tripoli är?"

"Ja, jag känner... känner till honom. Och?"

"Om sådana kristna som han får makten i kungariket Jerusalem och ni på er sida har en ledare som Saladin, så kan det bli fred, en rätt-vis fred, i alla fall någonting bättre än evigt krig. Många av oss tem-pelriddare tänker som greve Raymond. Men tillbaks där vi var, om det som kommer att ske just nu. Johanniterna följde den kungliga hären och 'brinsen' upp i Syrien. Vi tempelriddare gjorde det inte."

"Jag vet redan det."

"Ja, du vet tvivelsutan det därför att ditt namn är Yussuf ibn Ayyub Salah al-Din, den vi på vårt språk bara kallar Saladin."

"Må Gud vara oss nådig nu när du vet det."

"Gud är oss nådig som gett oss detta sällsamma samtal under de sista timmarna av fred mellan oss."

"Och vi håller båda våra ord."

"Du förvånar mig med din oro på den punkten. Du är den ende av våra fiender som är känd för att alltid hålla sitt ord. Jag är tempelriddare. Vi håller alltid vårt ord. Nog om denna sak."

"Ja, nog om den saken. Men nu min käre fiende i denna sena natt inför en gryning där vi båda har brådskande ärenden, du med dina luktande lik och jag med annat som jag inte vill säga, men som du säkert kan ana, vad gör vi nu?"

"Vi håller fast vid denna enda möjlighet som Gud kanske ger oss i livet att tala förnuftigt med den värste av alla fiender. En sak är vi ju överens om du och jag... förlåt att jag tilltalar dig så enkelt nu när jag vet att du är sultanen av både Kairo och Damaskus."

"Det är ingen utom Gud som hör oss, som du så klokt ordnade. Jag vill att du i denna enda natt kallar mig du."

"Vi var överens om en sak, tror jag? Vi riskerar ett evigt krig därför att ingen sida kan vinna."

"Sant. Men jag vill vinna, jag har svurit att vinna."

"Jag också. Evigt krig alltså?"

"Det låter inte som en god framtid."

"Då fortsätter vi, fastän jag bara är en enkel emir bland tempelriddarna och du är den ende av våra fiender sedan lång tid som vi verkligen har skäl att frukta. Var börjar vi nu om?"

De började om med frågan om pilgrimernas säkerhet. Det var det mest uppenbara. Det var därför de över huvud taget hade träffats, om man vill söka människornas förklaring och inte se enbart Guds vilja i allting. Men även om de båda egentligen trodde mest, åtminstone utåt när de talade högt, att Guds vilja styrde allt så var ingen av dem främmande för att människorna också, med sin fria vilja, kunde ställa till med stora olyckor och lika stor lycka. Detta var en hörnsten i båda deras tro.

De talade länge den natten. När Fahkr i gryningen fann sin äldre bror – den lysande fursten, religionens ljus, anföraren av de troende i det heliga kriget, vattnet i öknen, sultanen av Egypten och Syrien, de troendes hopp, den man som de vantrogna för all tid skulle benämna med det enkla Saladin – så satt han hopkrupen med knäna uppdragna mot hakan, sin mantel svept i flera varv och stirrade in i den falnade glöden.

Den vita skölden med det onda röda korset var borta, liksom tempelriddaren. Saladin såg trött upp mot sin bror, nästan som han hade vaknat ur en dröm.

"Om alla våra fiender vore som Al Ghouti så skulle vi aldrig kunna segra", sade han tankfullt. "Men å andra sidan, om alla våra fiender vore som han så skulle ingen seger längre vara nödvändig."

Fahkr förstod inte vad hans bror och furste menade men gissade att det nog mest var meningslöst trött mumlande som så många gånger förr när Yussuf suttit uppe för länge och grubblat.

"Vi måste ge oss av, vi har en hård ritt till Al Arish", sade Saladin och reste sig stelt. "Kriget väntar, vi skall snart segra."

Sant var att kriget väntade, det stod skrivet. Men det stod också skrivet att Saladin och Arn Magnusson de Gothia snart skulle mötas igen på slagfältet och att bara en av dem skulle komma segrande därifrån.

II

I DEN VÄRLD DÄR Jerusalem befann sig i mitten var till och med Rom avlägset. Än mer fjärran låg frankerriket och där världen var på väg att ta slut, i det kalla och mörka Norden, låg landet Västra Götaland som få kände till. Det sades bland lärde män att därefter fanns blott mörka skogar till världens ände, befolkade med vidunder med två huvuden.

Men även hit upp till kylan och mörkret hade den sanna tron letat sig fram, mest tack vare den helige Sankt Bernhard, som i barmhärtighet och människokärlek funnit att även barbarerna uppe i mörkret hade rätt till själens frälsning. Han var den som sänt de första munkarna till de vilda och okända göta länderna. Snart spreds ljuset och sanningen från mer än tio kloster hos de nu inte längre förtappade nordmännen.

Det vackraste av alla klosternamn hade ett nunnekloster som låg i den södra delen av Västra Götaland. Gudhem hette det och var tillägnat Jungfru Maria. Klostret låg på en höjd och därifrån kunde man se det blånande berget Billingen och, om man ansträngde sig bara något, de två tornen på domkyrkan i Skara. Norr om Gudhem blänkte Hornborgasjön dit tranorna kom om våren innan gäddorna börjat leka. Runt klostret låg gårdar och åkrar och små dungar av ekskog. Det var ett mycket fridfullt och vackert landskap som alls inte förde tanken till mörker och barbari. För den äldre kvinna som betalat god ingift och kom resande hit för att avsluta livet i frid måste Gudhems namn låta som en smekning och trakten vara det vackraste som ett åldrande öga kunde se.

Men för Cecilia Algotsdotter som vid 17 års ålder spärrades in i Gudhem på grund av sina synder kom klostret under lång tid att framstå som ett hem utan Gud, som en plats som mer kunde tänkas som ett helvete i jordelivet.

Cecilia kände väl tillvaron i kloster, det var inte det som skrämde henne. Hon kände till och med Gudhem, eftersom hon i olika omgångar tillbringat mer än två år av sitt liv där inne bland *familiares*, de unga kvinnor som stormannaätterna sände till kloster för att de skulle tuktas och hyfsas något innan man gifte bort dem. Läsa kunde hon alltså redan och Psaltaren kunde hon utantill som ett rinnande vatten eftersom hon sjungit var psalm mer än hundra gånger. Så i detta fanns inget nytt och inget skrämmande.

Men den här gången hade hon dömts till klosterlivet och domen var sträng, tjugo år. Hon hade dömts tillsammans med sin trolovade Arn Magnusson av folkungaätten eftersom de syndat grovt då de förenade sig i köttslig kärlek innan de vigts samman inför Gud. Det var Cecilias syster Katarina som hade angivit dem och beviset för deras synd var sådant att inget fanns att resonera om. Den dag klosterporten slog igen bakom Cecilia var hon havande i tredje månaden. Hennes trolovade Arn hade på samma sätt dömts till tjugo år, men han skulle göra sin bot som munk i Guds heliga armé i det oändligt fjärran Heliga Landet.

Över portalen i Gudhems kloster fanns två skulpturer i sandsten som visade Adam och Eva, fördrivna ur paradiset efter syndafallet, skylande sig med fikonlöv. Det var en bild som var en varning och det var en bild som talade direkt till Cecilia som om den huggits och mejslats och slipats ur sten enkom för hennes skull.

Hon hade skilts från sin älskade Arn bara ett stenkast från den porten. Han hade fallit på knä och svurit med den hetta som bara en 17-årig man kan svära, på sitt av Gud signade svärd till och med, att han skulle leva genom all eld och alla krig och att han sannerligen skulle komma tillbaks och hämta ut henne när deras bot var betald.

Det var länge sedan nu. Och från Arn i det Heliga Landet hade hon inte hört ett ord.

Men det som skrämde Cecilia redan från början när abbedissan Rikissa drog in henne genom porten med ett hårt och ovärdigt grepp runt handleden, som man ledde en träl till bestraffning, var att Gudhem nu blivit en helt annan plats än den där hon flera gånger tidigare tillbringat tid hos familiares.

Det vill säga, till det yttre var Gudhem fortfarande det hon kände, några nya uthusbyggnader hade kommit till, det var allt. Men till det inre hade mycket blivit helt annorlunda och hon hade verkligen skäl att känna skräck.

Marken till Gudhem hade skänkts av kunglig egendom, av kung Karl Sverkersson. Följaktligen tillhörde abbedissan Rikissa den sverkerska ätten, liksom de flesta av de vigda systrarna och nästan alla jungfrur bland familiares.

Men när kungakrävaren Knut Eriksson, Erik den helige Jedvardssons son, kom tillbaka från sin landsflykt i Norge för att kräva sin fars kungakrona åter och hämnas mordet på honom, hade han själv mördat kung Karl Sverkersson ute på Visingsö. Och bland de män som bistått honom i detta dåd fanns hans vän och Cecilias älskade Arn Magnusson.

I världen utanför klostermurarna rasade därför kriget på nytt, folkungaätten och den erikska ätten och deras norska bundsförvanter på ena sidan, den sverkerska ätten och deras danska bundsförvanter på den andra sidan.

Cecilia kände sig därför som en fjärilslarv insläpad i ett bålgetingbo och till den känslan hade hon goda skäl. Eftersom de flesta systrarna tillhörde den sverkerska sidan hatade de henne, och visade det ständigt, liksom alla jungfrur bland familiares hatade henne och visade det, liksom de hårt arbetande leksystrarna, *conversae*, därmed inte vågade annat än hata henne. Ingen talade till Cecilia ens när det var tillåtet att föra samtal. Alla vände henne ryggen, hon var som luft.

Möjligen försökte Moder Rikissa driva henne i döden den första tiden. Cecilia hade kommit till Gudhem i de månader då rovorna skulle gallras. Det var ett hårt och hett arbete ute på åkrarna som ingen av de förnäma systrarna och självfallet inga familiares deltog i.

Moder Rikissa hade satt Cecilia på vatten och bröd redan från första dag; vid måltiderna i *refectorium* hade Cecilia en egen plats vid eget tomt bord längst ner i salen där hon fick sitta insvept i kall tystnad. Men som om det inte var nog straff hade Moder Rikissa bestämt att Cecilia skulle arbeta med conversae ute på rovåkrarna, krypa fram bit för bit med barnet sparkande i magen.

Och som om inte heller detta var nog eller som om Moder Rikissa blev misslynt av att Cecilia inte genom hårt arbete förlorade sitt barn, skickades Cecilia till åderlåtning en gång i veckan under den första och hårdaste tiden. Det sades att åderlåtning var bra för hälsan och att det dessutom hade en sund avkylande verkan på köttsliga lustar. Och eftersom Cecilia bevisligen var förfallen till köttsliga lustar borde hon desto hellre åderlåtas ofta.

Cecilia krälade fram på rovåkrarna allt blekare men ständigt mumlande böner till Vår Fru om att skydda henne, förlåta henne för synden och ändå hålla sin milda hand över det barn hon bar inom sig.

Mot hösten, när rovorna skulle skördas, det hårdaste och smutsigaste av allt arbete som fanns för kvinnor på Gudhem, var Cecilia på slutet av sitt havandeskap. Men Moder Rikissa var obeveklig.

Det var nära att hon fött sin son ute i den kalla novemberleran på rovåkrarna. Det var i slutet av skördearbetet när hon plötsligt segnade ned med ett kort skrik och sammanbitna tänder. Conversae och de två systrar som fanns på plats för att övervaka dygd och tystnad under arbetet förstod genast vad som höll på att hända. Men de två systrarna verkade först som om de menade att inget skulle göras åt saken. Dock fann sig inte leksystrarna i detta utan bar, utan att ens fråga eller säga något, Cecilia skyndsamt till *hospitium*, gästhuset utanför murarna. Där lade de henne i en säng och sände bud efter Fru Helena, som var en klok kvinna och en av Gudhems pensionärer som betalat stor ingift.

Till leksystrarnas förvåning kom Fru Helena fort och hon förbarmade sig, fastän hon själv tillhörde den sverkerska sidan. Hon bestämde, utan att någon vågade säga emot, att två av leksystrarna skulle stanna i hospitium och hjälpa henne och sedan fick Rikissa – som hon omtalade utan att säga *Moder* Rikissa – tycka och säga vad hon gitte. Kvinnor i denna världen hade det svårt nog utan att man lade sten på varandras bördor, sade hon till de förbluffade två leksystrar som stannade hos henne och på hennes tillsägelse värmde vatten, hämtade linnetyg och tvättade den plågade Cecilia, nu nästan från sina sinnen, ren från lera och smuts.

Fru Helena var en räddning som måste ha sänts av helig Jungfru Maria själv; hon hade fött nio barn varav sju hade överlevt och hon hade många gånger hjälpt andra kvinnor i denna svåra stund där kvinnor är ensamma och där bara kvinnor kan hjälpa. Fnös gjorde hon bara åt tanken att denna unga kvinna skulle vara hennes fiende och inför de två leksystrarna sade hon att det där med vän och fiende minsann kunde ändra sig över en dag eller en natt eller ett enda litet ynka krig bland männen. Den kvinna som valde vän eller fiende för stunden skulle hårt få lära sig av livet hur oklokt det kunde vara.

Cecilia mindes inte så mycket av de nattliga timmar då hon födde sonen Magnus, som det var bestämt att han skulle heta. Smärtan som skar som knivar i hennes syndiga kött mindes hon. Ögonblicket när allt var över och hon våt av svett och het som av feber fick den lille tryckt intill sina värkande bröst av Fru Helena mindes hon, liksom hon mindes Fru Helenas ord om att det var en fager gosse vid god hälsa och alla lemmar på den plats där de skulle vara. Men därefter sänkte sig ett töcken över hennes minne.

I efterhand förstod hon att Fru Helena skickat bud till Arnäs och att en stor eskort kommit för att hämta gossen och föra honom i säkerhet. Birger Brosa, den mäktigaste av folkungarna och hennes älskade Arns farbror, hade svurit på att gossen – han hade aldrig talat om det väntade barnet som annat än gossen – skulle tas upp i ätten och ätteledas på ting som äkta folkung om han så var född i hordom eller ej.

Bland alla de prövningar i livet som Vår Fru ställde i unga Cecilias väg blev dock den svåraste den, att hon inte skulle få se sin son förrän han var man.

* * *

I allt som rörde Cecilia hade Moder Rikissa ett hjärta av sten. Kort efter sin barnsäng sattes Cecilia på nytt i hårt arbete bland conversae, fastän hon fortfarande hade feber, svettades, var mycket blek och hade det illa med sina bröst.

När julen närmade sig under detta hennes första år kom biskop Bengt från Skara på visitation och när han fick se Cecilia släpa sig förbi ute i korsgången liksom omedveten om allt bleknade han. Därefter hade han ett kort samtal med Moder Rikissa som ingen fick höra. Redan samma dag lades Cecilia in på *infirmatorium* och den närmaste tiden fick hon dagligen *pitenser,* extra laddningar mat som utomstående hade rätt att skänka till klostrets innevånare; ägg, fisk, vitt bröd, smör och till och med något lammkött. Det viskades på Gudhem om dessa pitenser som kom till Cecilia. Någon trodde sig veta att de kom från biskop Bengt, någon annan att de kom från Fru Helena eller från självaste Birger Brosa.

Hon slapp också ifrån plågan att stämmas på blod och snart fick hon färgen åter i ansiktet och något hull. Men hoppet tycktes ha lämnat henne. Hon gick mest mumlande för sig själv.

När vintern svepte in Västra Götaland i kyla och is upphörde allt arbete utomhus för både leksystrar och Cecilia. Det var lindring, men samtidigt blev nätterna en alltmer utdragen plåga.

Vid dessa tidiga år i Gudhem hade conversae ännu inget eget *dormitorium,* de sov i övervåningen ovan kapitelsalen tillsammans med familiares. Eftersom det var mot reglerna att ha uppvärmning i dormitorium var det viktigt var någonstans i salen ens bädd stod; ju längre bort från de två fönstren desto bättre. Cecilia anvisades som en självklarhet den bädd som stod alldeles intill stenmuren och under ett fönster där kylan kom rinnande ner som isvatten, de andra familiares sov i salens andra del, mot innerväggen. Mellan Cecilia och hennes fientliga världsliga systrar sov de åtta conversae som aldrig vågade tala med henne.

Reglerna tillät en halmmadrass, en kudde och två yllefiltar. Även om alla gick till sängs fullt påklädda kunde nätterna ibland bli så kalla att det var omöjligt att sova, åtminstone för den som hela tiden skakade av köld.

I denna Cecilias allra svartaste stund i Gudhem var det som om Vår Fru ansåg att hon lidit nog utan att få minsta bönesvar eller minsta tröst och därför sände Hon tröst, några få ord som ute i den fria världen inte skulle ha betytt särskilt mycket men som här inom murarna värmde som ett stort glödfat.

En av de andra jungfrurna uppe vid dörren hade, sedan en eller annan hennes hemlighet avslöjats, befunnits ovärdig till de bästa sängplatserna och på Moder Rikissas bestämda order tvingats flytta ner till den säng som stod närmast Cecilias. En kväll efter *completorium* kom hon med sina sängkläder i famnen och ställde sig med sänkt huvud att vänta tills leksystern i sängen intill Cecilias förstod att hon skulle pallra sig iväg upp i den varmare delen av salen. När leksystern tagit sina sängkläder och gått bäddade den nya jungfrun sängen långsamt och noga medan hon sneglade mot den syster som stod i dunklet uppe vid dörren vid trappan och övervakade förändringen. När hon var färdig kröp hon ner, lade sig på sidan och sökte Cecilias blick. Sedan bröt hon utan att blinka mot regeln om tystnad:

"Du är inte ensam, Cecilia", viskade hon, så lågt att ingen annan kunde höra det.

"Tack, Vår Fru vare lovad", tecknade Cecilia tillbaka på det språk med händerna som man använde inne i Gudhem när ord inte fick yttras; hon vågade just då inte bryta mot talförbudet. Men det var som om hon inte frös längre och hennes tankar hade fått ett nytt spår, något annat än den ensamhet och olyckliga längtan som hon cirklat runt i så mycket att hon ibland fruktat för sitt förstånd. Nu låg hon en stund och såg nyfiket in i ögonen på denna okända medsyster som hade talat vänligt till henne, till och med talat när det var förbjudet. De log mot varandra tills mörkret kom och den natten skakade Cecilia inte av kölden och somnade utan ansträngning.

När de väcktes för att gå ner till *matutinen*, ottesången, sov hon djupt och den okända jungfrun bredvid henne måste skaka henne lätt. Senare nere i kyrkan sjöng Cecilia för första gången med i psalmerna med full kraft så att hennes klara toner steg högre än alla andras; sången hade ju förr om åren varit hennes enda stora glädje på Gudhem, förr om åren när hon visste att hon skulle slippa ut om bara några månader.

Och hon somnade lätt om efter matutinen så när det var dags för *laudes*, morgonsången, måste den okända väcka henne på nytt. Det var som om hon haft mycket sömn att ta igen.

Efter *prim* och dagens första mässa och dags för samling i kapitelsalen fann Cecilia att hennes nya sänggranne fick sitta längst ner vid dörren, precis som hon själv, och hon tänkte på nytt över orden att hon inte var ensam, att de nu var två.

Moder Rikissa tog plats under mittfönstret och vinkade nådigt åt priorinnan att börja läsa dagens text. Cecilia följde inte med, eftersom hon väntade med så stor spänning på vad hon kanske skulle få veta om den okända olyckssystern bredvid.

Efter högläsningen lästes det upp en del namn på döda bröder och systrar inom den cisterciensiska orden och för vars själar man nu skulle be; ett kort ögonblick stelnade Cecilia till, för det hände att det i raden av namn nämndes ett eller annat utländskt namn och namn på en stupad tempelriddare, som räknades som lika goda som broder eller syster. Men denna dag kom inget sådant namn.

Förr om åren hade Cecilia alltid tyckt om morgonstunden i kapitelsalen. Det var ett vackert rum där två smäckra vita stenpelare bar upp sex lika stora valv. Väggarna var rent vita och golvet i slät grå kalksten, ett krucifix över abbedissans stol i svart snidat trä var rummets enda utsmyckning. Det var ett rum för goda tankar fastän Cecilia stilla måste erkänna för sig själv att hon nog inte tänkt några goda tankar hittills under denna vistelse.

Bestraffningarna skulle komma sist under morgonstunden. Det vanligaste brottet som Moder Rikissa bestraffade var brott mot tystnadsplikten. Cecilia hade sex eller sju gånger tuktats för detta utan att någon talat till Cecilia, vilket ju ingen någonsin gjorde, och utan att Cecilia talat till någon.

Nu förhöll det sig emellertid så, förklarade Moder Rikissa med något som såg mer ut som leende än stränghet, att det var dags att bestraffa Cecilia igen. Systrarna sänkte då suckande sina huvuden medan de världsliga jungfrurna höjde sina med nyfiken skadeglädje och sneglade mot Cecilia.

Däremot, tillade Moder Rikissa när hon väntat och liksom sugit som på en sötsak på sin överraskning, så var det inte den vanliga Cecilia som skulle bestraffas, inte Cecilia Algotsdotter utan Cecilia Ulvsdotter. Och när det nu fanns två Cecilia med tydligen samma vanartighet så skulle hädanefter den rödhåriga Cecilia Algotsdotter kallas Cecilia Rosa och den ljushåriga fick heta Cecilia Blanka.

Straffet brukade bli någon dag eller två på vatten och bröd, särskilt under den tid då Moder Rikissa tycktes vilja plåga Cecilia till döds efter hennes barnsbörd. Nu beordrade emellertid Moder Rikissa, mer hånfullt än gudsnådeligt, att man skulle leda Cecilia Blanka till *lapis culparum*, straffpålen vid rummets kortände. Priorinnan och en av systrarna gick prompt fram till Cecilia Blanka och tog henne vid båda armarna och ledde henne till straffpålen och där tog de av henne yllemanteln så att hon stod i bara linnesärken. Sedan fäste de hennes båda händer sträckta över huvudet med två handklovar av järn.

Därefter gick Moder Rikissa och hämtade ett gissel och ställde sig intill den uppspända Cecilia Blanka och såg, åter mer med triumf än med gudsnådelighet, på sin församling. Hon väntade så en stund medan hon prövande slog gisslet i sin hand.

Sedan tecknade hon att man skulle dra igenom tre Pater Noster och församlingen sänkte lydigt sina huvuden och började rabbla.

När bönen var avslutad kallade hon fram en av de världsliga jungfrurna, Helena Sverkersdotter, och räckte henne gisslet och bad henne i Faderns, Sonens och den Heliga Jungfruns namn utdela tre straffslag.

Helena Sverkersdotter var en klunsig och fumlig jungfru som sällan fick vara mer framträdande än någon annan. Nu såg hon förtjust mot sina medsystrar som alla nickade uppmuntrande mot henne och någon tecknade att ta i med rejäla slag. Och strax gjorde hon det. Hon slog inte som var brukligt, mera till sinnets hågkomst och förändring än till kroppens skada. Hon slog allt vad hon orkade och vid det sista slaget trängde två ränder av blod igenom Cecilia Blankas vita särk.

Cecilia Blanka hade stönat mellan sammanbitna tänder under slagen, hon hade inte skrikit och inte gråtit.

Nu vände hon sig om, slingrande ty det var svårt i hennes upp-spända ställning, så att hon kunde se den rosigt upplivade Helena Sverkersdotter i ögonen. Och sedan sade hon, väsande mellan sina tänder och med ögon svarta av hat, något så fasansfullt att det gick ett sus av förfäran genom salen:

"En dag, Helena Sverkersdotter, skall du ångra de slagen mer än något annat i ditt liv, det svär jag vid heliga Jungfru Maria!"

Det var oerhörda ord. Inte bara för att det var hotelse och vrede inom murarna, inte bara för att hon dragit in Vår Fru i sin synd, utan mest för att de orden visade att Cecilia Blanka inte tagit rättelse av sitt straff och således inte lydde Moder Rikissa.

Det alla nu förväntade sig var tre gånger tre nya gisselslag som en omedelbar följd på de vanvördiga orden. Moder Rikissa gick dock fram och tog gisslet ifrån Helena Sverkersdotter, som redan hunnit höja handen för att börja om.

Cecilia Rosa nere vid dörren tyckte sig se hur Moder Rikissas ögon glödde röda som på en drake eller annat ont väsen och alla i försam-lingen utom Cecilia Rosa och Cecilia Blanka sänkte sina huvuden som i bön fastän det var skräck.

"Tre dygn i carcer", sade Moder Rikissa slutligen, långsamt som om hon samlat sig och tänkt efter, "tre dygn i carcer på vatten och bröd och med ensamhet och tystnad och böner, och med bara en filt, där skall du söka förlåtelse!"

Ingen hade dömts till *carcer* så länge Cecilia Rosa varit på Gud-hem, det var något som bara berättades om som spökhistorier. Carcer var en mörk liten jordhåla under *cellarium*, sädesförrådet. Att sitta där bland råttorna och under vintertid måste vara en pina svår att uthär-da.

De närmaste dygnen frös Cecilia Rosa inte då hon var alldeles för upptagen med att be för sin okända vän Cecilia Blanka. Hon bad med brinnande själ och rinnande ögon och gjorde allt annat hon måste göra utan att tänka, hon vävde utan att tänka, hon sjöng utan att tänka och hon åt utan att tänka. All sin själ och alla sina tankar lade hon i bönerna.

På tredje dagens kväll efter completorium kom Cecilia Blanka på stela ostadiga ben och vit i ansiktet ledd av två systrar upp till sovsalen efter talförbud. De ledde henne fram till sängen och knuffade ner henne bestämt och drog slarvigt över henne de två filtarna.

Cecilia Rosa, som hon nu utan svårighet tänkte som sitt namn, sökte sin väninnas ögon i dunklet och fann dem till slut. Men Cecilia Blankas blick var stel och tom. Hon måste vara frusen in till benen som hon såg ut.

Cecilia Rosa väntade en stund tills det var tyst i dormitorium innan hon gjorde det oerhörda. Hon tog med sig sina två filtar och flyttade långsamt och så tyst hon kunde över till sin vän och kröp ner och drog filtarna över dem båda och lade sig tätt intill. Det kändes som att lägga sig intill is. Men snart, som om Vår Fru höll sin skyddande hand över dem till och med i denna svåra synd, kom värmen sakta krypande in i deras kroppar.

Efter ottesången vågade Cecilia Rosa inte göra om sin synd som var välgärning. Men hon lånade en av sina filtar till sin vän och själv frös hon inte mer den sena natten, trots att det var en av de sista hårda vinternätterna då stjärnorna gnistrade alldeles klart mot svart himmel.

Deras brott upptäcktes aldrig. Eller om det var att leksystrarna som låg närmast och var närmast att upptäcka den syndiga gärningen att sova samman inte fann skäl att skvallra. Ty för den som inte har ett hjärta av sten, eller för den som inte likt de andra världsliga jungfruna bland familiares hatade de två Ceciliorna, var det inte svårt att förstå vad tre nätter i carcer skulle vara att lida under den kallaste vintertiden.

* * *

Vintern var spinnandets och vävandets tid i Gudhem. För leksystrarna var detta ett enahanda arbete, eftersom det för dem bara gällde att åstadkomma så mycket tyg som möjligt för att Gudhem skulle kunna skänka eller sälja det.

Men för de världsliga jungfruna var det mera frågan om att de skulle lära sig och att de skulle ha något för händer. *Ora et labora*, bed och arbeta, var den viktigaste regeln näst lydnad i Gudhem som i andra kloster. Därför måste det åtminstone se ut som om jungfrurna arbetade även under den tid då kylan höll alla inomhus.

Om någon av de unga bland familiares var helt obekant med detta arbete måste hon till en början sitta samman med någon som kunde bättre tills hon åtminstone nödtorftigt kunde sköta sin egen vävstol eller sin egen slända.

Cecilia Blanka hade visat sig helt okunnig i detta arbete, medan Cecilia Rosa kunde sköta det nästan lika väl som en leksyster. Det var ett problem som bara kunde lösas på ett sätt, eftersom ingen av de sex unga kvinnor som hörde till den sverkerska sidan, eller ville höra till den, kunde sitta samman med den i Gudhem de föraktade och hatade mest, kungamördaren Knut Erikssons trolovade; det var den hemligheten de hade kommit på. Så kom det sig att man satte de två Ceciliorna samman vid samma vävstol.

Cecilia Rosa upptäckte snart att hennes vän Blanka mycket väl behärskade all konst som hörde en vävstol till, i smyg visade hon det ibland som ett hemligt tecken dem emellan. Detta att spela okunnig om något hon redan kunde var bara en list för att se till så att de två väninnorna kom nära varandra. Inget talförbud skulle nu kunna hindra dem att språka med varandra, eftersom de ju hela tiden under arbetets gång måste använda sig av teckenspråket och ingen aldrig så skarpsynt övervakande syster då i varje ögonblick kunde se vad de talade om. Och när den övervakande systern vände ryggen till kunde de fort viska ord till varandra utan att upptäckas.

Snart hade Cecilia Blanka berättat det hon visste om de andras hat mot dem båda och det hon hoppades för framtiden.

Där ute i männens värld var det inte längre så enkelt som förr, att man bara högg huvudet av en kung för att själv bli kung. Hennes trolovade Knut Eriksson skulle nog i sinom tid, och med Guds hjälp och hans döde faders, Erik den Heliges hjälp klara den saken. Men i en handvändning var det inte gjort.

Därför hade Knut genast efter trolovningen sett till så att hans trolovade Cecilia Blanka förpassades till kloster där hon kunde få en fristad medan männen gjorde upp. Inte ens i ett fientligt kloster skulle hon vara hotad till liv och lem, även om det inte heller skulle bli någon lustig tid. En stötesten var ju att de få nunnekloster som fanns i landet alla var knutna till den sverkerska ätten; det var något man måste få ändrat till framtiden. Nu var det dock som det var, mest osäkerhet om framtiden. Svart skulle tiden bli för dem båda om den sverkerska sidan segrade, kanske skulle de då aldrig komma ut, aldrig få barn och husfolk att bestyra med, aldrig kunna ströva fritt över egna marker, rida eller sjunga världsliga sånger.

Desto större glädje därför om deras sida segrade, om hennes trolovade Knut verkligen blev erkänd kung och det blev fred i riket. Då skulle allt det svarta som nu var komma att vändas till bländande vitt. Då skulle Cecilia Blanka bli sin trolovade Knuts äkta gemål och då skulle hon bli drottning. Det var detta hot som Moder Rikissa, hennes systrar och de dumma gässen bland familiares, värst av alla den där Helena Sverkersdotter, försökte att inte låtsas om, samtidigt som de levde i skuggan av det hotet varje dag och varje natt.

Cecilia Blanka menade att det var detta de två som enda vänner måste be för varje dag, att folkungarna och erikarna måtte segra. Deras liv och lycka berodde mer på den segern än på någonting annat.

Fast helt säker kunde ingen vara. När fred slöts hände många säregna saker och männen hade ofta för sig att de kunde gifta sig till mer fred än de kunde vinna med svärd. Så om sverkrarna vann kunde de mycket väl få för sig att ordna lämpligt brudöl med både den ena och den andra av fiendens kvinnor; med lite otur skulle Ceciliorna då kunna bli uthämtade en eländig dag och bortgifta med varsin gubbe i Linköping, ett oblitt öde men ändå inte lika illa som att torka och plågas under Moder Rikissas gissel.

Cecilia Rosa, som var några år yngre än sin nya och enda vän, hade ibland svårt att följa med i Blankas hårda sätt att tänka. Hon invände mer än en gång att hon för egen del inte hoppades på annat än att hennes älskade skulle komma tillbaka just så som han svurit att göra.

Blanka hade å sin sida svårt för sådant känslosamt tal, kärleken var måhända vacker att drömma om, men man kunde inte drömma sig ur fångenskapen på Gudhem. Från Gudhem kunde man hämtas till brudöl och då fick man se om det blev med en dreglande gubbe från Linköping eller en ung fager man. Ingenting i jordelivet kunde dock vara värre än att tvingas knäböja var dag för Moder Rikissa.

Cecilia Rosa menade att ingenting kunde vara värre än att svika sin kärleksed, men då förstod Cecilia Blanka inte vad hon menade.

De två var mycket olika. Cecilia, den rödhåriga Rosa, var stillsam i både tal och tankar, som om hon drömde mycket. Cecilia, den ljushåriga Blanka, var hetsig i sitt tal och tänkte många hårda tankar om hämnd den dag hon blev kung Knuts drottning. Hon upprepade ofta det hon svurit, att låta den dumma gåsen Helena ångra sina gisselslag mer än något annat i livet. Kanske hade de två inte kommit varandra så nära om de träffats ute i den fria världen, om de varit husfruar i varsin granngård. Men som livet nu fört dem till Gudhem bland ondsinta, fega och fientliga kvinnor smiddes de också samman som i en glödande ässja till vänner för alltid.

De ville båda uppror men ingen av dem ville till carcer, den kalla jordhålan med råttorna. De ville bryta mot så många regler de kunde, men det var förargligt att upptäckas och bestraffas, eftersom det som sved mest i straffet var de andra jungfrurnas skadeglädje.

Med inte så lite list fann de som tiden gick allt fler vägar att ställa till förtret. Cecilia Rosa sjöng säkrare i tonen och vackrare än någon annan på Gudhem och det visade hon nu så ofta hon kunde. Cecilia Blanka var alls ingen oäven sångerska men hon förstörde så ofta hon kunde sången, särskilt under sömniga laudes och prim, genom att sjunga starkt och aningen falskt eller aningen för fort eller för långsamt. Det var svårt att sjunga fel på det viset, men Cecilia Blanka blev allt skickligare och kunde aldrig bestraffas för saken. På så vis turades de om, ibland sjöng Cecilia Rosa så att de andra nästan kom av sig av blygsel inför skönheten i hennes toner. Ibland, när Cecilia Rosa tycktes ur slag eller för trött, sjöng Cecilia Blanka så att allt förstördes. Hon tillrättavisades då och lovade med sänkt huvud att hon skulle förkovra sig och lära sig sjunga lika vackert som alla andra.

De två väninnorna blev med tiden mycket skickliga i sin konst att antingen på det ena eller det andra sättet skapa förargelse under dygnets sju eller åtta sångstunder.

Cecilia Rosa spelade svag och undergiven och svarade alltid lågt och med sänkt huvud om Moder Rikissa eller priorinnan tilltalade henne. Cecilia Blanka gjorde tvärtom, hon svarade med högburet huvud och för hög röst, även om hennes språk var sådant att själva orden inte kunde klandras.

Varje dag åts *prandium* klockan tolv efter sexten. Det serverades bröd och två sorters *pulmentaria* som oftast var soppa på linser eller bönor där man doppade sitt bröd. Äta skulle alla göra under tystnad, medan *lectora* läste sådana ord som ansågs särskilt tänkvärda för unga kvinnor. Eftersom det var tillåtet att äta under läsningen hände det misstänkt ofta att Cecilia Blanka sörplade högt på en brödbit doppad i soppan just när textläsningen kom till en avgörande punkt. Då några av de sverkerska jungfrurna oftast fnissade högt åt detta, ibland för att uppmärksamma Moder Rikissa på den vanartighet som Cecilia Blanka visade, så hände det att Moder Rikissa blev mer sträng i sin tillrättavisning mot dem som fnissat än den som sörplat.

Efter prandium skulle alla kvinnorna tåga i procession från refectorium till kyrkan för tacksägelse medan de sjöng Kyrie eleison. Meningen var att de skulle skrida fram med stor värdighet. Cecilia Blanka fann dock ofta anledning att harkla sig högt, att klampa och gå som en karl eller att låtsas snubbla så att det blev oro i ledet. Bredvid henne gick då Cecilia Rosa, ty de måste alltid gå sist, och sjöng med blicken i fjärran och drömmande ansikte på det mest himmelska vis.

Det blev som en lek mellan de två, att ständigt tala om sina små streck och att ständigt försöka hitta på nya. Men eftersom de ständigt talade med varandra, även när det var förbjudet, så hjälpte det inte alltid att de var listiga, såg sig noga omkring och mest talade med tecken. Det hände allt oftare att någon av de andra jungfrurna såg dem och skvallrade vid dagens samlingsstund i kapitelsalen. Moder

54

Rikissa bestraffade dem då, men inte så hårt som man kunde vänta. Och hon lät inte längre någon av de världsliga jungfrurna sköta gisslet. Det var hon själv som gisslade, än Cecilia Blanka, än Cecilia Rosa, där den senare alltid uthärdade gisselslagen med sänkt huvud och orörligt ansikte, men där den förra alltid försökte något hyss mitt under bestraffningen, som oväntat höga skrik eller rentav å det oförsyntaste släppa sitt väder högt och ljudligt och därvid med illa dolt leende be om förlåtelse.

Det blev som en besatthet hos dem båda att finna nya sådana vägar och visa för sig själva och för den fientliga omgivningen att de inte kunde knäckas. Det märkliga var att ju längre deras uppror pågick desto mindre hårdhet möttes de av från Moder Rikissa och det var något som de först inte kunde förstå.

Moder Rikissa var enligt dem båda en ond människa som inte trodde ett skvatt på den gudsfruktan hon ville inpränta i andra. Hon var ful som en häxa, med stora utstående tänder och grova händer och man kunde tänka att hon måste ha haft mycket mäktig ställning i den sverkerska ätten för att bli bortgift med det utseendet. Makt hade hon svårligen kunnat få genom äkta säng, men desto lättare genom att bli abbedissa.

Och eftersom både Cecilia Rosa och Cecilia Blanka var kvinnor i den ljuvaste ålder, smala om livet och med ögon fulla av liv, så tänkte de sig, både självmedvetna och kloka, att just här fanns något ömt som klämde i Moder Rikissas skor.

När sommaren kom och mässorna vid Kristi himmelsfärd var förbi förändrades Moder Rikissa på nytt. Hon fann nu ständigt skäl att bestraffa de två hatade Ceciliorna, och då vatten och bröd inte tycktes hjälpa långt mot det hon kallade deras skalkaktighet tog hon nästan dagligen till gisslet vid lapis culparum och hon tvingade de sverkerska jungfrurna, dock aldrig mer Helena Sverkersdotter, att utföra piskningen. Visserligen var det ingen som slog lika hårt som Helena den gången Cecilia Blanka hade förbannat henne, men den ständiga upprepningen gjorde ändå att deras ryggar värkte allt mer.

Det var Cecilia Blanka som till slut kom på hur de skulle göra för att bli av med eländet. Hennes tanke förutsatte emellertid att Moder Rikissas hjärta var lika svart och svekfullt som det föreföll när man såg den fördömda häxan. Tanken var att Moder Rikissa inte skulle följa regeln om den obrottsliga tystnadsplikten vid bikt, att hon skulle tvinga till sig den kunskapen från envar biktfader som kom till Gudhem.

Den biktfader som oftast kom var en ung *vicarius* från domkyrkan i Skara. Inför honom skulle också de världsliga jungfrurna bikta sig. Men de fick aldrig se honom, eftersom han satt inne i kyrkan och den som skulle bikta sig satt ute i korsgången vid ett fönster med träspjälor och tyg emellan.

Cecilia Blanka infann sig en ljum försommardags morgon till denna bikt med en känsla av feber eller svindel, ty hon visste väl med sig att det hon tänkte göra var en svår synd, att det var gäckeri med den heliga bikten. Men å andra sidan, tröstade hon sig, om denna krigslist lyckades så visade den ju också att det i själva verket var Moder Rikissa och vicarius som drev gäck med bikten.

"Fader förlåt mig ty jag har syndat", viskade hon fort så att orden snubblade på varandra och drog sedan ett djupt andetag inför det hon skulle göra.

"Mitt barn, min kära dotter", svarade vicarius med en suck på andra sidan gallret, "Gudhem är väl ändå inte en plats som bjuder till svåra synder, men låt ändå höra."

"Jag tänker onda tankar om mina medsystrar", fortsatte Cecilia Blanka beslutsamt, ty nu hade hon tagit språnget ut i synd, "jag tänker hämndgiriga tankar och jag kan inte förlåta dem."

"Vad är det du inte kan förlåta och vilka kan du inte förlåta?" frågade vicarius försiktigt.

"Sverkersdöttrarna och deras anhang. De springer med skvaller, de sköter gisslet när jag och min vän ständigt skall straffas till följd av deras skvaller. Och jag tänker, förlåt mig fader men jag måste säga som sant är, jag tänker att om jag blir drottning så kommer jag aldrig att kunna förlåta vare sig dem eller Moder Rikissa. Jag tänker att jag kommer att hämnas länge och hårt, jag tänker att deras släktingars gårdar skall brinna och att Gudhem skall tömmas på allt folk och inte sten på sten lämnas kvar på denna plats."

"Vem är din vän?" frågade vicarius med en lätt darrning i rösten.

"Cecilia Algotsdotter, fader."

"Hon som var trolovad i folkungaätten med någon som hette Arn Magnusson?"

"Ja, just hon fader, hon som Birger Brosa håller så kär. Hon är min vän och hon plågas av alla här på samma sätt som jag och därför fylls jag av dessa ovärdiga och syndiga hämndkänslor."

"Så länge du befinner dig i Gudhem, min dotter, måste du följa de heliga regler som gäller här", svarade vicarius med en röst som försökte låta sträng. Men där fanns en tydlig ton av osäkerhet och rädsla som inte undgick Cecilia Blanka.

"Jag vet fader, jag vet att detta är min synd och jag söker Guds förlåtelse", sade Cecilia Blanka lågt och sedesamt men med ett brett leende i ansiktet; vicarius kunde ju se henne lika lite som hon kunde se honom.

Det dröjde en stund innan vicarius svarade och Cecilia Blanka ansåg att det var ett gott tecken, att hennes medicin tydligen bet gott.

"Du måste söka frid i ditt sinne, min dotter", svarade han till slut med ansträngd röst. "Du måste förlika dig med din lott i livet, du som alla andra här i Gudhem och jag säger dig nu att du måste tänka över dina syndiga tankar, du måste be tjugo Pater Noster och fyrtio Ave Maria och du måste avstå från varje ord till någon annan i ett dygn medan du ångrar din synd. Har du förstått detta?"

"Ja fader, jag har förstått", viskade Cecilia Blanka medan hon bet sig i läppen för att inte falla i skratt.

"Jag förlåter dig då i Faderns, Sonens och den heliga Jungfru Marias namn", viskade vicarius, märkbart skakad.

Cecilia Blanka ilade jublande inom sig men med sedesamt sänkt huvud bort i korsgången till dess andra sida där hon hittade sin vän Cecilia Rosa gömd inne vid fontänen i lavatorium. Cecilia Blanka var röd i ansiktet av upphetsning.

"Den medicinen hjälpte nog, vid Gud jag tror den hjälpte", viskade hon när hon kom in i lavatorium, såg sig omkring och sedan omfamnade sin vän som om de varit fria kvinnor i den andra världen, en omfamning som skulle stått dem dyrt om någon hade sett den.

"Hurså, hur kan du veta det?" frågade Cecilia Rosa oroligt medan hon ängsligt sköt sin vän ifrån sig och såg sig om.

"Tjugo Pater och fyrtio Ave för att bekänna sådant hat, det är ju alls ingenting! Och bara en dags tystnad! Förstår du inte, han blev rädd och nu springer han och skvallrar för häxan Rikissa. Nu måste du göra samma sak!"

"Jag vet inte, jag vet inte om jag vågar...", invände Cecilia Rosa oroligt. "Jag kan ju inte hota med någonting, du kan hota med att bli en hämndlysten drottning men jag... med mina tjugo års dom, vad kan jag hota med?"

"Med folkungarna och med Birger Brosa!" viskade Cecilia Blanka upphetsat. "Jag tror något har hänt där ute eller är på väg att hända. Hota med folkungarna!"

Cecilia Rosa avundades sin väns mod. Det var ett fräckt vågspel de hade gett sig in i och det hade Cecilia Rosa aldrig klarat på egen hand. Men nu var det första redan sagt, nu hade Cecilia Blanka tagit risker för dem båda och nu måste Cecilia Rosa göra detsamma.

"Ha tillit till mig, jag skall också göra det", viskade hon, korsade sig, fällde huvan över sitt huvud och gick sin väg vridande sina händer som om hon just tvättat sig inne vid fontänen. Hon gick bort genom korsgången mot biktplatsen utan att dröja med stegen och hon gjorde som vänskapen nu krävde att hon måste göra, hon behärskade och betvingade sin rädsla inför det oerhörda att driva gäck med bikten.

Vad som hade fungerat i deras plan var inte så säkert. Men att den fungerat var snart säkert.

Tystnaden omsvepte fortfarande de två Ceciliorna i Gudhem, ingen talade med dem men ingen såg heller med samma hat på dem som förut. Det var som om de andras blickar hade blivit skrämda och förstulna. Och ingen av deras medsystrar bland jungfrurna skvallrade längre på dem för att de bröt mot tystnadsplikten, vilket de nu började göra helt öppet. Utan att blygas kunde de gå samtalande som fritt folk där ute, fastän de gick i korsgången inne i Gudhem.

Det var en kort tid av oväntad lycka, men också av en pirrande känsla av osäkerhet. De andra visste alldeles tydligt så mycket mer och de andra gjorde allt för att hålla de två fienderna i okunskap. Men något stort skedde utanför murarna, annars skulle gisslet ha kommit fram för länge sedan.

De två Ceciliorna fann nu också större glädje i sitt gemensamma arbete, ty ingen hindrade dem att arbeta tillsammans vid vävstolarna fastän det sedan länge stod klart att Cecilia Blanka sannerligen inte var någon nybörjare som behövde hjälp. De hade börjat arbeta med lintråd nu när vintern var långt borta och med hjälp av Syster Leonore, som kom från sydligare nejder och var den syster som ansvarade för klosterträdgården utanför murarna lika väl som för trädgården innanför murarna och alla rosenbuskar som växte längs pelarraden i korsgången. Syster Leonore lärde dem att blanda olika färger och färga lintråden och de började försöka sig på olika mönster i vävnader som förvisso inte skulle kunna användas inne på Gudhem men väl säljas där ute.

De tydde sig allt mer till Syster Leonore, som ju inte hade fränder i göta länderna och därför ingenting att skaffa med de fejder som pågick utanför murarna. Av henne lärde de sig alltmer om hur en trädgård skall vårdas på sommaren, hur varje planta skall tas om hand som ett barn och hur för mycket vatten ibland kan bli lika skadligt som för lite vatten.

Moder Rikissa lät dem hållas hos Syster Leonore och på så vis skapades en jämvikt i Gudhem, fienderna hade skilts åt fastän de alla bodde under samma tak, bad samma böner och sjöng samma psalmer.

Dock fick Cecilia Rosa och Cecilia Blanka aldrig gå utanför murarna annat än till trädgården strax utanför den södra sidan. På den punkten var Moder Rikissa benhård. Och när två systrar och alla familiares skulle resa in till midsommarmarknaden i Skara fick Cecilia Rosa och Cecilia Blanka stanna på Gudhem.

De gnisslade tänder över detta och kände på nytt starkt hat mot Moder Rikissa. Men samtidigt förstod de att det var något de inte förstod, något som de andra kanske kände till men som ingen berättade just för dem.

Senare den sommaren hände också något som var lika skrämmande som förbryllande. Biskop Bengt i Skara hade med stor brådska kommit till Gudhem och låst in sig tillsammans med Moder Rikissa i abbedissans egna rum. Om det bara var en tursam händelse eller om det ena hade med det andra att göra fick Ceciliorna aldrig veta.

Några timmar efter att biskop Bengt kommit till Gudhem närmade sig en grupp väpnade ryttare. Det slogs larm i klockan och portarna stängdes. Eftersom ryttarna kom från öster skyndade sig Cecilia Rosa och Cecilia Blanka fort upp i dormitorium för att kunna se ut genom fönstren där uppe. De var fyllda med hopp, nästan med jubel inom sig. Men när de fick se ryttarnas färger, deras vapenskjortor och sköldemärken, kändes det som om själva döden kramade deras hjärtan. Ryttarna, varav en del var blodiga, andra svårt sårade så att de red framåthukande och somliga andra åter oskadda till kroppen men med vilt stirrande ögon, tillhörde alla fienden.

Framme vid den förbommade klosterporten gjorde ryttarna halt, men deras anförare började skrika något om att de två folkungska hororna måste utlämnas. Cecilia Rosa och Cecilia Blanka som nu hängde halvvägs ut genom dormitoriums fönster för att höra allt visste inte om de genast skulle börja be eller om de skulle hänga kvar för att höra mer. Cecilia Rosa ville be för sitt liv. Cecilia Blanka ville prompt höra allt som nu sades. Varför sårade fiender kom ridande för att försöka sig på något så grovt som kvinnorov ur kloster var verkligen något man måste höra, menade hon. Så blev det, de hängde båda kvar i fönstret och spetsade sina öron.

Efter en kort stund kom biskop Bengt ut och porten stängdes bakom honom. Han talade lågt och värdigt till fiendens ryttare så att de två Ceciliorna i dormitoriums fönster bara kunde uppfatta något lite av vad som sades. Det gick ut på att det var en oförlåtlig synd att rikta våld mot klosterfriden och att han, biskopen själv, hellre skulle låta sig huggas ner än att han fann sig i något sådant. Därefter talades så lågt att inget längre kunde höras upp till sovsalens fönster. Det slutade med att hela gruppen av fiendens ryttare långsamt och liksom motvilligt vände sina hästar och red mot söder.

De två Ceciliorna höll hårt om varandra när de nu sjönk ner på golvet under fönstret. De visste inte om de skulle be till heliga Jungfru Maria och tacka för sin räddning eller om de skulle skratta av lycka. Cecilia Rosa började be, Cecilia Blanka lät henne hållas medan hon själv försökte tänka efter så skarpt hon förmådde. Till slut böjde hon sig fram, omfamnade Cecilia Rosa på nytt och ännu hårdare och kysste henne på båda kinderna, som om hon redan hade lämnat den stränga världen.

"Cecilia, min älskade vän, min enda vän på denna onda plats man lögnaktigt kallar Gudhem", viskade hon upphetsat. "Jag tror vi såg vår räddning komma."

"Det var ju fiendens hirdmän", viskade Cecilia Rosa osäkert. "De kom för att ta oss som rov, men vi hade tur att biskopen var här, vad kan du se för gott i det? Tänk om de kommer tillbaka när bispen inte är här?"

"De kommer inte tillbaka, såg du inte att de var slagna?"

"Jo flera av dem var ju sårade..."

"Ja! Och vad betyder det? Vilka är det som slagit dem, tror du?"

"De våra?"

Samtidigt som hon uttalade den enfaldiga frågans enfaldiga svar kände Cecilia Rosa en smärta och sorg som hon inte kunde förstå, eftersom hon ju borde glädjas. Om folkungar och erikar nu segrat borde hon glädjas, men det betydde ju också att hon skulle skiljas från Cecilia Blanka. Och själv hade hon många år kvar.

Den dagen sänkte sig en mörk stämning av skräck över Gudhem. Ingen enda kvinna där inne utom Syster Leonore, som kanske tillsammans med de två Ceciliorna var den som visste minst, vågade se dem i ögonen.

Moder Rikissa hade dragit sig tillbaka till sina egna rum och visade sig inte förrän nästa dag. Biskop Bengt hade gett sig av i stor brådska och därefter flöt arbetet, sångerna och mässorna vind för våg. Vid aftonsången sjöng de två Ceciliorna samman som de aldrig hade gjort förut och nu fanns inte spår av falska toner hos den av dem som kallades Blanka. Och den av dem som kallades Rosa sjöng högre, djärvare, nästan världsligt djärvt, med ibland helt nya variationer i sin stämma. Ingen rättade henne och ingen Moder Rikissa fanns där för att fryna åt denna glädjesång.

Den följande morgonen kom ryttare från Skara till Gudhem under stor brådska för att lämna bud till Moder Rikissa. Hon tog emot budbärarna ute i hospitium och stängde sedan in sig i abbedissans kvarter utan att träffa någon annan förrän till prim, som skulle följas av dagens första mässa. Nu inträffade det ovanliga att det blev nattvardsgång till denna mässa, fastän pingstmässans nattvard sedan länge var avklarad och det skulle dröja länge än till julens nattvardsgång.

Hostian hade välsignats ute i sakristian av en okänd vicarius eller någon annan från domkyrkan inne i Skara och den delades ut i den vanliga ordningen, först systrarna, sedan conversae och sist de världsliga jungfrurna.

Det välsignade vinet bars in, det ringde i klockan som förkunnade undret och kalken räcktes sedan från den ena till den andra av priorinnan som höll kalken i ena handen och med den andra gav var och en en egen *fistula*, ett halmstrå att suga upp vinet med.

När det var Cecilia Rosas tur att dricka av Guds blod gjorde hon det sedesamt och med en ärlig känsla av tacksägelse inom sig, ty det som nu hände bekräftade stora förhoppningar. Men när Cecilia Blanka skulle dricka hördes en skarp sörpling, kanske för att hon var sist att dricka och det var lite vin kvar. Kanske för att hon åter ville visa sitt förakt, inte för Gud, men för Gudhem.

De två Ceciliorna talade aldrig i livet om den saken och om vad som verkligen var sant.

Alla var de därefter så spända när de gick ut mot kapitelsalen att de rörde sig stela som dockor. Där ute väntade Moder Rikissa, utvakad och mörk under ögonen, nästan lite hopsjunken i sin stol där hon brukade sitta som en ond drottning.

Bönestunden blev kort. Likaså textläsningen som denna gången handlade om nåd och barmhärtighet, vilket fick Cecilia Blanka att ge sin vän en uppmuntrande blinkning som betydde att allt tycktes gå som de kunde hoppas. Barmhärtighet och nåd var sannerligen inte Moder Rikissas mest älskade ämne under lässtunderna.

Sedan blev det tyst och mycket spänt. Moder Rikissa började först med svag röst, alls inte lik hennes vanliga, läsa upp några namn på bröder och systrar som nu vandrade på paradisets ängar. En kort stund lystrade Cecilia Rosa om något namn på tempelriddare skulle fogas till den raden, men något sådant kom inte.

Sedan blev det tyst igen. Moder Rikissa vred sina händer och såg nästan ut som om hon skulle falla i gråt, något som ingen av Ceciliorna trott om den onda häxan. Efter en stund då hon suttit tyst och försökt samla sig tog Moder Rikissa mod till sig och vecklade upp en hoprullad skrift i pergament. Hennes händer darrade något:

"I Faderns, Sonens och den Heliga Jungfruns namn", rabblade hon tonlöst, "må vi be för alla dem, fränder och icke fränder, som stupade på blodsängarna, som dessa åkrar alltid kommer att kallas, utanför Bjälbo."

Här gjorde hon en paus för att än en gång ta sig samman och när de två Ceciliorna nu hört ordet Bjälbo kramades deras hjärtan samman av ångest. Bjälbo var folkungarnas starkaste fäste, det var Birger Brosas gård och hem och dit hade kriget nu nått.

"Bland de stupade, som var många...", fortsatte Moder Rikissa men kom av sig på nytt och måste med kraft ta sig samman för att kunna fortsätta. "Bland de många stupade befann sig jarlarna av Guds nåde Boleslav och Kol och så många av deras fränder att jag här inte alls kan räkna upp dem alla. Vi kommer nu att bedja för de dödas själar, vi kommer nu att ha sorg en vecka då inget annat än vatten och bröd skall tillkomma oss lekameligen, vi kommer nu... att ha en stor sorg..."

Där tystnade Moder Rikissa och satt med texten slappt i sin hand som om hon inte gitte läsa längre. Någon snyftning hördes redan i salen.

Då reste sig Cecilia Blanka och tog sin vän djärvt i handen, de satt ju tillsammans längst ner i salen närmast dörren. Och utan att tveka på rösten, men också utan att visa hån eller skadeglädje, bröt hon nu mot sin tystnadsplikt.

"Moder Rikissa, jag ber om tillgift", sade hon. "Men jag och Cecilia Algotsdotter lämnar er nu i den sorg där vi två inte utan vidare kan deltaga. Vi går ut i korsgången för att på vårt sätt begrunda det som har hänt."

Det var ett oerhört sätt att tala, men Moder Rikissa viftade bara svagt med handen till jakande svar. Cecilia Blanka tog då sin vän ett steg framåt och bugade höviskt världsligt med svepande arm som om hon vore drottning innan hon, fortfarande med sin vän vid handen, lämnade kapitelsalen.

När de kom ut i korsgången sprang de fort på lätta steg så långt de kunde för att inte höras in till de sörjande. Där stannade de, omfamnade varandra, kysste varandra på det mest oblyga sätt och svängde sedan runt runt med armarna om varandras liv nerför korsgången som om de dansade. Inget behövde sägas, de visste nu allt som behövde vetas.

Om Boleslav och Kol båda var döda så var striden över. Om sverkrarna hade gått mot självaste Bjälbo så måste folkungarna, även om de tvekat innan, ha gått man ur huse och kommit med allt vad de förmådde för att segra eller dö. Något annat val hade inte kunnat finnas om slaget stod vid Bjälbo.

Och om de båda kungakrävarna på andra sidan hade stupat så betydde det att inte många av deras män kommit levande från det slaget eftersom höga herrar var de som stupade sist i krig. Birger Brosa och Knut Eriksson måste ha vunnit en stor och avgörande seger. Därför kom också de flyende sverkrarna till Gudhem i tron att de skulle kunna köpa sig fri lejd genom att ta Knut Erikssons trolovade som rov.

Kriget var över och deras sida hade segrat. I den första stunden av glädje när de med armarna om varandras liv dansade nerför korsgången var detta deras allt uppfyllande tanke.

Först senare kom de att tänka på att det som skett vid blodsängarna utanför Bjälbo också innebar att de nu skulle komma att skiljas från varandra. Cecilia Blankas frihetstimme skulle snart slå.

III

Armand de gascogne, sergeant av tempelherreorden, var en man som för intet skulle erkänna skräck eller bävan. Inte bara för att det var emot Regeln, en tempelriddare var förbjuden att känna skräck. Det var också emot hans föreställning om sig själv och mot hans hetaste önskan i livet, att bli upptagen i orden som en fullvärdig riddarbroder.

Men när han såg Jerusalems murar i den nedgående solen, världens mitt, torna upp sig framför dem var det ändå som om han kände bävan, och som om han frös och håren på hans täckta underarmar reste sig. Strax var dock hettan tillbaks i hans ansikte.

Deras ritt hade varit mycket hård, hans herre Arn hade bara unnat dem en kort vila mitt på dagen och de hade ridit under tystnad utan andra uppehåll än de som då och då behövdes för att stiga av en stund och rigga om den otympliga lasten på hästarna. De sex liken hade stelnat i egendomliga ställningar och allteftersom solen stigit och hettan ökat hade de samlat allt större moln av flugor kring sig. Men liken var inte det besvärligaste att hantera, de kunde tvärtom böjas till för att foga bättre in i lasten. Däremot hade rövarnas byte i den lilla grottan varit ansenligt och svårlastat. Där fanns allt från turkiska vapen till kristna nattvardsskålar i silver, siden och brokad, smycken och frankiska rustningsdetaljer, sporrar i silver och guld, blåa stenar av den egyptiska sorten och ädla stenar som Armand inte kände till i violett och blågrönt, små guldkrucifix i kedjor av allt från läder till gediget hamrat guld; enbart därigenom kunde man räkna in mer än ett tjog troende själar som nu, frid över dem, måtte befinna sig i paradiset eftersom de mött martyrdöden på väg till eller från den plats där Johannes Döparen sänkte Herren Jesus Kristus i Jordans vatten.

Armands tunga hade svällt så att den kändes som ett tjockt läderstycke i munnen och den var torr som ökensand. Det var inte så att deras vatten hade tagit slut, för varje steg hästen tog hörde Armand kluckandet i lädersäcken vid sin högra länd. Men det var Regeln. En tempelriddare behärskade sig. En tempelriddare måste kunna utstå det andra inte kunde utstå. Och i all synnerhet kunde inte en sergeant dricka utan sin herres tillstånd, lika lite som han kunde yttra sig utan att bli tilltalad eller göra halt utan order.

Armand anade att hans herre Arn plågade sin sergeant inte utan avsikt, eftersom han ju också plågade sig själv. Något hade det med morgonen att göra. Den morgonen hade han svarat sanningsenligt som Regeln krävde. Frågan han fått var om han ville bli upptagen som riddare och bära den vita manteln. Hans herre Arn hade bara nickat tankfullt åt hans svar utan att visa några känslor och sedan dess hade de inte yttrat ett ord. De hade ridit elva timmar med bara en kort stunds uppehåll för vila, de hade stannat då och då när de fann vatten att ge hästarna, men inte sig själva, och allt detta hade de genomfört under en av årets hetaste dagar. Den sista timmen hade Armand sett hur hästarnas muskler i bakbenen darrade i varje steg när de flyttade sig framåt, också för hästarna hade detta varit en mycket svår dag. Men det var som om Regeln gällde även för Tempelherreordens hästar. Man gav aldrig upp. Man lydde order. Man uthärdade det som andra inte kunde uthärda.

När de äntligen närmade sig den port i stadsmuren som kallades lejonporten kom det för en kort stund som en dimma framför Armands ögon och han fick gripa tag i sadelknappen framför sig för att inte falla av hästen. Men sedan tog han sig samman, om inte annat av nyfikenhet att se det tumult som uppstod vid stadsporten när han och hans herre och deras ovanliga last närmade sig. Eller om det var för att han trodde att han mycket snart skulle få dricka, i vilket han misstog sig.

Vid stadsporten stod vakter som var kungens knektar men också en tempelriddare och hans sergeant. När en av de kungliga knektarna gick fram mot Arn de Gothias häst för att ta den vid tygeln och förhöra sig om ärende och rätt att inträda i staden drog den vitklädde tempelriddaren bakom honom genast sitt svärd och höll det i hans väg och beordrade sin sergeant att fösa undan nyfikna. Och så red Armand och hans herre in i världens mitt utan att behöva yttra ett ord, ty de tillhörde Guds heliga armé och de löd under ingen människa på jorden utom den Helige Fadern i Rom. Ingen biskop, inte ens patriarken av Jerusalem, ingen kung och inte ens kungen av Jerusalem behövde en tempelriddare lyda. Än mindre några kungliga knektar.

Sergeanten från stadsporten ledde dem genom smala stenlagda gator bort mot tempelplatsen medan han då och då föste undan gatpojkar och andra nyfikna som ville flockas kring deras last för att spotta på liken om de var kristna eller se om de kände igen någon av de döda om de var otrogna. Det surrade av en mängd främmande språk runt Armands huvud, han kände igen arameiska, anneniska och grekiska, men många andra språk kände han inte.

När de närmade sig tempelplatsen red de inte upp utan ner mot stallarna som låg under hela Templum Salomonis. Där nere fanns ett högt valv förbyggt med stora träportar och där stod nya vakter som alla var sergeanter i Tempelherreorden.

Nu steg Armands herre långsamt av sin häst, räckte tyglarna till en av de höviskt väntande sergeanterna och viskade någonting, innan han vände sig mot Armand och med skrovlig röst beordrade avsittning och häst vid tygel. En vitklädd tempelriddare kom skyndande och bugade mot Arn de Gothia, som bugade tillbaka, och sedan fick de stiga in i de väldiga stallarnas långa rader av pelarkolonnader. De stannade en bit in där det fanns ett bord och skrivdon och grönklädda underkaplaner som förde bok. Herr Arn och hans riddarbroder i vitt förde ett kort samtal som Armand inte hörde något av och sedan fick sergeanterna börja lasta av och göra sig beredda att visa föremål på föremål för skrivarna, medan Arn tecknade åt Armand att följa med.

De gick genom de oändliga stallarna. Armand hade hört någon säga att här kunde man hålla 10 000 hästar, vilket föreföll honom överdrivet, medan däremot det som någon annan sagt verkade helt riktigt, att stallarna var så stora att ett pilskott på längden och ett på bredden var deras mått. Det var mycket vackert och det var överallt rent, inte en hästlort ute i gångarna, inte ett halmstrå, bara ren stenläggning. I rad efter rad stod hästar som antingen befann sig i sina egna drömmar eller ryktades, skoddes, vattnades och fodrades av en armé av brunklädda stallbetjänter. Här och var stod också en svartklädd sergeant och arbetade med sin häst, eller en vitklädd riddarbroder med sin. Varje gång de gick förbi en sergeant bugade sig Armand. Varje gång de gick förbi en tempelriddare bugade sig Arn. Det Armand såg var en makt och en styrka han aldrig kunnat föreställa sig. Han hade bara varit en gång tidigare i Jerusalem, för att besöka Heliga Gravens kyrka med en grupp rekryter; alla rekryter måste någon gång ha besökt den Heliga Graven. Men han hade aldrig varit inne i tempelriddarnas själva kvarter i Jerusalem och trots alla rykten han hört var detta oändligt mycket större och mäktigare än han kunnat föreställa sig. Enbart värdet i guld för alla dessa sköna och välskötta hästar av arabiskt eller frankiskt eller andalusiskt blod skulle räcka för att bekosta en stor armé.

När de kommit längst bort i stallarna fanns smala vindeltrappor som ledde uppåt. Armands herre verkade som om han hittade som i sin egen handflata, han behövde inte fråga någon om vägen och han valde den tredje eller den fjärde trappan utan att tveka och så gick de under tystnad uppåt i mörkret. När de plötsligt kom ut på en stor gård bländades Armands ögon av allt ljus när den nedgående solen blixtrade i en stor kupol i guld och en något mindre i silver. Hans herre stannade och pekade men sade ingenting. Armand korsade sig inför den heliga synen och sedan häpnade han, nu när han stod på så nära håll, av att se att den gyllene kupolen som han bara sett på avstånd var täckt av rektangulära plattor av något som måste vara gediget guld. Han hade alltid trott att det varit tegel som glaserats i guldfärg. Ett helt kyrkotak i rent guld var något som fick tanken att svindla.

Hans herre sade fortfarande ingenting, men tecknade efter en stund att de skulle gå vidare och Armand fick nu följa med in i en avskild värld av trädgårdar och springbrunnar mellan ett gytter av hus i alla färger och byggnadsstilar. En del såg ut som saracenska hus, andra som frankiska, en del var strikt vitkalkade, andra klädda i blått, grönt och vitt saracenskt glaserat kakel i synnerligen okristliga mönster. I just några sammanbyggda hus av den typen med små rundade men blott vitkalkade kupoler gick de nu in, Armand två steg bakom sin herre.

De stannade utanför några trädörrar som såg precis likadana ut, tre eller fyra dörrar i vit färg med Tempelherreordens röda kors på utsidan, dock inte större än en handflata. Då vände sig Arn om och såg forskande och lite roat på sin sergeant en stund innan han sade något. Armand kände sig fullkomligt tom i huvudet, han hade inte den ringaste aning om vad som skulle ske, han visste bara att han skulle få en order som han måste lyda. Han höll på att förgås av törst.

"Nu min gode sergeant skall du göra som jag säger, det och ingenting annat", sade Arn till slut. "Du går in genom den här dörren. Där finner du ett rum som är tomt sånär som på en träbänk. Där skall du..."

Arn tvekade och harklade sig, han var för torr i munnen för att kunna tala utan svårighet.

"Där skall du ta av dig alla dina kläder. *Alla* dina kläder, vapenskjortan, ringbrynjan, hosorna, skorna och... och till och med din yttersta lammskinnsgördel kring den orena delen av manskroppen och mer än så, även den innersta delen av lammskinnsgördeln som du aldrig tar av dig. Och sen skall du slutligen ta av dig innerskjortan som du bär under brynjan och skärpet ikring den så att du står där alldeles naken. Har du förstått vad jag nu säger dig?"

"Ja herre, jag har förstått", viskade Armand rodnande och sänkte sitt huvud och måste sedan anstränga sig för att få sin torra mun att pressa fram fler ord. "Men du säger, herre, att jag skall ta av mig alla kläder... Regeln säger ju...?"

"Du är i Jerusalem, du är i den heligaste av städer i det heligaste av våra kvarter i hela världen och här är andra regler!" klippte Arn av. "Nå, när du nu gjort detta som jag sagt dig stiger du in genom nästa dörr in i nästa rum. Där finner du vatten där du kan sänka ner hela din kropp, där finner du oljor som du skall använda och du finner ting för din tvagning. Du skall tvaga dig, du skall nedsänka din kropp helt i vatten, också ditt hår, och du skall göra dig helt ren. Du har förstått allt jag säger?"

"Ja herre, jag har förstått. Men Regeln...?"

"I det inre av rummet skall du tvaga dig", fortsatte Arn obekymrat som om han nu inte längre hade svårt att tvinga orden genom sin torra mun, "och du skall syssla med detta så länge att du ser mörkret sänka sig, ja det finns fönster där inne. Och när mörkret sänker sig och du hör muezzin, de otrognas böneutropare, hävda att 'Allah är störst' och vad de nu skriker, så skall du gå tillbaks till det yttre rummet. Där finner du nya kläder, fast av samma slag som du kom med. I de kläderna skall du klä dig. Jag väntar ute i korridoren här där vi står nu. Har du förstått allt det här?"

"Ja, herre."

"Bra. Då har jag bara en sak till att säga dig. Du kommer att tvaga dig med vatten, du kommer att nedsänka hela din kropp i vatten, du kommer att ha vatten runt dig och över dig och en stor mängd därtill. Men du får inte dricka en droppe. Lyd!"

Armand kom sig inte för att svara, han var alldeles för häpen. Hans herre hade redan svängt på hälen och tagit ett långt steg mot dörren intill och var på väg in. Men just som han skulle försvinna ur Armands syn kom han på något, stannade, vände sig om och log.

"Oroa dig inte, Armand. De som byter dina kläder kommer aldrig att se dig naken, de vet inte ens vem du är. De bara lyder."

Och så försvann tempelriddaren ur Armands synhåll bakom en beslutsamt stängd dörr.

Armand stod först alldeles stilla. Han kände hur hjärtat bultade i bröstet inför de märkliga instruktioner han fått. Men så tog han sig samman och steg in i det första rummet utan att tveka. Det var som hans herre hade sagt, där fanns inget annat än en träbänk och ytterligare en dörr. Golvet var skinande vitt, väggarna var klädda i himmelsblått kakel utan några mönster, taket var i vit kalk och höjde sig i en liten kupol med ljusgluggar i stjärnmönster.

Han lade först ifrån sig sin stinkande mantel som han burit över vänster arm liksom sin herre. Han spände av sig svärdet och drog sedan av sig den solkiga och blodiga vapenskjortan. Så långt tvekade han inte. Det var inte heller så egendomligt att dra av sig ringbrynjan och de brynjeklädda hosorna och därmed de stålklädda skorna som hängde ihop med hosorna.

Men sedan, när han stod i sin våta svettstinkande innerskjorta tvekade han. Order var dock order, han drog av sig innerskjortan och dess skärp, tvekade på nytt inför sina dubbla lammskinnsgördlar, men blundade och knöt av dem båda. Så stod han en stund innan han vågade öppna ögonen, fullständigt naken. Det var som i en dröm och han visste inte om det var en ond eller en god dröm, bara att han måste gå vidare, att han måste lyda. Han ryckte manligt beslutsamt upp dörren till nästa rum, steg in och slog fort igen den bakom sig medan han blundade på nytt.

Det han sedan såg, när han tvingade sig att öppna ögonen på nytt, var som ett överfall av skönhet. Rummet hade tre rundade valvbågsfönster med träjalusier där ljus kom in men inte ut. Man kunde se några av Jerusalems torn och spiror och dessutom höra alla ljuden ute från staden; några duvor fladdrade förbi med smattrande vingar ute i sommarkvällen. Men naturligtvis kunde ingen se in i mörkret bakom dessa högt belägna träspjälor.

Rummets väggar var dekorerade i blå-grön-svart-vita saracenska mönster som påminde om väggarna på kyrkan med guldkupolen där ute. Tunna pelare bar upp rummets valv och pelarna var i vit marmor med form som om de vridits upp från golv till tak, golvet var i svart glaserat kakel och i rent guld, lagt i schackrutsmönster, varje platta av dubbel handsbredd. Till vänster i rummet fanns en stor urholkning fylld med vatten och trappsteg ner i något som såg ut som en liten damm som gott kunde ha rymt två hästar och till höger i rummet samma sak. På två bord med inläggningar i pärlemor som bildade skrift på arabiska mitt mellan de två dammarna stod en uppsättning med silverskålar med oljor i olika ljusa färger och där brann två små oljelampor som också var i silver. På en bänk i mandelträ med inlägg-ningar i svart afrikanskt trä och rött rosenträ låg stora vita tygstycken.

Armand tvekade. Han upprepade mumlande för sig själv den till-sägelse han fått och måste lyda. Han gick osäkert fram till en av de två dammarna och trappstegen som ledde ner i den och steg ner till knä-na, men ångrade sig fort. Det var alldeles för hett; nu såg han också hur det ångade över vattenytan. Han gick då över till den andra dam-men och släppte våta fotspår efter sig i golvets ljumma guld och prö-vade på nytt. Där var vattnet svalt som en bäck och han steg ner till låren och stod så en stund oklar över vad han borde göra härnäst. Han betraktade försiktigt sin kropp. Händerna var helt bruna en bit upp på handlederna, allt det andra han såg var vitt som måsarnas fjäd-rar hemma vid floden i Gascogne. Längs armarna såg han ränder av salt och smuts som här och var lagrat sig i små veck och gömmor. Han tänkte på att Regeln förbjöd varje form av njutning men tänkte samtidigt på att han måste lyda; och så steg han ner för alla trappste-gen och sänkte utan att längre tveka hela sin kropp i det svala vattnet medan han gled ut en bit i dammen och svävade så som han nu erin-rade sig att man kunde göra. Han såg framför sig hur han badat i flo-den nedanför borgen hemma i Gascogne, på den tiden ingenting var annat än lek och inga moln fanns på himlen och livet alltid skulle levas i Gascogne och krig inte fanns. Av ett infall dök han, fick vatten i näsan och reste sig frustande upp mitt ute i dammen. Han tog ett prövande simtag men kom genast fram till en blådekorerad kakel-kant. Han dök ner och sköt sig med fötterna genom vattnet mot den andra kanten, men blundade dumt nog och slog huvudet hårt mot kaklet på andra sidan. Han gnydde, svor inte eftersom det var mot Regeln, reste sig och gned sig över det onda i svålen. I nästa ögonblick kände han sig plötsligt lycklig på ett sätt som han inte kunde förstå, svepte sin kupade hand ner mot vattenytan och slog in en handfull vatten i munnen. Men han fann sig genast och spottade skräckslaget ut det förbjudna, försökte torka bort det sista vattnet med pekfingret sträckt över tungan; han var ju förbjuden att dricka.

Han undersökte de olika oljorna på bordet mellan de två dammarna, smörjde försiktigt in sig över alla delar av kroppen som man kunde vidröra utan synd, prövade sig fram mellan de olika färgerna i skålarna till det han trodde han skulle ha i sitt hår, och var till slut insmord överallt. Då steg han på nytt ner i den svala dammen och tvagade sig, sänkte sig helt under vatten och tvagade även sitt hår och skägg. Sedan låg han stilla en stund och flöt i vattnet och stirrade upp i de saracenska mönster som smyckade kupolen i taket. Det var som ett förmak till paradiset, tänkte han.

Efter en stund tyckte han det kändes kallt och prövade att gå över till den varmare dammen, som nu svalnat till så behaglig temperatur att det kändes som att stiga ner i ingenting till en början. Han rös till och skakade i kroppen som en hund eller en katt. Sedan låg han stilla i detta ljumma ingenting och kom sig för att tvaga sig även på de orena ställen på kroppen där man inte fick vidröra sig, och utan att kunna hindra sig själv syndade han så att han visste med sig att det första han måste tänka på när han kom tillbaka till borgen i Gaza var att bikta sig för detta, som han ändå kunnat avhålla sig från under mycket lång tid.

Han låg drömmande länge och alldeles stilla i vattnet som om han svävade i sina drömmar. Han var här i paradisets förmak men samtidigt långt borta, hemma i sin barndom vid floden i Gascogne på den tiden världen var god.

Det gälla ogudaktiga ljudet från de otrogna som skrek ut sin bön över stadens skymning fick honom att vakna upp som vid alarm och han tumlade skräckslaget och fylld av dåligt samvete upp ur vattnet och grep efter de mjuka vita tygstycken som fanns för att torka sig, han utgick från att det var avsikten med de vita tygerna.

När han gick ut i det lilla förrummet var alla hans gamla kläder borttagna, till och med filtlagren han burit närmast under brynjan. Där låg en ny svart mantel av precis samma slag som han burit med sig in i Jerusalem, och nya kläder som i vart stycke visade sig passa honom precis. Han var en sexa i allt utom i fötterna där han hade sjuor, men även det hade hans okända bröder tänkt på.

Snart kunde han stiga ut i korridoren utanför de båda förunderliga rummen med sin mantel över armen. Där ute väntade hans herre Arn, även han i helt nya kläder men med manteln med den svarta randen som visade hans grad spänd runt halsen och skägget kammat; deras kortklippta hår kunde man lätt gnida till med bara handen.

"Nå min gode sergeant", sade Arn med helt uttryckslöst ansikte, "hur behagade dig detta?"

"Jag lydde order, jag gjorde allt du sa, herre", svarade Armand osäkert med sänkt huvud och med en plötslig rädsla inför den uttryckslösa blicken från Arn, som om han hade satts på prov och misslyckats.

"Fäst din mantel och följ mig, min gode sergeant!" sade Arn med ett litet muntert skratt, dunkade Armand lätt i ryggen och började skynda nedåt korridoren. Armand hastade efter medan han trasslade med att få sin mantel på plats utan att förstå om han brutit mot någon regel eller om han undgått att förstå något skämt.

Arn, som tycktes hitta utan att tveka överallt bland dessa oändliga korridorer och trappor och små gårdar mellan springbrunnar och förbommade hus som verkade som privata bostäder, tog sin sergeant ner till Templum Salomonis. De kom ner genom någon sorts bakväg och steg plötsligt som från ingenstans in i den långa stora hallen som var täckt med saracenska mattor och där en mängd skrivpulpeter och bord stod i långa rader fyllda med män i grönt, trons väktare, män i brunt som antagligen var arbetsfolk, men också vitklädda riddare som skrev och läste eller hade möten med många sorters främmande män i världsliga kläder. Arn ledde sin sergeant förbi allt detta världsliga längst bort där vita grindar avgränsade en stor rotunda med hög kupol. Det var själva kyrkorummet, Tempelherreordens allra heligaste.

När de gick fram till det stora högaltaret med korset längst bort under kupolen droppade det fortfarande vatten från deras skägg ner på den kala marmorn i vitt och svart med stora stjärnmönster. Vid högaltaret föll de på knä, Armand gjorde som sin herre i allt och fick nu en snabb viskande instruktion att dra tio Pater Noster och ett personligt tack till Guds Moder för att de kommit lyckligt hem från sitt uppdrag.

När Armand låg så, på knä och rabblande det föreskrivna antalet böner, kände han på nytt hur den brännande törsten slog honom, nästan så han kunde bli kortvarigt vansinnig, nästan så han kunde tappa räkningen på antalet böner.

Ingen i omgivningen tog någon särskild notis om just dem, det fanns bedjande överallt i det runda kyrkorummet. Armand grubblade något över varför just de låg framför högaltaret där inga andra låg, men han slog fort bort sin fundering eftersom han ändå ingenting förstod av allt det nya och fortsatte att noga hålla räkning på sina böner.

”Kom, min gode sergeant”, sade Arn kort när de var färdiga och kunde resa sig och korsa sig en sista gång inför Guds tecken. Och så började den labyrintiska vandringen om på nytt, upp genom en lönntrappa, genom långa korridorer, över nya gårdar med springbrunnar och blomster i överdådig prakt och på nytt in i mörka korridorer som lystes upp av enstaka tjärbloss. Plötsligt steg de in i en stor vitkalkad sal som dekorerades enbart med ordensfanor och riddarsköldar runt väggarna. Här fanns inga saracenska dekorationer, bara vita och strikta linjer och höga valv och en pelaruppburen valvgång längs ena sidan av salen som i ett kloster, hann Armand tänka innan han upptäckte Jerusalems Mästare.

Jerusalems Mästare, Arnoldo de Torroja, stod högrest och strikt mitt ute på golvet med sin vita mantel med de två små svarta linjerna som visade hans grad fäst runt halsen och med svärdet vid sidan.

”Gör nu som jag gör”, viskade Arn lågt till sin sergeant.

De gick fram till Jerusalems Mästare, stannade på vördsamma sex stegs avstånd som reglerna föreskrev och sjönk omedelbart på knä och sänkte sina huvuden.

”Arn de Gothia och hans sergeant Armand de Gascogne har återkommit från uppdrag, Jerusalems Mästare”, sade Arn med hög röst men med blicken stint i golvet framför sig.

”Då frågar jag dig, borgherre i Gaza, Arn de Gothia, har uppdraget lyckats?” sade den mäktige med hög röst.

”Ja riddarbroder och Jerusalems Mästare”, svarade Arn på samma stela sätt. "Vi sökte sex ogudaktiga rövare och deras byte från troende och otrogna. Vi fann vad vi sökte. De hänger redan alla sex från våra murar. Allt deras gods kan ställas ut framför klippan i morgon."

Jerusalems Mästare svarade till en början ingenting, som om han ville dra ut på tystnaden. Armand gjorde då som sin herre, stirrade stint i golvet framför sig utan att röra sig, utan att ens våga andas högt.

"Ni är tvagade som våra Jerusalem-regler föreskriver, ni har tackat Herren och Herren Guds Moder, vår ordens särskilda beskyddare, i Templum Salomonis?" frågade Jerusalems Mästare efter sin långa paus.

"Ja Jerusalems Mästare. Jag anhåller därför vördsamt om en skål vatten efter en lång dags arbete, den enda lön vi förtjänat", svarade Arn snabbt och tonlöst.

"Borgherre Arn de Gothia och sergeant Armand de... de Gascogne, va? Ja! Så var det, de Gascogne. Res er båda och omfamna mig!"

Armand gjorde som hans herre gjorde, reste sig snabbt och när Jerusalems Mästare omfamnat Arn så omfamnade han också, dock utan att kyssa som han gjort med Arn, sergeanten Armand.

"Det var verkligen lika gott som man kunde vänta, Arn! Jag visste att du skulle klara det, jag visste det!" utbrast då Jerusalems Mästare plötsligt i ett helt annat tonläge. Borta var den dova dånande rösten och nu lät han som om han tog emot goda vänner till gästabud. Två tempelriddare skyndade i samma ögonblick fram med varsin stor silverskål med isande kallt vatten som de med en bugning överräckte till Arn som räckte den ena till Armand.

Och Armand gjorde på nytt som Arn de Gothia gjorde, drack häftigt skvalpande ur allt i ett enda drag så att vattnet rann nedför vapenskjortan och när han flämtande tog den tomma skålen från munnen fann han till sin bestörtning att en av de två vitklädda riddarbröderna med en bugning gjorde sig beredd att ta emot den från honom. Han tvekade, han hade aldrig kunnat föreställa sig att bli betjänad av en riddare. Men den vitklädde mitt emot honom såg hans bryderi och förstod det och nickade bara uppmuntrande åt

Armand, som då med en djup bugning räckte över sin skål.

Jerusalems Mästare hade slagit sin ena arm runt axlarna på Arn och de gick under muntert samtal, nästan som världsliga män, mot den bortre delen av salen där grönklädda köksbetjänter höll på att duka upp en måltid. Armand följde tveksamt efter när han fick en ny uppmuntrande nick från sin betjänande riddarbroder.

De satte sig i den ordning som Jerusalems Mästare snabbt kommenderade, med Arn och han själv vid bordets kortände, därefter de två riddarbröderna och längst ner sergeanten Armand. På bordet dukades fram färskt fläskkött, rökt lamm, vitt bröd och olivolja, vin och grönsaker och stora immande silverskålar med vatten. Arn läste över maten på kyrkospråket medan de alla sänkte sina huvuden, men sedan högg de in med god aptit och drack utan att tveka av vinet. Till en början var det ingen annan än Jerusalems Mästare och Arn som talade, de tycktes inbegripna i minnen om gamla tider och gamla vänner, sådant som de andra vid bordet inte kunde veta så mycket om. Armand sneglade då och då försiktigt upp mot de två höga bröderna som tycktes känna varandra mycket väl och också vara goda vänner, vilket ju inte alltid var samma sak inom Tempelherreorden. Armand var noga med att inte äta mer och inte äta fortare än sin herre, han kontrollerade hela tiden att han inte låg före i vare sig vin eller bröd eller kött, han måste visa måttfullhet även om det var fest, inte glupa i sig som världsliga män.

Och som Armand hade anat blev själva måltiden kort. Plötsligt torkade Jerusalems Mästare av sin dolk och stoppade ner den i bältet och därmed gjorde alla det samma och ätandet upphörde. De grönklädda köksbetjänterna kom genast fram till bordet och började duka av, men de lämnade skålarna med vatten, de syriska glasbägarna och vinkarafferna i keramik.

Arn tackade Herren för bordets gåvor medan alla sänkte sina huvuden.

"Nå! Det var säkert välförtjänt lön för er möda, bröder", sade Jerusalems Mästare och torkade sig nöjt om munnen med handens baksida. "Men nu vill vi höra hur du skötte dig, min gode unge sergeant.

78

Min broder och vän Arn har gett dig goda vitsord, men nu vill jag höra från dig själv!"

Jerusalems Mästare betraktade Armand med en blick som föreföll mycket vänlig men Armand anade någonting lurt i blicken, som om han nu skulle utsättas för ett nytt av ständiga prov. Han tänkte att det viktigaste var att inte förhäva sig.

"Det är inte mycket att säga, Jerusalems Mästare", började han tveksamt. "Jag följde min herre Arn, jag lydde hans order och Guds Moder visade oss nåd och därför segrade vi", mumlade han med sänkt huvud.

"Och du känner ingen stolthet för egen del, du finner dig blott ödmjukt i den väg som din herre Arn anvisar dig och du tar tacksamt emot den nåd som Guds Moder visar dig och så vidare och så vidare", fortsatte Jerusalems Mästare med ett tonfall där det vore svårt att inte uppfatta ironin. Men Armand vågade inte förstå ironin.

"Ja, Jerusalems Mästare, så är det", svarade han blygt med blicken i bordsskivan framför sig. Han vågade först inte se upp, men så lät det som om det kom någon liten munterhet från andra änden av bordet. Då sneglade han upp mot Arn och såg att denne log brett och nästan oförsynt mot honom. Han kunde för sitt liv inte förstå vad han gjorde för fel i sina svar och vad som dessutom skulle vara så lustigt när man talade om allvarliga ting.

"Jaaaha!" sade Jerusalems Mästare. "Jag ser att du har en grundmurad uppfattning om hur en sergeant skall tala till höga ordensbröder. Men låt mig då fråga så här. Är det sant som min käre broder Arn här har sagt mig att du vill bli upptagen som riddare i vår krets?"

"Ja Jerusalems Mästare!" svarade Armand med plötslig hetta som han inte kunde dölja. "Jag skulle ge mitt liv för att..."

"Inte så! Inte så!" skrattade Jerusalems Mästare och höjde avvärjande sin hand. "Som död har vi inte så stor nytta av dig. Oroa dig förresten inte för den saken, döden kommer nog. Men en sak skall du nu lära dig. Om du vill bli en av oss, en av bröderna, så måste du lära dig att aldrig ljuga för en broder. Tänk efter nu. Tror du inte att min älskade broder Arn och jag har varit lika unga som du? Tror du inte att vi var sergeanter som du? Tror du inte att vi genomskådar dina drömmar som var våra drömmar? Tror du inte att vi förstår vilken stolthet du känner för det du uträttat, som såvitt jag förstår var värdigt en riddarbroder. Men en broder får aldrig ljuga för en annan broder och det får du aldrig glömma. Och om du skäms för ovärdiga tankar, om du skäms för att du yvs över dina dåd så är det ingen dålig sak att du skäms. Men det är alltid sämre att ljuga för en broder än att känna högmod, eller det du tror är högmod. Ditt högmod kan du bikta. Men din trohet till sanningen inför bröder får du aldrig överge. Så enkelt är det."

Armand satt med sänkt huvud, stirrade i bordsskivan och kände hur kinderna hettade. Han hade fått en utskällning, även om orden och tonfallet i det Jerusalems Mästare sagt var vänliga och broderliga. Men en utskällning hade han likväl lyckats dra på sig, trots att han – om man verkligen skulle tänka sant – hade skött sig mycket väl.

"Nå, då börjar vi om", sade Jerusalems Mästare med en liten trött suck som inte lät helt äkta. "Vad hände och vad uträttade du i striden, min gode unge sergeant?"

"Jerusalems Mästare...", började Armand medan han kände hur huvudet blev som luft där alla tankar flydde som fåglar, "vi hade spårat och förföljt rövarna i en vecka, vi hade studerat deras taktik, vi insåg att det var svårt att fånga dem i flykten, att vi måste... få ett läge där vi kunde möta dem front mot front."

"Jaa?" understödde Jerusalems Mästare vänligt när det verkade som om Armand tappat tanketråden. "Och till slut kom ett bra läge?"

"Ja Jerusalems Mästare, till slut kom ett bra läge", fortsatte Armand med förnyat mod sedan han intalat sig att det ju egentligen bara var att avlägga en vanlig stridsrapport. "Vi upptäckte dem när de förföljde tre för oss okända saracener upp i en wadi som bildade en fälla som en säck. Just det hade vi hoppats på när vi sett dem ta upp jakten på avstånd, för den taktiken hade de använt förut. Vi tog ställning uppe på krönet. Vi anföll när läget var rätt, min herre Arn först naturligtvis och jag snett bakom vid flanken som reglerna säger. Resten var lätt. Min herre Arn tecknade åt mig med lansen hur han först skulle göra ett skenanfall mot den vänstra rövaren av de två som kom först och det öppnade naturligtvis en god blotta åt mig där bakom, det var bara att sikta och trycka till med lansen."

"Kände du rädsla i det ögonblicket?" frågade Jerusalems Mästare milt, misstänkt milt.

"Jerusalems Mästare!" svarade Armand med hög röst men sedan tvekade han. "Jag... jag måste erkänna att jag kände rädsla."

Han såg upp för att se hur de andra runt bordet reagerade på detta. Men varken Jerusalems Mästare eller Arn eller de andra två höga riddarbröderna visade med en min vad de tänkte eller ansåg om en sergeant som visade rädsla i strid.

"Jag kände rädsla, men också beslutsamhet. Det här var ju det läge vi väntat på så länge och nu gällde det att inte missa! Det var vad jag kände", tillfogade han så fort att orden snubblade över varandra och det kändes som om han föll omkull i sin egen tveksamhet och tankeröra mot slutet.

Men nu dunkade först Arn försiktigt sitt syriska vinglas i bordet och därefter gjorde Jerusalems Mästare detsamma och sedan också de två riddarbröderna och så brast de alla ut i skratt som var hjärtligt men inte illasinnat.

"Ja du ser, min gode unge sergeant", sade Jerusalems Mästare medan han skakade på huvudet och liksom log inåt för sig själv, "du ser vad man måste uthärda som broder i vår orden. Erkänna rädsla! Va! Men låt mig nu säga så här. Den av oss som inte känner en viss rädsla, en *viss* rädsla, i det avgörande ögonblicket är en dumbom. Och dumbommar har vi ingen hjälp av bland våra bröder. Nå, när kan han tas upp som broder i vår orden?"

"Snart", svarade Arn, till vilken frågan var riktad. "Egentligen mycket snart, jag ska gå igenom de första samtalen som Regeln föreskriver så fort vi kommer tillbaka till Gaza. Men..."

"Utmärkt!" avbröt Jerusalems Mästare. "Då vill jag själv komma på visitation vid upptagningen och vara den som ger dig andra välkomstkyssen efter Arn!"

Mästaren höjde sitt vinglas mot Armand och de andra tempelriddarna följde genast hans exempel. Med hjärtat dunkande i bröstet och med ansträngning att inte darra på handen och inte spilla höjde Armand sitt glas och bugade i tur och ordning mot sina fyra överordnade innan han drack. Han kände en stor lycka inom sig.

"Men nu är läget något kritiskt och det kan möjligen bli svårt att hinna med de tre dagar som krävs för upptagningsceremonin, åtminstone nu den närmaste tiden", sade Arn just som samtalet skulle ha tagit en mer glad och obekymrad väg. Ingen svarade, men alla satte sig omedvetet till rätta för att höra Arn förklara sig.

"Bland de tre saracener som vi råkade rädda ur en besvärlig knipa befann sig Yussuf ibn Ayyub Salah al-Din, han och ingen mindre", började Arn kärvt och snabbt och väntade sedan inte ens ut den häftiga rörelsen runt bordet innan han fortsatte.

"Till kvällen bröt vi bröd och samtalade och av de samtalen har jag förstått att vi snart har kriget över oss", sade Arn oberört.

"Du har brutit bröd och suttit samman med Saladin", konstaterade Jerusalems Mästare hårt. "Du har ätit samman med hela kristenhetens störste fiende och du lät honom undkomma levande?"

"Ja, så är det", svarade Arn. "Och om detta finns mycket att säga, men lättast det där om att han fick undkomma levande. För det första har vi stillestånd, för det andra gav jag honom mitt ord."

"Du gav Saladin ditt ord?" frågade Jerusalems Mästare häpet men med smalnande ögon.

"Ja, det är sant. Jag gav honom mitt ord innan jag förstått vem han var. Men nu finns viktigare saker att tala om", svarade Arn med samma snabba språk som man använde ute i fält.

Jerusalems Mästare satt tyst en stund medan han gned sig med knytnäven mot sin hakspets. Sedan pekade han plötsligt på Armand som nu satt med blicken rakt mot sin herre Arn och med skräckslaget uppspärrade ögon, som om han först nu förstått vad som hänt, och med vem också han hade delat bröd.

"Min gode sergeant, du får nu lämna oss!" beordrade Jerusalems Mästare. "Broder Richard Longsword här kommer att följa dig en stund runt våra kvarter och i den del av staden som är vår. Sedan visar han dig till sergeanternas nattkvarter. Må Gud stå dig bi! Må jag snart få nöjet att kyssa dig välkommen."

Den ene av de två tempelriddarna reste sig omedelbart upp och visade Armand med handen åt vilket håll de nu skulle gå. Armand reste sig, bugade tveksamt mot de nu mycket sammanbitna tempelriddarna vid bordet, men möttes bara av en avfärdande vink från Jerusalems Mästare och förstod att han måste gå genast.

När den järnskodda träporten slagit igen efter Armand och hans höge följeslagare låg tystnaden tungt kvar i rummet.

"Vem ska börja, du eller jag?" frågade Arn i ett tonläge som om han nu talade till en nära vän.

"Jag börjar", sade Jerusalems Mästare. "Du känner ju broder Guy, han har just blivit vapenmästare här i Jerusalem. Ni två har samma rang och vi tre har allvarliga problem som angår oss alla. Om vi skulle börja med frågan om att bryta bröd med vår fiende?"

"Ja gärna", sade Arn lätt. "Vad skulle du själv ha gjort? Vi har stillestånd, det hänger visserligen på en skör tråd som vi alla vet, som Saladin själv också visste för den delen. Det var rövarna som skulle bestraffas, inte fredliga resande av den ena eller den andra tron. Jag gav honom en tempelriddares ord. Och han gav mig sitt ord. En stund senare förstod jag vem jag lovat fri lejd. Så, vad skulle du själv ha gjort?"

"Om jag gett mitt ord skulle jag inte ha kunnat handla annorlunda än du", konstaterade Jerusalems Mästare. "Du arbetade här i huset under Odo de Saint Amand, inte sant?"

"Jo, det är sant, det var när Philip de Milly var Stormästare."

"Hm. Odo och du blev goda vänner har jag hört?"

"Sant. Och det är vi fortfarande."

"Men nu är han Stormästare, det är bra. Det löser det här problemet med kvällsvard med kristenhetens störste fiende. Somliga bröder skulle annars kunna bli upphetsade av sådant, som du vet."

"Ja. Och vad anser du själv i den frågan?"

"Jag är på din sida. Du höll ditt ord som tempelriddare. Och om jag förstod dig rätt du fick veta ett och annat?"

"Ja. Kriget är över oss om två veckor tidigast, senast om två måna-der. Det är vad jag tror mig veta."

"Berätta för oss. Vad vet vi? Och vad kan vi tro?"

"Vad Saladin visste var mycket, som att Philip av Flandern och en stor del av den världsliga hären och johanniterna är på väg upp i Syri-en, sannolikt mot Hama eller Homs, sannolikt inte mot Damaskus och Saladin själv. Men med den kunskapen reser Saladin med stor skyndsamhet och utan eskort söderut, mot Al Arish tror jag även om han själv sa att han var på väg till Kairo. Denna resa företar han sig inte för att han vill fly den kristna hären i norr. Han har alltså för avsikt att anfalla oss söderifrån nu när han vet att mer än hälften av våra styrkor befinner sig långt upp i norr. Det är min slutsats."

Jerusalems Mästare bytte ett ögonkast med sin broder och vapen-mästare Guy som gav honom en kort instämmande nick på den out-talade frågan.

Kriget var på väg. Saladin litade på att hans styrkor i norr var till-räckligt väl förberedda för att kunna hålla fienden bunden på plats. Om han då samtidigt kunde driva en egyptisk armé upp genom Out-remer så kunde han nå mycket långt utan att möta hårt motstånd, kanske ända till Jerusalem. Det var en fruktansvärd tanke, men man fick inte blunda för den.

Första strid skulle i så fall ske i närheten av Gaza, där Arn förde befäl som borgherre. Borgen i Gaza tillhörde ingalunda de starkaste och försvarades bara av 40 riddare och 280 sergeanter. Det var inte troligt att Saladin skulle stanna där och stånga sig blodig mot murar-na. Med en tillräckligt stor armé och god belägringsutrustning skulle han kunna ta Gaza, få borgar är ointagliga som Krak des Chevaliers eller Beaufort. Men det skulle kosta honom mycket mer än det skulle tjäna honom. En tempelriddarborg tar ingen utan mycket stora för-luster. Och om man vann fanns inga fångar av värde för att ersätta alla kostnader och dessutom skulle en sådan lång och blodig belägring innebära stor förlust av tid.

Saladins armé skulle alltså troligen gå förbi Gaza, möjligen lämna en liten belägringsstyrka utanför murarna. Men vad var nästa mål?

Ashkelon, att efter 25 år ta Ashkelon tillbaka vore ingen dum idé. Det kunde bli en seger som räknades och ett starkt saracenskt fäste längs kusten norr om Gaza. Det skulle skära av tempelriddarna i Gaza från Jerusalem. Ashkelon var ett troligt mål.

Men om Saladin inte mötte särskilt stort motstånd, och det skulle han som det nu såg ut inte göra, vad hindrade honom då från att gå direkt mot själva Jerusalem?

Ingenting.

Det gick inte att tränga undan den obehagliga slutsatsen. Saladin hade först enat Syrien och Egypten under en härförare och en sultan, precis som han svurit att göra. Men han hade också svurit att återta den heliga staden, som de otrogna kallade Al Quds.

Beslut måste fattas. Stormästaren Odo de Saint Amand, som befann sig i Acre, måste varskos. Ordensbröder måste kallas in för att förstärka både Jerusalem och Gaza. Kungen, den olycklige spetälske pojken, och hans intrigerande hov måste varskos. Redan samma natt måste budbärarna rida för fullt åt många håll.

Eftersom stora och tunga beslut ofta är lättare att fatta än små och obetydliga beslut var det hela snabbt avklarat. Vapenmästaren Guy lämnade de andra två ensamma för att göra allt som måste göras före gryningen.

Arnoldo de Torroja, Jerusalems Mästare, hade suttit kvar vid matbordet hela tiden medan han förde diskussionen och gav sina order. Men nu när den järnskodda dörren slagit igen bakom den bortskyndande vapenmästaren reste han sig tungt, tecknade åt Arn att följa med och gick över den stora tomma golvytan i ordenssalen mot en sidoutgång som ledde ut till en täckt pelargång med utsikt över hela staden. De stod där ute en stund med händerna lutade mot stenräcket och såg ut över den mörka staden och insöp dofterna i den ljumma sommarvinden, stekos och kryddor, avfall och förruttnelse, parfymer, rökelse och träck från kameler och hästar, allt i den blandning som Gud gjorde av själva livet, högt och lågt, vackert och fult, ljuvligt och avskyvärt.

”Hur skulle du ha gjort, Arn? Jag menar om du varit Saladin, förlåt den oförsynta jämförelsen", frågade Arnoldo de Torroja till slut.

"Det är inget att förlåta, Saladin är en magnifik fiende och det vet vi alla, även du Arnoldo!" svarade Arn. "Men jag vet vad du tänker, både du och jag skulle ha gjort något helt annat i hans ställe. Vi skulle ha försökt dra in fienden så långt som möjligt på vårt område, vi skulle ha dragit ut på själva kraftmätningen, trakasserat fienden med ständiga små anfall av turkiska ryttare, stört hans nattsömn, förgiftat brunnarna i hans väg, allt det där som saracenerna brukar. Om vi hade möjligheter att slå en så stor kristen armé så hade vi sett en väldig fördel inför våren, då vi hade gått mot Jerusalem."

"Men Saladin, som vet att vi känner honom och vet hur han vanligtvis tänker, gör i stället något fullständigt oväntat", sade Arnoldo de Torroja. "Han riskerar medvetet Homs eller Hama för att han har ett större pris i sikte."

"Man måste erkänna att det är en både djärv och logisk plan", fortsatte Arn tankegången.

"Ja, det måste man erkänna. Men tack vare din... ovanliga åtgärd eller vad vi skall kalla det, må Gud ha förbarmande med dig, så är vi nu i alla fall förberedda. Det kan bli skillnaden mellan Jerusalem i våra händer och ett förlorat Jerusalem."

"I så fall tror jag Gud har förbarmande med mig", muttrade Arn irriterat. "Vilken som helst kaplan skulle kunna sätta igång och prisa Herren och säga att Herren sände fienden i mina armar för att rädda Jerusalem åt oss!"

Arnoldo de Torroja som inte var van att bli snäst av underlydande, vände sig förvånat om och såg forskande sin unge vän i ögonen. Men dunklet ute i pelargången gjorde det svårt att tolka den andres blick.

"Du är min vän, Arn, men missbruka inte den vänskapen för det kan stå dig dyrt en dag", sade han vresigt. "Odo är Stormästare nu, men det beskyddet har du måhända inte för evigt!"

"Om Odo stupar är väl troligtvis du näste Stormästare och du är ju också min vän", svarade Arn som om han bara med lätt ton sagt något om vädret.

Det fick Arnoldo de Torroja att helt tappa tanken på strängt ledarskap och i stället brast han i ett skratt som, om någon sett dem, skulle ha förefallit mycket opassande i denna svåra stund för både tempelriddare och Jerusalem.

"Du har varit länge hos oss, Arn, sen du var mycket ung, och du är som en av oss i nästan allt utom ditt tal. Ibland, min vän, kan man få för sig att du talar med en viss fräckhet. Är alla i din nordiska folkstam sådana, eller är det bara att vi inte piskat lymmeln ur din kropp än?"

"Min kropp är väl piskad, oroa dig inte för det, Arnoldo", svarade Arn med samma obekymrade tonfall. "Sant är möjligen att vi där uppe i Norden, i det som var mitt hem, talar med mindre fjäsk och svass än vissa franker. Men vad en tempelriddare säger skall alltid jämföras med vad han gör."

"Ännu samma fräckhet, samma brist på vördnad för din överordnade. Ändå är du min vän, Arn, men passa dig för din tunga."

"Just nu är det väl snarare mitt huvud som står på spel. Vi där nere i Gaza får ta första slaget när Saladin kommer. Hur många riddare kan du avvara till mig?"

"Fyrtio. Jag ställer fyrtio nya riddare under ditt befäl."

"Då blir vi åttio riddare och knappt trehundra sergeanter mot en armé som jag nog inte tror kan bli mindre än femtusen egyptiska ryttare. Jag hoppas att du lämnar åt mitt skön hur jag skall möta den armén. En order att möta dem ute på slät mark lans mot lans skulle jag inte tycka om."

"Är du rädd för att dö för en helig sak?" undrade Arnoldo de Torroja med tydlig retsamhet i rösten.

"Var inte barnslig, Arnoldo!" fräste Arn. "Att störta i döden för ingenting finner jag närmast hädiskt, vi har sett alltför mycket sådant här i Outremer, nykomlingar som vill genast till paradiset och därmed orsakar oss onödiga förluster och berikar fienden. Sådan dumhet borde enligt min mening inte belönas med några synders förlåtelse eftersom sådan dumhet är en synd i sig."

"Så den tempelriddare som knackar på paradisets port, andfådd efter att ha skyndat sig i döden, har kanske en obehaglig överraskning att vänta, menar du?"

"Ja, men det skulle jag knappast säga till andra bröder än dem som var mina nära vänner."

"Det skulle jag livligt vilja instämma i. Hursomhelst, sköt ditt befäl efter de lägen som uppstår och efter bästa förstånd. Det är min enda order till dig."

"Tack Arnoldo, min vän. Jag svär att göra mitt bästa."

"Det tvivlar jag inte på, Arn, det tvivlar jag sannerligen inte på. Och jag är glad att det blev just du som fick det nya befälet i Gaza nu när krigets första slag kommer att stå just där. Egentligen skulle vi inte ha satt dig där på en så hög befattning, höga befattningar är det ju många som kan sköta, men du är alldeles för värdefull i fält för att sitta och styra en borg hela dagarna."

"Men?"

"Men nu blev det så i alla fall. Odo de Saint Amand håller sin beskyddande hand över dig, jag tror han vill att du skall stiga i graderna. Jag håller också min hand över dig, för vad det nu kan vara värt. Men Gud stod oss tydligen bi. Mot all rim och reson blev det du, vår turkopoler, som fick befattningen. Egentligen dålig ekonomi med stridskrafter."

"Men så kommer fienden, visar det sig, just till Gaza av alla oväntade ställen."

"Just det. Gud har en avsikt med allt. Må Han nu stå dig och alla de våra bi när stormen kommer. När reser du?"

"I gryningen. Vi har mycket att bygga i Gaza och på kort tid dessutom."

* * *

Staden Gaza och dess borg var tempelriddarnas sydligaste utpost i Outremer. Sedan borgen byggdes hade den aldrig belägrats och de arméer som passerat hade alltid varit de egna och kommit norrifrån på väg mot krig i Egypten. Men nu skulle det för första gången bli tvärtom, att fienden inte skulle anfallas utan själv anföll. Man kunde se det som ett tidens tecken, ett varsel om att från och med nu skulle de kristna få inrikta sig mer på försvar än på anfall. Från och med nu hade de kristna en fiende som de hade större skäl att frukta än alla de män som tidigare hade spritt skräck och brand och vunnit många slag utan att vinna kriget, män som Zenki och Nur al-Din. Men ingen av dessa saracenska ledare kunde mäta sig med den man som nu tagit ledningen, Saladin.

För den nye och unge borgherren i Gaza var det en ovan uppgift att förbereda sig på försvar. Arn de Gothia hade under tio års tid deltagit i hundratals strider ute i fält, men nästan alltid i de styrkor som attackerade fienden först. Som turkopoler hade han fört befäl över de inhyrda turkiska ryttarstyrkor som med lätt utrustning och lätta snabba hästar red mot fienden för att sprida oro och förvirring och i bästa fall tränga ihop honom så att de frankiska tunga styrkorna kunde slå till, men annars åtminstone åsamka honom förluster.

Eller också hade han ridit med de tungt utrustade riddarna och då hade det för det mesta varit frågan om att anfalla i rätt ögonblick för att slå sönder ordningen i fiendens beridna armé genom att köra en järnnäve rakt igenom den. Ibland hade han fått stå i en väntande reserv vid sidan av slaget och inte sättas in i strid förrän det fanns ett läge att avgöra och vinna eller, samma sak fast sämre, ett läge då en desperat motattack från de bästa trupperna skulle vinna tid åt den frankiska armén att dra sig undan utan att hamna i oordnad flykt.

Han hade också varit med om en del belägringar i de två tidigare borgar han befunnit sig, först som sergeant i tempelriddarborgen i Tortosa i grevskapet Tripoli och senare som fullvärdig riddarbroder i Acre. Dessa belägringar hade kunnat pågå i flera månader men de hade alltid slutat med att belägrarna gav upp och drog undan sina trupper.

Men här i Gaza väntade något helt annat och det gällde att tänka fritt och nytt som om inga tidigare erfarenheter betydde så mycket. Till staden Gaza hörde ett femtontal byar med palestinska bönder och två beduinstammar. Borgherren i Gaza var alltså alla dessa bönders och alla beduiners herre, han rådde över både deras liv och egendom.

Det gällde följaktligen att ständigt finna den rätta nivån för byarnas och beduinernas beskattning, höja skatten under goda skördeår och sänka den under de dåliga åren. Detta år hade varit ett ovanligt gott skördeår just i trakterna kring Gaza, fast mycket sämre på andra håll i Outremer. Det ledde till ett alldeles särskilt problem, eftersom borgherren i Gaza bestämt att byarna skulle tömmas på all sin skörd och nästan alla husdjur; avsikten var förvisso att rädda allt detta från att plundras av den väntade egyptiska armén. Men det var svårt att förklara för bönderna när bistra tempelriddare infann sig med rader av tomma lastvagnar. Det såg ju ut som om plundringen redan börjat och ur de palestinska böndernas synvinkel kunde det te sig likgiltigt om man blev plundrad av kristna eller av rättroende.

Arn tillbringade därför mycket tid till häst, han red från by till by för att försöka förklara vad som skedde. Han gav sitt ord på att det inte rörde sig om skatt eller konfiskation och att allt skulle återlämnas när den plundrande hären försvunnit. Han försökte förklara att ju mindre det fanns som kunde försörja fienden i trakten, desto fortare skulle han ge sig iväg. Han fann dock till sin förvåning att man i många byar tvivlade på hans ord.

Då lät han införa en helt ny ordning, att varje lass säd, varje ko och varje kamel, liksom deras kalvar, skulle bokföras och kvitteras. Det fördröjde hela processen och om Saladin hade anfallit tidigare hade denna bokföring kunnat stå både tempelriddare och bönder dyrt. Sakta men säkert tömdes dock landsbygden runt Gaza på djur och brödsäd. Desto rörigare blev det i Gaza med överfulla sädesmagasin och trängsel av ständiga fodertransporter och boskap innanför stadsmurarna.

Detta var dock den viktigaste delen av krigsförberedelserna. Krig var mer ekonomi och försörjning av en framryckande armé än det var tapperhet på fältet, ansåg den nye borgherren, även om han undvek att framföra sådana hädiska tankar till sina underlydande riddare; förstärkningar hade droppat in då och då från andra borgar i landet tills de av Jerusalems Mästare utlovade 40 nya riddarna fanns på plats innanför Gazas murar.

Den därefter viktigaste förberedelsen bestod i att bredda vallgravarna runt Gaza och förstärka stadsmuren. Det första försvaret skulle stå där ute och om det bröt samman så skulle människor och djur ta sin tillflykt till själva borgen. De 280 sergeanterna och alla anställda civilister, till och med skrivare och tullare, arbetade dygnet om, på nätterna i fackelsken, med dessa byggnadsarbeten och borgherren själv inspekterade ständigt arbetet.

Saladin dröjde utan att man kunde förstå varför. Enligt de beduinspioner som Arn sänt ner i Sinai hade Saladins armé dragits samman i Al Arish, en dryg dagsmarsch från Gaza. Möjligen hade dröjsmålet någonting att göra med hur kriget gick uppe i Syrien; saracenerna hade ju en förunderlig förmåga att skaffa sig kunskaper från en del av landet till en annan utan att man riktigt visste hur det gick till. Beduinerna i Gaza menade att saracenska trupper använde fåglar som budbärare, men sådant var svårt att tro på. De kristna använde röksignaler från borg till borg, men Gaza låg för långt söderut och var utestängt från det systemet.

Beduinerna som kom tillbaka till Arn för att rapportera uppskattade Saladins armé till 10 000 man där huvuddelen bestod av mamelukiska ryttare. Det var fruktansvärda nyheter, en sådan armé var omöjlig att slå på fältet. Å andra sidan misstänkte Arn att hans spioner möjligen överdrev eftersom de fick nya uppdrag och mer betalt om de kom med dåliga nyheter än om nyheterna var goda.

När någon månad gått utan att Saladin anföll lägrade sig ett visst lugn över Gaza. Man hade i stort sett hunnit göra det som kunde göras och till och med börjat lämna ut säd och djur till bönderna som nu stod i långa högljudda köer utanför sädesmagasinen i staden, de som ju borde tömmas före magasinen innanför borgmurarna. Det var gräl och irritation i köerna eftersom bönderna själva inte kunde läsa vad som stod i skrivbetjänternas skuldsedlar och eftersom de hade så likartade namn hade det blivit förväxlingar och felskrivningar både här och där.

Den unge borgherren infann sig ständigt vid dessa köer, lyssnade på klagomål och försökte reda ut missförstånd och osämja. Det syntes för alla att han verkligen menat att det inte var frågan om konfiskation utan bara att rädda spannmål undan plundring och brand. Hans avsikt hade varit att varje familj i varje by skulle ha precis så mycket att leva av att de kunde försörja sig en vecka i taget innan de måste till Gaza för att hämta nytt. Därmed skulle de också kunna bära med sig allt ätbart om de måste fly, så att de bara lämnade tomma byar till fienden.

Arns tygmästare broder Bertrand ansåg att allt detta skrivarbete och dividerande med bönder tog upp en orimligt stor del av arbetstiden. Men hans överordnade vek inte en tum; ett löfte från en tempelriddare var omöjligt att bryta.

I det lugnare arbetsskede som ändå inträffade efter den första månadens nervöst jäktade förberedelser tog sig Arn äntligen tid till sin sergeant Armand de Gascogne, som möjligen funnit sig förvandlad till murarbetare snarare än till *sergeant i förberedelse*, vilket han ju blivit i samma ögonblick som Jerusalems Mästare uttalat sin välsignelse. När han nu kallades från murarna av självaste vapenmästaren och dessutom beordrades att infinna sig tvättad och i nya kläder hos borgherren efter middagsmålet tändes på nytt hans hopp. Han var inte bortglömd, hans möjligheter att bli upptagen som fullvärdig broder hade inte dött med det kommande kriget.

Borgherrens *parlatorium* låg i den västra delen av borgen, högt upp med två stora valvbågade fönster ut mot havet. När Armand infann sig på utsatt tid fann han sin herre trött och rödögd men ändå märkligt mild och lugn till sinnes. Det vackra rummet där eftermiddagssolen nu strålade snett in var enkelt möblerat, inga dekorationer på väggarna, ett stort bord i mitten med kartor och dokument och en rad stolar utefter ena kortväggen. Mitt mellan de två fönstren mot havet fanns en dörröppning som ledde ut till en balkong. Borgherrens vita mantel låg slängd över en av stolarna men när Armand kom in i rummet och ställde sig i stram ställning mitt ute på golvet gick Arn och hämtade sin mantel och knöt med några vana knyck fast den under halsen. Först därefter hälsade han Armand med en lätt bugning.

"Du har grävt och grävt, känner dig förstås snarare som en mullvad än som en sergeant i förberedelse, antar jag?" sade Arn i ett skämtsamt tonfall som genast gjorde Armand på sin vakt. De höga bröderna hade ju en vana att alltid lägga fällor i sina ord, även de mest vänliga ord.

"Ja vi har grävt mycket. Men det måste göras", svarade Armand försiktigt.

Arn gav honom en lång forskande blick utan att visa vad han ansåg om det svaret. Men strax blev han mer allvarlig och pekade på en av stolarna som en order och Armand gick genast och satte sig på den anvisade platsen medan hans herre gick till det belamrade bordet, föste undan några dokument och satte sig där med ena benet dinglande och stödd på höger hand.

"Låt oss först göra det som måste göras", sade han kort. "Jag har kallat dig till mig för att vi skall gå igenom några frågor som du måste besvara sanningsenligt. Om detta går bra för dig finns inga hinder kvar mot att vi upptar dig i vår orden. Om det går illa kan du nog aldrig bli en av oss. Har du förberett dig för denna stund med de böner som Regeln föreskriver?"

"Ja herre", svarade Armand och svalde nervöst.

"Är du gift eller har du trolovats till någon kvinna, finns det någon kvinna som kan göra anspråk på dig?"

"Nej herre, jag var tredje sonen och..."

"Jag förstår. Du behöver bara svara ja eller nej. Nå, nästa fråga. Är du född i äkta säng av föräldrar som förenats inför Gud?"

"Ja, herre."

"Är din far eller din farbror eller din farfar riddare?"

"Min far är baron i Gascogne."

"Utmärkt. Häftar du i ekonomisk skuld till någon världslig eller någon broder eller någon sergeant i vår orden?"

"Nej, herre. Hur skulle man kunna häfta i skuld till en broder eller..?"

"Tack!" avbröt Arn och höjde varnande sin hand. "Svara bara på mina frågor, resonera inte, ifrågasätt inte!"

"Förlåt, herre."

"Är du sund i din kropp, hel och frisk? Ja jag vet ju svaret men jag måste ställa frågan enligt Regeln."

"Ja, herre."

"Har du betalt någon guld eller silver för att inträda i vår orden, är det någon som mot ersättning har lovat att göra dig till en av oss? Detta är en allvarlig fråga, det handlar om brottet simoni och upptäcks något sådant senare så kommer din vita mantel att tas ifrån dig. Regeln säger att det är bättre att vi vet nu än senare. Nå?"

"Nej, herre."

"Är du beredd att leva i kyskhet, fattigdom och lydnad?"

"Ja, herre."

"Är du beredd att svära inför Gud och vår Heliga Jungfru Maria att du kommer att göra ditt yttersta i varje läge för att leva upp till tempelriddarnas traditioner och seder?"

"Ja, herre."

"Är du beredd att svära inför Gud och vår Heliga Jungfru Maria att du aldrig kommer att lämna vår orden, i dess svaga stund eller dess stund av styrka, att du aldrig kommer att svika oss och aldrig lämna oss annat än med särskild tillåtelse från vår Stormästare?"

"Ja, herre."

Arn tycktes inte ha några fler frågor, han satt tyst och tankfull en stund som om han redan var långt borta i andra bekymmer. Men så sken han plötsligt upp, reste sig kraftfullt från sin halvsittande ställning på bordet och gick fram mot Armand och tog honom i sin famn och kysste honom på båda kinderna.

"Detta var vad Regeln föreskriver från paragrafen 669 och framåt, du känner nu till detta avsnitt som har blivit avslöjat för dig och du har mitt tillstånd att gå och läsa detta på nytt hos kaplanen. Kom så går vi ut på balkongen!"

Den omtumlade Armand gjorde självklart som han blev tillsagd, följde sin herre ut på balkongen och ställde sig efter någon tvekan precis som han, med båda händerna stödda mot stenräcket och blicken ner mot hamnen.

"Det där var en förberedelse", förklarade Arn lite trött. "Du kommer att få samma frågor på nytt vid själva intagningen men då är det mer som en formalitet eftersom vi redan känner dina svar. Det var den här stunden som avgjorde, jag kan nu säkert säga att du blir upptagen som riddare såfort vi får tid för den saken. I fortsättningen skall du bära ett vitt band runt din högra överarm."

Armand kände en kort svindel av lycka inom sig och kunde därför inte förmå sig att svara någonting alls på det goda beskedet.

"Vi har förstås ett krig som vi måste vinna först", tillade Arn tankfullt. "Och det ser inte lätt ut, som du vet. Men dör vi så är ju saken ändå ur denna världen. Överlever vi så är du snart en av oss. Arnoldo de Torroja och jag själv kommer att leda intagningsceremonin. Så är det. Känner du dig lycklig över detta?"

"Ja, herre."

"Jag var själv inte särskilt lycklig när jag var i dina kläder. Det hade med den första frågan att göra."

Arn hade lagt till det oerhörda erkännandet som någonting i förbigående och Armand visste inte hur eller ens om han skulle svara på något sådant. De stod så en stund och såg ner i hamnen där det arbetades hårt med att lossa två koggar som kommit in samma dag.

"Jag har beslutat att göra dig till vår *confanonier* den närmaste tiden", sade Arn plötsligt som om han återvänt från sina minnen kring första frågan. "Jag behöver inte förklara vilket hedersuppdrag det är att föra templets och borgens fana under krig, det vet du redan."

"Men måste inte en riddare... kan en sergeant få det uppdraget?" stammade Armand överväldigad av det besked han fått.

"Jo i vanliga fall en riddare, men du skulle ha varit riddare nu om inte det här kriget kommit i vår väg. Och det är jag som beslutar här och ingen annan. Vår confanonier har inte repat sig från en del svåra skador, jag besökte honom borta i sjuksalarna och har redan talat med honom om detta. Låt mig nu höra vad du tror om kriget, vi går in igen förresten."

De gick in och satte sig på varsin stol intill ett av de stora fönstren och Armand försökte berätta vad han trodde. Mest trodde han på en lång belägring som skulle bli hård att uthärda men fullt möjlig att vinna. Minst av allt trodde han att man skulle rida ut, 80 riddare och 280 sergeanter, för att möta en mamelukisk ryttararmé ute på fältet. Knappt 400 man mot kanske 7–8 000 ryttare, det skulle vara mycket modigt men samtidigt mycket dumt.

Arn nickade tankfullt instämmande åt detta men tillfogade, nästan som om han talade för sig själv, att om den där armén passerade Gaza och gick mot självaste Jerusalem så fanns inte längre frågan om vad som var klokt, dumt eller modigt. Då fanns bara en väg. Alltså måste man hoppas på en lång och blodig belägring. För hur än en sådan lång strid skulle sluta så hade man räddat Jerusalem. Något större uppdrag för tempelriddare fanns inte.

Men om Saladin gick direkt mot Jerusalem fanns bara endera av två saker för dem alla. Döden eller räddning genom ett Herrens under.

Man måste alltså be för en lång belägring, trots alla dess fasor.

* * *

Två dagar senare red Armand de Gascogne för första gången som confanonier i en ryttarskvadron ledd av borgherren själv. De red söderut längs havet i riktning mot Al Arish, 15 riddare och en sergeant i tät formering. Enligt beduinspionerna hade Saladins armé satt sig i rörelse men delat på sig så att en avdelning nu gick norrut längs kusten och den andra avdelningen inåt i en cirkelrörelse över Sinai. Vad avsikten med en sådan manöver kunde vara var inte lätt att begripa, men uppgifterna måste i vart fall kontrolleras.

De red till en början så att de hade kontakt med havsstranden åt väster och mycket långt synfält längs stranden åt sydväst. Men eftersom det fanns en risk att de då utan att veta det skulle hamna bakom fiendens linjer beordrade Arn snart kursändring så att de tog sig österut och uppåt mot den inre och bergigare delen av kusten där karavanvägen gick under de årstider då stormarna gjorde själva kuststräckan ofarbar.

Framme vid karavanvägen ändrade de på nytt kurs så att de höll sig kvar på höjderna ovanför och hade vägsträckan långt och inom klart synhåll nedanför. När de passerade en krök där sikten längs vägen skymdes av en utskjutande jätteklippa fick de plötsligt kontakt med fienden.

Båda parter upptäckte samtidigt varandra och båda blev lika överrumplade. Där nere längs vägen kom en ryttararmé i led om fyra och den räckte så långt ögat kunde nå.

Arn höjde sin högra hand och markerade order för omgruppering till anfallsposition så att alla de sexton riddarna ställde upp sig på ett led med ansiktet mot fienden. Han blev blixtsnabbt åtlydd men fick också en och annan frågande orolig blick. Där nere fanns nu minst tvåtusen egyptiska ryttare inom synhåll och de förde gula fanor och deras gula uniformer lyste som guld i solljuset. De var alltså mameluker, en ren mamelukarmé, saracenernas allra bästa ryttare och soldater.

När tempelriddarna högt där uppe formerat om sig i anfallsställning genljöd dalen snart av order och klapprande hästhovar när egypterna fort gjorde sig redo att möta anfallet. Deras beridna bågskyttar kallades fram i främsta ledet.

Arn satt tyst i sadeln och betraktade den övermäktige fienden. Han hade inte en tanke på att beordra anfall eftersom det skulle leda till förlusten av femton riddare och en sergeant utan att man fick ut tillräckligt mycket av ett sådant offer. Men han ville inte heller fly.

Och mamelukerna där nere tycktes tveka de också. Vad de kunde se från sin låga position var bara sexton fiender som de lätt skulle kunna besegra. Men eftersom fienden lugnt satt kvar och betraktade sin motståndare så kunde de inte vara bara sexton, även om det syntes på långt håll att de var de vantrognas mest fruktansvärda ryttare av det röda korset. Mamelukerna, som också måste ha sett befälsfanan hos Armand måste gissa att det var en fälla, att de sexton var de enda som visade sig men att den där befälsfanan avslöjade en betydligt större formering, kanske 5–600 liknande ryttare som nu gjorde sig färdiga ifall betet med de sexton skulle fungera.

Att befinna sig i lågt läge inför en anfallande frankisk riddararmé var det sämst tänkbara av alla lägen för saracener om de så var turkar eller mameluker. Snart ekade nya order mellan bergssidorna från befälen där nere och den egyptiska armén slog till reträtt samtidigt som man skickade en solfjäder av lätt utrustade spanare upp mot de omgivande bergssluttningarna för att lokalisera fiendens huvudstyrka.

Då gav Arn order om helomvändning, ny tät formation och reträtt i skritt. Långsamt försvann de sexton riddarna ur synhåll för sina undrande fiender.

Så snart skvadronen var säkert utom synhåll beordrade Arn skarpt trav i riktning snabbaste väg mot Gaza.

När de närmade sig staden såg de att alla vägar var överfulla av flyktingar på väg mot skydd och bort från plundring. I fjärran mot öster syntes flera svarta rökpelare. Gaza skulle snart bli fullt av flyktingar.

Kriget hade äntligen kommit.

IV

KRIGET HADE ÄNTLIGEN TAGIT slut. Men Cecilia Rosa och Cecilia Blanka fick under lång tid nu lära sig att ett krig som tagit slut alls inte var detsamma som god ordning och fred, ett krig tog inte slut i en handvändning. Ett krig tog inte slut när de sista männen stupade på slagfältet. Och ett avslutat krig var inte prompt lycka och frid ens för den sida som segrat.

En natt på den andra månaden efter slaget vid blodsängarna utanför Bjälbo, när den första höststormen riste i Gudhems fönster och spåntak kom en grupp ryttare och hämtade under stor skyndsamhet fem av de sverkersdöttrar som funnits bland familiares. Det viskades att de skulle fly till fränder i Danmark. Ytterligare någon tid senare kom tre nya jungfrur från den besegrade sidan för att söka Gudhems klosterfrid bortom de segrande folkungarnas och erikarnas räckvidd.

På så vis kom också tidningar om det som skedde där ute. Med den sist anlända sverkersdottern fick alla på Gudhem veta att kung Knut Eriksson, ty så omtalades han nu, hade ridit in i självaste Linköping med sin jarl Birger Brosa för att ta emot Linköpings underkastelse och bekräfta den fred som nu rådde på hans villkor.

För de två Ceciliorna var detta anledning till stor glädje. Cecilia Blankas trolovade var nu verkligen kung. Och Cecilia Rosas älskade Arns farbror var jarl, all makt i riket fanns nu i deras händer, åtminstone all världslig makt. Det fanns emellertid ett stort svart moln även på denna ljusa himmel. Ty intet hade hörts om att kung Knut hade för avsikt att hämta ut sin trolovade Cecilia Ulvsdotter från Gudhem.

I männens värld var ingenting säkert. En trolovning kunde brytas för att en man förlorade i krig likaväl som den kunde brytas för att en man segrade. I männens kamp om makt var allt möjligt. Det kunde bli så att de segrande ätterna nu ville knyta sig hårdare samman genom brudöl, men det kunde också hända att de fick för sig att gifta sig samman med den förlorande sidan för att besegla freden. Det enda som var helt säkert var att de jungfrur som närmast berördes av sådana överväganden gott kunde bli de sista att få veta.

Denna osäkerhet tärde på Cecilia Blanka, men den hade också det goda med sig att hon inte tog ut någon seger i förväg. Hon fällde inga hårda ord mot de olyckssystrar som hörde till den förlorande sidan och Cecilia Rosa kom att uppträda precis som hon. De förhävde sig inte, de triumferade inte och de hånade ingen.

De två Ceciliornas hållning hade en god och läkande inverkan på känslorna inne i Gudhem och Moder Rikissa, som ibland var mycket klokare än vad åtminstone de två Ceciliorna anade, såg denna möjlighet att stämma i alltför hett blod. Bland annat förändrade hon reglerna något för samtalen i *claustrum lectionis* vid stenbänkarna i korsgångens norra del. Tidigare hade det bara blivit lässtunder och rabblande i de få skrifter som fanns på Gudhem, eller uppbyggliga samtal om synd och straff när de världsliga jungfrurna skulle skolas där. Men nu bjöd Moder Rikissa flera gånger under sensommaren in Fru Helena Stenkilsdotter till dessa samtal för att lära ut vad hon visste om kampen om makt, som hon visste mycket om, och om hur kvinnor borde förhålla sig till sådana spörsmål, som hon visste ännu mer om.

Fru Helena var inte bara av kunglig ätt och rik. Hon hade levt sitt liv under fem eller sex kungar, tre äkta män och många krig. Det hon inte visste om kvinnors lott var inte värt att veta.

Främst inpräntade hon att kvinnor måste lära sig att hålla samman i det längsta.

Den kvinna som valde fiender och vänner i takt med männens växlande krigslycka skulle till slut stå ensam i livet med bara fiender. Den som valde att triumfera över en syster vars ätt just lidit ett nederlag var en gås, ty nästa gång kunde det gott bli tvärtom. Lika ljuvt som det var att höra till den sida som segrade i krig, lika förtvivlat var det att tillhöra den förlorande sidan. Men levde en kvinna tillräckligt länge, som Fru Helena själv hade gjort, och som hon vid Gud hoppades skulle förunnas även de jungfrur som nu lyssnade till henne, så skulle hon få uppleva denna ljuva seger och denna svarta känsla av nederlaget många gånger i sitt liv.

Och om kvinnorna hade haft vett att hålla bättre samman i denna världen, hur många onödiga krig hade då inte kunnat förhindras? Och om kvinnorna hatade varandra utan att ha egna och vettiga skäl för den saken, hur mycken onödig död kunde inte det föra med sig?

Fru Helena hade talat så den första och den andra gången, i cirklar kring samma saker. Men den tredje gången blev hon så bryskt tydlig att hon fick sitt unga publikum att först blekna, sedan tänka så att det gick runt i deras huvuden.

"För låt oss leka med tanken fritt som om vad som helst kan hända, vilket för övrigt ofta är fallet", sade hon denna tredje gång. "Vi tänker oss att du, Cecilia Blanka Ulvsdotter, blir kung Knuts drottning. Och vi tänker oss att du, Helena Sverkersdotter, i en snar framtid dricker brudöl med någon av salig kung Sverkers släktingar i Danmark. Vi tänker oss att detta är vad som sker. Nå, vem vill nu ha krig av er två? Vem vill ha fred? Vad betyder det om ni hatar varandra sedan några korta år i ungdomen på Gudhem och vad betyder det om ni i stället vore vänner från den tiden? Jo, det skall jag säga er,· det betyder skillnaden mellan liv och död för många av era fränder, det kan betyda skillnaden mellan krig och fred."

Hon gjorde ett kort uppehåll och bytte pustande sittställning medan hon plirade med små röda ögon mot sina unga åhörare som satt kapprakt i ryggarna och inte visade en min av att vare sig förstå eller hålla med eller vara emot. Inte ens Cecilia Blanka visade vad hon tänkte, fastän hon tänkte att det minsta som den där Helena Sverkersdotter skulle komma undan med var tre gånger de gisselslag hon själv utdelat.

"Ni ser ut som gäss allihopa", fortsatte Fru Helena efter en stund. "Ni tror att det jag säger bara är Evangelium, det gamla vanliga. Man skall visa fridsamhet, vrede och hat är svåra synder, man skall förlåta sina fiender som de ock må förlåta oss, vända andra kinden till och allt annat gott som man försöker banka in i era små tomma skallar här på Gudhem. Men så enkelt är det inte, mina unga vänner och systrar. För ni tror nämligen att ni inte har någon egen makt, att all makt sitter i svärdsfäste och lansspets, men däri har ni grundligt tagit miste. Det är därför ni springer som en gåsflock över gårdsplanen, än åt ena hållet, än åt det andra, än är den er fiende, än den andra. Ingen man med vett och sans, och må Jungfru Maria hålla sin skyddande hand över er så att ni alla får sådana män, ingen man med vett och sans kan avstå från att lyssna på sin fru och sina barns mor och härskarinna över gård och nycklar. Om man är så ung som ni är tror man kanske bara att det gäller i smått, att lite gråt eller lite kel och ryck i skägget från liten dotter kan få den mest surmulne och brummande far att plötsligt skänka er det där fuxfölet. Men allt detta gäller i stort som i smått. Ni skall inte gå ut i världen som små våp, ni skall gå ut med er egen fria och starka vilja precis som Skriften säger, och göra något gott i stället för något ont med den fria viljan. Ni bestämmer liksom männen över liv och död, fred och krig och det ansvaret vore det svår synd om ni undandrog er där ute i livet."

Fru Helena tecknade att hon var trött och eftersom hon såg mycket dåligt med sina ständigt rinnande ögon steg två systrar fram för att leda henne hem till hennes hus utanför murarna. Men kvar satt en flock jungfrur med tankarna i brand utan att säga något, utan att se på varandra.

* * *

I den stämning av koncilians som hade vuxit fram i Gudhem, inte minst tack vare Fru Helenas många kloka ord till de unga, som när lugnet kommer efter att stormen bedarrat, handlade Moder Rikissa klokt och snabbt.

Fyra jungfrur från Linköping hade kommit till Gudhem och bara en av dem hade tidigare någon erfarenhet av kloster. De hade alla sorg efter förlorade fränder och de var alla rädda och grät sig till sömns var och varannan natt. De tydde sig till varandra som små ällingar som blivit av med sin andmor, ett lätt rov för var gädda som lurade i vassen och var illasinnad räv som smög på stranden.

Men av deras onda kunde man göra något gott, som man kan göra en dygd av nödvändigheten, tänkte Moder Rikissa. Och hon beslöt därför två saker. För det första att man på obestämd tid skulle upphäva tystnadsplikten på Gudhem, eftersom ingen av de nya små behärskade teckenspråket. För det andra, eftersom systrarna själva hade annat och viktigare att stå i skulle Cecilia Blanka och Cecilia Rosa få ett alldeles särskilt ansvar för de nya för att lära dem att tala med tecken, för att lära dem reglerna, sången och vävandet.

Cecilia Blanka och Cecilia Rosa häpnade när de inkallade till Moder Rikissa i kapitelsalen fick dessa instruktioner. Och de fylldes med dubbla känslor. För det ena var en frihet av ett slag som de aldrig kunnat föreställa sig inne på Gudhem, att de bestämde över sin egen arbetsdag och dessutom fick tala fritt utan risk. Det andra var att de skulle tvingas samman med fyra sverkersdöttrar. Cecilia Blanka ville ha så lite som möjligt att göra med sådana; även om hon blivit osäker på om hon verkligen hatade dem alla för att de hade de fäder och mödrar de hade så kändes det inte riktigt, påstod hon. Cecilia Rosa bad henne då betänka hur hon skulle ha känt om slaget vid blodsängarna utanför Bjälbo slutat på ett annat sätt. Lyda måste de ju hursomhelst.

Alla sex var förlägna när de träffades första gången ute i korsgången efter middagsvilan. Att sjunga var dock det enklaste om man inte visste vad man skulle säga, tänkte Cecilia Rosa. Och eftersom hon visste precis var man befann sig i det ständiga varvet Psaltaren runt så visste hon också vilka sånger som skulle komma om tre timmar när det var dags för *non*. Och så började deras lektioner med att de med Cecilia Rosa som försångare sjöng varje sång så många gånger att den tycktes fångad, åtminstone tillfälligt. Och när non sedan skulle sjungas inne i kyrkan så kunde det tydligt märkas att de nya verkligen kunde följa med i sången.

När de kom ut i korsgången efter sången kändes det höstkallt och blåsigt. Cecilia Blanka gick då ner till abbedissans bostad och kom strax och tydligt nöjd tillbaka och berättade att de fått tillstånd att använda kapitelsalen.

Där inne satt de någon timme och övade de enklaste tecknen i

103

Gudhems tysta språk, ord som ja och nej, välsignad och tack, må Jungfru Maria bevare dig och kom hit, gå dit bort, varning syster kan höra dig.

De ovana lärarinnorna märkte snart att detta var en konst som man måste lära ut i små portioner och att det inte gick att hålla på för länge i taget. Efter halva arbetspasset före sext gick de rakt över korsgången till vävstugorna där sura conversae motvilligt makade på sig och där började Ceciliorna tala i munnen på varandra när de skulle berätta om vävandet så att de kom att fnittra; sedan gycklade de snart att de talade i munnen på varandra så att alla sex för första gången kunde fnittra något samman.

Det visade sig nu att en av de nya, den allra yngsta och minsta som var en helt svarthårig jungfru som hette Ulvhilde Emundsdotter, redan var mycket flink i vävnadskonst. Hon hade inte sagt något till någon tidigare, eller kanske hade ingen hört henne tala sedan hon kom till Gudhem, men nu började hon med stigande iver berätta att det fanns ett sätt att blanda lin och ull så att man fick ett tyg som både hade någon värme och någon smidighet. För både mäns och kvinnors mantlar passade det tyget alldeles utnärkt. De tillhörde ju alla sådana familjer där det fanns ett stort behov av mantlar för både kyrkliga och världsliga ting.

Samtalet kom av sig där första gången eftersom de fortfarande kände sig förlägna i varandras sällskap, två från de blå mantlarnas ätter och fyra från de röda och svarta mantlarnas ätter. Men ett frö hade såtts under detta samtal.

Någon kort tid senare upptäckte Cecilia Rosa att den lilla Ulvhilde liksom smög runt henne, inte fientligt som om hon ville spionera utan blygt som om hon hade något att säga. Eftersom de båda Ceciliorna nu hade delat upp sin tid som lärare så att Rosa skötte sången och Blanka vävandet och att de var tillsammans alla under lektionerna i teckenspråk så fann Cecilia Rosa snart ett tillfälle att avsluta sången lite tidigare än vanligt. Därefter bad hon frankt Ulvhilde att sätta sig en stund och tala om det som hon alldeles tydligt ville tala om. De andra smög försiktigt ut och stängde dörren till kapitelsalen så tyst efter sig att Cecilia Rosa fick en känsla av att de andra redan visste vad det var frågan om.

"Nå Ulvhilde, nu när vi är ensamma", började hon nästan myndigt som en abbedissa men blev genast förlägen av det och hejdade sig. "Jag menar... du har gett mig en känsla av att det var något du ville tala om mellan fyra ögon. Har jag rätt i det?"

"Ja kära Cecilia Rosa, du har alldeles rätt", svarade Ulvhilde som genast såg ut som om hon gjorde ett tappert försök att hålla gråten borta.

"Min kära lilla vän, vad är det?" frågade Cecilia Rosa osäkert.

Men svaret dröjde. De satt så en stund utan att någon vågade vara först med att bryta tystnaden, ty nu hade Cecilia Rosa börjat ana oråd.

"Det är så att Emund Ulvbane var min far, salighet över hans själ", viskade Ulvhilde till slut med blicken stint i kalkstensgolvet.

"Jag känner ingen Emund Ulvbane", svarade Cecilia Rosa fegt och ångrade sig genast.

"Det gör du nog, Cecilia Rosa, din trolovade Arn Magnusson kände honom och alla i både Västra Götaland och Östra Götaland känner den händelsen. Min far förlorade sin ena hand i den striden."

"Ja, striden vid Axevalla ting känner jag förstås till", medgav Cecilia Rosa skamset. "Det gör ju alla, just som du säger. Men jag var inte där och hade ingenting med den saken att skaffa. Arn var ännu inte min trolovade. Och du var inte heller där. Så vad menar du med detta, menar du att detta skulle ligga som en fästningsvall mellan oss?"

"Det är mycket värre än så", fortsatte Ulvhilde som nu inte längre kunde hålla tårarna borta. "Knut Eriksson dräpte min far vid Forsvik fastän han lovat att far skulle få komma efter mig, min mor och mina bröder. Och vid blodsängarna..."

Där orkade Ulvhilde inte fortsätta utan böjde sig framåt i snyftningar som om smärtan hade huggit henne mitt i veka livet. Cecilia Rosa kände sig först helt villrådig men lade ändå armarna om den lilla Ulvhilde, satte sig på knä intill henne och smekte henne tafatt över kinderna.

"Så, så, så", tröstade hon. "Det du börjat berätta måste ändå ut och lika gott att ha det onda gjort. Säg mig nu vad som hände vid blodsängarna, för om det är jag själv helt okunnig."

Ulvhilde kämpade en stund med sig själv för att få luft mellan snyftningarna innan hon stötvis kunde säga resten av det onda som måste ut.

"Vid blodsängarna... dog mina båda bröder... dräpta av folkungar... och sedan kom de till vår gård där mor... där mor fortfarande fanns kvar. Och brände henne inne med folk och fä!"

Det var som om den vilda sorgen från Ulvhilde spred sig som kyla mellan deras lemmar så att den strax fanns också inom Cecilia Rosa. De höll om varandra utan att kunna säga något. Cecilia Rosa började vagga fram och tillbaka i en rörelse som om hon vyssjade den lilla till sömns fastän ingen sömn nu kunde finnas. Men något mer måste ändå sägas.

"Ulvhilde min lilla lilla vän", viskade Cecilia Rosa hest. "Betänk att det kunde varit jag som var du och att ingen av oss två har minsta skuld i detta. Om jag kan trösta dig skall jag försöka. Om du vill ha mig till vän och stöd skall jag försöka det också. Det är inte så lätt att leva på Gudhem och du skall veta att vänner behöver vi mer än något här inne."

* * *

Fru Helena Stenkilsdotters dödskamp blev lång. Hon tog tio dagar på sig för att dö och hon var mestadels under den tiden helt klar i huvudet. Det gjorde saken desto kinkigare för Moder Rikissa, som nu måste skicka olika bud vida ikring.

Det gick inte an att bara begrava Fru Helena som vilken som helst av Gudhems pensionärer för hon var av kunglig ätt och hon hade varit gift i både den sverkerska och den erikska ätten. I en tid då såren efter krig hade varit bättre läkta skulle ett mycket stort följe ha kommit för att lägga henne till den sista vilan. Men som nu var med blodsängarna utanför Bjälbo i alltför färskt minne kom bara en liten, men mycket sammanbiten skara; gästerna hade dessutom nästan alla kommit flera dagar före hennes död och tvingades vänta i både hospitium och andra hus utanför klausuren, folkungar och erikar för sig, sverkrar för sig.

Cecilia Blanka och Cecilia Rosa var de enda bland familiares som fick komma ut utanför murarna för att sjunga vid gravplatsen på kyrkogården. Det berodde inte på deras ättetillhörighet utan på att deras sångröster var bland de vackraste på Gudhem.

Biskop Bengt hade kommit från Skara för att läsa över graven och han stod där med ett tomrum ikring sig i sin ljusblåa guldbroderade biskopskappa och liksom klamrade sig fast vid sin stav. På hans ena sida stod sverkrar och stenkilsättlingar i röda, svarta och gröna mantlar. På den andra sidan stod erikar i guld och himmelsblått och folkungar i samma blåa färg men med silver. På två långa rader utanför kyrkogården paraderade alla sköldar fästa vid lansar som man kört ner i jorden, det folkungska lejonet, de tre erikska kronorna, den svarta sverkerska gripen och det stenkilska ulvhuvudet. En del av sköldarna hade fortfarande tydliga märken efter svärdsegg och lansspets, liksom en del av gästernas mantlar bar spår av både strid och blod. Freden hade varit alldeles för kort för att krigets spår skulle ha kunnat regna bort.

De två Ceciliorna gjorde sitt allra bästa under psalmsången och hade inte minsta tanke på någon spjuveraktighet för att ställa till oreda i stämmorna. Det lilla de hade lärt känna Fru Helena innan hon dog var mer än tillräckligt för att de skulle tycka om henne och ha stor respekt för henne.

När sången var slut och Fru Helena nerfirad i den svarta jorden var det förstås inte tal om att Ceciliorna, eller ens några av systrarna, skulle göra annat än att snabbt försvinna in bakom murarna. Det skulle drickas gravöl i hospitium men det var något som bara angick biskop Bengt, Moder Rikissa och de världsliga gästerna, som nu måste komma ännu mera samman än de gjort på kyrkogården där de alla tydligt visat att alls ingen lust för samkväm fanns bland dem.

När biskop Bengt och hans domprost började gå, som om de ville leda processionen mot hospitium och det väntande gravölet, syntes det tydligt bland de världsliga gästerna med vilken fientlighet och ovilja de fylkade sig. Erikarna kom sig först för att börja gå, så att de hamnade främst. Men när sverkrarna upptäckte det skyndade de sig så att de åtminstone skulle komma före folkungarna. Under dov tystnad gick så det färggranna följet bort mot Gudhems norra delar där gästkvarteren fanns.

De två Ceciliorna hade dröjt sig kvar för att betrakta klädprakten och skådespelet. När Moder Rikissa upptäckte det gick hon med raska steg fram till dem för att huta åt dem och fnös något fräckt om vad som inte passade sig för kristliga jungfrur att glo efter och att här skulle det packas iväg in bakom murarna fortare än kvickt.

Men Cecilia Blanka svarade henne då milt, så milt att hon själv blev förvånad, att hon sett någonting som kunde bli gott för både fred och Gudhem, att många av de där mantlarna som gästerna bar behövde sina spår av krig borttagna och att det var något som det fanns goda möjligheter att ordna inne på Gudhem. Moder Rikissa såg först ut som om hon bara blivit blixtsnabbt vred på sitt vanliga sätt, men just som hon öppnade munnen för att säga hårda ord var det som om en tanke kom över henne och hon vände sig i stället om och såg mot det surmulet bortvandrande följet av gäster.

"Minsann tror jag inte att även en blind höna kan hitta ett korn", sade hon fundersamt och alls inte ovänligt. Men sedan schasade hon iväg de två Ceciliorna som om det gällde att skrämma undan gäss.

Moder Rikissa hade två bekymmer som hon undanhöll alla andra på Gudhem. Det ena gällde en stor händelse som snart skulle komma, oundviklig som en ny årstid, och som för åtminstone Cecilia Blanka skulle innebära den största förändring. Det andra gällde Gudhems affärer och var något betydligt svårare att förstå sig på.

Gudhem var ett rikt kloster redan nu i sin begynnelse även om det var mindre än en mansålder sedan kyrkan signats som klosterkyrka och de första systrarna flyttade in. Men enbart rikedom mättade inte alla munnar eftersom rikedom var ägande av jord och detta ägande måste förvandlas till mat och dryck, kläder och byggnadsarbete. Och det jorden skapade kom till Gudhem från när och fjärran som tunnor med säd, balar med ullgarn, saltad fisk, torkad fisk, mjöl, öl och frukt.

En del av alla dessa varor måste behållas för att brukas på Gudhem och en större del måste fraktas till olika marknader, mest den i Skara, för att säljas och förvandlas till silver och detta silver skulle i huvudsak användas till att betala alla dem från fjärran länder som arbetade med klostrets olika byggen. Det hände alltför ofta att det drog ut på tiden med försäljningen av varor så att det sinade i klostrets silverkassa. Detta var en ständig källa till bekymmer för Moder Rikissa och hur mycket hon än hade försökt att sätta sig in i förvaltningens olika detaljer så hade *yconomus*, en kanik från Skara som biskop Bengt ansåg som oduglig i kyrkligt arbete men med gott huvud för affärer, alltid svar på hennes misstänksamma frågor. Om skördarna hade varit goda så var det svårt att få avsättning för alltför mycket brödsäd åt gången. Om skördarna hade varit dåliga så måste man vänta med försäljning tills priserna blev ännu högre. Och dessutom gällde det att inte sälja allt på en gång, att sprida försäljningen över hela året. Så vid den tid sent om hösten när det mesta av de arrenden som tillkom Gudhem strömmade in fylldes alla lager till bristningsgränsen och mot slutet av var sommar stod alla dessa utrymmen tomma. Yconomus påstod att det så skulle vara.

Moder Rikissa hade försökt tala något om problemen med Fader Henri, som var abbot i Varnhem och i den egenskapen hennes överordnade eftersom Gudhem var ett underkloster till Varnhem. Men Fader Henri hade inte kunnat ge henne några särdeles goda råd. Det var ju stor skillnad på ett kloster som befolkades av män och ett med bara fruntimmer, som han förklarade med bekymrad min. I Varnhem skaffade man sig inkomster direkt i silver genom mångahanda egna arbeten, man hade ett tjugotal stenbrott där det tillverkades kvarnstenar, man hade smedjor som tillverkade allt från redskap i jordbruket till svärd åt herremän och all byggnation skötte man med eget arbete utan några som helst utgifter i silver för den saken. Vad Gudhem behövde var eget arbete som kunde ge silver direkt, hade Fader Henri sagt. Lätt att säga var det, men en helt annan sak att genomföra.

När Moder Rikissa hörde Cecilia Blanka tala om gästernas ruggiga mantlar hade hon således fått en idé, hon skulle alltid minnas det som sin egen idé. På Gudhem spanns och vävdes ull, lin skördades, rötades, torkades, bråkades, skäktades, häcklades, spanns och vävdes hela vägen från planta till färdigt tyg. Och Syster Leonore, som skötte Gudhems trädgårdar, hade kunskaper om att färga tyg på allehanda sätt som, förutom när det gällde svart, aldrig kommit till användning eftersom det inte fanns något behov av prålande världsliga färger inne på Gudhem.

Som tanken föregår handlingen liksom morgonrodnaden föregår dagen satte nu Moder Rikissa igång det nya. När hon återkom från gravölet i hospitium, som blivit så kort som sådant bara kunde bli bland segrare och besegrade, hade hon två luggslitna och slarvigt lagade mantlar med sig, en röd och en blå. Hon hade varit noga på den punkten, att hon måste få med sig en mantel från vardera sidan.

Allt det nya arbete som nu skulle till kom som en ljusning till Gudhem, vilket också var något Moder Rikissa hade hoppats på. För bortsett från bekymret med silverpengar hade hon en kapplöpning med tiden i något som hon inte anförtrott någon annan. Hon måste få jungfrurna att upphöra med sin fiendskap.

Jungfrurna skulle få det största ansvaret för det nya arbetet och det passade Moder Rikissas dolda syfte desto bättre. Leksystrarna hade nu i den begynnande hösten alltför mycket tungt skördearbete att tänka på. Dessutom kom leksystrarna alla från familjer där man ingalunda klädde sig i ättefärger för kyrkfärd, brusöl eller marknadsgång. Leksystrar, conversae, som Moder Rikissa betraktade med ett förakt hon sällan kunde dölja, var kvinnor från fattiga familjer, sådana man inte haft råd att gifta bort och som därför sändes till kloster för att arbeta ihop sin egen mat i stället för att gå hemma hos fattig bondfar och kosta mer än de kunde bidraga med. Leksystrar hade aldrig i sina liv varit i närheten av en folkungamantel eller en sverkersmantel. Alltså måste detta nya arbete helt och hållet skötas av de vigda systrarna och de mer eller mindre tillfälliga gästerna bland familiares, de två Ceciliorna och sverkersdöttrarna.

Det var emellertid inget lätt arbete som kommit till Gudhem, visade det sig snart. Det måste prövas i allt och många prov blev misslyckade innan något till slut blev bra. Ändå var det som om alla dessa svårigheter i början fick jungfrurna att bli än mer ivriga att lyckas, de skyndade till varje arbete på ett sätt som verkade nästan opassande. Och när Moder Rikissa gick förbi vävareverkstaden hörde hon ivrigt tal från dem alla i tonfall som sannerligen inte passade sig i ett hus tillägnat Guds Moder. Men Moder Rikissa bidade sin tid, just nu fick det fnittras. Tids nog skulle ordningen återställas. Inför den stora händelsen hade det dock varit oklokt av henne att ta med hårda händer i jungfrurna.

Ulvhilde Emundsdotter hade fått alla de andra med sig på att försöka väva det tyg hon talat om, där man blandade ull och lin. En mantel i enbart lin skulle bli för slankig, en mantel i enbart ull blev för tjock och klumpig och föll inte snyggt nedför axlar och länd. Så det första var att få fram tyget. Det var dock inte lätt, för spanns ulltråden för löst stod det ut för mycket fjun från tyget och spanns linnetråden för hårt så skar den ihop tyget för mycket. I allt detta måste de pröva sig fram.

Därefter var det svårigheter med Syster Leonores olika färgprov. Rött visade sig vara det enklaste att få fram även om jungfrurna var mycket noga med att det måste vara alldeles rätt röd färg. Betsaftens röda var för illande lila och för ljus, det röda som kom från pirkum var för ljust och för brunt. Fast det gick att blanda med alrot för att mörka ner. Den rätta röda färgen kom snart fram bland Syster Leonores många lerkrus. Svårare var det med blått.

Och ett färgat stycke tyg måste märkas och torkas, eftersom en våt färg inte alls såg likadan ut våt som torr. Många tygstycken, vars senare användning var svår att föreställa sig, gick åt enkom för allt detta prövande.

Mycket arbete blev det först utan att åstadkomma en enda färdig mantel. Och som om det inte var nog kom som sten på börda frågan om hur mantlarna skulle fodras och varifrån skinnen skulle komma. Vinterekorre, mård och räv växte inte på träd. Så i stället för att inbringa silver blev det nya arbetet något som tvärtom krävde utgifter. Yconomus, som till slut av en betänksam Moder Rikissa befalldes

att fara till Skara för att handla skinn, och i värsta fall ända till Linkö-
ping, kved och åbäkade sig över utgifterna. Han menade att det var
osäkert att lägga ut silver på sådant som man inte visste om man kun-
de sälja och att det i vart fall var lång tid mellan utgiften och inkoms-
ten. Moder Rikissa, som var mer osäker än hon vågade visa en låg
man, svarade att silver ändå inte förökade sig på någon kistbotten
utan först om man gjorde något med det. På det svarade dock ycono-
mus surt att om man gjorde något så kunde man lika gärna förlora
som vinna. Kanske hade Moder Rikissa i ett annat och lugnare läge
för Gudhem tagit större hänsyn till yconumus och hans gnäll. Men
inför det som snart skulle tima på Gudhem fann hon det lika viktigt
att jungfrurna intet hade att klaga över som att det fortfarande fanns
silver i kassan.

* * *

Förebudet om den stora händelsen på Gudhem var en fora med
oxkärror från Skara. Den kom en lugn och klar höstdag och togs om
hand som någonting alls inte oväntat fastän lasten bestod av tältdukar
och virke, öltunnor och mjöd och till och med några fat vin som hade
hämtats upp från Varnhem, djurkroppar som måste hängas svalt och
ett stort antal stekvändare och arbetskarlar. De började resa ett tält-
läger utanför Gudhem och deras hammarslag, skratt och grova språk
hördes gott och väl, eller illa, in i klausuren.

Där innanför murarna surrade det som i en bikupa av rykten bland
conversae och världsliga jungfrur. Någon trodde enfaldigt att det
skulle bli krig igen, att det skulle komma en här och ta Gudhem som
fiendens borg. Någon annan menade att det bara var biskopar som
skulle ha möte och valt en plats där ingen var hemma på den andres
bekostnad. Moder Rikissa och nunnorna, som visste eller borde veta,
visade inte med en min vad de visste eller inte visste.

I *vestiarium*, som nu blivit det mer högtidliga ordet för den gamla
vävarekammaren, där Ceciliorna och sverkersdöttrarna numera till-
bringade mer tid än vad arbetsordningen krävde, uppstod snart tan-
ken att det var någon av dem som skulle hämtas ut och giftas bort, en

112

tanke som gav både hopp och bävan. Det verkade ändå som det mest troliga, eftersom det var gästabud som skulle bli av. De fantiserade ivrigt, som om de alls inte var fiender längre, om vem av dem som skulle råka ut för en gammal dreglande gubbe från Skara, Ceciliornas retsamma hot mot sverkersdöttrarna, på vilket dessa dock hotade tillbaka med dreglande gubbe från Linköping som gjort kungen någon tjänst eller lovat trohet mot att än en gång få krypa ner i sänghalmen med en oskuld. Ju mer de talade om denna möjlighet desto mer upphetsade blev de, ty stort var att få ett annat liv utanför murarna och förfärlig var tanken på en dreglande gubbe, om så från Linköping eller Skara. Det som både var befrielse och straff på en och samma gång kunde ju lika gärna drabba någon på den röda sverkerssidan som på den blåa sidan; halvt på skämt hade de alla fäst en tunn garnände runt sin högra ärm, en röd för sverkersdöttrarna och en blå för de två Ceciliorna.

Om en förtjänt man på den segrande sidan skulle få en hustru, skulle han då helst välja någon av Ceciliorna? Eller kunde någon från den förlorande sidan få välja endera Cecilia? Eller skulle en segrare välja en sverkersdotter för att stärka freden? Eller skulle var man hålla sig till den egna ättens fränder och vänner? Allt var möjligt.

När talet kom in på detta var det som om en hård hand kramade Cecilia Rosas hjärta. Hon fick svårt att andas och kallsvettades och måste gå ifrån en stund, drog sig ut i den kalla luften i korsgången och andades som i kramp. Om man bestämt att gifta bort henne, vad skulle hon kunna göra åt det? Hon hade svurit sin älskade Arn trohet och han hade svurit henne detsamma. Men vad betydde sådana löften för män som skulle göra upp efter krig? Vad betydde hennes vilja eller hennes kärlek, ord som män med makt inte fäste minsta vikt vid?

Hon tröstade sig med att hon faktiskt var dömd till många års bot och att det var den heliga romerska kyrkans dom som inga folkungar eller erikar eller andra män som just segrat eller förlorat kunde ändra på. Hon lugnade sig genast men fann också att det var en egendomlig tanke att hennes långa straff kunde bli som en tröst. Hon skulle i vart fall inte bli bortgift.

"Jag älskar dig för evigt, Arn, må Guds Heliga Moder alltid hålla sin beskyddande hand över dig var du än befinner dig i det Heliga Landet och vilka ogudaktiga fiender du än möter", viskade hon.

Sedan bad hon genast tre Ave Maria och därefter vände hon sig i sin egen bön till Guds Moder och bad om förlåtelse för att hon låtit sig överväldigas av sin världsliga kärlek och försäkrade att hennes kärlek till Guds Moder var störst av allt. Därefter gick hon lugnad in till de andra och var alldeles som vanligt.

Efter prandium och tacksägelsen nästa dag då det egentligen var tid för vila uppstod stor oro på Gudhem. Bud kom och klappade hårt på porten, systrar sprang fram och åter, Moder Rikissa kom vridande sina händer av oro ut från kyrkan och alla kvinnor kallades fram till procession. Snart vandrade de långsamt och i den ordning reglerna föreskrev ut genom stora porten under Adam och Eva och gick därefter sjungandes tre varv runt murarna innan de stannade framför den sydöstliga delen av Gudhem och ordnade sig i grupper med Moder Rikissa främst, bakom henne de vigda nunnorna och bakom dem leksystrarna. Märkligt var dock att jungfrurna skulle stå jämte de vigda nunnorna i en liten grupp för sig själva.

I tältlägret som nu var rest gjorde sig karlar i bruna vanliga arbetskläder färdiga genom att städa undan allt som var osnyggt, vilket skedde i stor brådska, och hämta stänger med hoprullade vimplar. Därefter ställde sig alla de världsliga männen på led och snart hördes bara viskningar från dem.

Alla män och kvinnor stod nu spänt och stirrade mot sydost. Det var en vacker dag i den del av hösten som hade alla färgerna kvar och som ännu inte blivit hård och förebud om vinter. Det var svag vind och bara enstaka moln på himlen.

Det första som kunde anas där i söder var det blixtrande ljuset från lansspetsar i sol. Snart skönjdes ett stort följe ryttare och åter snart gick det att se färgerna, som mestadels var blått. Det var folkungar eller erikar som närmade sig, kunde alla förstå som inte redan visste.

"Det är våra män, våra färger", viskade Cecilia Blanka upphetsat till Cecilia Rosa som stod alldeles intill henne. Moder Rikissa vände sig genast om och gav henne en sträng blick och höjde handen mot munnen till ett hyssjande.

Det mäktiga följet kom allt närmare och snart kunde man se sköldarna. De sköldar som red främst hade alla tre kronor mot blå botten eller folkungalejonet mot samma färg, liksom mantlarna i alla de främsta leden var blåa.

Strax var följet ännu närmare och då syntes att det fanns röda mantlar längre bak, och gröna och svarta med guld och andra färger som inte tillhörde någon av de mäktigare ätterna.

Ännu närmare syntes att en av dem som red främst bar blixtrande guld runt sin hjässa i stället för hjälm. Nej, två av dem som red främst bar kronor.

När följet var på mindre än ett pilskotts avstånd gick det lätt att känna igen de tre som red främst. Först red ärkebiskop Stéphan på en sävlig fux med ganska god buk, alla visste ju hur svårt prelater hade att rida när de kommit till åren, och detta var ett gammalt och sävligt sto med kloka lugna ögon.

Bakom ärkebiskopen till höger red dock Knut Eriksson själv på en livlig svart hingst. Hans krona var en kunglig krona. Och bredvid honom red Birger Brosa, jarlen, med en mindre krona.

Moder Rikissa stod rak i ryggen, nästan trotsigt. Nu var följet emellertid så nära att man kunde tala med varandra. Då sjönk Moder Rikissa ned på knä, ty det måste hon inför både den världsliga och den kyrkliga makten. Bakom henne sjönk alla systrarna, alla conversae och till slut de världsliga jungfrurna också ner på knä. När alla kvinnor befann sig i den ställningen med blicken i marken framför sig knäföll även männen. Kung Knut Eriksson hade kommit till Gudhem på sin eriksgata.

De tre främsta ryttarna hade stannat på bara några stegs avstånd från Moder Rikissa, som ännu inte höjt blicken från marken. Ärkebiskop Stéphan krånglade sig då av sin häst, muttrande på främmande språk om svårigheterna i denna sak, rättade till sin klädsel och steg fram mot Moder Rikissa och räckte henne sin högra hand. Hon tog den och kysste den ödmjukt och han gav henne då tillstånd att resa sig. Därefter fick alla resa sig och stod tysta.

Kung Knut steg nu av sin häst, dock med den lätthet som tillkommer en segrande ung krigare och alls inte som en ärkebiskop, höjde sin högra hand och väntade utan att se sig om medan en ryttare från de bakre leden fort galopperade fram och räckte honom en blå mantel med tre erikska kronor i guld och med foder av hermelin, en drottnings eller en kungs mantel, en sådan som han själv bar.

Han tog manteln över sin vänstra arm och gick långsamt, medan alla andra i Gudhem stod blick stilla, fram mot de världsliga jungfrurna. Han ställde sig utan ett ord bakom Cecilia Blanka, höjde manteln på raka armar först så att alla kunde se den. Därefter hängde han drottningens mantel över hennes skuldror och tog henne vid handen för att leda henne i riktning mot det kungliga tältet där fyra fanor med de tre erikska kronorna vajade; Cecilia Rosa hann tänka, och förargade sig över att hon i denna stund kunde tänka på så små saker, att hon inte ens märkt när dessa fanor rests.

De två Ceciliorna höll emellertid fortfarande varandra i handen, de hade utan att tänka något gripit om varandra i samma stund de känt igen Knut Eriksson. Men nu när kungen ville dra bort sin Cecilia tänjdes deras grepp ut samtidigt som Cecilia Blanka, svears och götars nya drottning inom kort, snabbt vände sig om och gav sin vän för livet en kyss på båda kinderna.

Kungen rynkade därvid pannan men såg strax ljus ut på nytt när han nu ledde sin trolovade Cecilia mot det kungliga tältet. Alla andra stod stilla eller satt kvar till häst till dess kungen och hans trolovade stigit in i tältet.

Då uppstod stort skrammel och larm när hela följet satt av och alla började leda sina hästar mot de hagar och havrevolmar som arbetskarlarna ordnat med. Ärkebiskopen vände sig mot Moder Rikissa, välsignade henne och gav henne sedan ett avfärdande tecken som om han viftade undan en fluga och började även han gå mot det kungliga tältet.

Moder Rikissa klappade då händerna till tecken på att alla kvinnor under henne utan dröjsmål skulle återvända in bakom murarna.

Innanför klausuren blev nu oro och mycket prat som inga stränga regler i denna världen skulle ha kunnat förhindra. Till och med Jungfru Marias heliga systrar pratade i munnen på varandra, nästan lika högt som de världsliga jungfrurna.

Det var tid för sång och Moder Rikissa var sträng när hon nu försökte återställa ordningen och få in dem alla i kyrkan och tvinga på dem den värdighet och tystnad som sångstunden och bönerna krävde. Hon blev under sången betänksam av att Cecilia Rosa sjöng med en sällan skådad kraft och att tårarna strömmade nedför den unga och numera farliga kvinnans kinder. Allt hade gått så illa som Moder Rikissa hade fruktat.

Allt hade gått så väl som Cecilia Rosa hade hoppats, men också fruktat. Hennes kära vän skulle bli drottning, det var klart som vatten. Det var det ena, den stora glädjen. Hon själv skulle nu bli ensam utan sin kära vän i många hårda år. Det var det andra, det var sorgen. Hon visste inte själv vilket som var det starkaste.

***

Innanför murarna fortlöpte resten av den dagen som alla andra dagar även om den inte kunde vara som alla andra dagar. Att kungen skulle komma på sin eriksgata och göra rast vid Gudhem var en nyhet för alla jungfrur och för alla leksystrar. Moder Rikissa hade funnit bäst att inte säga något om det som hon känt till i flera veckor. Inte heller till Cecilia Blanka hade hon sagt något, trots att hon haft kunglig hälsning att framföra, en hälsning som dock skulle ha gjort Cecilia Blanka omöjlig att regera och därmed också skulle ha ställt till stor oreda bland alla andra världsliga jungfrur.

Kungens eriksgata hade gjort en omväg från den vanliga vägen. Efter att man passerat Jönköping hade man gått mot Eriksberg, kungens födelseplats och också den plats där hans far, som nu allt oftare omtalades som helige Sankt Erik, hade fötts och där erikarna byggt sin kyrka med de vackraste väggmålningar i Västra Götaland. Kungen befann sig nu i den för honom själv mest angenäma delen av sin resa, i den eriska ättens hjärtland.

Innanför Gudhems murar kunde ingen veta så noga vad som skedde där ute eftersom bara ljud och dofter kunde berätta. Många resande kom och for, det var en ständig rörelse av hästhovar. Stekar hade börjat vändas i nog så stor mängd, berättade dofterna. I vestiarium blev inte så mycket ordnat arbete bland Gudhems jungfrur eftersom de hela tiden fantiserade högt om vad dofter och ljud berättade om det som hände så nära dem men ändå så långt bort. Det var dock i allt detta ivriga prat som om ett avstånd uppstått mellan Cecilia Rosa och de andra. Nu var hon den enda inne på Gudhem med ett litet blått garn runt höger ärm, ensam bland sverkersdöttrar. Det var som om något av den gamla fientligheten kom krypande tillbaka blandad med rädsla eller försiktighet eftersom hon, ensam eller ej, var den blivande drottningens käraste vän.

Efter vesper skulle Moder Rikissa bege sig till gästabudet utanför murarna och hon avstod visligen från att följa alla andra till refectorium för kvällsvard på linssoppa och rågbröd. I refectorium hann emellertid priorinnan knappt läsa över maten förrän Moder Rikissa kom tillbaks in och genast spred skräck omkring sig eftersom hon var vit i ansiktet av återhållen vrede. Mellan sammanknipna läppar beordrade hon Cecilia Rosa att genast följa med. Det kunde förefalla som om Cecilia Rosa nu skulle tas till bestraffning, i värsta fall carcer.

Hon reste sig genast och följde med sänkt huvud Moder Rikissa, ty snarare än fruktan hade ett ljust hopp tänts inom henne. Och just så som hon hoppades ledde Moder Rikissas steg inte alls mot carcer utan mot porten och därefter mot hospitium, varifrån hördes glada röster från det pågående gästabudet. Också i tälten utanför smedja och stall dracks öl av många män.

Hospitium var dock alldeles för litet för att rymma fler än de gäster som hedern krävde. Vid ekbordet inne i salen satt kungen själv och hans jarl Birger Brosa, ärkebiskopen och biskop Bengt från Skara, ytterligare fyra män som Cecilia Rosa inte trodde sig känna igen och, längst ner vid bordets kortände, Cecilia Blanka i sin blåa mantel med de tre kronorna och bräm av hermelin.

När de två kom in i rummet knuffade Moder Rikissa omilt Cecilia

Rosa framför sig och tog henne om nacken och fick henne att niga för herrarna, som om hon inte skulle ha kommit på den idén själv. Knut Eriksson rynkade då pannan och gav Moder Rikissa en sträng blick som hon inte låtsades om. Därefter höjde han högra handen så att allt tal och visk genast upphörde i rummet.

"Vi hälsar dig till vårt gästabud här på Gudhem, Cecilia Algotsdotter", sade han med en vänlig blick mot Cecilia Rosa. Sedan fortsatte han med en mindre vänlig blick mot Moder Rikissa.

"Vi bjuder dig särdeles gärna eftersom det är vår trolovades önskan och liksom vi kan bjuda Moder Rikissa, om vi så behagar, kan vår trolovade bjuda dig."

Han gjorde därvid en gest med armen mot den plats där Cecilia Blanka satt och där det fanns ledigt utrymme. Moder Rikissa ledde då med ett hårt grepp Cecilia Rosa fram genom salen som om hon inte skulle begripa att gå själv, och när hon satte sig slet Moder Rikissa ilsket av henne den blå garnänden hon hade fäst runt sin ärm, vände fort och gick bort till sin plats vid andra kortänden av bordet.

Moder Rikissas föraktfulla hantering av den blå färgen undgick ingen i salen och därför blev det först förläget tyst. Ceciliorna tog varandra tröstande i handen under bordet. Alla kunde se att kungen vredgades på Moder Rikissa för tilltaget.

"Om du Moder Rikissa känner avoghet mot blått garn så lär du måhända inte trivas så väl här hos oss i kväll?" frågade han misstänkt mjukt fastän han som på förslag pekade mot porten som ledde ut.

"Vi har våra regler på Gudhem som inte ens kungar kan ändra på och på Gudhem bär ingen jungfru ättefärger", svarade Moder Rikissa snabbt och utan fruktan så att det såg ut som om hon gjort kungen svarslös. Då slog emellertid jarlen Birger Brosa näven så hårt i bordet att ölstånkorna hoppade och det blev tyst som mellan blixtnedslag och tordön och alla hukade sig omedvetet när han reste sig och pekade mot Moder Rikissa.

"Då skall du veta, Rikissa", började han med mycket lägre röst än någon i rummet förväntat, "att vi folkungar också har våra regler. Cecilia Algotsdotter är en kär vän och hon trolovades till en än mer kär vän till både mig själv och kungen. Sant är att hon dömdes till hårt straff för en synd som mången av oss undkommit utan straff alls, men du skall veta att i mina ögon är hon som en av oss!"

Han hade höjt sin röst mot slutet och nu gick han med långsamma beslutsamma steg nedför bordet och ställde sig alldeles bakom de två Ceciliorna och såg med hård blick mot Moder Rikissa medan han långsamt svepte av sig sin mantel och försiktigt, nästan ömt, hängde den över Cecilia Rosas axlar. Han gav kungen en kort blick och kungen nickade lika kort sitt bifall. Sedan gick han tillbaks till sin plats, tog sin ölstånka och drack några häftiga klunkar, riktade stånkan mot de två Ceciliorna och satte sig sedan tungt bullrande.

En lång stund därefter gick samtalet trögt. Stekvändare kom in med både hjort och svin och öl och söta grönsaker och vitt bröd, men gästerna rörde bara så lite av maten som de måste.

De två Ceciliorna kunde nu svårligen börja tala om allt det som de höll på att spricka av otålighet att få säga. Det hade varit föga passande med sådant som kallas kvinnopladder vid bordet när stämningen var tung. De satt med sedesamt sänkta huvuden och petade ytterst försiktigt i maten som de eljest, efter lång tid på klosterkost, skulle ha glupat i sig.

Till ärkebiskop Stéphan hade stekvändarna burit in särskild mat, fårkött kokt i kål, och han drack till skillnad från alla andra vid bordet vin. Han hade under striden mellan Moder Rikissa och kungens jarl inte låtit sig avbrytas i sina världsliga njutningar och nu höll han upp sitt vinglas och såg forskande på vinets färg innan han på nytt förde det till munnen och himlade med ögonen.

"Det är som att vara hemma i Bourgogne igen", suckade han när han ställde ned sitt glas. "Mon Dieu! Detta vin tog ingen skada av sin långa resa. Men från det ena till... öh, det andra, hur går de lübska affärerna, Ers Majestät?"

Så som ärkebiskop Stéphan tänkt, fast han låtsats som han inte alls tänkt, sken Knut Eriksson upp vid den frågan och började genast och med stor glädje berätta.

Just i denna stund befann sig Eskil Magnusson, som var Arns bror och brorson till Birger Brosa, i Lübeck för att i skrift och sigill avsluta ett handelsfördrag med ingen mindre än Henrik Lejonet av Sachsen. Så stor del av göta ländernas handel som bara tänkas kunde skulle nu styras om till Östra sjön och gå mellan Östra Götaland och Lübeck. Om de egna koggarna inte räckte till så skulle lübeckarna frikostigt ställa sina fartyg till buds. Den nya stora varan som lübeckarna ville ha var torkad fisk från Norge, som Eskil Magnusson hade börjat köpa i riklig mängd och fraktade från norska havet upp i Vänern och vidare över flod och sjö till Vättern för att därefter snart kunna skeppas från hamn i Östra Götaland. Järn från Svealand och pälsverk och salt sill och lax och smör skulle snart kunna skeppas på samma väg och de varor som lübeckarna hade att erbjuda i gengäld var lika goda och godast allt det silver som kom emellan.

Snart var alla männen, världsliga som andliga, inbegripna i ett hetsigt muntert samtal om vad den nya handelsförbindelsen med Lübeck kunde föra med sig. Stora var deras förhoppningar och alla var de överens om att handel hörde den nya och goda tiden till. De tycktes även övertygade om att den rikedom som skulle följa på större handel också skulle föra till ökad endräkt och fred, liksom i det motsatta förhållandet hästarna bits då krubban är tom.

Samtalet blev alltmera högljutt och öl bars in i ökad fart så att gästabudet sent omsider kom i god ordning.

De två Ceciliorna kunde nu försiktigt börja tala med varandra eftersom ingen kunde höra vad de sade längst ner vid bordet. Cecilia Blanka berättade först av allt att Knut Eriksson sänt bud för länge sedan att han skulle komma till Gudhem denna dag och att han då skulle föra med sig en drottnings mantel. Moder Rikissa hade således vetat detta länge, men elak som hon var hade hon bestämt sig för att ingenting säga. Ty den kvinnans enda sanna glädje var alls inte kärleken till Gud utan att plåga sin nästa.

Cecilia Rosa invände stilla att lyckan ändå måste te sig desto större nu när allt var över. För hur svårt hade det inte varit att gå och räkna dagarna i över en månad och ständigt oroa sig för att det kunde ha blivit en förändring i ett eller annat?

De hann inte så mycket längre i sitt samtal eftersom männens drömmar om guld och silver från handeln med Lübeck börjat trampa runt i gamla spår och biskop Bengt passade på att föra över samtalet på sig själv. Han berättade vilken fruktan för sitt liv han känt, men hur han bett Gud om stöd för att våga, och då genast vågat sitt rådiga ingripande för att rädda de två Ceciliorna från att bli tagna som rov, klosterrov dessutom, det värsta av alla kvinnorov. Han fortsatte något långrandigt sin berättelse utan att utelämna ens det oviktigaste.

Eftersom Ceciliorna inte gärna kunde börja tala om annat när en biskop talade och dessutom talade om just dem fast mest om sig själv, sänkte de dygdigt sina huvuden och fortsatte teckenspråka under bordet.

Sant är att han schasade undan tölpar, men var fanns modet i det? tecknade Cecilia Rosa.

Större hade hans mod varit om sverkrarna segrat på blodsängarna, svarade Cecilia Blanka. *För nu riskerade han bara sitt liv om han utlämnat oss.*

Hans mod bestod i att inte riskera sitt liv, således, summerade Cecilia Rosa och därvid kunde ingen av de två hålla sig från lite fnitter.

Men kung Knut som var en skarpögd man och ännu inte särskilt full såg denna kvinnliga munterhet i ögonvrån och vände sig plötsligt mot Ceciliorna och frågade med hög röst om denna sak inte timat just så som biskop Bengt berättat.

"Jo, helt sant var det som bispen berättar", svarade Cecilia Blanka utan att tveka det allra minsta. "Främmande krigsmän kom och krävde med ord så grova att jag här alls inte kan återge dem att Cecilia Algotsdotter och jag själv prompt skulle lämnas ut från Gudhems murar. Då steg biskop Bengt ut och förmanade dem i stränga ordalag och de gav sig iväg utan att göra skada."

Under en kort stunds tystnad begrundade kungen och de andra männen dessa änglalika ord från kungens egen trolovade och kungen lovade då att denna sak inte skulle bli utan sin belöning. Biskop Bengt påpekade genast att han alls inte sökte belöning för att ha gjort bara det som samvetet och Herrens plikt bjöd, men att om något gott kunde tillfalla kyrkan så uppstod alltid glädje bland Guds tjänare, liksom i himmelen. Snart tog samtalet en annan vändning.

Cecilia Rosa frågade nu med sina tecken varför den lögnaktige biskopen skulle komma så lätt av kroken. Cecilia Blanka svarade henne att det hade varit oklokt av en blivande drottning att skämma ut en av rikets biskopar inför andra män. Men att ingenting för den sakens skull var glömt och att kungen nog skulle få veta sanningen fast vid ett lämpligare tillfälle. Men nu hade de allt ivrigare börjat visa sina tecken ovanför bordet och insåg plötsligt att Moder Rikissa där borta stirrade på dem med blickar som var allt annat än kärleksfulla. Kanske hade hon sett vad de sade med sina händer.

Birger Brosa hade också sett något, ty han var inte den som vid gästabud talade mest utan hellre lyssnade och betraktade. Han satt på sitt vanliga sätt, något tillbakalutad med det nöjda flin som givit honom hans öknamn Brosa och med ölstånkan lättjefullt stödd mot sitt ena knä. Nu lutade han sig hastigt framåt och ställde ner ölstånkan med en smäll så att samtalet tystnade och alla blickar vändes mot honom. Alla visste att när jarlen gjorde så hade han något att säga och när jarlen hade något att säga så lyssnade alla, även kungen.

"Det synes mig lämpligt", började han med tankfull min, "att vi kanske språkade något om vad vi skulle kunna göra för Gudhem, nu när vi ändå befinner oss här och när vi ändå hört om biskop Bengts hjältedåd. Har kanske du Rikissa något förslag?"

Alla blickar vändes nu mot Moder Rikissa, ty jarlen var inte känd för att fråga om han inte väntade sig svar. Moder Rikissa tänkte noga efter innan hon svarade.

"Det kommer alltid jord till kloster", sade hon. "Också Gudhem kommer att få mer av den varan som åren går. Men just nu är det snarare gråverk, goda rävskinn från vinter och mårdskinn som vi skulle behöva här på Gudhem."

Hon såg lite finurlig ut när hon tystnade, som om hon mycket väl förstod vilken förvåning hennes svar skulle väcka.

"Gråverk och mård, det verkar som om du och dina systrar drabbats av världsliga frestelser, men så illa kan det väl inte vara, Rikissa?"

frågade Birger Brosa mycket vänligt och med större leende än vanligt.

"Inte alls", fnös Moder Rikissa. "Men som herrar driver handel, som ni alla skroderat duktigt om, så måste också Herrens tjänare göra det. Se alla dessa solkiga och rivna mantlar som nu var och varannan av era män bär. Här på Gudhem har vi begynt att göra nya mantlar, bättre och skönare än ni hade förr. Och för dessa mantlar räknar vi med hederlig betalning. Som vi är kvinnor kan ni inte begära att vi ska hugga kvarnsten som munkarna på Varnhem."

Hennes svar väckte både förvåning och gillande. Så insatta i affärer som alla män hade känt sig nyss, som emellertid alla män alltid kände sig, kunde de inte annat än nicka instämmande och försöka se kloka ut.

"Och vad är det möjligen för färg på dessa mantlar du och dina systrar syr?" frågade Birger Brosa med en vänlig ton som dock föga dolde en listig tanke.

"Bäste jarl!" svarade Moder Rikissa och spelade lika förvånad över frågan som Birger Brosa nyss spelat oskuldsfull. "De mantlar vi syr är förstås röda med svart griphuvud... liksom de är blåa med tre kronor eller blåa med det lejon du själv, fast inte just nu som det verkar, brukar bära på ryggen..."

Efter kort tvekan började Birger Brosa skratta, varvid Knut Eriksson föll in i hans skratt så att strax alla männen runt bordet skrattade.

"Moder Rikissa! Du har en skarp tunga, men vi finner också ett lustigt sätt att lägga dina ord", sade Knut Eriksson, tog en slurk öl och torkade sig om munnen innan han fortsatte. "Pälsverken du frågade efter skall snart vara i Gudhem, på det ger vi vårt ord. Var det något mer, medan vi ännu är vid gott lynne och ystra att göra nya affärer?"

"Ja, kanske det, min kung", svarade Moder Rikissa dröjande. "Om de där lübeckarna har guldtråd och silvertråd så skulle vi kunna göra sköldemärkena mycket vackrare. Det kan säkert både Cecilia Ulvsdotter och Cecilia Algotsdotter där borta intyga, ty de har båda varit mycket flinka i denna nya verksamhet på Gudhem."

Alla blickar riktades nu mot de två Ceciliorna som blygt måste instämma i det som Moder Rikissa sagt. Med sådana välska trådar skulle det helt säkert bli mycket vackra sköldemärken på mantlarnas ryggar.

Så kom det sig att kungen genast lovade att så fort som möjligt se till att inte bara de begärda skinnen utan också lübsk tråd kom till Gudhem och han tillade att det ju inte bara var en bättre affär än att skänka bort jord, det kunde bli skönare syn på hans och hans drottnings kröning om gästerna var väl försedda från Gudhem.

Strax reste sig Moder Rikissa och ursäktade sig att hennes plikter kallade och att hon tackade så mycket för både förplägnad och löften. Kungen och jarlen nickade båda godnatt så att hon var fri att gå. Men hon stod kvar och såg strängt på Cecilia Rosa, som om hon väntade.

När Knut Eriksson upptäckte Moder Rikissas tysta begäran såg han på sin trolovade och hon skakade fort på huvudet. Han bestämde sig då genast.

"Vi bjuder dig godnatt, Rikissa", sade han. "Och vad Cecilia Algotsdotter beträffar så vill vi att hon tillbringar denna natt med vår trolovade så att ingen kan säga att Knut var samma natt under samma tak och i samma säng som sin trolovade."

Moder Rikissa stod alldeles stilla, som om hon inte trodde sina öron och som om hon hade svårt att bestämma sig för om hon skulle finna sig och bara gå eller om hon skulle ta strid.

"För vi vet ju alla", inflikade Birger Brosa mjukt, "vilka eländiga följder det kan få för Cecilior om inte trolovade hålls noga isär fram till brudölet. Och hur mycket det än skulle glädja dig, Rikissa, att få hålla *båda* Ceciliorna i Herrans tukt och förmaning i tjugo år så skulle nog vår kung bli mindre glad av sådant."

Birger Brosa log som alltid, men det hade funnits gift i hans ord. Moder Rikissa var en stridens kvinna och nu blixtrade det i hennes ögon. Då ingrep kungen fort innan skadan av alltför hårda ord skulle vara skedd.

"Vi tror nog att du lugnt kan sova på denna sak, Rikissa", sade han. "Ty du har din ärkebiskops välsignelse för det som vi nu ordnat och ställt. Inte sant, min käre Stéphan?"

"*Comment?* Öh... *naturellement...* öh, jo *ma chère Mère* Rikissa...

det förhåller sig just så som Hans Majestät har sagt, liten sak, inget stort problem..."

Ärkebiskopen dök på nytt ner i sitt lammkött, det tredje fatet som burits in till honom, och sedan lyfte han sitt vinglas och tycktes mycket intresserat betrakta det som om allt var avgjort. Moder Rikissa vände utan ett ord och gick med hälarna smällande i ekplankorna mot dörren.

Därvid hade kungen och hans män blivit av med den person som genom sin närvaro mest hämmade deras frispråkighet, en frispråkighet som snart började tränga sig på lika obönhörligt som nödvändigheten av att allt oftare gå ut och lätta sig vid granriset. Det var hämsko med abbedissa på gästabud, inte tu tal om den saken.

Men inte var det så särdeles mycket bättre med två jungfrur vars unga öron nog skulle kunna svedjas illa av de långa samtal som natten fortfarande bjöd.

Kungen förklarade att man ordnat bädd åt Ceciliorna i en kammare på övervåningen och att vakt skulle hållas utanför deras dörr hela natten så att därmed inga onda tungor skulle kunna skada. För Ceciliorna var detta uppbrott lika angeläget som för männen, ty de hade nu bara en sista natt tillsammans att säga allt sådant som de eljest skulle ångra länge att de inte fått sagt. De drog sig höviskt tillbaka, fastän Birger Brosa stoppade dem på vägen med en vänlig harkling och pekade på sin mantel. Cecilia Rosa rodnade och tog av sig manteln och då Birger Brosa roat vände ryggen till hängde hon jarlsmanteln med folkungalejonet över de axlar där den hörde hemma.

Strax var de båda Ceciliorna nedbäddade på övervåningen mellan linne och tjocka fällar så att de skulle kunna sova i bara underlinnet och ändå finna natten ovant varm och behaglig. På ena stockväggen fanns talgljus som skulle brinna mycket längre än några ljusstickor.

De låg en stund sida vid sida, stirrade i taket och höll varandra i handen. På en bänk intill sängen låg drottningmanteln blå och mäktig med tre glimmande kronor i guld som en påminnelse om allt det ofattbart stora som hänt denna dag. En stund var de andäktiga vid den tanken så att inget blev sagt.

Men natten var ännu ung och där nere steg buller och skratt från den nu helt kvinnobefriade skaran som därmed gick in för att med liv och kraft göra ett gott gästabud vilket hedern särdeles krävde om det var gästabud hos kungen.

"Undrar om ärkebiskopen är inne på sin fjärde hämtning lammkött nu", fnissade Cecilia Blanka. "Undrar förresten om han är så enfaldig som han verkar, såg du när han avfärdade Moder Rikissa som om det kommit en fluga i hans vinglas?"

"Just därför är han nog inte så enfaldig som han spelar", svarade Cecilia Rosa. "Han kunde inte låtsas att han lydde kungens minsta vink. Och han kunde inte låtsas att det var stor sak att besluta för kungen och mot Moder Rikissa, därför låtsades han att det var en fluga i vinglaset och varken mer eller mindre. Arn talade förresten alltid väl om ärkebiskop Stéphan, trots att han dömde oss båda till ett så hårt straff."

"Du är alldeles för god och du tänker alldeles för gott om människor, min käraste av vänner", suckade Cecilia Blanka.

"Hur menar du då, käraste Blanka?"

"Du måste tänka mera som en man, Rosa, du måste lära dig att tänka som de, som männen tänker om de så bär jarlskrona eller biskopsstav. Det var alls ingen god dom som du och Arn fick. Som Birger Brosa sade så tydligt, mången har begått samma synd utan att alls få något straff. Ni dömdes orättvist hårt, det är klart som vatten, inser du inte det?"

"Nej, det förstår jag inte. Varför skulle de göra så?"

"Rikissa, där har du en slem själ som låg bakom. Jag var på Gudhem när din syster, som väl inte längre är dig så kär, hon Katarina, och Rikissa började spinna sina nät. Arn, din älskade som du säger, var Knut Erikssons vän och folkung. Det var det Rikissa ville åt, hon ville skada kungens vän och så split. Och Arn var en svärdsman som kunde slå alla andra och som det berättades mycket om. Det var det ärkebiskopen ville åt."

"Vad skulle ärkebiskopen och Fader Henri med en svärdsman till?"

"Men kära älskade vän!" utbrast Cecilia Blanka otåligt. "Gör dig inte till den dumma gås som Fru Helena talade om. Biskopar och andra prelater springer ju ständigt omkring och talar om hur vi måste sända män till kriget i det Heliga Landet, som om vi inte hade nog med våra egna krig, och hur den som tar korset kommer till paradiset och allt vad de nu säger. Och föga framgång har de med sådant tal. Känner du någon som tagit korset och rest frivilligt? Nej, inte jag heller. Men Arn kunde de sända och säkert bad de många tacksägelser efteråt. Sanningen är ibland hård och kall. Hade Arn Magnusson inte varit som en saga efter striden på Axevalla, hade han varit en man som alla andra med svärd och lans hade ni fått göra bot i två år, inte tjugo."

"Du har börjat tänka som en drottning, är det den färdigheten du vill öva upp?" frågade Cecilia Rosa efter en stund. Hon verkade djupt tagen av orden om svärdet som skäl till hennes och Arns hårda dom.

"Ja, jag försöker lära mig att tänka som en drottning. Av oss två är nog jag den som passar bäst till det. Du är alldeles för god, min kära Rosa."

"Var det därför, för att du tänkte som en drottning, som du kunde få dem att hämta över mig till det här gästabudet? Förresten såg Moder Rikissa ut som om hon skulle spricka av hat när hon kom in för att hämta mig."

"Det kunde hon gott ha, den maran, hon måste lära sig att hon sannerligen inte är Guds vilja. Nej, jag försökte först med vänlig list och smek. Men Knut verkade i sanningens namn inte så våldsamt tagen av mina konster. Han gick och frågade sin jarl. Så där fick jag lång näsa, jag har långt kvar till att bli drottning."

"Så då var det Birger Brosa som bestämde att jag skulle få komma?"

"Han och ingen annan. I honom har du ett stöd som du måste vårda väl. När han gick fram och svepte folkungamanteln runt dig så var det nog inte bara för att skydda dig mot kylan."

De tystnade därför att skrattsalvorna nu dånade upp genom golvplankorna och för att de på samma gång tycktes något besvärade av att deras samtal hade tagit en så hård vändning, som om drottningmanteln i dunklet intill dem hade tvingat dem att bli något annat än bara de käraste av vänner. Och även om natten ännu inte var så långt liden skulle den ta slut som alla nätter, till och med nätter i carcer, och därmed skulle de skiljas för lång tid, för mycket lång tid, eller för alltid. Annat än kampen om makt måste då finnas att tala om.

"Tycker du att han är en skön man, ser han ut som du mindes honom?" frågade Cecilia Rosa till slut.

"Vem? Knut Eriksson? Jo, nog minns jag honom som yngre och skönare, det är ju några år sedan vi sågs och inte sågs vi då mycket. Han är lång och ganska stark ser han ut, men hans hår börjar tunna ut så att han snart ser ut som en munk fastän han inte är så gammal. Någon gubbe från Linköping är han ju rakt inte, men bättre hade det förstås också kunnat vara. Och inte är han lika klok som Birger Brosa. Summa summarum, det hade kunnat vara bättre, men också mycket sämre med den saken. Så jag är nog tämligen nöjd."

"Tämligen nöjd?"

"Ja, det måste jag erkänna. Det är dock inte så viktigt. Det viktiga är att han är kung."

"Men du älskar honom inte?"

"Som jag älskar Jungfru Maria, eller som de älskar i sagorna? Nej, det är klart att jag inte gör. Varför skulle jag göra det?"

"Har du aldrig älskat någon man?"

"Inte någon man. Men det var en stallardräng en gång... äh, jag var bara femton år, min far kom på oss och det blev ett oherrans liv och stallardrängen kördes på porten efter pisk och svor att han skulle komma tillbaks en dag med många hirdmän och vad det nu var. Jag grät i flera dagar och sedan fick jag en ny häst."

"När jag kommer ut härifrån är jag trettiosju år gammal", viskade Cecilia Rosa fastän de nu borde tala rätt högt för att höras över gästabudet under dem.

"Då har du kanske halva livet kvar", svarade Cecilia Blanka med mycket högre röst. "Då kommer du till mig och kungen, du och jag är vänner för hela livet och det är det enda som sådana som Moder Rikissa aldrig kan göra något åt."

"Men jag kommer nog bara ut härifrån om Arn kommer tillbaka som han svor att göra. Annars torkar jag här inne för resten av mitt liv", sade Cecilia Rosa med något högre röst.

"Du kommer att be för Arn varje natt intill den dagen?" frågade Cecilia Blanka och knep hårdare med sin hand om sin väns hand. "Jag lovar dig att jag skall be för detsamma och kanske kan vi tillsammans, om vi håller ut, beveka Guds Heliga Moder."

"Ja kanske kan vi. För det är känt att Vår Fru många gånger låtit sig bevekas av kärleksböner om de är tillräckligt ihärdiga. Jag vet en sådan berättelse som är mycket vacker."

"Om jag frågar dig detsamma som du frågade mig. Du älskar verkligen Arn Magnusson? Han är inte bara din spång över den här graven som heter Gudhem, du älskar honom som du älskar Vår Fru eller som de älskar i sagorna?"

"Ja, det gör jag", svarade Cecilia Rosa. "Jag älskar honom så att jag är rädd för just den synden att älska en man mer än Gud, jag älskar honom för evigt och när dessa fördömda tjugo år har gått kommer jag fortfarande att älska honom."

"På ett sätt som du inte kan förstå avundas jag dig", svarade Cecilia Blanka efter en stund och vände sig häftigt om i sängen och slog armarna om sin vän.

De låg så en stund medan tårarna kom hos dem båda. De avbröts först av den nödvändighet som kan avbryta allt efter gästabud, Cecilia Blanka måste stiga upp och låta sitt vatten i det träkärl man omtänksamt ställt under deras bädd.

"Jag måste fråga dig två saker som man bara kan fråga någon som är ens allra käraste vän", återtog Cecilia Blanka när hon åter kröp ner under fårskinnsfällarna. "Hur är det att ha en son men ändå inte ha en son? Och är det så illa som många säger att föda barn?"

"Du frågar då inte lite på en gång", svarade Cecilia Rosa med ett litet blekt leende. "Att ha en son som min, som heter Magnus och växer upp hos Birger Brosa med Brigida som mor, är svårt så att jag måste tvinga mig att inte tänka på honom annat än i mina böner. Han var så vacker och han var så liten! Det är en olycka större än min fångenskap hos Moder Rikissa att inte få vara hos honom. Men i den olyckan blir det ändå lycka att han får växa upp hos en så god man som Arns farbror. Verkar det här lite galet, är det svårt att förstå?"

"Inte alls, jag tror det är precis som du säger. Men hur var det att föda?"

"Du börjar redan bli orolig? Är det inte lite väl tidigt, nu när vi har vakt utanför vår sängkammare och allt!"

"Gör nu inte löje av denna sak. Ja, jag är orolig, jag lär inte komma undan med att föda få söner. Hur är det?"

"Vad vet jag? Jag har bara fött en. Vill du veta om det gör ont? Ja, det gör mycket ont. Vill du veta om du känner dig lycklig när det är över? Ja, du känner dig lycklig när det är över. Fick du nu av en erfaren kvinna veta något som du inte redan visste?"

"Undrar om det gör mindre ont om man älskar den man som är far till ens barn?" funderade Cecilia Blanka halvt på allvar halvt på löje efter en stund.

"Ja, det tror jag bestämt", svarade Cecilia Rosa.

"Då är det nog bäst att jag kvickast möjligt packar mig iväg och börjar älska vår kung", suckade Cecilia Blanka gycklande.

De föll i skratt och deras skratt var renande och befriande och de krånglade i bädden så att de låg omslingrade nästan som den natten då en stelfrusen Cecilia Blanka hämtats upp från carcer. Och som de låg kom de också båda att tänka på den natten.

"Jag tror och kommer alltid att tro att du räddade mitt liv den natten. Jag var frusen in till benen och mitt liv kändes som den sista blå lågan just när brasans sista kol slocknar", viskade Cecilia Blanka rätt in i sin väns öra.

"Din låga är nog mycket starkare än så", svarade Cecilia Rosa sömnigt.

De somnade men vaknade när det var dags för laudes och vacklade båda sömndrucket upp och började klä på sig innan de förstod att de var i hospitium där skrål fortfarande hördes under dem.

När de krupit tillbaks ner under fällarna var de klarvakna och kunde omöjligt somna om. Men ljuset hade brunnit ut och det var helt svart mörker utanför vindögat.

De började om där de slutat tala, om evig vänskap och evig kärlek.

V

NÄR SALADIN KOM TILL Gaza lät han inte lura sig av någon enda av försvararnas fällor. Han hade varit i krig alldeles för länge, belägrat alldeles för många städer, och försvarat alldeles för många städer mot belägrare, för att tro på det han först såg. Staden Gaza såg just nu ut som om den var lätt att ta, som om det bara var att rida rakt in, som om staden var uppgiven och skulle överlämna sig frivilligt. Men i tornet ovanför den vidöppna stadsporten och nedfällda vindbryggan över vallgraven vajade tempelriddarnas svartvita fana och deras standar med Jesu moder, som de dyrkade som en gud. Det var de fanorna man skulle tänka på i första hand, inte det som fienden ville att man skulle se. Det var en närmast löjlig tanke att tempelriddare skulle ge sig utan strid, snarast en förolämpning att deras befäl trodde att de kunde lyckas med ett så enkelt trick.

Saladin viftade irriterat undan de emirer som kom framridande till honom för att föreslå än det ena än det andra dåraktiga blixtanfallet. Han vidhöll sina order. Man skulle göra som bestämt och inte ändra sig bara för en öppen port och något som såg ut som glesa led med försvarare utan de vitklädda tempelriddarna själva.

Arn stod uppe på stadsmuren tillsammans med sin vapenmästare Guido de Faramond och sin confanonier Armand och betraktade spänt den inkommande fiendehären. I staden nedanför och bakom honom var gatorna rensade från skräp och allt brännbart, alla fönster var försatta med träluckor eller spända hudar som dränkts i vinäger, flyktingarna var sammanfösta i de sädesmagasin av sten som tömts när man fyllt magasinen inne i borgen och stadens innevånare fanns antingen i sina hem eller i de grupper som skulle ansvara för brandförsvaret.

Staden Gaza låg på en kulle som sluttade ner mot havet med borgen och hamnen. Högst upp på kullen låg stadsporten så att varje fiende måste anfalla i uppförsbacke. Mellan stadsporten och borgens portar nere vid havet var vägen ren och utan hinder som på en övningsbana för ryttarlekar. Uppe på stadsmurarna syntes mest turkiska bågskyttar och enstaka svartklädda sergeanter i något som utifrån måste ha sett ut som ett förvånansvärt glest försvar. Det berodde på att tvåhundra sergeanter som mestadels var beväpnade med armborst satt ner med ryggen mot bröstvärnsmuren så att de inte syntes utifrån. På ett enda ögonblick skulle alltså Gazas försvar växa till det mer än dubbelt starka om Arn gav den ordern.

Strax innanför de stängda men inte reglade portarna till själva borgen satt åttio tempelriddare till häst beredda att omedelbart rida till anfall.

Arn hade haft en förhoppning att fiendens armé skulle komma fram i grupper och inte som en samlad styrka och han hade tänkt sig att någon ärelysten emir då inte skulle kunnat hålla sig från att visa sin djärvhet och beslutsamhet för att därefter inhösta riklig belöning när Saladin själv kom. Upphetsningen var ofta som störst, liksom tanken var som sämst, i början av ett anfall.

Om mamelukerna skickat in sina ryttare genom den öppna stadsporten hade den stängts när trängseln blivit tillräckligt stor, efter kanske fyrahundra man. Därefter hade portarna öppnats nere i borgen och riddarstyrkan hade fått hugga in på mamelukerna i just sådant läge som var bäst, trångt och besvärligt där den saracenska snabbheten inte längre kunde bli en fördel. Och från stadsmuren hade sergeanterna vänt sig inåt och nedåt med sina armborst. Fienden skulle ha förlorat en tiondel av sin styrka under den första timmen. Och den som började en belägring så skulle få många bekymmer under den följande tiden. Egentligen hade detta varit mer av en from förhoppning än en listig plan. Saladin var sannerligen inte en fiende känd för att vara lättlurad.

"Är det dags att ge våra riddare annan syssla nu?" frågade vapenmästaren.

"Ja, men de måste ha fortsatt hög beredskap, det kanske kommer en annan möjlighet", svarade Arn utan att röja vare sig besvikelse eller förhoppning i sin röst.

Vapenmästaren nickade och skyndade bort.

"Kom!" sade Arn till Armand och tog ut honom på bröstvärnet intill tornet vid stadsporten så att de kom att stå fullt synliga för fienden strax under tempelriddarfanorna. Arn själv var nu den ende vitklädde riddare som syntes uppe bland Gazas försvarare.

"Vad händer nu när de inte lät sig luras?" frågade Armand.

"Saladin kommer först att visa sin styrka och när det är gjort blir det en del vapenlekar som inte är så allvarligt menade", svarade Arn. "Vi får en lugn första dag och bara en man kommer att dö."

"Vem kommer att dö?" frågade Armand med en undrande rynka i pannan.

"En man i din egen ålder, en man som du", svarade Arn med ett tonfall som nästan lät lite sorgset. "En tapper ung man som tror sig ha möjligheten att vinna stor heder och kanske för första gången vara med om en stor seger. En man som tror att Gud är med honom fastän Gud redan märkt ut honom som den som skall dö idag."

Armand kunde inte förmå sig att fråga mer om den som skulle dö. Hans herre Arn hade svarat honom som om han var långt borta i tankar och som om hans ord kanske betydde något helt annat än de i förstone förefoll att betyda, så som de höga riddarbröderna ofta talade.

Snart fångades Armands uppmärksamhet helt av skådespelet utanför murarna där Saladin, precis som Herr Arn förutspått, nu visade sin styrka. De mamelukiska ryttarna paraderade på vackra livliga hästar i led fem om fem, deras uniformer glänste av guld i solen och de skakade sina lansar och höjde sina bågar just när de red förbi den plats på stadsmuren invid porttornet där Arn och Armand stod. Det tog nästan en timme att genomföra paraden och även om Arn tappat räkningen mot slutet hade han en god uppfattning om att fiendens ryttare nog var fler än sextusen. Det var den största ryttararmé Armand någonsin sett, den föreföll honom fullkomligt oövervinnelig, särskilt som alla visste att just de guldglänsande mamelukerna var de bästa av alla saracenska fiender. Men hans herre Arn verkade inte särskilt oroad av det han sett. Och när ryttarparaden var över log han också mot Armand, gnuggade nöjt händerna och började mjuka upp sina fingrar som han gjorde inför övningar med långbågen som nu stod inne i porttornet tillsammans med ett ölfat fyllt med mer än hundra pilar.

"Det ser bra ut än så länge, Armand, tycker du inte?" sade Arn påtagligt upplivad.

"Det är den största fiendearmé jag någonsin sett", svarade Armand försiktigt eftersom han själv sannerligen inte tyckte att det såg bra ut.

"Jo, det är sant", svarade Arn. "Men vi ska inte ut och rida ikapp med dem där nere på slätten som de antagligen hoppas. Vi håller oss innanför murarna och med sina hästar kommer de inte över. Saladin har dock inte visat sin verkliga styrka än, det här ridandet var mest till för att hålla de egna på gott humör. Sin styrka kommer han att visa efter det som kommer nu."

Arn vände sig på nytt ut över bröstvärnet och Armand gjorde likadant eftersom han inte gärna ville påpeka att han inte hade en aning om vad som skulle följa härnäst, eller hur Saladins styrka skulle se ut när han väl visade den.

Det som följde härnäst blev emellertid en helt annan sorts ryttaruppvisning. Den stora armén hade ridit undan och sysslade nu med att sadla av och börja slå läger. Men något femtiotal ryttare hade samlats som till anfall mitt emot stadsporten. De höjde sina vapen, gav till höga dallrande stridsrop och kom sedan i full galopp mot den öppna stadsporten med bågar i händerna.

Det fanns bara ett ställe där de skulle komma över vallgraven och det var vid stadsporten. Vallgraven här uppe på den östra sidan av staden var fylld med vassa framåtriktade pålar, den som red ner där i full fart skulle spetsa både sig själv och sin häst till döds.

Hela den saracenska gruppen gjorde emellertid halt innan de hunnit fram till övergången och inlät sig i högljudd diskussion tills en av dem plötsligt sporrade sin häst, red i full fart mot stadsporten och släppte tyglarna när han höjde bågen och spände den under fart, så som nästan bara saracenska ryttare kunde. Arn stod helt stilla. Armand sneglade mot sin herre och såg hur han liksom smålog med sorg samtidigt som han suckade och skakade på huvudet.

Ryttaren där nere avlossade sin pil mot Arn, det givna målet, den ende i vit mantel som just nu syntes på Gazas murar. Pilen susade tätt förbi Arns huvud utan att han rörde sig.

Ryttaren hade tvärvänt just som han avlossat sitt skott och var nu på väg tillbaks i rasande fart. Framme hos sina fränder hälsades han med höga rop och lansar som slog honom lätt i ryggen. Så gjorde sig näste ryttare beredd och kom snart störtande på samma sätt som sin föregångare. Han missade sitt skott mycket grövre än den förste skytten, men i gengäld hade han vågat sig mycket närmare.

När han red för sitt liv tillbaks till de andra unga emirerna gav Arn order till Armand att gå och hämta hans båge och ett par pilar inne i tornet. Armand löd snabbt och kom flämtande tillbaks med bågen just som den tredje ryttaren stormade fram.

"Täck mig från vänster med din sköld", beordrade Arn samtidigt som han tog emot sin båge och lade en pil på strängen. Armand höll skölden beredd, han förstod att han måste vänta tills ryttaren där nere kommit närmare och förberedde sig för skott.

När den unge mamelukiske emiren dundrade över den täckta delen av vallgraven, släppte tyglarna och spände sin båge höjde Armand skölden som täckte större delen av hans herre samtidigt som denne lugnt spände sin stora båge, siktade och lät pilen gå.

Arns pil träffade fienden strax under halsgropen och han slungades bakåt och ner på marken med en kvast av blod ur munnen. Av ryckningarna i hans kropp i dammet där nere fick man intrycket att han nog varit död innan han slog i marken. Hans häst fortsatte utan herre rakt in genom den öppna stadsporten och försvann nerför huvudgatan mot borgen.

"Det var honom jag menade", sade Arn lågt till Armand, som om han kände mer sorg än triumf över att ha dödat en fiende. "Det stod skrivet att just han skulle dö och att han nog blir den ende just idag."

"Jag förstår inte, herre", sade Armand. "Du har sagt mig att jag alltid skall fråga när jag inte förstår och nu är det så."

"Ja, för det är rätt att du frågar", sade Arn och ställde ner sin båge mot stenmuren. "Om sådant man inte känner till måste man fråga så att man får lära sig. Det är verkligen mycket bättre än att låtsas som om man vet mer än man vet bara för att man i sin högfärd inte vill visa sig okunnig. Du är snart en broder och en broder får alltid svar av en annan broder, alltid. Så här ligger det dock till. De där unga emirerna vet mycket väl vem jag är, att jag är en tämligen god bågskytt. Modig är alltså den som rider mot Al Ghouti och den som överlever det har på grund av sitt mod skonats av Gud. Ja, de tänker så. Modigast är att rida tredje gången, det är då det avgörs enligt deras tro. Nu kommer ingen att rida en fjärde gång, eftersom det inte går att rida närmare än någon av de tre första. Den som gör det kommer ju bara att dö för en leks skull. Mod, och allt det män som är rättroende och män som är vantroende inbillar sig om mod, är värre att förstå sig på än heder. Obeslutsamhet är detsamma som feghet, tror många. Och se så obeslutsamma de är där borta nu! De ville håna oss, nu har de själva försatt sig i ett svårt läge."

"Vad kommer de att göra nu när deras kamrat dog, hur skall de kunna hämnas honom nu?" frågade Armand.

"Om de är kloka gör de ingenting. Om de är fega och gömmer sig i flocken och anfaller alla på en gång för att rädda hem hans kropp till rätt begravning så dödar vi dem nästan alla, då kommer våra armborstskyttar fram. Beordra färdigställning för skyttarna!"

Armand lydde genast och alla sergeanter som satt med armborst dolda bakom muren spände nu sina vapen och gjorde sig beredda att på nästa order dyka upp över bröstvärnet och sända ett dödligt regn mot ryttargruppen om den anföll.

Men de unga ryttarna där borta verkade alltför obeslutsamma för att gå till anfall, eller om de anade att det var en fälla. Som Gazas murar såg ut just nu från deras håll, med gles besättning av turkiska bågskyttar, kunde det se misstänkt enkelt och ofarligt ut och därför som en fälla.

När det inte längre verkade som om de skulle vilja anfalla beordrade Arn fram den infångade mamelukhästen, gick nerför stentrapporna, tog hästen vid tygeln och ledde till fots ut den genom stadsporten.

Han stannade inte förrän han var framme vid den man han dödat. Mamelukerna satt tysta och såg på honom, spända och beredda att anfalla, liksom Armand uppe på stadsmuren var lika spänd och beredd att beordra fram alla armborstskyttarna om ryttarna gick till anfall.

Arn lämpade upp sin döde fiende över sadeln och spände omsorgsfullt fast honom med stigbygelremmarna i en arm och ett ben så att han inte skulle glida av. Sedan vände han hästen mot den nu helt tysta gruppen av fiender och piskade plötsligt till den över baklåret så att den satte av i trav på väg bort medan han själv vände tvärt och gick långsamt, utan att se sig om, tillbaks mot stadsporten.

Ingen anföll honom, ingen besköt honom.

Han verkade mycket nöjd och på gott humör när han kom tillbaks upp till Armand uppe på bröstvärnet. Hans vapenmästare hade nu kommit tillbaks nerifrån borgen och skakade hjärtligt hand med honom och omfamnade honom.

Mamelukerna hade tagit hand om sin döde kamrat och red nu sakta bort för att begrava honom som deras seder föreskrev. Arn och vapenmästaren såg efter den dystra skaran med mycket nöjda blickar.

Armand kände sig dock som en gås, han förstod inte det hans herre gjort och han förstod inte de två höga brödernas tillfredsställelse över något som han själv bara betraktade som en gest av dåraktigt mod, möjligen ett oansvarigt sätt att riskera livet för den som ändå hade högsta ansvaret för alla deras liv.

"Förlåt mig, herre, men jag måste fråga igen", sade han till slut efter att ha tvekat länge.

"Ja?" sade Arn muntert. "Det är något i mitt sätt att bete mig som du inte förstår?"

"Ja, herre."

"Du tror att jag på ett dåraktigt sätt riskerade mitt liv?"

"Det kunde se så ut, herre."

"Det gjorde jag dock inte. Om de kommit ridande mot mig för att komma in på säkert skotthåll hade de flesta av dem dött innan de hunnit rikta sina pilar, för de hade ridit rakt in i armborstens säkra räckvidd. Själv har jag dubbelt brynjeskydd på ryggen, deras pilar hade fastnat i filtlagret men inte trängt igenom och jag hade gått in genom vår port som en igelkott. Det hade förstås varit det allra bästa. Nu fick vi nöja oss med det näst bästa."

"Jag är fortfarande inte helt säker på att jag förstår det här", vädjade Armand medan de två riddarbröderna log faderligt mot honom.

"Våra fiender den här gången är mameluker", förklarade vapenmästaren. "Du som snart blir en broder ibland oss, Armand, måste särskilt lära känna dem, deras styrka och deras svaghet. Deras styrka är deras ryttarkonst och tapperhet, deras svaghet sitter i sinnet. De är inte troende, inte ens vantroende, de tror på andar och själens vandring från kropp till kropp och stenar i öknen och att en mans tapperhet är hans sanna själ och mycket annat. De tror att den som visar störst mod är den som segrar i krig."

"Jaha", sade Armand stukad. Men det syntes på honom att han fortfarande grubblade.

"För dem är talet tre heligt i krig", fortsatte Arn förklaringen. "Det kan man på sätt och vis förstå, det är ju det tredje hugget i en svärdsstrid som är det farligaste. Men nu dog deras tredje ryttare. Nu visade den fiende som de kallar Al Ghouti större mod än de själva, alltså kommer jag att vinna kriget och inte Saladin och det ryktet sprider sig i deras läger i kväll."

"Men om de kommit ridande mot dig när du stod där ute, herre...?"

"Så hade de flesta av dem dött. Och de få som kommit undan hade sett mig träffas gång på gång utan att dö och så hade de haft legenden om min odödlighet att sprida i kväll. Jag vet inte vilket som varit bäst. Nu är det dock tid för Saladins nästa drag, vi kommer att se det före kvällen."

Arn, som inte längre ansåg att det var fara för något anfall från fienden, sände iväg mer än hälften av försvararna uppe på murarna till vila och mat. Själv gick han tillbaks ner genom Gaza och in i borgen för att sjunga vesper och hålla bönestund med riddarna innan det var dags för kvällsvard och därefter ledighet för den ena halvan av styrkan och vakttjänst för den andra halvan. Gazas portar stod fortfarande utmanande öppna men det fanns ingenting som tydde på att Saladin förberedde en stormning.

Under sena kvällen kom fienden i stället fram med byggnadsarbetare och kärror lastade med hjul, grova bjälkar och rep. De började montera sina katapulter och kastmaskiner som snart skulle börja slunga stora stenblock mot Gazas murar.

Arn stod fundersam uppe på bröstvärnet, han hade kommit så fort han fått bud om belägringsmaskinerna. Det såg ut som om det var lugnt borta i fiendens läger där tusen eldar brann runt tälten och där man tydligen åt och drack. Det såg ut som om Saladin hade lämnat sina dyrbara belägringsmaskiner och ingenjörer med ett alltför svagt skydd, nästan inga ryttare och bara något hundratal fotsoldater.

Om det verkligen var sant så var detta ett gyllene tillfälle. Om Saladin visste att det fanns åttio fullvärdiga tempelriddare inne i borgen så skulle han aldrig ha vågat detta. Om Arn beordrade ut dem alla i ett gemensamt anfall nu så skulle man kunna bränna ner och förstöra maskinerna och döda ingenjörerna. Men i mörkret skulle det också gå att hålla en stor styrka mamelukiska ryttare i beredskap utan att det syntes uppe från stadsmurarna. Och mycket kunde sägas om fiendens värste härförare, men sannerligen inte att han var dum.

Arn beordrade att vindbryggan skulle hissas upp och att portarna skulle stängas in till staden. Första dagens krig, som varit mer ett krig i sinnet än ute på slagfältet, var över. Ingen hade lurat någon och bara en man hade stupat. Ingenting var avgjort. Arn gick för att sova länge, eftersom han gissade att det nog var hans sista natt under lång tid med möjlighet till riktigt god sömn.

* * *

Han gick tillbaks upp på murarna efter ottesången. När gryningsljuset sakta förvandlades från svart ogenomtränglighet till grått dis upptäckte han den stora väntande styrkan nere i en sänka till höger om belägringsmaskinerna där hammarslagen dånade oförtrutet. Det var som han hade misstänkt, där fanns en ryttarstyrka på minst tusen man. Om han skickat ut sina riddare för att förstöra belägringsmaskinerna, den frestelse Saladin vinkat med, så hade de alla dött. Han log åt tanken att det måste ha varit en svår natt för fiendens ryttare, att hålla tyst på sina hästar, att vara beredd i varje ögonblick på att vindbryggan där borta skulle sänkas och två rader vitklädda fiender skulle rida ut mot döden. Han tänkte att vad han än gjorde i framtiden, så lång framtid han nu hade kvar i livet, så skulle han aldrig aldrig underskatta Saladin.

Det var vaktavlösning och stela och ruggiga skyttar började gå ner för bröstvärnet medan den nya och utsövda styrkan gick uppför, hälsade på sina bröder och tog deras vapen.

Arns enda klara avsikt var att fördröja Saladin så länge som möjligt i Gaza. Så skulle Jerusalem och Guds Heliga Grav kunna räddas undan de otrogna. Det var en mycket enkel plan, mycket enkel att beskriva i ord åtminstone.

Men om den lyckades så skulle han själv och alla riddarbröder i Gaza vara döda om någon månad. Han hade aldrig sett döden så, så nära och så klart. Han hade skadats i strid många gånger där han haft tur, han hade ridit med fälld lans mot en till antalet övermäktig fiendestyrka fler gånger än han kunde komma ihåg. Men det hade aldrig varit döden, han hade aldrig sett det som döden. På något sätt som han inte kunde förklara hade han alltid känt att han skulle överleva varje sådan strid. Han hade inte haft någon särskild tröst av löftet att han skulle komma till paradiset genom döden eftersom han aldrig trott att han skulle dö. Han skulle inte dö, det var aldrig meningen. Han skulle leva tjugo år som tempelriddare, han skulle återvända hem till henne som han lovat på sin heder och på sitt signade svärd. Han kunde ju inte bryta sitt ord, det kunde inte vara Guds mening att han skulle bryta sitt ord.

Just nu när han stod uppe på bröstvärnet i gryningen som ljusnade alltmer så att den fälla som Saladin gillrat växte fram som en första inbillning som övergår till verklighet, från ljuden av frustande hästar i mörkret och en och annan klingande stigbygel till gulduniformer som började glimma i det första solljuset, så såg han för första gången sin död. Gaza kunde inte stå emot en så stor belägringsstyrka mer än någon månad. Det var alldeles givet om man bara räknade med människors verk och inte ett Guds under. Något under kunde man dock aldrig räkna med, Gud var sträng mot sina troende.

Han såg Cecilia framför sig. Han såg henne gå mot Gudhems port; han hade vänt sig om i tårar innan hon försvunnit in genom porten. På den tiden var livet så annorlunda att det nu, efter lång tid i det Heliga Landet, inte verkade som om det hade funnits i verkligheten. "Gud, varför sände Du mig hit, vad ville Du med en enda riddare till och varför svarar Du mig aldrig?" tänkte han.

Han blev genast generad av att tänka så om Gud som hörde alla tankar, att så förhäva sig, att så föra fram sina alldeles egna intressen framför den stora saken, han som till och med var en tempelriddare. Det var länge sedan han drabbats av sådan svaghet och han bad Gud uppriktigt om ursäkt, på knä vid bröstvärnet medan solen steg över fiendens här och spred glans över vapen och vimplar.

Efter soluppgångens bön hade han rådslag med vapenmästaren och de sex skvadroniärerna bland riddarna.

Klart var att Saladin hade försökt lura ut dem i en fälla under natten. Men klart var också att det skulle vara en mycket god sak om man kunde lyckas med ett utfall och slå sönder eller bränna belägringsmaskinerna. Gazas murar skulle inte stå emot stenblock och grekisk eld särskilt länge och därefter skulle alla män, kvinnor, barn och djur tvingas tränga ihop sig inne i borgen.

Saladin visste inte hur många riddare som fanns bakom murarna, hans ryttare hade aldrig fått se mer än en skvadron på sexton man. Och eftersom det inte kommit något utfall första natten när det kunde ha verkat som mest frestande så kunde ju Saladin tro att det betydde att riddarstyrkan var alldeles för svag för en sådan attack. Alltså borde de slå till mitt på dagen, mitt i arbetet eller middagsbönen, just som fienden bestämt att en sådan attack inte skulle komma. Frågan var bara hur mycket det skulle kosta i stupade bröder och om det var värt priset.

Vapenmästaren menade att man hade en god möjlighet. Belägringsmaskinerna stod nära stadsmurarna och det var nedförsbacke dit eftersom staden låg på en höjd. Om anfallet kom oväntat skulle man hinna ända fram innan fienden samlat sig till motanfall. Ja, man hade en god möjlighet att sätta eld på belägringsmaskinerna. Det skulle kosta ungefär tjugo bröders liv. Enligt vapenmästaren var det priset värt att betala, eftersom dessa tjugo liv skulle förlänga belägringen med minst en månad och därmed skulle Jerusalem vara en räddad stad.

Arn instämde, alla andra nickade bifall. Arn bestämde därefter att han själv skulle leda anfallet och att vapenmästaren då skulle överta befälet inne i Gaza och att alla bröder skulle delta, även de som i vanliga fall skulle ha sparats på grund av lättare skador. Om man började att göra i ordning lädersäckar med tjära och grekisk eld nu på morgonen skulle anfallet kunna genomföras just vid den hetaste middagstiden och bönetimman för de vantroende. Så bestämdes och Arn återvände till murarna för att visa sig för både försvarare och fiender. Han beordrade genast han kom fram att stadsporten skulle öppnas och vindbryggan fällas ner. När så skedde väckte det som han väntat stor uppståndelse i fiendelägret men eftersom ingenting vidare hände återgick de snart till arbetet där de slutat.

Han tog ett varv runt stadens murar som både i norr och söder gick ihop med borgen och hamnen. Där i den västra delen av staden var vallgravarna djupa och fyllda med havsvatten. Det var Gazas starkaste delar, där skulle inget anfall komma i början av belägringen. De svagaste delarna var längst i öster runt stadsporten och det var ju mycket riktigt där som Saladin lät bygga sina kastmaskiner. Den stora ryttararmén där ute var ofarlig så länge murarna höll, mamelukerna skulle bara bli mer och mer otåliga ju längre tiden gick utan att de fick något att göra. Stridens viktigaste avsnitt skulle stå kring stadsporten och föras mellan Gazas skyttar och Saladins fotfolk och sappörer som skulle försöka ta sig fram över vallgraven och till murarna för att underminera dem och spränga dem med eld för att få en bräsch så att rytteriet kunde ta sig in. Arn visste väl vad som skulle komma, snart skulle stanken av alla de dödade saracenerna kring murarna stå som ett tjockt stekos runt hela Gaza; lyckligtvis var vinden mestadels västlig och skulle ligga mot belägrarna. Men det var ändå bara som att rida ikapp med tiden. Om belägrarna ville ha ner murarna skulle de lyckas till slut. Om de därefter ville slå sönder själva borgens murar och ta sig in skulle de lyckas med det också. Någon undsättning fanns inte att vänta från Jerusalem eller från Ashkelon norrut längs kusten. Gaza var helt utlämnat åt Guds nåd.

Vid middagstid leddes Arns mest älskade häst Chamsiin fram till stadsporten sadlad och täckt med skydd av ringbrynja och filt längs sidorna. Det anfall som var på väg skulle bli betydligt farligare för hästarna än för ryttarna, men han hade ändå valt Chamsiin eftersom det gällde rörlighet och snabbhet mer än att med tyngd anfalla rakt fram. Deras vägar skulle ändå snart skiljas på ett eller annat sätt, vem av dem som dog först var mindre viktigt.

Innanför borgens port gjorde sig hela riddarstyrkan klar för utfall och bad nu sina sista böner inför det anfall där de visste att många av bröderna skulle dö, i sämsta fall nästan alla om man räknat fel, om fienden genomskådat planen eller om Gud så behagade.

Det Arn såg när han stod på sin vanliga plats tydde emellertid inte på att fienden anade faran. Inga stora ryttarstyrkor fanns i närheten, långt borta höll en stor styrka på med någon övning, nere i lägret syntes de flesta hästarna stå inne i avgränsade fållor och äta. Det kunde inte finnas några dolda styrkor någonstans i närheten, i dagsljus var överblicken god. Detta var verkligen rätt ögonblick att slå till.

Han sjönk ner på knä och bad Gud om stöd för denna våghalsighet som skulle kunna leda till att man förlorade allt men också till att man räddade Guds Grav åt de rättroende. Han överlämnade sitt liv i Guds händer, tog ett djupt andetag och reste sig upp för att ge anfallsordern och gå ner till sin otåligt väntande Chamsiin som med visst besvär hölls av en stallardräng. Chamsiin kände på sig att något stort och svårt närmade sig, det syntes på hans rörelser.

Då såg han gruppen av ryttare som närmade sig Gazas stadsport i tät formering och med Saladins befälstecken. De stannade en bit från vallgraven och radade upp sig och en enda ryttare med sänkt fana red fram som tecken på att han ville förhandla. Arn gav snabbt order om att han inte fick beskjutas.

Han sprang nerför trapporna från stadsportstornet, hoppade upp på Chamsiin och red i galopp ut genom porten och stannade alldeles intill den emir som ridit fram ensam och inom enkelt skotthåll från murarna. Den egyptiske ryttaren sänkte sin fana ända ner mot marken och böjde sitt huvud när Arn närmade sig.

"Jag hälsar dig i Guds, den Nådefulles och Barmhärtiges namn, du Al Ghouti som talar Guds språk", sade förhandlaren när Arn red upp vid hans sida.

"Jag hälsar också dig med Guds fred", svarade Arn otåligt. "Vad är ditt budskap och från vem?"

"Mitt budskap är från... han bad mig säga bara Yussuf, fastän hans ärebetygelser och titlar är många. De män du ser bakom mig är beredda att ge sig som gisslan under den tid förhandlingen pågår."

"Vänta här, jag kommer snart tillbaks med eskort!" beordrade Arn och kastade om och red med hög fart tillbaks in genom stadsporten.

När han kommit en bit in i staden och var utom synhåll höll han in Chamsiin och skrittade långsamt nedför den röjda gatan mot borgens port. Där innanför satt nu de åttio riddarbröderna till häst, färdiga att gå till anfall. Om man slog till nu så skulle överraskningen bli stor. En sådan möjlighet att bränna och förstöra belägringsmaskinerna skulle knappast återkomma.

Det fanns kristna som sade att man inte kunde vinna mot saracener med svek därför att svek inte kunde förekomma mellan troende och otrogna; ett löfte till otrogna skulle enligt den skolan inte vara något värt. Arn hade inlett förhandlingar, det var detsamma som ett löfte. Men oenigheten var stor i denna fråga och hade han inte för kort tid sedan själv varit helt överens med Jerusalems Mästare att det ord han givit Saladin vid Döda havets steniga strand måste gälla?

Var det dock inte högmod att sätta värdet av sin egen heder så högt? I andra vågskålen låg kanske Jerusalem och Guds Heliga Grav. Ett brutet ord, en enda kort stund av svekfullhet från hans sida skulle kanske rädda den heliga staden.

Nej, tänkte han. Ett sådant svek skulle bara vinna tid. Förstörda belägringsmaskiner kunde ersättas. Ett givet ord kunde aldrig göras osagt.

Han gav order om att borgens portar skulle öppnas, red in och tog den första skvadronen bland de väntande riddarbröderna med sig och beordrade avsittning och vila för de andra, ty så säker var han i sin tur på att Saladin inte förberedde svek.

I täten för sin skvadron med sin confanonier med tempelriddarfanan vid sin sida red han i skarpt trav upp genom Gaza och ut genom stadsporten. Framme vid den väntande saracenske fanbäraren kommenderade han upp hela skvadronen på rak anfallslinje och på samma sätt betedde sig då motståndaren. De båda ryttargrupperna närmade sig varandra i sakta skritt tills de befann sig på några lanslängder från varandra; då lösgjorde sig en grupp på fem ryttare från andra sidan och började röra sig mot Arn, som i sin tur besvarade rörelsen och red med enbart sin confanonier vid sidan mot den annalkande gisslan tills de två grupperna möttes.

Bland gisslan kände han genast igen Saladins yngre bror Fahkr, de andra emirerna var okända för honom. Han hälsade på Fahkr, som besvarade hans hälsning.

"Så ses vi då snarare än vi kunde tro du och jag, Fahkr", sade Arn.

"Det är sant, Al Ghouti, och vi ses under omständigheter som ingen av oss ville. Men Han som ser allt och Han som vet allt ville annorlunda."

Åt detta nickade bara Arn instämmande och sedan undanbad han sig annan gisslan än Fahkr och beordrade Armand vid sin sida att se till så att denne man i allt skulle behandlas som en ärad gäst, men om möjligt inte se för mycket av försvar och antal vitklädda riddare.

Därvid red Fahkr förbi Arn som i sin tur red in i gruppen av väntande mameluker. Tempelriddarna formade en eskort runt Fahkr och mamelukerna runt Arn och därmed red de två grupperna ifrån varandra.

Saladin hedrade sin fiende med större åtbörder än vad som skulle ha krävts för en man som bara var herre över en enda borg. Tusen ryttare i två led defilerade vid Arns sida det sista stycket på väg fram mot Saladins tält och inte en enda hånfullhet yttrades under denna korta ritt.

Utanför härförarens tält stod två led av Saladins skyddsgarde så att de bildade häckar med svärd och lansar in mot själva tältöppningen. Arn steg av sin häst och en av gardessoldaterna skyndade genast fram för att ta den vid tygeln och leda bort den. Arn bugade inte och rörde inte en min när han nu spände av sig sitt svärd som seden krävde för att räcka över det till den man som han uppfattade som den förnämste i gardet. Men då möttes han bara av en bugning och förklaringen att han kunde fästa sitt svärd på nytt. Det förbryllade Arn, men han gjorde som han blivit tillsagd.

Och med sitt svärd åter vid sidan steg han in i tältet. När han kom in i dunklet reste sig Saladin genast och skyndade honom till mötes och tog hans båda händer som om vänner och inte fiender hade mötts.

De hälsade därefter på varandra med större hjärtlighet än någon av de andra männen inne i tältet hade väntat sig, för när Arns ögon nu vande sig vid dunklet såg han förvånade miner. Saladin anvisade honom en plats på golvet mitt i tältet där det stod en kamelsadel med dyrbara stenar och ornament i guld och silver mitt emot ännu en sittplats av samma slag. De bugade mot varandra och satte sig, medan de andra männen i rummet slog sig ner på mattor längs tältets väggar.

"Om Gud hade fört oss samman i en annan stund så hade vi haft mycket att tala om du och jag, Al Ghouti", sade Saladin.

"Ja, men nu när jag träffar dig, *al Malik an-Nasir*, den segerrike kungen som du också kallas, så står du med ryttare och belägringsmaskiner utanför min borg. Då är jag rädd att vårt samtal kommer att bli mycket kort."

"Du vill höra mina villkor?"

"Ja. Jag kommer att säga nej till dina villkor, men respekten kräver att jag hör dem i alla fall. Säg dem nu utan omsvep, ty ingen av oss två tror att man kan lura den andre med sött och svekfullt tal."

"Jag ger dig och dina män, dina *frankiska* män, fri lejd. Men inte de förrädare mot den sanna tron och det heliga kriget som arbetar för dig mot silver. Ni får alla rida ut utan att en enda pil skjuts efter er. Ni är fria att rida vart ni vill, till Ashkelon eller Jerusalem eller någon av era borgar längre upp i Palestina eller Syrien. Det är mina villkor."

"Jag kan inte anta dina villkor och, som jag sade, detta kommer att bli en kort förhandling", svarade Arn.

"Då kommer ni alla att dö och det borde en krigare som du veta, Al Ghouti. Du om någon borde veta. Mina höga tankar om dig, just dig och av skäl som du och jag men ingen annan här i rummet känner, gjorde att jag ville ge dig detta goda erbjudande som mina emirer finner helt onödigt. Reglerna säger att den som säger nej till ett sådant anbud inte kan vänta sig någon nåd om han förlorar."

"Jag vet det, Yussuf", sade Arn med en nästan förarglig markering av att han tilltalade de rättrognas störste härförare med bara förnamn, "jag vet det. Jag kan liksom du reglerna. Du måste nu ta Gaza med våld och vi kommer att försvara oss tills vi inte längre kan. Och de av oss som därefter, sårade eller ej, blir dina fångar kommer inte att vänta sig något annat än döden. Jag tror inte vi har mer att säga varandra nu, Yussuf."

"Säg mig åtminstone varför du fattar ett så dåraktigt beslut", sade Saladin med sitt ansikte nästan förvridet av sorg, "jag vill inte se dig dö och det vet du. Jag har därför gett dig en möjlighet som ingen annan än du skulle ha fått när vår styrka är så mycket större än fiendens, du har själv sett. Varför gör du så här när du kunde rädda alla dina män som du nu dömer till döden?"

"Därför att det finns något större att rädda", sade Arn. "Jag tror som du att om du verkligen stannar här i Gaza och belägrar oss kan du, om inte Gud vill något annat och sänder oss en räddning av underbart slag, vinna på en månad och jag kommer att dö här. Så är det nog."

"Men varför, Al Ghouti, varför!" envisades Saladin tydligt plågad. "Jag skänker dig ditt liv och du vägrar ta emot det. Jag skänker dig dina mäns liv och du offrar dem. Varför?"

"Det är inte så svårt att räkna ut, Yussuf, och jag tror egentligen du förstår", svarade Arn som plötsligt kände hur ett svagt hopp började glimma inom honom. "Du kan ta Gaza, jag tror dig. Men det kommer att kosta dig halva din här och det kommer att kosta dig mycket tid. Och i så fall dör jag inte för någon liten sak, jag dör för det enda jag verkligen måste dö för och du vet mycket väl vad jag talar om. Jag vill inte ha din nåd att leva, jag vill hellre dö för att se din armé krympa samman till en styrka som du inte kan gå längre med. Nu har jag svarat dig varför."

"Då har vi inte mer att säga varandra", bekräftade Saladin med en sorgsen nick. "Jag vill att du går med Guds fred och ber dina böner denna dag. I morgon är inte längre fred."

"Jag lämnar också dig i Guds fred", sade Arn och reste sig upp och bugade djupt och vördnadsfullt för Saladin innan han vände sig om och gick ut ur tältet.

På vägen tillbaks mot stadsporten mötte han Saladins bror Fahkr som höll in sin häst och frågade hur det nu skulle bli. Arn svarade att han sagt nej till Saladins anbud som, det måste man medge, hade varit mindre hårt än man kunnat vänta sig.

Fahkr skakade på huvudet och mumlade att det var just vad han hade sagt sin bror, att även det mest generösa förslag skulle mötas med blankt avslag.

"Jag säger dig nu farväl, Al Ghouti, och du skall veta att jag liksom min bror känner sorg för det som nu måste ske", sade Fahkr.

"Jag känner detsamma, Fahkr", svarade Arn. "En av oss kommer att dö, så verkar det nog. Men bara Gud vet just nu vem av oss det blir."

De bugade under tystnad mot varandra då inget mer fanns att säga och så red de åt varsitt håll, båda långsamt och fyllda av tankar.

När Arn närmade sig stadsporten kände han ett ljust hopp att Saladin skulle ha blivit så förödmjukad inför sina egna emirer av att se sin generositet mötas med föraktfullt avvisande att han nu måste utplåna skymfen genom att verkligen ta Gaza och därmed gå miste om möjligheten att kunna gå vidare mot Jerusalem. Det var dock sant som Saladin sagt att det i så fall skulle leda till att alla män som bar vapen inom Gazas murar, och alla de otrogna som arbetade åt de kristna, till slut skulle dö, också han själv. Det var en visshet med något lite av sorg eftersom det han då och då tänkt på, allt oftare under senare år, att han en gång skulle komma hem, nu föreföll omöjligt. Han skulle dö i Gaza. Men glädjen med detta var större än sorgen eftersom han skulle dö för att rädda Guds Grav och det heliga Jerusalem. Det stod helt klart just så. Han hade kunnat dö i vilken som helst mindre strid mot mindre viktiga fiender under många år utan att det gjort minsta skillnad i det Heliga Landet. Men nu hade Gud förunnat honom och hans bröder nåden att dö för Jerusalem. Det var i sanning en god sak att dö för, en ynnest som förunnades få tempelriddare.

Han skulle göra så som Saladin erbjudit, ägna kvällen och natten åt tacksägelse och bön. Alla hans riddare skulle förbereda sig med nattvardsgång inför nästa dag.

* * *

Den morgonen bröt Saladins armé upp och började i kolonn efter kolonn gå norrut efter kusten i riktning mot Ashkelon. De lämnade inte ens en mindre belägringsstyrka bakom sig.

Gazas befolkning stod på stadsmurarna och såg fienden dra bort och tackade sina gudar, som sällan var den sanne Guden, och de gick bugande i långa led förbi Arn som stod uppe vid stadsportstornet, fylld av dubbla känslor, och tackade honom för räddningen. Ett rykte hade spritts i staden att borgherren på något sätt lyckats skrämma Saladin med magiska trick eller med hämnd från tempelriddarnas onda vänner assassinerna, ett rykte som Arn fnös åt när han fick höra det, men ändå inte ansträngde sig särdeles för att förneka.

Hans besvikelse var större än hans lättnad. Saladins armé var nu, när den kom oskadd, tillräckligt stor för att ta Ashkelon som var en mycket viktigare stad än Gaza och som skulle förlora många fler kristna liv än Gaza. I värsta fall var Saladins armé tillräckligt stor för att gå ohotad mot Jerusalem.

Arn kände sig således mer misslyckad än nöjd. Det fanns heller ingenting klokt att fatta beslut om när det gällde Gazas riddarstyrka.

Först måste man veta vad som skedde norrut, kanske vänta på order som snart skulle komma havsvägen. Med god vind tog det inte många timmar att segla från Ashkelon till Gaza.

I väntan på möjlighet att fatta sådana stora beslut kastade sig Arn över en mängd små beslut. Alla de flyktingar som tagit skydd bakom Gazas murar måste så fort som möjligt tillbaks till sina byar för att börja bygga upp så mycket av det som bränts som de kunde hinna med före vinterregnen. De måste också förses med djur och brödsäd så att deras liv kunde börja om i vardagliga fåror. I en och en halv dag sysslade han mest med detta tillsammans med sin tygmästare och dennes skrivbetjänter.

Men på andra dagen kom bud inseglande i hamnen och därmed fick Arn genast anledning att sammankalla alla höga bröder till parlatorium.

Den unge spetälske kungen av Jerusalem, Balduin IV, hade med den riddarstyrka som han skrapat ihop, 500 riddare, inte mer, ridit ut från Jerusalem mot Ashkelon för att möta fienden ute på fältet. Det var inte en särskilt klok åtgärd, det platta landskapet kring Ashkelon passade mamelukiska krigare alltför väl. Bättre hade varit att inrikta sig på försvar vid Jerusalems murar.

När de kristna upptäckt vilken övermakt de hade emot sig hade de nätt och jämnt hunnit fly in bakom Ashkelons murar och där satt de nu inlåsta. Saladin hade lämnat en belägringsstyrka för att hålla dem på plats. I det platta landskapet runt staden skulle de mamelukiska ryttarna inte ha några svårigheter att förinta en tungt ridande riddarstyrka som dessutom var mindre än deras egen.

Något särdeles att fundera över för Arns del fanns inte. För bland männen i den kungliga armén bakom Ashkelons murar fanns tempelriddarnas Stormästare Odo de Saint Amand och från honom kom nu en direkt skriftlig order om vad som skulle göras.

Arn skulle skyndsamt bege sig mot Ashkelon med alla riddare och minst hundra sergeanter. De skulle alla rida tungt rustade och utan fotfolk till skydd för hästarna och de skulle anfalla belägringsstyrkan en timme före solnedgången nästa dag. När Arns anfall kom skulle den inlåsta hären i Ashkelon göra en samtidig utbrytning och så skulle belägringshären klämmas samman mellan två sköldar. Det var hela planen. Det var emellertid order från Stormästaren och därmed ingenting att diskutera.

Arn beslutade likväl en sak efter eget huvud, att ta med sig sina beridna beduiner som spioner. Han skulle ge sig ut i ett land som behärskades av fiendens överlägsna antal ryttare och det enda som fanns som skydd skulle vara goda kunskaper om vart det var klokt att rida och vart det vore dåraktigt. Beduinerna kunde både med sina kameler och snabba hästar skaffa sådana kunskaper; ingen som såg beduiner på avstånd kunde säkert säga vilken sida de slogs för och det var sällan lönt att försöka jaga ikapp dem för att få veta något. Arn såg till att Gazas beduiner fick god betalning i silver innan det var tid att ge sig iväg, men viktigare än silver var nog kunskapen han gav dem att den här gången skulle det bli mycket att plundra. Det var sant hur det än skulle komma att gå, för nu red tempelriddarna utan försiktighet, utan fotfolk som kunde skydda hästarna mot snabba turkiska bågskytteanfall, nu red de ut för att segra eller dö. Något annat val fanns inte. Det var för kort om tid och man var för underlägsen för att kunna ägna sig åt försiktighet.

Som en solfjäder före den framridande kolonnen av tempelriddare från Gaza spred sig beduinerna, och den förste av dem kom ridande tillbaks i ett moln av damm och i högsta fart redan innan man nått halvvägs till Ashkelon. Han berättade andfådd att han i den by som låg närmast sett fyra mamelukhästar bundna utanför några lerhyddor. Byn såg övergiven ut och det var svårt att säga vad ryttarna gjorde inne i sådana usla boningar, men hästarna stod där i alla fall och runt byn låg en del getter och får skjutna med pilar.

Arn ville först inte slösa tid på fyra fiender, men då red Guido de Faramont, hans vapenmästare, fram till honom och påpekade att det kunde röra sig om spejare från den egyptiska belägringsstyrkan och att dessa spejare kanske just nu skötte sitt uppdrag föga väl. Om man tog dem med överraskning skulle de inte kunna berätta om den annalkande faran från söder.

Arn gav sig genast inför detta argument, tackade sin vapenmästare för att han inte tvekat att säga sin mening och delade därefter upp sin styrka i fyra kolonner som snart gick mot den lilla byn från varsitt väderstreck. När de närmat sig så mycket att de kunde se gruppen av lerhyddor hade de redan passerat ett antal döda får och getter, precis som beduinen berättat. Till slut red fyra rader riddare samman strax utanför den till synes tomma byn och slöt sig som i en ring. Därefter skrittade man tyst fram. När de kommit inom ett pilskotts håll kunde de höra vad som höll på att ske eftersom två eller tre kvinnoröster jämrade sig hjärtskärande. Fyra egyptiska hästar med dyrbara sadeldon stod och slängde med huvudena mot alla flugor utanför den hydda där skändligheterna ägde rum.

Arn pekade ut en skvadron riddare som satt av, tyst drog sina svärd och gick in. Det hördes något buller av en kort strid och sedan kastades de fyra egypterna ut i dammet och bands med armarna på ryggen. De hade kläderna i oordning, de försökte skrika något om att de var värda lösen om de fick leva.

Arn steg av sin häst och gick fram till hyddans ingång där hans riddare just var på väg ut bleka i sina ansikten. Han steg in och fick se ungefär vad han väntat sig. Det var tre kvinnor. De blödde något från sina ansikten men ingen av dem tycktes ännu ha fått någon dödlig skada. De skylde sig med de kläder som egypterna rivit av dem.

"Vad heter den här byn och vem tillhör ni, kvinnor?" frågade Arn och fick först inget vettigt svar eftersom bara en av kvinnorna tycktes tala begriplig arabiska.

Han förstod efter en stunds trögt samtal att både kvinnorna och djuren kom från en by som egentligen hörde till Gaza, men de tre kvinnorna hade flyttat undan djur som man inte velat lämna in i Gaza. De hade vallat sina får bort från en plundrare bara för att hamna i gapet på en ännu värre.

Eftersom de nu hade fått sin egen och familjens heder kränkt fanns bara en väg till upprättelse, resonerade Arn när de lugnat sig något och förstått att han inte ville fortsätta där egypterna slutat. Han skulle därför lämna de fyra nidingarna kvar bundna och så fick de skändade kvinnorna göra vad de fann bäst för sin heder och sin hämnd. De kunde också behålla hästar och sadeldon som en gåva från Gaza. Han bad dock att de inte måtte släppa egypterna levande, ty då måste han hellre låta hugga av dem huvudena. Palestinskorna bedyrade att ingen av kvinnoskändarna skulle få leva och Arn lät nöja sig därmed, gick ut och satt upp och kommenderade ny tät formering och fortsatt marsch mot Ashkelon. De skulle anfalla en timme före solnedgången oavsett om de kunnat förbereda sig väl eller ej, ty det var ordern från Stormästaren själv.

När de ridit ett stycke bort hördes förtvivlade vrål från de fångna egypterna som nu fått sina hämnande offer över sig. Ingen vände sig om i sadeln för att se, ingen sade något.

När de närmade sig Ashkelon föreföll de fortfarande oupptäckta. De hade antingen haft en osannolik tur att gå igenom fiendens kedja av spanare just där dessa nu osaliga fyra kvinnoskändare hade ansvaret. Eller också hade Guds Moder lett dem vid handen.

Nu kom nya beduinska spioner ridande och började tala i munnen på varandra om hur fienden ställt upp utanför Ashkelon. Arn satt av sin häst och slätade till ett stycke sand med sin järnskodda fot, drog sin dolk och började rita upp Ashkelon och dess murar i sanden. Snart hade han fått ordning på samtalet och visste hur den mamelukiska belägringsstyrkan var grupperad.

Det fanns två valmöjligheter. Som skogen växte intill Ashkelon kunde man komma närmast inpå fienden om man anföll rakt från öster. Med tur skulle man kunna komma in på två långa pilskotts avstånd innan anfallet måste sättas in med full kraft och fart. Nackdelen var att man då måste anfalla med den nedåtgående solen rakt i ögonen.

Den andra möjligheten var att gå i en vid båge mot nordöst och därefter väster och söder. Då skulle man komma från norr och slippa solen i ögonen. Men i gengäld ökade risken för upptäckt. Arn bestämde att man skulle avvakta där man befann sig och ägna den resterande timmen före anfall åt bön i stället för att röra sig och riskera upptäckt. Man fick uthärda nackdelen med solen i ögonen under själva anfallet. Fienden var tio gånger så många, allt hängde på över-raskningen, snabbheten och tyngden i den första attacken.

Efter bönestunden red de så tyst och långsamt de kunde genom den allt tunnare skogen som stack ut som en tunga mot Ashkelon. Arn gjorde halt när han själv inte kunde rida längre ut utan att synas. Vapenmästaren skrittade försiktigt upp vid hans sida och de satt tysta en stund och betraktade fiendens läger som sträckte sig längs hela den östra muren på Ashkelon. De flesta hästarna stod i stora fållor ute på flankerna och längre bort från stadsmuren än resten av belägringsstyr-kan. Det avgjorde mycket. Det behövdes ingen tid och inget grubbel för att veta hur anfallet skulle gå till. Arn kallade till sig sina åtta skva-dronledare och gav några korta order. När alla återvänt till sina plat-ser och suttit upp i sadlarna bad man gemensamt en sista gång till tempelriddarnas Höga Beskyddarinna och därvid vecklades Hennes standar ut, fördes fram till täten hos Arn och höjdes tillsammans med tempelriddarnas svartvita fana.

"*Deus vult!* Gud vill det!" skrek Arn så högt han förmådde och hans rop upprepades genast bakåt längs hela linjen.

Arn och riddarna närmast honom på ömse sidor började röra sig långsamt framåt medan de som befann sig längre bak i god ordning travade upp och utåt mot båda sidorna. När tempelriddarna nu kom ut ur skogen såg det ut som om deras center stod nästan stilla medan två väldiga vingar av vitklädda och svartklädda riddare fälldes ut åt båda sidorna. När hela styrkan låg på rak linje steg hästhovarnas mul-ler till ett mäktigt dån när alla ökade till högsta fart under de sista längderna innan de brakade in i fiendens läger längs hela dess utsträckning.

Få fiendesoldater hade hunnit upp på sina hästar och de blev de anfallande tempelriddarnas första mål. Samtidigt anfölls mameluker-nas hästfållor ute på flankerna och reds sönder och samman medan fiendens hästar stacks med lansar för att de skulle hamna i panik och rikta sin vilda flykt in mot lägret, som snart blev ett enda virrvarr av panikslagna hästar, mamelukiska soldater som sprang efter sina vapen eller försökte undkomma fiendens tunga ryttare bland nedrasande tält och kokeldar som spred glöd och gnistor åt alla håll när de trampades kors och tvärs av hästarna.

Ashkelons portar hade öppnats och därifrån anföll nu kungens världsliga här på två led upp mot centrum av de belägrandes läger. När Arn upptäckte det skrek han åt Armand de Gascogne att rida rakt söderut med fanan så att alla tempelriddare skulle följa med i den attacken och lämna utrymme åt den kungliga hären.

Snart var tempelriddarna tätt samlade och red fram på ett långt led tvärs över den fientliga hären och stack och högg och trampade ner allt i sin väg. Fienden hade aldrig hunnit resa sig ur sin skräck och överraskning och därför aldrig förstått att de anfölls av en så liten styrka. Eftersom få av mamelukerna hunnit upp till häst hade de inte fått någon god överblick och därför kunde det verka som om en fullständigt övermäktig fiende kastat sig över dem.

Det blev ett blodbad som pågick till långt efter solnedgången. Mer än tvåhundra fångar kunde därefter ledas in genom Ashkelons portar och slagfältet lämnades åt mörkret och beduinerna som nu likt gamar kommit från ingenstans och i förvånansvärt stor mängd. De kristna slöt stadsportarna bakom sig som om de ville förskona sina ögon från att se det som nu skulle pågå där ute i fackelsken hela natten.

Inne på stadens största torg ställde Arn upp sin styrka och höll upprop skvadron för skvadron. Det saknades fyra man. Med tanke på segerns storlek var det ett mycket lågt pris, men det viktiga för stunden var att återfinna de stupade eller sårade bröderna. Han satte snabbt ihop en skvadron på sexton man som var helt osårade och skickade ut dem med reservhästar för att hämta de saknade bröderna till vård eller till kristlig begravning.

Därefter gick han till tempelriddarnas lilla kvarter i staden och såg över sina sår, som mest var skråmor och blåmärken, tvättade sig och frågade sig fram för att hitta Stormästaren. Han fann Stormästaren som han väntat inne i kapellet tillägnat Guds Moder och de bad tillsammans tacksägelse för att Gud och Guds Moder skänkt dem en strålande seger, innan de gick ut för att tala med varandra.

De gick upp på bröstvärnet och satte sig en bit bort från närmsta vaktpost för att få vara helt ifred. Där nedanför dem i staden pågick segerfesten för fullt utom i tempelriddarnas kvarter och det sädesmagasin som ställts till brödernas förfogande för natten. I de två husen var tyst och mörkt sånär som på enstaka ljus där man skötte om varandras sår.

"Saladin må vara en stor härförare, men han kan inte ha förstått hur många ni var nere i Gaza, då skulle han inte ha nöjt sig med att lämna knappt tvåtusen man här för att vakta Ashkelon", funderade Odo de Saint Amand. Det var det första han sade till Arn, som om dagens seger inte behövde diskuteras så mycket mer.

"Alla riddare höll sig inne i borgen när han kom till oss, vi var bara två vita mantlar uppe på värnet", förklarade Arn. "Men han har mer än femtusen mamelukiska ryttare kvar. Hur är det i Jerusalem?"

"Kungens här är ju här i Ashkelon som du ser. I Jerusalem har Arnoldo tvåhundra riddare och fyra eller femhundra sergeanter, det är nog allt är jag rädd."

"Då måste vi anfalla och störa Saladins armé så fort vi hämtat krafterna. Och det är i morgon", sade Arn sammanbitet.

"I morgon lär vi inte få kungens här med oss, ty då återhämtar de sig efter sviterna från i kväll. Inte från slagfältet, där hann de ju inte göra så mycket innan vi segrat, men väl från nattens fest", sade Odo de Saint Amand ilsket.

"Vi vann och de firar segern. Vi fördelar alltså arbetet, det är som det brukar vara", mumlade Arn men gav samtidigt sin höge beskyddare en glad blick. "Förresten tror jag det är bra om vi tar det lugnt och inte förhastar oss. Har vi tur så kommer ingen enda av de besegrade och flyende igenom beduinernas linjer där ute och då dröjer det innan Saladin får veta vad som hänt. Det vore en stor fördel."

"Vi får se i morgon", nickade Odo de Saint Amand och reste sig. Också Arn reste sig och tog emot Stormästarens omfamning och kyss först på den vänstra och sedan på den högra kinden.

"Jag välsignar dig, Arn de Gothia", sade Stormästaren högtidligt medan han höll Arn om axlarna och såg honom i ögonen. "Du kan inte föreställa dig hur det kändes att stå där uppe på muren och se de våra komma ut i ett anfall som om ni varit tvåtusen och inte två tre hundra. Jag hade ju lovat de världsliga och kungen att ni skulle komma på utsatt tid och du höll löftet. Det var en stor seger, men vi har en lång väg kvar."

"Ja, Stormästare", sade Arn lågt. "Den segern är redan glömd, vad vi har framför oss är en mycket stor mamelukisk armé. Må Gud skydda oss ännu en gång."

Stormästaren släppte Arn och tog ett steg tillbaka och Arn knäföll då genast och sänkte huvudet när hans högste ledare gick bort i mörkret längs fästningsvallen.

Arn stod ensam kvar en stund och såg ut över muren och lyssnade till ett och annat skri från de sårade där ute i mörkret. Det värkte i hela hans kropp, men det var en skön varm och bultande värk och sånär som på en skråma längs ena kinden blödde han ingenstans. Mest ont hade han som vanligt i sina knän som fick ta emot de flesta hårda stötarna när han red inpå en fiende till häst eller slog ner honom genom att rida över honom.

* * *

De följande dagarna hände inte så mycket i Ashkelon. De mamelukiska fångarna kedjades och sattes i arbete med att gräva ner sina döda fränder ute på slagfältet. Då och då kom små grupper med beduiner in med nya fångar till försäljning släpande efter sina kameler. Det verkade som om alla som flytt hade fångats upp på det sättet; beduinerna var noga i sitt arbete men de skulle inte tveka att göra samma sorts affärer med Saladin om slaget slutat på omvänt sätt.

Beduinerna kom också med kunskaper om vad Saladins armé gjorde. Tvärt emot vad man hade kunnat vänta, att Saladin nu skulle ha ryckt fram mot Jerusalem, hade han släppt efter på tyglarna och lät sin armé plundra hela landet mellan Ashkelon och Jerusalem. Kanske tänkte han att det var bättre att plundra nu, före den lysande segern. Han var tydligen säker på att inte möta några fiender ute på fältet, att fienden satt väl inkorkad i sina borgar och bakom stadsmurarna i Ashkelon och Jerusalem. Om hungern efter plundring stillats i hans armé kunde han ta Jerusalem utan att vanhelga den heliga staden efter sin seger. Hur det än var med den saken begick han ändå ett misstag som han skulle få ångra i tio års tid.

I borgen i Ashkelon hölls krigsråd. Kung Balduin satt i en bärstol täckt med blått muslintyg så att man utifrån bara kunde skönja honom som en skugga. Det viskades att hans händer höll på att ruttna bort och att han snart skulle vara helt blind.

Vid kungens högra sida satt Stormästaren Odo de Saint Amand och bakom honom Arn och de två borgherrarna från Toron des Chevaliers och Castel Arnald. Vid kungens andra sida satt biskopen av Betlehem och längs salens väggar de palestinska baroner som kungen fått med sig i sitt desperata krigsföretag. Bakom biskopen låg det Sanna Korset, smyckat med guld, silver och ädelstenar.

De kristna hade aldrig någonsin förlorat ett slag då de bar med sig det Sanna Korset ut i fält och därför var det just denna fråga som tog upp mest tid och var den mest avgörande.

Att bära med sig det Sanna Korset där Vår Frälsare lidit och dött för våra synders skull ut i en strid som var hopplös att vinna var att visa vanvördnad, en synd jämförbar med hädelse, menade bröderna Balduin och Balian d'Ibelin som var de förnämsta av baronerna i salen.

På det svarade biskopen av Betlehem att ingenting tydligare kunde uttrycka bönen om ett Guds under än att medföra det Sanna Korset där just ett Guds under vore enda räddningen.

Balduin d'Ibelin svarade att som han förstod det kunde man inte förhandla med Gud under press, som man förhandlade med en underlägsen fiende. I den strid som förestod kunde de kristna i bästa fall hoppas på att störa Saladin så mycket att tiden drog ut, att höstregnen förvandlade bergen runt Jerusalem till en kall röd leråker med blöt snö och starka vindar så att belägringen upphörde av andra skäl än försvararnas tapperhet och goda tro.

Biskopen menade att det nog var han själv i församlingen som bäst förstod sig på hur man talade till Gud och att han därför vidare avböjde råd från lekmän i denna sak. Det Sanna Korset var räddningen i en strid som inte kunde vinnas på annat sätt än just genom ett Guds under. Vilken annan relik i hela världen vore starkare än det Sanna Korset?

Arn och hans två borgherrebröder yttrade sig aldrig i denna ordstrid. För Arns del berodde det inte bara på att han fick hålla inne med allt tal när Stormästaren själv företrädde Tempelherreorden. Dessutom var hans två borgherrebröder, som han knappt kände, högre i rang än han själv. Men även om man tillfrågat honom om hans åsikt hade han haft svårt att svara, eftersom han lutade mest åt att biskopen hade fel och riddaren av Ibelin hade rätt.

Det blev till slut den unge spetälske kungen som avgjorde striden. Han ställde sig på biskopens sida under andra dagens diskussion, just i ett läge där alla i församlingen började känna sig förtvivlade över att man talade mer än handlade; brandrökarna stod redan täta vid horisonten in mot öster.

Saladins armé hade först gått norrut mot Ibelin, tagit och skövlat staden och sedan svängt in mot öster och Jerusalem. Av brandrökarna och enstaka anländande flyktingar fick man därefter veta att de egyptiska trupperna spritt sig runt trakterna av Ramle och nu plundrade och förödde allt i sin väg. Ramle var bröderna d'Ibelins egendom och de krävde att få ställa sig i spetsen för den världsliga armén eftersom de hade mest att hämnas. Kungen beviljade genast deras begäran.

Vem som skulle leda tempelriddarna var en självklarhet eftersom Stormästaren Odo de Saint Amand fanns i Ashkelon. Men när han sammankallade de tre riddarbröder av borgherres rang som fanns i Ashkelon, förutom Arn från Gaza de två herrarna till Castel Arnald och Toron des Chevaliers, som vid den här tiden var Siegfried de Turenne och Arnoldo de Aragon, visade sig saken mer komplicerad. Stormästaren hade bestämt att han själv skulle finnas vid det Sanna Korset och tempelriddarnas standar med Guds Moders bild i centrum av hären. Han skulle ta med sig en vaktstyrka på tjugo riddare för den uppgiften.

Följaktligen måste en av de tre borgherrarna föra befäl över den samlade tempelriddarstyrkan. Enligt reglerna skulle det i så fall bli herren till Toron des Chevaliers, Arnoldo de Aragon, eftersom han var äldst av de tre. I rang därefter stod borgherren på Castel Arnald, Siegfried de Turenne, och först därefter kom Arn de Gothia. Men som Guds Moder så tydligt hållit sin beskyddande hand över Arn när han anföll och besegrade den mångdubbelt överlägsna mamelukiska belägringshären, vore det en kränkning av Hennes visade välvilja att inte ge Arn de Gothia detta befäl.

De tre borgherrarna tog emot sin Stormästares instruktion med orörliga ansikten och bugade till tecken på att de skulle lyda utan att ifrågasätta. Stormästaren lämnade dem då genast ensamma för att själva sköta sin planläggning.

De satt i ett litet och mycket enkelt inrett parlatorium i tempelriddarkvarteret i Ashkelon och det blev tyst en stund innan någon yttrade sig.

"Det sägs att vår Stormästare håller dig kär, Arn de Gothia, och det synes mig som om han nog visade det i sitt beslut", muttrade Arnoldo de Aragon vresigt.

"Det är kanske sant. Det är kanske också sant att det kunde varit klokare att ge någon av er båda detta befäl eftersom era borgar ligger i den trakt som ni känner bäst och där vi skall möta Saladin", svarade Arn långsamt och sammanbitet som om han tänkte sig mycket noga för.

"Men i morgon rider vi kanske alla tre mot döden", fortsatte han efter en stunds kall tystnad i rummet. "Ingenting kunde då vara sämre än att vi hade våra tankar på annat och småttigt personligt i stället för att göra vårt bästa."

"Arn har rätt, låt oss nu enaz om vad som är bäst i ztället för att gnellen på varandra", sade Siegfried de Turenne mellan hopbitna käkar som fick hans germanska tonfall att låta än mer underliga än vanligt.

Därefter låtsades ingen av de tre vidare om att Stormästaren fattat ett beslut som måhända var mot de vanliga reglerna. De hade kort om tid och viktigt att besluta.

Vissa saker var lätta att inse. Tempelriddarstyrkan skulle rida så tungt som möjligt, harnesk i hästarnas pannor, så mycket brynjeskydd längs hästarnas sidor som möjligt, så lite proviant som möjligt. Allt detta var givet därför att den enda möjligheten till framgång bestod i att inom kort få ett anfallsläge där mamelukernas rörlighet av ett eller annat skäl var begränsad och där tyngd och kraft kunde avgöra. I alla andra lägen vore man tillspillogiven mot en mamelukisk ryttararmé och därför var det ingen mening med att försöka avlasta tyngd från hästarna. Fiendens snabbhet och rörlighet kunde man ändå aldrig uppnå.

Frågan om man skulle placera tempelriddarna främst eller sist i hären krävde dock någon stunds diskussion. Vid ett överraskande anfall från fienden, som man troligen skulle möta framifrån, var det bäst med den starkaste delen av hären främst, det skulle rädda flest kristna liv.

Men den kristna hären var inte så stor, bara femhundra världsliga riddare, ett hundratal tempelriddare och ett drygt hundratal sergeanter. Om fienden kom rakt framifrån skulle han först se de världsligas färger och tro att motståndaren inte var så stark och kanske anfalla för tidigt med en mindre del av den just nu uppsplittrade mamelukiska hären. Då kunde det vara avgörande om tempelriddarna i skydd av den mångfärgade världsliga hären red fram och förbi och mötte de framstormande mamelukerna när de var för nära för att ändra riktning. Det föreföll klokast. Man skulle rida bakom den världsliga hären. Då kunde man dessutom gå ut mot flankerna och slå mot varje anfall från sidorna.

Så långt var de tre borgherrarna eniga i alla beslut. Mer tid tog det när Arn menade att han skulle ta med sig så många beduiner som möjligt.

De andra två rynkade på näsorna åt detta förslag. Borgarna vid Castel Arnald och Toron des Chevaliers ägde inga beduiner och de andra två hade ingen erfarenhet av att sådana smutsiga och otrogna och enligt ryktet komplett trolösa trupper kunde föra något gott med sig.

Arn höll med om att hans beduiner inte var att lita på annat än om man segrade och att morgondagen i värsta fall kunde sluta med att de alla tre själva släpades efter kameler för att säljas till Saladin – beduinerna visste nog inte att tempelriddare var värdelösa fångar eftersom de aldrig kunde lösas ut som världsliga baroner. Beduinerna hade dock vindsnabba hästar och deras kameler tog sig lätt fram över vilka berg och stenskravel som helst. Och hade man dem med sig kunde man hela tiden få kunskaper om fienden. Och som det såg ut nu så var sådana kunskaper, näst Guds nåd, det viktigaste inför den kommande striden.

Motvilligt gav de två andra med sig. De hade nog ändå sett på Arn att han inte tänkte ge sig i denna sak. Och han var ju, som Stormästaren bestämt, den som avgjorde allt där enighet inte fanns.

* * *

För den som inte likt Arn och hans confanonier från Gaza sett Saladins väldiga mamelukiska styrka paradera i mer än en timmes tid bara för att visa upp ryttarna måste den kristna hären som gav sig ut från Ashkelon denna tidiga novembermorgon ha tett sig mycket stark.

Vädret var rått och fuktigt med svaga nordvästliga vindar som vägrade att blåsa bort dimman som kom och gick efter egna nycker. Den begränsade sikten kunde bli den enes fördel liksom den andres förfång, men om någon gynnades av det dåliga vädret så var det med säkerhet de kristna, som kände trakten väl. Särskilt gällde detta de två anförarna i den världsliga hären, bröderna Balduin och Balian d'Ibelin. Men i de kristnas eftertrupp fanns dessutom de två borgherrarna från Toron des Chevaliers och Castel Arnald och den kristna hären styrde in i landet mitt mellan dessa två borgar.

Hur beduinerna hittade i dimman kunde ingen förstå. Men de kom och gav sig av på nytt med olika besked till Arn de Gothia redan från de första timmarnas ritt.

Mitt på dagen började de kristna stöta på mindre grupper av tungt lastade egypter som dock vid vart tillfälle föredrog att rida undan med det de plundrat i stället för att kasta ifrån sig godset och bjuda till strid. Det illavarslande med dessa kontakter var att de kristna snart måste räkna med att Saladin fått veta att fienden var på väg och då fick han själv möjlighet att bestämma tid och plats för drabbning.

Och som man kunde vänta uppenbarade sig snart en väl formerad ryttararmé rakt framför de kristnas anförare. Man befann sig nu i närheten av borgen Mont Gisard, inte långt från Ramle.

Den världsliga hären gick omedelbart till anfall, utan att ens ha hunnit skaffa sig en klar uppfattning om hur stora styrkor de hade framför sig. Kvar lämnades härens center med kungen, biskopen av Betlehem, fanborgen och dess garde.

Där bakom kom tempelriddarna, men Arn gav ingen anfallsorder. Att störta ut i dimman mot en fiende som man inte såg förefoll vare sig honom eller hans två närmaste befäl, de två andra borgherrarna, särskilt klokt. I all synnerhet inte som den mamelukiska ryttarstyrkan omedelbart gav vika och flydde bakåt. Det var en alltför välkänd saracensk taktik. Den som jagade en sådan undflyende centerstyrka skulle nästan med säkerhet komma att omslutas på båda sidorna av framryckande fiendestyrkor; och när den omfattningen var klar ljöd gälla hornsignaler och plötsligt vände den flyende gruppen helt om och gick till anfall så att de som varit förföljare snart omslöts från alla håll och uppslukades.

Arns beduiner kom också med kunskaper som visade att detta var just vad som höll på att ske, men bara från ena hållet, från söder.

I så fall kom Saladin nu rakt över borgen Toron des Chevaliers marker. Och där hittade borgherren Siegfried de Turenne som i sin egen handflata.

Arn beordrade halt på tempelriddarkolonnen och man satt av för ett kort rådslag. Siegfried ritade i marken med sin dolk och visade på en bred ravin som smalnade allt mer söderut. Det var där någonstans Saladin nu måste komma.

Det måste fattas snabba beslut om inte tillfället skulle gå de kristna ur händerna. Arn skickade en sergeant till Stormästaren i de kristnas center, som nu gjort halt och formerat sig till ett cirkelförsvar, med besked om vad tempelriddarstyrkan gjorde och därefter beordrade han framryckning i skarpt trav i den riktning där hans broder Siegfried red före och visade vägen.

När de kom fram till ravinen befann de sig högt och med en mjuk lång sluttning ner mot den plats där ravinen smalnade som en damaskensk flaskhals. Kom fiendens trupper förbi där så skulle de kunna omsluta den världsliga hären från två håll. Men just nu fanns bara tystnad och dimman som kom och gick, och som ibland lämnade en sikt på fyra pilskott och ibland knappt ett enda.

Det fanns två möjligheter. Antingen hade tempelriddarna ridit till just den plats som Gud anvisat dem för att rädda de kristna. Eller också stod de helt fel och riskerade att lämna den världsliga hären utan skydd.

Arn beordrade allmän avsittning och bön. Så tyst som möjligt steg alla de drygt tvåhundra riddarna av, tog sina hästar vid tyglarna och knäföll intill hästarnas framben. När bönen var klar beordrade Arn att alla mantlar skulle tas av och rullas ihop och snöras fast bakom sadlarna. Det kunde bli kyligt att vänta för länge så och det var farligt att bli stel av kyla inför en strid, men om fienden kom snabbt och överraskande blev det än värre att slåss med mantlarna i vägen.

De satt så under tystnad och stirrade ner i dimman tills någon tyckte sig höra något som någon annan sade bara var inbillning. Det var svårt att uthärda att sitta så stilla och vänta, för om de satt på fel plats skulle dagen sluta i nederlag och felet skulle vara tempelriddarnas. Om ingenting hände på en stund måste man ge sig tillbaks till den del av den kristna hären där det Sanna Korset nu svävade i stor fara bland alldeles för få försvarare. Om det Sanna Korset förlorades till de otrogna så skulle skulden för detta vara Arns mer än någon annan mans.

Han bytte några ögonkast med Siegfried de Turenne och Arnoldo de Aragon. De satt med sänkta huvuden som om de bad under stark smärta, de tänkte på samma sak som Arn.

Men det var som om Guds Moder då fyllde honom med tillförsikt, som om han fick vetskap. Han beordrade sina två borgherrebröder att försiktigt rida ut mot sidorna och ta befäl över varsin flygel. De skulle rida ytterst eftersom de liksom Arn hade en bred svart rand under det röda korset på hästens sidoskydd. I dimman skulle man tappa bort varandra om det inte fanns åtminstone några tydliga färger eller tecken att följa. Tempelriddarnas vita tunikor och mantlar var i vanliga fall en nackdel för ögat, eftersom de alltid syntes på så långt håll, liksom de möjligen var en fördel för sinnet eftersom de vita mantlarna fick fienden att fly i skräck om han inte var mycket överlägsen. Men här i dimman var det som om tempelriddarstyrkan blandades in i allt det vita och försvann för ögonen.

Så tyst som möjligt började tempelriddarna formera sig på linje, som om de redan visste åt vilket håll de skulle anfalla. Men det var verkligen som om Guds Moder höll sin hand över dem, för plötsligt skymtade de första guldglänsande uniformerna där nere. Det var mamelukiska lansiärer, de som skulle anfalla först. De kom i långa kolonner nedför bergssidan mitt emot, dolda i dimman. Det fanns ingen möjlighet att bedöma hur många de var, allt mellan tusen och fyratusen vore möjligt. Det berodde på hur stor deras centerstyrka var som nu fungerade som lockbete för att dra in den världsliga kristna armén i fällan.

Arn lät nästan något hundratal fiender passera ravinens flaskhals trots att Armand de Gascogne bredvid honom vred sig av otålighet. En ny våg av tät dimma svepte så in alla fiender där nere i osynlighet. Då gav Arn order om framryckning, fast i skritt så att man kunde formera sig bättre på rak linje under långsam gång och förhoppningsvis komma så nära fienden innan man upptäcktes att alla de egna då var färdiga för att sporra sina hästar samtidigt framåt till högsta fart.

Det var overkligt som i en dröm att anfalla i skritt. En bit ner i ravinen genljöd hästarnas klingande hovar mot sten och frustningar från alla håll, det skulle vara omöjligt att förstå för den som inte visste att det nu var två arméer som närmade sig varandra.

Arn insåg att han snart måste gå till anfall för fullt rakt ut i det okända. Han böjde huvudet och bad det han måste be men det var som om Jungfru Maria, den tillbedda, i detta ögonblick svarade honom med något som inte hörde striden till. Hon visade honom Cecilias ansikte, det röda håret svängande i luften under ritt, de bruna ögonen som alltid log och det barnsliga ansiktet med alla fräknarna. Det var som en hastig men alldeles klar bild ute i dimman. Men i nästa ögonblick såg han i stället en mamelukisk ryttare knappt bortom lansens räckvidd. Mameluken stirrade häpen och tycktes inte komma sig för med annat än att gapa när han såg sig om och upptäckte att han var omgiven av spöklikt vita skäggiga riddare från flera håll.

Arn sänkte sin lans, vrålade anfallsordern *Deus vult* som genast upprepades av hundratals strupar nära honom och långt borta i dimman. I nästa ögonblick genljöd hela dalen av tempelriddarnas framdundrande hingstar och nästan genast kom ljudet av metall som möttes och skrik från sårade och döende.

Just vid denna smala plats i ravinen där fienden tvingats tränga ihop sig i mångdubbla led för att ta sig fram slog den kristna järnnäven in i dem. På en våg av tunga hästar och skarpt stål kastades de mamelukiska ryttarna om varandra och bakåt, om de inte föll med en lans genom kroppen. De egyptiska bågskyttarna befann sig i den bakre delen och hade ingen möjlighet att hitta mål för sina pilar och snart översköljdes de av herrelösa hästar som flydde bakåt i panik. Samtidigt trängde nya egyptiska styrkor på bakifrån eftersom de fått brått av allt stridslarm.

Tempelriddarna höll varje meter av den smala passagen och knä vid knä kämpade de sig framåt genom hårt trängda mameluker som på så nära håll hade en nästan omöjlig uppgift att försvara sig mot de kristnas långa tunga svärd som högg sig framåt som liar under skörd.

De egypter som hunnit förbi flaskhalsen i dalen innan anfallet kom försökte vända och storma till undsättning, men det hade Arnoldo de Aragon redan förutsett och på eget bevåg mött genom att ta med sig tjugofem riddare för att bilda front åt andra hållet.

Ingen man kunde se så mycket längre än sin lans där striden stod som hårdast i dalens mitt. För tempelriddarna som visste att de var så få i jämförelse med till och med de fiender de hade kunnat se var detta en ljuv tröst, ty de hade bara att hugga sig framåt i den fortfarande alltför tjockt sammanpackade massan av fiender. Men för mamelukerna som kände tyngden av de kristnas rytteri i den för de rättrogna sämsta av alla situationer var detta som en mardrömmars mardröm.

Någon av mamelukernas befälhavare fick slutligen ordning på sin rädsla och sina tankar och såg till att blåsa signal för reträtt rakt bakåt eftersom det vore för ovisst att försöka ta sig uppför bergssluttningarna.

Arn ropade till sig sina närmaste män och bad dem kalla till samling och omgruppering i stället för att förfölja fienden i dimman. En andfådd Siegfried de Turenne kom upp vid hans sida tillsammans med den flygel han hade lett. Först såg han och Arn häpna på varandra eftersom båda trodde sig se en dödligt skadad tempelbroder. Deras vita kläder var så översköljda av blod att deras röda kors på bröstet knappt syntes.

"Är du verkligen oskadd... broder?" flämtade Siegfried de Turenne.

"Ja, och du också... men striden går oss väl än så länge. Vad gör vi nu, hur ser det ut i den riktning de flydde?" svarade Arn samtidigt som han förstod att han själv måste se ut på samma sätt som sin borgherrebroder.

"Vi formerar om, vi går fram på linje i skritt tills vi ser dem på nytt. Dalen tar slut i den riktningen, vi har dem i en fälla", svarade Siegfried med ett lugn som han återhämtat med förvånansvärd snabbhet.

Mer behövde inte sägas just då och hellre än att tappa ordningen gällde det nu att under långsam framryckning formera hela anfallslinjen på nytt och bredare allteftersom dalen vidgades. En vind hade börjat blåsa upp, det fanns risk att dimman, som än så länge tjänat enbart de kristna, skulle försvinna.

De mamelukiska lansiärerna och bågskyttarna hade också försökt komma till ordning när de flydde nedåt dalen. Men när de insåg att de var fångade av branta klippor gick det trögt att vända, och när det väl var gjort beslöt de att anfalla med fart innan de på nytt trängdes ihop för mycket i den avsmalnande del av dalen där de nu befann sig. Det blåstes till snabb attack bland egypterna och dalen fylldes av dånet från snabba lätta och framryckande hästar.

Samtidigt hade dock hornsignalerna om snabbritt missuppfattats av den tross med förråd, reservhästar och plundringsgods som legat efter de stridande trupperna på väg ner i dalen, för nu försökte de fly tvärs över, vilket ledde till att de två egyptiska styrkorna brakade samman som om de vore fiender.

Vid det ljudet beordrade Arn anfall på nytt. De egypter som först såg den långa anfallande linjen av tempelriddare som i dimman såg ut att vara tusentals drabbades av vild panik och försökte fly bakåt genom sina egna led.

Slakten varade i flera timmar, ända tills det försonande mörkret kom. Aldrig vann tempelriddarna mer en så lysande seger.

Som långt senare gick att reda ut hade den egyptiska centerstyrka som skulle ha fungerat som lockbete för Saladins inringning till slut fångats av den världsliga hären och tvingats försvara sig utan hjälp från den stora styrka som aldrig kom. Vid den insikten, att de var ensamma utan sin huvudstyrka, tappade de modet och så började några fly och därmed bröt det egyptiska försvaret helt samman och övergick i allmän flykt.

När den världsliga frankiska armén återvände för att fira sin seger som man trodde sig ha genomfört på egen hand utan några tempelriddare så pågick emellertid slakten vid Mont Gisard fortfarande.

Saladins armé var fullkomligt sönderslagen och även om det fortfarande fanns tillräckligt många mameluker kvar som både var vid liv och oskadade för att Saladin skulle ha kunnat segra under helt andra omständigheter en senare dag, på annan plats och i bättre väder, så kunde den ena gruppen soldater i den utspridda och splittrade armén inte veta var de andra fanns.

Resultatet av den villrådigheten och rykten om blodbadet vid Mont Gisard blev en vild och oorganiserad flykt söderut. Den flykten skulle komma att kräva lika många liv som slaget vid Mont Gisard. Ty det var långt från trakterna av Ramle till tryggheten nere i Sinai. Och längs hela vägen väntade plundrande och mördande beduiner som varken förr eller senare kunde roffa åt sig så många fångar och så rikt byte.

Bland de många fångar som bakom kameler släpades in med händerna sammanbundna till borgen i Gaza fanns Saladins bror Fahkr och hans vän emiren Moussa. De hade funnits intill Saladin när han varit nära att fångas av en grupp tempelriddare men offrat sig utan att tveka eftersom de inte ens i nederlagets svåra stund tvivlade ett ögonblick på att Saladin var den som Gud utsett att segra.

Tempelriddarna förlorade 46 man i skadade och 13 döda. Bland de döda som återfanns och fördes till Gaza var sergeanten Armand de Gascogne. Han var en av dem som försökt ta Saladin och han hade bara varit en lanslängd ifrån att ändra historiens gång.

VI

CECILIA ROSAS SVARTASTE TID under sin långa botgöring på Gudhem blev det första året efter att kung Knut Eriksson hämtat Cecilia Blanka för att göra henne till sin gemål och till drottning av de tre kronorna. Han hedrade sina löften till Cecilia Blanka, men det tog som så mycket annat i hans planer längre tid än han önskat. När han och hans drottning kröntes av ärkebiskop Stéphan så blev det inte heller så stor sak som han hade tänkt sig, inte domkyrkan i Östra Aros utan borgkyrkan på Näs ute på Visingsö i Vättern. Om det förvisso var förargligt att inte kunna göra kröningen så ståtlig som han tänkt sig så gällde den dock inför både Gud och människor. Han var nu kung av Guds Nåde.

Och Cecilia Blanka, som tagit sig tillnamnet Blanka som drottningnamn, var därmed drottning av Guds Nåde.

Men det hade tagit ett år att ordna detta, och det året blev Cecilia Rosas mest ömkliga tid i hela livet.

Knappt hade kung Knuts följe vid eriksgatan kommit utom synhåll från Gudhem förrän allt i ett slag förändrades där inne. Moder Rikissa förde nu åter in tystnadsplikten inom klausuren, särskilt gällde den Cecilia Rosa som på nytt fick börja utstå gisselslag vare sig hon brutit mot tystnadsplikten eller ej. Moder Rikissa framkallade en vind av hat och kyla runt Cecilia Rosa som de andra sverkerska jungfrurna inte var sena att anamma, alla utom en enda.

Den som vägrade att hata Cecilia Rosa, den som inte ville springa med gåsflocken över gårdsplanen och den som aldrig angav henne för någonting var Ulvhilde Emundsdotter. Men ingen av de andra tog någon särdeles notis om lilla Ulvhilde. Hennes fränder var utrotade efter slaget vid blodsängarna utanför Bjälbo och intet hade hon fått ärva. Därför skulle hon heller aldrig komma att dricka brudöl med någon man av betydelse, hon hade ju bara sin ättetillhörighet och den var just nu, i tiden efter alla nederlag, inte vatten värd. Dock tvekade Moder Rikissa att låta även sin frände Ulvhilde smaka gisslet, det var ändå som om blod var tjockare än vatten.

När den första vinterstormen dånat in över Gudhem fann Moder Rikissa att det var dags att, som hon lismande förklarat för skadeglada sverkersdöttrar, börja döma Cecilia Rosa till carcer, eftersom den horaktiga kvinnan ännu inte slutat inbilla sig att hon bar folkungska färger och tydligen därför trodde sig kunna vara fräck i såväl mun som hållning.

Tidigt på vintern fanns gott om säd i magasinet ovanför carcer och därför många feta svarta råttor. Cecilia Rosa fick inte bara lära sig att med brinnande böner uthärda kyla. Det fann hon lätt jämfört med att i slummer och halvsömn av utmattning rycka till vid varje beröring av råttorna. Och hon fick lära sig att om hon somnade för hårt på andra eller tredje dygnet när utmattningen och tröttheten blev starkare än kölden, så kunde det hända att råttorna bet henne som om de ville provsmaka, som om de ville kontrollera om hon var död och ätlig.

Hennes enda värme vid dessa upprepade vistelser nere i carcer var brinnande böner. Hon bad dock inte så mycket för egen del, hon ägnade mesta tiden av bönerna till helga Jungfru Maria åt att beveka Henne att hålla Sin skyddande hand över den älskade Arn och sonen Magnus.

Att hon bad så mycket för sin älskade Arn var dock inte enbart av ren osjälviskhet. För även om hon väl insåg att hon saknade Cecilia Blankas förmåga att tänka som män, att tänka som den som har makt, så hade hon mer än väl förstått att om hon någonsin skulle kunna befrias från det ishelvete som Gudhem var, och den plågoande som Moder Rikissa var, så var det blott och bart om Arn Magnusson kunde återvända oskadd till Västra Götaland. Därför bad hon för honom både för att hon älskade honom mer än någon annan människa, men också för att han var hennes enda räddning.

När våren kom höll hennes lungor fortfarande samman, hon hade inte börjat hosta sig till döds som Moder Rikissa ömsom fruktat och ömsom hoppats. Och sommaren det följande året blev varm så att carcer blev ensamhet och sval frihet mer än plåga. När sädesmagasinen stod som tommast befann sig också de svarta råttorna på annan plats.

Hon kände sig dock svag efter detta hårda år och fruktade att en vinter till på samma sätt skulle bli mer än hon kunde klara av med mindre än att helga Jungfru Maria sände ett under till hennes räddning.

Något under sände Hon dock inte. Däremot sände Hon en drottning av Guds Nåde och det visade sig snart ha samma goda verkan.

Drottning Cecilia Blanka kom till Gudhem i början av rovskörden med mäktigt följe och tog in på Gudhems hospitium som om hon ägde det själv och kunde allt bestämma. Hon domderade och beställde mat och dryck och sände bud att Rikissa, som hon omtalade liksom kungen och jarlen utan att säga *Moder* Rikissa, skulle infinna sig för att underhålla sina gäster och det i det snaraste. Ty, som hon påpekade, på Gudhem hette det ju att var gäst skulle tagas emot som om han var Jesus Kristus själv. Om det gällde var och en så kunde mindre inte gälla för en drottning.

Moder Rikissa brann inom sig av vrede när hon inte kunde göra sig ursäkter längre och kom ner till hospitium för att näpsa den fräcka kvinna som måhända var världslig drottning men som ingalunda hade att råda över Guds rike på jorden. En abbedissa behövde inte lyda vare sig kung eller drottning, krönt eller ej.

Det var också det hon genast påpekade när hon anvisades plats vid drottningens taffel och då vid usel plats längst ner vid bordet. Drottning Cecilia Blankas begäran att få träffa sin kära vän kunde Moder Rikissa alls inte gå med på. Ty som Moder Rikissa hade bestämt sonade den där skalkaktiga kvinnan nu sina synder på lämpligt sätt och kunde därför ingalunda roa sig med besök, kungligt eller ej. Inom Gudhem härskade den gudomliga ordningen och ingen drottnings ordning. Och det, menade Moder Rikissa, var ju ändå något som Cecilia Blanka borde känna bättre till än de flesta andra.

Drottning Cecilia Blanka hade åhört Moder Rikissas spotska och självsäkra utläggning om Guds och människors ordning utan att visa en enda min av osäkerhet, utan att ens för ett ögonblick släppa efter på sitt förargliga leende.

"Om du nu är klar med ditt onda pladder om Gud och annat som *vi*, just som du säger, eftersom *vi* är en av dem som fått lära känna din ordning på det hårda sättet där inne, inte tror att du bekänner dig till ett ögonblick, så skall du hålla din gåsnäbb stängd och lyssna på din drottning en stund", sade hon med orden i en lång jämn och mjuk ström som om hon talat gott fastän hennes ord var så hårda.

De orden hade dock genast verkan på Moder Rikissa, som verkligen knep ihop munnen och väntade på fortsättningen. Hon var säker på sin sak, hon visste att vad gällde det som hörde Guds rike och Guds tjänare till kunde ingen drottning som nyss varit klosterjungfru slå henne på fingrarna. Hon hade dock grovt underskattat Cecilia Blanka, fick hon strax erfara.

"Nå, då skall du få höra, Rikissa", fortsatte Cecilia Blanka i sin lugna, nästan sömniga ton. "Du är fru i Guds ordning och vi är bara drottning i jordelivet bland människorna, säger du. Vi kan inte bestämma över Gudhem, det är vad du menar. Nej, kanske inte. Men kanske ändå. För nu skall du få veta något som kommer att göra dig sorg. Din frände Bengt i Skara är inte längre biskop. Vart den arme saten nu flytt med sin kona efter bannlysningen vet vi icke och det intresserar oss inte särdeles. Men bannlyst är han. Så från honom har du inget mer stöd i livet att vänta."

Moder Rikissa tog emot den onda nyheten att hennes frände Bengt blivit bannlyst utan att röra en min, även om hon inom sig kände både bävan och sorg. Hon valde att inte svara utan hellre vänta ut drottningen.

"Du förstår, Rikissa", fortsatte då Cecilia Blanka ännu långsammare, "vår käre och så högt värderade ärkebiskop Stéphan står kungen och drottningen mycket nära. Det vore, som var och en kan inse, fullständigt fel av oss att dristas säga att han åt ur vår hand, att han lydde vår minsta vink i sina omsorger att hålla riket och dess troende samman i endräkt. Något sådant bör man inte säga, det vore ju som att kränka Guds höge tjänare på jorden. Men låt oss ändå säga att vi förstår varandra väl, biskopen, kungen och vi själva. Illa vore det ju om också du, Rikissa, skulle behöva bli bannlyst. Vår jarl Birger Brosa är förresten även han mycket angelägen i sådant som rör kyrkan och talar städse om att inrätta nya kloster och har lovat en mycket stor mängd silver för denna sak. Förstår du nu vart jag vill komma, Rikissa?"

"Du säger att du verkligen vill träffa Cecilia Rosa", svarade Moder Rikissa sammanbitet. "Och då svarar jag dig att mot det finns inga hinder."

"Bra, Rikissa, du är då rakt inte så dum som du ser ut!" utbrast Cecilia Blanka och såg samtidigt både munter och vänlig ut. "Men bara så att du riktigt förstår vad vi menar tycker vi nog du skall passa dig noga för att ställa till bekymmer för vår gode vän och ärkebiskop. Så! Nu kan du få kila iväg, se bara till att få hit min gäst i det snaraste!"

Cecilia Blanka hade klappat samman sina händer vid de sista orden och schasat åt Moder Rikissa på precis samma sätt som Moder Rikissa själv så många gånger visat de två Ceciliorna föga mer vördnad än gäss.

Cecilia Rosa var emellertid en så ömklig syn när hon kom in i hospitium att inget behövde sägas för att förklara vad hon hade fått utstå sedan den timme då kung Knuts eriksgata lämnade Gudhem. De två Ceciliorna föll varandra genast i famn och någon tår syntes hos dem båda.

Drottning Cecilia Blanka behagade stanna tre dagar och tre nätter i Gudhems hospitium och under den tiden var de två vännerna samman var timme.

Därefter fick Cecilia Rosa aldrig mer under sina återstående år i kloster besöka carcer. Och den närmaste tiden efter drottningens besök fick hon många och goda pitenser och kunde snart äta upp sig till både färg på kinderna och gott hull.

Under de följande åren kom Cecilia Rosa och Ulvhilde Emundsdotter att lära sig den sköna konsten att väva, sy och färga herrars och fruars mantlar, och också att brodera de vackraste sköldemärken på mantlarnas ryggar. Det hade inte dröjt länge innan beställningar inkom till Gudhem från när och fjärran, också från mindre mäktiga ätter som måste lämna in en mantel på prov för att få tillbaka densamma fast i mycket skönare form.

Det stod en frid kring de två jungfrurna när de arbetade samman och någon tystnadsplikt gällde aldrig för dem, eftersom deras arbete nu gav mer silver utan krångel och omvägar till Gudhems kistor än någon annan verksamhet. Yconomus, den gamle misslyckade kaniken, fann så stort behag i Cecilia Rosas och Ulvhilde Emundsdotters arbeten att han sällan försummade möjligheten att påpeka detta för Moder Rikissa. Därvid visade hon inga miner, utan nickade bara tankfullt instämmande. Hon hade ett damoklessvärd hängande över sitt huvud och det glömde hon inte. Ty dum var Moder Rikissa inte, lika lite som hon var god.

Drottning Cecilia Blanka fann anledning att besöka Gudhem mer än en gång om året, och om hon kunde stannade hon alltid flera dagar i hospitium och krävde att såväl Cecilia Rosa som Ulvhilde Emundsdotter då skulle passa upp på henne, vilket dock aldrig skedde eftersom drottningen medförde såväl egna stekvändare som munskänkar och jungfrur för kvinnligt bestyr. Det var ljuva dagar för de två fångna kvinnorna, som de själva omtalade sig som. För envar stod det klart att drottningens vänskap med Cecilia Rosa verkligen var för livet. Särskilt klart stod detta för Moder Rikissa, och hon rättade sig därefter om än med gnisslande tänder.

På tredje året kom Cecilia Blanka med den ljuvaste av nyheter. Hon hade passerat Varnhem för att samtala med gamle Fader Henri om hur man med all anständighet i behåll och uppfyllande av alla regler och allt annat som krävdes skulle kunna få några av Broder Luciens kunskaper i trädgårdsodling och läkekonst överförda till den syster som hade bäst förstånd i sådant på Gudhem, Syster Leonore från Flandern.

Vad som därvidlag beslutats var dock inte det viktigaste i det Fader Henri hade haft att berätta. Han hade däremot fått tidningar om Arn Magnusson, han visste berätta att Arn Magnusson tills helt nyligen varit en av många riddare på en stark tempelriddarborg som hette Tortosa och låg i en del av det Heliga Landet som hette Tripoli. Arn hade skött sina plikter väl, han bar en vit mantel och han skulle snart träda i tjänst hos någon hög riddarbroder i självaste Jerusalem.

Det var sommartid när Cecilia Blanka kom med dessa kunskaper, början på sommaren när äppelträden mellan hospitium, smedjor och fähus stod i blom. Cecilia Rosa omfamnade först sin kära vän vid budskapet, så hårt att hon darrade i hela sin kropp. Men sedan slet hon sig loss och gick ensam ut bland de blommande träden utan tanke på att detta vore något som Moder Rikissa under den ondaste tiden skulle ha bestraffat med föga mindre än en vecka i carcer. En jungfru fick inte gå ensam på det viset i Gudhem. Men nu fanns inga förbud i Cecilia Rosas sinne, under en stund av lycka fanns inte ens Gudhem.

Han lever han lever han lever! Den tanken drog fram som en hjord skenande kritter i hennes huvud och slog för en stund omkull allt, som om ingenting annat fanns.

Sedan såg hon Jerusalem, den heligaste av städer, framför sig. Hon såg gatorna av guld, de vita stenkyrkorna, de milda gudfruktiga människorna och den frid som fanns i deras anleten och hon såg sin älskade Arn komma emot henne i sin vita mantel med Herrens röda kors. Det var en dröm hon skulle bära med sig i många år.

* * *

På Gudhem var det som om tiden rörde sig omärkligt. Ingenting hände och ingenting hände och allt var alldeles som vanligt, samma sånger Psaltaren runt, samma mantlar som syddes och försvann, årstiderna som växlade. Men i allt detta som var samma växte förändringarna, kanske så sakta att de inte syntes förrän de var mycket stora.

Det första året då Broder Lucien började komma ner från Varnhem för att lära Syster Leonore om allt det som växte i Guds goda natur, om vad som var gott för människans läkedom och som bara var för människans gom, så skedde ingen stor förändring. Att Broder Lucien och Syster Leonore arbetade tillsammans i trädgårdarna under långa stunder var snart som om det alltid varit så. Att de till en början aldrig hade lämnats ensamma med varandra var snart glömt, eftersom Broder Lucien ändå varit där så ofta att han nästan hörde till Gudhem.

När han och hon under oblygt samspråk försvann tillsammans ut i trädgårdarna utanför södra muren såg inget misstänksamt öga på andra årets åttonde månad det som vart öga skulle ha sett genast under den första månaden.

Cecilia Rosa och Ulvhilde hade alltmer sökt sig till Syster Leonore för att få del av hennes kunskaper som hon i sin tur fick från Varnhem och Broder Lucien. Det var som om en ny värld full av möjligheter hade öppnat sig för dem och det var underbart att se vad människan med Guds hjälp kunde uträtta med sina händer i en trädgård. Frukten blev stor och fyllig och höll sig bättre om vintrarna, de ständiga sopporna till kvällsvard blev inte längre så enahanda när nya smaker kom till; klosterreglerna förbjöd utländska kryddor, men det som vuxit i själva Gudhem kunde ju inte betraktas som utländskt.

Så kom det sig att också Cecilia Rosa och Ulvhilde började röra sig ut och in genom murarna. De kunde gå ner i trädgårdarna för att sköta ett eller annat med fruktträden eller rabatterna utan att någon frågade. Också denna förändring hade kommit långsamt så att det var som om den inte märktes. Några år tidigare hade minsta försök till sådan utflykt slutat med gissel eller carcer.

Det var vid den tid då sommaren kommit till skördetid, då äpplena började få sötma, då månen rodnade om aftonen och den svarta jorden doftade av fuktig mognad. Cecilia Rosa hade inget särskilt ärende ner i trädgårdarna och det hade redan börjat skymma, så något vettigt arbete hade ändå inte kunnat bli av. Hon gick bara för sig själv, för att se månen och för att njuta av kvällens starka dofter. Hon väntade sig inte att finna någon annan där nere och kanske var det därför hon inte upptäckte den förfärliga synden förrän hon var helt nära.

På marken mellan några frodiga bärbuskar som redan skördats låg Broder Lucien med Syster Leonore över sig. Hon red honom vällustigt och utan minsta blygsel, som om de varit man och hustru i den världsliga tillvaron.

Det var Cecilia Rosas andra tanke, den första hade varit den självklara om den förfärliga synden. Hon blev stående som förstenad eller förtrollad, hon kunde inte förmå sig att skrika, inte att springa sin väg, inte ens att sluta ögonen.

Snart blev hon av med sin skräck och i stället kände hon en främmande öm känsla som om hon själv deltog i synden; i nästa ögonblick tänkte hon inte på synden utan på sin egen längtan, att det hade kunnat vara hon och Arn, fastän de själva aldrig gjort på just detta sätt, som ju var extra syndigt.

Skymningen föll fort medan hon stod där och när de kvävda ljuden av lust upphörde från Broder Lucien och Syster Leonore och hon klev av honom och lade sig intill honom och de höll om och smekte varandra såg Cecilia Rosa att Syster Leonore hade sina kläder i sådan oordning att hennes bröst stack fram och hon lät Broder Lucien leka med dem och smeka dem medan han låg på rygg och pustade ut.

Cecilia Rosa kunde inte förmå sig att fördöma då det hon såg mer såg ut som kärlek än som den vidriga synd som alla regler beskrev. När hon smög bort, noga med att sätta ner fötterna så att hon inte hördes, undrade hon om hon nu var en del av synden eftersom hon inte fördömde den. Men den natten bad hon länge till Vår Fru som såvitt Cecilia Rosa visste var den som kunde hjälpa älskande mer än någon annan, hon bad mest för skydd åt sin älskade Arn men hon bad också något om syndernas förlåtelse för Syster Leonore och Broder Lucien.

Hela den hösten bar Cecilia Rosa på sin hemlighet utan att förråda den ens för Ulvhilde Emundsdotter. Och när vintern kom lade sig allt trädgårdsarbete till ro och Broder Lucien kunde inte göra sig ärenden till Gudhem förrän våren nalkades.

Under vintertiden arbetade Syster Leonore mest tillsammans med Cecilia Rosa och Ulvhilde i vestiarium då det var mycket som skulle vävas, färgas, sys och broderas. Cecilia Rosa betraktade ofta Syster Leonore i smyg och hon tyckte sig se en kvinna som hade likt ett ljus inom sig som var så starkt att inte ens den svarta skuggan av Moder Rikissa kunde göra det svagare. Syster Leonore log nästan alltid och hon nynnade alltid på någon psalm när hon arbetade och det var som om hennes synd gjort henne både ljusare till sinnet och vackrare eftersom hennes ögon strålade.

Cecilia Rosa och Syster Leonore blev ensamma i vestiarius i början av långfastan när arbete inte alltid var lika obligatoriskt som eljest och bara de som själva ville arbetade i sena kvällar. De färgade rött tyg tillsammans, något som numera gick fort och säkert när just de två hjälpte varandra. Då kunde Cecilia Rosa inte hålla sig längre.

"Bli inte rädd, syster, för vad jag nu säger dig", började Cecilia Rosa utan att riktigt förstå varifrån hennes ord kom och varför hon nu gjorde som hon gjorde. "Men jag känner din och Broder Luciens hemlighet eftersom jag såg er en gång i äppelträdgården. Och vad jag tänker är att om jag sett och jag vet så kan snart någon annan se och förstå detsamma. Då svävar ni båda i fara."

Syster Leonore bleknade och lade ifrån sig sitt arbete, satte sig och slog händerna för ansiktet. Hon satt så en god stund innan hon vågade se på Cecilia Rosa som också hon hade satt sig.

"Du tänker väl inte förråda oss?" viskade Syster Leonore till slut med en röst så svag att den knappt hördes.

"Nej syster, det tänker jag sannerligen inte!" svarade Cecilia Rosa förtrytsamt. "Du vet säkert att jag befinner mig här i Gudhem till straff och bot därför att jag i kärlek begått en synd som din. Förråda dig kommer jag aldrig att göra, men jag vill varna dig. Förr eller senare blir ni upptäckta av någon som skvallrar för Moder Rikissa eller i värsta fall av henne själv. Du vet lika väl som jag vilken ond kvinna hon är."

"Jag tror att helga Jungfru Maria har förlåtit oss och skyddar oss", sade Syster Leonore efter en stund. Men hon såg ner i golvet som om hon alls inte var så säker på sina ord.

"Du har lovat Henne din kyskhet, hur kan du då så lättvindigt tro att Hon förlåter ditt brutna löfte?" undrade Cecilia Rosa mer konfunderad än kränkt av de syndiga tankar som Syster Leonore så oblygt visade.

"Därför att Hon skyddat oss. Ingen annan än du som vill oss väl har sett och förstått. Därför att kärleken är en underbar gåva, det som mer än annat gör livet värt att leva!" svarade Syster Leonore med höjd röst som om hon trotsade, som om hon inte längre var rädd att fel öron skulle höra henne.

Cecilia Rosa blev mållös. Det var som om hon plötsligt befann sig uppe i ett högt torn och såg ut över stora vidder som hon bara anat kunde finnas, men som om hon samtidigt kände skräck för att tappa fotfästet och falla ner. Att en syster vigd till den Helige brudgummen skulle svika sina löften var en tanke hon aldrig kunnat tänka; hennes egen synd, att göra det som Syster Leonore gjort, men att göra det med sin egen trolovade och inte med en munk som också avgett löftena, var i jämförelse en liten synd. Dock självklart synd. Kärleken var en Guds gåva till människorna, på det fanns bevis i Heliga Skrift. Det svåra att förstå var hur kärleken samtidigt kunde vara bland de värsta av synder.

Cecilia Rosa mindes nu en historia som hon tankfullt och till en början lite trevande, medan hon letade i minnet, berättade för Syster Leonore.

Det handlade om en jungfru Gudrun som tvingats till brudöl med en gubbe som hon alls inte ville leva samman med. Mest därför att hon älskade en ungsven som hette Gunnar. Och dessa två unga som älskade varandra gav aldrig upp hoppet om kärleken och deras böner visade sig till slut beveka Vår Fru så att hon sände dem en underbar räddning och det förspordes att de än idag levde lyckliga samman.

Syster Leonore hade också hört den berättelsen, eftersom den var väl känd på Varnhem och Broder Lucien uppehållit sig mycket vid den. Vår Fru hade sänt en liten munkagosse från Varnhem i vägen för onda män och munkagossen hade, utan egen skuld, dräpt den gubbe som skulle ha druckit brudöl med jungfru Gudrun. Så inför Guds kärlek, och en tro på denna kärlek som inte sviktade, kunde alla synder förminskas. Till och med ett dråp kunde bli till ingen synd alls om Vår Fru förbarmade sig över älskande som bad Henne om stöd.

Det var en mycket vacker berättelse så långt. Men Cecilia Rosa invände nu sorgset att den ändå inte var helt lätt att förstå. Ty den munkagosse som Vår Fru sänt till de unga älskandes räddning var Arn Magnusson. Och han hade inte så lång tid därefter dömts hårt för sin kärleks skull, liksom Cecilia Rosa själv hade fått del av samma hårda dom. Och vad Vår Fru menat med detta hade Cecilia Rosa nu grubblat över i snart tio år utan att bli klokare.

Nu blev Syster Leonore förstummad. Hon hade aldrig anat att Cecilia Rosa varit denne Arns trolovade, ty denna sorgliga del av berättelsen hade Broder Lucien aldrig framfört. Han hade förvisso nämnt att den lille munkagossen i sinom tid blev en mäktig krigare i Guds armé i det Heliga Landet. Men han hade sett det enbart som en stor och god sak, som om Vår Fru styrt även detta till det bästa. Han hade aldrig berättat vilket högt pris kärleken ändå fått betala, trots att allt slutat så väl för denna Gudrun och hennes Gunnar.

Detta första samtal, och alla andra som sedan följde så fort de var ensamma, förde Cecilia Rosa och Syster Leonore mycket nära samman. Och med Syster Leonores tillåtelse, och efter Cecilia Rosas bedyranden att svek inte var att frukta från det hållet, berättade Cecilia Rosa allt för Ulvhilde Emundsdotter. Därefter var de tre som kunde sitta samman i vestiarium sena vinternätter med en flit som till och med Moder Rikissa berömde.

De vände och vred på kärleken som i en dans som aldrig tog slut. Syster Leonore hade en gång när hon var i samma ålder som Ulvhilde träffat kärleken men det hade slutat med olycka. Den man hon älskade då hade av skäl som mest hade med pengar att göra blivit vigd inför Gud med en ful kvinna som var änka och som han alls inte älskade. Syster Leonores far hade bannat henne för allt hulkande och menade att sådant inte var mycket att bry sig om eftersom kvinnor för det första inte hade förstånd i ting som hade med äktenskap att göra, åtminstone inte unga kvinnor. Och för det andra så var livet inte slut efter det första svärmeriet i unga år.

Syster Leonore hade känt sig så säker på motsatsen att hon svurit att aldrig älska någon annan man, att över huvud taget aldrig älska någon mer utom den Helige Brudgummen. Därefter hade hon sökt sig till kloster och varit ivrig att fort efter sitt första år som novis avge löftena.

Om helga Jungfru Maria visat henne någonting nu så var det att kärleken var en nåd som kunde förunnas vem som helst och när som helst. Möjligen hade Vår Fru också visat att Syster Leonores bistre gamle far haft rätt när han talat om ungdomens första svärmeri och menat att därmed intet var slut.

Åt det sista fnittrade de glatt samman när de tänkte sig hur förvånad den gamle fadern skulle ha blivit om han nu finge veta att han fått rätt, och på vilket sätt han fått rätt!

Det var som om både Cecilia Rosa och Ulvhilde genom dessa samtal drogs in i Syster Leonores synd. När de fann dessa stunder ensamma alla tre och genast började tala om det som bara de tre kunde tala om på Gudhem så hettade det i deras kinder och de andades fortare. Den förbjudna frukten smakade himmelskt även om man inte åt av den utan bara talade om den.

För Syster Leonore och Cecilia Rosa var ett säkert. De hade båda uppfyllts av kärleken men detta hade också försatt dem i stor fara och medfört hårda straff; Cecilia Rosa dömd till tjugo års bot, Syster Leonore hade nu en bannlysning hängande över sig.

För Ulvhilde blev det så att det som hennes två vänner berättade under dessa samtal i skymundan kom att förändra hennes liv. Hon hade aldrig haft någon tro på kärleken, hon hade aldrig sett sånger och berättelser om kärleken som annat än vilka som helst sagor om vättar och skogsfruar och annat som man gärna lyssnade till vid brasans sken i kalla vinternätter men som inte hade med det verkliga livet att göra. Lika lite som hon någonsin sett en skogsfru hade hon sett någon kärlek.

När hennes far Emund dödades av Knut Eriksson hade hon varit helt liten och färdats undan i en släde med sin mor och sina små bröder. Några år senare när hon inte längre hade några tydliga minnen av sin far hade hennes mor fått en ny man som någon jarl i Linköping gett henne och aldrig hade Ulvhilde sett någonting som fick henne att tänka på kärlek mellan mor och denne nye man.

Ulvhilde hade kommit fram till att om detta var det enda hon förlorat med livet där ute så kunde hon lika gärna stanna i kloster för alltid och avge löftena, eftersom en vigd syster ändå levde ett bättre liv än en jungfru bland familiares. Det enda som fått henne att tvivla på det kloka i att så tänka sig resten av livet var tanken att avge evigt lydnadslöfte till just Moder Rikissa. Men hon hade hoppats att det kanske kunde komma en ny abbedissa, eller att hon själv kunde flytta till något av de kloster som Birger Brosa ville uppföra. För som nu var så skulle ju Cecilia Rosa inte bli kvar livet ut i Gudhem. Obönhörligt skulle de skiljas åt och när den dagen kom fanns inget kvar för Ulvhilde att hålla sig till utom kärleken till Gud.

De båda andra blev förfärade vid den dystra syn på livet som Ulvhilde visade. De besvor henne att aldrig avge löftena, att gärna vörda Gud och Guds Moder men göra det som en fri människa. Då Ulvhilde invände att hon ju ändå inte hade något liv där ute eftersom alla hennes fränder var döda så talade Cecilia Rosa med hetta om att detta var något man kunde se till att få ändrat, att ingenting i den vägen var omöjligt så länge de båda hade en god vän i drottning Cecilia Blanka.

I sin iver att få Ulvhilde bort från alla tankar på att avge löftena hade Cecilia Rosa nu sagt saker högt som hon bara hade tänkt tyst och till hälften. Hon erkände för sig själv, om än inte högt, att hon nog varit självisk och inte kunnat lida tanken att hon skulle lämnas ännu en gång utan vän på Gudhem. Men nu var det ändå sagt, nu måste hon gå vidare i samtal med Cecilia Blanka nästa gång hon kom till Gudhem.

För Cecilia Rosa själv var det dock en helt annan sak som fick hennes kinder att hetta av dessa samtal. När hon en gång dömdes till tjugo år bakom murar så var hon inte äldre än sjutton år. Och när hon då försökt föreställa sig själv vid trettiosju års ålder hade hon sett en åldrad och krökt gumma utan några av livets safter i behåll. Men Syster Leonore var just trettiosju år gammal. Och hon lyste av kraft och ungdom sedan kärleken välsignat henne.

Cecilia Rosa tänkte sig att om hon aldrig tvivlade, om hon aldrig förlorade hoppet, så skulle helga Jungfru Maria belöna henne och få henne att vid trettiosju års ålder skimra av samma glöd som Syster Leonore.

* * *

Den våren på Gudhem kom inte att likna någon annan, vare sig förr eller senare. Med våren började Broder Lucien komma på nya besök, ty nu fanns mycket att bestyra i trädgårdarna och det verkade som om Syster Leonores behov av vetande var outtömligt. Eftersom Cecilia Rosa och Ulvhilde också kommit att ägna sig mer och mer åt det som skulle odlas kunde det förefalla rätt och riktigt att de fanns ute i odlingarna samtidigt som den besökande munken så att ingen skulle kunna tro att en man kunde lämnas ensam med vare sig syster eller jungfru på Gudhem.

Emellertid var Cecilia Rosa och Ulvhilde sällsynt olämpliga för denna tänkta övervakning, eftersom de snarare skyddade brottslingarna genom att hålla vakt. På så vis fick Syster Leonore och Broder Lucien betydligt fler stunder i skön förening än de eljest skulle ha vågat ta för sig.

En förtret var dock att allt det man sytt under vintern försvann redan långt före sommaren. Det var gott för Gudhems silverkistor, men det tvingade också in Cecilia Rosa och Ulvhilde till vestiarium på nytt. Broder Lucien hade då förklarat för Syster Leonore, som i sin tur berättade för sina två vänner, ty de två jungfrurna talade aldrig själva med Broder Lucien, att denna förtret var lätt åtgärdad. Om de varor man tillverkade försvann för snabbt så berodde det bara på att priset var för lågt. Om man höjde priset så skulle varorna räcka längre, man skulle bättre kunna ordna sitt arbete och det skulle ge mera silver.

Det lät som vit trolldom och var svårt att förstå. Men Syster Leonore kom tillbaka från Broder Lucien med skrivna sidor och text som gjorde det klarare och samtidigt berättade hon hur han gjorde sig lustig över den yconomus som arbetade på Gudhem. Enligt Broder Lucien stod det helt klart att den där förlupne kaniken från Skara hade ett sällsynt litet förstånd för pengar och räkning eftersom han inte ens förde riktiga böcker.

Allt detta tal om att föra böcker, räkna med kulram och förändra affärer med siffror och tankar lika mycket som med händernas flit fick Cecilia Rosa mycket fundersam. Hon tjatade på Syster Leonore som i sin tur tjatade på Broder Lucien så att han tog med sig böcker för räkenskap från Varnhem och först visade Leonore så att hon förstod och kunde visa Cecilia Rosa så att också hon förstod.

Det var som om en helt ny värld av helt annorlunda tankar hade öppnat sig för Cecilia Rosa och snart dristade hon sig att ta upp sina idéer med Moder Rikissa, som till en början fnös åt alla tankar på detta nya.

Men på senvåren efter långfastan brukade drottning Cecilia Blanka komma på besök och inför dessa visitationer mjuknade alltid Moder Rikissa i ryggen, om inte i sinnet. Så kom det sig att det beställdes både pergament och böcker från Varnhem, som gav en mer än villig Broder Lucien tillfälle till extra turer. Och han fick också Moder Rikissas tillstånd att undervisa såväl yconomus, den förlupne kaniken Jöns, som Cecilia Rosa och hjälpa dem att få ordning på Gudhems affärer. Villkoret var att inget tal fick ske direkt mellan Cecilia Rosa och Broder Lucien utan att allt mellan dem måste sägas med yconomus Jöns som mellanled. Det ledde till förtretliga svårigheter, eftersom Cecilia Rosa fattade allt mycket snabbare än den ovillige Jöns.

Enligt Broder Lucien, som ändå inte var mer färdig i att föra bok än andra bröder på Varnhem, var tillståndet i Gudhems affärer värre än i det värsta musbo. Det saknades i sanning inte tillgångar, där låg alls inte problemet. Men det fanns ingen balans mellan hur mycket av tillgångarna som redan var i silver och hur mycket som var i fordringar eller i redan inhöstat men icke sålt gods. Yconomus Jöns hade inte ens reda på hur mycket silver som fanns, han sade att han brukade uppskatta det i antal grabbnävar och om det var mer än tio grabbnävar så räckte det enligt beprövad erfarenhet ett gott tag utan att det kom nytt, men var det mindre än fem grabbnävar så måste man fylla på.

Det visade sig också att Gudhem hade arrenden som inte betalats in på många år därför att de var bortglömda. I allt det Broder Lucien talade om var Cecilia Rosa lika läraktig som yconomus Jöns var halsstarrig och kort om huvudet. Han menade att det som dugt tidigare kunde duga i fortsättningen och att pengar inte var något som kunde trollas fram med siffror och böcker utan måste fram med arbete och svett.

Åt sådant tal skakade Broder Lucien bara på huvudet. Han sade att Gudhems inkomster kunde nästan fördubblas med ordning i bokföringen och att det var en synd att förvalta Guds rike på jorden så illa som skedde på Gudhem. Detta tal bet på Moder Rikissa, fastän hon ännu inte visste vad hon skulle göra åt saken.

Den våren hade dock Broder Lucien och Syster Leonore haft många stunder för sig själva, så många att det snart kom att synas på Syster Leonores midja. Hon förstod att det nu bara var en fråga om tid innan hennes brott avslöjades och hon grät och våndades och lät sig knappt tröstas av Broder Luciens besök.

Cecilia Rosa och Ulvhilde hade sett vad som var på väg, de hade ju kunnat förstå mer än någon annan på Gudhem och såg med andra ögon på en systers midja eftersom de kände hemligheten eller rentav var delaktiga i synden.

Den snabba åtgången på allt man sytt ihop under vintern gjorde dock att de tre fick skäl att ägna extra tid för sig själva i vestiarium. Cecilia Rosa försökte då vara klok och tänka som en man utan att voja sig hela tiden, åtminstone försökte hon tänka som hon trodde att vännen Cecilia Blanka skulle ha gjort.

Här gällde nu inte att gråta, ty av gråt kom ingenting framåt och mer gråt skulle ändå komma bakefter om man inte gjorde något klokt.

Att Syster Leonore var havande skulle snart alla veta. Själv skulle hon då bli bannlyst och utkastad från Gudhem. Eftersom en man måste vara inblandad i synden så skulle Broder Lucien inte komma undan han heller.

Hellre borde de två fly innan de tvingades ut och bannlystes.

Bannlysta skulle de bli likväl om de flydde, invände Syster Leonore.

Nå, hellre fly tillsammans dessförinnan. Frågan var bara hur det skulle gå till. En sak var ju klar, en förlupen nunna ute på vägarna skulle snart infångas, desto enklare om hon färdades tillsammans med en munk, resonerade Cecilia Rosa.

De vände och vred på problemet, Syster Leonore talade sedan med Broder Lucien om saken och han berättade om städer i södra franker-riket där sådana som de själva, troende och hängivna Gud i allt utom det som hade med den jordiska kärleken att göra, kunde få asylum. Men att vandra till södra frankerriket utan pengar och i kläder som nunna och munk bleve ingen lätt sak.

Kläderna var dock det minsta problemet. Ty kläder som såg ut som världsliga kläder kunde de tre lätt tillverka i vestiarium. Men med sil-ver till resan förhöll det sig annorlunda. Cecilia Rosa nämnde att det var sådan oreda i Gudhems kassor att ingen skulle sakna vare sig en eller två grabbnävar.

Men att stjäla från ett kloster var en synd värre än den som Syster Leonore hade gjort sig skyldig till. Syster Leonore bad förtvivlat att ingen skulle stjäla för hennes skull, hellre gick hon ut på vägarna utan ett endaste mynt. Hon menade att en sådan stöld skulle vara en verk-lig synd, till skillnad från hennes kärlek och den frukt kärleken burit, som hon inte längre såg som någon synd. Bara hon kom till södra frankerriket skulle ju den synden upplösas i intet. Men en stöld från helga Jungfru Marias hus skulle aldrig kunna förlåtas.

* * *

Drottning Cecilia Blanka sände bud tre dagar i förväg till Gudhem för att anmäla sin ankomst. Budet kom som en lättnad för de tre som bar på Gudhems stora hemlighet – Syster Leonore var nu i tredje eller fjärde månaden – och budet kom som en tung pålaga för Moder Rikissa. Ärkebiskop Stéphan hade visserligen dött men som hon kunde förstå var den nye ärkebiskopen Johan lika mycket i kungens ficka som den gamle. Moder Rikissa var således alltjämt utlämnad åt minsta nyck från drottning Cecilia Blanka. Och därmed var den fördömda Cecilia Rosa fortfarande ett lika stort hot mot Moder Rikissa. Hämnd oroade hon sig inte över, hon visste vid det här laget hur hon skulle få sin hämnd. Men bannlysning var ett hot mot henne själv större än allt annat. Och bannlyst kunde hon bli av ärkebiskopen om de två Ceciliorna verkligen satte sig den saken i sinnet.

Cecilia Rosa förstod mycket väl att det sinnestillstånd som Moder Rikissa nu befann sig i var gynnsamt för vissa samtal. Hon sökte upp Moder Rikissa i abbedissans egna rum och lade utan omsvep fram det hon tänkt, att hon själv skulle överta alla de sysslor som yconomus Jöns ansvarade för inom Gudhem. Hon skulle få ordning och reda i bokföringen. Det skulle förbättra Gudhems ställning. Yconomus själv däremot kunde då få mer tid för de ärenden till marknader som nu tog orimligt lång tid eftersom han sade sig sköta så mycket annat som han inte skötte.

Moder Rikissa försökte matt invända att ingen hört talas om att en kvinna kunde vara yconomus, därför hette det ju också yconomus, som var en manlig form.

Cecilia Rosa menade utan att tveka att just kvinnor väl ändå var mest lämpade att sköta sådant arbete på ett nunnekloster som inte krävde att man kunde lyfta en häst på raka armar eller mura samman stora stenblock. Och vad det manliga ordet beträffade så var det ju bara att ändra det till *yconoma*.

Det ville hon alltså ha som sin syssla på Gudhem i fortsättningen, yconoma. När Moder Rikissa såg ut att ge sig påpekade Cecilia Rosa fort att yconoma givetvis var den som bestämde vart drängen Jöns i fortsättningen skulle sändas, han skulle resa med bud från Gudhem men inte sköta några affärer efter eget huvud då detta huvud visat sig alldeles otillräckligt.

Moder Rikissa var mycket nära att få ett vredesutbrott och det syntes på henne eftersom hon satt stilla och knuten och började gnida sin vänstra hand med den högra, ett tecken som förr om åren varit ett ont varsel på Gudhem då det snart skulle bli skrik om gissel och carcer.

"Gud kommer snart att visa oss om detta var ett klokt beslut eller inte", sade Rikissa till slut när hon lagt band på sig. "Men du får som du vill. Du skall dock bedja i ödmjukhet över denna förändring och inte låta något stiga dig åt huvudet. Minns att det jag gett dig kan jag ta ifrån dig på ett ögonblick. Än så länge är jag din abbedissa."

"Ja Moder, än så länge är du min abbedissa. Och må Gud bevara dig", sade Cecilia Rosa med spelad ödmjukhet så att det dolda hotet i hennes ord inte skulle låta som hot. Sedan böjde hon sitt huvud och gick. När hon stängde dörren efter sig till Moder Rikissas rum ansträngde hon sig särskilt att inte slå hårt i den. Men tyst för sig själv väste hon, *än så länge, din häxa.*

När drottning Cecilia Blanka kom denna gång hade hon sin först-födde son Erik med sig och det syntes väl på henne att hon var havande på nytt. Ceciliornas möte blev därför mer än vanligt kärt denna gång, eftersom de nu båda var mödrar och Cecilia Blanka dessutom hade tidningar om både sonen Magnus och om Arn Magnusson.

Sonen Magnus var en kavat gosse som visserligen klättrade i träd och föll av hästar men aldrig skadat sig. Birger Brosa påstod att man redan kunde se på gossen att han skulle bli en bågskytt som bara en man säkert skulle kunna mäta sig med, ty någon tvekan om vem som var hans far fanns inte.

Enligt det senaste som hörts från Varnhem var Arn Magnusson vid god hälsa och utförde fortfarande sitt kall i självaste Jerusalem bland biskopar och kungar. Det betydde ju, menade Cecilia Blanka, att hans liv inte var i fara, ty bland biskopar och kungar fanns ju inga fruktansvärda fiender och åt detta kunde man både glädjas och tacka Vår Fru för Hennes höga beskydd.

På Cecilia Blankas fråga om Rikissa fortfarande höll sig i skinnet svarade Cecilia Rosa jakande, men förklarade också i otydliga ordalag att det lugnet måhända snart skulle vara slut. Ty det fanns ett stort problem och en stor fara.

Men om detta ville hon tala ensam med drottningen.

De gick upp på övervåningen på hospitium och lade sig i den säng där de skilts åt sista natten de båda varit fångar på Gudhem och nu som då tog de varandras händer och låg en stund tysta i sina minnen och stirrade i taket.

"Nå?" sade Cecilia Blanka till slut. "Vad är nu detta som bara mina öron får höra?"

"Jag behöver silverpengar."

"Hur mycket och till vadå? Av allt du saknar här på Gudhem är väl ändå silverpengar det som väger lättast", sade Cecilia Blanka förvånat.

"Vår enfaldige yconomus, som jag förresten snart skall ersätta, skulle säga två grabbnävar silver. Det skall räcka till en lång resa till södra frankerriket för två. Jag skulle tro att hundra sverkersmynt skulle räcka. Jag ber dig innerligt om detta och jag kommer att återgälda dig en dag", svarade Cecilia Rosa.

"Du och Ulvhilde tänker väl inte ge er av! Det vill jag inte, jag vill inte mista dig min käraste vän! Och betänk att vi ännu inte är gamla och att redan har halva din botetid gått", vädjade drottningen oroligt.

"Nej, det är inte för min och Ulvhildes del jag vädjar", svarade Cecilia Rosa med ett litet skratt eftersom hon inte kunde låta bli att föreställa sig själv och Ulvhilde vandrande till fots och hand i hand ända ner till frankerriket.

"Det svär du på?" vädjade drottningen tvehågset.

"Ja, det svär jag på."

"Men då kan du väl säga mig vad saken gäller?"

"Nej, det vill jag inte, käraste Cecilia Blanka. Måhända kommer någon att säga att dessa pengar användes till en svår synd och det vore illa om du då visste vad det var, ty då skulle du bland elaka tungor kunna få del av synden. Men om du inte vet så är du utan synd. Så har jag tänkt", svarade Cecilia Rosa.

De låg tysta en stund medan Cecilia Blanka tänkte. Men så fnittrade hon till och lovade att ta av den egna reskassan, större var ju inte beloppet. Men hon förbehöll sig rätten att få veta vad denna synd gick ut på som hon just nu var oskyldig till fastän hon betalade den.

Åtminstone ville hon få veta senare, när allt var förbi.

Det lovade Cecilia Rosa genast.

Eftersom den andra saken som Cecilia Rosa ville tala om berörde Ulvhilde så vore det bättre om de talade alla tre tillsammans, menade Cecilia Rosa och därvid reste de sig från sängen, kysste varandra och gick ner till drottningens taffel och hennes uppvaktning.

Denna första kväll hade Cecilia Blanka bestämt att Rikissa kunde få lov att hålla sig bakom murarna, eftersom det ju ändå föreföll henne som en plåga att hålla gästabud för sin drottning. På så vis kunde också de kära vännerna och Ulvhilde få en mycket muntrare afton tillsammans. Drottningen hade lekare med i sitt följe och de gjorde många lustiga saker medan taffeln avåts. Det var bara kvinnor i salen, drottningens hirdmän fick hållas för sig själva som vakter utanför hospitium och till eget gästabud i sina tält bäst de gitte. Ty som Cecilia Blanka sade så hade det snabbt blivit hennes kunskap som drottning att män var besvärliga att ha till bords eftersom de talade så högt, blev så fulla och skulle göra sig så märkvärdiga om alltför många fruar och jungfrur fanns i närheten och ingen kung eller jarl.

Åt och drack gjorde de emellertid nu alla som karlar, vilket de också spjuvrade sig med genom att härma män. Drottningen kunde till exempel fortfarande upprepa en del konster hon framfört när hon skulle gisslas i Gudhem, rapa och släppa väder så att det dånade. Vilket hon upprepade då och då medan hon sträckte på sig och kliade sig i baken och bakom öronen som vissa män hade för sed. Åt detta hade alla kvinnorna hjärtligt lustigt.

När måltiden var genomäten behöll de något mjöd vid bordet och Cecilia Blanka skickade alla sina följefruar i säng så att hon själv och vännerna på Gudhem lättare skulle kunna föra samtal om allvarliga ting; ty så förstod drottningen att det helt säkert skulle bli. Det som gällde Ulvhilde Emundsdotter kunde bli mycket allvarligt.

Cecilia Rosa började. På den tiden då Ulvhilde kom till Gudhem var det ju stor ofred i landet, det mindes de alla tre. Och som salig Fru Helena Stenkilsdotter fått dem alla tre att inse var den kvinna inte så vis som sprang som en gås efter vänner och ovänner när krig kunde vända upp och ned på allting i vart ögonblick.

Nu hade Ulvhildes alla fränder dött vid blodsängarna utanför Bjälbo och i det som följde strax därefter, när folkungar och erikar segrat. Då kom ett bud till Gudhem som för Cecilia Rosa och kära vännen Cecilia Blanka hade varit som den ljuvaste dröm. Men Ulvhilde tillhörde ju dem för vilka blodsängarna var den svartaste av alla mardrömmar.

Sedan dess var det som om alla glömt Ulvhilde här på Gudhem. Ingen fanns ju som kunde fråga efter henne och ingen kunde föra hennes talan och kräva hennes rätt. Och även om det inte var lätt att veta hur ingiften för Ulvhilde betalats i den blodiga oreda som då var, så var det ju inte troligt att Rikissa utan vidare skulle kasta ut en frände.

Men nu var tid att göra räkenskap med allt detta, avslutade Cecilia Rosa och sträckte sig så långt efter sitt mjödkrus att hon halkade med armbågen mot bordskanten och de alla kom i fnitter.

"Du har nu dukat själva bordet med vad du vill att vi skall tala om", sade drottningen när hon kommit i ordning efter sin munterhet åt vännens fyllehalkning. "Då vill jag gärna som din drottning men framför allt som din käraste vän veta vart du vill komma med det du lagt här på bordet."

"Det är mycket enkelt", sade Cecilia Rosa och samlade sig medan hon drack lugnt utan att spilla. "Ulvhildes far dog. Då ärvde hennes små bröder och hennes mor. Men senare dog hennes bröder på blodsängarna. Då ärvde hennes mor ett bakarv. Så dog hennes mor även och då..."

"Ärvde Ulvhilde!" sade drottningen hårt. "Som jag förstår lagen är det just så. Ulvhilde, vad hette gården de brände ner?"

"Ulfshem", svarade Ulvhilde förskräckt, ty det som nu talades om hade hon inte ens hört något om från sin kära vän Cecilia Rosa.

"Där bor nu folkungar, de övertog Ulfshem som ett pris i segern, jag känner dem som bor där", sade drottningen tankfullt. "Men i denna sak skall vi nu gå försiktigt fram, kära vänner. Mycket försiktigt, eftersom vi ju vill vinna. Lagen är klar, det kan inte vara någon

193

annan än Ulvhilde som ärvde Ulfshem. Men lagar är en sak, männens föreställningar om vad som är rätt och rimligt är inte alltid detsamma. Jag kan inte lova er någonting säkert. Men det lyster mig verkligen att försöka få ordning på denna sak och jag skall först tala med Torgny Lagman i Östra Götaland, ty han är också folkung och står oss nära och är släkt med den store Torgny Lagman från Västra Götaland. Sedan skall jag tala med Birger Brosa och när jag är klar med dessa båda skall jag ta ett nappatag med kungen. Det har ni er drottnings ord på!"

Ulvhilde såg ut som om hon slagits av blixten. Hon satt alldeles blek och rak i ryggen och plötsligt alldeles nykter. För även om hon inte var så förslagen som de två äldre vännerna kunde ju även hon se att det sagda betydde att hennes liv kunde komma att förändras som genom ett trollslag.

Det nästa hon tänkte var att hon i så fall måste överge sin kära Cecilia Rosa och då kom hennes tårar.

"Jag vill aldrig lämna dig ensam här med häxan Rikissa, särskilt inte nu som Syster Leonore...", snyftade hon men blev genast avbruten av Cecilia Rosa som lade ett varnande finger över hennes mun och fort flyttade intill henne vid bordet och tog henne i sin famn.

"Hyssj, hyssj min lilla kära vän", tröstade Cecilia Rosa. "Betänk att jag skildes från min kära Cecilia Blanka en gång på detta sätt och här sitter vi nu ändå alla som kära vänner. Betänk också att när vi ses där ute är vi yngre än Syster Leonore är nu. Och säg förresten inte mer om just denna sak inför din drottning."

Cecilia Blanka harklade sig då ironiskt och himlade med ögonen som för att visa att hon måhända redan förstått för mycket, ursäktade sig och gick in till sina egna rum på bottenvåningen för att, som hon sade, hämta lite nipper.

Medan hon var borta strök Cecilia Rosa Ulvhilde över hår och nacke eftersom den lilla hade börjat gråta.

"Jag vet vad du känner nu, Ulvhilde", viskade Cecilia Rosa. "Jag har känt detsamma som du. Den dagen jag förstod att Cecilia Blanka skulle komma ifrån detta gudsförgätna ställe grät jag av lycka för hennes skull men också av sorg för att jag skulle bli ensam en tid som då verkade som en evighet. Men den tiden är ingen evighet längre, Ulvhilde. Den är lång, men inte längre än att man kan se den framför sig och se dess slut."

"Men om du blir ensam med den där häxan...", snyftade Ulvhilde.

"Jag skall reda mig, jag skall klara det. För om du tänker efter på vår hemlighet här på Gudhem, det bara du och jag och Syster Leonore känner, är det inte ett Guds under hur stark kärleken är? Och är det inte likaså underbart vilka mirakel Vår Fru kan göra för den som aldrig tappar tron och hoppet?"

Ulvhilde lät sig tröstas något av detta, torkade sina tårar med händernas baksidor och hällde karskt upp lite ny mjöd åt sig själv fastän hon redan druckit mer än nog.

Cecilia Blanka kom tillbaka med långa steg och ställde med en smäll ner en läderpung på bordet. Av ljudet förstod var och en som hörde vad den läderpungen innehöll.

"Två grabbnävar, ungefär", skrattade Cecilia Blanka. "Vilka lömska kvinnoplaner ni nu än har, kära vänner, se för djävulen till att lyckas med dem!"

Först häpnade de båda andra åt sin drottnings fräckt manliga tal. Sedan brast de alla tre ut i oemotståndligt fnitter.

* * *

Läderpungen med de hundra silverpenningarna gömde de i en skreva i klostermuren ut mot trädgårdarna och beskrev noga platsen för Syster Leonore. Kläderna sydde de stycke för stycke och lät Syster Leonore själv gömma bäst hon gitte utanför murarna.

Och när sommaren led mot sitt slut fick Broder Lucien nya ärenden till Gudhem då han menade att det fanns viktiga ting i skörden, och framför allt i sättet att behandla de skördade örterna, som Syster Leonore ännu inte hade riktigt klart för sig.

Med sig denna gång hade han dock en liten bok som han tillverkat själv, där det mesta av det han kunde fanns att läsa. Och den boken fick Cecilia Rosa med hälsning från en Guds broder som aldrig talat till henne om hemligheten men som gärna ville tacka henne. Det var inte helt lätt att läsa allt i den lilla boken, men Syster Leonore fick gå mellan givare och gåvotagare några gånger tills det mesta hade rett ut sig.

En kväll då sommaren kommit till sin skördetid, då äpplena började få sötma, då månen rodnade om aftonen och den svarta jorden doftade av fuktig mognad och det mer än väl syntes på Syster Leonore i vilket välsignat tillstånd hon befann sig följde Cecilia Rosa och Ulvhilde henne till den bakport som ledde ut mot trädgårdarna. De visste ju alla tre var nycklarna låg gömda.

De öppnade den lilla träporten mycket försiktigt eftersom den var något gisten och lätt knarrade. Där ute i månljuset väntade Broder Lucien i sina nya världsliga kläder. I famnen hade han ett bylte med de kläder som Syster Leonore skulle bära ända ner till södra frankerriket, om de kunde komma så långt innan hon måste föda.

De tre kvinnorna omfamnade varandra hastigt. De välsignade varandra men ingen av dem grät. Så var Syster Leonore borta i månljuset och Cecilia Rosa stängde sakta och försiktigt den lilla träporten och Ulvhilde låste den tyst. De gick tillbaks till vestiarium och fortsatte sitt arbete som om ingenting hänt, som om Syster Leonore bara lämnat dem lite tidigare denna kväll fastän så mycket fanns att sy.

Men Syster Leonore hade lämnat dem för alltid. Och efter henne blev mycket gny och många hårda ord men framför allt ett stort tomrum, mest hos Cecilia Rosa som både fruktade och hoppades att hon snart skulle bli ensam för andra gången på Gudhem.

VII

HÖSTEN OCH VINTERN VAR vilans och läkedomens tid i det Heliga
Landet. Det var som om landet självt, liksom många av dess krigande
invånare, återhämtade sig från sina sår under denna tid när fientliga
härar inte kunde tränga fram. Vägarna runt Jerusalem förvandlades
till lera där alltför tunga vagnar fastnade och på de kala och vindpina-
de kullarna utanför den heliga staden låg ofta tung och blaskig snö
som tillsammans med den hårda vinden skulle göra varje fientlig
belägring mer outhärdlig för belägrarna än de belägrade.

I Gaza var regnet milt men ofta var vädret soligt svalt som nordiska
somrar. Snö hade man aldrig sett där.

Den höst och vinter som följde efter den förunderliga segern vid
Mont Gisard fylldes till en början av två uppgifter större än allt var-
dagligt arbete för borgherren Arn de Gothia. För det första hade han
ett hundratal mamelukiska fångar som var mer eller mindre illa tillty-
gade och för det andra hade han nästan trettio sårade riddare och ser-
geanter i den norra flygeln av borgen.

Två av fångarna var sådana män som inte kunde låsas in med de
andra i ett av Gazas sädesmagasin. Det var Saladins yngre bror Fahkr
och emiren Moussa. Dem lät Arn inkvartera i sina egna rum och med
dem åt han varje dag middagsmål i stället för att äta med sina riddare
nere i refectorium på borggården. Han visste att detta beteende väck-
te en del undran bland hans nära bröder, men för dem hade han inte
förklarat hur viktig Fahkr var.

I hela Outremer och i alla kringliggande länder betedde sig alla,
oavsett om de var Profetens efterföljare eller kristna eller något annat,
på samma sätt när det gällde fångar. Viktiga fångar som Fahkr och
emiren Moussa utväxlades eller lämnades ut mot lösen. Fångar som
inte kunde utväxlas slog man vanligen huvudet av.

Fångarna i Gaza var med få undantag mameluker. Det enklaste hade således varit att ta reda på vilka bland dem som kommit så långt i sin tjänst att de fått sin frihet och belönats med egendom och vilka bland dem som fortfarande var slavar i början på den vandring som skulle sluta antingen med döden eller i bästa fall som herre över en hel region i något av Saladins många länder.

De som fortfarande var slavar borde man omgående hugga huvudet av. De var lika värdelösa fångar som tempelriddarna var, eftersom de aldrig kunde lösas ut. Och dessutom var det osunt att hålla för många fångar tätt samman, eftersom de då lätt spred sjukdomar omkring sig. Att döda dem vore det sundaste och dessutom det klokaste i ekonomisk förvaltning.

Ty prins Fahkr ibn Ayyub al Fahdi, som var hans fulla namn, skulle ensam betinga en lösen större än man någonsin tidigare kunnat kräva för en saracen, eftersom han var Saladins bror. Också emiren Moussa borde vara värd ett gott pris.

Till både Fahkrs och Moussas förvåning hade Arn ett helt annat förslag. Han ville föreslå Saladin att lösa ut var fånge för samma pris, 500 besanter i guld. När Fahkr invände att de flesta fångarna inte var värda ens en enda guldbesant och att det därför var en förolämpning att komma med ett sådant förslag, förklarade Arn att han faktiskt menat 500 besanter för *varje* fånge, alltså även Fahkr och Moussa själva.

Inför detta blev de mållösa. De visste inte om de skulle känna sig kränkta av att den, visserligen vantrogne, men dock den Al Ghouti som de rättroende höll bland de främsta av alla franker hade satt samma pris på dem som på slavar. Eller om de skulle förstå Al Ghoutis förslag som att han avstod från att pressa Saladin till ett orimligt pris för att fria sin egen bror. Möjligheten att en tempelriddare inte skulle förstå sig på affärer snuddade de inte ens vid i sina tankar.

De förde sina samtal i denna fråga långsamt framåt när de åt samman en gång om dagen. Ingenting som Arn då lät servera var oren mat och kallt friskt vatten var den enda måltidsdrycken. När de lämnades ensamma i Arns kvarter hade de tillgång till den Heliga Koranen.

Även om Arn behandlade sina två fångar med så stor respekt att de kunde ha varit gäster var det dock ingen tvekan om att de var fångar och ingenting annat. Det gjorde dem båda naturligt försiktiga under de första dagarnas samtal.

Arn förundrade sig dock något över deras ovilja att vare sig säga sin mening rent ut eller att komma med tydliga motförslag och fjärde gången de satt samman vid middagsmålet verkade han som om han började tappa tålamodet.

"Jag förstår er inte", sade han med en uppgiven gest. "Vad är det som är oklart mellan oss? Min tro säger mig att jag skall visa mildhet mot de besegrade. Jag skulle kunna tala mycket om den saken, ehuru jag inte vill tvinga er att lyssna till en tro som inte är er, inte nu när ni är ofria. Men er egen tro säger ju detsamma. Betänk Profetens, frid över honom, egna ord till er: *Då ni möter förnekarna i strid, låt svärden falla över deras huvuden till dess ni har tvingat dem på knä; tag därefter de överlevande till fånga. Sedan kommer den tid då ni skall ge dem fria, godvilligt eller mot lösen, så att krigets bördor lättas. Detta är vad ni har att iaktta'. Nå? Om jag nu säger er att min tro är densamma?"

"Det är din frikostighet vi inte kan förstå", mumlade Fahkr besvärad. "Du vet mycket väl att femhundra besanter i guld för min frihet är ett pris som väcker löje."

"Det vet jag", sade Arn. "Om bara du var min fånge skulle jag kanske föreslå din bror att betala femtiotusen besanter. Och de andra fångarna skulle jag lämnat åt våra saracenska bödlar? Men vad är en mans liv värt, Fahkr? Är ditt liv värt så mycket mer än varje annan mans?"

"Den som hävdar något sådant förhäver sig och hädar samtidigt Gud, en mans liv är inför Gud detsamma som en annan mans liv, det är därför som den Heliga Koranen förklarar livet okränkbart", svarade Fahkr lågt.

"Alldeles sant", svarade Arn nöjt. "Alldeles sant. Och detsamma säger Jesus Kristus själv. Låt oss nu inte disputera mer i denna sak, vi har faktiskt annat att tala om som är mer tankeväckande. Jag vill alltså att Saladin betalar mig femtiotusen besanter i guld för *alla* fångarna, er två och alla andra. Kan du, Moussa, resa med det budet till din herre?"

"Du släpper mig fri, du sänder mig som bud?" frågade Moussa förbluffad.

"Ja, något bättre bud att sända från mig till Saladin kan jag inte tänka mig. Lika lite som jag skulle kunna tro att du bara skulle se till din egen frihet och fly från uppdraget. Vi har fartyg som seglar på Alexandria varannan dag, som ni kanske vet eller inte vet. Eller sänder jag dig då åt fel håll, borde du resa till Damaskus i stället?"

"Damaskus blir en mycket svårare resa och det spelar ändå ingen roll", sade Moussa. "Från vilken som helst stad jag kommer till i Saladins rike kan jag genast på dagen meddela honom. Alexandria är närmast och enklast."

"Från vilken som helst stad... redan på dagen?" undrade Arn tvivlande. "Det sägs att ni kan göra så, men hur är det möjligt?"

"Enkelt, det är duvor som flyger med meddelanden. Duvor hittar alltid hem, om man tar duvor som man fött upp i Damaskus och flyttar dem i en bur till Alexandria eller Bagdad eller Mecka så flyger de raka vägen hem om man släpper dem. Det är bara att linda ett brev runt deras ena fot."

"Vilken underbar förmåga!" utbrast Arn synbarligen imponerad. "Jag skulle alltså härifrån kunna tala med min Stormästare i Jerusalem, där jag tror han är nu, på bara en timme, eller vad det nu tar för en duva att flyga dit?"

"Javisst, om du nu hade sådana duvor och någon som kunde sköta dem väl", mumlade Moussa med en min som om han tyckte samtalet spårat in på struntsaker.

"Märkligt...", funderade Arn men fann sig sedan snabbt. "Då säger vi så! Du seglar till Alexandria med ett av våra egna fartyg i morgon. Oroa dig inte för sällskapet, du har lejd från mig och besättningen är nog mestadels egyptisk. Du skall förresten få några av de sårade fångarna med dig. Men låt oss nu tala om annat!"

"Ja, låt oss göra det", instämde Fahkr. "För annat finns sannerligen att tala om. Jag bönföll min bror Saladin att vi skulle ha stannat här utanför Gaza för att ta staden. Han ville dock inte lyssna på mig. Men hur annorlunda hade inte allt blivit då?"

"Ja, då hade åtminstone jag varit den av oss som säkert vore död nu", instämde Arn. "Ni hade haft hälften av er armé kvar och ni hade suttit som herrar i Gaza. Men Han som ser allt och Han som hör allt, som ni skulle säga, ville något annat. Han ville att vi tempelriddare skulle segra vid Mont Gisard trots att vi bara var tvåhundra mot flera tusen. Det är bevisat eftersom det skedde, det var Hans vilja."

"Var ni bara tvåhundra!" utbrast Moussa. "Vid Gud! Jag var ju själv där... vi trodde ni var minst tusen riddare. Bara tvåhundra...?"

"Ja, så var det. Jag vet ty det var jag själv som ledde det anfallet", bekräftade Arn. "Så i stället för att dö här i Gaza som jag var förvissad om att jag skulle göra så vann jag en seger som var ett Herrens under. Förstår ni nu varför jag inte vill förhäva mig eller vara övermodigt grym mot de besegrade?"

Det var sant för både rättroende och vantroende att den som så stort och underbart förunnats Guds nåd sannerligen inte fick förhäva sig och inbilla sig att han klarat allt på egen hand. En sådan övermodig tanke var en synd som Gud säkerligen skulle komma ihåg att bestraffa hårt, oavsett om man förstod Gud så som Profeten berättat eller så som Jesus Kristus berättat.

Om nödvändigheten av återhållsamhet efter en sådan seger var de fullt överens. Vad man däremot kunde diskutera desto hetare, nu när den känsliga frågan om lösen för fångarna var avklarad, var frågan om Guds vilja eller människornas synd.

Allt hade blivit annorlunda om Saladin stannat i Gaza med sin här och tagit staden, det var givet. Men varför straffade då Gud Saladin för hans mildhet mot såväl Gaza som Al Ghouti själv? Saladin skonade Al Ghouti och Gud lät honom kort därefter lida sitt största nederlag någonsin mot just Al Ghouti. Vad var Guds mening med detta?

De grubblade alla tre länge över den frågan. Till slut sade emiren Moussa att det kunde vara så att Gud hårdhänt påmint Sin mest älskade tjänare Saladin att i Jihad fanns inte utrymme för en enda mans personliga önskan. I Jihad fick man inte skona en stad med vantrogna därför att man hade en personlig skuld till blott en av dem. Ty emiren Moussa var liksom Fahkr övertygad om att Gaza nog skulle ha tagits med våld om inte dess befälhavare varit Al Ghouti, till vilken Saladin häftade i personlig skuld. Nederlaget vid Mont Gisard var Guds straff för den synden.

Arn hade inte oväntat en helt annan uppfattning. Han menade att segern vid Mont Gisard visade att Gud hade skyddat dem av de troende som stod Honom närmast, ty så mycket hade Han gynnat de kristna att det inte kunde förklaras med annat än Hans ingripande. Gaza hade skonats för att Saladin ville ha ett större pris. Belägringsstyrkan utanför Ashkelon hade varit för liten. I stället för att gå direkt mot Jerusalem hade Saladin låtit sin just då oövervinneliga armé spridas runtomkring för att plundra. Dimman hade gjort att den som hade minst styrka att leda hade gynnats vid Mont Gisard. Och som om detta inte vore nog hade Arn och hans bröder haft den osannolika turen att i blindo rida till just den plats där det mamelukiska rytteriet kom. Och som om det ännu inte var nog så hade tempelriddarnas anfall kommit exakt på den plats där fienden haft svårast att såväl värja sig som gruppera om till anfall.

Allt detta i ett enda sammanhang var för mycket för att man skulle kunna förklara det med bara tur eller skicklighet, det var tvärtom bevis för att tron på Jesus Kristus var den sanna och att Muhammed, frid över honom, var en av Gud inspirerad profet men inte den som varit budbärare för den enda sanningen. För hur skulle man annars kunna förklara undret vid Mont Gisard?

Emiren Moussa ville ändå försöka förklara. När Gud sett hur de rättroende var på väg att krossa de kristna, som ändå var de av alla folk som stod de rättroende närmast, som ändå var människor som andra människor, så hade Gud vänt ryggen till dem alla. Därefter hade människors misstag och inte Guds vilja styrt.

För de rättroende hade bevisligen begått en lång serie misstag, just så som Al Ghouti räknat upp. De misstagen kom mest av övermod, att man trodde sig ha säkrat segern långt före den första verkliga striden. Sådant övermod straffade sig i alla krig, i smått som i stort. Den som hade kriget som yrke och var tillräckligt gammal måste ha sett tusen idiotiska beslut och åter tusen tursamma beslut som ändå gjort skillnad mellan liv och död. Sådant hände alltid. Och var det inte att förhäva sig att tro att Gud alltid deltog i vartenda litet slag som Hans barn hade för sig? Jo, för annars skulle Gud inte ha mycket annat att syssla med än att skynda från krig till krig och slag till slag. Så vad Mont Gisard beträffade kunde ju en blandning av människans övermod och vanlig enkel krigslycka vara den enkla förklaringen.

Varken Arn eller Fahkr ville gå med på det. Fahkr menade att det var hädelse att tro att Gud kunde vända ryggen åt Sina krigare under Jihad. Och Arn menade att om kriget stod om Guds Grav så kunde Han nog inte gärna vara upptagen på annat håll.

Och så var de åter i frågan om vems tro som var den sanna. Där kunde ingen ge sig och Fahkr som var en van förhandlare ledde då diskussionen till den enda punkt där man kunde uppnå enighet. Man kunde inte veta om Gud straffat dem som i Hans namn kom i Jihad mot Jerusalem, eller om Han skyddat dem som i Hans namn försvarade Jerusalem. Och om man inte visste om Gud visat nåd eller straffat, så kunde man inte säga att Profetens, frid över honom, budskap var det osanna och det budskap som kom från Jesus Kristus, frid över honom också, var det sanna.

* * *

Arns borgherrebroder Siegfried de Turenne, som på hans eget språk skrevs Thüringen, var en av de tempelriddare som sårats vid Mont Gisard. Arn hade övertalat honom att låta sig vårdas i Gaza, men inte tydligt förklarat varför han menade att det skulle bli bättre vård i Gaza än på Siegfrieds egen borg Castel Arnald uppe i Ramle-regionen.

Det Arn hade undanhållit sin broder var att läkarna på borgen i Gaza var saracener. Det fanns de bland tempelriddarna som fann det skymfligt att anställa saracenska läkare. Det var mest nya bröder som hade sådana uppfattningar och på samma sätt var det bland de världsliga frankerna i Outremer. De som kom nya hade vanligtvis föreställ-

ningar om att alla saracener skulle dödas saklöst och omedelbart vid
upptäckt; Arn hade själv haft sådana enfaldiga föreställningar när han
tjänade det första året i vit mantel. Men det var länge sedan nu och
Arn hade liksom de flesta bröder som tjänat länge i det Heliga Landet
lärt sig att saracenska läkare fick mer än dubbelt så många sårade att
överleva som frankiska läkare. Mer erfarna bröder brukade skämta att
om man låg där skadad en vacker dag så vore det allra säkraste en
läkare från Damaskus, det näst säkraste ingen läkare alls och det
säkert dödliga en frankisk läkare.

Det fanns visserligen en åtskillnad mellan vad som tillhörde denna
världen och vad som var ren tro. En del borgherrar och höga bröder
kunde väl gå med på att saracenska läkare var skickligare enligt beprö-
vad erfarenhet, men att man ändå inte skulle förlita sig på de otrogna
då detta vore syndfullt.

Fast om sådana synpunkter brukade Arn skämta att det sannerli-
gen var egenartat att få leva på grund av sin synd och dö som straff för
sin renhet i tron. Att komma till paradiset för att man dog på slagfäl-
tet var en sak, men att komma dit för att man misskötte sig i sjuk-
sängen vore väl knappast detsamma.

Som Arn hade känt på sig tillhörde broder Siegfried dem som på
grund av sin tro ville förlita sig enbart på okunniga läkare. Men Sieg-
fried kom till Gaza på bår och var just då inte i stånd att krångla. En
pil hade genomborrat hans axel och skulderblad och en lans trängt
djupt in i hans vänstra lår; en frankisk läkare skulle snart ha gjort
honom både armlös och benlös.

I början hade Siegfried också jämrat sig och klandrat Arn för tillta-
get att överlämna honom i orena händer. Men först hade de två läkar-
na Utman ibn Khattab och Abd al-Malik lyckats få bort pilspetsen
trots att den trängt igenom framifrån ända till skulderbladet. Sedan
hade de med olika örtdrycker snabbt fått ner sårfebern och tvättat
såren noga med bränt vin som sved som eld när det kom i såren men
också renade dem från allt ont. Redan efter tio dagar hade Siegfried
märkt hur det man kunde se av hans sår utifrån höll på att läka och
snart hade han kunnat börja röra sin arm, trots att läkarna var på

honom och på knagglig frankiska försökte förmana honom att ligga stilla.

Som Siegfried blev märkbart bättre började han också se med större intresse på de stora skillnaderna mellan Gaza och hans egen och andra borgar han kände till när det gällde att behandla sårade. Den första stora skillnaden som slog honom var att här i Gaza låg de sårade högt upp i borgen, svalt och torrt och varje säng stod ett långt stycke från sin granne så att de sårade knappt kunde tala med varandra. Den svala luften var visserligen inget problem, för var och en låg gott nedbäddad i både linne och fällar. Linnet byttes dessutom ut hela tiden och sändes ner till tvätteriet i staden. Att just detta skulle ha någon betydelse för sårs läkning var svårt att tro, men det var behagligt att alltid ligga i rena sängkläder.

Alla skyttegluggar var förbyggda med träluckor för att hålla vind och regn ute, vilket föreföll som ett onödigt besvär eftersom man ju kunde göra som på annat håll och förvara de sårade nere i något sädesmagasin. Men de saracenska läkarna var tydligen envisa med att de ville hålla mycket frisk luft och låg temperatur i själva infirmatorium. Det var inte första gången Siegfried legat sårad och han hade därför en del att jämföra med.

Förutom temperatur och luftighet låg den stora skillnaden i frånvaron av böner i samband med behandlingen och att behandlingen dessutom var så sparsam för de allra flesta bröder. När saracenerna tvättat och förbundit sår lät de för det mesta saken bero, de kom inte ideligen springande med nya grötomslag, värmande kogödsel och annat som man brukade få uppleva som sårad. Vid något enstaka tillfälle brände de sår med glödande järn, där det onda inte låtit sig tvättas bort med det svidande brända vinet. När sådant skulle ske kom Arn de Gothia själv upp med några sergeanter i släptåg som höll den olycklige medan han behandlades med glödande järn.

Men Arn besökte ändå de sårade var dag och höll en kort bönestund med dem och sedan gick han från bädd till bädd tillsammans med någon av läkarna och översatte deras råd och synpunkter. Allt detta var mycket främmande och till en början hade Siegfried de

Turenne sett på läkekonsten i Gaza med stor misstänksamhet. Men förnuftet hade också sitt att säga och det var inte lätt att säga emot. Av de många sårade som kom till Gaza efter Mont Gisard hade bara en dött, men han hade haft djupa sår i buken och det var känt att mot sådant fanns ingen bot. Vad som inte gick att förneka var att infirmatorium undan för undan tömdes och att de flesta sårade, även två som blivit brända i sina sår med glödande järn, skulle kunna återgå i tjänst. Enligt Siegfrieds erfarenhet skulle hälften av de bröder som togs till sjuksäng efter att ha sårats i strid också dö. Och av den hälft som överlevde skulle många bli krymplingar. Här i Gaza hade de otrogna läkarna lyckats med en enda död, som ju var ett hopplöst fall. Det gick inte att förneka. Enfaldigt vore det således att inte i det snaraste försöka anställa saracenska läkare även hemma på Castel Arnald. Den slutsatsen var tung att komma fram till för broder Siegfried. Men hade han förnekat sin övertygelse så hade han syndat mot sårade bröder och det vore än värre.

* * *

Läkaren Abd al-Malik var en av Arns allra äldsta vänner i Outremer. De hade träffats när Arn var en blyg och barnslig 18-åring och ny i tjänsten på tempelriddarborgen Tortosa långt upp efter kusten. Det var Abd al-Malik som på Arns enträgna begäran gett honom de första lektionerna i arabiska, som sedan kom att fortsätta i två år innan de skildes för att Arn fick en ny kommendering.

Den Heliga Koranen var förstås den överlägset bästa texten för detta ändamål eftersom den var skriven på ett fulländat språk, vilket Abd al-Malik alltid förklarat med att det var Guds eget rena språk direkt till människorna med bara en Budbärare, frid över honom, som mellanled. Vilket Arn dock förklarade med att Koranen ju kommit att bli rättesnöre för all arabiska och således fulländad bakvägen, eftersom alla måste sjunga efter samma näbb.

Om sådant kunde de smågräla, det var inget bekymmer för någon av dem att de inte hade samma tro. Och Abd al-Malik var en man som inte lät sig störas av någon annans tro. Han hade arbetat för seldjukiska turkar, för bysantinska kristna, för shia-kalifatet i Kairo och sunna-kalifatet i Bagdad, han arbetade där betalningen var bäst. När Arn och han träffats på nytt i Jerusalem strax innan Arn skulle överta sitt nya befäl i Gaza så hade de snabbt och vänskapligt kommit överens, ehuru inte bara för gammal vänskaps skull. Arn hade inte tvekat att utlova en furstlig lön för Abd al-Maliks tjänster eftersom han visste hur många tempelriddares liv en sådan lön skulle rädda. Och såg man det så var det ändå ingen stor utgift. Att reparera en erfaren tempelriddare och få upp honom på hästen igen var oändligt mycket billigare än att börja utbilda en nyanländ valp.

Vid denna tid fanns ingen rikare orden i hela världen och det fanns de som menade att tempelriddarna hade mera guld i sina kassor än kungen av Frankerriket och kungen av England tillsammans. Förmodligen var det sant.

Gaza var således inte bara en befäst stad, en sista sydlig utpost mot hotet från egyptiska invasioner. Gaza var lika mycket en handelsstad, en av tempelriddarnas åtta hamnar längs kusten upp till Turkiet. En särskild fördel med hamnen i Gaza var den, till skillnad från exempelvis hamnen i Acre, att den behärskades enbart av tempelriddarna. Därför kunde man bland annat ständigt upprätthålla handeln med Alexandria, krig eller inte krig. De fartyg som bara seglade mellan Gaza och Alexandria sågs ju aldrig av utomstående.

Men Gaza hade också egen handel med Venedig och Genua och ibland med Pisa. Och tempelriddarna hade en egen handelsflotta med hundratals fartyg som ständigt befann sig ute på Medelhavet. Eftersom Gaza dessutom hade två egna beduinstammar till förfogande så kunde man härifrån koppla samman Venedig med Tiberias, lika enkelt som Pisa med Mecka.

Av det gods som tempelriddarna tillverkade själva för att sälja till franker, germaner och britanner, portugiser och kastilianare, var socker den viktigaste varan. Sockerrören odlades, skördades och raffinerades vid Tiberias och sockret togs därifrån med kamelkaravaner till närmsta hamn, eller lika gärna ner till Gaza där utskeppningen gick fortare så att man ändå tjänade in tiden för en längre landtransport. Socker var en åtrådd vara vid många furstars bord i de länder som korsfararna kom från och betalades med sin vikt i rent silver.

Den ofantliga rikedom som strömmade genom händerna på Gazas tygmästare och alla hans skrivare kunde ha gjort vanliga män frestade att berika sig själva.

Som när ett fartyg från Alexandria anlände med 50 000 besanter i guld, som krävde åtta tunga kistor för att bäras i land. Vad hade varit enklare för en man i Arn de Gothias ställning än att då bokföra 30 000 besanter och för egen del behålla en förmögenhet tillräckligt stor för att resa hem och köpa hela det landskap han kom ifrån? Få av de världsliga män som tagit korset och begett sig till det Heliga Landet skulle ha tvekat.

Under Arns långa tid i tempelriddarnas tjänst hade ett sådant brott dock aldrig uppdagats. Han mindes bara ett fall då någon berövats sin vita mantel för att man hittat ett guldmynt, som den olycklige förklarade med att det var en amulett som förde tur med sig. Vilket den bevisligen inte gjorde då den förde olycka till sin orättmätige ägare.

Som borgherre hade Arn rätt till fem hästar, medan en vanlig broder hade rätt till fyra. Men Arn hade avstått från den extra hästen då han sedan lång tid var så starkt övertygad om att följa sitt löfte om fattigdom att inte ens synen av 50 000 besanter i guld fick honom att andas häftigare. Och sådana var alla de bröder han hittills lärt känna.

Däremot var det en lättnad för Arn att bli av med alla de hundra egyptiska fångarna, liksom det var både en lättnad och en saknad att följa emiren Moussa och Fahkr ombord på det väntande skeppet som skulle till Alexandria; Moussa hade personligen kommit tillbaka till Gaza med Saladins lösen. De skildes som vänner och skämtade något om att det skulle bli ett nöje, åtminstone för Fahkr och Moussa, att nästa gång de sågs få hålla Arn som fånge. Åt detta skrattade Arn gott och påpekade att det i så fall skulle bli antingen en mycket kort eller en mycket lång fångenskap, eftersom några guldbesanter dessvärre inte skulle betalas i hans fall. Nöje var sådant tal för den som inte kunde se in i framtiden.

Men vad Han som ser allt och Han som hör allt hade i beredskap för dem alla hade ingen av dem ens i sina vildaste drömmar kunnat föreställa sig.

* * *

När Siegfried de Turennes sår läkt såpass mycket att han kunde gå och rida något dröjde det som man kunde vänta inte länge innan han blev angelägen att pröva sina vapen. I det ärendet vände han sig till Arn, eftersom han fann det bäst att till en början öva med en vän av samma rang.

De gick ner till vapenmästarens förråd vid borggården och plockade ut de vapen de fann bäst att börja med, sköld och svärd. Inne i förrådet hängde rader av svärd och sköldar med nummer som i god ordning angav storleken. Siegfried de Turenne, som var en högvuxen man, hade nummer nio i svärd och tio i sköld; numren gick bara till tolv. Arn var en sjua i både svärd och sköld.

Övningsvapnen var desamma som de man använde i strid, men inte skarpslipade utan med runda eggar. Sköldarna var likaledes av samma form och vikt som stridssköldarna men omålade och med ett extra tjockt lager mjukläder för att tåla fler slag.

Så fort de två stigit ut i den krattade sanden på övningsplanen kastade sig Siegfried de Turenne med ursinnig kraft över Arn, som om det gällt att öva med full kraft från första ögonblicket. Arn parerade under skratt och gled undan utan svårigheter men sänkte sedan sitt svärd, skakade på huvudet och förklarade att det här var inget sätt att öva upp en skadad arm och ett skadat lår, det skulle bara leda till ny värk. Sedan började han rikta hugg mot Siegfrieds sköldsida, ömsom lågt och ömsom högt, han gjorde det med långsamma tydliga rörelser medan han studerade sin vän som med större och större besvär fick höja och sänka skölden med sin skadade arm.

Sedan bytte han övning och gick nära inpå och drog sig undan, fram och tillbaka så att Siegfried fick göra utfall och dra sig tillbaka och sträcka sitt skadade lår var gång.

Snart avbröt dock Arn övningen och sade att man fortfarande väl kunde se var skadorna satt, men att det vore oklokt att ta i hårdare just nu. Det såg ju ändå ut som om Siegfried var på väg att bli densamme som han varit före Mont Gisard. Siegfried ville först inte gå med på detta då han menade att smärta var sådant som en tempelriddare skulle uthärda, att smärta i sig var någonting stärkande och härdande. Arn menade att det, ehuru sant för friska, inte gällde skadade och att han skulle se till att få Siegfried bunden vid sin säng om han hörde mer prat av det slaget. Även om de var bröder av samma rang så befann de sig nu i Gaza och därför förbjöd Arn Siegfried att i fortsättningen öva med någon annan än honom själv. De lämnade in sina vapen fast Siegfried knorrade över detta och därefter gick de till kyrkan för att sjunga non.

Det var torsdag och efter non på torsdagarna höll Arn en *majlis* utanför borgens östra mur där han skulle skilja i tvister och döma brottslingar tillsammans med den lärde läkaren Utman ibn Khattab. Han erbjöd Siegfried att följa med och se, då det kunde vara av intresse för en borgherre norrifrån att se vilka helt annorlunda frågor som fanns att ta ställning till här nere i söder. Ett villkor var dock att Siegfried klädde sig i full dress med mantel och svärd.

Siegfried följde med till rättegången mest av nyfikenhet. Men han försökte också intala sig att gå dit med öppet sinne, att inte vara så snabb i sitt fördömande inför någonting som i förstone föreföll honom lika främmande som motbjudande; att inför saracener hyckla rättvisa som om man vore jämbördiga parter. Han påminde sig för säkerhets skull hur Gazas egendomliga seder ändå visat en mycket god sida vad gällde de saracenska läkarnas konst.

Ändå fann han till en början bara något som föreföll honom som ett osmakligt spektakel. Det var som ett gäckeri med heliga ting att inte bara Guds Ord utan också Koranen bars fram och lades på ett bord framför den tribun där han själv satt tillsammans med Arn och den av de saracenska läkarna som kallades Utman ibn Khattab. En stor skara människor hade samlat sig runt en fyrkant som omgärdades med rep och vaktades av svartklädda sergeanter med lansar och svärd. Spektaklet började med att Arn förestavade Pater Noster, som bara en liten del av åskådarna tycktes följa med i. Men därefter förestavade Utman ibn Khattab en bön på de ogudaktigas språk, varvid de flesta av åhörarna sänkte sina pannor mot jorden. När det var klart förklarade Arn att man kunde ropa fram det först anmälda målet och en palestinsk bonde från en av Gazas byar steg fram med en kvinna bunden med händerna på ryggen och en kvinna vid sin sida. Den bundna kvinnan knuffade han ner i sanden framför sig. Den andra kvinnan, som bar slöja för ansiktet, föste han bakom sin rygg samtidigt som han bugade sig inför de tre domarna och höjde sin högra arm och rabblade en lång bön eller om det var någon sorts hyllning till Arn. För Siegfrieds del var det ändå obegripligt.

Sedan började den palestinske bonden tydligen lägga fram sin sak och Arn översatte viskande i mungipan till Siegfried så att denne kunde följa problemet.

Den bundna och förnedrade kvinnan var bondens hustru. Han hade avstått från sin rätt, som den sanna tron gav honom, att döda henne för hennes otrohets skull. Och denna saktmodighet berodde enbart på att han ville respektera lagen inom Gaza som han, liksom alla i hans by, svurit att lyda mot det att de skulle få trygghet i sina liv. Nu hade han emellertid kommit på sin hustru med grov synd och som vittne medförde han en ärbar kvinna som var hans granne i byn.

Där avbröt Arn den entoniga lamentationen och bad den ärbara kvinnan stiga fram, vilket hon blygt gjorde medan tystnaden sänkte sig bland åhörarna. Arn frågade om det var sant som hennes granne hade berättat och hon intygade det. Då bad han henne lägga sin hand på den Heliga Koranen och svära inför Gud att hon måtte brinna i helvetet om hon svor falskt, och därefter skulle hon upprepa anklagelsen. Hon lydde, men hon darrade redan när hon sträckte fram sin hand mot Koranen och hon lade därefter ner sin hand mycket försiktigt, som om hon var rädd att bränna sig. Men hon upprepade ändå till punkt och pricka det som begärts av henne. Arn bad henne då stiga tillbaka och lutade sig mot Utman ibn Khattab som höll en snabb viskande utläggning som Siegfried varken kunde höra eller förstå, men han såg att de båda andra till slut nickade i samförstånd som om de kommit till beslut.

Därefter reste sig Arn upp och föredrog en text ur de otrognas skrift som Siegfried inte kunde förstå förrän Arn översatte den till frankiska. Och då fann Siegfried att det var häpnadsväckande ord. Ty de gick ut på att det krävdes fyra vittnen för att otrohet skulle vara bevisad. Och om den inte var bevisad så skulle ingen man eller kvinna få tala därom. Här hade nu en man förevisat ett enda vittne. Det gav honom ingen rätt.

Så långt i sina förklaringar drog Arn sin dolk, steg raskt fram mot den bundna kvinnan och det gick ett sus av förskräckelse genom församlingen. Han gjorde dock något helt annat än somliga tydligen fruktat, ty han skar av de rep som band hennes händer och förklarade att hon var fri.

Därefter gjorde han något som överraskade Siegfried ännu mer. Han förklarade på både arabiska och frankiska att den kvinna som svurit på en obevisad otrohet hade svurit utan värde och det skulle straffas. Hon skulle därför tjäna utan lön åt den oskyldigt anklagade i ett år eller lämna sin by. Och om hon inte lydde skulle hon få det straff som menedare förtjänade, vilket var döden.

Och den man som släpat fram ett enda vittne som inte dög skulle, som lagen i den Heliga Koranen föreskrev, nu släpas undan och få åttio piskrapp.

När Arn avkunnat sin dom stod alla först som förstenade. Så kom två sergeanter fram och grep mannen som skulle piskas och släpade undan honom för att överlämna honom åt Gazas saracenska profosser. De två kvinnorna, där den som vittnat blivit slav och den som anklagats vunnit, drog sig skräckslaget undan i mängden. När de alla tre var utom synhåll uppstod ett högt sorl av röster där man kunde förstå att det fanns de som var både för och emot. Siegfried spanade över församlingen och upptäckte en grupp äldre män i långa skägg och vita turbaner som han uppfattade som en sorts otrognas präster och han gissade på deras lugna samtal och instämmande nickanden att de måste ha funnit den konstiga domen både klok och rättvis.

Nästa mål gällde en tvist om en häst, ett mål som nu ropades upp för andra gången eftersom domarna tydligen avfärdat målet i väntan på att få hästen förevisad. Nu leddes den fram i den tomma fyrkanten bakom repavspärrningen av två män som verkade angelägna att båda hålla den vid tygeln. Målet visade sig enkelt såtillvida att båda gjorde anspråk på hästen och likaledes anklagade den andre för häststöld.

Arn bad dem båda svära på den Heliga Koranen att de talade sanning och de gjorde så en efter en medan den andre fick hålla hästen vilket publiken fann omåttligt komiskt. Men ingen av dem hade tvekat att avlägga sin ed. Och inget kunde man se på den enes eller den andres sätt att svära om det var sant eller falskt trots att en av dem nu måste vara en menedare.

Arn hade en ny mumlande överläggning med sin saracenske bisittare och sträckte sig därefter bakåt mot en av sina gardessoldater och viskade en order som Siegfried hörde mycket väl. Slakteribetjänterna och en kärra skulle fram.

Därefter reste sig Arn och talade först det obegripliga språket och sedan på frankiska så att Siegfried och en del andra kunde förstå. Det var sorgligt att se hur någon svor falskt, förklarade Arn. En man hade idag avsvurit sig sin själ och skulle brinna i helvetet för en ynka hästkrakes skull.

Domen kunde därför bara bli en enda, sade han hotfullt och drog sitt svärd och höjde det till ett överdrivet hugg. Båda de män som gjort anspråk på hästen såg då lika förskräckta ut, men man kunde av detta inte se vem som var menedaren.

Arn betraktade dem en stund med sitt svärd höjt, sedan vred han sig något och slog med svärdet endast fattat i ena handen av hästens huvud och hoppade fort undan för att inte sparkas av dödsryckningar eller sölas ner av allt blod som sprutade omkring. Så torkade han lugnt sitt svärd med en trasa under tunikan och körde tillbaks det i skidan och höjde handen för att få slut på allt sorl.

Hästen skulle nu delas i två lika stora stycken, förklarade han. Det betydde att en man som var menedare oförtjänt fick en halv häst i belöning. Hans straff skulle dock bli desto hårdare av Gud.

En man hade oförtjänt fått blott en halv häst trots att han talat sanning. Hans belöning skulle bli desto större av Gud.

Slakteribetjänterna kom fram med sin kärra och lämpade upp både hästen och hästens huvud, strödde sand över blodet och drog sig fort undan, bugande mot Arn.

I det följande kom en rad för Siegfried totalt ointressanta tvister som mest gällde pengar och där Arn och hans saracenske domare oftast dömde till kompromiss, utom en gång då de kom på en av de tvistande med att ljuga. Han leddes undan till prygel.

Dagens sista mål var, såvitt Siegfried kunde förstå av åskådarnas alla viskningar och nyfikna ögonkast, något utöver det vanliga. Fram steg, hand i hand, en ung beduinkvinna utan slöja och en likaledes ung beduin i vackra kläder. De bad om två ting, det ena var asyl i Gaza och skydd mot hämnande föräldrar. Det andra var att de måtte få tillstånd att inför en av Gazas rättroende kadier förenas till man och hustru inför Gud.

Arn förklarade genast att den ena begäran var given i samma stund den uttalades. De båda hade asyl i Gaza.

Inför den andra frågan hade han en ny lång viskande konversation med Utman ibn Khattab där båda verkade bekymrade eftersom de talade med rynkade pannor och många huvudskakningar, en lätt fråga var det tydligen inte.

Till slut reste sig Arn och höjde sin högra hand för att få tystnad och sorlet lade sig genast. Det var tydligt att alla såg fram emot hans dom med största spänning.

"Du Aisha med namn efter Profetens, frid över honom, hustru är *Banu Qays* och du Ali med namn efter en helig man som somliga kallar kalif är *Banu Anaza*. Ni båda är från var sin av Gazas stammar, ni lyder alla under tempelriddarna och mig. Men så enkelt är det inte, då era fränder är fiender, och därför skulle det leda till krig om jag lät förena er inför Gud. Därför kan ni just nu inte få det ni ber om. Men denna sak är inte avslutad, därpå har ni mitt ord. Gå nu i frid och njut Gazas asyl!"

När Siegfried hörde den frankiska översättningen, som Arn föredrog den här gången som alla andra, häpnade han över hur en broder i tempelriddarnas gudomliga orden kunde sänka sig till sådana lågheter som att syssla med dessa vildars problem om att gifta sig eller inte gifta sig. Han fann dock Arns värdighet beundransvärd under sådana omständigheter och han hade sannerligen inte undgått att lägga märke till med vilken respekt både troende och otrogna saracener hade accepterat alla domslut.

De närmaste timmarna fick han inte mycket tid att diskutera allt det hans huvud blivit fullt av eftersom de först måste gå till vesper och sedan till refectorium där de visserligen åt samman med alla andra riddare i samma del av salen, men där tystnad var påbjuden under måltiden.

Mellan kvällsvard och completorium och den därefter följande stunden med vin och ordergivning för morgondagen hade de emellertid gott om tid att samtala.

Eftersom Siegfried var osäker på vad han egentligen ansåg föredrog han att till en början mest tala om själva domarnas berättigande, som om han för resonemangets skull helt accepterade denna form av rättvisa där man behandlade slavar som kristna människor. Än mer undrande blev han emellertid när Arn förklarade att det i själva verket vara saracenen Utman ibn Khattab som var den egentlige domaren, eftersom han till skillnad från Arn hade en lång erfarenhet av sådant arbete. Särskilt gällde detta om man skulle tolka *sharia*, de vantroendes regler.

Att Arn uppträdde som om det i själva verket var han som var domaren var visserligen ett skådespel, men ett nödvändigt sådant som Utman ibn Khattab inte hade några som helst svårigheter att förstå. Gaza tillhörde tempelriddarna, man måste för envar i Gaza göra klart vem som hade makten.

Just den saken fann Siegfried fullt rimlig. Han ville ändå återkomma till några av domarna och först det där med äktenskapsbryterskan.

Vad gällde den påstådda äktenskapsbryterskan förklarade Arn, inte så lite road, att det förmodligen förhöll sig så att vittnet nog var den som var äktenskapsbryterska och mannen den som var detsamma och dessutom anstiftare till mened. Dock kunde man inte veta helt säkert hur det förhöll sig. Och några gudsdomar, prov med glödande järn och vatten för att utröna vem som talade sanning, gick inte för sig bland de vantroende eftersom de betraktade sådana frankiska seder som barbari. Och domar som de inte trodde på var värdelösa.

Emellertid var det sant att deras egen Koran alls inte, som den palestinske bonden tycktes tro i sin okunnighet, gav honom någon rätt att hugga ner sin hustru *in flagranti*, den rätt som både Arn och Siegfried skulle ha haft hemma. Här krävdes faktiskt fyra vittnen.

Men fyra vittnen! invände Siegfried skeptiskt, när skulle någon försätta sig i den skamliga situationen att det fanns fyra ögonvittnen till ett pågående äktenskapsbrott?

Förmodligen aldrig, bekräftade Arn. Och säkert hade det varit deras profets tanke när han formulerade den regeln, ett väl genomtänkt sätt att få slut på alla rykten om äktenskapsbrott och den osämja sådant förde med sig. Och nu, hoppades Arn, skulle det nog dröja länge innan en sådan sak på nytt drogs inför domstolen i Gaza.

Därvid måste Siegfried plötsligt ge sig och brast ut i ett skratt så långt att han till slut måste ta sig åt bröstet av smärta från sina sår. Han medgav dock att slut på sådan osämja skulle det säkert bli i Gaza, lika säkert som den där profeten nog fått slut på sammalunda i sin egen stad.

Men den halshuggna hästen, vad var tanken med det? vidtog Siegfried ivrigt när han hämtat sig från de smärtor hans munterhet åsamkat honom.

Blod och död var viktigt, förklarade Arn allvarligt. En domstol fick inte ses som ett skådespel även om den var det. Hade en av de två som gjort anspråk på hästen brutit samman och erkänt sin mened hade hans huvud rullat i sanden ögonblicket senare. Och det förstod nog alla. Om tempelriddarna hade ansvaret för dessa underlydande så skulle de förvaltas efter bästa förstånd. De måste frukta domstolen. Men de måste också respektera den, med enbart fruktan kom man ingenstans.

Det höll Siegfried med om i teorin, som han sade. Men han ställde sig fortfarande undrande till att en borgherre skulle behandla sina slavar som om de var kristna och han fann det hädiskt att låta någon svära på de otrognas skrift som bara var ett påfund av djävulen.

Arn suckade att det väl kunde vara så, fastän djävulen i så fall var märkligt lik Jesus Kristus själv. Det viktiga var dock en annan sak, att de som svor inför domstolen tog sin egen ed på allvar. För hur skulle han själv, Siegfried, betrakta den ed som han tvingats avge med handen på Koranen?

Siegfried medgav att en sådan ed skulle han bekymra sig föga om. Han tillade efter en stunds tankfull tystnad att sådana här domstolsskådespel nog inte vore tänkbara i hans egen borg, eller i andra borgar som han kände till. Å andra sidan hade han hört talas om saken och dessutom blev det ju stor skillnad om man hade så många vantroende undersåtar som här i Gaza, tillade han snabbt för att släta över. Beduiner visste han till exempel mycket litet om.

Då frågade Arn om han ville träffa beduiner, för det var vad Arn själv skulle göra nästa dag och det hade med de unga rymlingarna att göra, de som i fullt samförstånd genomfört ett brudrov.

Siegfried fann det opassande att Arn som borgherre skulle lägga sig i en sådan struntsak som hur de otrogna parade sig. Men Arn försäkrade att det sannerligen inte var någon struntsak och att det nog skulle visa sig mycket tydligt för Siegfried om han red med på morgondagens visitation.

Mest av nyfikenhet samtyckte då Siegfried till att följa med.

När de red ut nästa dag för att söka det ena beduinlägret protesterade Siegfried mot att de red ensamma, utan eskort från en enda skvadron. De var ändå två riddare av borgherres rang och mången saracen skulle älska att triumfera med deras avhuggna huvuden på lansen när han red in bland sina egna fränder.

Så var det förvisso, medgav Arn. Och inte var det särskilt otroligt att deras båda huvuden en ond dag skulle framföras på just det viset, saracenerna älskade att se just tempelriddares avhuggna huvuden på lansspetsar, om det nu hade med skäggen att göra eller något annat. Världsliga franker var ju slätrakade, deras huvuden kanske såg mindre lustiga ut på en lansspets.

Mot denna lättsinniga tankegång hade Siegfried stränga invändningar. Tempelriddarnas skägg hade ingenting med saken att göra, det var bara så enkelt som att tempelriddare med rätta var saracenernas mest fruktade fiender.

Arn släppte genast den diskussionen. Men han vidhöll att de skulle rida utan eskort.

Det tog dem bara någon timme att i sakta mak rida till den plats norr om Gaza där stammen Banu Anaza hade sitt svarta tältläger. När de var inom synhåll kastade sig ett drygt tjog män upp i sadlarna och red mot dem med full fart, vilt skrikande och med lansar och svärd dragna till anfall.

Siegfried bleknade något men drog sitt svärd eftersom han sett att Arn gjort så.

”Kan du rida i full fart, åtminstone ett kort stycke?” frågade Arn med ett ansiktsuttryck som föreföll Siegfried orimligt muntert inför anstormande saracenska ryttare i så stor övermakt. Han nickade sammanbitet.

”Följ mig då, broder, men för Guds skull hugg inte mot någon av dem!” beordrade Arn och sporrade sin häst till full galopp rakt mot beduinlägret som om han gick till motanfall. Efter kort tvekan följde Siegfried efter honom och svängde hotfullt med sitt svärd över huvudet på samma sätt som Arn.

När de mötte beduinkrigarna slöt dessa upp på ömse sidor om dem så att det såg ut som om både tempelriddare och försvarare nu gemensamt anföll lägret. De red fram mot det största tältet där en äldre man med långt grått skägg och svarta kläder väntade dem. Arn bromsade in alldeles intill den gamle mannen, hoppade av sin häst och hälsade alla i sin omgivning med svärdet medan han viskade åt Siegfried att göra likadant. De beduinska ryttarna skrittade runt dem båda i en stor cirkel och hälsade tillbaka med sina vapen.

Därefter körde Arn sitt svärd i skidan, varvid Siegfried gjorde likadant och de beduinska ryttarna vek av in mot lägret.

Arn hälsade nu hjärtligt på den gamle mannen och presenterade sin broder. De bjöds att stiga in i tältet där de genast serverades kallt vatten innan de satte sig i högar av färggranna mattor och kuddar.

Siegfried förstod inte ett ord av det följande samtalet mellan Arn och den gamle man som han gissade var beduinernas hövding. Han tyckte sig dock se att de båda tilltalade varandra med stor respekt och att de ständigt upprepade varandras ord som om varje artighetsfras måste vändas ut och in några gånger innan man kunde gå vidare. Snart blev dock den gamle mannen upprörd och ilsken och Arn tycktes nästan ödmjukt tvingas lirka med honom innan han lugnade ned sig. Efter ytterligare någon stund lät den gamle snarare som om han blivit tankfull och mumlade och suckade medan han drog sig i skägget.

Plötsligt reste sig Arn och började ta avsked och det verkade som om han då möttes av vänliga men ihärdiga protester. Siegfried reste sig emellertid också för att stödja Arn och de vänliga protesterna som tycktes handla om att äta innan man skildes avtog. De hälsade avsked genom att ta den gamle i båda händerna och buga, något som Siegfried gjorde med viss motvilja. Men han fann det klokast att på främmande mark göra som sin broder Arn.

När de red därifrån upprepades ungefär samma ceremonier som när de kom, beduinkrigarna red ett stycke vid deras sida med dragna vapen, men kastade plötsligt om alla samtidigt och återvände i rasande fart mot sitt tältläger.

Arn och Siegfried minskade då sin fart till sävligaste skritt och Arn började berätta varom allt hade handlat.

För det första skulle man inte komma oanmäld till ett beduinläger med en skvadron i sällskap, eftersom man då visade feghet eller fientlighet. Den som däremot red utan skydd in i lägret var både en modig man och en man med ärliga avsikter. Därför hade de mötts med den krigiska men ändå vänskapliga välkomsthälsningen.

Dessa beduiner hörde visserligen till Gaza, åtminstone som kristna och tempelriddares bokförare såg på saken. Men i beduinernas egen värld var det otänkbart att en beduin skulle kunna vara någons slav och det sades också att beduiner inte kunde hållas i fångenskap som andra, utan dog om man berövade dem friheten. Att se på dem som

Gazas slavar var en närmast barnslig inbillning, i samma ögonblick de själva skulle ha misstänkt en sådan föreställning skulle deras läger försvinna ut i öknarna. I den saracenska världen var beduiner själva sinnebilden för det okuvliga och det evigt fria.

Vad det däremot var frågan om var en ömsesidig pakt av säkerhet och affärer. Så länge beduinerna hade sina läger inom Gazas gränser var de skyddade från alla fiender bland saracener. Arn skulle således inte tveka att skicka ut hela sin riddarstyrka till anfall om någon hotade Gazas beduiner.

I gengäld skötte beduinerna karavantrafiken från och till Tiberias med socker och byggnadsmaterial, liksom från och till Mecka med kryddor, välluktande oljor och blåsten.

Den stam de nu hade besökt var brudrövarens, den unge mannen som hette Ali. Brudrov kunde förekomma när unga beduiner ville annat än sina föräldrar. Men de som då rymt, för rymning var det snarare än riktigt kvinnorov, fick finna sig i att bli förskjutna från båda sina stammar; bodde de hos mannen skulle de bli överfallna av kvinnans stam och omvänt. Det var en fråga om heder.

Dessvärre var de två beduinstammarna fiender sedan uråldriga tider, ingen kom längre ihåg varför, och deras vapenstillestånd gällde bara så länge de befann sig inom Gazas gränser.

Vad Arn hade föreslagit den gamle hövdingen var att låta de två rymlingarna vigas samman helt enligt reglerna och att detta giftermål skulle bli detsamma som fred mellan alla Gazas beduiner. Den gamle, som var farbror till Ali, hade sagt att han inte trodde på denna möjlighet, då fiendskapen var alltför gammal. Fast han skulle inte motsätta sig ett sådant fredsarrangemang om den andra sidan gick med på det, vilket han dock tvivlade på. Det lilla hopp som fanns låg däri att båda stammarna hade berikat sig mycket av att slå sina läger inom Gazas gränser och sluta avtal med tempelriddarna.

Siegfried blev länge tyst och tankfull av det han fått höra. Den nytta för tempelriddarnas affärer som kom av karavantrafiken var lätt att förstå, alla transporter genom öknarna skulle bli omöjliga utan beduinernas karavaner.

Och vad dessa vildars ekonomi beträffade så hade det ju varit lätt att iaktta mängden av mamelukiska vapen och konstfullt utstyrda sadlar som funnits i det läger de just besökt. Rikare plundring än efter Mont Gisard hade de väl sällan kunnat vara med om?

Nej, suckade Arn. Det hade de nog inte och sannolikt önskade de sig tempelriddares seger mot mameluker mer än omvänt av enbart det skälet. Slagna tempelriddare var värdelösa som fångar och bar ju aldrig några dyrbarheter på sig.

Siegfried förundrade sig över hur hans broder Arn, som var yngre än han själv och inte varit alltför många fler år i det Heliga Landet än han själv, hade kunnat lära sig alla dessa främmande ting, detta djurlika läte som var saracenernas språk och deras barbariska seder.

Arn svarade att han alltid, ända sedan den tiden han varit liten gosse i kloster, hade varit intresserad av ny kunskap. I kloster som barn hade han mest sökt filosofins och böckernas kunskap, men av sådant blev det ju inte mycket i det Heliga Landet. Här nere hade han i stället sökt sig till praktiska kunskaper, allt sådant som man kunde ha nytta av i kriget och affärerna, vilket ofta var samma sak. Och vad det där med barbarer beträffade, skämtade han oblygt, så var det väl inte så illa med saracenska läkare i alla fall? Siegfried skulle ju bli en krigare lika god efter skadorna vid Mont Gisard som före.

Siegfried öppnade munnen för att genast invända, men han kom av sig. Han hade fått mycket att tänka på som han ville reda ut för sig själv innan han gav sig i kast med nya diskussioner med den alltför kunnige yngre brodern.

Följande dag red Arn ensam till beduinerna av stammen Banu Qays söder om Gaza. De hade sitt läger där bergen och den väldiga havsstranden möttes, nära vägen till Al Arish. Han var borta en hel dag, men kom åter lagom till completorium och kunde vid kvällsvinet efteråt meddela goda nyheter. Det skulle slutas fred mellan Gazas beduiner.

* * *

När våren närmade sig tömdes Gazaborgens infirmatoriun mer och mer tills bara två riddare återstod. Den ene av de två sista skulle bli halt för resten av livet och Arn gav honom tjänst hos vapenmästaren som smed.

Siegfried de Turenne hade sedan ett par veckor återvänt till sin borg Castel Arnald, till fullo återställd som det hade verkat på hans sista svärds- och ryttarövningar i Gaza.

Våren var en tid av förberedelser inför en mer hektisk period eftersom sjöfarten alltid drogs ner under vintertid då stormar tog ett alltför högt pris i skadade och förlista skepp.

Arn delade sin tid mellan bokföringen hos tygmästaren, de arabiska läkarna och deras gemensamma Koranstudier, ryttarövningar och sina hästar. Sedan Siegfried de Turenne rest var Arns älskade arabiska häst Chamsiin den vän han umgicks mest med. Andra bröder tyckte nog att han därvidlag gick till vissa överdrifter, eftersom han talade med sin häst, arabiska dessutom, med tonfall och åtbörder som om hästen kunde förstå allt.

Det ovanliga var inte kärleken till en god häst, den kunde var tempelriddare förstå. Det ovanliga var att hästar, som var de känsligaste för fiendens pilar, klarade sig så länge som borgherrens. Ändå var det ju med den hästen han red närmast fiendens bågskyttar, när han ledde tempelriddarnas lätta rytteri, turkopolerna, mot fiendens beridna bågskyttar. Den frankiska hingsten Ardent, som han alldeles tydligt inte hade samma personliga förhållande till, red han i det tunga pansrade anfallet.

Med våren kom allt fler skepp till Gaza och då och då en last med nyrekryterade riddare och sergeanter. De var alltid samma ömkliga syn när de bleka och på darriga ben vacklade iland efter sina veckor till sjöss; dessa folklaster kom i regel ända borta från Marseille eller Montpellier.

Arn och hans vapenmästare turades om att hålla mottagning för sergeanter eller helt nya riddare, ty numera kunde nästan vilken nykomling som helst upptas till broder där borta i frankerrikets preceptorier utan något föregående prövoår som sergeant. Det innebar att man fick en del ömskinn på halsen som ändå bar den vita manteln och då måste behandlas som fullvärdiga bröder. Det krävde en del koncilians, ty ömskinnen hade ofta en föreställning om sig själva, sin tapperhet och förmåga, och framför allt vad dessa mer eller mindre inbillade egenskaper skulle användas till, som sällan motsvarade verkligheten.

Lättare att handskas med var i det avseendet de nya sergeanterna, som ofta var äldre och råare typer med större krigserfarenhet men i avsaknad av det adelskap som krävdes för att bli riddare.

I den första laddningen sjösjuka sergeanter som tydligen haft en sällsynt vidrig sista vecka till havs fanns dock två män som vid uppställning för välkomstceremonin på borggården inte visade några som helst tecken på att resan gjort dem illa. De var båda högresta, den ene med flammande rött hår, den andre helt blond och med skägg som skulle ha klätt vilken som helst tempelriddare; saracenerna kände ofta större skräck för riddare med blont skägg än för dem med svart.

De två männen stod intill varandra och samtalade muntert mitt i hopen av mer eller mindre ansiktsgröna och hukande kamrater och dessa två väckte genast Arns nyfikenhet. När han studerade namnlistan han fått från skeppets befälhavare kunde han dock bara gissa sig till ett namn som borde passa på någon av de två, ett namn som väckte svaga klosterminnen inom honom.

"Sergeanter i vår orden, vem av er är Tanguy de Bréton!" röt han och den rödhårige sträckte genast upp sig till bekräftelse.

"Och du där bredvid, vad heter du?" frågade han och pekade på den rödhåriges kamrat som tydligen måste vara något annat än bretagnare.

"Mitt namn nu Aral d'Austin", svarade den blonde med det långa håret, inte utan visst besvär med sin frankiska.

"Var ligger Austin?" undrade Arn brydd.

"Det inte ligger, det mitt annat namn som inte kan säga frankiska", svarade den blonde på stapplande språk.

"Nå men vad heter du på ditt eget språk i så fall?" fortsatte Arn roat.

"Mitt namn på eget språk är Harald Øysteinsson", svarade den blonde och tycktes därmed göra den höge tempelriddaren mållös.

Arn letade i minnet efter de nordiska orden som nu skulle säga att han för första gången i det Heliga Landet mött en nordisk frände, men orden kom inte för honom för när han inte tänkte på franska blev det latin eller arabiska.

Han gav upp försöket och höll i stället sitt sedvanliga och stränga välkomsttal till de nyanlända och presenterade den borgsergeant som nu skulle se till att ordna med inkvartering och registrering av de nya, men på väg därifrån viskade han hastigt till borgsergeanten att sända den där Aral d'Austin till parlatorium när allt annat var avklarat.

Efter att man sjungit sext kom så den norrman, som liksom andra norrmän inte tog illa vid sig av en liten tur på havet, in till Arn, kort-klippt och stukad. Det syntes tydligt på honom hur illa han tyckte om att ha blivit av med sitt kraftfulla hårsvall. Arn pekade på en stol och blev åtlydd, men inte med den självklara snabbhet som hos dem som levt länge bland tempelriddarna.

"Säg mig nu, min frände...", började han ansträngt med de nordiska ord han försökt tänka ut i förväg. "Vem är du, vem är din far och vilken ätt i Norge tillhör du?"

Den andre stirrade först helt oförstående på honom några ögonblick innan han sken upp och förstod. Sedan brast han ut i en lång och sorglig berättelse om vem han var. Till en början hade Arn svårt att följa med och förstå men snart var det som om hans gamla språk kom sipprande tillbaks in i huvudet och sakta fyllde det med förståelse.

Unge Harald var son till Øystein Møyla som i sin tur var son till kung Øystein Haraldsson. Men för mer än ett år sedan hade birkebei-narna, som hans ätt och deras fränder kallades, förlorat ett avgörande slag vid Re i Ramnes som låg utanför Tønsberg och där hade kung Øystein, Haralds far, dräpts och svårt hade det då blivit för alla birke-beinare. Många hade flytt över till Västra Götaland där vänner fanns. Men som kung Øysteins son hade Harald funnit att han inte skulle komma undan hämnare med mindre han reste mycket långt. Och om han ändå måste fly döden, varför då inte söka döden på en annan plats och dö för en större sak än att blott vara sin fars son?

"Vem är nu kung i Västra Götaland, vet du det?" frågade Arn fylld av en spänning som han ansträngde sig hårt för att inte visa.

"Där är kungen sedan länge Knut Eriksson och han står oss birkebeinare nära, liksom hans jarl folkungen Birger Brosa. Dessa två goda män är våra närmsta fränder i Västra Götaland. Men säg mig nu, riddare, vem är du själv och vad är ditt stora intresse i mig?"

"Mitt namn är Arn Magnusson och jag är av folkungaätten, min fars bror är jarlen Birger Brosa. Min käre vän sedan vi var barn är Knut Eriksson", svarade Arn med en plötslig stark rörelse som han hade svårt att inte visa. "När Gud ledde din väg till vårt hårda brödraskap ledde han dig i alla fall till en frände."

"Du låter mera som en dan när du talar än en man från Västra Götaland", anmärkte Harald tveksamt.

"Det är sant, jag var många år som barn hos danerna i klostret Vitae Schola, jag har glömt vad det heter på folkspråket. Men att det jag sade var sant kan du vara förvissad om, jag är tempelriddare som du ser och vi ljuger inte. Men varför har man gett dig en svart och inte en vit mantel?"

"Det var någonting om att man måste ha en far som var riddare. Mycket dunkelt tal blev i denna sak. Mina ord att min far inte var riddare men kung verkade inte duga långt."

"Orätt gjorde man dig i så fall i denna sak, frände. Men låt oss se det goda i detta fel, ty jag behöver en sergeant och du behöver en frände i en värld som är mycket fjärran från Norge. I svart mantel kommer du nu att få lära dig mer och leva längre än om du fått en vit mantel. Blott en sak måste du hålla i minnet. Även om vi folkungar och ni birkebeinare är fränder i Norden så är du sergeant och jag borgherre här i det Heliga Landet. Jag är som en jarl och du är som en hirdman och du får aldrig inbilla dig eller låtsas om annat även om du och jag talar samma språk."

"Sådan är lotten för den som tvingas fly från sitt land", svarade Harald sorgset. "Sämre hade det dock kunnat bli. Och om jag finge välja mellan att tjäna en man av frankisk ätt och en man av folkungaätt blir valet likväl inte svårt."

"Väl talat, frände", sade Arn och reste sig upp till tecken på att mötet var avslutat.

* * *

När sommaren närmade sig och därmed tiden för krig ägnades mycken möda åt att få ordning på nya sergeanter och riddare i Gaza. För riddarnas del ansträngde man sig mest att få de nya att anpassa sig till rytteriets taktik och ordertecken och att nöta in disciplinen, som var mycket hård. Den riddare som på eget bevåg lämnade en formation riskerade i värsta fall att bli av med sin vita mantel under vanhedrande former. Det enda fall då Regeln medgav sådana utflykter var om en kristens liv därigenom kunde räddas. Vilket dock måste bevisas i efterhand.

De flesta nya som på grund av sin börd mer än annat blivit riddare hade ändå mestadels stor vana att rida, så denna del av övningen var det lättaste och det mest angenäma.

Värre var det att stå och svettas med alla övningar med vapen i hand, ty när det kom till den saken var nästan alla de nya ömskinnen så oskickliga att de snart skulle dö i onödan om de inte snabbt kom till insikten att den tro de tidigare levat i, att de var bättre än andra med svärd, stridsyxa, lans och sköld, här hos tempelriddarna måste bli till intet. Först med den ärliga vetskapen kunde man få de nya att börja lära om på nytt. På grund av den hårda nödvändigheten gick alla äldre lärare därför grymt åt ömskinnen i början så att deras kroppar fylldes med blåmärken och värkte så illa när de skulle söka vila om natten att de sannerligen förtjänade sitt öknamn ömskinn.

Harald Øysteinsson var en lika vildsint som usel stridsman. Han hade till en början valt ut ett alldeles för tungt svärd och med detta gick han till storms mot Arn som en nordisk bärsärk utan vett och sans. Arn slog honom till marken, sparkade honom till marken, stötte honom till marken med sin sköld, högg honom över överarmar och lår med sitt rundslipade svärd som visserligen inte trängde igenom ringbrynjan men som lämnade blåmärken efter sig var gång.

Ändå hade Harald svårt att besinna sig, hans mod och tapperhet var det nämligen inget fel på. Problemet var att han slogs som en viking och gjorde han det skulle han inte få leva länge i det Heliga Landet. Envis var han också, ty ju mer Arn plågade hans kropp med rapp från svärdets flata sida eller dess eggsida, desto mer ilsken blev han när han anföll på nytt. Alla andra som uppträtt på liknande sätt brukade mjukna fort i både sinne och kropp, besinna sig och börja fråga vad de gjorde för fel. Men icke så unge Harald.

Arn lät misshandeln pågå en vecka i hopp om att Harald skulle bli klokare. Men när det inte hjälpte blev han tvungen att försöka tala sin frände till rätta.

"Förstår du inte", vädjade han när de kom ut från vesper och hade en ledig timme före kvällsvarden och promenerade tillsammans ut på en av Gazas pirar, "att det blir din död om du inte slår allt gammalt du lärt dig ur sinnet och börjar om från början?"

"Det är nog inte min svärdskonst som felar", muttrade Harald surt.

"Såå?" sade Arn uppriktigt förvånad. "Och hur kommer det sig då att din kropp nu värker från smalben till hals och att du inte träffat mig med dina vilda hugg en enda gång?"

"Därför att jag mött en svärdsman som inte gudarna själva skulle kunna rå på, mot var annan man är det på annat sätt. Jag har dräpt mången man så det är ett som jag vet säkert."

"Så länge du säger dig veta det blir du dräpt själv fortare än du anar", sade Arn torrt. "Du är för långsam. Saracenernas svärd är lättare än våra, lika vassa som våra och mycket kvicka. Och för övrigt har du fel vad gäller just min förmåga. Vi är fem riddare här på Gaza som är jämgoda men tre av dem är mina övermän."

"Det tror jag inte, det kan inte vara möjligt!" invände Harald med hetta.

"Gott!" sade Arn. "I morgon skall du få slåss mot Guy de Carcasonne, dagen därefter mot Sergio de Livorne och sedan mot Ernesto de Navarra, som är den bäste av oss alla här i Gaza. Och om du fortfarande kan röra på ben och armar efter det så får du komma tillbaks till mig för då har nog medicinen bitit på dig."

Den medicinen bet hårt. Efter tre dagars strid mot de bästa svärds-männen i Gaza kunde Harald inte höja en arm utan smärta och knappt ta ett steg utan att vackla. Ingen enda gång under dessa tre dagar med de bästa av de bästa hade han träffat eller ens varit nära att träffa. Han sade att det var som att försöka slåss i en ond dröm, en mara om natten där man satt fast i båttjära.

Arn fann till sin tillfredsställelse att han äntligen brutit ner den envise norrbaggens oböjliga sinne.

Nu kunde man börja om. Först tog han Harald till vapenförrådet och valde ut ett lättare svärd som skulle passa bättre och han försökte så vänligt som möjligt förklara att det aldrig var ett svärds tyngd som fällde avgörandet utan hur väl det satt i handen på den som förde det.

Därefter lät han Harald slicka sina sår i två dagar som åskådare medan han själv övade med Ernesto de Navarra, den allra bäste.

De två riddarbröderna omväxlade mellan att slåss på allvar och sedan göra om samma saker långsamt så att det unga ömskinnet kun-de följa med och förstå. Det var mycket stark medicin för Harald, ty när riddarna Arn och Ernesto gick lös på varandra med full kraft och full fart var det ofta svårt för ögat att hinna med i den virvlande och blixtrande strömmen av hugg och parerslag. Det syntes att de var jämna, men också att broder Ernesto var den som träffade mest.

Vad som mest förundrade Harald var att när de två riddarna slogs med full kraft så blev deras träffar så hårda att vilken som helst man skulle ha sjunkit ihop av smärta. Men det var som om de båda kunde uthärda vad som helst.

När en av dem träffades rörde han inte en min, men tog ett steg tillbaka och bugade som komplimang. Bara för att själv anfalla i nästa ögonblick.

Så hade äntligen unge Haralds resa mot en annan krigets värld kommit igång. När han nu på nytt ställdes mot Arn kunde de öva rörelse för rörelse, nöta in varje liten sak tills den fastnade. Och snart kände Harald att han förändrades, som om han såg den första lilla ljusglimten av den andra världen där sådana som Arn och Ernesto fanns. Han blev fast besluten att själv nå till den världen.

Nästa prövning för Harald blev att hans herre menade att han inte kunde rida. Det hade han förvisso gjort hela sitt liv liksom alla andra människor i Norden. Men det var stor skillnad på att rida och att bara åka häst, som Arn Magnusson sade. Som alla nordbor var Harald dessutom övertygad om att hästar inte dög i krig, att man väl kunde rida till valplatsen men där stiga av och binda hästen innan man fylkade sig och rusade på fienden på närmsta äng.

Han blev till en början kränkt när Arn uppgivet konstaterade att som stridsman dög Harald inte till häst, men att det ju var viktigt med fotfolk också. Det tog en tid innan Harald begrep att det verkligen var så, att fotfolket var viktigt för framgång lika väl som ryttteriet var det.

När de så kom till bågskytte tändes ett hopp hos Harald, ty han hade aldrig mött sin överman som bågskytt, det visste var birkebeinare hemma och deras fiender ännu bättre.

Men när han sköt mot Arn Magnusson kände han sig snart förintad, som om pusten gick ur honom och allt hopp släcktes.

Arn tänkte efteråt att han måhända väntat onödigt länge med att säga unge Harald sanningen, att han låtit sin sergeant komma nära förtvivlan innan han behagade glädja honom.

Unge Harald hade inte ens sett hur hans och Arns bågskytte hade samlat både riddare och sergeanter till förstulen publik som låtsades ha något att göra i närheten trots att de alla ville studera den nye sergeanten som sköt nästan jämnt med den man som till och med turkarna omnämnde som oöverträffad.

"Du skall nu få veta en sak som måhända gör dig något muntrare", sade Arn till slut när de gick för att ställa in sina bågar och pilar i vapenförrådet på femte dagens övningar. "Du är i sanning den bäste bågskytt jag sett komma hit till det Heliga Landet. Var lärde du dig allt det där?"

"Jag jagade mycket ekorre som barn...", svarade Harald innan hans tankar kom ikapp orden och han plötsligt sken upp. "Sade du att jag var bra? Men du skjuter ju var gång bättre än jag och det gör alla andra också."

"Nej", sade Arn och såg både road och lite underlig ut. Han vände sig plötsligt till två riddarbröder som gick förbi och förklarade att hans unge väpnare hade dålig tro på sig själv när det gällde bågskytte för att han förlorade mot sin herre. Då brast de båda ut i gott skratt och dunkade uppmuntrande den unge Harald i ryggen innan de, fortfarande skrattande, gick därifrån.

"Nu skall du höra sanningen", sade Arn nöjt. "Med båge är jag inte så dålig som till häst eller med lans och svärd. Sanningen är att jag skjuter bättre än någon tempelriddare i det Heliga Landet. Jag säger det bara för att det är så, en tempelriddare får inte förhäva sig. Din förmåga kommer att vara oss till stor glädje och måhända mer än en gång rädda ditt eget och andras liv."

* * *

Harald Øysteinssons första möjlighet att rädda livet med sin båge kom fort. Ty den sommaren var inte långt liden innan tempelriddarna i Gaza kallades norrut med full styrka, vilket betydde både tungt och lätt rytteri och bågskyttar till fots.

Saladin hade måhända lärt sig något av det stora nederlaget vid Mont Gisard. Det var så han såg nederlag, blott och bart något att lära sig av till nästa gång och ingalunda som tecken på att Gud skulle ha övergivit vare sig honom eller Jihad.

Den våren hade han gått in med en liten blandad syrisk och egyptisk armé i de norra delarna av det Heliga Landet, besegrat kung Balduin IV långt uppe vid Banyas och sedan plundrat Galiléen och södra Libanon och bränt alla skördar han kommit åt att bränna. Och nu till sommaren hade han återkommit med vad man förmodade var samma armé. Det var en felaktig förmodan hos de kristna som skulle bli mycket dyrbar.

Kungen hade mobiliserat en ny världslig armé som dock skulle bli för svag att möta Saladin på egen hand. Därför hade han vänt sig till tempelriddarnas Stormästare och fått löfte om fullt stöd.

För Harald Øysteinssons del följde därför tio dagars hård marsch omväxlande med att rida på någon tillgänglig reservhäst genom ett

land som var honom fullkomligt främmande och i en hetta som före-
föll honom omänsklig.

Och när striden äntligen började var det som Ragnarök i ett hav av
snabbt framdundrande saracenska ryttare som var och en inte var så
mycket svårare att träffa än ekorrar. Ändå kändes det snart som om
det inte var stor mening att skjuta, för hur många man än träffade
kom nya i våg på våg. Att han var med om ett nederlag förstod
Harald snart, däremot inte att det var en av de största katastrofer som
drabbat såväl tempelriddarna som den kristna världsliga armén i det
Heliga Landet.

För Arns del var nederlaget klarare och lättare att förstå, men kan-
ske just därför desto bittrare.

I övre Galiléen mellan Jordanfloden och Litanifloden fick tempel-
riddarna sin första omfattande stridskontakt med Saladins styrkor.
De var på väg att förena sig med den kungliga hären som under Bal-
duin IV:s ledning höll på att nedkämpa en mindre styrka plundrare
som var på väg tillbaka in från Libanons kuster.

Möjligen kunde Stormästaren Odo de Saint Amand ha missför-
stått läget, möjligen trodde han att den kungliga hären redan var i
strid med Saladins huvudstyrka och att de ryttare som nu dök upp
framför tempelriddarna bara var plundrare avskilda från huvudstyr-
kan eller en mindre styrka avsedd att bara störa eller fördröja tempel-
riddarna.

Det förhöll sig emellertid precis tvärt om. Medan den kungliga
kristna armén hölls sysselsatt med en mindre avdelning ledde Saladin
sin huvudstyrka runt och förbi för att skära av de tempelriddare som
var på väg till undsättning.

I efterhand var det klart som vatten vad Odo de Saint Amand nu
skulle ha gjort. Han skulle ha avstått från anfall, han skulle till varje
pris ha försökt förena sina riddare och sitt fotfolk och sina turkopoler
med Balduin IV:s armé. Och om inte det hade gått så skulle han ha
hållit stånd. Det fanns en sak han absolut *inte* kunde göra och det var
att skicka fram hela det tunga riddarrytteriet för ett enda avgörande
anfall.

Men det var det han gjorde och varken Arn eller någon annan tempelriddare fick någonsin möjlighet att fråga honom varför.

Arn tänkte sig i efterhand att han själv kanske sett mycket bättre från sin höga position uppe på högra flanken. Arn och hans lätta och snabba beridna bågskyttar höll sig högt och vid sidan av den framryckande huvudstyrkan för att kunna skära av anfall från fiender som red med samma utrustning som de själva. Där uppifrån hade Arn tydligt sett att det man var på väg att möta var en oändligt överlägsen armé som förde Saladins egna fanor.

När Odo de Saint Amand långt där nere formerade det tunga rytteriet till frontalanfall trodde Arn först att det var en krigslist, ett sätt att skapa tvekan hos fienden och vinna tid för att rädda undan fotfolket. Desto större blev hans förtvivlan när han såg att den svartvita fanan hos Stormästarens confanonier höjdes och sänktes tre gånger till tecken på fullt anfall. Han satt som förlamad uppe på sin höjd omgiven av sina turkiska ryttare som lika lite som han själv tycktes tro sina ögon. Tempelriddarnas huvudstyrka red rakt i döden.

När de tunga tempelriddarna kom i närheten av det lätta syriska rytteriet vek fienden bara undan och låtsades fly bakåt på det vanliga saracenska sättet; snart hade riddaranfallet bromsats upp utan att få träff i någonting och därmed var de fast och omringade.

De turkiska ryttarna runt Arn skakade på sina huvuden och slog ut med armarna för att visa att striden nu var över för deras del. Om den armé där de själva ingick förlorade hela sitt tunga rytteri hade turkopolerna ingenting att skydda annat än sina egna liv. Arn blev snart ensam med ett fåtal kristna ryttare.

Han väntade en kort stund för att se om några tempelriddare kunde ha överlevt och försökte slå sig ut ur fällan. När han upptäckte en grupp på tio man som försökte kämpa sig tillbaks i riktning mot det egna fotfolket, reservhästar och tross, anföll han genast med de få män han fortfarande hade med sig. Det enda han kunde hoppas på var att skapa lite förvirring så att de flyende riddarna kunde ta skydd bland fotfolk och bågskyttar.

Hans hopplösa anfall med en handfull skräckslagna män mot en tusenfaldig övermakt hade åtminstone den effekten att det skapade en stunds förvirring bland förföljarna som snart pekade och ropade hans namn från alla håll. Därmed blev han själv och hans lilla grupp förföljarnas mål och han hade alls inte svårt att förstå varför; den som efter Mont Gisard kunde föra Al Ghoutis huvud på sin lans till Saladin skulle säkert bli rikligt belönad.

Snart red han alldeles ensam, eftersom de män som till en början följt honom vikit av och flytt in mot resterna av den egna hären och fotfolket. Då svängde han brant åt andra hållet i en vid båge bort från de egna och mot en bergssluttning där han skulle komma att fastna i en tydlig fälla. När han såg att alla de egna hunnit sätta sig i säkerhet gav han upp och stannade. Han kunde ändå inte komma längre, bergssidorna framför honom var för branta.

När anfallarna såg hans belägenhet höll de in sina hästar och skrittade sakta fram mot honom med sina bågar halvt höjda. De omringade honom skrattande och tycktes nästan vilja dra ut lite på nöjet.

Då kom en hög emir stormande i högsta fart, trängde sig igenom de egna leden, pekade mot Arn och skrek olika order som han inte kunde höra. Därefter hälsade alla de syriska och egyptiska ryttarna honom med bågarna höjda över sina huvuden innan de kastade om sina hästar och försvann i ett moln av damm.

Först satt han och trevade i sitt sinne efter ett Guds under, men förståndet sade ju honom alldeles klart att något sådant var det alls inte frågan om. De hade skonat hans liv, så enkelt var det. Om det hade med Saladin eller något annat att göra var inte gott att veta, men just nu fanns allvarligare frågor att grubbla över.

Han skakade av sig sin stillhet, den stillhet han försatt sig i i väntan på döden, och red fort ned mot den återstående delen av den egna styrkan. Av de riddare som överlevt var nästan alla mer eller mindre sårade. Där fanns nu ett tjugotal reservhästar, lika många packhästar och ett hundratal bågskyttar till fots. Arns turkopoler hade alla flytt. De slogs mot betalning, inte för att dö i onödan hos kristna, utan bara för att segra eller fly.

Nederlaget var stort, mer än trehundra förlorade riddare, mer än

Arn någonsin ens hört talas om. Men just nu gällde att försöka tänka klart och rädda vadhelst som kunde räddas. Han var högst i rang av alla överlevande riddarbröder och han tog genast befälet.

Innan man rusade iväg måste man ha ett kort rådslag och därför samlade han tre av de minst sårade bröderna kring sig. Första frågan var varför Saladins armé inte fullföljt anfallet, nu när de lyckats med det som de alltid helst ville, att skilja de kristnas fotfolk från deras rytteri. Svaret måste bli att de var på väg mot kung Balduins armé för att utplåna den först innan de återvände för att rensa upp. Man fick alltså inte försitta någon tid, det gällde att om möjligt försöka förena sig med kungens armé innan allt var förbi.

De rev snabbt av all utrustning och proviant från reservhästarna och lastade skadade i stället, liksom alla reservhästar fick ridas av de äldsta sergeanterna och bågskyttarna medan de yngsta fick springa vid sidan av den ömkliga återstod till riddararmé som nu satte kurs mot Litanifloden. Arns tanke var att Balduins armé säkert var hårt trängd och att dess enda räddning var att ta sig över floden.

Men kung Balduins armé var redan slagen och kringspridd i små flyende grupper som hanns upp av övermäktiga förföljare den ena gruppen efter den andra. Kungen själv och hans livgarde hade dock lyckats ta sig över floden. Det gjorde det desto svårare för alla efterslängare, däribland den plågade och andfådda styrka som Arn kom fram med.

Medan hans män och hästar försökte ta sig över floden samlade Arn de bästa bågskyttarna runt sig vid flodstranden, Harald Øysteinsson var en av dem, för att försöka hålla fiendens beridna bågskyttar och lansiärer på avstånd medan fotfolk, hästar och sårade riddarbröder i en blodig förtvivlad massa vadade över floden bakom dem.

De sköt tills deras pilar tog slut, slängde sedan ifrån sig sina vapen och sköldar och kastade sig ut i floden, Arn och Harald som de två sista. Men bara de två överlevde bland dem som varit sist, vilket berodde på att de båda kunde dyka och låta strömmen föra dem ett gott stycke i flodens mittfåra innan de flämtande tog sig iland.

Det blev bara en kort respit på andra sidan medan man försökte få ordning på nytt. Till Arns möjligen opassande glädje i det förtvivlade läget kom hans hingst Chamsiin galopperande till honom mitt i villervallan.

Riddare och fotfolk från Johanniterorden hade kommit till undsättning på andra sidan Litanifloden och de ledde den slagna skaran av tempelriddare till borgen Beaufort som bara var någon timme borta. Dit hade också många flyende från den kungliga armén tagit sin tillflykt.

Snart var borgen omringad av Saladins styrkor, men det var ingenting att bry sig om eftersom Beaufort var en av de ointagliga borgarna.

Johanniterna var inte tempelriddarnas vänner, varför visste inte Arn, bara att det alltid varit spänt mellan de två ordnarna. Ofta hände det att om johanniterna var med i ett fältslag så höll sig tempelriddarna borta, och tvärtom. Den här gången hade johanniterna inte deltagit med mer än en symbolisk styrka medan deras huvudstyrka höll sig i säkerhet inom Beauforts murar.

Tempelriddarnas öknamn på Johanniterorden var svartsamariter, vilket syftade lika mycket på deras svarta vapenskjortor med vita kors som på att ordens ursprung var sjukhus och gratis läkarvård. Men då det nu fanns många sårade att ta hand om hördes inga skymford bland de räddade och sårade tempelriddare som högst ofrivilligt blivit sin konkurrentordens gäster.

* * *

Det blev en svår första natt med många sårade att sköta på borgen Beaufort. Utvakad och rödögd och med en förlamande sorg inom sig tvingade sig Arn ändå att den första morgonen gå runt borgens murar för att se och lära. Beaufort låg mycket högt, man kunde se det glittrande havet i väster, Bekaadalen i norr och snöklädda berg i öster. Borgens höga läge gjorde det omöjligt att ens tänka sig hur en fiende skulle kunna bygga belägringstorn utanför för att komma över murarna. De brant sluttande klipporna runt om gjorde det säkert nästan lika omöjligt att släpa fram kastmaskiner och katapulter. Och att, som fienden gjorde just nu, stå utanför murarna och skrika för-olämpningar var meningslöst. Inte ens en mycket lång belägring skul-le ha någon verkan, eftersom borgen försörjdes av en egen vattenkälla och hade cisterner som var så överfulla att man måste leda ut vatten i en konstgjord bäck mot väster. Sädesmagasinen var ständigt fyllda och rymde tillräckligt för att försörja femhundra män i ett år.

Nackdelen var möjligen att de branta sluttningarna utanför gjorde det omöjligt att slå mot en belägrare med överraskande ryttarattacker. Just nu fanns mer än trehundra riddare i borgen och lika många ser-geanter och det var en styrka som på slät mark raskt skulle ha utplånat de gaphalsar som nu höll till runt murarna. Hade de vetat där ute vil-ken stor styrka som fanns inne i borgen skulle de säkerligen ha varit mindre djärva. Men det var just det med borgar, att de alltid ruvade på en hemlighet. Fanns det bara tjugo försvarare där inne? Eller tusen? Det hade hänt mer än en gång att en överlägsen fiende passerat borgar utan att anfalla därför att man felbedömt besättningens styrka. Och på samma sätt hade det blivit som nu, att fienden trodde sig belägra en nästan tom borg, lät sig invaggas i säkerhet och sedan kros-sades av första utfall.

Arn gick för att på nytt sköta Chamsiin, ryktade honom och talade med honom om sin stora sorg och undersökte samtidigt för tredje gången varje liten yta av hans kropp för att ytterligare försäkra sig om att där inte fanns något dolt sår efter en pil som trängt in. Men Chamsiin visade sig lika oskadd som sin herre, en del skråmor bara, sådant som de båda lärt sig leva med.

Från Chamsiin gick han till de gästande sergeanternas kvarter, tala-de med de sårade och höll bön. Efter bönen tog han med sig Harald Øysteinsson upp på murarna för att lära denne hur en borg fungera-de.

När de gick längs skyttevärnet uppe på den östra muren upptäckte de en fasansfull procession på väg upp mot borgen. Det var flera skva-droner mamelukiska ryttare som långsamt arbetade sig uppför slutt-ningarna. På sina höjda lansar bar var och en av dem ett blodigt huvud och nästan alla huvuden hade skägg.

De stod som förstenade, utan att säga något, utan att med en min visa vad de kände, fastän detta blev svårt för Harald Øysteinsson som måste anstränga sig mycket för att uppträda på samma till synes oberörda sätt som sin jarl.

De triumferande mamelukerna radade upp sig på led efter led nedanför den östra muren och skakade sina blodiga lansar så att skäggen på de avhuggna huvudena guppade upp och ned. En av dem red fram framför de andra och höjde sin röst till något som lät som bön, klagosång och triumf samtidigt i Haralds öron.

"Vad säger han?" viskade Harald med torr mun.

"Han säger att han tackar Gud den Allsmäktige för att skymfen vid Mont Gisard nu är utplånad, att det som hände igår vid Marj Ayyoun är mer än upprättelse, att vi alla kommer att få våra huvuden spetsade på detta sätt och annat i den vägen", svarade Arn uttryckslöst.

Just då kom Beauforts vapenmästare i sällskap med flera johanniter skyndande upp på muren. Vapenmästaren skrek ut order om att fienden inte fick beskjutas, och de sergeanter som redan börjat treva efter sina bågar och armborst lade ner vapnen.

"Varför får vi inte skjuta?" frågade Harald. "Borde åtminstone inte någon av dem få dö så att vi finge slut på deras skrävel?"

"Jo", sade Arn på samma tonlösa sätt som han talat tidigare. "Han som rider främst borde dö, du ser på hans blåa sidenband runt höger arm att han är deras befäl och det är han som utropar sig till den store segraren, Guds gunstling och annat hädiskt. Han skall helst dö, men inte förrän vi har sjungit non."

"Borde vi inte hellre hämnas än sjunga psalmer?" muttrade Harald med illa dold otålighet.

"Jo, det kan nog tyckas", svarade Arn. "Men framför allt skall vi inte förhasta oss. Du ser att de ställt sig på vad de tror är säkert avstånd från pilar och..."

"Men jag kan..."

"Tyst! Du får inte avbryta mig, minns att du är sergeant. Nå, jag vet att du kan träffa härifrån. Så kan även jag. Men skrävlaren där nere vet inte. Vi bestämmer dock inte här på johanniternas borg.

237

Deras vapenmästare gav order om att ingen fick skjuta och det var klokt."

"Varför var det så klokt, hur länge skall vi behöva tåla detta svarta skådespel?"

"Tills efter att vi sjungit non har jag sagt. Då har solen börjat sänka sig ner mot väster, de får solen i ögonen där nere och ser inte dina och mina pilar förrän det är för sent. Johanniternas vapenmästare var klok därför att vi här uppe inte får visa vår förtvivlan, inte skjuta fåfänga skott som bara skulle väcka skratt. Deras munterhet vill vi sannerligen inte göda. Därför gav han ordern."

Arn tog med sig sin sergeant bort till johanniternas vapenmästare som fortfarande var kvar uppe på murarna, hälsade honom mycket höviskt och anhöll om att till eftermiddagen få döda några av mamelukerna, men att ingen skulle avlossa skott dessförinnan.

Vapenmästaren gav till en början motvilligt sitt samtycke då han menade att fienden åtminstone än så länge höll sig på för långt avstånd.

Arn bugade ödmjukt och anhöll vidare att han och hans sergeant skulle få låna var sin båge i vapenförrådet, då de själva hade förlorat sina när de gick över Litanifloden, samt att de skulle få skjuta in sig på bågarna nere på borggården innan det blev dags.

Det kanske fanns något i Arns allvar att fråga, eller om det bara var den svarta randen på hans mantel som visade hans höga ställning, men johanniternas vapenmästare ändrade plötsligt både tonfall och hållning när han nu beviljade allt det som Arn begärt.

En stund senare hade Arn och Harald prövat bågar i vapenförrådet och tagit med sig två var och ett stort koger med pilar ut på borggården där de ställde upp två halmbalar som mål. Borggården var lika vid som avståndet från östra muren ner till det ogudaktiga skådespelet.

De övade sammanbitet tills de funnit de bågar som passade dem bäst och lärt sig hur högt över träffpunkten de måste sikta. De riddare bland johanniterna som kommit för att se sina förtvivlade gäster försöka sådant som var för svårt hade i början varit något överlägsna i tal och gester. De tystnade snart när de såg vad den höge brodern och hans sergeant förmådde.

När solen stod rätt på eftermiddagen och man sjungit det som skulle sjungas tillsammans med johanniterbröderna i den stora borgkyrkan tog Arn med sig några tempelriddarbröder och Harald upp på murarna och bad dem gå fram och åter några gånger och visa sig. Som han hoppats fick de vita mantlarna uppe på murarna fart på fienden där nere som nu åter höjde sina lansar med bröders avhuggna huvuden. Skränande och hånande började de om där de varit innan de tröttnat tidigare eftersom de inte fått ett enda fåfängt skott mot sig.

Tempelriddarna stod tysta och allvarliga och fullt synliga uppe på murarna medan den hånfulla fienden vågade sig allt närmare. Snart kunde tempelriddarna känna igen en och annan av sina bröder som nu fanns i paradiset. Siegfried de Turenne var en av dem. Ernesto de Navarra, den store svärdsmannen, var också en av dem.

På nytt red den emir som skrävlat högst om Guds beskydd och den stora segern vid Marj Ayyoun fram framför de andra med sin blodiga trofé höjd framför sig.

"Det är honom vi skall ta först", konstaterade Arn. "Vi skjuter båda mot honom, du högt och jag lågt. När han är död får vi se vad vi hinner med av de andra."

Harald nickade sammanbitet medan han spände sin båge, höjde den och sneglade mot Arn som nu också höjde sin spända båge. De stod som silhuetter mot solen och skuggan av deras kroppar dolde de blänkande pilspetsarna.

"Du först, jag därefter", beordrade Arn.

Emiren där nere övergick just från en lång tirad av skryt till att på nytt åkalla Gud, böjde sin nacke något bakåt och sjöng en bön så högt han förmådde.

Då slog en pil in i hans öppna mun och ut genom hans nacke och en annan pil träffade honom lågt i bröstet där revbenen delar sig. Han föll ljudlöst av sin häst.

Innan männen kring honom förstått vad som hänt föll ytterligare fyra av dem genomborrade av pilar och tumult uppstod när de alla försökte dra sig bakåt samtidigt. En skur av pilar slog då ner mitt bland dem, ty nu hade alla skyttar uppe på värnet fått order att göra sitt bästa. Så föll mer än tio mameluker för sin högfärds skull och för sin vilja att håna de besegrade.

Efteråt fick Harald mycket beröm från både tempelriddare och johanniter för den första träffen, där han täppt till käften på bästa tänkbara sätt på den värste skrävlaren. Det pilskottet skulle leva länge i allas minnen.

För Arn erkände Harald att han träffat för högt, att hans avsikt varit att få in pilen någonstans under hakan. Arn sade att det inte fanns någon anledning att bekänna den missen för fler. Det kunde ju hursomhelst se ut som om Gud styrt pilen in i hädarens mun. Mamelukernas upptåg var nog avslutat, och det var det viktigaste. När deras egna döda låg framför murarna tappade de säkert lusten för vidare skrävel.

Så blev det. Mamelukerna drog sig undan i väntan på nattens mörker då de kunde hämta sina döda. Nästa morgon var de borta.

Johanniternas borgherre på Beaufort hade på begäran av greve Raymond III av Tripoli, som också fanns bland de besegrade bakom murarna, avstått från att bjuda Arn till kvällsvin och bröd efter completorium. Det var väl känt att greve Raymond avskydde tempelriddare.

Men då borgherren fick höra hur hans broder i rang från tempelriddarna hade fått tyst på gaphalsarna utanför murarna fann han det orimligt att inte bjuda Arn till vin och bröd samma kväll.

Arn infann sig omisstänksam, ty han visste om greve Raymond att denne var den främste bland de världsliga riddarna i Outremer, men han visste ingenting om grevens hat mot tempelriddare.

Det han först fick erfara när han till kvällen steg in i borgherrens egna rum i borgens nordöstra delar var att greven var den ende bland både de världsliga och andliga riddarna som vägrade att hälsa honom.

När alla satt sig och välsignat brödet och vinet var stämningen spänd. De åt och drack en stund under tystnad, tills greve Raymond i hånfulla ordalag frågade vad galningarna hade haft för sig vid Marj Ayyoun.

Arn var den ende i rummet som inte förstod vad greven menade med galningarna och därför trodde han inte att frågan var riktad till honom. Han upptäckte dock snart att alla stirrade på honom i väntan på svar; då sade han som det var att han inte hade förstått frågan om den nu var riktad till honom.

Greve Raymond bad så i ironiskt artiga ordalag Arn berätta vad som hänt med de tempelriddare som väntats till undsättning för en kunglig här i stora svårigheter.

Arn berättade kort och utan omsvep om de misstag som lett tempelriddarna i döden. Han tillfogade att han sett det hela därför att han själv i den avgörande stunden befann sig högt upp på ena flanken och måhända sett det som hans Stormästare olyckligtvis inte kunnat se när denne gav sin sista order i livet.

Johanniterbröderna i rummet sänkte sina huvuden i bön, ty de kunde bättre än andra föreställa sig vad som hade hänt. Också de var kända för sina ibland huvudlöst våghalsiga attacker.

Men greve Raymond lät sig inte ett ögonblick bevekas av den sorgliga historien. Med hög röst och utan minsta artighet började han beskriva tempelriddare som galningar som kunde leda en armé i döden varannan gång och segra varannan gång så att man egentligen skulle klara sig bäst utan dem. Huvudlösa dårar, vänner till de fördömda assassinerna, obildade lurkar som visste intet om saracener och som genom denna okunskap kunde leda hela den kristna befolkningen i Outremer i döden.

Han var en lång och mycket kraftfull man med långt blont hår som börjat gråna. Hans språk var grovt och hårt och han talade frankiska med den accent som var de infödda frankernas mål, de som kallades *subar*. En subar var som den kaktusfrukt ordet beskrev, sade man, taggig utanpå men ljuvligt söt inuti. Deras språk kunde dock vara svårt att förstå för nykomna franker eftersom de hade många egna ord och många ord som var saracenska.

Arn svarade inte på grevens förolämpningar eftersom han inte hade bittersta aning om hur han skulle handskas med det obekväma läge han nu befann sig i. Han var gäst hos johanniterna, men gäst av tvång. Och aldrig hade han hört sådana skymfliga ord om tempelriddare. För sin heder kunde en tempelriddare dra vapen, men Regeln förbjöd samtidigt varje tempelriddare att döda eller misshandla en kristen. Straffet var att förlora sin mantel. Så med svärd kunde han inte försvara sig. Och inte heller med ord.

Hans undergivna tystnad fick dock inte stopp på greve Raymond, som hade förlorat en styvson i striden, var förtvivlad som alla andra i rummet över det förkrossande nederlaget och nu samtidigt uppeldad av att ha en förhatlig ung tempelriddare vid samma bord.

Som för att slutgiltigt slå ner Arn upprepade han något av det sista han sagt om dessa smutsiga råskinn som inte ens visste vad Koranen var och än mindre förstod sig på saracener.

Då äntligen fick Arn en idé i sitt tomma huvud, höjde vinglaset framför sig mot greve Raymond och talade saracenernas språk till honom.

"I den Barmhärtiges och den Nådefulles namn, ärade greve Raymond, betänk Herrens ord nu när vi dricker samman: *Och ur frukterna av dadelpalmen och vinrankan utvinner ni både vin och hälsosam näring; i detta ligger helt visst ett budskap till dem som använder sitt förstånd.*"

Arn drack sakta ur sitt vin, ställde försiktigt ner sitt syriska vinglas på bordet och såg på greve Raymond utan vrede, men utan att vika med blicken.

"Var det verkligen Koranens ord? Att dricka vin?" frågade greve Raymond efter en lång spänd tystnad i rummet.

"Ja faktiskt", svarade Arn stilla. "Det var från den sextonde suran, den sextiosjunde versen och det tål att tänka på. I versen innan sägs visserligen att mjölk är att föredraga. Men det tål ändå att tänka på."

Greve Raymond satt tyst en stund och såg intensivt på Arn innan han plötsligt ställde en fråga på arabiska.

"Var, tempelriddare, har du lärt dig de troendes språk? Jag lärde mig under tio års fångenskap i Aleppo, men fånge har du väl knappast varit?"

"Nej, det har jag som du förstår inte varit", svarade Arn på samma språk. "Jag har lärt mig av dem som arbetat för oss bland de troende. Att sådana som jag, till skillnad från sådana som du, inte kan bli fångar såg vi idag utanför murarna. Därför gör det mig ont, greve, att du talat så illa om mina döda bröder. De dog för Gud, de dog för det Heliga Landet och för Guds Grav. Men de dog också för dig och de dina."

"Vem är denne tempelriddare!" frågade då greve Raymond på frankiska. Hans fråga föreföll riktad till johanniternas borgherre.

"Det där, greve Raymond", svarade borgherren lågt, "är segraren vid Mont Gisard då tvåhundra tempelriddare besegrade tretusen mameluker. Det där är den man som saracenerna kallar Al Ghouti. Med all respekt, greve, så skulle jag därför vilja be dig att så länge du är vår gäst vårda ditt språk bättre."

Alla såg nu på greve Raymond utan att säga något. Han var herre till Tripoli och frankernas främste riddare och van vid att behärska vart bord där han satt. Det trångmål han nu försatt sig i var mycket ovant för honom. Han var dock en man med stor erfarenhet av både egna och andras misstag och han beslöt sig för att så snabbt som möjligt ordna den onödiga oreda han ställt till.

"Jag har varit en åsna här i kväll", sade han med en suck och ett leende samtidigt. "Det enda försonande med mig som åsna är dock att jag till skillnad från andra åsnor begriper när jag felat. Jag skall nu göra något som jag aldrig gjort i hela mitt liv."

Med de orden reste han sig och gick med långa steg över rummet fram till Arn, slet upp honom och omfamnade honom och föll sedan på knä för att be om ursäkt.

Arn rodnade och stammade att det var orätt för en världslig man att så starkt ödmjuka sig inför en tempelriddare.

På detta egendomliga sätt inleddes en lång vänskap mellan två män som i många avseenden stod långt ifrån varandra, men som båda stod närmare saracenerna än andra kristna.

Den kvällen blev de snart lämnade ensamma i den johannitiske borgherrens tre rum. Greve Raymond hade nämligen satt sig intill Arn och insisterat på att de två enbart skulle tala arabiska så att alla andra skars av från deras samtal, vilket till att börja med hade varit hans avsikt. Men också sedan de blivit lämnade ensamma, vilket även det varit hans avsikt, och han beställt fram mer vin som om han varit hemma i någon av sina egna borgar ville greve Raymond fortsätta samtalet på arabiska. För, som han sade, det fanns väggar med öron överallt i Outremer och somligt av det han hade att berätta för Arn skulle ondsinta människor kalla förräderi.

Och ondsinta människor hade nu makten i kungariket Jerusalem och det kunde leda till det stora nederlaget. Inte ett sådant nederlag som alldeles nyss vid Marj Ayyoun, det var bara ett i raden av tusen slag under många år av vilka saracener och kristna vunnit och förlorat ungefär lika mycket. Raymond själv hade segrat mer än hundra gånger, men förlorat nästan lika ofta.

Värst av alla de ondsinta var kungens mor Agnes de Courtenay, som nu nästlat sig in vid hovet i Jerusalem och i själva verket blivit den som hade mest att säga till om. Hennes olika älskare var de som fick makten, de var alla nytillkomna ömskinn och ingen av dem olik tuppen högst upp på gödselstacken och lika kloka riddare som en sådan tupp. De kunde föra sig så som man förde sig vid ett kungligt hov i Paris eller Rom, de klädde sig därefter och delade sin tid mellan nedriga intriger och onämnbara synder med små pojkar från slav-marknaden. Agnes de Courtenays senaste älskare var en sprätt som hette Lusignan och han intrigerade för att få kungens syster Sibylla att gifta sig med en yngre bror Lusignan som hette Guy. I så fall skulle en nyanländ liten bror Lusignan snart kunna bli kung av Jerusalem. Ty den unge spetälske Balduin IV:s dagar var räknade.

För Arn var det mesta obegripligheter av det som greve Raymond beklagade sig över mer och mer högljutt i takt med att han drack, och dessutom trugade Arn. Det var en annan värld, en värld där Gud inte fanns, där Guds Grav inte vaktades av hängivna troende utan av ränksmidare och plägare av samlag med åsnor och slavpojkar. Det var som att skåda ner i helvetet, så som det sades att Profeten, frid över honom, fått göra när han steg upp på himlastegen från klippan under Templum Domini.

När greve Raymond sent omsider insåg att han vräkte ur sig för mycket av sådant som den tydligt barnslige men ärlige unge tempelriddaren inte begrep övergick han till att diskutera det senaste förlorade slaget vid Marj Ayyoun.

De kunde snart enas, nu när ingen hörde dem, om att det inte var så mycket de egna misstagen som Saladins skicklighet som fällt avgörandet. Saladin hade antingen haft strålande tur, som tempelriddarna vid Mont Gisard, eller också hade han med kuslig säkerhet gjort allt rätt. Han hade engagerat den världsliga armén för fullt i en betydelselös strid och fått utrymme att skicka sin huvudstyrka för att slå tempelriddarna. Därefter hade han segrat så lätt och så snabbt mot den världsliga armén att en undsättningsstyrka från Tripoli inte hann fram i tid. Dessutom hade han nog tänkt ut allting i förväg, för när han anföll tidigare på våren hade han bara haft en liten armé, och nu hade han kommit med en fem gånger så stor styrka. Det hade de kristna inte förstått förrän det var för sent. Därför var hans seger fullt rättvis.

Även om vinet nu stigit Arn åt huvudet försökte han invända mot talet om en rättvis seger för fienden, men han hade inga starka invändningar. Tvärtom slutade det med att han efter ytterligare några glas höll med om den slutsatsen och generat bytte samtalsämne. Han frågade greve Raymond om varför denne hatade tempelriddarna.

Greve Raymond retirerade då något och berättade att det fanns några få tempelriddare, däribland från och med denna kväll Arn, eller Al Ghouti rättare sagt, som han satte värde på. Viktigast av dem var Arnoldo de Torroja, Jerusalems Mästare. Om Gud för en gångs skull kunde lägga sig i något på ett bra sätt i det Heliga Landet så borde Arnoldo de Torroja bli näste Stormästare eftersom Odo de Saint Amand antingen var död eller också fånge, vilket ju i en tempelriddares fall vanligtvis var detsamma som döden. Arnoldo de Torroja var enligt greve Raymond en av få höga tempelriddare som begrep det enda viktiga, det absolut enda viktiga, för en kristen framtid i Outremer. Man måste sluta fred med Saladin. Man måste dela Jerusalem, hur smärtsamt det än var, så att alla pilgrimer, till och med judar, fick lika rätt till stadens helgedomar.

Alternativet var bara ett enda. Krig mot Saladin tills han segrade i grunden och tog Jerusalem med våld. Men som det kungliga hovet i Jerusalem såg ut nu med bara intriganter och dilettanter så fanns inte stort hopp.

Dessutom hade tempelriddarna, vars makt man måste erkänna vad man än ansåg om dem i övrigt, flera sällsynt odugliga och omoraliska vänner. Värst bland dem var den där obotlige kanaljen Reynald de Châtillon som nyligen slingrat sig in vid hovet och lyckats roffa åt sig en änka som gjorde honom oroväckande mäktig. Han hade just gift sig med Stéphanie de Milly och med det hade han inte bara vunnit de två borgarna Kerak och Montreal. Än värre var att han vunnit tempelriddarnas stöd, kanske för att Stéphanie var dotter till den förre, eller om man nu skulle säga förrförre Stormästaren.

Skurkarna hopade sig som förväntansfulla gamar runt hovet i Jerusalem. En skurk lika farlig som Reynald de Châtillon var måhända en viss Gérard de Ridefort. Det namnet skulle Arn lägga på minnet, det var en vän till tempelriddarna lika farlig som assassinerna.

Här gjorde greve Raymond en utvikning om hur han som barn sett sin far, greve Raymond II, mördas av assassiner vid Tripolis stadsport och att han därför aldrig kunnat förlåta tempelriddarna denna allians. Om detta hade Arn ingenting att säga och greve Raymond återtog då genast sin tanketråd om skurken Gérard de Ridefort.

Gérard hade kommit som en vanlig äventyrare bland alla andra som under höstarna kom med fartyg till Tripoli. Han hade tagit tjänst hos greve Raymond och det hade till en början verkat gå bra. I ett svagt ögonblick hade greve Raymond därför lovat denne Gérard första bästa för äktenskap lämpliga arvtagerska, och en viss Lucia hade kommit på tal. Men det föll sig så att en köpman från Pisa då erbjöd greve Raymond Lucias vikt i guld om han fick gifta sig med arvtagerskan. Och eftersom hon var en ganska fet ung dam hade det varit ogörligt för greve Raymond att inte anta det budet. Men den otacksamme Gérard hade blivit rasande och påstod att hans heder hade kränkts och ville alls inte nöja sig med att vänta på nästa lämpliga arvtagerska. I stället hade han anslutit sig till tempelriddarna och svurit att hämnas på greve Raymond.

Arn inflikade då försiktigt, det var första gången han sagt något på länge, att detta nog var det egendomligaste skäl han någonsin hört för att gå in i tempelriddarnas orden.

Så fortsatte emellertid greve Raymonds tal hela natten tills solen gick upp och stack dem i ögonen från de stora valvfönstren i öster. I Arns huvud gick det runt som i virvlar, lika mycket av vinet som av greve Raymonds ändlösa kunskaper om allt sådant som var ont i det Heliga Landet.

Arn mindes att han någon gång som mycket ung druckit för mycket öl på något gästabud och mått illa och haft ont i huvudet dagen efter. Han hade hunnit glömma det tillståndet. Men denna morgon fick han en hård påminnelse.

* * *

En vecka senare red Arn och hans sergeant Harald ensamma nerför kusten mot Gaza. De hade fått över alla sina sårade från Beaufort till tempelriddarnas kvarter i Saint-Jean d'Acre, staden som andra kallade Akko eller bara Acre, och där hade Arn beställt en större och säkrare transport för alla sina överlevande och mer eller mindre tilltufsade sergeanter ner till Gaza; han ville så fort som möjligt få sina sårade män under saracensk vård. Han själv och Harald red ensamma i förväg.

De talade inte mycket på vägen. De hade ridit ut i en stor styrka från Gaza med fyrtio riddare och hundra sergeanter. Bara två riddare och femtiotre sergeanter skulle komma tillbaka. Bland de bröder som nu befann sig i paradiset fanns fem eller sex av de bästa tempelriddare Arn kände. Under sådana omständigheter fanns det varken glädje eller lättnad i att ha överlevt; bara en känsla av obegriplig orättvisa.

Harald Øysteinsson försökte vid något tillfälle skämta att nederlag var han ju erfaren i som birkebeinare och att denna erfarenhet tydligen kom väl till pass i det Heliga Landet, fast alls inte som han väntat sig.

Arn varken drog på munnen eller svarade.

Det var mitt i sommaren och brännande hett, vilket plågade Harald men inte tycktes bekomma Arn det minsta. Arn hade visat Harald hur man på saracenskt sätt skyddade sig mot hettan genom att vira flera tyglager runt huvudet och svepa den tunna sommarmanteln omkring sig. Harald hade tvärt om försökt ta av sig så mycket kläder som möjligt, så att solen obarmhärtigt glödgat hans ringbrynja.

De stannade i Ashkelon och tog in i tempelriddarkvarteret där de skildes för natten eftersom riddare och sergeanter aldrig sov samman annat än i fält. Arn tillbringade likväl inte natten sovande utan i riddarkyrkan framför bilden av Jungfru Maria. Han bad Henne inte om skydd, inte om säkerhet för egen del. Han bad Henne beskydda hans älskade Cecilia och deras barn om det nu var en son eller en dotter. Men mest bad han Henne om svar, om nåden att förstå, om vishet att skilja mellan falskt och sant. Ty mycket av det greve Raymond i fylla och förtvivlan och vrede sagt honom hade fastnat i hans sinne så att han inte kunde göra sig fri från det.

Om det var så att Jungfru Maria svarade honom redan nästa dag så var Hennes svar grymt eller, som greve Raymond nog skulle ha sagt med ett bullrande skratt, hänsynslöst klargörande för att komma från Guds Moder.

När de inte hade långt kvar till Gaza och nalkades Banu Anazas beduinläger såg de på långt håll att något stod mycket orätt till.

Där fanns inga krigare som kunde rida dem till mötes. Bland de svarta tälten låg kvinnor, barn och gamla med pannorna mot sanden och bad. Uppe på en kulle intill lägret gjorde sig tre världsliga frankiska riddare färdiga till anfall.

Arn sporrade Chamsiin till högsta fart och stormade i rykande sand in i lägret med Harald långt på efterhand. Ljudet av dånande hästhovar fick de bedjande att krypa ihop än mer i skräck eftersom de inte såg vem det var som kom.

När han skrittade runt bland de svartklädda människorna, som uppifrån en häst var omöjliga att skilja den ena från den andra, såg de försiktigt upp; så upphöjde några beduinkvinnor sina långa kvillrande välkomstskrin och alla reste sig prisande Gud för att Han sänt Al Ghouti i sista stund.

En äldre kvinna började slå med handen framåt i sångtakt och snart föll alla i lägret in i välkomsthyllningen, Al Ghouti, Al Ghouti, Al Ghouti!

Han fann stammens äldste med det långa skägget, han som hette Ibrahim efter alla människors stamfader, hur de än tillbad Gud.

Arn var noga med att stiga av sin häst innan han tog den gamles händer för att hälsa honom.

"Vad har hänt, Ibrahim?" frågade han. "Var är alla Banu Anazas krigare, vad vill de där *franji* uppe på kullen?"

"Gud är stor som sände dig, Al Ghouti, därför tackar jag Honom mer än dig", svarade den gamle lättad. "Våra män är ute på *razzia* i Sinai, det är ju krig och inget stillestånd vi måste respektera. Vi har ju skydd här och behövde inget försvar trodde vi. Men dessa franji kom norrifrån, från Ashkelon, och de har talat till oss och sagt att vi skall be för sista gången. De menar att de skall döda oss alla om jag förstått dem rätt."

"Jag kan inte be dig förlåta dem ty de veta inte vad de göra, men jag kan sannerligen fösa iväg dem!" svarade Arn, bugade sig noga för Ibrahim, kastade sig upp på Chamsiin och red i god fart upp mot de tre frankerna på kullen.

När han kom närmare saktade han farten och studerade dem. De var tvivelsutan nyanlända ömskinn alla tre, de hade mycket färg och grannlåt i sina vapenskjortor och de hade de nyaste hjälmarna som omslöt hela huvudet och bara lämnade ett smalt kors att se ut genom. De tog nu motvilligt av sig sina hjälmar och verkade inte glada att se en kristen.

"Vilka är ni tre, varifrån kommer ni och vad vill det här säga!" röt Arn i sin invanda kommandoton.

"Vem är du själv, kristne, som klär dig som saracen?" frågade franken i mitten av de tre. "Du stör oss just nu i vårt heliga värv, så vi måste be dig vänligt innan vi blir ovänliga att stiga åt sidan."

Arn svarade inte på en stund eftersom han bad en tyst bön för de tre dårarnas liv. Sedan slog han undan sin mantel så att hans vapenskjorta med det röda korset syntes.

"Jag är tempelriddare", svarade han återhållsamt. "Jag är Arn de Gothia och jag är herre till Gaza. Ni tre befinner er nu på Gazas territorium. Det ni ser där nere är beduiner som tillhör Gaza, vår egendom. Lyckosamt för er är alla krigare i lägret ute i affärer eller arbete för mig, annars hade ni tre varit döda. Nu upprepar jag min fråga, vilka är ni tre kristna och varifrån kommer ni?"

De svarade att de kom från Provence, att de kommit med sin greve till Ashkelon tillsammans med många andra, att de var ute första dagen för att pröva sig fram i det Heliga Landet och att de just varit lyckosamma och funnit saracener som de ämnade sända omgående till helvetet. De hade nämligen alla tre tagit korset och hade därför den plikten enligt Gud.

"Enligt den Helige Fadern i Rom i så fall", rättade Arn ironiskt. "Men vi tempelriddare är den Helige Faderns armé, vi lyder bara under honom. Så det närmaste ni är er påve nu är befälhavaren i Gaza och det är jag. Nog om detta. Jag hälsar er välkomna till det Heliga Landet, må Gud stå er bi och så vidare. Men nu *beordrar* jag er att utan dröjsmål återvända till Ashkelon eller vart ni gitter, men ni måste lämna Gazas område där ni nu befinner er."

De tre riddarna visade ingen som helst vilja att lyda. De envisades med att de hade en helig plikt att döda saracener, att de tagit korset, att de tänkte inleda sitt heliga värv just här och nu och annat strunt. De förstod alldeles tydligt inte vad en tempelriddare var, de kunde inte av den svarta randen längs Chamsiins ländskydd se att de dessutom talade till en hög broder. De var som galna.

Arn försökte förklara att de hursomhelst inte kunde ta sig an detta inbillade heliga uppdrag att döda kvinnor, barn och gamla eftersom en tempelriddare befann sig i deras väg och att de således befann sig i kraftigt underläge.

Detta förstod de inte alls, de menade tvärtom att de var tre mot en och att det skulle pigga upp striden med lite motstånd av en saracenälskare innan de fullföljde sitt välsignade uppdrag att slakta ner byn.

Arn bad dem tålmodigt att besinna sig. Eftersom de bara var tre vore det dåraktigt att anfalla en tempelriddare, och om de tog sig tillbaks till Ashkelon och frågade dem som varit längre i det Heliga Landet så skulle de säkert få veta.

Men de ville inte ta reson. Arn gav upp och red fort ned och ställde upp Chamsiin mitt framför byn, drog demonstrativt sitt svärd, höjde det mot solen tre gånger, sänkte det och kysste det och började sedan sina obligatoriska böner.

Den gamle Ibrahim kom mödosamt kavande i sanden fram till honom från ena hållet och Harald kom till häst från andra hållet. Arn förklarade först på arabiska och sedan på nordiska vad som i värsta fall kunde hända om de tre galna männen uppe på kullen inte tog sitt förnuft till fånga. Ibrahim skyndade då genast bort medan Harald ställde sin häst bredvid Arns och karskt drog sitt svärd.

"Du måste flytta dig undan, du är bara i vägen", sade Arn lågt utan att titta åt Harald.

"Aldrig att jag överger en frände i underläge, det får du mig icke till så jarl du är!" protesterade Harald med hetta.

"Du blir genast dödad och det vill jag inte", svarade Arn utan att släppa de tre frankiska riddarna med blicken. De hade nu fallit på knä för att be inför sitt anfall, de dårarna menade tydligen allvar. Harald hade emellertid inte gjort minsta ansats att flytta sig.

"Nu säger jag dig på nytt och för sista gången att du skall lyda order", sade Arn med höjd röst. "De kommer att anfalla med lansar, du blir genast dödad om du är i vägen. Du *skall* nu dra undan din häst. Om det blir någon strid till fots får du bistå mig. Om du hittar någon båge och pilar i något av tälten, använd dem. Men du får inte rida mot franker!"

"Men du har ju ingen lans!" invände Harald förtvivlat.

"Nej, men jag har Chamsiin och jag kan slåss som saracener och det har de där tre nog aldrig varit med om. Så försvinn nu och sök åtminstone en båge och pilar så att du kan göra någon nytta!"

Arn hade givit sin sista order i mycket sträng ton; då lydde Harald och skumpade in mot tältlägret samtidigt som den gamle Ibrahim kom tillbaks, andfådd och snubblande i sanden med ett bylte i händerna. När han kom fram måste han hämta andan en stund. De tre frankerna uppe på kullen satte nu på sig sina hjälmar med plymer i vackra färger.

"Gud är i sanning stor", flämtade den gamle medan han började veckla upp sitt bylte. "Men Hans vägar är outgrundliga för människor. Sedan urminnes tider har vi i Banu Anaza haft att förvalta detta svärd, det var det svärd som den helige Ali ibn Abi Talib förlorade när han blev martyr utanför Kufa. Det var vår plikt att lämna detta svärd från far till son ända tills vår frälsare kom, han som skulle rädda de troende. Det är du som är den mannen, Al Ghouti! Den som slåss för en så helig sak med så rent sinne som du nu ämnar kan aldrig förlora med detta svärd i handen. Det stod skrivet att du skulle få det!"

Den gamle sträckte vädjande och med darrande händer upp ett ålderdomligt och tydligt oskarpt svärd mot Arn. Han kunde, trots stundens allvar, inte låta bli att le.

"Jag är nog inte den rätte, min käre vän Ibrahim", sade han. "Och tro mig, mitt svärd är lika helgat som ditt och dessutom, om du ursäktar, något skarpare."

Den gamle gav sig inte, han höll fortfarande upp svärdet och darrade allt mer av ansträngningen.

Då kom en skugga över Arns sinne. Regeln förbjöd varje tempelriddare att döda eller ens skada en kristen. Hans eget svärd var signat inför Gud i Varnhems kyrka, det kunde aldrig höjas i synd för då skulle han, det hade han själv svurit, slås till marken.

Han sträckte ner sköldarmen och grep det gamla svärdet, vägde det prövande i handen och drog fingret över dess slöa egg. De tre frankerna fällde nu sina lansar och kom tätt samlade i galopp mot Arn. Han måste besluta sig genast.

"Se här Ibrahim!" sade han och räckte över sitt eget svärd. "Kör detta svärd ner i sanden framför ditt tält, be inför det kors du då ser så skall jag använda ditt svärd och så får vi se hur stor Gud är!"

I nästa ögonblick sporrade han Chamsiin som redan börjat darra av iver och kastade sig rakt fram mot de tre frankernas lansar. Ibrahim sprang på nytt snubblande i sanden tillbaks mot sitt tält för att göra med Arns svärd som han blivit ombedd.

Harald hade inte funnit någon båge, hur mycket han än letat och nu stod han som lamslagen inför det som skedde. Hans jarl störtade med svärd i handen rakt mot tre anfallande riddare med fällda lansar.

I de följande ögonblicken kom han att på ett helt annat sätt förstå sin jarls, som han trodde hånfulla, ord om att ingen norrbagge dög till häst.

Vem som helst, också Harald, kunde nu se att Arn Magnussons häst var mycket snabbare än de andras. In till sista ögonblicket såg det ut som om Arn verkligen tänkte störta som en dåre med huvudet före in i de tre lansarna som kom mot honom. Men just utom deras räckvidd vek han skarpt av till höger så att Chansiin skenade nästan liggande i svängen och de tre riddarna missade. När de då bromsade och såg sig omkring så gott de kunde genom sina smala hjälmspringor hade Arn redan rundat dem och slog ner den förste med ett hugg över nacken. Den frankiske riddaren sjönk genast ihop, tappade lans och sköld och föll sakta, som om han viljelöst hasade, av sin häst. Då hade redan riddare nummer två fått Arn över sig och försökte värja sig med sin sköld medan den tredje riddaren, som nu hade sin kamrat i vägen, måste manövrera undan för att få en ny anfallsvinkel.

Arn högg sin närmste fiendes häst rakt över korsryggen så att den förlamad sjönk ihop av att bakbenen vek sig, och när riddaren då tappade balansen träffades han av Arns svärd rakt över ansiktet i hjälmens siktskåra. Också han föll.

Nu var bara två man kvar till häst där ute, Arn och den tredje franken. Det verkade som om Arn då ville förhandla med den tredje, förmå honom att ge sig. Men i stället fällde denne på nytt sin lans och gick till anfall. Strax singlade hans huvud kvar i hjälmen genom luften och föll med en dov duns till marken innan den blodsprutande kroppen följde efter. Arn verkade då mycket förvånad, höll in sin häst och drog prövande sina fingrar över svärdets egg, skakade på huvudet och skrittade fram till den mellersta av de tre frankiska riddarna som inte var död. Han steg av Chamsiin och gick fram för att hjälpa den fallne att resa sig. Den vimmelkantige riddaren tog Arns hand, reste sig och fick Arns hjälp att krångla av sig sin hjälm. Han var blodig i ansiktet men verkade inte allvarligt skadad.

Arn vände sig därefter för att se till den förste han slagit till marken, men då drog den man han just vänt ryggen sitt svärd och körde det med full kraft in i buken på Chamsiin.

Chamsiin stegrade sig i ett ångestskri och kastade sig undan i vilda språng och bakutsparkar med svärdet inkört nästan ända till fästet. Arn stod som förstenad några ögonblick, sedan sprang han fort mot nidingen som sjönk ner på knä och vädjande höll upp händerna framför ansiktet. Men han fick ingen nåd.

Därefter gjordes genast allt sådant som måste göras. Arn hämtade sitt eget svärd, körde det heliga saracenska svärdet under sitt bälte och lockade kärleksfullt och lugnande till sig Chamsiin som trots sin ångest och rullande ögonvitor kom vacklande fram mot honom med det frankiska svärdet guppande upp och ner för varje steg. Arn smekte honom, kysste honom och gick sedan två steg snett bakom honom, vände sig plötsligt om som i förtvivlat ursinne och slog av Chamsiins huvud med ett enda hugg.

Sedan släppte han lamt sitt svärd till marken och gick vit i ansiktet bort från lägret och satte sig för sig själv.

Kvinnor och barn kom nu rusande från alla håll och började fort gräva i sanden, andra började veckla ihop tälten och åter andra samlade in kameler, getter och hästar. Harald förstod inte det självklara i allt som skedde, sin jarl ville han sannerligen inte störa just nu och inte kunde han vara till någon nytta.

Den gamle mannen gick och hämtade Arns svärd i sanden, torkade av det och gick sedan med långsamma men beslutsamma steg ut mot Arn. Harald var helt säker på att detta inte var något han skulle lägga sig i.

När Ibrahim kom fram till Arn satt denne stel med frånvarande blick och Islams heliga svärd i handen. Ibrahim var beduin och kunde förstå Arns sorg. Han satte sig intill honom utan att säga något, om så vore nödvändigt beredd att sitta där i två dagar och två nätter utan att säga något. Ty Arn var enligt seden den som nu måste tala först.

"Ibrahim, jag vet att jag måste tala först", sade Arn plågat. "Sådan är din sed och det hade lika gärna kunnat vara min Regel, om vilken du dock är lyckligt ovetande. Det svärd du gav mig är i sanning märkligt."

"Det tillhör nu dig, Al Ghouti. Du var vår frälsare. Det stod skrivet och det är nu bevisat genom det som skedde."

"Nej, Ibrahim, så var det inte. Jag har nu rätt att be dig om en tjänst?"

"Ja, Al Ghouti. Och vadhelst du ber mig som är i mänsklig makt eller i alla Banu Anazas makt skall jag uppfylla i varje del", viskade Ibrahim med ansiktet sänkt mot marken.

"Tag då detta svärd och rid med det till den det tillkommer. Res till Yussuf ibn Ayyub Salah al-Din, den som vi på vårt enkla språk bara kallar Saladin. Ge honom detta svärd. Säg att det stod skrivet så, att Al Ghouti sade så."

Ibrahim tog tyst emot svärdet som Arn nu försiktigt räckte honom. De satt en stund intill varandra och stirrade över sanddynerna ut mot havet. Arns sorg var så stor att den stod som en kyla runt honom och Ibrahim var en man sällsynt väl ägnad att förstå orsaken, åtminstone trodde han det. Han hade dock bara rätt till hälften.

"Al Ghouti, du är nu Banu Anazas vän för evigt", sade Ibrahim efter en stund som kunde ha varit lång eller kort, ty för Arn fanns knappt tiden längre. "Den tjänst du bad mig om var för liten, fast jag skall få den gjord. Låt oss nu göra det som måste göras. Vi beduiner begraver hästar som Chamsiin. Han var en stor krigare, nästan som en av våra hästar. Kom!"

Den gamle mannen fick utan svårighet Arn att resa sig och följa honom. När de närmade sig lägret var det nästan helt hoppackat och lastat på kameler. De tre döda frankerna var liksom deras hästar försvunna någonstans under sanden. Men lägrets alla barn, kvinnor och gubbar stod allvarliga samlade runt en grav i sanden och ett stycke därifrån stod en villrådig Harald.

Ceremonierna blev korta, för häst som för människa. Beduinernas tro, som den framsades i deras ledare Ibrahims bön, var att Chamsiin nu för evigt sprang på vida gröna fält med gott om källvatten. Arn bad något liknande, fast tyst mumlande för sig själv, eftersom han visste att han nu hädade. Chamsiin hade dock varit hans vän sedan han var barn och Chamsiin var den ende för vars skull Arn hädade i hela sitt liv. Ty så stor var hans sinnesrörelse och just nu föredrog han beduinernas tro så starkt att han själv kunde se Chamsiin i hög fart med svansen högt lyftad och manen fladdrande på paradisets gröna ängar.

De gav sig alla iväg mot Gaza. Tre franker från Ashkelon hade dött i Banu Anazas läger. Därför måste det nya lägret slås upp alldeles intill Gaza och om det inte var säkert nog innanför stadsmurarna.

Beduinernas kvinnor och barn var lika skickliga att rida kameler och hästar och att få alla djuren med sig i samlad flock som vilka som helst vanliga saracenska män.

Harald red intill Arn på hans lånade och lite bångstyriga häst som han tycktes ha visst besvär med. Men Harald vågade inte säga något till sin jarl på den korta resan till Gaza. Han hade aldrig kunnat föreställa sig en man som Arn Magnusson gråtande som ett barn och han kände sig mycket förlägen av att se denna svaghet, särskilt som den visades inför okristna vildar. De i sin tur tycktes dock inte det minsta förundrade över krigarens barnsliga sorg över en häst. Deras ansikten var som skurna i läder, orörliga, utan min av vare sig sorg eller glädje, fruktan eller lättnad.

De var beduiner. Men om sådana visste Harald knappt mer än andra norrmän.

När de kommit fram till Gaza pekade Arn tyst ut en plats där beduinerna kunde slå läger nära stadsmuren, men i norr så att stadens dofter inte skulle ligga in i lägret eftersom vinden var västlig. Han steg av sin lånade häst och började snöra av Chamsiins seldon och sadel. Men då red Ibrahim fort upp till honom, hoppade vigt av sin häst och tog Arns händer.

"Al Ghouti, vår vän, du måste nu veta en sak!" började han andfått. "Vår stam, Banu Anaza, har hela Arabiens bästa hästar, det är känt av alla. Men ingen, inte ens sultaner eller kalifer, har någonsin kunnat köpa en sådan häst, vi har bara kunnat skänka dem när vi funnit sällsynta skäl. Den unga hingst du nu red från vårt läger är knappt inriden, som du säkert märkte. Han har ingen riktig herre. Han var avsedd för min son då hans blod är det renaste, han är vår bäste. Du måste ta honom, ty det du begärde som tjänst av mig var för lite, ehuru jag skall göra det."

"Ibrahim, du kan inte...", började Arn men förmådde inte fortsätta utan sänkte sitt huvud i gråt. Ibrahim tog honom då som en far om huvudet och smekte honom tröstande över rygg och nacke.

"Jag kan visst, Al Ghouti. Jag är Banu Anazas äldste, ingen får säga emot mig. Du kan inte säga emot mig för tills nu har du varit min gäst. Du kan inte förolämpa din värd genom att vägra hans gåva!"

"Det är sant", sade Arn och tog ett djupt andetag och torkade sina tårar med handens baksida. "Inför mina egna är jag svag som en kvinna och möjligen en dåre för att jag sörjer en häst på detta sätt. Men du är beduin, Ibrahim. Du vet att denna sorg aldrig går över och bara till en sådan som du kan jag medge en sådan sak. Din gåva är mycket stor, min tacksamhet har du så länge jag lever."

"Du får ett sto också", log Ibrahim listigt och gjorde ett tecken. Den som då ledde fram stoet var Aisha, den unga kvinna vars kärlek till Ali ibn Qays Arn hade räddat.

Det var väl tänkt av Ibrahim. För enligt seden kunde Arn absolut inte vägra en gåva från Aisha, den han gjort lycklig med sin makt och den som bar namn efter Profetens, frid över honom, mest älskade hustru.

VIII

PÅ NÅGRA FÅ ÅR hade Cecilia Rosas tillvaro på Gudhem förändrats i grunden. Klostrets affärer hade genomgått en så stor förvandling att det var svårt att fatta för ett mänskligt sinne. Trots att få nya jordegendomar hade kommit till under senare år hade Gudhems inkomster fördubblats. Cecilia Rosa förklarade gång på gång att det bara hade att göra med ordning och reda. Nå, inte bara, medgav hon om Moder Rikissa eller någon annan satte åt henne med mer envisa frågor. Det hade höjts en del priser också. En folkungamantel från Gudhem kostade numera tre gånger så mycket som när man började med hanteringen. Men precis som Broder Lucien en gång förutspått gick mantlarna numera åt i lugn jämn takt och försvann inte som tidigare på en enda vecka. På så vis blev det ju också redigare att planera arbetet, det kunde alltid sitta några familiares och arbeta i vestiarium utan att jäkta eller slarva. De skinn som behövdes för de dyraste mantlarna kunde ju bara köpas på våren och på ett fåtal marknader, och hade man planerat fel, som förr, så stod man där utan skinn med alltför många beställningar. Nu var skinnförråden aldrig tomma, arbetet flöt jämnt och gav ändå så mycket silver att Gudhems kistor skulle ha blivit överfyllda om inte Moder Rikissa beställt så många stenarbeten från frankiska och engelska stenmästare. Därigenom blev Gudhems ökande rikedom också synlig för ögat. Kyrkans torn hade byggts färdigt och fått en engelsk klocka med ljuv klang, murarna runt klostrets innerdel var färdiga liksom pelarvalven runt hela korsgången.

Intill sakristian hade det byggts två nya stora rum i sten som bildade ett eget hus. Det var Cecilia Rosas rike, där härskade hon bland böcker och silverkistor. I det yttersta rummet hade hon låtit bygga träställningar med hundratals fack där alla Gudhems donationshandlingar förvarades i en strikt ordning som dock bara Cecilia Rosa behärskade. Om Moder Rikissa kom och frågade om en eller annan egendom och dess värde eller arrende, kunde Cecilia Rosa utan minsta bekymmer först gå och hämta donationsbrevet och läsa upp vad där stod, sedan slå i böckerna tills hon hittade datum för senaste arrende, hur mycket som betalats på en skäppa när och när nästa betalning skulle ske. När betalningarna dröjde skrev hon brev som Moder Rikissa fick underteckna och försegla med abbedissans sigill. Brevet gick till den biskop som fanns närmast den sölande arrendatorn och snart ryckte då raska hantlangare ut för att driva in arrendet med vänlig påminnelse eller hårda nypor. Genom Cecilia Rosas nät slank inte minsta fisk.

Hon var inte omedveten om den makt som denna ställning som yconoma gett henne. Moder Rikissa kunde fråga om stort som smått och få de svar hon hade rätt att kräva, men hon kunde aldrig fatta några kloka beslut utan att först gå till yconoma, inte om det gällde Gudhems affärer. Och utan sina affärer skulle Gudhem inte kunna leva.

Så av den anledningen förvånade det henne inte att Moder Rikissa aldrig någonsin behandlade henne med den nedlåtenhet eller grymhet som varit i början. De hade båda funnit ett sätt att förhålla sig till varandra som inte störde vare sig affärerna eller den gudomliga ordningen på Gudhem.

Ju mer hemma Cecilia Rosa blivit i hanteringen med bokföring och kulramar, desto mer tid började hon få över till annat och den tiden tillbringade hon med Ulvhilde i trädgårdarna, när det var sådan tid, eller i vestiarium där de sydde och samtalade, ibland långt in på nätterna.

Det hade gått lång tid utan att frågan om Ulvhildes arv kommit till någon lösning. Cecilia Blanka hade under sina besök tyckts något undvikande, med svävande svar om att allt nog skulle ordna sig, men att det inte var gjort i en handvändning. Det hopp som tänts hos Ulvhilde tycktes ha släckts och det var som om hon förlikat sig med den saken.

Eftersom Moder Rikissa och Cecilia Rosa funnit ett *modus vivendi* där de hade så lite som möjligt att göra med varandra var Cecilia Rosa helt oförberedd när Moder Rikissa bad henne komma till abbedissans privata rum för ett samtal om sådant de aldrig talat om, som hon dunkelt beskrev sin önskan.

Moder Rikissa hade sedan någon tid tillbaka börjat gissla sig själv och sov ständigt med tagel mot kroppen. Det var något som Cecilia Rosa noterat i förbigående men inte brytt sig om; i kloster fick kvinnor ibland sådana idéer och det var ingenting nytt eller märkligt.

När de nu träffades föreföll Moder Rikissa hopsjunken, liksom förminskad. Hennes ögon var röda av sömnbrist och hon vred oupphörligt sina händer när hon nästan ödmjukade sig och bokstavligen böjde sig för Cecilia Rosa.

Hon förklarade med svag röst att hon sökte förlåtelse, både hos Jungfru Maria och nu hos den som hon varit mest svår mot i livet. Hon sökte allvarligt i sitt hjärta, sade hon, efter den demon som måste drivas ut, den ondska som tagit sin boning i henne utan hennes egen förskyllan. Hon vederfors nu svagt hopp, ty hon tyckte sig känna att Guds Moder var på väg att förbarma sig över henne.

Men frågan var alltså om även Cecilia Rosa kunde göra det. All den tid Cecilia Rosa tillbringat i carcer och alla de gisselslag hon fått skulle Moder Rikissa gladeligen ta på sig både dubbelt och tredubbelt om hon blott kunde nå försoning.

Hon berättade att hon lidit redan som ung av sin fulhet, hon visste väl med sig att Gud inte skapat henne som någon skir jungfru i riddares sånger. Hennes ätt var av kunglig stam men hennes far inte särdeles rik och det hade avgjort att Rikissa nog var det barn som aldrig skulle få dricka brudöl. Ingen skulle ju ta henne för rikedom eftersom den var otillräcklig.

Hennes mor hade tröstat henne med att Gud hade en mening med allt och att den som inte var skapt för brudsäng som vilken som helst gås, nog var skapt för en högre kallelse och att Guds rike var dit Rikissa borde söka sig. Själv hade Rikissa minsann haft sin håg mer till människors rike, till att rida och jaga, vilket inte många jungfrur såg som sitt första önskemål i livet.

Men eftersom hennes far kände gamle kung Sverker väl hade de kokat ihop att Rikissa var särdeles lämplig att få ansvar för ett nytt nunnekloster som den sverkerska ätten tänkte sig att uppföra i Gudhem. Mot både kung och far hade hon förstås haft intet att säga, och redan året efter sin tid som novis blev hon abbedissa och Gud visste då som nu hur oerfaren och rädd hon varit för det stora ansvaret. Det var ju så att om en ätt ville ordna med kloster så ville den ätten helt säkert ha klostret under egen värjo och inte släppa iväg allt man kostat på till fiender. Det var en smal spång mellan kyrkans makt och den världsliga makten, för när någon blivit abbot eller abbedissa så var det nästan omöjligt för de världsliga att få ändring om de skulle bli missnöjda av en eller annan orsak. Därför, således, fanns ättemakten lika mycket i klostervärlden som utanför murarna, fast den var mindre synlig. Och därför hade hon inte kunnat undandra sig kallelsen, då den kom lika mycket från den egna ätten som från Gud.

Något av hennes hårdhet mot Cecilia Rosa i början kunde kanske förklaras med att det var krig där ute vid den tiden och att folkungar och erikar gick hårt åt den sverkerska sidan. Orättvist var det förstås att Cecilia Rosa, som varit så ung och späd, fått bära oket av krig på sina axlar till och med inne i kloster där krig aldrig skulle finnas. Det var orättvist och det var orätt och synden var Moder Rikissas, erkände hon och böjde sitt huvud som i gråt.

Cecilia Rosa hade under den långa bikten känt ting inom sig som hon aldrig någonsin hade kunnat föreställa sig. Hon tyckte synd om Moder Rikissa. Hon hade så väl levt sig in i den fula jungfruns plåga när såväl junkrar som män måste ha skrattat bakom hennes rygg och säkert redan då, som senare Cecilia Rosa själv och Ulvhilde och Cecilia Blanka, påpekat hur märkligt lik en häxa den där Rikissa ändå var. Det måste ha varit mycket svårt för den unga Rikissa, fylld av samma drömmar och samma förhoppningar som andra jungfrur i hennes ålder, att sakta men obönhörligt säkert inse att hon var dömd till ett annat liv som hon alls inte hade åstundat.

Och orättvist var det också, tänkte Cecilia Rosa. För ingen man eller kvinna fick själv välja sitt utseende, de skönaste fäder och mödrar kunde få de fulaste barn och omvänt och vad än Gud haft för avsikt med att skapa Moder Rikissa lik en häxa så kunde det ju ändå inte vara hennes eget fel.

När Moder Rikissa nu snyftande bad om förlåtelse på nytt kände Cecilia Rosa först som om hon genast ville omfamna den ömkliga kvinnan och ge henne all förlåtelse hon bad om. Men hon hejdade sig i sista ögonblicket och försökte föreställa sig hur hon efteråt skulle kunna berätta en sådan sak för Cecilia Blanka, och vad Cecilia Blanka då skulle säga henne. Inte skulle det bli vänliga och förstående ord.

Cecilia Rosa letade förtvivlat efter en utväg och försökte föreställa sig hur en klok människa, Cecilia Blanka eller Birger Brosa, nu skulle ha svarat. Till slut fann hon sig någorlunda.

"Det var en sorglig historia du hade att förtälja mig, Moder", började hon försiktigt. "Sant är dock att du syndat svårt, jag har känt det på mitt eget skinn och under hårda vinternätter. Men Gud är god och förlåtande och den som ångrar sin synd som du gör är inte förlorad. Min förlåtelse är dock av ringa betydelse, mina sår är sedan länge läkta och kylan sedan länge borta från min märg. Du måste söka Guds förlåtelse, Moder. För hur skulle jag syndiga människa av så ringa betydelse kunna tränga mig före Gud i en sådan sak?"

"Så du vill inte förlåta mig?" hulkade Moder Rikissa och lutade sig framåt som i kramp och vred sig så att rassel och knak påminde om taglet under hennes yllekläder.

"Jo, jag skulle inte vilja något hellre, Moder", svarade Cecilia Rosa lättad av att hon beslutat att slingra sig av kroken och dessutom lyckats. "Den dag du känner att du har Guds förlåtelse, kom till mig så skall vi med stor glädje be tacksägelse över nåden tillsammans."

Moder Rikissa rätade sig sakta från sin sammanhukade ställning och nickade tankfullt som om hon funnit Cecilia Rosas ord mycket tänkvärda och rentav goda, fastän hon inte fått den förlåtelse hon bett om. Hon torkade sig i ögonen som om där funnits tårar och suckade sedan djupt och började berätta något om allt bråk som uppstått till följd av dubbelrymningen från Gudhem och Varnhem. Både hon och den åldrige Fader Henri hade tagits i hård upptuktelse av ärkebiskopen för denna svåra synd där deras eget ansvar inte kunde vara ringa.

Men Moder Rikissa hade aldrig haft något att säga till sitt försvar, eftersom hon ju inte vetat något om det som skett bakom hennes rygg. Nu, så här långt efteråt, kunde inte kära Cecilia Rosa då förbarma sig och säga något om vad som var sant i denna sak? För nog visste väl Cecilia Rosa hur det låg till?

Cecilia Rosa blev som is inom sig. Hon såg noga på Moder Rikissa och hon tyckte sig skåda djävulens ormöga, för visst hade Moder Rikissas pupiller i de röda ögonen blivit sneda på längden, som en orms eller en gets?

"Nej, Moder Rikissa", svarade hon stelt. "Om denna sak vet jag ingenting mer än du själv. Och hur skulle jag, en syndig liten botgörerska, kunna veta något om vad en munk och en nunna hade för sig?"

Hon reste sig och gick utan att säga något mer och utan att först kyssa Moder Rikissas hand. Hon behärskade sig väl tills hon stängt dörrarna och kom ut i den vackra korsgången där rosor nu klättrade högt längs alla pelare som en ständig hälsning från Syster Leonore; intet hade hörts om Broder Lucien och Syster Leonore. Och eftersom intet hörts om straff och botgöring eller bannlysning så var det goda nyheter. Nu fanns de båda nog där nere i södra frankerriket, lyckliga med varandra och sitt barn och utan synd.

Cecilia Rosa gick långsamt längs alla de klängande rosorna i korsgången, luktade på de röda och smekte de doftlösa vita och alla rosorna hälsade på sitt sätt från Syster Leonore och Occitaniens lyckliga land. Cecilia Rosa darrade dock av köld fastän det var en ljum sommarkväll.

Hon hade suttit inför ormen själv och ormen hade talat vänt som ett lamm och för en stund fått Cecilia Rosa att tro att ormen också var ett lamm. Vilken stor olycka och vilka förfärliga straff hade inte kunnat följa om hon fallit till föga för den locksången och berättat allt i sin barnsliga medömkan och sina förvända ögon som för en stund sett någon annan än den riktiga Rikissa.

I livets alla skeden gällde det dock att försöka tänka som en man med makt, eller åtminstone som Cecilia Blanka.

* * *

Om någonting den närmaste tiden mer än annat kunde vara en förklaring till Moder Rikissas botfärdighet, eller kanske snarare hennes fruktlösa försök att lura Cecilia Rosa att förråda sig som synderska å det grövsta mot klosterfriden, så var det budet att drottning Cecilia Blanka inte skulle komma ensam till Gudhem på sitt nästa besök. Hon skulle ha jarlen Birger Brosa med sig.

Det var ett skickelsedigert besked. Jarlen var inte en man som reste till kloster för att bara ägna sin dyrbara tid åt att språka med någon stackars botgörerska, även om han på mer än ett sätt visat Cecilia Rosa sitt stöd. Om jarlen kom var det något stort i görningen.

Det anade också Cecilia Rosa när hon fick besked. Numera kunde inte Moder Rikissa behålla en sådan kommande händelse för sig själv, ty yconoma måste i god tid få veta vilken gästfrihet som förväntades av Gudhem så att hon kunde sända sina män att inhandla allt sådant som vanligtvis inte förtärdes på Gudhem. Reglerna bjöd visserligen var man och kvinna som vigt sitt liv åt Gud att avstå från att äta fyrfotadjur. Men för jarlar fanns sannerligen inte några sådana regler. Inte i alla kloster heller. Det var väl känt att de burgundiska munkarna på Varnhem under Fader Henris överinseende och mer än tydliga medgivande hade skapat det bästa köket i Norden. Till Varnhem kunde Birger Brosa komma oanmäld och ändå bli bättre förplägad än vid något av sina egna bord. Men när det gällde Gudhem var han således mer förtänksam.

Vad Birger Brosa hade för avsikter var dock inte något som Cecilia Rosa bekymrade sig om att försöka räkna ut i förväg. Hon hade ingenting särskilt att hoppas annat än att hennes långa botetid skulle ta slut, innan dess kunde ingen kung eller jarl göra någonting alls för henne utom att försöka hålla Moder Rikissa i, om inte Herrans tukt och förmaning, så dock den världsliga maktens tukt. Och till skillnad från Moder Rikissa hade Cecilia Rosa heller ingenting att frukta från jarlen och drottningen. För henne var det bara som skön nyfikenhet att vänta på ett besök från kära vännen Cecilia Blanka som denna gång skulle bli på ett annat sätt än det vanliga.

Jarlen kom med stort följe. Mätt och belåten var han redan någorlunda, ty för säkerhets skull hade han stannat till uppe i Varnhem en dag och en natt innan han och drottningen fortsatte den korta biten ner till Gudhem.

Hästhovar klapprade mot den nya stenläggningen utanför murarna, karlar talade grovt språk och bråkade och det gnisslade från tältstänger, rep och vindor när lägret för jarlens män restes och spänningen inom Gudhem växte med vart främmande ljud. Cecilia Rosa, som nog kunnat gå ut i hospitium numera utan att fråga Moder Rikissa om lov, satt dock lugnt kvar vid sina böcker och sin gåspenna och avslutade allt arbete i bokföringen som det ståtliga besöket hade medfört. Hon tyckte det kändes gott att inte bara rusa iväg till det som förvisso gladde henne mest under varje år, utan att först som god arbetare i vingården avsluta sitt arbete. Nöje och vila var belöning för gott arbete, tänkte hon sig. Och hon tänkte sig också att det var så hon en gång skulle leva utanför Gudhem, ty nu hade det gått så lång tid på hennes bot att hon kunde se slutet på tiden och hon hade så smått börjat fantisera om hur livet skulle kunna bli i framtiden. Särskilt tydlig hade hon dock inte kunnat bli i sina drömmar, för en sak var ju alls inte klar och synlig.

Det var flera år sedan det hade kommit några kunskaper från Varnhem och Fader Henri om Arn Magnusson. Det enda hon trodde sig veta säkert var att han inte var död, för enligt vad Fader Henri sagt Cecilia Blanka hade Arn nu stigit så högt i graderna att han var en tempelriddare som skulle få mässor lästa i hela den cisterciensiska världen om han föll i det heliga kriget. Hon visste alltså att han levde, men inte mer.

Tidningar om Arn var emellertid det första Birger Brosa hade att framföra sedan hon kommit ut till hospitium, omfamnat Cecilia Blanka och sedan böjt sitt huvud för jarlen; omfamna honom vågade hon inte eftersom hennes klosterår börjat sätta djupa spår i hennes sinne som hon själv inte ens var medveten om.

När de hälsat och han fått sin begärda ölstånka slog han sig dock bekvämt ner vid bordet, drog upp ena benet som han brukade och såg illmarigt på Cecilia Rosa medan hon satte sig och rättade till sina kläder.

"Nå min kära fränka Cecilia", myste han och drog ut lite extra på tiden som för att fånga hennes uppmärksamhet ännu mer. "Nu har vi, drottningen och jag, mycket att säga dig. Somt av stor vikt och annat av mindre vikt. Men detta tror jag nog att du vill höra först, det är senaste kunskap om Arn Magnusson. Han är nu en av tempelriddarnas stora segrare, han vann nyligen ett stort slag vid något som heter Mont Grisar, åtminstone tyckte jag det var så Fader Henri sade. Och det var inte vilket slag som helst, femtiotusen saracener stupade och själv ledde han tiotusen riddare och red främst. Må Gud bevara en sådan krigare så att vi får hem honom raskt, det hoppas vi folkungar nu kanske lika mycket som du, Cecilia!"

Cecilia Rosa sänkte genast sitt huvud i tacksägelsebön och snart strömmade tårarna nedför hennes kinder. Birger Brosa och Cecilia Blanka lät henne hållas men utbytte en varm menande blick.

"Kan vi då möjligen övergå till annat varmed vårt sinne också är fullt?" frågade jarlen efter en stund och log sitt breda kända leende. Cecilia Rosa nickade och torkade generat sina tårar men log åt Cecilia Blanka som om hon inte med vare sig ord eller tysta klostertecken behövde förklara något om den lycka som budet från Varnhem fört med sig.

"Nå, då tänkte jag tala med dig om Ulvhilde Emundsdotter, ty den saken har inte varit lätt", vidtog jarlen när han tyckte sig se att Cecilia Rosa samlat sig tillräckligt.

Sedan förklarade han lugnt, på punkt efter punkt i god ordning, hur olika svårigheter uppstått och vad han försökt göra åt det.

Först och viktigast att säga var att det var helt sant att Ulvhilde hade Västra Götalands lag på sin sida. Därom var tre lagmän fullt ense. Ulfshem hade varit Ulvhildes barndomshem, hennes mor och hennes bröder hade dräpts. Hon var sannerligen den rättmätiga arvtagerskan till Ulfshem.

Nu hade saken ändå inte varit helt enkel. Ty kungen Knut Eriksson hade inte varit någon vän av hennes far Emund. Tvärtom hade han när detta arv komnit på tal kraftfullt hävdat att om han kunde dräpa Emund en gång om dagen som den där grisen i sagorna som alltid återuppstod, så skulle han glädjas högeligen. Emund var kungadråpare och värre än kungadråpare eftersom han nesligt och fegt dräpt helge Sankt Erik, kung Knuts far. Och varför, hade kung Knut då sagt, skulle han känna minsta förbarmande med den slemme Emunds avkomma?

Därför att lagen krävde det, hade Birger Brosa då sökt förklara. Lagen stod över all annan makt, lagen var den grund på vilken land skulle byggas och mot det kunde ingen kung invända.

Svårigheterna var dock inte slut med kungens trilskande. Ulfshem hade bränts ner till grunden. Sedan hade det skänkts till folkungar som tjänat väl i segern vid blodsängarna. Så på Ulfshem bodde nu en Sigurd Folkesson och hans två ogifta söner. Deras mor hade dött i barnsäng och han hade av ett eller annat skäl aldrig gått i ny brudsäng.

Dessa folkungar kunde ju hävda att de fått Ulfshem i kunglig gåva och att de byggt upp allt från grunden.

Här blev jarlen till sin synnerliga överraskning avbruten av Cecilia Rosa som nästan fräckt påpekade att marken var mycket mer värd än några hus, att stengrunden dessutom var mer värdefull än träbyggnaderna ovanpå, om man nu byggt på det nya sättet men det hade man väl eftersom det brunnit och något skulle byggas upp från grunden? Nå, vad var några hus mot all jord och alla stengrunder?

Jarlen rynkade pannan något vid att bli så tillrättavisad, men eftersom enda vittnet var drottningen lät han fort saken bero och i stället för att vredgas berömde han Cecilia Rosa för hennes skarpa förstånd i affärer.

Hursomhelst, denna sak hade alltså ältats fram och tillbaka. Nu kunde det dock finnas mer än ett sätt att ta sig ur detta rävgryt.

Ett sätt var med silver. Ett annat sätt med gifte. Ty om Ulvhilde samtyckte till att trolova sig med någon av Sigurds söner så skulle inget hindra att hon också övertog ägandet av Ulfshem mer än till hälften. Något måste hon ju lämna i hemgift.

Här såg Cecilia Rosa ut som om hon på nytt tänkte avbryta jarlen, men hon hejdade sig.

Den andra möjligheten, fortsatte jarlen medan han leende höll upp ett pekfinger för att inte bli avbruten på nytt, var att köpa ut folkungarna på Ulfshem. Ty under senare år hade Birger Brosa varit två gånger på korståg tvärs över Östra sjön. En gång hade han och hans män överraskats av ett motanfall. De hade hamnat i trångmål och det såg ett kort slag mörkt ut. I den stunden hade Birger Brosa lovat Gud att som betalning för räddning ur knipan bygga tre kyrkor. Då det för en stund fortfarande såg mörkt ut hade han lagt till att han förutom kyrkorna kunde tänka sig att ordna lilla Ulvhildes besvär. Då hade krigslyckan genast vänt.

Kyrkorna var redan byggda. Men skulden till Gud var ännu inte till fullo betald så på ett eller annat sätt skulle man nu ordna Ulvhildes liv. Frågan var bara hur. Och som Cecilia Rosa helt säkert förstod hade han själv och Cecilia Blanka inte gärna fört detta samtal i Ulvhildes närvaro och bara därför hade hon ännu inte ombetts att komma över till hospitium.

Nu ville de således veta vad Cecilia Rosa ansåg och kunde man ena sig om något klokt så var det bara att kalla till sig Ulvhilde. Så, sist och slutligen i denna sak, vad var nu Cecilia Rosas mening? Det var ju hon som kände Ulvhilde bäst. Skulle det bli den dyra lösningen, att köpa ut folkungarna, eller skulle det kunna ordna sig den enkla vägen med att få henne ingift i folkungaätten?

Cecilia Rosa tyckte inte att denna fråga kunde avgöras i en handvändning. I en godare värld där Ulvhilde inte fått alla sina nära och kära dräpta i krig hade hon haft en far som för länge sedan gift bort henne bäst han gitte. Troligast med någon av jarlarna Kols eller Boleslavs fränder. Men som nu var hade Ulvhilde alls inte något sådant tvång över sig. Sant och visst var att hon skulle foga sig i vadhelst hennes två enda vänner och dessutom jarlen föreslog henne. Men en sådan brådska att tvinga Ulvhilde i brudsäng skulle ju lika gärna kunna leda till hennes olycka som hennes lycka.

Bäst vore, menade Cecilia Rosa efter en stunds funderande, om Ulvhilde helt enkelt fick resa hem till sin ägandes gård och mark utan några trolovningslöften. Folkungen Sigurd och hans två söner kunde ju då till en början, medan Birger Brosa ordnade med deras nya gårdar, stanna kvar för att hjälpa Ulvhilde att bli husfru. För det var nog ingen lätt sak att lära sig om man levt större delen av sitt liv med psalmsång, trädgårdar och sömnad.

Birger Brosa muttrade att detta ju var den dyraste lösningen för den händelse ingen av Sigurds söner skulle falla jungfru Ulvhilde i smaken. De båda Ceciliorna förebrådde honom då genast att han för det första lovat Gud, utan några förbehåll vad gällde utgifterna, och att han för det andra berikat sig mycket på sina korståg i öster. Han blev inte vred av dessa tillrättavisningar som han måhända blivit om han fått dem i manligt sällskap. Efter en kort stunds tystnad nickade han bifall och bad Cecilia Rosa gå in i klausuren och hämta Ulvhilde.

På väg ut påmindes hon av Cecilia Blanka att detta skulle bli sista gången som Ulvhilde gick ut genom Gudhems port, ty de skulle ta henne med på resan uppåt landet om en dag eller två. Så, tillade hon, om det funnes någon lämplig sverkersmantel så var det lika gott att ta med den genast. Jarlen skulle säkert inte ha något emot att betala den gåvan. Och ifall han konstrade också om denna lilla utgift skulle Cecilia Blanka själv betala. Åt detta skrattade både hon själv och Birger Brosa gott.

Röd om kinderna och med dunkande hjärta skyndade Cecilia Rosa in bakom murarna och bort till vestiarium där hon vid den här tiden väntade sig att finna Ulvhilde. Men där fanns hon inte. Cecilia Rosa letade raskt fram en mycket vacker och blodröd sverkersmantel med guld och sidentrådar i den broderade svarta gripen på ryggen, vek ihop den under armen och skyndade vidare för att finna Ulvhilde. Hon hade plötsligt fått en stor oro inom sig.

Och som styrd av denna oro letade hon inte på sådana platser där hon borde ha letat först utan gick rakt till Moder Rikissas egna rum, och där inne fann hon dem båda tillsammans på knä och gråtande. Moder Rikissa höll tröstande om Ulvhildes rygg som skakade i snyftningar. Det som Cecilia Rosa inom sig fruktat mest höll på att hända eller hade i värsta fall redan hänt, trots alla hennes varningar till Ulvhilde.

"Låt dig inte förledas, Ulvhilde!" ropade hon, sprang fram till dem och slet omilt upp Ulvhilde från Moder Rikissas kloliknande grepp, omfamnade henne och smekte hennes skakande rygg medan hon fumlade med den röda manteln.

Moder Rikissa reste sig då väsande och med röda blixtrande ögon och skrek vilt och högt att ingen hade rätt att avbryta bikten och att somt redan blivit sagt men att annat saknades för att komma till klarhet. Så försökte hon slita tag i Ulvhildes armar för att dra henne till sig på nytt.

Med en styrka som inte kändes som hennes egen skilde Cecilia Rosa sin gråtande vän från häxan och höll så upp den röda manteln som ett skydd mellan dem. Båda stillnade och häpnade inför det stora blodröda tyget.

Cecilia Rosa passade fort på att hänga sverkersmanteln över Ulvhildes skuldror som vore den en järnsköld mot Moder Rikissas ondska.

"Nu måste du besinna dig, Rikissa!" sade hon med en styrka som hon inte skulle ha tilltrott sig själv i vanliga fall. "Här står inte längre din träl, här inte din fattiga jungfru Ulvhilde bland familiares utan silver och ätt, här står nu Ulvhilde till Ulfshem och ni två ses, Gud ske pris, aldrig mer!"

I den plötsliga stillhet som då slog både Ulvhilde och Moder Rikissa passade Cecilia Rosa på att utan vidare avskedshälsning dra med sig Ulvhilde ut genom dörrarna från Moder Rikissas rum och bort den korta biten genom korsgången och snabbt ut genom stora porten.

Där ute stannade de under stenbilden av Adam och Eva fördrivna ur paradiset och flämtade en kort stund som om de sprungit länge.

"Jag varnade dig åter och åter, jag berättade ju hur ormen kunde göra sig till lamm", sade Cecilia Rosa till slut.

"Jag... tyckte... så... synd om henne!" hulkade då Ulvhilde.

"Måhända därför att det *är* synd om henne, men det förringar inte hennes ondska. Vad sade du till henne, du bekände väl inte…?" frågade Cecilia Rosa både varsamt och oroligt.

"Hon fick mig att gråta över hennes olycka, hon fick mig att förlåta henne", viskade Ulvhilde.

"Och sedan skulle du bekänna!"

"Ja, sedan ville hon ha min bekännelse, men då kom du som sänd av Vår Fru. Förlåt mig allra käraste, men jag var mycket nära att begå en stor dumhet", svarade Ulvhilde skamset och med blicken i marken.

"Jag tror du har rätt, jag tror Vår Fru sände mig i rätt ögonblick av förbarmande. Den mantel du nu bär hade ryckts av dig genast och du hade för alltid torkat inne på Gudhem om du sagt henne sanningen om Syster Leonore. Låt oss bedja och tacka Vår Fru!"

De sjönk båda ner på knä utanför den klosterport Ulvhilde gått ut genom för sista gången. Ulvhilde hade varit på väg att börja fråga, ty det var som om hon först nu riktigt hade kommit till sina sinnen och började förstå vilken dyrbarhet Cecilia Rosa hängt över hennes axlar. De bad dock länge och i djup och uppriktig tacksamhet Jungfru Maria om syndernas förlåtelse, de synder som så när störtat dem båda i fördärvet och där de kunnat dra drottningen med sig ner i fallet. De var för resten av sina liv övertygade om att Jungfru Maria sänt en underbar räddning i sista stund. Häxan hade verkligen förtrollat Ulvhilde och så när fått henne att sticka huvudet i snaran.

Men när de reste sig och omfamnade varandra och kysste varandra kom Ulvhilde mer till sina sinnen, smekte det röda mjuka tyget och frågade utan ord om innebörden.

Cecilia Rosa förklarade då att det nu var dags för Ulvhilde att resa hem och att manteln var en gåva från antingen jarlen eller drottningen, men att den sannerligen inte var Ulvhildes enda ägodel, ty hon ägde nu ensam Ulfshem.

När de under andäktig tystnad gick den korta biten mellan Gudhems port och hospitium där deras välgörare väntade försökte Ulvhilde med hela sitt sinne förstå det som nu hade hänt.

En kort stund tidigare hade hon inte ägt mer än kläderna hon bar på kroppen och strängt taget inte ens dem; de kläder hon en gång kommit klädd i till Gudhem var ett barns kläder, urvuxna sedan länge och säkert försvunna eller sålda. Inte ett enda ägandes föremål hade hon behövt gå och hämta innan hon gick ut genom Gudhems port.

Steget till den röda dyrbara manteln och att bli husfru på Ulfshem var omöjligt att förstå utan mer tid till eftertanke.

Cecilia Rosa och Ulvhilde såg alltså mer blekt betänksamma ut än deras välgörare väntat sig när de båda steg in i gästabudssalen i hospitium där stekvändare och ölhämtare redan börjat sitt arbete. Jarlen, som spjuveraktigt hoppat upp för att med en djup hövisk bugning ta emot den nya husfrun till Ulfshem, såg genast att något inte var som det skulle.

Deras fest fick därför en besynnerlig början, då Cecilia Rosa och Ulvhilde berättade om Moder Rikissas sista ursinniga försök att välta dem alla över ände. Jarlen hörde nu för första gången historien om hur de tre sammansvurna hade bisprungit den förrymda munken och nunnan. Först blev han betänksam eftersom han, utan att vara den mest kunnige i kyrkans regler, väl förstod att allas lycka och välgång i livet hängt på en mycket skör tråd. Han menade dock bestämt att faran var över. För om man tänkte efter noga, vilket saken krävde, så var de nu bara fyra i hela landet som kände sanningen om klosterrymmarna. Drottningen och Cecilia Rosa skulle säkert vårda hemligheten väl. Så även Ulvhilde, särskilt om hon blev ingift i folkungaätten – där fick han stränga ögonkast från de två Ceciliorna – särskilt som hon måtte bekymra sig mycket om sina vänners frid och lycka, ändrade han sig då fort. Och för egen del, tillade han med ett överdrivet brett grin, så tänkte han inte kasta landet in i brand och krig för en förlupen munks skull.

Ty det, förklarade han strax mer allvarligt, hade varit Rikissas avsikt. Det handlade för hennes del om mycket mer än att hämnas på två jungfrur som inte varit henne till lags. Man måste minnas att det var hon som en gång lyckats få Arn Magnusson nästan bannlyst, och det hade ställt till mycket oreda för Knut Eriksson som vid den tiden ännu inte hade blivit erkänd kung av alla. Om Rikissa nu som hon tänkt sig fått drottning Cecilia Blanka bannlyst för klosterrymning av något slag, hon hade ju deltagit i brottet genom att betala det, skulle hennes och Knuts söner inte kunna ärva kronan och då var kriget nära. Så hade hon tänkt, Rikissa. Hade hon lyckats hade hon säkert funnit goda skäl att fröjdas hela det återstående jordelivet på väg mot helvetet, dit hennes vandring ändå måste leda till slut.

Men nu var alltså dubbel anledning att ha ett glädjens gästabud, fortsatte han på ett nytt och muntrare humör och drack mycket höviskt dem till alla tre.

Deras lilla gästabud kom sig sakta men säkert allteftersom de åt och drack och kunde börja skämta om Cecilia Rosas och Ulvhildes vanliga magra kost som dock hållit dem unga och friska, medan frihetens och rikedomens kost nog hade sämre egenskaper för den som ville leva länge. De frossade på kalv och lamm och prövade att dricka något vin till, men höll sig mest till öl som det fanns en outsinlig mängd av.

De två Ceciliorna och Ulvhilde gav sig dock som man kunnat vänta långt före Birger Brosa, som liksom många folkungar var känd för sin goda aptit. Hans farfar hade ju varit Folke den tjocke, den mäktige jarlen.

Möjligen upphörde Birger Brosa med sitt sovel, sina sötade rovor och bönor tidigare än han skulle ha gjort i mäns sällskap; han fann det till slut något underligt att sitta ensam och äta medan de tre andra såg på honom med allt större otålighet. Det var ändå till efterölet man brukade kunna tala mest behagligt, åtminstone fram tills man blev för full. Och Birger Brosa hade fler ärenden i sin ränsel denna gång.

När han märkte att de två Ceciliorna och Ulvhilde börjat tala sitt tysta språk och då och då tycktes fnissa åt honom sköt han undan sin mat, fyllde på nytt öl, stack sin kniv i bältet, torkade sig om munnen, drog upp ena benet under sig och placerade som han hade för vana sin ölstånka balanserande på det uppdragna knäet. Han hade mer att förtälja som nog skulle kunna tyckas vara viktigt, förklarade han högtidligt och drack en ny stor klunk medan han väntade in den tystnad han visste att han nu skulle få.

Till stor förtret hade ju varit att sverkrarna höll flest kloster, tills nu alla nunnekloster i landet, började han.

Sådan ordning kunde man inte ha, det skapade split och det kunde bli mäkta obekvämt för somliga, som ju särskilt de två Ceciliorna och Ulvhilde hade fått känna av inpå bara huden. Han hade därför bekostat ett nytt kloster som snart skulle invigas. Det hette Riseberga och låg i Nordanskog nordost från Arnäs, alltså i mörka Svealand. Av det skulle man dock inte bli så betänksam, tillfogade han snabbt när han såg sina åhörares grimaser vid ordet Svealand. Numera var man på väg att bli ett enda rike under kung Knut. Det gällde att handla sig samman, gifta sig samman och om nödigt klostra sig samman snarare än att försöka kriga sig samman. Det där senare hade man ju försökt sedan urminnes tider utan framgång.

Riseberga kloster skulle snart kunna signas och komma igång på allvar. Två saker saknades. Det ena var en abbedissa av antingen den erikska eller den folkungska ätten och just nu sökte man med ljus och lykta bland landets nunnor för att finna någon lämplig. Gick inte det fick man ta en novis, men helst skulle det vara en färdig nunna till abbedissa, någon som var gott förtrogen med allt sådant som gjordes i kloster.

Det andra som saknades var en god yconomus. Nu hade dock Birger Brosa hört från många håll att Gudhems affärer var de bäst skötta bland alla landets nunnekloster och den som skötte dessa affärer var ju, hur svår en sådan sak än var att tro, ingen man.

Här blev han avbruten av två förtrytsamma Cecilior där den ena menade att den kunskapen hade hon bibringat sin jarl för länge sedan och den andra menade att den yconomus man haft tidigare på Gudhem visserligen var man men än mer en fåne.

Birger Brosa drog sig med låtsad skrämsel undan bakom sitt ölkrus och förklarade sedan med intagande munterhet att han var väl medveten om allt det där, att han bara behagat skämta. Men åter till allvaret så önskade han alltså att Cecilia Rosa åtoge sig arbetet som yconomus på hans kloster Riseberga.

Yconoma, rättade Cecilia Rosa med spelade sårade känslor.

Problemet var dock, fortsatte Birger Brosa mer allvarligt, att det måste dröja något innan han kunde hämta ut Cecilia Rosa och få henne körd upp till Riseberga. Det var brev som ärkebiskopen skulle besegla och det ena med det andra och därför skulle det ofrånkomligen dröja något. Under tiden skulle Cecilia Rosa bli ensam med Rikissa på Gudhem, utan vänner och vittnen, och det fanns orosmoln i den tanken.

Däri instämde Cecilia Rosa. Om Moder Rikissa förstod att hon snart skulle tvingas sköta Gudhems affärer på egen hand skulle hon kunna ta sig före vad som helst. Någon gräns för den kvinnans ondska fanns inte.

Men om hon inte anade vad som var i görningen så skulle viljan att ha affärerna i ordning nog vara starkare än att försöka nya konster med tagelskjorta, bikt och falsk gråt. Särskilt så nära inpå de misslyckade försök hon praktiserat. Just nu låg hon nog i sin säng, utan tagel bevars, och gnisslade tänder av hat.

Ulvhilde menade med stort allvar att Moder Rikissa brukade trolldom, att hon kunde få en människa att bli som viljelös och bekänna vad som helst som om det vore Guds och inte djävulens vilja. Mot sådan trolldom kunde ingen säkert värja sig, det hade hon själv fått känna på när hon trots alla föresatser ändå varit nära att ge vika inför Moder Rikissas onda övertalning.

Cecilia Blanka avbröt då och sade att det där kunde ordna sig lätt. Vad Cecilia Rosa skulle göra var att vänta några dagar, sedan söka Rikissa i enrum och låtsas förlåta henne, be samman med henne några gånger och tacka Gud för att också Han förlåtit Sin syndfulla abbedissa.

Det var visserligen att ljuga och hyckla inför Gud. Men Gud kunde ju inte vara dummare än att Han såg det nödvändiga i detta offer. Desto mer kunde ju Cecilia Rosa be om nåd när hon blev ensam med Gud uppe i Riseberga.

Och vidare, fortsatte Cecilia Blanka, måste Birger Brosa se till att hålla sina planer om yconoma på Riseberga hemliga, gärna vidtala någon annan, gärna sprida ut falska rykten i den saken. Vadsomhelst var tillåtet i kampen mot djävulen.

Följden av sådana rökmoln måste alltså bli att en fora kom och hämtade Cecilia Rosa en vacker dag utan något som helst besked i förväg. Cecilia Rosa skulle då kunna gå rakt ut genom porten, precis som en gång hon själv och därefter Ulvhilde utan att ens säga farväl. Och där skulle häxan stå med sin långa näsa.

De fann alla att Cecilia Blankas förslag var gott. Så fick det bli, så vore säkert också Guds vilja. Ty varför skulle Han vilja straffa Cecilia Rosa mer och varför skulle Han vilja hjälpa Rikissa i hennes ondska?

Det var inte Gud som hjälpte Moder Rikissa, det var någon annan, menade Cecilia Rosa tankfullt. Hon skulle dock be till Vår Fru om beskydd varje natt. Och Vår Fru hade ju skyddat både henne själv och hennes älskade Arn i så många år, så visst borde Hon då mena allvar med detta beskydd?

* * *

När unga Jungfru Ulvhilde Emundsdotter red ut från Gudhem till sitt nya liv i frihet var det just före Olsmässan. Det var den tid som låg mellan den gamla och den nya skörden så lador och visthus var tomma men slåttern kommit i full gång.

Hon red jämte drottningen, i täten av följet alldeles bakom jarlen och förridarna som förde fanor med folkungalejonet och de tre kronorna. Bakom drottningen och Ulvhilde följde en stark hird på mer än trettio ryttare som mestadels bar blåa färger, även om Ulvhilde inte var ensam om den röda manteln.

Varhelst följet drog fram på vägen upp mot Skara avstannade allt arbete på åkrarna och fälten och män och kvinnor kom fram till vägkanten, knäföll och bad Gud bevara freden, jarlen och drottning Cecilia Blanka.

Ulvhilde hade inte suttit till häst sedan hon var barn och även om det sades att rida var något som alla människor kunde därför att det var Guds ordning att djuren tjänade människan, så kände hon snart i sitt ovana säte att rida inte var det behagligaste sättet att färdas för den som var ovan. Hela tiden måste hon krångla för att försöka byta ställning, för att blodet stockade sig i ett ben eller ett knä skavde mot sadeln. Som barn hade hon ridit i vanlig sadel med ett ben om vardera sidan på hästen, men nu red hon och Cecilia Blanka som det anstod förnäma fruar med båda benen på samma sida om hästen. Det var både svårare och mer smärtsamt.

Ändå var det onda av sadeln ett mycket litet bekymmer som för det mesta dränktes i alla andra sinnen. Luften var sval och ljuvlig att andas och Ulvhilde fyllde gång på gång sitt bröst och höll andan liksom hon inte ville släppa ifrån sig smaken av frihet.

De red genom fält och ljusa ekskogar och förbi många åar och glittrande vattendrag tills de kom upp på Billingen och skogen tätnade och hirden ställdes om så att hälften av männen red upp framför jarlen och drottningen. Det var ingenting att oroa sig för, förklarade Cecilia Blanka för Ulvhilde. Visserligen var fred i landet sedan lång tid, men män ville alltid bete sig som om de väntade sig att snart få dra sina svärd.

Skogen såg inte heller särskilt hotfull ut i Ulvhildes ögon, det var mest höga ekar och bok och ljuset strilade ner i skimrande färger från de höga trädkronorna. De såg några hjortar på avstånd som drog sig försiktigt undan mellan stammarna.

Aldrig hade Ulvhilde kunnat föreställa sig världen där ute så skön och välkomnande. Hon var 22 år nu, en kvinna i mitten av sin ålder som för länge sedan skulle haft barn att sköta, det som hon trott att hon aldrig skulle få vara med om eftersom hon sett sitt liv som klosterliv ända till vägens slut.

Hon anade inom sig att den lycka hon kände just nu inte kunde bestå, att friheten skulle ha andra sidor som hon skulle få lära sig på hårdare sätt. Men när hon red ut dessa första dagar med ryggen mot Gudhem, dit hon aldrig skulle återvända, så försköt hon allt annat utom glädjen; den kändes nästan för stor för hennes bröst så att det gjorde ont när hon då och då andades för djupt. Det var, tänkte hon, som om hon höll på att berusa sig med frihet och att ingenting annat än ruset just då betydde någonting.

De gjorde uppehåll för natten i Skara och sov i den kungliga bor gen. Jarlen hade ett eller annat att sköta bland väntande bistra män och drottning Cecilia Blanka bestyrde så att fruarna på borgen kom med nya kläder åt Ulvhilde. De badade henne, kammade och borstade hennes hår och klädde henne i den mjukaste gröna klänning med silverskärp.

På golvet i kammaren där de höll till med dessa bestyr låg till slut en liten ömklig hög med de ofärgade och bruna yllekläder Ulvhilde levt i så länge hon kunde minnas. En av borgfruarna tog dessa kläder och bar undan dem som något orent att brännas.

Just den saken fäste sig hårt i Ulvhildes minne, när hon såg sina klosterkläder bäras undan på utsträckta armar som någonting osnyggt och illaluktande för att bara brännas, inte ens säljas eller skänkas bort till fattiga. Det var som om hon först då förstod att hon inte levde i en dröm, att hon verkligen var den som hon nu såg i en blankpolerad spegel som en av borgfruarna under fniss och skratt höll upp framför henne medan en annan borgfru på ett särskilt konstfullt sätt hängde den röda manteln över henne.

Det hon såg i spegeln var hon själv, eftersom spegelbilden gjorde allt som hon själv gjorde, höjde en arm, rättade till hårspännet i silver eller tummade på den mjuka manteln med den varma blodröda färgen. Ändå var det inte hon själv, eftersom hon likt Cecilia Rosa präglats av klosterlivets enkelhet; Ulvhilde kunde plötsligt se henne framför sig i Gudhem med samma tydlighet hon såg sig själv i spegelbilden.

Då kom för första gången en skugga över hennes stora frihetslycka. Det kändes orätt att glädja sig så mycket och så självviskt när Cecilia Rosa nu var lämnad ensam med häxan på Gudhem och dessutom hade återstående långa år av fångenskap.

Under gästabudskvällen var Ulvhilde ömsom lycklig så att hon trots sin ovana och blygsel skrattade högt åt lekare och karlars grova skämt, ömsom olycklig vid tanken på käraste vännen så att drottningen fick trösta henne mer än en gång. De av drottningens ord som träffade bäst i Ulvhildes hjärta handlade om att den svåraste delen av deras resa ändå var till vägs ände. En gång hade de varit tre mycket

unga och, som det länge kunde tyckas, tillspillogivna vänner på Gud-
hem. Men de hade hållit ihop, de hade aldrig svikit sin vänskap och
de hade uthärdat.

Nu var två av tre fria och åt det skulle man glädja sig mer än man
skulle sörja den tredje vännen. Cecilia Rosa skulle också bli fri en dag
som inte längre var alltför avlägsen. Och inte skulle väl Ulvhildes och
Cecilia Blankas vänskap till den sist frigivna någonsin blekna? Ett
halvt återstående liv skulle de tre ändå få tillsammans ute i friheten.

Vad Cecilia Blanka inte använde som tröst eller glädje för Ulvhilde
var ord om Ulvhildes skönhet. Cecilia Blanka tänkte sig klokt att
sådant just nu var utom Ulvhildes förmåga att fatta med sin kloster-
själ och att det dessutom skulle glädja henne föga.

Tids nog skulle Ulvhilde ändå börja förstå att hon från en dag till
en annan förvandlats från en klosterjungfru som ingen brydde sig det
minsta om till en av rikets mest åtrådda jungfrur. Hon var vacker och
rik och vän med drottningen. Ulfshem var ingen dålig egendom och
Ulvhilde skulle snart råda ensam över den utan vresig fader eller
krånglande ättemedlemmar som ville få henne i än den ena än den
andra brudsängen. Ulvhilde var mycket friare än hon just nu kunde
föreställa sig själv.

Nästa dag fortsatte ritten till Vätterns strand där ett litet svart
skepp som fått det egendomliga namnet Ormen korte väntade. Båts-
männen var högresta och ljushåriga och av deras språk framgick att
de alla var norrmän. De ingick i kungens personliga hird, ty som var
väl känt hade kung Knut nästan bara norrmän bland dem som värna-
de hans liv ute på borgen Näs. Somliga av dessa norrmän var vänner
från kungens långa landsflykt som barn, andra hade tillkommit
under senare år när både folkungars och erikars fränder i Norge fått
många skäl att fly sitt land. Norge förhärjades svårt av krig om kung-
amakten, på samma sätt som det varit i Västra Götaland, Östra Göta-
land och Svealand i mer än hundra år.

Det var en ovanligt het sommarkväll och alldeles vindstilla när jar-
lens och drottningens följe kom fram till den kungliga skeppshamnen
vid Vättern. Där skildes de två höga och Ulvhilde från den beridna

hirden som skulle återvända till Skara, och de steg ner i det lilla svarta skeppet för att ros ut på det blanka vattnet ända till borgen Näs som inte ens skymtade i fjärran.

Jarlen satte sig ensam i fören ty han hade ett och annat att tänka på och ville då vara i fred som han sade. Drottningen och Ulvhilde satte sig i aktern intill rorsmannen som verkade vara norrmännens hövding.

Hjärtat bankade på Ulvhilde när skeppet lade ut och de väldiga norrmännen vant sköt ut sina åror i det blanka vattnet. Hon kunde inte minnas att hon ens som barn hade färdats i båt, även om det nog måste ha skett någon gång. Hon satt hänförd och följde årornas virvlar i det mörka vattnet och insöp doften av tjära, läder och mäns svett. Vid stranden som de lämnade sjöng en näktergal som hördes långt ut över vattnet, åror och läder knakade och det porlade om båtens stäv för varje årtag som de åtta norrmännen utförde med stor kraft fastän det inte såg ut som om de ansträngde sig särdeles.

Ulvhilde var något litet rädd och tog Cecilia Blanka i handen. För när de kommit ett stycke ut på havet, vilket de gjorde mycket fort, såg hon sig själv som i ett litet hasselnötsskal och under sig ett väldigt svart gap.

Oroligt frågade hon efter en stund Cecilia Blanka om det inte fanns någon fara på ett så stort hav att man villade bort sig och kom till ingenstans. Cecilia Blanka hann inte svara, ty rorsmannen bakom dem hade hört hennes fråga och upprepade den högt till sina åtta roddare som då kom i sådant våldsamt skratt att två av dem föll omkull. Det dröjde också en stund innan deras munterhet lade sig.

"Vi norrmän har seglat på större hav än Vättern", förklarade rorsmannen då för Ulvhilde. "Och ett kan jag lova dig, jungfru. Vi kommer inte att segla vill på lilla Vättern som bara är en insjö. Föga skulle en sådan sak anstå oss."

I skymningen när det börjat kyla något och Cecilia Blanka och Ulvhilde svept sina mantlar tätare omkring sig närmade sig borgen som låg längst ner på Visingsös sydspets. Just där var branta stränder som förlängdes rakt uppåt av borgens två hotfulla torn och den höga muren mellan dem. Från ett av tornen slokade en stor fana med något guld i som Ulvhilde gissade måste vara de tre kronorna.

Hon blev skrämd av borgens mörka hotfullhet men också av tanken att hon snart skulle stå inför sin fars dråpare kung Knut. Hon hade inte ägnat den saken någon tanke hittills, som om hon i det längsta ville klamra sig fast enbart vid det som var gott i friheten. Att träffa kung Knut hade hon nog gärna velat avstå från, insåg hon nu när det var för sent och båtens stäv med ett mäktigt brak sköt upp ett stycke på land och alla började göra sig klara att stiga av.

Som om Cecilia Blanka hade läst sin väns tankar kramade hon då Ulvhildes hand lite extra och viskade att det helt säkert skulle bli lätt att träffa Knut, att det inte fanns det minsta att oroa sig för.

Kungen själv hade kommit ner till stranden för att ta emot sin drottning och sin jarl och, som han först nu tycktes erinra sig, den unga sverkerska gästen.

När han hälsat sin jarl och sin drottning med all den höviskhet som kunde krävas vände han sig mot Ulvhilde och såg tankfullt på henne medan hon fylld av rädsla och blygsel slog ner blicken. Det han såg föll honom dock, oväntat för alla utom hans hustru, genast i smaken. Han tog ett steg fram mot Ulvhilde, lyfte med handen under hennes haka upp hennes ansikte och såg på henne med en blick som var mycket fjärran från hat. Det syntes för alla att han fann behag i det han såg.

Men hans hälsningsord till Ulvhilde överraskade till och med Birger Brosa.

"Vi hälsar dig med glädje till vår borg, Ulvhilde Emundsdotter. Det som en gång var mellan oss och din far är gravsatt, ty då var krig och nu är fred. Därför skall du veta att det är oss en glädje att kunna hälsa dig som husfru till Ulfshem och att du är trygg bland vänner som vår gäst."

Han dröjde något med blicken vid Ulvhilde innan han plötsligt bjöd henne sin arm och genast därefter tog drottningen under andra armen och tillsammans med dem båda gick före alla andra upp mot borgen.

* * *

Tiden på Näs blev kort, men för Ulvhilde ändå lång eftersom det fanns tusen små saker hon måste lära sig och som hon inte haft minsta vetskap om. Att äta var inte bara att äta utan någonting lika fyllt av regler som på Gudhem, fastän dessa nya regler var tvärtom. Samma med att tala och hälsa. På Gudhem hade Ulvhilde lärt sig att aldrig tala annat än tilltalad och alltid hälsa först. Här på Näs var det tvärtom, utom när det gällde kungen, drottningen och jarlen. Mycket förlägenhet blev det därför kring sådana saker som var små och enkla. Ulvhilde skapade förvirring de första dagarna när hon vänligt hälsade på stallardrängar och stekvändare och drottningens husjungfrur innan de själva hälsat henne. Svårast i början hade hon med att vara den som först sade något, då det tycktes sitta i hennes märg att hon måste vänta med sänkt huvud tills hon själv blev tilltalad.

Friheten var inte bara något som fanns som luft och vatten. Det var något man måste lära sig.

Cecilia Blanka kom ofta under denna tid att tänka på en svala hon funnit som barn hemma på sin fars gårdsplan. Svalan låg på marken och skrek ömkligt när Cecilia Blanka tog upp den men tystnade när hon värmde den mellan sina kupade händer. Hon lade svalan i en näverask där hon bäddat med mjukaste ull och hon sov två nätter med den lilla fågeln intill sig. Den andra morgonen steg hon upp tidigt, bar fågeln ut på gårdsplanen och slängde den rakt upp i luften. Med ett skri som hälsade friheten steg den då genast högt upp mot himmelen och försvann. Varför hon vetat hur hon skulle få fågeln att flyga igen hade hon aldrig förstått, hon hade bara känt att hon gjorde rätt.

På liknande sätt såg hon nu på Ulvhilde, som till skillnad från både henne själv och Cecilia Rosa kommit till Gudhem mera som barn än som jungfru, hon hade bestämt inte varit äldre än elva år. Därför satt den onda klostervärldens alla bakvända regler så hårt i hennes sinne att hon ute i den fria världen blev lika hjälplös som svalan på marken. Hon förstod inte ens att hon var vacker; hon hörde till den sida av sverkersätten där Kol och Boleslav varit huvudmän, och fruar och jungfrur på den ättesidan såg ofta ut som Ulvhilde, svart hår och mörka, lite sneda ögon. Men Ulvhilde såg inte sin egen skönhet.

Cecilia Blanka hade inte berört tillståndet på Ulfshem, dit hon snart skulle följa Ulvhilde trots att kungen knorrade om den resan. Men att lämna Ulvhilde ensam i gapet på en folkung som skulle vräkas och hans två säkert mycket lystna söner kunde det inte bli tal om. Hon kände de båda junkrarna något. Den äldste hette Folke och var en man med sådant hetsigt tal som brukade förkorta livet då tungan ofta kunde bli huvudets bane. Den yngste hette Jon och hade gått i skola hos sin frände Torgny Lagman. Han var lågmäld på ett sätt som tydde på att han inte haft det alltför lätt som yngre broder till en blivande krigsman som nog, liksom bröder hade för sed, övat det mesta av sitt kommande krigarliv på sin yngre och svagare broder.

Cecilia Blanka funderade mycket på vad som kunde hända en kvinna som var så vacker som Ulvhilde och så rik, men ändå så oskuldsfull, när hon hamnade bland män som ville ha henne av mer än två skäl. Vore det inte som att släppa ett lamm till ulvar just på Ulfshem?

Försiktigt försökte hon tala med Ulvhilde om det som förestod. Hon envisades med att de måste rida varje dag tillsammans, för hur mycket Ulvhilde än ynkade sin ömma skinka så måste hon kunna ta sig fram på häst. Under ridturerna försökte Cecilia Blanka återuppliva de samtal de haft alla tre i Gudhem när de någon gång berört den kärlek som Cecilia Rosa kände för sin Arn, eller när de smidde planer för att rädda Syster Leonore och munken Lucien. Men det var som om Ulvhilde skydde sådana samtal, som om det gjorde henne rädd och som om hon då låtsades mer intresserad av sadel och hästens gångart än kärleken och männen.

Mer mottaglig för sådana samtal tycktes hon bli när de tillsammans förnöjde sig en stund varje dag med Cecilia Blankas två söner som nu var fem och tre år gamla. Kärleken mellan mor och barn tycktes intressera Ulvhilde betydligt mer än mellan man och kvinna, fastän det förra inte kunde komma utan det senare.

Alldeles efter Larsmässan när slåttern skulle vara slut i både Västra och Östra Götaland reste Cecilia Blanka och Ulvhilde och följemän upp till Ulfshem. De seglade fort med norrmännen upp till Alvastra och där tog de in på stora resvägen mot Bjälbo och vidare mot Linköping där de skulle finna Ulfshem mitt emellan.

Ulvhilde hade kommit sig något bättre till rätta i sin sadel och klagade inte särdeles på vägen fastän det var två dagars ritt. Och ju närmare de kom Ulfshem desto tystare och mer förlägen tycktes hon bli.

När de såg gårdshusen kände Ulvhilde strax igen sig, eftersom de nya husen byggts just där de gamla stått och ungefär på samma sätt. De stora askträden runt gården var desamma som i hennes barndom, men mycket annat föreföll henne mindre än hon mindes det.

De var förstås väntade eftersom en drottning inte kom på visitation utan att i god tid sända bud, och när deras följe kom inom synhåll blev det fort liv och rörelse på Ulfshem där husfolk, hirdmän och trälar ställde upp sig på gårdsplanen för att ta emot, hälsa och bära fram det första brödet att bryta till gästerna innan de steg in under tak.

Cecilia Blanka var en skarpögd kvinna. Vad hon såg genast skulle emellertid de flesta utom möjligen den oskuldsfulla Ulvhilde ha sett förr eller senare. Herr Sigurd Folkesson och hans två söner Folke och Jon som väntade jämte honom tycktes i Cecilia Blankas ögon tydligt förändras ju närmare hon och Ulvhilde kom gårdsplanen.

Om folkungarna på något avstånd hade sett ovilliga eller nästan fientliga ut i sin hållning så mjuknade de nu fort och fick besvära sig att inte visa sin förvåning när de såg Ulvhilde i den praktfulla fiendemanteln stiga av hästen.

Herr Sigurd och äldste sonen Folke skyndade strax fram för att bistå Cecilia Blanka och Ulvhilde när de satt av för att ta emot brödet och hälsa.

Även om de lönats mer än väl och skulle byta till gårdar större än Ulfshem för något av det silver som Birger Brosa rövat på korståg så var det ju ändå frågan om heder. Ingen kunde tycka att det vore hedersamt för folkungar att behöva flytta på sig för en ynka liten jungfru från den sverkerska ätten.

Men Ulvhilde var ju inte vad de hade kunnat vänta sig. För om män föreställer sig fiendens kvinnor så är det sällan som skönhet.

Sigurd Folkesson hade möjligen tänkt sig att hälsa med kärva ord, men av detta han tänkt sig blev intet för nu stammade och hummade han mest när han hälsade välkommen medan hans två söner mest gapade utan att kunna ta blickarna från Ulvhilde.

När det förvirrade välkomsttalet tycktes vara till ända skulle Cecilia Blanka, som hon tänkt sig för att rädda Ulvhilde undan förlägenhet, snabbt säga de ord som krävdes till svar. Men Ulvhilde förekom henne.

"Jag hälsar er folkungar, Sigurd Folkesson, Folke och Jon, med glädje i mitt barndoms hem", började Ulvhilde utan minsta förlägenhet. Hennes röst var lugn och klar. "Det som en gång var mellan oss, sverkrar och folkungar, är gravsatt, ty då var krig och nu är fred. Därför skall ni veta att det är mig en glädje att hälsa er till Ulfshem och att jag känner mig trygg med er som mina vänner och gäster."

Hennes ord gjorde så starkt intryck att ingen av folkungarna kom sig för att svara. Därefter räckte Ulvhilde fram sin arm till Sigurd Folkesson så att han kunde föra henne in i hennes ägandes boning. Äldste sonen Folke fick då sent omsider förstånd att bjuda sin drottning armen.

På väg in genom den stora dubbelporten i ek på Ulfshem log Cecilia Blanka lättad och inte så lite road samtidigt. De värdiga ord som Ulvhilde rätteligen förvånat sina folkungska gäster med hade hon utan blygsel lånat från kungen. Det var nästan ordagrant, som avskrivet i kloster, de ord som kung Knut för inte så länge sedan hälsat Ulvhilde med som gäst på Näs.

Läraktig var Ulvhilde, som alla som tvingats lida i kloster, tänkte drottningen. Men det hjälpte inte långt att bara vara läraktig, förstånd måste man ha att använda det man lärde sig. Och just det hade Ulvhilde nu visat upp på ett lika starkt som förvånansvärt sätt.

Svalan flög, den lyfte på små snabba säkra vingar mot skyn.

IX

OM DET VERKLIGEN VAR Guds vilja att de kristna skulle förlora det Heliga Landet så anvisade Han en så lång och slingrande väg till det stora nederlaget mot Saladin att det i vart litet avgörande stycke blev nästan omöjligt att genomskåda Hans vilja.

Det första stora steget mot katastrofen var i så fall de kristnas nederlag mot Saladin vid Marj Ayyoun i Nådens år 1179.

Som greve Raymond III av Tripoli sagt till Arn när deras vänskap begynte och när de gemensamt försökte dränka sin sorg i borgen Beaufort hos johanniterna, kunde man förstås se nederlaget vid Marj Ayyoun som bara ett slag i en oändlig rad under snart hundra års tid. Ingen sida kunde räkna med att segra var gång, därtill var man alldeles för utlämnad åt tur och otur, väder och vind, reserver som kom eller inte kom fram i tid, kloka och dåraktiga beslut på endera sidan och, för dem som på allvar hävdade att detta var det avgörande, Guds ständigt outgrundliga vilja. Hur man än försökte förklara sin krigs-lycka, och hur man än tillbad densamme guden, så förlorade man ibland och vann ibland.

Men bland de riddare från kung Balduin IV:s armé som tagits till fånga vid Marj Ayyoun befann sig en av de främsta i Outremers här-skande klass av baroner, Balduin d'Ibelin. Om just denne man und-gått fångenskapen just denna gång hade hela historien om det kristna väldet i Outremer kommit att skrivas på ett annat sätt; säkert hade de kristna varit kvar i landet ytterligare några hundra år, möjligen hade de klarat mongolernas anstormning och i så fall behärskat landet i tusen år eller för evigt.

Detta vore dock inte möjligt att föreställa sig efter det på intet sätt avgörande nederlaget vid Marj Ayyoun. Om en man i Balduin d'Ibe-lins ställning hamnade i fångenskap var det förstås förargligt och dyrt, men på intet sätt livsavgörande.

Emellertid var Saladin den av tidens krigare som var mer noga än alla andra att skaffa sig kunskaper om fienden. Hans spioner fanns överallt i Outremer, ingenting som rörde makten i Antiokia, Tripoli eller Jerusalem undgick Saladin.

Därför visste han att ta väl betalt för att släppa Balduin d'Ibelin fri. Han begärde den hisnande summan 150 000 besanter i guld, den största lösensumma som någonsin begärts från någondera sidan i det snart hundraåriga kriget.

Vad Saladin visste, och vad som bestämde hans pris, var att Balduin d'Ibelin troligen var nästkommande kung i Jerusalem. Den spetälske kung Balduin IV:s dagar var ju räknade och kung Balduin hade redan en gång misslyckats med att försöka ordna tronföljden när han gifte sin syster Sibylla med William Longsword. Denne Longsword hade snart dött i vad som förmodligen var en av de skamliga sjukdomar som härjade svårt vid hovet i Jerusalem, ehuru man kallade det för lungsjuka.

Efter William Longswords död hade Sibylla fött en son som hon uppkallade efter sin bror kung Balduin. Men hon var förälskad i Balduin d'Ibelin och kungen hade alls ingenting emot en sådan allians. Familjen Ibelin hörde till de mest respekterade bland den landägande klassen i Outremer, och eftersom dessa baroner vanligtvis såg med stor misstänksamhet på hovet i Jerusalem, dess utsvävande liv och alla nytillkomna äventyrare som sökte sin lycka där, så skulle giftermålet mellan Sibylla och Balduin d'Ibelin stärka hovets ställning och minska motsättningen till de världsliga jordägarna i det Heliga Landet.

Olyckligtvis för Balduin d'Ibelin var Saladin till fullo informerad om detta. Och eftersom han då kunde hävda att han praktiskt taget hade en kung i fångenskap så begärde han en kungs lösensumma.

150 000 besanter i guld var dock mer än hela familjen Ibelins samlade tillgångar och ett sådant lån var det bara tempelriddarna som kunde prestera. Men tempelriddarna var strikta i affärer och såg små möjligheter att få ut något av värde för egen del på att spendera den väldiga summan.

I denna del av världen fanns bara en man som kunde tänkas lägga upp en sådan förmögenhet och det var kejsar Manuel av Konstantinopel.

Balduin d'Ibelin begärde sin frihet av Saladin mot att han svor på sin heder att antingen låna ihop summan eller också återvända till fångenskapen. Saladin, som inte hade någon anledning att betvivla en respekterad riddares ord, gick med på förslaget och Balduin d'Ibelin reste till Konstatinopel för att försöka förmå den bysantinske kejsaren att låna honom pengarna.

Också kejsar Manuel såg i Balduin d'Ibelin Jerusalems näste kung och fann det alls inte olämpligt att genom en visserligen stor utgift ändå få en tumme i ögat på den framtida kungen av Jerusalem för resten av dennes liv. Därför lånade han Balduin allt guld som krävdes, denne avseglade mot Outremer, betalade Saladin och kunde återvända till Jerusalem för att meddela den goda nyheten om sin frihet och återuppta kärleken med Sibylla där den slutat.

Men vad varken kejsar Manuel, Saladin eller Balduin d'Ibelin själv hade räknat med var kvinnorna vid hovet i Jerusalem och deras inställning till män med stora skulder. Kungens och Sibyllas mor, den ständigt ränksmidande Agnes de Courtenay, hade utan större svårigheter fått sin dotter att inse det orimliga i en förälskelse som medförde en skuld på 150 000 besanter i guld.

En av Agnes de Courtenays många älskare var en korsriddare som aldrig utväxlat svärdshugg med fienden utan föredragit erövringar i sängen. Hans namn var Amalrik de Lusignan och även om han inte var någon krigare så var han inte långsam att se möjligheter i spelet om makt vid ett hov. Han började inför Agnes tala väl om sin yngre bror Guy, som skulle vara en vacker man och alls icke oäven älskare.

Så kom det sig att medan Balduin d'Ibelin varit hos kejsar Manuel i Konstantinopel var Amalrik de Lusignan i frankerriket och hämtade sin bror Guy.

När så Balduin d'Ibelin efter många mödor återvände till Jerusalem fann han att Sibyllas kärlek svalnat betydligt till honom, eftersom hon och den just anlände Guy de Lusignan redan tillbringade nätterna samman.

Skillnaden mellan Guy de Lusignan och Balduin d'Ibelin som kung av Jerusalem vore som mellan mörker och ljus eller eld och vatten. Saladin hade utan att förstå det själv kortat vägen fram till sin avgörande seger. Just nu kunde han inte inse det, men det kunde ingen annan heller.

För tempelriddarnas del hade nederlaget vid Marj Ayyoun också stor betydelse eftersom Stormästaren Odo de Saint Amand hörde till dem som överlevt och tagits till fånga efter slaget. I vanliga fall halshöggs alla johanniter och tempelriddare genast de hamnade i fångenskap. Deras Regel förbjöd att de köptes ut och de hade därför inget ekonomiskt värde som fångar. Dessutom var de de kristnas bästa riddare och ur Saladins synvinkel därmed bättre som halshuggna än som utväxlade mot saracenska fångar, vilket ju var den andra möjligheten vid sidan av lösensumma.

Med en Stormästare tyckte dock Saladin att det förhöll sig annorlunda. Stormästarna hos både johanniter och tempelriddare hade all makt i sin hand, vad de beslöt måste alla deras ordensbröder lyda utan att ifrågasätta. En Stormästare kunde kanske bli värdefull om man förmådde honom till samarbete.

Men med Odo de Saint Amand kom Saladin ingenstans. Stormästaren hänvisade bara till Regeln som förbjöd lösensummor för tempelriddare, vare sig de var sergeanter, borgherrar eller Stormästare. Och att låta sig utväxlas mot ett antal saracenska fångar betraktade han bara som ett sätt att försöka kringgå Regeln och därför lika syndfullt som föraktligt. Så kom det sig att Odo de Saint Amands fångenskap i Damaskus blev kort. Han dog, oklart hur, inom ett år.

Tempelherreordens nye Stormästare kom närmast självklart att bli Arnoldo de Torroja, som innehaft den höga ställningen som Jerusalems Mästare.

Eftersom makten i det Heliga Landet delades mellan hovet i Jerusalem, de två andliga riddarordnarna och baronerna och landägarna, så hade det stor betydelse vem som blev Stormästare och hur han var som krigare, andlig ledare och förhandlare. Ännu större betydelse hade det förstås om han tillhörde de kristna som menade att alla saracener skulle dödas eller om han tillhörde dem som menade att den kristna makten i det Heliga Landet skulle gå under om man valde en sådan dåraktig linje.

Arnoldo de Torroja hade gjort en lång karriär i Tempelherreorden i Aragonien och Provence innan han kom till det Heliga Landet. Han var mycket mer av affärsman och maktmänniska än hans krigiske föregångare Odo de Saint Amand.

Skulle man se dessa maktskiften i vardande ur Saladins synvinkel så var således den kungliga makten i Jerusalem på väg att hamna i händerna på en okunnig äventyrare som knappast skulle utgöra ett hot på slagfältet. Och den mäktiga Tempelherreorden hade i Arnoldo de Torroja fått en ledare som var mer av samförståndsman och förhandlare än sin föregångare, en man som liknade greve Raymond av Tripoli.

För Arn de Gothia, herre till Gaza, kom Arnoldo de Torrojas upphöjelse till Stormästare att få en mer omedelbar verkan. Arn kallades till Jerusalem för att utan dröjsmål inträda i ämbetet som Jerusalems Mästare.

***

För de två cisterciensermunkar, Fader Louis och Broder Pietro, som vid denna tid kom till världens mitt som den Helige Faderns i Rom särskilda utsända, blev mötet med Jerusalem en blandning av våldsamma besvikelser och goda överraskningar. Nästan ingenting var dock som de hade väntat sig.

Som alla nylända franker, världsliga eller andliga, hade de haft föreställningar om städernas stad som en underbar fridfull plats med gator av guld och vit marmor. Vad de mötte var en obeskrivlig röra av trängsel och tjattrande tungomål och trånga gator som mest var fyllda av avfall. De hade som alla cistercienser en föreställning om sin militära broderorganisation tempelriddarna som en hop obildade råskinn som knappt kunde stava sig igenom Pater Noster på latin. Vad de mötte var först Jerusalems Mästare, som med självklarhet tilltalade dem på latin och med vilken de nästan genast, i väntan på Stormästaren som de kommit för att träffa i första hand, hamnade i en intressant diskurs om Aristoteles.

Jerusalems Mästares egna rum påminde i mycket om ett cisterciensiskt kloster. Den världsliga och ibland ogudaktiga prålighet som de hunnit skymta på andra ställen i tempelriddarnas del av staden fanns här ingenting av. I stället en lång valvgång med utsikt över staden som var som en del av korsgången i vilket som helst cisterciensiskt kloster och alla väggar var vita och utan syndfulla bilder. Deras värd serverade dem en mycket god måltid trots att där inte fanns någonting som härrörde från fyrfota djur eller annat som cistercienser inte borde äta.

Fader Louis var en skarpsynt man, skolad från mycket unga år av de bästa lärarna hos cistercienserna i Cîteaux och sedan många år cistercienserordens utsände hos den Helige Fadern. Han förundrades därför särskilt över att det lilla han i förväg vetat om denne så kallade Jerusalems Mästare, en titel som föreföll Fader Louis fullkomligt grotesk i sin förmätenhet, så föga stämde med vad han tyckte sig se. Man hade sagt honom att Arn de Gothia var en krigare med särdeles gott rykte, att han var segraren från slaget vid Mont Gisard där tempelriddarna trots stor underlägsenhet i män ändå besegrat självaste Saladin. Därför hade han kanske väntat sig en modern motsvarighet till den romerske härföraren Belisarius, i vart fall en militär som knappt skulle kunna tala om annat än krig. Men om det inte vore för ett flertal vita ärr i ansiktet och på händerna hos denne Arn de Gothia, skulle Fader Louis av den milda blicken och den koncilianta samtalstonen snarare ha sett en broder från Cîteaux framför sig. Han kunde inte undgå att fiska lite med frågor i dessa vatten och tyckte nog att han bättre förstod åtminstone den ena sidan av saken när han fick veta att denne tempelriddare faktiskt uppfostrats i kloster. Då var det som att se den dröm förverkligad som helige Sankt Bernhard en gång haft om krigaren i det heliga kriget som samtidigt var munk. I verkligheten hade Fader Louis aldrig tidigare stött på denna förverkligade dröm.

Han kunde inte heller undgå att lägga märke till att hans värd bara åt bröd och bara drack vatten trots alla andra drycker som fanns på bordet för gästernas förnöjelse. Denne höge tempelriddare gjorde alltså bot för ett eller annat. Men hur gärna Fader Louis än ville förhöra sig om den saken var detta första möte knappast rätt tillfälle. Han var den Helige Faderns utsände och medförde en bulla som nog inte skulle tas så väl upp. Dessutom var ju dessa tempelriddare kända för sitt högmod; den som var Stormästare, som de snart skulle få träffa, såg sig sannolikt som näst efter den Helige Fadern själv i rang. Och den som var så kallad Jerusalems Mästare vore väl i så fall knappast ringare än en ärkebiskop. Man kunde med fog frukta att sådana män inte såg på en abbé som någon högre makt. Man kunde inte heller förvänta sig att de skulle förstå vilken ställning den abbé hade som arbetade direkt under den Helige Fadern, var hans rådgivare och utsände.

När Stormästaren själv sent omsider infann sig till deras möte var alla rester av måltiden undanstädade och de befann sig i ett angenämt samtal om filosofens uppdelningar av vetande, kunskap och tro och om idéerna som någonting som alltid förverkligades i ting och inte kunde befinna sig enbart i de högre rena sfärerna. Just ett sådant samtal som Fader Louis aldrig någonsin föreställt sig att han skulle komma att föra med en tempelriddare.

Arnoldo de Torroja ursäktade sin sena ankomst med att han varit kallad till kungen av Jerusalem och att han för övrigt måste återvända tillsammans med Arn de Gothia för att träffa kungen på nytt om en stund. Han ville emellertid inte låta en hel första kväll gå för de cisterciensiska gästerna utan att träffa dem och höra vad som var deras ärende. Enligt Fader Louis första intryck var denne Stormästare en man som han lika gärna kunnat träffa bland kejsarens ambassadfolk i Rom, en fullfjädrad diplomat och förhandlare. Således inte heller han någon grov romersk Belisarius.

Något kinkigt blev det dock, tyckte Fader Louis, att nu gå rakt på den känsliga saken. Men hans värdar lämnade honom inte stort val, det skulle inte passa sig att bara sitta en stund och prata runt vid första mötet för att återkomma nästa dag med tunga påbud.

Han förklarade alltså saken direkt och utan omsvep och hans två värdar lyssnade uppmärksamt, utan att avbryta och utan att med en min visa vad de tänkte.

Från det Heliga Landet hade ärkebiskopen William av Tyrus rest till det tredje Laterankonciliet i Rom och där lagt fram allvarliga klagomål mot såväl tempelriddarna som johanniterna.

Saken var den, enligt ärkebiskop William, att tempelriddarna i vissa avseenden konsekvent motarbetade den heliga romerska kyrkan. Om någon blev bannlyst i det Heliga Landet kunde han bli begraven hos tempelriddarna. Och dessförinnan kunde han till och med gå in i deras orden. Om en biskop lagt interdikt över en hel by så att alla byns syndare tillsammans undandragits kyrkans vård, så kunde tempelriddarna sända sina egna präster att sköta all kyrklig tjänst. Allt detta oskick, som ju i mycket ledde till att kyrkans makt framstod som svag eller närmast löjlig, kom sig av att just tempelriddare inte löd under någon biskop och således själva inte kunde bli bannlysta eller ens bestraffade av patriarken av Jerusalem. Vad som gjorde saken extra allvarlig var förstås att såväl tempelriddare som johanniter tog betalt för dessa tjänster. Tredje Laterankonciliet och den Helige Fadern Alexander III hade därför beslutat att alla dessa affärer omedelbart måste upphöra. Dock hade ärkebiskop William inte fått gehör för sina förslag om olika straff mot de två riddarordnarna för dessa brott mot kyrkans överhöghet över alla människor på jorden.

Fader Louis medförde en påvlig bulla med sigill som han nu tog fram och lade på det tomma träbordet framför dem. Där stod allt han just muntligen framfört. Så till sist, vilket svar skulle han nu föra tillbaks till den Helige Fadern?

"Att Tempelherreorden från det ögonblick vi fått ordet från den Helige Fadern kommer att foga oss", svarade Arnoldo de Torroja mjukt. "Detta gäller från det ögonblick som jag, Stormästaren, uttalade vår underkastelse. Vi skall så fort vi kan se till att föra ut denna nya ordning. Det kan ta tid, men vi ämnar inte söla i onödan. Vårt beslut gäller redan eftersom jag uttalat det, men jag tror inte att min vän och broder Arn de Gothia har någon annan uppfattning än jag själv i denna sak, eller hur Arn?"

"Nej, på intet sätt", svarade Arn i samma lugna ton. "Vi tempelriddare gör allehanda affärer och affärerna är viktiga för att bekosta ett ständigt och dyrt krig. Jag skall gärna berätta mer om den saken för dig i morgon, Fader Louis. Men att göra affärer med kyrkliga ting strider mot våra regler och kallas simoni. Jag betraktar personligen affärerna du talat om, Fader, som simoni. Därför har jag all förståelse för både ärkebiskop Williams klagomål och den Helige Faderns beslut."

"Men då förstår jag inte...", sade Fader Louis lika lättad över avgörandets enkla snabbhet som förvånad över detsamma, "... varför denna synd förekommit om ni båda så självklart tar avstånd från den?"

"Vår tidigare Stormästare Odo de Saint Amand, salig i paradiset, hade en annan uppfattning i dessa frågor än just vi två", svarade Arnoldo de Torroja.

"Men kunde inte ni två då som höga bröder ha kritiserat er Stormästare för denna skamlighet om ni var så emot den?" frågade Fader Louis häpen.

Han möttes bara av inåtvända leenden från de två andra, men fick inget svar.

Arn kallade in en riddare och instruerade honom att föra Fader Louis och Broder Pietro, som inte yttrat sig en enda gång under samtalet, till deras nattkvarter, ursäktade sig att han måste bryta upp, men nu ville kungen prompt träffa både Stormästaren och Jerusalems Mästare. Han försäkrade att han skulle vara en bättre värd nästa dag. Därmed reste sig Stormästaren och välsignade, lika mycket till Fader Louis förvåning som förtrytelse, sina två andliga gäster.

De två cistercienserna fördes till sina nattkvarter, dock inte utan vissa misstag eftersom de först hamnade i rum avsedda för världsliga gäster med saracenska kakelmönster och springbrunnar innan de kunde föras rätt och fick varsin vitkalkad cell av samma slag som de vanligtvis bebodde.

Arnoldo de Torroja och Arn hastade samtidigt till kungens nattkvarter. De hann inte tala så mycket om den påvliga bullan på vägen, men de var ju ändå överens i frågan. Det skulle bli en avtappning av inkomster, men det var ändå skönt att bli av med dessa affärer som de båda betraktade som ytterst tvivelaktiga. Desto bättre då att man hade en direkt instruktion från den Helige Fadern själv att köra i ansiktet på alla som kunde tänkas bli missnöjda.

Kungens privata rum var små och dunkla, eftersom han själv varken kunde röra sig eller se särskilt mycket. Han väntade dem i sin förhängda tronstol där han satt bakom blått muslintyg så att man utifrån bara kunde se honom som en skugga. Det viskades att han nu hade förlorat båda sina händer.

I rummet fanns bara en enda skötare, en storvuxen nubier som var både döv och stum och satt på några kuddar intill en av rummets väggar med blicken oupphörligt mot sin halvt dolde herre för att kunna ingripa vid minsta tecken som bara han och hans herre förstod.

Arnoldo de Torroja och Arn kom in jämsides, bugade framför kungen utan att säga något och satte sig sedan på två egyptiska läderkuddar framför den ovanliga tronen. Kungen talade till dem med ljus stämma, han var ju bara några och tjugo år gammal.

”Det gläder mig att Tempelherreordens två främste har hörsammat min kallelse”, började han och avbröt sig sedan med en hostning och gjorde något tecken som hans gäster inte förstod. Den nubiske slaven skyndade fram och ordnade något bakom det blå tyget som de heller inte förstod. De avvaktade under tystnad.

”Ehuru jag är längre från min död än somliga både tror och hoppas”, fortsatte kungen, ”saknar jag sannerligen inte besvär. Ni är ryggraden i försvaret av det Heliga Landet, tempelriddare, och jag ville diskutera två saker med er utan några andra öron närvarande. Därför kommer jag att tala ett språk som jag i andra sammanhang skulle ha lindat in bättre. Passar det er bra, tempelriddare?”

”Alldeles utmärkt, Sire”, svarade Arnoldo de Torroja.

”Bra”, sade kungen och avbröts genast av en kort hostattack men gjorde inga tecken till sin vårdare utan fortsatte strax. ”Den första frågan gäller ny patriark av Jerusalem. Den andra frågan gäller det militära läget. Jag behagar ta upp frågan om patriark först. Snart skall ny patriark utses efter Amalrik de Nesle som är döende. Det lär vara en kyrkans sak, men om jag förstått min mor Agnes rätt så är det snarare hennes sak, i vart fall min. Vi har två kandidater, Heraclius, ärkebiskop av Caesarea och William, ärkebiskop av Tyrus. Låt oss väga för och emot. William är tempelriddarnas fiende har jag förstått, men en kyrklig man vars heder ingen betvivlar. Heraclius är, om jag skall vara helt uppriktig nu när ingen hör oss, en skälm av inte ovanligt slag här i vårt land, en förlupen korgosse eller liknande och dessutom känd för sitt syndiga liv. Därtill min mors älskare, en av många visserligen. Han lär dock inte vara er fiende, tvärtom. Som ni ser ligger det många mindre ädla vikter i de vågskålar vi har framför oss. Vad är er mening i denna sak?"

Det var självklart Arnoldo de Torroja som skulle svara och lika självklart hade han svårt att svara alldeles direkt. Medan han gav sig ut i en lång harang om livet, Guds outgrundliga vilja och annat som bara betydde att han pratade medan han försökte tänka ut vad han faktiskt skulle säga, förundrades Arn över den unge olycklige kungen som trots en sjukdom som gjorde att han snart skulle dö och alltid måste dölja sig för den han talade med, och trots sin späda stämma, ändå utstrålade sådan märklig kraft och beslutsamhet.

"Så för att sammanfatta", sade Arnoldo de Torroja när han pratande tänkt färdigt och kunde säga något vettigt, "så är det en god sak för tempelriddarna med en patriark som är vår vän och en ond sak med en som är vår fiende. Samtidigt är det en god sak för kungariket Jerusalem med en ärans och trons man som högste vakare över det Sanna Korset och Guds Grav. Och en synd med en syndare på samma ansvarsfyllda post. Vad Gud må anse i denna sak är kanske inte så svårt att räkna ut."

"Förvisso, men nu gäller det en högre makt än Gud, nämligen min mor Agnes", svarade kungen torrt. "Jag vet att det egentligen är rådet av Heliga Landets alla ärkebiskopar som skall besluta och rösta i denna sak. Men nu är ju många av dessa gudsmän lätta att köpa. Så de facto avgörs saken av mig, eller av er och mig, eller av min mor. Vad jag vill veta är om ni tempelriddare är absolut emot den ene eller den andre av dessa två. Nå?"

"En syndare som är för oss eller en hederlig gudsman som är oss emot, det är inget självklart val, Sire", svarade Arnoldo de Torroja lamt. Hade han kunnat skåda in i framtiden hade han med all sin kraft sagt något annat.

"Gott", sade kungen med en suck. "Då lär vi få en mycket ovanlig man som patriark, ty du lämnar avgörandet åt min mor. Om Gud är så god som ni tempelriddare säger lär Han väl sända Sina ljungeldar mot denne man var gång han närmar sig en slavpojke eller en gift kvinna, eller åsna för den delen. Nå! Den andra saken jag ville tala om var läget i kriget. Här ljuger alla för mig som ni kan förstå, det kan ibland ta mig ett år att begripa vad som hänt och inte hänt. Som exempelvis vad som verkligen hände vid min enda seger i de krig jag själv har fört. Först var jag den store segraren vid Mont Gisard, det fanns trovärdiga vittnen som sett Sankt Georges rida över mig i skyn och jag vet inte vad. Numera vet jag att det var du, Arn de Gothia, som var segraren. Har jag inte rätt i detta?"

"Sant är...", svarade Arn dröjande eftersom han nu fått en direkt fråga från kungen och Arnoldo de Torroja inte kunde svara i hans ställe, "att tempelriddarna i det slaget besegrade tre eller fyratusen man av Saladins bästa trupper. Sant är också att Jerusalems världsliga armé slog femhundra."

"Är det ditt svar, Arn de Gothia?"

"Ja, Sire."

"Och vem ledde tempelriddarna i det slaget?"

"Det var jag, med Guds hjälp, Sire."

"Bra. Då var det som jag trodde. En fördel med somliga tempelriddare, du är tydligen en av dem, Arn de Gothia, är att man får sanna svar. Så skulle jag vilja leva mina sista år, men det lär mig knappast förunnas. Nå! Säg nu kort något om det militära läget!"

"Det är ett komplicerat läge, Sire..." började Arnoldo de Torroja men blev genast avbruten av kungen.

"Förlåt mig, käre Stormästare, men Jerusalems Mästare är väl just nu er ordens högste militära befäl?"

"Ja Sire, det stämmer", svarade Arnoldo de Torroja.

"Bra!" suckade kungen ljudligt. "Gud om jag hade sådana män som ni att umgås med som talar sanning. Då är det väl ändå i sin ordning att jag ställer frågan till Arn de Gothia, käre Stormästare, utan att kränka era regler och regler och regler och heder och ära?"

"Det är fullt i sin ordning, Sire", svarade Arnoldo de Torroja något ansträngt.

"Nå!" sade då kungen uppfordrande.

"Läget kan beskrivas som följande, Sire", började Arn osäkert. "Vi har kristenhetens värste motståndare någonsin emot oss nu, värre än Zenki, värre än Nur al-Din. Saladin har i stort sett enat alla saracener emot oss och han är en skicklig militär ledare. Han har förlorat en gång, då Ers Majestät själv segrade vid Mont Gisard. Annars har han vunnit alla slag av betydelse. Vi måste förstärka den kristna sidan i hela Outremer, annars är vi förlorade, eller inlåsta i borgar och städer och det kan vi inte vara hur länge som helst. Sådant är läget."

"Delar ni den uppfattningen, Stormästare?" frågade kungen hårt.

"Ja, Sire. Läget är just sådant som Jerusalems Mästare beskrev det. Vi måste ha förstärkningar från våra hemländer. Saladin är något helt annat än det vi haft att göra med tidigare."

"Nå! Så får det bli. Vi skall sända en ambassad till våra hemländer, till kejsaren av Tyskland, till kungen av England och till kungen av Frankrike. Kan ni ha godheten att ingå i den ambassaden, Stormästare?"

"Ja, Sire."

"Även om där också ingår Stormästaren Roger des Moulins från johanniterna?"

"Ja, Sire. Roger des Moulins är en utomordentlig man."

"Och med den nye patriarken av Jerusalem, även om det blir en sådan som ni bör ta det försiktigt med nattetid?"

"Ja, Sire."

"Nå, men det var väl utmärkt. Så får det bli. En fråga till, vem är den bäste härföraren av alla de världsliga riddarna i Outremer?"

"Greve Raymond av Tripoli och därefter Balduin d'Ibelin, Sire", svarade Arnoldo de Torroja snabbt.

"Och vem är den sämste?" frågade kungen lika snabbt. "Skulle det möjligtvis kunna vara min systers käre man Guy de Lusignan?"

"Att jämföra Guy de Lusignan med någon av de två jag nämnde vore som att jämföra David och Goljat, Sire", svarade Arnoldo de Torroja med en lätt ironisk bugning. Det gjorde kungen tankfull och tyst en kort stund.

"Så du menar att Guy de Lusignan skulle besegra greve Raymond, Stormästare?" frågade han roat när han tänkt färdigt.

"Det sade jag inte, Sire. Som Skriften säger var Goljat den störste av krigare och David bara en oerfaren gosse. Utan Guds inblandning skulle Goljat segra i tusen strider av tusen mot David. Om Gud stöder Guy de Lusignan lika mycket som han stödde David så blir Guy de Lusignan förstås oövervinnelig."

"Men om Gud vänder ryggen till just då?" frågade kungen med ett litet hostande skratt.

"Då är striden över fortare än ni hinner blinka, Sire", svarade Arnoldo de Torroja vänligt bugande.

"Stormästare och Jerusalems Mästare", sade kungen med en förnyad hostning och ett tecken som gjorde att hans nubiske slav skyndade fram mot honom. "Med män som ni ville jag tala länge. Min hälsa hindrar mig, jag bjuder er båda Guds frid och godnatt!"

De reste sig från sina mjuka läderkuddar, bugade och sneglade oroligt mot varandra vid de rosslande och gurglande ljud som hördes bakom muslintyget som skylde kungen. De vände sig om och smög taktfullt ut från rummet.

***

Till sin inte ringa förvåning blev Fader Louis väckt i god tid före laudes av Arn de Gothia som kommit personligen för att hämta honom och Broder Pietro till morgonsången i Templum Salomonis. De två cistercienserna fördes av sin riddarledsagare genom ett labyrintiskt system av gångar och salar tills de plötsligt efter en mörk trappa hamnade mitt inne i den stora kyrkan med silverkupol. Där var redan fullt av tempelriddare och sergeanter som tyst höll på att ställa upp runt väggarna i det runda kyrkorummet. Ingen kom för sent. När tiden var inne stod närmare hundra tempelriddare och mer än dubbelt så många svartklädda sergeanter uppställda runt väggarna.

Fader Louis fann stort behag i morgonsången och han imponerades av det allvar med vilket dessa stridens män sjöng, och att de sjöng så överraskande bra. Inte heller detta var något som han väntat sig.

Efter laudes i Templum Salomonis tog Arn de Gothia med sig sina gäster på den vanliga rundvandringen som alla nya besökare i Jerusalem förväntade sig. Han förklarade i förbigående att det var bäst att ta den turen tidigt på morgonen innan trängseln av pilgrimer blev för stor.

De gick tillbaks över hela tempelriddarområdet och förbi Templum Domini med guldkupolen som Arn menade att de kunde vänta med till sist eftersom inga pilgrimer ägde tillträde dit just denna dag, som var avsedd för städning och reparationer. De gick ut genom Gyllene porten och upp på Golgata, som ännu var fritt från både handel och besökare. Där Herren lidit och dött på Sitt kors för deras synder bad de tre länge och intensivt.

Därefter tog Arn sina besökare in genom Stefansporten så att de kom rakt upp på Via Dolorosa. Andäktigt följde de Herrens sista lidandes väg genom den vaknande staden ända bort till den Heliga Gravens kyrka som ännu hölls stängd och vaktades av fyra sergeanter i Tempelherreorden. Sergeanterna öppnade genast och beredde väg för Jerusalems Mästare och hans besökande gudsmän.

Kyrkan hade varit vacker att se från utsidan med sina rena valv av den sort som Fader Louis och för den delen även Arn och Broder Pietro hade vuxit upp med i sina kloster. Men inuti var kyrkan skräpig och i oordning till följd av att så många olika kyrkoinriktningar måste dela på den.

Där fanns ett skrikigt hörn med guld och ett myller av färg och skymfliga bilder som Fader Louis igenkände som den kätterska bysantinska kyrkans stil, där fanns andra stilar som han inte kunde känna igen. Arn förklarade, som i förbigående, att man hade den ordningen i Jerusalem att alla sorters kristna skulle ha tillgång till den

Heliga Graven. För honom verkade den saken inte det minsta egendomlig.

När de steg ner för stentrapporna i Sankta Helenas mörka och fuktiga krypta fylldes de dock alla av en så stor högtidlighet att de började frysa, även Arn tycktes påverkad lika mycket som sina besökare. De föll på knä framför själva stenhällen och bad tyst och var och en för sig utan att någon av dem ville vara den som först gav upp. Här var kristenhetens hjärta, här var själva den plats som kostat allt blod i så många år, Guds Grav.

Fader Louis var så uppfylld av detta sitt första besök vid Guds Grav att han efteråt inte riktigt mindes hur länge de befunnit sig där nere och vad han egentligen upplevt och vilka syner han sett framför sig. Länge tycktes de dock ha varit där för när de steg ut i det bländande solljuset genom kyrkans huvudingång möttes de av en muttrande misslynt skara som hållits på avstånd av de fyra sergeanterna och inte fått tillträde. Mumlet lade sig fort när de väntande där ute såg att det var Jerusalems Mästare själv som steg ut med kyrkliga gäster.

Tillbaks genom staden valde Arn en annan och mer världslig väg, den som gick från Jaffaporten rakt genom basarerna till tempelriddarnas kvarter. Främmande starka dofter från kryddor, rått kött, hönsfåglar av olika slag, bränt läder, tyger och metall stack de ovana besökarna i näsan. Fader Louis trodde först att alla dessa främmande människor med obegripliga språk var vantrogna, men Arn förklarade att de nästan alla var kristna, ehuru från samfund som funnits i Outremer långt innan korsriddarna kommit, de var syrianer, kopter, armenier, maroniter och mycket annat som Fader Louis knappt hört talas om. Arn berättade att det fanns en grym historia kring alla dessa kristna. För när de första korsriddarna kom hade de lika lite som Fader Louis och Broder Pietro förstått att dessa människor var en sorts trosfränder. Eftersom man till utseendet inte kunde skilja dem från turkar och saracener hade de blivit dräpta av kristna zeloter i nästan samma omfattning som vantroende. Den onda tiden var dock sedan länge förbi.

När de slutligen besökte det tomma Templum Domini inne i tempelriddarkvarteret bad de vid klippan där Abraham skulle ha offrat Isak och där Jesus Kristus som barn hade helgats åt Gud.

Efter bönen tog Arn sina gäster runt det mycket vackra kyrkorummet, ty vackert var det måste även Fader Louis medge trots all den främmande prålgheten. Arn läste utan besvär de vantrognas texter som fanns stensatta eller i guld och silver längs väggarna. På Fader Louis undran varför dessa ogudaktiga texter inte förstörts svarade Arn till synes obekymrat att de av de flesta människor inte uppfattades som text eftersom kristna vanligtvis inte kunde läsa Koranens språk och att man därför bara sett texterna som meningslösa dekorationer. Och för den som kunde läsa, tillade han, var det mesta till sitt innehåll sådant som stämde fullkomligt väl med den sanna tron, då de vantroende ju i mycket hyllade Gud på samma sätt som kristna.

Fader Louis blev först upprörd när han hörde Arn så lättsinnigt beskriva kätteri, men han höll vist tand för tunga och tänkte att det nog var stor skillnad på kristna som vistats länge i det Heliga Landet och de som liksom han själv kom för första gången.

Det var redan dags att sjunga ters och de fick skynda sig något för att inte komma försent till Templum Salomonis. Efter sången gick de tillbaks upp till de rum som var Jerusalems Mästares egna och där väntade redan en stor skara besökare som av sina mycket olika kläder att döma kunde vara allt från riddare i det Heliga Landet till vantroende hantverkare och köpmän. Arn de Gothia ursäktade sig då med att han hade en del arbete som inte kunde vänta längre, men att han skulle se till sina cisterciensiska gäster igen när man sjungit sext.

Således träffades de på nytt några timmar senare och Arn tog då sina besökare med ut i den pelargång som såg ut som en korsgång i ett cisterciensiskt kloster, där han lät servera kall dryck på något han kallade limoner. Själv drack han fortfarande bara vatten.

Nu fick Fader Louis skäl att ställa en direkt fråga om Arn gjorde bot och han fick ett försiktigt jakande svar. Arn insåg dock att han kanske måste förklara denna sak något mer och berättade att det gällde något som han helst velat bikta för sin mest nära och kära biktfar i livet, som hette Henri och var abbé i det fjärran västgothiska klostret

Varnhem. Då sken Fader Louis upp och berättade att denne abbé kände han faktiskt väl, eftersom de träffats flera gånger i Cîteaux på kapitelmöten och att Fader Henri hade haft mycket intressant att förtälja om kristnandet av de vilda gothiska folken. Att världen ändå kunde vara så liten! De hade alltså en gemensam vän och det hade man ju inte utan vidare kunnat vänta sig.

För Arn var det som att höra en hälsning hemifrån och han blev en stund tankfull när han försjönk i minnen från både Varnhem och Vitae Schola i Danmark och de synder han haft att bikta för Fader Henri, där den värsta svårbegripligt nog varit att han älskade sin trolovade Cecilia.

Fader Louis hade inga svårigheter att få Arn att berätta om det som hänt honom i livet från att han träffat sin biktfader Henri tills han nu satt här många år senare som tempelriddare i Jerusalem. Inte heller hade Fader Louis, som var en van själavårdare, någon svårighet att höra den underliggande ton av sorg som fanns i Arns berättelse. Han erbjöd sig då att träda i den gamle biktfaderns ställe, eftersom han ändå var det närmaste Fader Henri som Arn kunde vänta sig att finna i det Heliga Landet. Arn samtyckte efter kort tvekan och Broder Pietro gick för att hämta sin abbés biktremmar och lämnade dem därefter ensamma i valvgången.

"Nå, min son?" frågade Fader Louis när han välsignat Arn inför bikten.

"Förlåt mig Fader ty jag har syndat", började Arn med en djup suck som för att ta sats in i sin plåga. "Jag har syndat svårt mot vår Regel och det är som om du Fader skulle ha syndat mot klosterreglerna. Jag har dessutom hemlighållit min synd och därigenom förvärrat den, och det värsta är att jag finner ett försvar för mitt beteende."

"Då får du nog säga mig vad det gäller mer konkret om jag skall förstå och kunna råda dig eller förlåta dig", svarade Fader Louis.

"Jag har dräpt en kristen och det skedde dessutom i vredesmod, det är det ena", började Arn med någon tvekan. "Det andra är att jag då rätteligen skulle ha berövats min mantel och i bästa fall satts att sköta latriner i två år, i sämsta fall tvingats lämna vår orden. Men genom att jag hemlighöll min synd steg jag i graderna inom vår orden så att jag nu bekläder ett av våra högsta ämbeten för vilket jag således är ovärdig."

"Är det din strävan efter makt som drivit dig in i denna synd?" frågade Fader Louis bekymrat. Han såg ett mycket besvärligt fall av bot framför sig.

"Nej Fader, det kan jag helt ärligt säga att det inte är", svarade Arn utan att tveka. "Som du har förstått har män som jag, i viss mån, och i synnerhet män som Arnoldo de Torroja stor makt inom vår orden. Därför är det också betydelsefullt vilka män som bekläder dessa ämbeten, ty därav kan hela kristenhetens närvaro i det Heliga Landet bero. Arnoldo de Torroja är en bättre Stormästare och jag en bättre Jerusalems Mästare än många andra män. Men inte därför att vi är renare i vår tro än andra, inte därför att vi är större andliga ledare eller bättre att leda många riddare i anfall än många andra, utan därför att vi tillhör dem av oss tempelriddare som söker fred snarare än krig. De som söker krig leder oss däremot till vår undergång."

"Så du försvarar din synd med att den skyddar det Heliga Landet?" frågade Fader Louis med knappt märkbar ironi som gick Arn fullkomligt förbi.

"Ja Fader, så är det om jag försöker se längst in i mitt samvete", svarade han.

"Säg mig min son...", fortsatte Fader Louis dröjande, "hur många män har du dödat under din tid som riddare?"

"Det är omöjligt att säga, Fader. Inte mindre än femhundra, inte mer än femtonhundra skulle jag tro. Man vet inte alltid vad som händer när en lans eller en pil träffar, själv har jag träffats åtta gånger av pilar så svårt att kanske åtta saracener tror att de har dödat mig."

"Bland dessa män du dödat, har fler än en varit kristna?"

"Ja, säkert. Liksom det finns saracener som krigar på vår sida finns det kristna på den andra sidan. Men det räknas inte, Regeln förbjuder oss inte att beskjuta våra fiender med pilar eller slå dem med svärd eller rida mot dem med lans och vi kan inte för var gång vi höjer ett vapen stanna och fråga om vår fiendes tro."

"Så vad var det med just den kristne du dräpte som gjorde hans död mer syndfull än andra kristnas som du kan ha dräpt?" frågade Fader Louis tydligt undrande.

"En av våra viktigaste hedersregler lyder så här", svarade Arn med ett drag av sorg i rösten: "*När du drar ditt svärd – tänk inte på vem du skall döda. Tänk på vem du skall skona.* Jag har försökt leva efter den regeln och den fanns i mitt huvud när tre dåraktiga nykomlingar för sitt nöjes skull ämnade överfalla och döda försvarslösa kvinnor, barn och gubbar som var staden Gazas skyddslingar. Jag var herre i Gaza då."

"Du hade väl rätt att värja dina skyddslingar även mot kristna?" frågade Fader Louis lättad.

"Ja, helt säkert. Och jag försökte skona två av dem. Att de ändå dog är inte min synd, det är sådant som lätt händer när man rider med dragna vapen mot varandra. Men med den tredje var det värre. Först skonade jag honom som jag ville och borde. Han lönade mig med att döda min häst mitt framför mina ögon. Jag dräpte honom genast och i vredesmod."

"Det var förstås illa", suckade Fader Louis som såg hoppet om en enkel utväg fara sin väg. "Du dödade en kristen man för en hästs skull?"

"Ja Fader, det är min synd."

"Det var illa, verkligen illa", nickade Fader Louis sorgset. "Men säg mig en sak som jag kanske inte förstår. Är inte hästar något särdeles viktigt för er riddare?"

"En häst kan vara närmare vän till en riddare än hans vänner bland andra riddare", svarade Arn sorgset. "I dina öron, Fader, kanske detta låter vansinnigt eller åtminstone hädiskt, men jag kan bara uppriktigt säga dig som det är. Mitt liv hänger på min häst och vårt kamratskap. Med en sämre häst än den som dräptes framför mina ögon skulle jag säkert ha stupat för länge sedan. Den hästen har räddat mitt liv fler gånger än jag kan räkna och vi var vänner ända sedan jag var ung och han var ung. Vi levde ett långt krigarliv tillsammans."

Fader Louis kände sig egendomligt berörd av denna barnsliga kärleksförklaring till ett djur. Men av sin korta vistelse i världens mitt hade han redan förstått att det var mycket som var annorlunda här, att somt som var synd hemma kanske inte var det här och tvärtom. Därför ville han nu inte förhasta sig och bad Arn om betänketid till nästa dag. Under tiden skulle Arn på nytt söka Gud i sitt hjärta och be om förlåtelse för sin synd. Därvid skildes de för att Arn, med märkbart tunga steg, måste gå att sköta sysslor som inte kunde vänta längre.

Fader Louis satt tankfullt kvar ute i pelargången och arbetade inte utan visst nöje med det intressanta problem han fått över sig. Fader Louis tyckte om att knäcka hårda nötter.

De män som visserligen var kristna och som denne Arn de Gothia hade talat om hade stått i begrepp att mörda kvinnor och barn – Fader Louis hade inte fått klart för sig att kvinnorna och barnen var beduiner, eftersom Arn inte hade berättat det, då han inte fann den frågan betydelsefull på samma sätt som en nytillkommen.

Gud kunde dock knappast vilja skydda nidingar, resonerade Fader Louis vidare. Att Gud således ställde en tempelriddare i nidingarnas väg var inte att förundra sig över. Två av dem hade utan tvekan fått det straff de förtjänade. Så långt inga problem.

Men att döda en kristen man för en själlös hästs skull och dessutom i vredesmod? Om man liksom filosofen skulle försöka se till den nytta Gud kunde ha lagt i vågskålarna så kunde man kanske komma åt problemet?

Om man godtog Arn de Gothias berättelse om hästen, och det måste man, så hade hästen varit Gudi behaglig på så vis att den hjälpt sin herre att dräpa hundratals fiender till Gud. Var då inte den hästen lika mycket värd som åtminstone en halvdan världslig man som tagit korset och rest till det Heliga Landet av både ädla och mindre ädla skäl?

I teologisk mening var svaret självklart nej. Dock, genom att dräpa just den hästen hade nidingen skadat Guds sak i det Heliga Landet lika mycket som om han dödat en riddare. Denna synd måste läggas i vågskålarna. Därtill tillkom att nidingen haft för avsikt att mörda oskyldiga kvinnor och barn enbart för sitt höga nöjes skull. Att Gud sände Sitt straff i form av en tempelriddare mot en sådan syndare var lätt att förstå.

Det var den objektiva sidan av saken. Större svårigheter uppstod emellertid tvivelsutan när man närmade sig den subjektiva sidan. Arn de Gothia kände Regeln och han bröt mot den. Han var ingen omedveten syndare, han var väl skolad och talade ett perfekt latin med en lustig burgundisk accent som påminde om vännen Fader Henri, vilket förstås inte var så konstigt. Man kunde inte komna ifrån att Arn de Gothias synd var stor och att den inte kunde förringas av oförstånd.

Det fanns dock en tredje sida av problemet den här gången. Fader Louis var i hemlighet utsänd som den Helige Faderns kunskapare i Jerusalem. Den Helige Fadern hade ett stort problem däri att alla kyrkans män i det Heliga Landet ständigt kom med klagomål mot varandra. De krävde varandras bannlysning och de bad om upphävda bannlysningar, beskyllde varandra för allehanda synder och ljög ofta bevisligen. Särdeles rörigt blev det av att det Heliga Landet hade fler biskopar och ärkebiskopar än andra länder. Och att sitta uppe i Rom och försöka bena ut vad som var sant och inte i alla dessa korsvisa beskyllningar hade blivit nästintill ogörligt. Fader Louis hade därför fått den Helige Faderns uppdrag att bli Stolens ögon och öron i Jerusalem, men helst utan att förråda den hemligheten för någon.

Vad vore i så fall, måste man fråga sig, bäst för detta heliga uppdrag, att ha Arn de Gothia kvar som Jerusalems Mästare i den Helige Faderns egen välsignade armé, eller att få honom utbytt mot vilken som helst råbarkad och okunnig man?

Den frågan föreföll lätt att besvara. Det som skulle tjäna det heliga uppdraget bäst vore att Arn de Gothia fick syndernas förlåtelse och kunde vidmakthålla sitt värdskap för Fader Louis. Inför det stora och viktiga uppdraget förbleknade till och med synden att i vredesmod ha dödat en kristen usling. Arn de Gothia skulle få syndernas förlåtelse redan nästa dag, men Fader Louis skulle också beskriva detta intressanta spörsmål i första brev till den Helige Fadern själv, så att han kunde ge förlåtelsen sin påvliga välsignelse. Därmed var problemet ur världen.

När Arn träffade Fader Louis på samma plats i valvgången strax före laudes nästa morgon fick han i Faderns, Sonens och den Heliga Jungfruns namn syndernas förlåtelse. Men just som de knäföll för att tillsammans be tacksägelse inför denna nåd stördes Fader Louis svårt av ett klagande avgrundsvrål mitt i den mörka tystnaden. Han hade hört oljudet då och då men inte kommit sig för att fråga om det.

Arn, som såg hans bryderi, lugnade honom med att det bara var de vantroendes muezzin som kallade de sina till morgonbön försäkrande att Gud är stor. Fader Louis kom då fullständigt av sig i sin bön när det sakta gick upp för honom att de vantrogna fienderna som den mest självklara sak höll sina hädiska böner mitt inne i Guds heligaste stad. Just då ville han emellertid inte angripa problemet.

Arn tackade Gud för sin nåd. Men han var inte så överväldigad eller ens så förvånad som man kunde ha väntat då han fick en så svår synd förlåten nästan utan vidare, bara med ytterligare en vecka på vatten och bröd.

Arns andlige fader Henri hade tidigare i livet förlåtit svåra synder av det slaget till synes lika lättvindigt. Det var nu andra gången som Arn fått syndernas förlåtelse efter att ha dödat en kristen man. Första gången, när Fader Henri förlåtit honom, hade han varit mycket ung, föga mer än ett barn. Då hade han försvarat sig så räddhågset och ovant mot två bönder som försökt slå ihjäl honom att han dräpt dem båda. Det hade på något enkelt sätt kunnat förlåtas med att det varit de dräptas fel och att Jungfru Maria inskridit för att rädda en ung jungfrus kärlek och annat som Arn nu knappt kunde erinra sig. Förlåten hade han dock blivit.

Den enda synd han inte fått billigt förlåten i sitt liv var fortfarande den som räknades som den största, att han älskat sin trolovade Cecilia också i köttet kort tid innan den saken skulle haft Guds hela välsignelse. För den synden hade han snart gjort tjugo års bot. Men ändå hade han aldrig ärligt kunnat förstå varför just den synden varit den enda av många som inte kunnat förlåtas.

Lika lite hade han kunnat förstå vad som varit Guds mening med att sända honom så lång tid till det Heliga Landet. Många män hade han dräpt, det var sant. Men kunde det verkligen ha varit Guds enda avsikt?

***

Den nye patriarken av Jerusalem, den romerska kristenhetens högste efter den Helige Fadern själv, var en man som utan svårighet överträffade sitt dåliga rykte. Patriarkens palats låg i anslutning till det kungliga palatset och blev snart känt i hela Jerusalem som den plats där man gjorde natten till dag. En av hans mest kända älskarinnor kallades snart Patriarkinnan och folk spottade efter hennes bärstol när hon kom på sina besök i den heliga staden. Att kungens mor Agnes de Courtenay inte tog illa vid sig av att hennes älskare patriarken hade andra kvinnor vid sidan av förklarades enklast med att hon också hade andra män.

Exakt hur valet till ny patriark hade gått till blev för evigt oklart. Ärkebiskop William av Tyrus, som alla som förstod något om kampen om kyrklig makt hade hållit för självklar ny innehavare av det höga ämbetet, förlorade inte bara striden mot den syndige förlustaren Heraclius när det gällde patriarkstolen. Han fick också utstå smäleken att praktiskt taget omgående efter sin smärtsamma förlust bli lyst i bann på grund av en lång rad påstådda synder som han lika säkert inte hade begått som det var säkert att den nye patriarken Heraclius hade mer än överträffat var och en av dem.

Ärkebiskop William av Tyrus, som historien gjort för evigt känd medan den finkänsligt dragit en slöja över Heraclius gärning, måste förnedra sig till den långa obekväma resan till Rom för att få den Helige Fadern att upphäva bannlysningen. Att han skulle ha lyckats med den saken var enligt allas mening helt säkert. Liksom många, däribland Heraclius själv, förutsatte att den kunnige och kyrkligt bevandrade ärkebiskop William nog också kunde lägga fram ett och annat som skulle ha gjort den nye patriarkens stol i Jerusalem osäker.

Olyckligtvis för det Heliga Landet giftmördades William kort efter sin ankomst till Rom och de dokument han medfört försvann spårlöst.

Heraclius satt därmed säkert i stolen som Jerusalems patriark. Inte ens Saladin förstod hur väl detta skulle komma att spela honom i händerna.

Det krigsstillestånd som rådde vid tiden för mordet på William av Tyrus bröts nu på det alltför vanliga sättet. Reynald de Châtillon kunde inte lägga band på sig när han såg alla rikt lastade karavaner mellan Mecka och Damaskus passera hans borg Kerak i Oultrejourdain. Han återupptog sina plundringsrazzior.

Det visade sig snart att den dödssjuke kungen i Jerusalem inte på något sätt kunde lägga band på sin vasall Reynald och därmed var kriget med Saladin oundvikligt.

Saladin gick som ofta över Jordanfloden ovanför Galileiska sjön och började plundra sig nedåt Galiléen i hopp om att förmå den kristna armén till ett avgörande slag.

Genom att den skönlockige narren Guy de Lusignan nu var gift med kungens syster var han i praktiken tronföljare. Därmed var han också högste befäl över den kungliga armén som han för första gången måste leda mot självaste Saladin. Hans uppgift var inte lätt. Den skulle inte ens ha varit lätt för greve Raymond av Tripoli, som mer eller mindre motvilligt ställde sig själv och sina riddare under Guys befäl, liksom tempelriddarna och johanniterna kom med ett stort antal riddare.

Tempelherreordens Stormästare hade anförtrott befälet över alla tempelriddare till sin vän Arn de Gothia. Johanniterna leddes av Stormästaren Roger des Moulins.

När de kristna och de saracenska fienderna fick de första stridskontakterna i Galiléen överhopades den villrådige Guy de Lusignan av motsägelsefulla råd från alla håll och kanter.

Arn de Gothia, som på nytt hade tillstånd att använda sina beduinska spejare, sade sig veta att det man sett av fiendens styrkor bara var en liten del av vad som fanns utom synhåll och att anfall därför vore dåraktigt och just vad Saladin hoppades på. Om man däremot höll stånd och förhöll sig defensivt så skulle de lätta arabiska ryttarna få svårt att anfalla. Eller gå under om de gjorde det av otålighet. Ty de kristna hade mer och mer kommit att förlita sig på många fotsoldater med långbågar. De kunde sända pilsvärmar på långt håll som var så täta att himlen förmörkades. En lätt arabisk ryttarstyrka som red in under ett sådant svart moln av pilar skulle förintas innan den nådde fram till någon stridskontakt.

Några av de världsliga baronerna och Guys egen bror Amalrik de Lusignan, som blivit högste befäl för den kungliga armén näst Guy själv, förespråkade omedelbart anfall med alla ryttare eftersom fienden föreföll klart underlägsen. Också Guys svärmors bror Joscelyn de Courtenay hade fått högt befäl i den kungliga armén och också han ville gå till anfall genast.

Johanniternas Stormästare Roger des Moulins skulle som förväntat ha sagt tvärt emot vad tempelriddarna sade. Men sedan han och Arn de Gothia haft en enskild överläggning lutade han åt att det nog vore dåraktigt med ett anfall. Det fanns en stor fara, menade han, att man då skulle lockas i samma fälla som vid Marj Ayyoun.

I detta läge kunde den osäkre hovmannen Guy de Lusignan inte förmå sig att fatta vare sig det ena eller det andra beslutet.

Med tiden rann kraftmätningen ut i sanden så att ingendera sidan segrade. Saladin misslyckades i sin plan att än en gång få de kristnas alla tunga ryttare att störta iväg efter första till synes enkla byte så att han kunde locka iväg dem till den väntande fällan. Å andra sidan hade Saladin inga som helst planer på att genomföra den omvända taktiken, att med lätta ryttare anfalla en väl förskansad kristen här.

För Saladins del var detta krig som inte blev av knappast något stort problem. Ingen hotade Saladins maktställning i vare sig Kairo eller Damaskus, han hade ingen vred furste att redovisa ett misslyckat krig inför. Och han utgick lugnt från att det skulle komma nya möjligheter.

För Guy de Lusignan var det värre. När Saladin till slut drog sig undan utan avgörande strid därför att han inte kunde försörja sin armé längre var Galiléen plundrat på nytt.

Hemma vid hovet i Jerusalem fick Guy de Lusignan svårt att värja sig mot alla dem som varit med och sade sig veta exakt hur man egentligen skulle ha besegrat Saladin bara inte Guy varit så enfaldig att han litat till fega tempelriddare och johanniter. Guy hade dem alla emot sig, till och med hans svärmor Agnes tycktes ha blivit kunnig fältherre.

Kung Balduin IV var nu helt blind och kunde inte längre röra sig själv. Han kunde inte värja sig mot det enhetliga intryck som klagosången gav honom. Guy de Lusignan var en obeslutsam och feg klåpare och det skulle vara en olycka med en sådan man som kung.

Något måste alltså göras och tiden var dessutom knapp eftersom döden flåsade den spetälske kungen i nacken. Han utnämnde sin syster Sibyllas sexårige son som också hette Balduin till tronföljare. Och Guy de Lusignan gjorde han till greve av Ashkelon och Jaffa, dock med förbehållet att greven skulle bo i Ashkelon och inte vidare förpesta tillvaron vid hovet i Jerusalem med sin närvaro. Under mycken tandagnisslan och med många hårda ord flyttade Guy de Lusignan till Ashkelon och med honom Sibylla och hennes sjuklige son.

För så var det, den sexårige tronföljaren var så illa däran att det var tydligt för alla. Kungens åtgärd att göra gossen till tronföljare var därför nog mest avsedd som en manöver för att hindra Guy de Lusignan från att bestiga tronen.

Det låg nu i Guds händer vem av de två som skulle dö först, den tjugofyraårige kung Balduin eller hans sexårige namne.

***

Fader Louis hade fått vänta i flera månader innan det uppstod ett lämpligt tillfälle då tempelriddarnas Stormästare Arnoldo de Torroja och Jerusalems Mästare Arn de Gothia kunde träffa honom samtidigt i Jerusalem. De var oftast ute på resor, Stormästaren därför att han måste avgöra alla svåra ärenden inom orden från det kristna Armenien i norr till Gaza i söder, Arn de Gothia därför att han som högste militäre befälhavare ständigt måste besöka de olika ordensborgarna.

Men Fader Louis ville välja ett tillfälle när han kunde träffa dem båda samtidigt och i något så när lugn och ro. Hans ärende var av den naturen att det skulle väga mycket tungt på en enda mans axlar och två huvuden tänkte alltid bättre än ett. Att hans hemlighet skulle förrådas när han lade fram saken kunde inte hjälpas; det skulle framgå att han inte var vilken som helst munk på pilgrimsfärd utan i själva verket den Helige Faderns särskilt utsände kunskapare.

Möjligen tänkte han sig att Arn de Gothia redan genomskådat den saken, eftersom den gästfrihet som Fader Louis beståtts i Jerusalem vid det här laget vida överträffade vad som vore normalt. Fader Louis hade kunnat bosätta sig i tempelriddarkvarteret i stället för att söka sig till det närbelägna cistercienserklostret på Oljeberget och bodde därför, som varje hemlig kunskapare skulle föredra, bokstavligen talat i maktens hjärta.

Om Arn de Gothia förstått själva naturen av Fader Louis uppdrag i den heliga staden så var det ju inte så konstigt om han utsträckte sin gästfrihet till det yttersta. Men säker på hur det förhöll sig med Arn de Gothias visshet var inte Fader Louis, för den märklige riddaren hade blivit honom mycket tillgiven och sökte honom ofta för att föra långa samtal i både kyrkliga och världsliga frågor, så som han säkert skulle ha sökt sin gamle biktfader Henri i det fjärran västgothiska klostret vars namn Fader Louis hade glömt.

Av gammal vana satte sig nu Arnoldo de Torroja och Arn de Gothia med sin gäst ute i valvgången i kvällsljuset efter completorium, och de började skämta om stadens blandade heliga och mindre heliga dofter och ljud så att samtalstonen till en början blev opassande munter inför det som Fader Louis hade att berätta.

När han såg de två höga tempelherrarna bredvid varandra rördes han också djupt. Till det yttre var de varandra mycket olika, den ene lång med mörka ögon och svart skägg och hår, blixtrande i sitt temperament, skämtsam och kvick som en man vid något av världens stora hov. Den andre blond med nästan vitt skägg och med mycket ljust blåa ögon, närmast spenslig i jämförelse med den storvuxne de Torroja, eftertänksam och korthugget kärv i många av sina kommentarer. De var således som sinnebilden av det oförenliga, den eldiga södern

313

och den kalla norden, ändå båda lika hängivna saken, utan egendom, utan andra mål för sitt krig än att försvara kristenheten och Guds Grav. Den helige Bernhard måtte le i sin himmel när han såg dessa två tillsammans, tänkte Fader Louis, ty närmare än så här kunde man i sinnevärlden inte komma Bernhards dröm om det nya ridderskap som skulle uppoffra allt för Gud.

Därtill kom den sida av saken som Fader Louis hade svårast att begripa. Båda dessa höviska och i andliga frågor kunniga män skulle, om man rakade av dem skäggen och hängde en vit munkkåpa på dem i stället för deras krigiska vita mantlar med de röda korsen, ha kunnat sitta helt naturligt i vilken som helst korsgång i vilket som helst kloster tillsammans med Fader Henri.

Det fanns dock en ofattbar skillnad. Dessa män tillhörde världens bästa krigare. De var ohyggliga på slagfältet, därom vittnade ju alla som begrep något om militära frågor. Ändå dessa milda blickar, dessa försiktiga leenden och detta lågmälda tal. Det, just det, var nog den helige Sankt Bernhards uppenbarelse.

För att avbryta den alltför lätta samtalston som man hamnat i tystnade Fader Louis och bad en kort bön med sänkt huvud. De båda andra fattade genast vinken, satte sig omedvetet till rätta för att lyssna och tystnade båda.

Nu måste det alltså sägas.

Fader Louis började med att säga som sanningen var, att han var den Helige Faderns särskilt utsände och att de cistercienser som tyst kommit och gått sedan den förste han haft med sig, Pietro de Siena, alla hade rest till Rom med brev direkt till den Helige Fadern.

Hans båda åhörare rörde inte en min vid denna nyhet, det gick inte att utläsa om de redan anat hemligheten eller om den var dem en fullkomlig nyhet.

Förvisso kom brev tillbaks från den Helige Fadern och hans kansli i Rom. Och man hade nu vunnit visshet i en särdeles obehaglig fråga. Patriarken av Jerusalem Heraclius hade en man i sin tjänst som hette Plejdion och som sannolikt var en förlupen tjänare i den kätterska kyrkan i Konstantinopel. Exakt vad denne Plejdion hade för arbete hos Heraclius var inte helt lätt att utröna, då han tycktes sköta både det ena och det andra, inte minst i samband med de onämnbara nattliga förehavanden som ofta ägde rum hos patriarken.

Nu först höjde Fader Louis båda lyssnare på ögonbrynen som om de hade förvånats något, om det var för nyheten i sig om Plejdion eller för att Fader Louis lyckats utforska vad denne föga ärofyllde figur hade för sig.

Här kom så Fader Louis till det ohyggliga. Ärkebiskop William av Tyrus hade giftmördats när han var i Rom, strax innan han skulle fått audiens hos den Helige Fadern. Att det var frågan om ett mord hade man vetat länge, spåren i den dödes rum liksom hans ansiktsfärg när han hittades hade talat sitt alltför sorgliga och tydliga språk.

Dock visste man nu vem som hade besökt honom timmen innan han dog. Plejdion och ingen mindre. Därmed förklarades också det mysteriösa försvinnandet av alla de dokument som ärkebiskop William haft hos sig för att förete vid sin audiens.

Från den Heliga Stolens sida var det inte längre något tvivelsmål om hur det förhöll sig i denna sak. Heraclius utsände Plejdion hade på uppdrag mördat ärkebiskop William av Tyrus.

Man hade vidare forskat en del i denne Heraclius bakgrund och funnit att han var född i Auvergne kring 1130 i en låg familj, haft syssla som sångare i en bykyrka men annars inte vigts vare sig till präst eller munk, vilket för övrigt kunde förklara varför mannen inte kunde tala latin. Han hade alltså kommit med hopen av äventyrare till det Heliga Landet, men föredragit att ljuga sig fram i stället för att slåss. Fader Louis hade inte alla detaljer klara för sig om bedragarens väg till makten, men i huvudsak hade han skaffat sig inflytande genom de många älskarinnor han erövrat. Den viktigaste var förstås kungens mor Agnes de Courtenay, men hennes företrädare Pasque de Riveri, hon som omnämndes som "Madame La Patriarchesse", hade säkert också hon betytt mycket för bedragarens marsch upp till den näst högsta kyrkliga värdigheten i världen.

Summa summarum. Patriarken av Jerusalem var en bedragare och giftmördare.

Där slutade Fader Louis sin redogörelse utan att nämna något om den Helige Faderns beslut i ärendet.

"Det du säger oss, Fader", sade Arnoldo de Torroja eftertänksamt och lågmält, "är synnerligen betänkligt. Något av det du hade att berätta om den mannens onda förmågor var känt för både mig och broder Arn. Den ohyggliga sanningen att han låtit giftmörda den högvördige William av Tyrus är dock en fullständig nyhet för oss. Därmed kommer jag förstås till den självklara frågan. Varför säger du oss detta och vad vill du, eller din höge uppdragsgivare, att vi skall göra med denna kunskap?"

"Ni skall ha kunskapen, men ni får inte föra den utanför den rang som ni båda uppbär", sade Fader Louis ansträngt eftersom han fann denna instruktion svår att framföra. "Om någon således efterträder Arn de Gothia skall du Arnoldo sätta hans efterträdare in i saken. Och samma gäller för dig, Arn de Gothia."

"Är detta den Helige Faderns uttryckliga vilja?" frågade Arnoldo de Torroja.

"Ja, och därför överlämnar jag nu denna bulla", svarade Fader Louis, öppnade sin mantel och tog fram en pergamentrulle med två stora påvliga sigill som han lade på det tomma bordet mellan dem.

De båda tempelriddarna sänkte sina huvuden till tecken på att de underkastade sig. Arnoldo de Torroja tog med långsamma rörelser bullan och stoppade den innanför sin mantel. Därefter satt de dovt tysta en stund.

"Som du förstår, Fader, kommer vi att till punkt och pricka lyda det vi tillhållits från den Heliga Stolen", sade Arnoldo de Torroja. "Men kan det ändå tillåtas oss att fråga något ytterligare i denna sak?"

"Ja vid Gud, det måste förstås tillåtas er", svarade Fader Louis och korsade sig. "Men eftersom jag förstår vad du ämnar fråga skall jag genast svara på det. Varför, undrar ni båda, tar inte den Helige Fadern i med järnhandskar mot denne man? Det är väl vad ni vill veta?"

"Just det skulle vi vilja veta om det tillåts oss", bekräftade Arnoldo de Torroja. "Att Heraclius är en bedragare är vi många som insett. Att han lever ett liv som inte anstår en kyrkans man vet alla. Att han är en skam för Jerusalem vet Vår Herre. Men hans ställning gör ju att den ende som kan komma åt honom vore den Helige Fadern själv. Nå? Varför inte bannlysa bedragaren och giftmördaren?"

"Därför att den Helige Fadern och hans höga rådgivare kommit fram till att en sådan bannlysning skulle skada den heliga romerska kyrkan illa utöver den skada som redan uppstått. Bedragarens väg till helvetet är mänskligt att döma kort, han är sextiosju år gammal. Om han nu bannlystes så skulle hela den kristna världen med fasa få ta del av kunskapen att det Heliga Landet hade en giftmördare, bedragare och horkarl till patriark. Skadan av en sådan kunskap spridd inom kristenheten skulle kunna bli omöjlig att reparera. Så för kyrkans skull och för det Heliga Landets skull... ja, ni förstår själva!"

De två tempelriddarna korsade sig lika samtidigt som omedvetet när de begrundade det Fader Louis just sagt. De nickade tyst och dystert till tecken att de fogade sig och att de inte hade något ytterligare att fråga eller invända.

"Ja, det var ärendet med giftmördaren det...", sade Fader Louis i lätt ton som om han nästan skämtade med det allvarliga ämnet. "Då kommer vi till nästa fråga. Nej, se inte förskräckta ut, det här är en helt annan fråga och här finns ingen påvlig bulla men däremot vissa bryderier. Det är mitt uppdrag att försöka komma till klarhet. Jag skall gå rakt på sak om det passar?"

"Naturligtvis, Fader", svarade Arnoldo de Torroja med en handrörelse över bordet som om han väntade sig att vilken som helst liten demon kunde dyka upp där. "Efter detta är både broder Arn och jag härdade. Nå?"

"Det gäller vissa egenartade ting här i Jerusalem", började Fader Louis något osäkert eftersom han inte visste hur han både artigt och bestämt skulle kunna presentera sitt problem. "Jag har förstått att ni tillåter vantrogna att be inom er jurisdiktion i Jerusalem och till och med minst sagt högljutt meddela omgivningen när de tänker skrida till verket med sin ogudaktighet. Ty så förhåller det sig väl?"

"Ja, det är rätt. Så förhåller det sig", svarade Arn när Arnoldo de

Torroja med en gest visat att det var han som skulle få detta problem på halsen.

"Jag uppfattar er båda som innerligt troende", fortsatte Fader Louis vänligt. "Att säga att just ni två inte vore kristenhetens främsta försvarare av den rena tron vore en oförskämdhet. Jag tror jag känner er tillräckligt för att slå fast att det förhåller sig så."

"Du är alltför generös mot oss båda, Fader", svarade Arn. "Sant är att vi gör det bästa vi förmår. Men du tycker dig se en paradox? Vi som försvarar den rena tron med svärd i hand, vi som dödar de vantroende i tusental och åter tusental, hur kan vi tillåta deras ljudliga böner till och med i hjärtat av Tempelherreorden?"

"Ja, ungefär så", bekräftade Fader Louis besvärad över att han inte själv kunnat formulera frågeställningen innan han fick det gjort åt sig.

"Som jag sade dig förut, Fader", fortsatte Arn. "Vår ordens mest gyllene regel är den: *När du drar ditt svärd – tänk inte på vem du skall döda. Tänk på vem du skall skona.* Den regeln är inte bara till för att visa ett milt sinnelag, inte bara för att hålla en av våra värsta tänkbara synder på avstånd, den att döda i vredesmod. Det finns en helt annan sida av saken. Saracenerna är tusenfalt fler än de kristna här i Outremer. Inte ens om vi kunde döda dem alla vore det särskilt klokt eftersom vi då skulle svälta ihjäl. Vi har ännu inte ägt det Heliga Landet mer än hundra år, men vår avsikt är ju att förbli här för evigt, inte sant?"

"Ja, så skulle man nog kunna uttrycka saken", bekräftade Fader Louis otåligt i väntan på mer uttömmande förklaringar.

"En del kristna slåss på saracenernas sida. Många vantroende slåss på vår sida, kriget är inte Allah mot Gud, ty det är samme Gud. Kriget är gott mot ont. Många av våra vänner inom handel, karavaner och spioneri är vantroende, liksom många av våra läkare. Att kräva deras omvändelse i samma stund de arbetar för oss vore som att gå ut på fälten och säga åt de palestinska bönderna att låta döpa sig. Omöjligt och fåfängt. Eller låt oss betrakta en sådan sak som vår handel med Mosul, som ännu inte infogats i Saladins rike. Det tar två veckor med karavan mellan Mosul och Saint-Jean d'Acre, som är den viktigaste utskeppningshamnen för tyg från Mosul, det vi kallar muslin. Där i Saint-Jean d'Acre har handelsmännen från Mosul en karavanseralj, med egna böneplatser, en egen moské och minaret varifrån bönestunden förkunnas, liksom de har en helt egen taverna för att äta och dricka sådant som passar dem. Vill vi avbryta all handel med Mosul och dessutom kasta den turkiska atabeqen där i armarna på Saladin så skall vi naturligtvis med tvång raka handelsmännens skägg och döpa dem sprattlande och klagande under hårt motstånd. Vi anser inte att en sådan sak vore för det Heliga Landets bästa."

"Men är det gott för det Heliga Landet med vantroende ogudaktighet mitt i den heligaste av städer?" frågade Fader Louis tvivlande.

"Ja det är det!" svarade Arn korthugget. "Du Fader vet, och jag vet, att Guds rena lära är vår. Du är beredd att dö för den rena läran och jag har svurit att göra det närhelst det krävs av mig. Vi vet vad som är sanningen och livet. Olyckligtvis vet inte nio tiondelar av folket här i Outremer detsamma. Men om vi inte blir utkastade av Saladin eller någon av dem som kommer efter honom, hur ser det då ut här om hundra år? Om trehundra år? Om åttahundra år?"

"Du tror att sanningen segrar i längden?" frågade Fader Louis med en oväntad glimt av skämt mitt i det djupa allvaret.

"Ja, det är vad jag tror", svarade Arn. "Vi kan hålla det Heliga Landet med svärd, men inte hur länge som helst. Först när vi inte behöver svärden har vi verkligen segrat. Folk av alla slag tycks ha en lika stark ovilja att bli omvända med våld. Med handel, samtal, böner, goda predikare och fridsamhet brukar sådant gå bättre."

"Så för att besegra ogudaktigheten måste vi tillåta den", funderade Fader Louis. "Om sådana ord kommit från någon förlupen munk uppe på en pelare i Bourgogne så hade jag möjligen betraktat hans uppenbarelse som barnslig, då han ju inte visste något alls om svärdets makt. Men om ni två, just *ni två*, som vet mer om svärdet än några andra kristna, har denna uppfattning... Är det förresten din uppfattning också, Stormästare?"

"Ja. Jag skulle måhända ha försökt förklara saken mer mångordigt än min vän Arn", svarade Arnoldo de Torroja. "Men i sammanfattning skulle jag sagt detsamma."

"Det är en sak till du bör veta när vi ändå talar om detta ämne", vidtog Arn försiktigt när han såg att hans Stormästare inte tänkte säga mer. "För en vecka sedan fick jag besök av överrabbinen i Bagdad. Ja, judarna har sin största församling i hela Outremer där, och rabbinen bad mig tillåta judars bön vid den västra muren. De tror att den är en rest från kung Davids tempel eller något annat heligt i den vägen. Du kanske vet att judar inte har bett här i Jerusalem under de senaste åttiosju åren?"

"Nej, det visste jag inte", sade Fader Louis. "Bor det många judar i staden?"

"Ja en del, de är skickliga metallhantverkare. Men vet du, Fader, vad som hände judarna när våra kristna bröder befriade staden?"

"Nej, men av din fråga förstår jag att det inte var något gott."

"Då har du förstått rätt. Alla judar tog sin tillflykt till synagogan när våra befriare strömmade in i staden. I synagogan brändes de inne. Alla brändes de inne, män, kvinnor och barn."

"Det kan du inte gottgöra med att tillåta ännu en vantro att härja fritt intill Guds Grav", sade Fader Louis eftertänksamt. "Vad var ditt svar till denne överrabbin?"

"Jag gav honom mitt ord att så länge jag var Jerusalems Mästare så fick judar be bäst de önskade vid den västra muren", svarade Arn snabbt.

Av Stormästarens tigande drog Fader Louis genast slutsatsen att han inte ens vad gällde judar haft några invändningar mot Arn de Gothias lika djärva som självsvåldiga beslut. Det var förstås konsekvent, det insåg Fader Louis genast. Frågan vilken vantro som var värst, den judiska eller den saracenska, var av underordnad betydelse. Men detta skulle inte bli en lätt sak att framföra vid den Heliga Stolen.

"Om min höge uppdragsgivare skulle finna att ditt generösa löfte till judarna vore felaktigt, vad skulle du göra då?" frågade Fader Louis med långsamt eftertryck.

"Vi tempelriddare lyder under den Helige Fadern och Honom enbart. Vad Han beslutar lyder vi in absolutum!" svarade Arnoldo de Torroja hetsigt.

"Vår högvördige patriark har klagat redan vad gäller saracenernas böner", tillfogade Arn med ett halvt dolt leende. "Han säger att böneutroparen stör hans nattsömn. Dock torde ett sådant påstående vara en avsevärd överdrift just i hans fall."

Vid denna anspelning på ärkesyndarens nattliga vanor kunde Fader Louis inte hålla sig från att brista i skratt, möjligen just så som varit Arns avsikt. Och därmed bröts också den allvarstyngda stämningen mellan dem, möjligen också det i överensstämmelse med Arns avsikt.

"Jag måste tillstå att jag förstår er tacksamhet över att bara lyda under den Helige Fadern och inte under en viss patriark", skrockade Fader Louis nöjt. "Men säg mig käre Arn, hoppas du att inom åttahundra år kunna omvända judarna också?"

"Jag tror nog att judarna blir en ännu hårdare nöt att knäcka", svarade Arn i den nya lättsamma ton som deras skratt hade förlöst, "men det ligger mer i saken än så. Judarna är starka i Bagdad, kalifens stad. Kalifen är egentligen Saladins överhuvud och han har många judiska rådgivare..."

"Kalifen alltså?" avbröt Fader Louis.

"Ja, kalifen. Han sägs vara profeten Muhammeds, frid över ho... hrm! Han sägs alltså vara profetens efterträdare. Därav är han höjd över alla Muhammeds efterföljare. Hans stöd till Saladin har dock varit halvhjärtat. Vad vi inte behöver är en stark anhängare av Jihad, det heliga kriget, också i Bagdad."

"Det är klokt att låta judarna be vid den västra muren för att splittra saracenerna, är det så du menar?" frågade Fader Louis med rynkad panna. Han insåg plötsligt att han visste för lite om en del frågor som var självklarheter för de andra två.

"Ja", sade Arn. "Men det ligger ännu mer i saken än så. Våra egna heliga korståg, *vårt* heliga krig, startade därför att våra pilgrimer inte fick tillträde till den Heliga Graven. Om nu kalifens judar liksom de saracenska vantroende fick bedja i vår stad? Tänk efter, Fader! Jag ber dig verkligen att inte förhasta dig nu och säga något som du kanske skulle ångra, minns vad både din och min störste lärofader den helige Bernhard sade om judar: 'den som slår en jude har slagit Guds Son'. Vad jag menar är enkelt. Vi vill behålla denna stad för evigt. Vad kan då vara klokare än att göra våra fienders Jihad, deras heliga krig, oheligt?"

"Är du Arnoldo av samma mening?" frågade Fader Louis försiktigt.

"Ja, men det är en sak som kräver mycket eftertanke", svarade Arnoldo de Torroja utan att tveka. "Om du ursäktar, Fader, så tror jag att man måste ha bott länge i Outremer för att riktigt förstå detta. Själv har jag slagits här i tretton år, min vän Arn betydligt längre. Båda vet vi att män som Saladin och de som kommer efter honom kan leda fram fler krigare mot oss än vi hinner med att dräpa i längden. Så har det blivit sedan Saladin enade nästan alla våra fiender mot oss. Förr, när de slogs inbördes mer än mot oss, var det en annan sak. Men Fader, rannsaka ärligt ditt hjärta och fråga dig om du hellre vill att Arn och jag och alla sådana som vi och alla våra bröder, alla som tagit korset också bland de världsliga, till slut skall dö för att svärdet var vårt enda vapen? Eller vill du att vi troende skall vara kvar för evigt vid Guds Grav där du själv har fått bedja?"

"Det du säger, Stormästare, snuddar vid hädelse!" utropade Fader Louis bestört. "Skulle inte Gud skydda oss som offrat så mycket för att befria Hans Grav? Skulle Gud inte stå på vår sida i det heliga kriget i den stund vi förde det Sanna Korset med i striden? Hur kan du tala om dessa ting som om de vore utanför tron, som om de vore praktiska små angelägenheter mellan trätande furstar?"

"Därför att det också är på det viset, Fader. Se dig omkring. Vi är helt underlägsna i antal män med svärd, häst eller båge. Det är ett faktum, det är inte hädelse. Fienden har en stor ledare i Saladin. Vad har vi? Agnes de Courtenay eller hennes älskare giftmördaren och bedragaren Heraclius? Eller den usle härföraren Guy de Lusignan? Detta är sanningen i den låga världen. I den höga världen är sanningen än bittrare, ty de kristna leds av en samling ärkesyndare, bedragare, horor och plägare av onämnbara synder. Jag kan inte genomskåda Guds vilja, lika lite som du själv, lika lite som någon annan man. Men om inte Gud just nu vredgades över alla våra grova synder, *då* skulle jag bli mycket förvånad. För att säga det kortare, Fader, vi riskerar att förlora det Heliga Landet därför att våra synder bränner oss som den eviga elden. Det är sanningen."

***

I Nådens år 1184, tre år före Guds vredgade straffdom över de kristna i det Heliga Landet, for Johanniterordens Stormästare Roger des Moulins och Tempelherreordens Stormästare Arnoldo de Torroja tillsammans med patriarken av Jerusalem Heraclius på en lång resa för att försöka förmå såväl kejsaren av Tyskland som kungen av Frankrike och kungen av England att leda nya korståg och sända nya härar för att man skulle kunna försvara det Heliga Landet mot Saladin.

För eftervärlden är det okänt om Arnoldo de Torroja då varnade sin höge broder i Johanniterorden för den skorpion de båda hade som ressällskap i Heraclius.

Känt är däremot att deras långa resa inbringade en del pengar, särskilt från kungen av England som ansåg sig på något sätt kunna göra bot för mordet på biskop Thomas Becket genom att skänka en stor summa för avlat. Pengar var dock långtifrån det största behovet, särskilt inte för Tempelherreorden som var rikare än både kungen av England och kungen av Frankrike tillsammans. Det som hade behövts var förståelse i hemländerna för att läget denna gång var verkligt svårt, att Saladin inte var som sina föregångare. Det som framför allt hade behövts var förstärkningar med många krigsmän.

Men det var som om man i hemländerna sedan länge vant sig vid att den kristna världen ägde det Heliga Landet. Att ta korset och rida iväg för att befria ett land som sedan länge var befriat föreföll inte som den troendes mest angelägna uppdrag i livet.

Och för dem som, liksom flertalet korsfarare under det senaste århundradet, ville fara till det Heliga Landet för att plundra sig rika var det väl känt att föga skulle komma ut av sådana avsikter. Det

Heliga Landet ägdes numera av lokala baroner som hade liten förståelse för nyanlända korsfarares behov att berika sig på sina kristna bröders bekostnad.

En del pengar lyckades således ambassaden från det Heliga Landet åstadkomma. Men ingen tysk kejsare i spetsen för en ny väldig här som hade kunnat väga upp balansen mot Saladin. Än mindre kom någon engelsk eller fransk kung eftersom de båda tävlade om samma länder och ansåg det oklokt att fara på heligt uppdrag då den andre i så fall skulle roffa åt sig det herrelösa kungadömet.

Arnoldo de Torroja måste enligt all sans och förnuft ha varit mycket misstänksam mot bedragaren, giftmördaren och patriarken av Jerusalem under denna långa färd. Särskilt som de båda visste var de hade varandra i den stora frågan. Arnoldo de Torroja tillhörde dem som av sina motståndare vid hovet i Jerusalem skylldes för feghet, eftersom han många gånger helt öppet medgav att förhandlingar och samförstånd med Saladin vore klokare än evigt krig.

Heraclius räknade sig till den modiga och principfasta sidan, bland vänner som Agnes de Courtenay, hennes bror greve Joscelyn de Courtenay och i viss mån också den från kungakronan bortjagade Guy de Lusignan och hans äregiriga hustru Sibylla.

Hur misstänksam Arnoldo de Torroja än bör ha varit av att resa i sällskap med en giftmördare dog han likväl giftmördad under den resan. Han begravdes i Rom.

Just då kunde bara tre män i hela världen ana, eller mer än ana, vad som hade hänt. Den förste var den nye påven Lucius III, som säkert av tjänstvilliga händer fått fram tillräcklig kunskap från de påvliga arkiven. Den andre var Jerusalems Mästare Arn de Gothia, som i frånvaro av ny Stormästare för en tid kom att bli högste befallande i Tempelherreorden. Den tredje var Fader Louis.

Heraclius hade nu inte bara giftmördat en ärkebiskop, utan också en Stormästare i Guds Heliga Armé.

Men onda som goda tidningar färdades långsamt vid denna tid, särskilt om hösten då sjöfarten ofta hölls på ett minimum. Arn fick vetskapen om mordet på sin Stormästare direkt från Fader Louis när en av dennes ständigt resande cistercienser kom från Rom efter en mycket besvärlig seglats.

De blev båda förkrossade av beskedet. Arn hävdade först högljutt i sin förtvivlan att nu om någonsin måste giftmördaren bannlysas. Fader Louis påpekade då sorgset att saken förmodligen blivit ännu svårare. Om Lucius III skulle bannlysa Heraclius för det tidigare giftmordet, om vilket det fanns visshet, så skulle han samtidigt avslöja sin företrädare Alexander III som alltför felbar. Det var inte troligt att den nye Helige Fadern skulle välja en sådan väg.

Och hur många giftmord krävs för att välja en sådan väg! frågade Arn förtvivlat utan att få något svar.

Skulle en mördare, en horkarl, en bedragare och en olycka för det Heliga Landet åtnjuta allt starkare skydd ju fler avskyvärda brott han begick!

Inte heller på den frågan fick han något svar. De bad dock mycket tillsammans under en tid, eftersom de delade en tung hemlighet.

Arbete att dränka sorger i fanns emellertid i myckenhet för dem båda. Fader Louis hade med Arns hjälp lyckats nästla sig in vid hovet i Jerusalem, där han kunde gå omkring och se mycket beskedlig ut fast hans öron var vässade som pilspetsar.

Arn hade som högste beslutande bland tempelriddarna fått det dubbla uppdraget att sköta Jerusalems angelägenheter och hela ordens affärer. Ehuru det senare uppdraget mest bestod i att underteckna dokument och befästa dem med sigill så var allt detta arbete ändå krävande i både tid och sinne.

När vintern inföll det följande året inkallade kung Balduin IV hela Höga Rådet i Outremer för att framsäga sin yttersta vilja. Det innebar att varje baron av betydelse i såväl det Heliga Landet som grevskapet Tripoli, prinsdömet Antiokia och den ende kristne härskaren i Oultrejourdain, Reynald de Châtillon, måste resa till Jerusalem. Det tog sin tid att få alla samlade där och under denna väntan kände sig Arn mer eller mindre förvandlad till värdshusvärd. Tempelherreorden hade de flesta gästrummen och de största salarna i Jerusalem, det var exempelvis därför som varje ny kröning avslutades med en stor fest-

325

måltid hos just tempelriddarna. Det kungliga palatset skulle aldrig ha räckt till.

Dagen innan kungen skulle framföra sin yttersta vilja ordnade Arn som seden var en stor måltid i tempelherrarnas riddarsal som låg på samma höga våningsplan som hans egna rum. Men till riddarsalen fanns det särskilda in- och utgångar via en bred stentrappa nerifrån västra muren så att världsliga gäster inte skulle kränka friden på väg ut och in. Det var vist ordnat, insåg Arn när han såg mängden av högljudda och i många fall redan berusade gäster välla uppför trappan.

Riddarsalen var dekorerad med tempelherrarnas fanor och färger och i mitten över långbordet, där kungens plats var, hängde de från Saladin erövrade fanorna från Mont Gisard. I övrigt var salens inredning strikt, med vita väggar och svarta träbord.

Längs långbordet satt den kungliga familjen på de främsta platserna i mitten, omgivna av de landägare och baroner som stod dem nära. På ömse sidor långbordets slut vek två mindre bord ut och vid det ena satt som brukligt män från Antiokia och Tripoli med prins Bohemund och greve Raymond i mitten.

Vid det andra bordet mitt emot satt tempelriddare och johanniter. Vid just det bordet syntes den enda förändringen från det vanliga, eftersom Arn ordnat så att där nu fanns exakt lika många johanniter som tempelriddare på varannan plats med honom själv och johanniternas Stormästare Roger des Moulins i mitten. Det var en uppseendeväckande förändring, eftersom tempelriddarna alltid tidigare markerat att i deras hus var johanniter inte de bäst sedda gästerna.

För Roger des Moulins förklarade Arn sin förändring med att han själv aldrig förstått den känsla av ovänlig tävlan som funnits mot johanniterbröderna. Han hade dessutom den enda gång han varit deras gäst uppe i borgen Beaufort behandlats ytterst väl av sina värdar och fått generöst bistånd när han skulle flytta sina sårade män därifrån. Möjligen anförde han dessa oskyldiga skäl för sin demonstrativt vänskapliga gest mot johanniterna därför att han ville att deras Stormästare skulle få välja om han ville eller inte ville ta ett nästa och större steg mot att närma de två ordnarna. Sammanhållning mellan de kristnas bästa riddare hade blivit viktigare än någonsin.

Roger des Moulins tog snart, precis som Arn hoppats, tillfället i akt att tala stort allvar med Arn medan de åt av lammkött och grönsaker och drack av vinet och såg ut som om de förde de oskyldigaste samtal som man plägar vid matbord.

Roger des Moulins pekade mot de kungliga platserna under Saladins erövrade fanor vid långbordet och sade menande att där satt de män, och i synnerhet de kvinnor, som bar det Heliga Landets undergång inom sig. Som ett tecken på att han hade rätt vacklade patriarken Heraclius just då upp från sin plats och flyttade med skvimpande vinglas och glatt pladdrande över till kungens tomma plats och slog sig oblygt ned där, intill sin gamla älskarinna Agnes de Courtenay.

De båda höga ordensbröderna utbytte ett menande ögonkast av avsmak. Och därefter tog Arn genast upp Roger des Moulins utkastade tankar om ett närmande dem emellan och sade att han för egen del menade att de två andliga riddarordnarna nu finge ett allt större ansvar för det Heliga Landet, eftersom det var så illa ställt vid det kungliga hovet. Därför måste man se till att fort bilägga allt som var mindre viktigt, vilka små inbördes tvister det än kunde röra sig om.

Roger des Moulins instämde genast i detta. Han gick också längre i nästa steg, då han föreslog att man snarast borde ordna ett stort möte mellan johanniters och tempelriddares högsta ordensbröder. När de enats om detta avgörande steg ställde Arn en förstulen fråga om Arnoldo de Torrojas oväntade död i Verona.

Roger des Moulins tycktes överrumplad av det tvära bytet av samtalsämne, blev först helt tyst och gav Arn ett långt forskande ögonkast. Sedan sade han rättframt att han själv och Arnoldo varit överens om det mesta vad gällde det Heliga Landets framtid under den där resan, också det man nu talat om att söka vägar att bilägga gamla tvister mellan tempelriddare och johanniter. Men hela tiden hade Heraclius stört med de barnsligaste utläggningar om att den som tvekade att göra slut på alla saracener var feg. Och värre än så, den ogudaktige horkarlen hade haft fräckheten att säga att Roger des Moulins och Arnoldo de Torroja båda stod i vägen för Guds vilja, att de som förrädare och hädare förhoppningsvis snart måtte få lämna denna världen.

Och eftersom Arnoldo de Torroja faktiskt lämnat denna världen kort därefter, på ett sätt som föga antydde Guds vilja, så hade Roger des Moulins i fortsättningen varit mycket noga med vad han ätit och druckit i ärkesyndaren Heraclius närvaro. Han hade nämligen sina bestämda misstankar. Och därför frågade han nu Arn om Arn visste något som kunde kasta ljus över dessa misstankar.

Arn var i denna sak ålagd tystnadsplikt direkt från den Helige Fadern, men fann ändå ett sätt att svara men inte svara.

"Mina läppar är förseglade", sade han.

Roger des Moulins nickade tyst och behövde inte fråga mer.

***

Dagen efter infann sig alla gästerna på nytt i samma riddarsal, somliga mycket rödögda och illaluktande efter nattens långa drickande, för att höra kung Balduin IV:s yttersta vilja.

De stod alla upp i salen när kungen bars in i en liten täckt låda som hade varit stor nog åt ett barn. Kungen hade nu förlorat både sina armar och ben och han var helt blind.

Lådan med kungen ställdes upp i den alltför stora tronstol som burits in i salen och framför honom på tronens lediga utrymme lades den kungliga kronan.

Kungen började tala med svag röst, förmodligen mest för att visa att han kunde tala och var vid sina sinnens fulla bruk. Men snart kom en av hovets skrivare, inte någon av hans släktingar som redan börjat göra miner, för att läsa högt vad kungen ville ha sagt och vad han redan fäst i skrift och beseglat med det kungliga sigillet.

Tronföljare skulle allt framgent vara syster Sibyllas nu sjuårige son Balduin.

Till regent för det Heliga Landet fram till barnets myndighet vid tio års ålder utsågs greve Raymond av Tripoli.

Särskilt stadgades att Guy de Lusignan under inga omständigheter fick bli vare sig regent eller tronföljare.

Greve Raymond skulle som ringa tack för de tjänster han nu för andra gången gjorde det Heliga Landet som regent få införliva staden Beirut med grevskapet Tripoli.

Gossen och tronföljaren Balduin skulle fram till sin myndighetsdag fostras och vårdas av kungens onkel Joscelyn de Courtenay.

Om gossen och tronföljaren dog före tio års ålder skulle ny tronföljare utses gemensamt av den Helige Fadern i Rom, den tysk-romerske kejsaren, kungen av Frankrike och kungen av England.

Fram tills ny tronföljare utsetts av dessa fyra skulle Raymond av Tripoli fortsatt verka som regent i det Heliga Landet.

Kungen krävde nu av var och en att han eller hon skulle stiga fram och inför Gud avlägga ed på att foga sig i denna kungliga sista vilja.

Somliga i salen kom att avlägga denna ed med lätt hjärta och utan miner, som greve Raymond själv, hans gode vän prins Bohemund av Antiokia, Roger des Moulins som svor för alla johanniters räkning och Arn de Gothia som svor för alla tempelriddares räkning.

Somliga andra, som patriarken Heraclius, kungens mor Agnes de Courtenay, hennes älskare Amalrik de Lusignan och kungens morbror Joscelyn de Courtenay, svor eden mindre frimodigt. Men alla hade de till slut svurit inför Gud att följa kung Balduin IV:s yttersta vilja. För sista gången bars den lilla lådan med kungens resterande kvarlevor och flämtande livslåga bort ur allas åsyn. Som de flesta i salen gissade, och därav följde en del förstämning och tårar, skulle man inte träffa sin tappre lille kung på nytt förrän vid begravningen i den Heliga Gravens kyrka.

Gästerna var under stigande sorl på väg att lämna tempelriddarnas stora sal när greve Raymond med stora kliv kom rakt fram till Arn och, till omgivningens förvåning, tryckte hans händer hjärtligt och bad om gästfrihet för natten för egen del men också för andra som han tänkte kalla. Arn gick omedelbart med på hans begäran och sade att alla greve Raymonds vänner också vore som hans egna.

Så kom det sig att två helt olika grupper samlades den kvällen och natten i Jerusalem för att dryfta det läge som uppstått. Dystert var det i det kungliga palatset, där Agnes de Courtenay först varit så rasande att hon inte varit talbar och där patriarken Heraclius gick genom salarna och bölade som en tjur av vrede och, påstod han, gudomlig förtvivlan.

Betydligt mer uppåt var stämningen i de avskilda rum som hörde till Jerusalems Mästare. Det var inte vilka vänner som helst som greve Raymond nu bjudit med sig, det var johanniternas Stormästare Roger des Moulins, prins Bohemund av Antiokia och bröderna d'Ibelin. Utan att greve Raymond behövde så begära såg Arn till att en god mängd vin bars in till de nu med ed allierade i rummet.

Alla var de överens om att detta var en vändpunkt. Här fanns ett gyllene tillfälle att rädda det Heliga Landet och att sätta betsel på såväl Agnes de Courtenay, plägaren av onämnbara synder Heraclius och deras notoriskt brottslige vän Reynald de Châtillon, som nu satt där nere i det kungliga palatset och gnisslade tänder samman med Agnes de Courtenays bror, den oduglige militärbefälhavaren Joscelyn.

Mycket kunde enligt greve Raymond uträttas i det snaraste. För det första skulle han förhandla fram ett nytt stillestånd med Saladin och motivera det med dåliga vinterregn som skulle leda till dåliga skördar för både troende och vantroende. Och den här gången hade plundraren Reynald de Châtillon bara att foga sig.

Såg man tiden lite längre framåt så var kungen tvivelsutan snart död. Men hans sjuklige systerson och tronföljare borde inte heller kunna leva så länge eftersom han tydligt led av sviter av hovets syndiga liv; barn som föddes i sådana sjukdomar blev sällan så gamla som tio år, om de ens överlevde sin egen födsel.

Och så länge Påven, den tyske kejsaren och de ständigt trätande kungarna av England och Frankrike inte kunde enas om ny tronföljare så låg makten således kvar hos regenten greve Raymond. Antingen fick han då behålla regentskapet för lång tid eller också måste de fyra kungamakarna utse honom till tronföljare.

Det såg alltså ut som om den lille tappre kungen i sin låda ändå hade räddat det Heliga Landet som det sista han uträttade här i livet.

Just den natten i Jerusalem fanns ingen annan möjlighet att se, inget moln på himlen trots att alla män bland Arns gäster var långt mer erfarna i kampen om makt än han själv. Mot hela det Höga Rådets samstämmiga ed inför Gud kunde inte ens Agnes de Courtenay eller hennes lömske bror Joscelyn förmå mycket.

De vred och vände någon timme på möjliga eller nästintill omöjliga intriger som den onda kvinnan, hennes älskarpatriark och oduglige bror skulle kunna finna på i sitt förtvivlade läge. Men ingenstans kunde Outremers mest erfarna riddare se något kryphål ut för henne och hennes anhang.

Därför, och i takt med vinet som ju rinner lättare ner i muntra strupar än i dystra, övergick natten snart i vilt historieberättande. Ty mycket underbart och mycket fasansfullt hade hänt i Outremer sedan de kristna kom.

Prins Bohemund av Antiokia var den som visste allt om den man som mer än någon annan hotade freden, Reynald de Châtillon.

Reynald var en man som bar förstörelsen inom sig, som anden i flaskan, berättade prins Bohemund. Han visste, ty han hade känt Reynald sedan ungdomen. Då hade Reynald kommit till Antiokia någonstans från Frankrike, tagit tjänst hos prins Bohemunds far och så till den grad visat sig duglig på slagfältet att han bara inom några år lönades med att äkta prins Bohemunds syster Constance.

En klok man med vanlig äregirighet hade stannat där, prins av Antiokia, rik och beskyddad. Men inte Reynald, vars aptit växt till det omättliga.

Han ville ut på erövringar och plundringståg men hade inte pengar och kunde inte gärna hoppas på att få använda statskassan i Antiokia för sina privata ambitioner. Då lät han binda patriarken Aimery de Limoges naken vid en påle i solen och smörjde in honom med honung. Patriarken kunde efter ett tag inte motstå all övertalning från bin och den brännande solen utan gick med på att låna uslingen de pengar han begärde.

Stadd vid krigskassa gällde det bara att finna god plundring. Och av alla ställen valde Reynald Cypern, som var en provins i den bysantinske kejsaren Manuel Komnenos rike. Av alla fiender att dra på sig!

Cypern härjades grymmare än någonsin av Reynald de Châtillon.

Han lät skära näsan av alla kristna präster, lät våldta alla nunnor, plundrade alla kyrkor och förödde alla skördar. Visst kom han åter till Antiokia med rikedom. Men knappast med ära.

Som vem som helst hade kunnat räkna ut, även Reynald de Châtillon kan tyckas, blev kejsare Manuel Komnenos rasande och sände hela den bysantinska hären mot Antiokia. Att Antiokia skulle gå i krig mot kejsaren för en enda dåres skull, låt vara att han var gift med en av prinsessorna, var givetvis otänkbart.

Reynald hade då att välja mellan att bli utlämnad och att klä sig i säck och aska och rulla sig i stoftet för kejsaren när han kom. Och det var ju inte mycket att välja mellan.

Dumt nog fick han kejsarens förlåtelse mot att han återlämnade det tjuvgods han hade kvar.

Man skulle kunna tänka sig att vilken som helst man då skulle ha blivit betänksam i hans ställe och tagit det lite lugnare i fortsättningen. Men inte Reynald!

Bara två år senare gav han sig ut på ett nytt plundringståg mot armeniska och syriska kristna, som naturligt nog inte väntat sig att bli anfallna av några trosfränder. Rik plundring blev det. Många döda kristna blev det också.

Men tungt lastad av byte på väg hem mot Antiokia togs han till fånga av Majd al-Din av Aleppo. Och äntligen hamnade han där han hörde hemma, i ett av Aleppos fängelser.

Det var självklart ingen kristen som ville lösa ut en man som Reynald från fångenskapen i Aleppo eftersom det var tryggast för alla om han hölls där. Och eftersom ingen ville lösa ut förbrytaren så skulle historien rätteligen nu ha slutat lyckligt.

Här gjorde prins Bohemund ett uppehåll i sin berättelse, drack ironiskt sin vän greve Raymond till och förklarade att allting egentligen var Raymonds fel.

Greve Raymond skrattade och skakade på huvudet, beställde mera vin som han genast fick från Arn och sade att det där om hans fel nog var både sant och falskt.

Det var i krigen för tio år sedan, berättade han. Saladin hade långt ifrån enat alla saracener och därvidlag gällde det ju också att sätta så många käppar i hjulet för honom som möjligt. Då, 1175, hade Saladin en armé utanför Aleppos murar och en utanför Homs. Det gällde att se till så att inte båda städerna föll i hans händer. Greve Raymond hade därför sänt sin här från Tripoli för att störa belägringen av Homs. Saladin tvingades därför släppa greppet kring Aleppo och skynda mot Homs. På så vis räddades Aleppo för flera år undan Saladins makt.

Så långt hade alltså allt fungerat som man kunnat hoppas, suckade greve Raymond överdrivet. Men den dåraktigt tacksamme Gumushlekin av Aleppo ville nu visa sin välvilja mot de kristna och tog sig för att släppa en del fångar. Större otjänst hade han dock inte kunnat göra de kristna. Inte heller större tjänst åt Saladin för den delen, suckade greve Raymond ännu tyngre och mer överdrivet så att alla nu med spänning väntade på fortsättningen.

Bland de fångar som nu släpptes som väntjänst för Aleppos räddning fanns nämligen Reynald de Châtillon och Agnes de Courtenays oduglige bror Joscelyn!

De församlade vännerna vek sig här dubbla av skratt när de fick höra vilken björntjänst atabeqen i Aleppo gjort sina kristna vänner.

Ja, resten kände ju alla till, fortsatte greve Raymond. Den just då utfattige och av alla sunda män djupt föraktade Reynald de Châtillon gjorde följe med Joscelyn de Courtenay till Jerusalem och allt gick dem båda snart oförtjänt väl i händer. Först dog kung Amalrik så att Balduin IV blev kung, fastän ännu ett barn. Då kom hans mor tillbaks till hovet där hon sedan länge varit förbjuden att visa sig, av skäl som var och en insåg. Alltså kom hennes bror Joscelyn snart i gunst, alltså kunde Reynald med den onda Agnes hjälp snart finna en rik änka, nämligen Stéphanie de Milly av Kerak och Montreal i Oultrejourdain. Och så var skurken borgherre och rik på nytt!

Frågan var bara vem som tjänade mest på detta nyckernas spel i livet, djävulen eller Saladin.

Båda lika mycket, enades man raskt.

Likväl trodde sig de sammansvurna i tempelriddarkvarteret just den natten ha Reynald under betsel. Ty om den sjuklige kung Balduin inte haft kraft att ingripa mot Reynalds ständiga brott mot alla fredsavtal, och om den fullkomligt oduglige Guy de Lusignan under sin korta tid som regent visat sig lika handlingsförlamad han, så försäkrade greve Raymond mycket upplivad att med honom som regent skulle det bli annan musik från Jerusalem.

Återstod, när man ändå talade om oduglingar och skurkar, möjligen frågan vart den där Gérard de Ridefort tagit vägen, undrade greve Raymond. Gérard de Ridefort hade ju rasande och kränkt lämnat Tripoli och greve Raymonds tjänst för att han inte fått just den rika änka som han ville ha, hon som vägdes i guld. Sedan hade han svurit att hämnas och fått för sig att ansluta sig till tempelriddarna, som ju var, eller åtminstone hade varit, rättade greve Raymond sig med en blick mot Arn, hans värsta fiender. Nog om detta. Men vad hade hänt med denne vildhjärna hos tempelriddarna?

Arn svarade att salig Stormästaren Arnoldo de Torroja hade gjort broder Gérard till borgherre i Chastel-Blanc.

Greve Raymond rynkade då pannan och tyckte att det var en väl högt uppsatt plats för någon med så lite tid i tjänst. Det höll Arn med om, men förklarade att det som han förstod saken var det pris Arnoldo de Torroja varit villig att betala för att hålla Gérard de Ridefort så långt från Jerusalem som möjligt. Gérard tycktes ju även han ha skaffat sig en del olämpliga vänner vid hovet. Det kunde vara klokt att hålla honom borta från sådana.

Det glada samspråket fortsatte ända tills det ljusnade ute, trots att det var den mörkaste årstiden då det ljusnade sent.

Den natten såg det ut som om det Heliga Landet skulle kunna räddas undan den olycka som klåpare, ärkesyndare och intriganter gjort sitt bästa för att åstadkomma.

Kung Balduin IV dog snart, som alla hade väntat sig. Greve Raymond inträdde som regent i Jerusalem. Snart härskade fred i det Heliga Landet, pilgrimer började på nytt strömma till och med dem efterlängtade inkomster.

Det såg verkligen ut som om allt hade vänt till det bättre.

Då landsteg den nye Stormästaren av Tempelherreorden, Gérard de Ridefort, i Saint-Jean d'Acre. Han kom med fartyg från Rom där Tempelherreorden sammanträtt i koncilium med tillräckligt många höga bröder närvarande, däribland Mästaren av Rom och Mästaren av Paris.

Med sig från Rom hade Gérard de Ridefort den grupp nya höga bröder som nu skulle ta ledningen över tempelriddarna i det Heliga Landet. De red genast mot Jerusalem.

Jerusalems Mästare Arn de Gothia fick besked om sina höga gäster bara några timmar i förväg. Han talade något med Fader Louis om den olycka som inträffat, han bad länge i sitt innersta och mest privata rum som var som en cell i ett cisterciensiskt kloster. Men i övrigt hann han inte göra mycket mer än att ordna med de nödvändiga förberedelserna för Stormästarens ankomst till Jerusalem.

När Stormästaren och hans höga följe, där nästan alla riddare hade en svart rand längs hästarnas sidoskydd och sina mantlar, kom fram till Jerusalem togs de emot av två led av vitklädda riddare som stod uppställda ända från Damaskusporten till tempelriddarnas kvarter där stora facklor lyste vid ingången och festmåltiden dukats upp i stora riddarsalen.

Arn de Gothia som tog emot utanför stora trappan föll på knä och böjde sitt huvud innan han tog Stormästarens häst vid tyglarna för att visa att han själv var intet mer än en stallardräng inför Gérard de Ridefort. Så föreskrev Regeln.

Gérard de Ridefort var vid strålande humör, nöjd med sitt mottagande. När han slog sig ner på kungaplatsen i riddarsalen och genast lät sig och sina höga bröder betjänas talade han mycket och högt om den ljuvliga nåden att få vara tillbaka i Jerusalem.

Arn var däremot inte vid så gott lynne och hade svårt att inte visa det. Vad som föreföll honom värst var inte att han nu måste lyda minsta vink från en man som alla beskrev som icke läskunnig, hämndlysten och ovärdig och som inte tjänat hälften av den tid Arn tjänat som tempelriddare. Det värsta var att tempelriddarna nu fått en Stormästare som var svuren fiende till regenten greve Raymond. Därmed hopades genast orosmolnen över det Heliga Landet.

Efter måltiden när de flesta gästerna inkvarterats befallde Stormästaren Arn och ytterligare två män som Arn inte kände att följa honom till de privata rummen. Han var fortfarande vid mycket gott lynne, nästan som om han med särskild glädje såg fram emot de förändringar han nu raskt tänkte genomföra.

Han satte sig nöjt på Arns vanliga plats, stödde fingertopparna mot varandra och betraktade de andra tre männen en stund under tystnad. De andra stod.

"Säg mig Arn de Gothia... det är väl så du heter har jag för mig? Säg mig, du och Arnoldo de Torroja stod varandra nära har jag förstått?" frågade han till slut med en röst som var så överdrivet len att där hördes hat.

"Ja Stormästare, det är sant", svarade Arn.

"Då kan man ju tänka sig att det var därför han upphöjde dig till Jerusalems Mästare?" frågade Stormästaren och höjde muntert på ögonbrynen som om han just kommit till klarsyn.

"Ja Stormästare, det kan ha spelat in. En Stormästare i vår orden utser den han behagar", svarade Arn.

"Bra! Mycket bra svarat", sade Stormästaren belåtet. "Det som behagade min företrädare därvidlag behagar nämligen också mig. Här bredvid dig står James de Mailly, han har tjänat som borgherre vid Cressing i England, som du ser bär han en borgherres mantel?"

"Ja Stormästare", svarade Arn uttryckslöst.

"Då skulle jag föreslå att ni två bytte mantlar, ni ser ju ut att vara av ungefär samma storlek!" befallde Stormästaren med bibehållen munter ton.

De hade enligt tempelriddarnas sed ätit med sina mantlar fästa runt halsen och därför var det nu ett ögonblicks verk att buga sig för Stormästaren till tecken på underkastelse och byta mantel och därmed grad och ställning i Tempelherreorden.

"Så, då är du borgherre igen!" konstaterade Gérard de Ridefort nöjt. "Din vän Arnoldo behagade ju skicka iväg mig upp till borgen Chastel-Blanc. Vad skulle du säga om du finge överta min gamla tjänst?"

"Det du befaller kommer jag att lyda, Stormästare. Men hellre ville jag då överta min gamla tjänst som borgherre i Gaza", svarade Arn lågt men med stadig röst.

"Gaza!" utbrast Stormästaren roat. "Det är ju en liten avkrok jämfört med Chastel-Blanc. Men om det är så du vill skall jag bifalla din önskan. När kan du lämna Jerusalem?"

"Närhelst det behagar dig, Stormästare."

"Bra! Skall vi säga i morgon efter laudes?"

"Ja, som du befaller, Stormästare."

"Utmärkt, då kan du gå. Jerusalems Mästare och jag har en del viktiga angelägenheter att bestyra. Jag välsignar dig och bjuder dig god natt."

Stormästaren vände sig genast ifrån Arn som om han väntat att Arn skulle ha upplösts i tomma intet. Men Arn stod tveksamt kvar och då låtsades Stormästaren förvånat upptäcka den saken och gav Arn en frågande gest med handen.

"Det är min skyldighet att framföra en sak till dig, Stormästare, en kunskap som jag inte får framföra till någon annan än dig och den som är Jerusalems Mästare, broder James alltså", sade Arn.

"Om Arnoldo gett dig sådana instruktioner upphäver jag dem genast, en levande Stormästare tar över en död. Så vad gällde saken?" frågade Gérard de Ridefort med tydligt hån i rösten.

"Instruktionerna kommer inte från Arnoldo utan från den Helige Fadern i Rom", svarade Arn lågt och noga med att inte besvara den hånfulla tonen.

För första gången kom den nye Stormästaren av sig i sin stora säkerhet, såg tvivlande på Arn en kort stund innan han insåg att Arn menade allvar och nickade då åt den tredje brodern att lämna rummet.

Arn gick till arkivet som låg några rum bort och hämtade den påvliga bulla som beskrev dels hur patriarken Heraclius var en lönnmördare men dels också hur den hemligheten måste bevaras. När han kom tillbaks vek han upp texten och lade den på bordet framför Stormästaren, bugade sig och tog ett steg tillbaka.

Stormästaren kastade en kort blick på bullan, kände igen de påvliga sigillen men insåg också att han inte skulle kunna läsa texten då den var på latin. Han hade därför inget val, han måste förödmjuka sig och be Arn läsa och översätta, vilket Arn gjorde utan att visa någon min av förvåning.

Både Stormästaren och hans nye Jerusalems Mästare James de Mailly förlorade genast sitt goda humör när de fick del av den onda kunskapen. Heraclius var den man som mer än någon annan inom kyrkan verkat för att Gérard de Ridefort skulle bli Stormästare. Följaktligen stod den nye Stormästaren nu i tacksamhetsskuld till en fördömd giftmördare.

Arn vinkades iväg och lämnade genast Stormästaren med en djup bugning. Det var med en oväntad känsla av lättnad som Arn nu gick för att söka nattkvarter bland gästrummen, ty med kraft hade det nu slagit honom att han bara hade lite drygt ett år kvar på sin ålagda bot. Han hade snart tjänat nitton av de tjugo år som han försvurit sig till inom Tempelherreorden.

Det var en ny och främmande tanke. Ända till just det ögonblick då han avfärdats av den nye Stormästaren Gérard de Ridefort och för sista gången gick genom de högsta salarna i tempelriddarnas kvarter i Jerusalem hade han undvikit att räkna år, månader och dagar. Möjligen därför att det mest sannolika alltid varit att han skulle sänts till paradiset av fienden långt innan han hunnit tjäna sina tjugo år.

Men nu var det bara ett år kvar och nu fanns dessutom ett flerårigt fredsavtal med Saladin. Inget krig skymtade det närmaste året. Han kunde alltså överleva, han kunde resa hem.

Aldrig tidigare hade han känt denna starka längtan hem. I början av sin tid i det Heliga Landet hade de tjugo åren verkat som en sådan oändlighet att ingen tid fanns att föreställa sig bakom den gränsen. Och på senare år hade han varit alltför upptagen av sitt välsignade arbete som Jerusalems Mästare för att föreställa sig ett annat liv. Den kvällen, särskilt den kvällen han suttit i de rum där Gérard de Ridefort nu härskade och talat om det Heliga Landets framtid med greve Raymond, prins Bohemund, Roger des Moulins och bröderna Ibelin hade all makt i det Heliga Landet och Outremer funnits i samma rum och framtiden sett ljus ut. Tillsammans hade de kunnat skapa fred med Saladin.

Nu hade hela spelbrädet välts över ända, Gérard de Ridefort var en dödsfiende till regenten greve Raymond. Alla planer på att föra tempelriddarna och johanniterna närmare varandra hade nu sannolikt gått i stöpet. Som om han kände något varsel om framtiden anade Arn att han bara sett början på en ond förvandling av hela det Heliga Landet.

När han kom tillbaks till Gaza kunde han åtminstone glädjas åt att på nytt få träffa sin norske frände Harald Øysteinsson, som vid det här laget var hjärtligt trött på att sjunga psalmer och svettas hela dagarna i en fjärran borg i stekande sol. Det lilla Harald sett av krig i det Heliga Landet hade inte fallit honom i smaken och den långtråkiga tiden i en borg under fredstid föreföll honom ännu värre.

Till någon glädje för dem båda kom Arn på att han som borgherre kunde bestämma att de bröder eller sergeanter som kunde simma och dyka måste hålla denna färdighet vid liv, ty om Gazas hamn blockerades av en fientlig flotta och staden belägrades samtidigt kunde förmågan att nattetid simmande ta sig igenom fiendens blockad vara av stor betydelse. Eftersom han själv och Harald var de enda som verkligen kunde simma och dyka blev denna nya övning mer som deras privata nöje än allvarlig förberedelse för krig. Regeln förbjöd dem visserligen att öva samtidigt på Gazas pirar, då ingen tempelriddare fick visa sig avklädd inför en broder, lika lite som någon fick bada för nöjes skull. Därför måste de turas om med sina simturer, men deras nöje av denna påstådda krigsövning var säkert betydligt större än tempelriddarnas militära nytta av den.

Några år tidigare skulle Arn aldrig ha kommit på tanken att så lättsinnigt vrida och vränga Regeln, men nu när han mer kände sin återstående tid i tjänst som en väntan än som helig plikt förlorade han mycket av sitt tidigare stränga allvar. Han och Harald började tala om att resa tillsammans, som borgherre kunde ju Arn när som helst befria Harald från tjänsten som sergeant. De var överens om att en sådan lång resa ända upp till Norden helst vore något man gjorde tillsammans.

Dessutom var det ju till en början svårt att föreställa sig hur man skulle kunna få ihop en reskassa; Arn hade under sina snart tjugo år som penninglös vant sig av med att tänka på pengar som ett problem. Vid någon eftertanke fann han dock att han säkert skulle kunna låna tillräckligt med respengar från någon av de världsliga riddare han kände. I värsta fall fick väl han och Harald ta tjänst något år, exempelvis i Tripoli eller Antiokia, innan de fick råd att resa.

När de väl börjat tala om resan kom de också att än starkare längta hem, drömma om trakter som de sedan länge förskjutit ur sina sinnen, se ansikten från förr, lyssna ut i tystnaden och höra sitt eget språk. För Arn kom en särskild bild av det som en gång varit hem att bli starkare än allt annat. Varje natt såg han Cecilia, varje natt bad han Guds Moder beskydda Cecilia och hans okända barn.

Av de besked Arn fick då och då från resande mellan Gaza och Jerusalem stärktes han alltmer i sin känsla av att allt gick mot undergång när det gällde det Heliga Landet. I Jerusalem tilläts inte längre några okristna böner, inga saracenska läkare eller judar fick längre arbeta hos vare sig tempelriddarna eller åt de världsliga. Fiendskapen mellan johanniter och tempelriddare hade blivit värre än någonsin eftersom de två Stormästarna vägrade att tala med varandra. Och tempelriddarna tycktes göra vad de kunde för att sabotera den fred som regenten greve Raymond gjorde allt för att upprätthålla. Ett varningens tecken var att tempelriddarna kommit att bli nära vänner med karavanplundraren Reynald de Châtillon i Kerak. Som Arn förstod det var det nog bara en tidsfråga innan den mannen skulle kasta sig ut på nya plundringståg och därmed bryta freden med Saladin, precis som tempelriddarna allt tydligare ville ha det.

Men Arn tänkte numera mer på sin hemfärd och var mer intresserad av att räkna sina återstående dagar i Tempelherreorden än han oroade sig för de svarta moln han såg torna upp sig vid det Heliga Landets östra horisont. Han försvarade den hållningen inför sig själv med att hans arbete nu inte kunde föra längre framåt. Om Gud berövat honom all hans makt i Tempelherreorden så kunde han inte längre göra något och kunde därför inte heller lasta sig själv för sin nya likgiltighet.

Under detta händelselösa år i Gaza ägnade han sig flera timmar mer än nödvändigt var dag åt att rida sina arabiska hästar, hingsten Ibn Anaza och stoet Umm Anaza. De var hans tillåtna egendom, de skulle om han fann rätt köpare bekosta både hans och Haralds resa hem till Norden både en och flera gånger. Men han hade ingen tanke på att frivilligt skiljas från dessa båda, ty han bedömde dem som de bästa han såväl sett som ridit. Ibn Anaza och Umm Anaza skulle obetingat med hem till Västra Götaland.

Västra Götaland. Han uttalade namnet på sitt land för sig själv då och då, liksom för att vänja tanken.

När han hade tio månader kvar av sin tjänst kom en ryttare med ilbud från Stormästaren i Jerusalem. Arn de Gothia skulle omedelbart rida med trettio riddare till Ashkelon för att göra tjänst i en viktig eskort.

Lydde gjorde han snabbt och självklart och kom med sina riddare till Ashkelon redan samma eftermiddag.

Det som hade hänt var stort men inte oväntat. Barnkungen Balduin V hade dött i sin onkel Joscelyn de Courtenays vård och liket skulle nu eskorteras till Jerusalem tillsammans med begravningsgästerna Guy de Lusignan och den till synes inte alltför olyckliga modern till barnet, Sibylla.

Redan på vägen mellan Ashkelon och Jerusalem började Arn ana att resans mening var något större än att sörja och begrava ett barn. Det var ett maktskifte i görningen.

Två dagar senare i Jerusalem när Joscelyn de Courtenay utropade sin systerdotter Sibylla som tronföljare stod kuppmakarnas planer klara.

I tempelriddarkvarteret där Arn nu bodde i de lägre riddarnas gästrum träffade han en mycket bedrövad Fader Louis som kunde berätta allt vad som skett.

Först hade Joscelyn de Courtenay kommit ilande till Jerusalem, träffat regenten greve Raymond, berättat om barnkungen Balduins död och föreslagit Raymond att denne skulle dra samman baronernas höga råd i Tiberias i stället för i Jerusalem. På så vis skulle man slippa inblandning från tempelriddarnas Stormästare Gérard de Ridefort, som inte kände sig bunden av någon ed att lyda kung Balduin IV:s sista vilja, och patriarken Heraclius, som ju också strävade att lägga sig i allting.

Greve Raymond hade sålunda låtit sig luras att lämna Jerusalem. I stället kom Reynald de Châtillon indundrande med många riddare från Kerak och då utropade alltså Joscelyn de Courtenay strax sin systerdotter Sibylla till ny tronföljare. Det innebar, om det genomfördes, att den oduglige Guy de Lusignan snart kunde bli kung av Jerusalem och det Heliga Landet. Greve Raymond, bröderna Ibelin och alla de andra som kunnat förhindra en sådan sak var bortlurade från Jerusalem. Alla portar och murar runt staden bevakades av tempelriddare, ingen fiende till kuppmakarna kunde slinka in i staden. Ingenting såg ut att kunna stoppa det onda som var på väg att drabba det Heliga Landet.

Den ende som försökte de följande dagarna var johanniternas Stormästare Roger des Moulins, som vägrade att svika den ed han avgett inför Gud till den döde kung Balduin IV. Patriarken Heraclius kände sig dock inte bunden av någon ed och tempelriddarnas Stormästare Gérard de Ridefort hänvisade till att han själv aldrig avlagt eden och att den ed som en avskedad Jerusalems Mästare avgett för hans räkning inte kunde gälla.

Kröningen ägde rum i Heliga Gravens kyrka. Först höll karavanplundraren Reynald de Châtillon ett kraftfullt tal där han hävdade att Sibylla i sanning var den rätta tronföljaren då hon var dotter till kung Amalrik och syster till kung Balduin IV och mor till den döde kung Balduin V. Därefter genomförde patriarken Heraclius kröningen av Sibylla och hon tog i sin tur kungakronan och placerade den på sin mans, Guy de Lusignan, huvud och lade spiran i hans hand.

När man tågade ut från Heliga Gravens kyrka för att gå till den sedvanliga festmåltiden i tempelriddarkvarteret skrek Gérard de Ridefort ut sin lycka över att han äntligen med Guds hjälp fått sin stora och rentav lysande hämnd på greve Raymond, som nu satt där borta i Tiberias och inte kunde annat än gnissla tänder.

Arn var med under kröningen eftersom han tilldelats ansvaret för den vaktstyrka som skulle skydda den nye kungens och drottningens liv. Han fann detta vara en bitter uppgift, eftersom han ansåg att det han skyddade var menedare som skulle driva det Heliga Landet till undergång. Han stålsatte sig med tanken att hans återstående tid i det Heliga Landet bara var sju månader.

Till hans ytterligare förbittring kallade Stormästaren Gérard de Ridefort till sig honom, försäkrade att han inte hyste agg, berättade att han tvärtom numera inhämtat mycket som han inte kände till när han så hastigt berövade Arn befälet över Jerusalem. Man hade sagt honom att Arn var en stor krigare, den bäste bågskytten och ryttaren och dessutom segraren vid Mont Gisard. Nu ville han därför gottgöra sig åtminstone något genom att ge Arn hedersuppdraget att ingå i den kungliga livvakten.

Arn kände sig kränkt, men han visade det inte. Han räknade dagarna tills det skulle bli den 4 juli 1187 och jämnt på dagen tjugo år sedan han svor lydnad, fattigdom och kyskhet för just så lång tid.

Det han fick se under sin korta tid som ansvarig för den kungliga livvakten förvånade honom inte det minsta. Guy de Lusignan och hans hustru Sibylla levde ungefär samma liv nattetid som patriarken Heraclius, Sibyllas mor Agnes och hennes morbror Joscelyn de Courtenay.

Tidigare under sin tjänst hade Arn antagligen gråtit av att se all makt i det Heliga Landet samlad i händerna på dessa avgrundssyndare. Nu kände han sig mer resignerad, som om han redan försonat sig med tanken på att Guds straff bara kunde bli ett, förlusten av det Heliga Landet och Jerusalem.

Mot slutet av det året bröt Reynald de Châtillon som väntat vapenvilan med Saladin och plundrade sin största karavan någonsin på vägen mellan Mecka och Damaskus. Att Saladin blev rasande var inte svårt att förstå; en av de resande som hamnat i borgen Keraks fängelsehålor var hans syster. Snart nåddes Jerusalem av ryktet att Saladin svurit inför Gud att med egna händer döda Reynald.

När Saladins förhandlare kom till kung Guy de Lusignan för att kräva skadestånd för brottet mot fredsavtalet och fångarnas omedelbara frigivande kunde Guy inte lova någonting. Han hade ingen makt över Reynald de Châtillon, beklagade han sig.

Därmed fanns ingen räddning undan det kommande kriget.

Prins Bohemund av Antiokia slöt dock snabbt fred mellan Antiokia och Saladin och greve Raymond gjorde detsamma för både sitt grevskap Tripoli och sin fru Eschevas landområden runt Tiberias i Galiléen. Varken Bohemund eller Raymond ansåg sig ha något som helst ansvar för vad det galna hovet i Jerusalem tog sig till, vilket de snart gjort Saladin uppmärksam på.

Nu var inbördeskrig bland de kristna nära. Gérard de Ridefort lyckades övertala kung Guy att man måste sända en här till Tiberias för att en gång för alla kväsa greve Raymond och kung Guy föll till föga. En kunglig här förstärkt med tempelriddare började göra sig färdig att gå mot Tiberias.

I sista stund lyckades Balian d'Ibelin intervenera hos kungen och få honom att ta sitt förnuft till fånga. Inbördeskrig skulle vara detsamma som döden, man hade ju snart ett krig i full skala mot Saladin. Vad som måste till nu, argumenterade Balian d'Ibelin, var försoning med greve Raymond och han erbjöd sig att själv ingå i den ambassad som skulle ta sig till Tiberias för att förhandla.

Till förhandlare utsågs de båda Stormästarna Gérard de Ridefort och Roger des Moulins, Balian d'Ibelin och biskop Josias av Tyrus. Ett fåtal riddare från johanniterna och tempelriddarna skulle följa med som eskort. Arn de Gothia var bland dem.

Greve Raymond i Tiberias hade under tiden hamnat i en besvärlig knipa. Liksom för att pröva hållbarheten i fredsavtalet dem emellan lät Saladin sända sin son al Afdal med begäran att under en dag få sända en stor spaningsstyrka genom Galiléen. Greve Raymond gick med på det, under villkor att styrkan skulle rida in i landet vid soluppgången och ut vid solnedgången. Så överenskoms.

Samtidigt skickade greve Raymond ryttare för att varna den ankommande förhandlingsgruppen att inte hamna i klorna på fiendestyrkan.

Utanför Nazareth hann greve Raymonds budbärare upp förhandlarna och framförde varningen. De tackades mycket vänligt av tempelriddarnas Stormästare Gérard de Ridefort för deras besked, men inte riktigt av de skäl som de själva skulle ha förmodat.

Gérard de Ridefort menade nu att detta var ett lysande tillfälle att slå en av Saladins styrkor. Han sände bud till borgen La Fève där den nye Jerusalems Mästare James de Mailly befann sig med nittio tempelriddare. Inne i staden Nazareth lyckades man skrapa ihop fyrtio riddare och lite fotfolk. Och medan man drog ut från Nazareth för att söka upp al Afdal och hans syriska ryttare uppviglade Gérard de Ridefort Nazareths invånare att följa efter till fots, för nu skulle det bli mycket rikt byte att plundra, försäkrade han.

Biskop Josias av Tyrus stannade visligen i Nazareth, då han menade att han nog inte var skickad att följa med på annat än förhandlingar. Det beslutet skulle han aldrig ångra.

En kristen riddarstyrka på etthundrafyrtio tunga ryttare där merparten var tempelriddare och något hundratal fotsoldater därtill var förstås en tämligen imponerande styrka. Men när de som väntat träffade på fienden vid Cressons källor och skådade nedför sluttningarna hade de svårt att först tro sina ögon. Det de såg kunde knappast beskrivas som en spaningsstyrka. Där nere vid Cressons källor såg de nu sjutusen mamelukiska lansiärer och syriska beridna bågskyttar vattna sina hästar.

Det kunde förefalla som enkel matematik och ingenting annat. Om man var etthundrafyrtio riddare, varav de flesta tempelriddare och johanniter, kunde man under gynnsamma förhållanden möjligen anfalla sjuhundra mameluker och syriska bågskyttar. Sjuhundra, men inte sjutusen.

Johanniternas Stormästare Roger des Moulins föreslog därför lugnt att man skulle dra sig tillbaka. Samma mening hade tempelriddarnas militäre befälhavare James de Mailly.

Men Stormästaren Gérard de Ridefort var av en helt annan mening. Han blev ursinnig och skyllde de andra för feghet, han förolämpade James de Mailly med att denne var alltför rädd om sitt blonda huvud för att våga det inför Gud, han menade att Roger des Moulins var en ovärdig Stormästare och mera av den sorten.

Arn som numera hade en för låg ställning för att bli tillfrågad satt ett stycke därifrån på sin frankiska hingst Ardent, men inte längre bort än att han utan svårighet kunde höra hela det högljudda samtalet. För honom stod det klart att Gérard de Ridefort måste vara vansinnig. Ett anfall mitt på ljusa dagen under sådana styrkeförhållanden som nu rådde, och när fienden redan upptäckt faran, suttit upp och börjat formera sig, kunde bara sluta med döden.

Gérard de Ridefort var emellertid obeveklig. Han skulle anfalla. Därmed måste också johanniterna och de andra följa med i anfallet, ty hedern lämnade dem inget val.

När de ställde upp i slagordning kallade Gérard till sig Arn och bad honom rida confanonier, då det uppdraget krävde en särdeles djärv och skicklig ryttare. Arn skulle alltså rida intill Stormästaren med tempelriddarnas fana och samtidigt fungera som Stormästarens sköld, beredd att i varje ögonblick offra sitt liv för att skydda den högste ordensbrodern. Stormästaren och fanan var det sista som fick gå förlorat i strid.

Av flera känslor inom Arn var fruktan inte den starkaste nu när han tillsammans med de andra bröderna formerade sig på rak anfallslinje. Hans starkaste känsla var besvikelse. Han hade kommit så nära friheten. Nu skulle han behöva dö för en dåres nyck, lika meningslöst som alla andra i det Heliga Landet som lydde under vansinniga eller odugliga ledare. För första gången någonsin genomkorsades hans huvud av tanken att fly. Men så erinrade han sig sin ed. Den gällde ytterligare drygt två månader; hans liv var ändligt men hans ed var för evigt.

Stormästaren gav honom anfallsordern, han höjde och sänkte

fanan tre gånger och så dundrade de etthundrafyrtio riddarna utan att tveka rakt ner mot döden.

Gérard de Ridefort red dock något långsammare än alla andra och eftersom Arn måste följa intill så kom också han att sacka efter. Just som de första riddarna brakade in i havet av mamelukiska ryttare där framför dem svängde Gérard de Ridefort brant åt höger och Arn följde honom med sin sköld höjd mot de pilar som nu började susa omkring dem. Arn kände hur han träffades av många pilar och att en del av dem trängde igenom ringbrynjan. Gérard de Ridefort fullföljde sin sväng till helomvändning och red med Arn och fanan bort från det anfall han själv tvingat fram.

Ingen enda av johanniterna eller tempelriddarna överlevde anfallet vid Cressons källor. Bland de stupade befann sig Roger des Moulins och James de Mailly.

En del av de världsliga riddare som man skrapat ihop uppe i Nazareth togs till fånga för framtida lösensummor. De invånare från Nazareth som kommit med till fots lockade av Gérard de Rideforts löfte om rik plundring blev nu snabbt hopfösta, bakbundna och bortsläpade till närmsta slavmarknad.

Den aftonen, strax före solnedgången, såg greve Raymond från sina murar i Tiberias hur al Afdals styrkor precis som överenskommet var på väg att gå över Jordanfloden för att lämna Galiléen före dagens slut.

I spetsen för den saracenska styrkan red mamelukiska lansiärer. De bar över hundra skäggiga huvuden på sina höjda lansar.

Denna syn var starkare argument än vad någon förhandlingsgrupp hade kunnat åstadkomma hos Raymond. Han kunde inte bli förrädare, han måste säga upp sitt fredsavtal med Saladin och, hur mycket det än sved, svära kung Guy de Lusignan trohetsed. Någon annan möjlighet hade han inte. Bittrare beslut än så hade han aldrig tvingats fatta.

***

När Saladin anföll på allvar senare den sommaren kom han med den största armé han någonsin fått ihop, över trettiotusen ryttare. Han var nu inställd på att försöka nå ett slutligt avgörande.

Arn nåddes av beskedet nere i Gaza, dit han dragit sig tillbaka för att få saracensk vård för de pilskador han fått vid Cressons källor. Kung Guy hade nu proklamerat *arrière-ban*, vilket betydde att alla män med stridstjänst utan undantag kallades in under det Heliga Landets fanor. Johanniter och tempelriddare tömde varje borg på riddare och lämnade på var plats bara ett fåtal befäl och sergeanter att sköta underhåll och försvar från murarna.

Bland dem Arn lämnade i Gaza var Harald Øysteinsson, eftersom han menade att en sådan bågskytt hade tiofalt värde på murarna om det var så glest med försvarare.

Något varsel om det som skulle ske hade han inte. Med den arrièreban som nu rådde skulle johanniter och tempelriddare ensamma ha en styrka på närmare tvåtusen man. Därtill kom kanske fyratusen världsliga riddare och mellan tio och tjugotusen bågskyttar och fotsoldater. Enligt Arns erfarenhet skulle inga saracener, hur många de än var, kunna besegra en sådan styrka. Han var mer orolig för att den stora armén skulle lockas bort på någon av Saladins avledningsmanövrer och att man då kunde förlora någon av de städer som man nu lämnat med alltför glest mellan försvararna.

Han kunde inte tänka sig att den dåraktige Gérard de Ridefort skulle kunna göra om samma sak som vid Cressons källor; dessutom kunde ju inte tempelriddarna ensamma, det vill säga Gérard de Ridefort, bestämma över hela den kristna armén.

När Arn kom till Saint-Jean d'Acre med sina sextiofyra riddare och knappt hundra sergeanter från Gaza hade han mindre än en vecka kvar i tempelriddarnas tjänst. Just detta tänkte han inte så mycket på, eftersom han inte gärna kunde avsluta sin tjänst mitt under ett pågående krig. Men han tänkte att efter kriget, fram mot hösten när regnen skulle driva Saladin tillbaks över Jordanfloden, så skulle hemfärden ta vid. Västra Götaland, uttalade han på sitt barndoms språk, liksom smakade han på de främmande orden.

Den väldiga sammandragningen vid Saint-Jean d'Acre blev ett

oöverskådligt stort härläger i sommarvärmen. Inne i borgen hölls krigsråd där en villrådig kung Guy som vanlig snart fann sig kringränd från alla håll av män som hatade varandra.

Den nye Stormästaren av Johanniterorden sade emot allt som Gérard de Ridefort sade. Greve Raymond sade emot allt som båda dessa Stormästare hävdade. Patriarken Heraclius sade emot alla.

Det som greve Raymond menade fann till en början mest bifall bland de närvarande. Nu var den hetaste årstiden, påpekade han. Saladin hade brutit in i Galiléen med större styrka än någonsin och härjade svårt. Men med så många hästar och ryttare måste han hela tiden försörja dem med både vatten, bete och mattransporter från olika håll. Om han inte mötte motstånd genast, vilket tydligt var hans förhoppning, skulle hans armé nötas ner av både otålighet och hetta, som så ofta skedde med saracenerna.

Den kristna sidan kunde i lugn och ro bida sin tid, försörjd inne i städerna, och anfalla just när saracenerna gav upp och var på väg hem. Då skulle man kunna segra stort. Priset var all den plundring man måste uthärda under tiden, men det priset var inte för högt om man för en gångs skull kunde besegra Saladin.

Att Gérard de Ridefort genast hade en annan mening förvånade ingen, inte ens att han började kalla greve Raymond för förrädare, vän av saracener och fördragsslutare med Saladin. Inte ens kung Guy lät sig imponeras av sådana besinningslösa utfall.

Däremot vann patriarken Heraclius kung Guys öra när han menade att man måste anfalla genast. Ty det som greve Raymond sagt hade ju kunnat verka som det klokaste. Alltså skulle man överraska fienden med att göra det som inte verkade klokast.

Dessutom medförde nu Heraclius det Sanna Korset. Och när, frågade han dramatiskt, hade de kristna förlorat en strid då de medfört det Sanna Korset? Aldrig, svarade han själv.

Därför var det en synd att tvivla på segern när det Sanna Korset var med. Genom att segra fort kunde alla som syndat med tvivel rena sig.

Alltså var det bäst och dessutom Gudi mest behagligt om man segrade genast.

Olyckligtvis tillät inte hans hälsa, fortsatte Heraclius, att han själv förde det Sanna Korset ut i striden. Det uppdraget kunde han dock utan oro ge biskopen av Caesarea, huvudsaken var ju att den allra heligaste reliken var med och garanterade seger.

De sista junidagarna i Nådens år 1187 drog således den kristna armén ut mot Galiléen för att möta Saladin under årets hetaste tid. De färdades i två dagar tills de nådde källorna vid Sephoria där det fanns gott om både vatten och bete. Där möttes de av bud att Saladin tagit staden Tiberias och nu belägrade själva borgen.

Tiberias var greve Raymonds stad. I borgen fanns hans fru Escheva. I den kristna armén vid Sephoria fanns Eschevas tre söner, som nu vädjade om snabbt bistånd till sin mor. Kungen verkade beredd att gå med på den saken.

Då begärde greve Raymond ordet. Det blev tyst så att inte ens Gérard de Ridefort muttrade eller störde på annat sätt.

"Sire", började greve Raymond lugnt men med hög röst så att alla skulle höra. "Tiberias är min stad. I borgen finns min fru Escheva och min skattkista. Det är jag som har mest att förlora på om borgen faller. Därför måste ni verkligen ta mina ord på allvar, Sire, när jag säger att vi inte skall anfalla Tiberias. Här vid Sephoria kan vi försvara oss väl och har vatten. Här kan våra fotsoldater och bågskyttar tillfoga anfallande saracener stor skada. Men om vi nu går mot Tiberias är vi slagna. Jag känner landet, på vägen finns inte en droppe vatten och inget bete, det landet är som öken så här års. Om Saladin tar min borg och river murarna så kan han i vart fall inte behålla den. Och jag bygger upp murarna. Tar han min fru så löser jag ut henne. Detta är vad vi har råd att förlora. Men om vi går mot Tiberias nu i sommarhettan så förlorar vi det Heliga Landet."

Greve Raymonds ord gjorde starkt intryck. De övertygade för stunden alla och kung Guy fattade beslut att man skulle hålla stånd vid Sephoria.

Men på natten sökte Gérard de Ridefort upp kung Guy i hans tält och förklarade att Raymond var en förrädare, i hemlig pakt med Saladin, och att man därför aldrig skulle lyda hans råd. Tvärtom fanns här möjligheten för kung Guy att vinna en avgörande seger mot Saladin själv, för en så stor armé som nu hade det Heliga Landet inte fört mot Saladin någonsin. Dessutom medförde man det Sanna Korset, så segern var ju lovad av Gud. Vad Raymond ville var bara att beröva kung Guy äran av att i grunden ha besegrat Saladin. Dessutom var han ju avundsjuk för att han förlorat regentmakten när Guy blev kung. Möjligen fikade han efter kronan i alla fall och därför måste han hindra Guy från att segra.

Kung Guy trodde på Gérard de Ridefort. Om han åtminstone haft förstånd att låta armén sätta sig i rörelse mot Tiberias på natten kunde historien möjligen ha blivit en annan. Men han ville först sova ut, sade han.

I gryningen nästa dag sattes den stora kristna armén på marsch mot Tiberias.

Först red johanniterna, i mitten den världsliga hären och sist tempelriddarna, där ansträngningen skulle bli störst.

Gérard de Ridefort hade förbjudit lätta turkiska ryttare hos tempelriddarna, då han menade att sådant var ogudaktigt. Arn liksom alla andra bröder red således som tunga riddare med få fotsoldater kring sig för att skydda hästarna. De måste därför klä både sig själva och hästarna i all tung och het rustning redan från första början.

För inför en tung annalkande kristen armé betedde sig saracenerna alltid på samma sätt. De sände ut svärmar med lätta ryttare som red nära inpå fiendens kolonner och besköt dem med pilar, vände sedan på sina snabba hästar och försvann. Och så kom en ny våg. Så började det redan tidigt på morgonen.

Tempelriddarna hade order att på inga villkor bryta sin formering. De kunde inte skjuta tillbaks, de hade inte längre några lätta ryttare på flankerna, då ju detta förklarats ogudaktigt av Stormästaren. Inom några timmar hade alla tempelriddare träffats av pilar och hade skador som visserligen för det mesta var små, men kunde vara nog så pinliga i hettan.

Det blev en mycket het dag med sydliga ökenvindar. Och som greve Raymond sagt fanns inte en droppe vatten på hela vägen. Från gryning till solnedgång måste de kristna ta sig igenom detta aldrig upphörande gatlopp av anfallande lätta ryttare. Till en början släpade de med sig sina döda, men snart måste de börja överge dem där de föll.

Mot aftonen närmade de sig Tiberias och såg sjön blänka i solnedgången. Greve Raymond försökte övertala kungen att man måste anfalla genast och slå sig fram till vattnet innan det blev helt mörkt. Om man efter en sådan fruktansvärd dag utan vatten väntade en hel natt också utan vatten skulle man vara slagen när solen steg.

Gérard de Ridefort menade i stället att man slogs mycket bättre om man var utsövd. Och kung Guy, som erkände att han kände sig ganska trött, tyckte det lät förnuftigt och gav order om att slå läger för natten.

Vid sluttningarna intill byn Hattin, där två små toppar bland de låga bergen kallades Hattins horn, slog de kristna läger för att, som de trodde, åtminstone få svalka och sömn före morgondagens avgörande.

När solen gick ned och det var bönestund hos den saracenska hären, som nu befann sig inom synhåll för de utmattade kristna, tackade Saladin Gud intill sjöstranden för den gåva han fått. Där uppe vid Hattins horn fanns hela den kristna hären i en omöjlig belägenhet, nästan samtliga tempelriddare och samtliga johanniterriddare, den kristne kungen och alla hans närmaste män. Gud hade serverat slutsegern på ett gyllene fat. Vad som återstod var bara att tacka Honom och sedan göra den plikt Han ålagt de sina.

Den plikten började med att sätta eld på det sommartorra gräset söder om Hattins horn så att det kristna lägret snart omvälvdes av en stickande rök som gjorde varje tanke på en natts lugn vila inför slutstriden omöjlig.

På morgonen när ljuset kom var de kristna omringade från alla håll. Saladins armé gjorde inte en min av att anfalla, ty de hade ju tiden på sin sida. Ju längre de kristna väntade, desto svagare skulle de bli. Solen steg obarmhärtigt utan att kung Guy kunde fatta något beslut.

Greve Raymond var bland de första som satt upp till häst. Han skrittade runt i lägret tills han kom till tempelriddarnas avdelning; där letade han sig fram till Arn och föreslog att Arn skulle ta män med sig och följa honom i en utbrytning. Arn avböjde vänligt detta förslag med hänvisning till att han var edsvuren till just denna dags slut och inte kunde bryta sitt ord inför Gud. De tog avsked och Arn önskade greve Raymond all lycka och sade att han skulle be för ett lyckat utbrytningsförsök.

Bad gjorde han också.

Greve Raymond fick upp sina trötta riddare till häst och höll ett kort förmanande tal till dem där han förklarade att de nu skulle satsa allt på ett enda försök. Om utbrytningen misslyckades skulle man dö, det var sant. Men det skulle alla som blev kvar vid Hattins horn.

När det var sagt ställde han upp sina styrkor i en smal kilformad gruppering i stället för att anfalla på bredden. Så gav han anfallssignal och stormade ner mot den kompakta massan av fiender som stod med ryggen mot allt det vatten som fanns i Galileiska sjön, som om de bevakade vattnet.

Inför Raymonds anstormning öppnade saracenerna sina led så att det bildades en bred gata där greve Raymond och hans riddare försvann. Så slöt saracenerna leden på nytt.

Först långt senare kunde man uppe från Hattins horn upptäcka hur greve Raymond och hans riddare försvann långt i fjärran utan att vara förföljda. Saladin hade skonat honom.

Gérard de Ridefort blev då ursinnig, höll ett långt tal om förrädare och beordrade alla sina tempelriddare till häst.

Nu blev det rop och oro bland saracenerna när de såg att tempelriddarna, som ännu var minst sjuhundra till antalet, gjorde sig färdiga till anfall. Ingen saracen hade sett en så stor styrka tempelriddare. Och alla visste de att det var nu det skulle avgöras, nu kom sanningens ögonblick.

Var dessa vita demoner omöjliga att besegra? Eller var de människor som alla andra som led som alla andra av ett dygn utan vatten?

När johanniterna såg att tempelriddarna gjorde sig klara för anfall gjorde de detsamma, och då gav kung Guy order om att också den kungliga hären skulle sitta upp.

Men Gérard de Ridefort väntade inte på de andra utan stormade nedför kullarna i förväg med hela sin samlade styrka av riddare. Fienden vek omedelbart undan för dem så att de aldrig kunde få träff med det hårda slag som var tänkt; sedan måste de tungt och långsamt försöka vända om med vattnet inom synhåll, vilket störde deras hästar våldsamt, för att försöka tvinga sig tillbaks upp på kullarna igen. På väg upp mötte de nedstormande johanniter som inte haft tid att anfalla samtidigt med dem själva. Johanniternas anfall bromsades upp och det blev en förödande oordning av tempelriddare och johanniter vända åt olika håll.

Då anföll de mamelukiska lansiärerna bakifrån med full kraft.

Gérard de Ridefort förlorade hälften av sina riddare på det dåraktiga utfallet. Johanniternas förluster blev ännu större.

Nästa gång försökte man samla alla kristna styrkor till ett gemensamt anfall. Men då hade några fotsoldater som tappat förståndet av törsten slitit av sig sina hjälmar och börjat springa med utslagna armar ned mot vattnet. De ryckte många andra med sig och en hord av fotsoldater sprang så ner i döden. De fångades lätt upp av de beridna egyptiska lansiärerna.

Det andra riddaranfallet var bättre än det första och man hade bara hundra meter kvar till vattnet när man tvingades vända. När man återsamlades kring kungens tält var två tredjedelar av den kristna armén borta.

Nu anföll Saladin i full skala.

Arn hade blivit av med sin häst som träffats av en pil genom halsen och han kunde inte längre tänka eller se klart vad som hände runt honom. Det sista han mindes var att han och flera bröder som också förlorat sina hästar stod med ryggarna mot varandra omgivna från alla håll av syriska fotsoldater och att han träffade flera av dem med sitt svärd eller med sin stridsklubba som han höll i vänster hand, skölden hade han förlorat när hans häst störtade.

Han uppfattade aldrig hur och av vem han slogs till marken.

De tempelriddare och johanniter som tagits levande under den sista timmen vid Hattins horn när den frankiska armén slutgiltigt gick under fick alla vatten att dricka när de i två långa rader ställdes upp på knä framför Saladins segerpaviljong nere vid stranden.

Att man gav dem vatten att dricka var inte av barmhärtighet utan för att de skulle kunna tala. Halshuggningarna började nerifrån stranden för att arbeta sig upp och sluta vid segerpaviljongen om ett par timmar.

De överlevande bröderna var 246 tempelriddare och ungefär lika många johanniter. Det betydde att de båda ordnarna nu snart var sågott som utrotade i det Heliga Landet.

Saladin grät av lycka och tackade Gud när han betraktade början av halshuggningarna. Gud hade varit ofattbart god mot honom, han hade äntligen slagit båda de fruktansvärda ordnarna eftersom de som nu undan för undan förlorade huvudet var de sista. Deras nästan tomma borgar skulle falla som mogna frukter. Vägen till Jerusalem låg äntligen öppen.

De världsliga riddare som tagits till fånga behandlades som vanligt på ett helt annat sätt. Och när Saladin fröjdats en stund åt synen av tempelriddare och johanniter som undan för undan miste sina huvuden gick han tillbaks in i sin segerpaviljong där hans förnämsta fångar bjudits in, däribland den olycklige kung Guy de Lusignan och Saladins mest hatade fiende Reynald de Châtillon, som satt sig närmast kungen. Bredvid honom satt tempelriddarnas Stormästare Gérard de Ridefort, som möjligen inte skulle bli någon särskilt värdefull fånge. Men säker kunde man ju inte vara innan man prövat, menade Saladin. Inför döden kunde män som tidigare visat sig modiga och heder-värda förvandlas på det mest ömkliga sätt.

En av de höga och värdefulla frankiska fångarna hade dock ingen misskund att vänta. Saladin hade svurit inför Gud att med egna händer döda Reynald de Châtillon och det gjorde han nu med sitt svärd. Genast lugnade han de andra fångarna att de naturligtvis inte skulle behandlas på samma sätt. Han gav dem alla vatten att dricka som han överräckte personligen.

Ute vid halshuggningarna hade många saracenska soldater samlats och hade stort nöje. En grupp sufiska lärde från Kairo hade följt Saladins här eftersom de hade en föreställning om att man kunde omvända kristna till den sanna tron. Som ett grymt skämt hade några emirer då kommit på att sufierna ju kunde få försöka med de stridande munkarna, johanniterna och tempelriddarna.

Därför fick nu dessa inte helt lyckliga trons män gå från tempelriddare till johanniterriddare och fråga om han var beredd att avsvära sig den falska kristna tron och övergå till islam mot att skonas till livet. Varje gång de fick nej, och det fick de hela tiden, måste de själva försöka klara av halshuggningen. Det ledde till många munterheter bland åskådarna, eftersom det sällan blev något huvud som höggs av på ett riktigt sätt. Tvärtom fick de lärde trons försvarare för det mesta hugga gång på gång. När någon halshuggning råkade lyckas väl jublade åskådarna. Annars skrattade de och lät höra sitt skämtsamma missnöje och ropade goda råd.

Av det vatten han fått hade Arn kvicknat till såpass att han förstod vad som höll på att hända. Men hans ansikte var fullt med blod och han hade bara syn på ena ögat, så han hade svårt att se vad som skedde längre nedåt kön.

Han intresserade sig dock inte särskilt för den saken. Han bad och han gjorde sig beredd att överlämna sin själ åt Gud, han frågade Gud med all den kraft han kunde uppbåda inom sig vad som var meningen. För denna dag var den 4 juli 1187. Just denna dag hade det gått tjugo år sedan han svor eden till tempelriddarna, från och med solnedgången denna kväll skulle han vara fri. Vad var Guds mening med att låta honom leva till den sista timmen i tjänst och sedan ta hans liv? Och varför låta honom leva till just denna dag, när kristenheten gick under i det Heliga Landet?

Han kom på sig med att vara självisk. Han var inte ensam om att dö och den sista stunden i livet borde användas till bättre än att ställa anklagande frågor till Gud. Då han nu var färdig med sitt eget liv började han i stället be för Cecilia och det barn som snart skulle bli faderlöst.

När den svettiga och uppjagade gruppen av blodsölade sufiska lärde kom fram till Arn frågade de honom uppgivet om han var beredd att avsäga sig sin falska tro och övergå till den sanna tron på det han måtte få leva. Det lät inte på deras sätt att fråga som om de var särskilt hoppfulla inför hans omvändelse och de hade inte ens försäkrat sig om att han förstod.

Med trots höjde då Arn sitt redan sänkta huvud och tilltalade dem på Profetens, frid över honom, eget språk:

"I den Barmhärtiges och den Nådefulles namn, hör orden från er egen Heliga Koran, den tredje suran och den femtiofemte versen", började han och drog efter andan för att orka fortsätta samtidigt som männen omkring honom häpet tystnade.

"Och Gud sade", fortsatte han med en röst som inte riktigt bar, *"Jesus, Jag skall kalla dig till Mig och Jag skall rena dig från de beskyllningar som förnekarna av sanningen riktade mot dig. Och Jag skall sätta dem som följer dig högt över dem som förnekar dig ända till Uppståndelsens dag; då skall ni alla vända tillbaka till Mig och Jag skall döma mellan er i allt det som ni var oense om."*

Arn blundade och böjde sig framåt i väntan på hugget. Men sufierna runt honom hade blivit som lamslagna av att från en av de värsta fienderna höra Guds egna ord. Samtidigt trängde sig en hög emir fram och ropade att man funnit Al Ghouti.

Även om ingen längre hade kunnat känna igen Arn, eftersom han var svårt tilltygad i ansiktet, visste alla att bara en fiende var känd för att så rent och klart kunna framföra Guds egna ord.

Och Saladin hade strängt sagt till dem alla att om Al Ghouti återfanns bland de levande så fick han på inga villkor behandlas illa utan som en ärad gäst.

X

NÄR SOLEN GICK NED om aftonen den sista dagen på Cecilia Rosas tjugoåriga botetid satt hon vid en av Risebergas fiskdammar alldeles för sig själv. Det var en het och vindstilla kväll strax efter Persmässan då sommaren just var på väg att passera sin höjdpunkt och då slåttern snart skulle börja nere i Västra Götaland, men ännu inte här uppe i Nordanskog.

Hon hade varit i mässan två gånger och hon hade gått till nattvarden, uppfylld av tanken att hon denna dag, med Vår Frus stöd, tagit sig igenom den tid som när den utdömdes hade förefallit henne som hela livet. Hon var äntligen fri.

Men ändå inte. För när frihetens timme slog var det som om ingenting förändrades och inte minsta tecken syntes. Allt var bara som vanligt, som vilken som helst sommardag.

Hon insåg att hon nog kunde ha haft barnsliga föreställningar, som att Arn, vars frihetstimme kanske inträffade samtidigt med hennes, genast skulle komma ridande mot henne från ingenstans fastän han ju måste ha en mycket lång resa framför sig nu. De som visste sade att det kunde ta ett år att resa till eller från Jerusalem.

Kanske hade hon också förskjutit alla tankar på denna framtida lyckostund därför att hon innerst inne anat att det skulle bli just så här, som ingenting särskilt. Hon var nu 37 år gammal och ägde ingenting utom kläderna hon bar, och såvitt hon visste satt hennes far hemma på Husaby slagrörd, stadd vid dålig kassa och vad gällde inkomster helt i händerna på folkungarna på Arnäs. Honom skulle hon inte glädja särdeles genom att komma hem och begära att bli försörjd.

På Arnäs hade hon ingenting att skaffa, där var hennes syster Katarina husfru och eftersom det var Katarinas fel att Cecilia Rosa hamnat på tjugoårig bot i kloster så skulle ett möte mellan dem båda bli lika lite kärt för Cecilia som för Katarina.

Hon kunde resa till Näs på Visingsö och vara gäst hos Cecilia Blanka och hon kunde säkert också känna sig välkommen någon tid på Ulfshem hos Ulvhilde. Men det var en sak för vänner att gästa varandra när de kunde bjuda igen. En helt annan sak att komma som hemlös.

Med ett plötsligt infall rev hon av sig det dok kring huvudet som hon vant sig så att bära under tjugo år att hon kände sig som hårlös. Hon skakade ut sitt hår och drog sina fingrar genom tovorna en stund så att det hängde någorlunda fritt; det var alldeles för långt enligt reglerna men hon hade smitit undan från de två senaste av sex årliga hårklippningar.

Hon lutade sig fram och försökte se sig själv i vattenspegeln. Men skymningen hade redan fallit och hon kunde bara ana sitt ansikte och det röda håret och det hon såg var nog mer som hon mindes sig själv från ungdomen än hon verkligen såg ut. Speglar fanns inga på Riseberga, lika lite som på något annat nunnekloster.

Hon rörde tafatt händerna över sin kropp så som en fri kvinna hade rätt att göra, hon försökte till och med röra sig över bröst och höfter då detta inte längre, från och med denna afton, kunde vara ett brott mot reglerna. Men beröringen sade henne inte så mycket. Hon var trettiosju år och fri men ändå inte fri, det var det enda hon kunde säga säkert.

Vid närmare eftertanke var även friheten omgärdad av både gärdesgård och mur. Birger Brosa hade bestämt att hon skulle fortsätta som yconoma på Riseberga så länge hon själv gitte, och när han uttalat det hade det låtit som en betydelselös vänlighet. Men när hon nu i frihetens första timma försökte skärskåda vad den vänligheten innebar så verkade det ju snarare som om hon bara skulle fortsätta på samma sätt som hon arbetat de senaste åren.

Nå, inte helt på samma sätt. Hon bestämde att hon inte längre tänkte täcka sitt hår på samma sätt och att hon inte behövde sjunga vare sig laudes eller matutiner eller delta i completorium. På så vis skulle hon få mycket värdefull tid över åt arbete. Och från och med nu skulle hon själv kunna resa till marknader och göra inköp, det förföll henne plötsligt som den allra största förändringen. Hon hade rätt att vistas bland andra människor och hon fick tala med vem hon ville, hon var inte längre belastad med synd och straff.

Helst av allt ville hon nog resa till Bjälbo för att träffa sin son Magnus. Men det var ett möte som hon längtade efter lika mycket som hon kände rädsla inför det.

Som många människor såg det, men framför allt som kyrkan såg det, var Magnus född i synd och skam. Birger Brosa hade tagit honom till sig som lindebarn, fört honom till ätteledning vid tinget och sedan uppfostrat honom bland sina egna och Fru Brigidas barn. Som liten gosse hade Magnus trott sig vara Birger Brosas son. Men alltför många sladdriga tungor kände till det där om ätteledningen och skvallret hade nått Magnus själv, först som förstulna antydningar, sedan från någon som i vredesmod talat mindre inlindat.

Just på gränsen mellan att vara barn och man hade Magnus börjat ana sanningen och då hade han tagit Birger Brosa avsides och krävt att få veta. Birger Brosa hade inte sett någon annan råd än att genast och utan omsvep säga som det var. Magnus hade en tid gått som enstöring och varit butter och fåordig, som om hans trygga liv som jarlens son hade slagits i spillror. Under den tiden hade Birger Brosa bestämt att inte störa gossen då han tänkte sig att det snart nog skulle bli ändring genom att nyfikenheten skulle ta över besvikelsen.

Så blev det också. Efter en tid sökte han sig till sin fosterfar och började ställa de första frågorna om vem Arn Magnusson var. Som Birger Brosa berättat saken för Cecilia Rosa hade han då möjligen brett på för mycket när han beskrev Arn som den bäste svärdskämpe man någonsin sett i Västra Götaland och helt säkert en bågskytt som få män kunde mäta sig med. Helt osant var ju inte detta, urskuldade sig Birger Brosa. Ännu levde minnet om hur den unge Arn, knappt mer än en gosse, hade besegrat den väldige sverkerskämpen Emund Ulfsbane vid alla götars ting vid Axevalla. Det hade ju varit som Skriftens berättelse om David och Goljat, men ändå inte, då ju Arn visat sig så mycket bättre med svärd än Emund, som förlorat sin hand i stället för sitt liv därför att unge Arn skonat honom.

När Magnus känt sig fri att fråga äldre fränder om denna händelse hade han som man kunde förstå träffat på många som varit med eller bara trott sig vara med vid Axevalla men ändå kunde brodera ut historien å det grövsta.

Eftersom unge Magnus redan vid späda år visat sig vara en mycket bättre bågskytt än andra gossar hade han nu skönjt förklaringen däri att hans far var en sådan oöverträffad bågskytt, och han hade börjat öva sitt skytte långt mer än vad som kunde krävas eftersom han då försummade andra delar av sin uppfostran. Han hade också kommit till Birger Brosa och bestämt att om inte hans far kom levande tillbaks från det Heliga Landet så skulle han inte ta sig namnet Birgersson efter Birger Brosa men inte heller Arnsson. Han ville kalla sig Magnus Månesköld och hade på egen hand målat en liten halvmåne i silver ovanför folkungalejonet på sin sköld.

Birger Brosa hade menat att eftersom det ändå gått så lång tid så vore det bäst om mor och son inte träffades förrän Cecilia Rosas strafftid hade löpt ut; det skulle vara bättre för gossens sinne att träffa sin mor som en fri kvinna än som ett klosterhjon som fortfarande måste göra bot. Mot det förslaget hade Cecilia inte haft några invändningar. Men nu hade stunden kommit då hon var fri och inte längre botgöringshjon och då fruktade hon detta möte mer än hon hade kunnat ana. Hon började oroa sig över ting som inte tidigare fallit henne in, som om hon var gammal och ful eller om hennes kläder var för enkla. Om unge Magnus hade så stora drömmar om sin far var det desto större fara att han skulle bli besviken av att se sin mor.

När de andra kvinnorna på Riseberga, sex nunnor, tre noviser och åtta conversae gick till completorium den kvällen gick Cecilia Rosa till sin bokföringskammare. Frihetens första timme började med arbete.

* * *

Den hösten utrustade Cecilia Rosa en fora som hon själv skulle föra ned till Gudhem för att göra inköp av allehanda nyttiga och vackra växter som bara kunde resa om hösten för att inte dö på vägen och också många ting som behövdes för sömnad och tygfärgning. Allt sådant var ju sedan länge väl utarbetat på Gudhem, medan Riseberga uppe i Nordanskog bara befann sig i begynnelsen. Då Cecilia Rosa skulle medföra en hel del silver som betalning hade Birger Brosa beställt så att hon först fick väpnade ryttare med sig ner till Vättern, sedan norska sjöfarare med sig över vattnet och därefter på nytt folkungska ryttare mellan Vättern och Gudhem.

Hon red själv. Eftersom hon varit en god ryttare vid sjutton års ålder tog det henne inte lång tid, ehuru en del ont i kroppen, att komma tillbaks till sin forna färdighet på hästryggen.

När hon närmade sig Gudhem i spetsen för sin fora, där hon envisades med att rida eftersom hon var yconoma och van att bestämma och de väpnade ryttarna bara hennes följemän, förvånades hon över hur blandade hennes känslor blev. Gudhem låg mycket vackert och det var skönt att skåda redan på avstånd. Så här vid midhöst blommade fortfarande många rosor längs murarna, sådana som hon nu bland mycket annat skulle försöka köpa för Risebergas förskönande.

Inget ställe på jorden hade hon avskytt som Gudhem, det var tvivelsutan sant. Men vilken märklig skillnad var det inte att närma sig detta Moder Rikissas rike som en fri människa än som den som löd under Moder Rikissa.

Cecilia Rosa intalade sig strängt att hon bara kom för affärer och bara för Risebergas bästa. Det fanns ingen anledning att då söka gräl med Moder Rikissa eller att särskilt försöka visa att hennes makt var bruten. På sista grusade vägen in mot Gudhem fantiserade Cecilia Rosa om hur hon tvärtom skulle uppträda mot Rikissa som om de nu bara vore vilka som helst jämlikar, abbedissa från Gudhem och yconoma från Riseberga, som skulle göra affärer efter bästa förstånd och ingenting annat. Något drog hon dock på munnen när hon tänkte på Moder Rikissas svaga förstånd när det gällde just affärer.

Men av hennes förväntningar kring mötet blev intet. Moder Rikissa låg för döden och en biskop Örjan från Växjö hade kallats till dödsbädden för att ta emot Moder Rikissas bikt och ge henne sista smörjelsen.

Vid detta besked övervägde Cecilia Rosa först att bara lämna Gudhem, men eftersom resan var lång och besvärlig och livet i både Gudhem och Riseberga måste gå vidare långt efter att alla som nu levde där var döda, så ändrade hon sig och tog in på hospitium där hon och hennes ressällskap välkomnades som om de varit vilka resande som helst.

Tidigt den kvällen blev hon uppsökt av den för henne okände biskopen som bad henne följa med in i klausuren för att besöka Moder Rikissa en sista gång. Moder Rikissa hade själv begärt denna sista ynnest från Cecilia Rosa.

Att vägra sin döende nästa en sista önskan om den var så lätt att uppfylla var förstås inte till att tänka på. Motvilligt gick Cecilia Rosa med på att följa biskop Örjan till Moder Rikissas dödsbädd. Hennes motvilja gällde inte döden, som hon sett mycket av i kloster dit många gamla fruar kom för att leva sin sista tid och sedan dö. Hennes motvilja gällde de känslor hon fruktade att hon skulle se i sitt hjärta inför Moder Rikissas död. Att triumfera inför sin nästas död vore en svårförlåtlig synd. Men vilka andra känslor kunde man egentligen känna inför en människa som var ren ondska?

Med biskopen klagande och bedjande vid sin sida steg Cecilia Rosa in i Moder Rikissas innersta privata rum. Hon låg nedbäddad till hakan med sträckta filtar och med ett ljus brinnande på ömse sidor om sängen. Hon var mycket blek, som om liemannen redan kramade hennes hjärta med sin kalla benrangelshand. Hennes ögon var halvslutna.

Cecilia Rosa och biskopen föll genast på knä vid bädden och bad det som krävdes. När de bett färdigt öppnades Moder Rikissas ögon något och plötsligt fick hon fram en kloliknande hand under täcket och grep Cecilia Rosa om nacken med en styrka som alls inte hörde hemma hos en döende.

"Cecilia Rosa, Gud har kallat dig i denna stund för att du skall hinna förlåta mig", väste hon och hennes starka grepp slaknade något om Cecilia Rosas nacke.

Ett kort ögonblick kände Cecilia Rosa den isande skräck från förr som hon alltid förbundit med den onda kvinnan. Men sedan fann

363

hon sig och tog utan överdriven hårdhet bort Moder Rikissas hand från sin nacke.

"Vad är det du vill att jag skall förlåta dig, Moder?" frågade hon så utan att med sitt tonfall visa vare sig den ena eller den andra sinnesstämningen.

"Mina synder och främst mina synder mot dig", viskade Moder Rikissa som om hon plötsligt tappat mycket av sin överraskande styrka.

"Som när du piskade mig för synder du visste att jag inte begått? Har du biktat detta onda?" frågade Cecilia Rosa kallt.

"Ja, jag har biktat dessa synder inför biskop Örjan som sitter vid din sida", svarade Moder Rikissa.

"Som när du försökte döda mig genom att hålla mig vintertid i carcer med bara en filt, har du biktat det också?" frågade Cecilia Rosa vidare.

"Ja, jag har... biktat det också", svarade Moder Rikissa, men då kunde Cecilia Rosa inte undgå att märka hur biskop Örjan, fortfarande på knä vid hennes sida, gjorde en orolig rörelse. Hon såg fort upp mot honom och kunde inte undgå att lägga märke till hans förvåning.

"Du ljuger väl inte för mig på din egen dödsbädd efter att du biktat dig och fått sista smörjelsen, Moder Rikissa?" frågade Cecilia Rosa mjuk i tonen men hård som järn inom sig. I Moder Rikissas röda glödande ögon såg hon bockens avlånga pupill på nytt.

"Jag har biktat allt det du frågat mig om, nu vill jag ha din förlåtelse och dina förböner inför min långa resa, ty mina synder är inte ringa", viskade Moder Rikissa.

"Har du biktat att du även försökte få död på Cecilia Blanka med carcer under svåra vintermånader?" frågade Cecilia Rosa då obönhörligt vidare.

"Du plågar mig... visa barmhärtighet på min dödsbädd", flämtade Moder Rikissa, men på ett sådant sätt att det ingav Cecilia Rosa en känsla av att allt var narrspel.

"Har du eller har du inte biktat att du försökte ta mitt och Cecilia

Blankas liv med carcer?" frågade Cecilia Rosa vidare eftersom hon inte hade en tanke på att ge sig. "Jag ringa synderska kan inte förlåta sådana synder om jag inte vet att de redan är biktade, det förstår du väl, Moder?"

"Ja, jag har biktat dessa svåra synder för biskop Örjan", svarade då Moder Rikissa, fast denna gång utan att flämta och viska utan snarast med någon otålighet i sin stämma.

"Då är du fast, Moder Rikissa", sade Cecilia Rosa kallt. "Antingen ljuger du nu för mig när du säger att du biktat detta för biskop Örjan. Och då kan jag förstås inte förlåta dig. Eller också har du verkligen biktat dessa dödssynder, ty en dödssynd är det att försöka ta en kristens liv, än värre om man som du är i tjänst hos Guds Moder. Och har du biktat dina dödssynder så kunde inte biskop Örjan förlåta dig. Och vem är då jag till sist, fattig syndig botgörerska under ditt spö i så många år, att förlåta det som inte biskopen och inte Gud kan förlåta!"

Cecilia Rosa reste sig häftigt vid sina sista ord som om hon anat vad som skulle hända. Moder Rikissa vred sig häftigt i sängen och sträckte på nytt sina händer mot Cecilia Rosa som om hon försökt gripa henne om halsen. Därvid föll täcket av henne och en avskyvärd stank spred sig i rummet.

"Jag förbannar dig Cecilia Rosa!" skrek Moder Rikissa med en plötslig kraft som hon stunden innan inte varit i närheten av. Hennes röda ögon stod nu vidöppna och Cecilia Rosa tyckte sig tydligt se bockens sneda pupiller.

"Jag förbannar dig och din lättfärdiga lögnerska till vän Cecilia Blanka, må ni båda brinna i helvetet och må ni få lida krigets straff för era synder och må era fränder dö med er i den eld som nu skall komma!"

Vid de orden föll Moder Rikissa ner som om hon förlorat all kraft. Hennes svarta hår som börjat gråna hade fallit ut något under hennes huvuddok. Från ena mungipan rann en smal strimma blod som såg alldeles svart ut.

Biskop Örjan tog då försiktigt Cecilia Rosa om axlarna och ledde henne ut och stängde dörren bakom henne, som om han fann det

nödigt att försöka få ytterligare några ord med den döende innan det
var för sent att ångra och för sent att bikta.

*　*　*

Moder Rikissa dog den natten. Nästa dag begravdes hon under sten-
hällarna i korsgången och hennes sigill som abbedissa bröts sönder
och lades intill henne. Cecilia Rosa var med vid begravningen, fast
motvilligt. Hon tyckte dock inte att hon hade stort val. Ena sidan av
saken var att hon fann det orimligt att be för ondskan själv och stå där
och hyckla sorg inför döden med alla andra. Något mer meningslöst
än att rabbla böner för den obotliga syndare som ljög under bikten på
sin egen dödsbädd kunde hon inte tänka sig.

Den andra sidan av saken hörde mer det världsliga livet till. Vem
denne biskop Örjan från Växjö var hade hon ingen aning om, hon
hade inte ens hört talas om att det fanns en biskop i Växjö. Men att
just denne okände och mer ringa biskop kallats till Moder Rikissas
dödsbädd kunde inte vara utan skäl. För det första borde han vara av
sverkersätt, kanske nära befryndad med Moder Rikissa. För det andra
hade han nu kunskaper om Moder Rikissas sista vilja som sannerligen
inte saknade betydelse. Moder Rikissa hade som de sista orden i sitt
liv som Cecilia Rosa hört hotat med att störta dem alla i brand och
krig. Vad hon menade med de orden visste nog bara biskop Örjan.
Klokt vore därför att hålla sig nära denne Örjan så länge det fanns
möjlighet att göra det, för att kanske förstå något av den hemlighet
han nu bar på.

Det ytterligare skälet att stanna över begravningen var mer hand-
fast. Cecilia Rosa och hennes alltmer otåliga följeslagare hade rest
långt för att hon skulle göra affärer. Det vore bäst att få den saken
ordnad och slippa resa tillbaks till våren.

Biskop Örjan var en lång mager man med hals som en trana och
guppande struphuvud. Han stammade något när han talade. Att han
inte var något ljushuvud tyckte sig Cecilia Rosa ha upptäckt genast,
fast hon förebrådde sig för det hastiga omdömet då en människas ytt-
re inte behövde vara detsamma som det inre.

Hennes förutfattade mening föll dock inte på skam, ty när hon oskyldigt föreslog biskopen att hon och några av hennes följemän liksom biskopen och några av hans följemän skulle dricka gravöl samman i hospitium innan de skildes så var han rask att finna detta ett mycket gott förslag.

Som enda kvinna i hospitium förde hon självklart biskopen till bordet och lika självklart pratade han mer ju mer han drack. Till en början beklagade han sig något över att han som sverkersättling bara hade kunnat få den nya biskopsstolen i Växjö, då alla nya upphöjelser av betydelse inom kyrkan numera gick till dem som var antingen folkungar eller erikar eller befryndade med dem på ett eller annat sätt.

Därmed hade Cecilia Rosa fått sin första viktiga upplysning.

Det dröjde inte heller länge förrän biskopen bekymrat undrade om Cecilia Rosa, som ju ändå såvitt han förstod stått drottning Cecilia Blanka nära under hennes tid på Gudhem, kände till exakt när Cecilia Blanka hade avlagt klosterlöftena till Moder Rikissa.

Därmed hade Cecilia Rosa fått sin andra viktiga upplysning, men nu isades hennes blod.

Hon försökte att inte låtsas om det, hon försökte att hälla i sig mera öl och fnittra något innan hon svarade, men sedan sade hon som det var att Cecilia Blanka aldrig avgett några klosterlöften. Tvärtom hade de lovat varandra att aldrig någonsin göra det och de hade levt som nära vänner under många år i Gudhem.

Biskop Örjan blev då tyst och betänksam en stund. Sedan sade han att han förvisso inte kunde bryta biktens insegel, men väl kunde säga något om vad som stod i Moder Rikissas nedskrivna yttersta vilja som han lovat inför Gud att sända till den Helige Fadern i Rom. Där stod att drottning Cecilia Blanka avgett klosterlöftena i Gudhem.

Mycket för att dölja den skräck Cecilia Rosa nu kände serverade hon ovant biskop Örjan mer öl medan hon tänkte. Han drack genast glupskt.

Hon hade nu fått sin tredje viktiga upplysning.

Borde inte ett sådant testamente sändas till ärkebiskopen fortast möjligt, frågade hon sedan så oskyldigt hon förmådde.

Det borde det inte. Av två skäl. För det första hade landets andra ärkebiskop Jon nyligen mördats i Sigtuna när de vilda folken på andra sidan Östra sjön hade plundrat staden, så just nu fanns ingen ärkebiskop. Och om Moder Rikissas testamente ändå skulle till Rom så var det ju en onödig omväg att gå via Östra Aros och dessutom vänta där på ny ärkebiskop, säkert också det någon folkung, muttrade biskop Örjan misslynt. Så därför hade han nu tänkt hedra sin ed inför den döende abbedissan Rikissa genom att resa söderut och överlämna testamentet till sin danske frände biskop Absalon i Lund.

Därmed hade Cecilia Rosa fått sin fjärde viktiga upplysning. Hon hällde genast på nytt öl åt biskopen och fnittrade lite glatt när han tog henne över låret fastän hela hennes inre höll på att vända sig ut och in.

Eftersom Cecilia Rosa nu insåg att hon visste allt det hon behövde veta för inget mer kunde vara av vikt så prövade hon det hon från början insåg vore hopplöst, att tala förnuft med fånen till biskop.

Hon påpekade först försiktigt att hon och Cecilia Blanka tillbringat mer än sex år tillsammans på Gudhem som de närmaste och käraste vänner. Att en av dem då skulle ha gjort något så stort som att avlägga löftena utan att säga det till den andra var svårt att se.

På det svarade biskopen, med en tydlig ansträngning att mitt i fyllan verka värdig och sträng, att de löften någon människa avlade inför Gud, liksom allt varje människa sade i bikten, var för evigt förborgat för den världsliga kunskapen.

Cecilia Rosa invände då med spelat bekymmer att den högvördige biskopen kanske inte kände till allt som försiggick på ett nunnekloster. Men det var ju ändå så att om någon avlade löftena så blev hon från samma ögonblick novis och måste genomgå ett prövoår och genast skiljas från alla familiares och conversae. Om Cecilia Blanka verkligen avlagt löftena så skulle det ju ha märkts om inte annat på just detta?

På det sluddrade biskopen något allmänt svar om att mycket kunde ses av Gud allena och att blott Han kunde skåda in i människornas själ.

Eftersom Cecilia Rosa inte kunde ha något att invända mot den betraktelsen försökte hon snabbt byta hjulspår. Hon hade ju själv genom Moder Rikissas egna ord förstått att Moder Rikissa undanhållit sina dödssynder i bikten inför sin egen hädanfärd. Den som ljög i en sådan belägenhet kunde väl inte tillmätas någon sannfärdighet när det gällde ett så omöjligt påstående som att drottningen hade avlagt löftena och därefter avlat fyra barn i synd? För det var väl ändå därom det stod?

Jo, det var naturligtvis därom det stod på ett sätt..., medgav biskop Bengt mitt i en gäspning men ändrade sig sedan fort. Det var om själva synden det stod, förklarade han skyndsamt. Synden var det avgörande. Att sedan synden i just det här fallet fick vissa följder för kungakronan i riket kunde man inte ta hänsyn till, men skulle inte Cecilia Rosa vilja slå följe till Danmark? Det var förvisso en del tal om att biskopar inte längre skulle kunna gifta sig inför Gud, men det fanns ju enkla lösningar på det problemet. Stadd vid kassa var han numera, skröt biskopen aningslöst, så varför inte?

Cecilia Rosa hade nu fått alla de upplysningar hon behövde, men därav kände hon sig också fläckad och besudlad, som om biskopen behagat kasta orenlighet över henne.

Hon ursäktade sig därför med att hon på grund av kvinnliga skäl som hon inte kunde nämna genast måste dra sig tillbaka, och när han då försökte famla efter henne slank hon fort undan, eftersom hon var mycket mindre full än han.

Men när hon gick ut i den friska luften kräktes hon. Och den natten bad hon utan att kunna somna eftersom hennes synder var många. Hon hade med svek förlett en biskop, hon hade låtit honom vidröra henne syndigt och allt detta hade hon gjort för att bedra honom att säga det han inte ville säga.

Hon kände skam över allt detta, men mest skam kände hon över att den föga högvördige mannens beröring av henne strax tänt en längtan som hon ständigt försökte undertrycka. Han hade fått henne att på nytt se framför sig hur Arn Magnusson till sist red in på tunet. Hur hennes rena kärlek kunnat flamma upp av en sådan ond man var, som hon såg det just då, en nästan oförlåtlig synd.

Hennes andra sak att bestyra på Gudhem som fått henne att stanna över begravningen av den onda kvinnan gick emellertid mycket lättare. Snart hade hon köpt alla de växter och sömnadssaker hon behövde av en villrådig priorinna som utan hennes vänliga råd skulle ha blivit grovt lurad i dessa affärer. Gudhem var nu på nytt ett Jungfru Marias hus och inför detta skulle var människa hysa stor vördnad.

Men hon tänkte sig också att om hon varit kvar på Gudhem så skulle hon numera vara mycket noga med var hon satte ner fötterna i korsgången. Moder Rikissa fanns ju inte i paradiset. Kanske låg hon med ondskefullt glimmande röda ögon där under korsgången beredd att resa sig upp som en ulv och sluka någon av dem hon hatade, då hat varit hennes starkaste kraft i jordelivet.

* * *

På vägen hem till Riseberga skulle Cecilia Rosa stanna några dagar som överenskommet hos Cecilia Blanka på Näs. Men när hon kom till kungens hamn vid Vättern och hennes otåliga följemän muttrande och fnysande lastade av hennes nedpackade ting som de inte förstod mycket av intill det hotfulla svarta skeppet bleknade hon tydligt för alla. Ute på Vättern gick höga vågor med vitt fräsande skum på topparna. Den första höststormen var på väg in.

Hon frågade sig oroligt fram bland grova karlar som verkade vara norrmän tills hon stod inför den som tycktes vara deras anförare. Han hälsade henne höviskt och sade att han hette Styrbjørn Haraldsson och att det genast skulle bli honom ett nöje att segla en fru som var drottningens vän ut till Näs. Då Cecilia Rosa ängsligt undrade om det verkligen var rådligt att ge sig ut på vatten när det var storm log han tankfullt, skakade på huvudet och svarade något om att sådana frågor fick honom att längta hem, men att troheten till kung Knut dessvärre låg i vägen. Sedan tog han henne utan att säga något mer vid handen och ledde henne ut på bryggan där hans män redan höll på att gå ombord och kasta loss. De lade ut en bred planka för Cecilia Rosa att stiga ned på, kastade fort och med starka armar ner hennes köpegods från Gudhem och stuvade det på durken. Sedan sköt de med årorna ut fartyget och hissade segel.

Vinden grep genast tag i det fyrkantiga seglet, spände det fullt med sin kraft och slungade i nästa ögonblick fartyget framåt så att Cecilia Rosa, som inte hunnit sätta sig, kastades bakåt i armarna på Styrbjørn. Han pressade genast ner henne intill sin plats vid styråran och svepte in henne i grova filtar och fårskinnsfällar så att bara hennes nästipp stack ut.

Stormen dånade omkring dem och vågorna fräste mot bordläggningen. Fartyget lutade så starkt att Cecilia Rosa bara såg den mörka skyn på ena sidan och tyckte sig skåda rakt ner i det hotfulla svarta upprörda havet på andra sidan. Hon satt en stund stel av skräck innan hon försökte ta sitt förnuft till fånga.

Ingen av dessa storvuxna underliga män tycktes det minsta oroad. De satt förnöjda med ryggarna mot den sida av fartyget som stod upp mot skyn och tycktes då och då skämta med varandra så gott det gick att höra; då borde de ju veta vad de gjorde, resonerade hon krampaktigt. När hon sneglade bakåt mot mannen som hette Styrbjørn såg hon att han stod upp med vinden slitande i sitt långa hår, bredbent och säker och med ett förnöjt flin över hela sitt skäggiga ansikte. Han verkade tycka om att segla.

Hon kunde ändå inte avhålla sig från att skrika en fråga upp mot honom om det inte var farligt att ge sig ut i storm och om de verkligen var säkra på att någon höll sin skyddande hand över dem alla. Hon fick skrikande upprepa frågan två gånger, fastän Styrbjørn vänligt lutade sig ner mot henne för att höra hennes bekymmer.

När Styrbjørn till slut förstått vad hon frågat kastade han först huvudet bakåt i ett långt skratt så att stormen på nytt slet tag i hans långa hår och slog fram det över hans huvud och ansikte. Sedan lutade han sig ner till henne och skrek att värre hade det varit tidigare på dagen när de rodde *mot* vinden för att komma fram till hamnen. Nu seglade de *med* vinden och det var som en dans, de skulle vara framme inom en halv timme, inte mer.

Så blev det också. Cecilia Rosa såg borgen Näs närma sig i svindlande fart, och med ens reste sig alla norrmännen som en man och satte sig vid årorna medan Styrbjørn drog ned seglet. Männen på den vänstra sidan körde först ner sina åror i vattnet och drog dem bakåt medan männen på andra sidan tog spjärn och rodde framåt. Det blev som om en jättehand hade kastat om hela skeppet upp mot vinden, sen krävdes bara ett tiotal årtag innan de kom in i lä och strax gled skeppets stäv upp på stranden. Männens skicklighet, som Cecilia Rosa inte kunde undgå att förstå, fick henne nu att skämmas något över sin oro vid resans början.

På stigen upp mot borgen, då Styrbjørn hövisk förde henne framför de andra, bad hon också i lite inlindade ord om ursäkt för sin oro för vilken hon ju inte haft några starka skäl.

Styrbjørn log bara vänligt åt denna onödiga ursäkt och försäkrade att hon sannerligen inte varit den enda västgötiska fru som haft ringa vett när det gällde hav och skepp. En gång, berättade han, var det en ung fru som undrat om de skulle segla vill på vägen ut. Åt detta skrattade han sedan våldsamt och Cecilia Rosa log försiktigt mot honom, osäker på vad som egentligen varit så lustigt med denna frus oro.

När Cecilia Blanka strax därefter tog emot sin allra käraste vän, som hon upprepade högt flera gånger inför alla som kunde höra, var hon så ivrigt glad att hennes tal var som lärkans sång om våren, omöjligt att få stopp på. Hon fick fort fram folk som stuvade undan Cecilia Rosas lädersäckar med taggiga plantor och pälsar och sydon, tog Cecilia Rosa under armen och skyndade med henne bort genom flera dystra salar till en stor eldstad där hon serverade glödgat vin. Hon menade att det var det bästa efter en kall överfart.

Samtidigt som Cecilia Rosa kände värme av vännens kärleksfullhet och iver att vara till lags i allt, molade det inom henne av det onda som snart måste fram. Men det var inte lätt, ty Cecilia Blanka var svår att hejda. Kungen och jarlen var uppe i Östra Aros för att ordna något med en ny ärkebiskop eftersom plundrare från andra sidan Östra sjön slagit ihjäl den gamle. Dessutom hade esterna bränt ner hela Sigtuna, så männen hade mycket att stå i, nya korståg och fartygsbyggen som skulle till. Fördelen var dock att de nu hade Näs för sig själva, ty i brist på både kung och jarl bestämde ju drottningen. Här skulle talas hela natten och här skulle drickas mycket glödgat vin!

En liten stund lät sig Cecilia Rosa ryckas med av sin käraste väns oemotståndliga iver och glädje. Sant var ju att de nu äntligen firade den stund då de kunde mötas som fria, nu var de ju fria alla tre vännerna från Gudhem.

När Cecilia Rosa sagt detta om dem alla tre hade hon fort tänkt komma in på det som måste fram. Men i stället fick hon nu ny fart på Cecilia Blanka som med lysande ögon och många skratt berättade hur det hade gått för lilla Ulvhilde, nåja inte så liten längre eftersom hon väntade sitt första barn.

Just som Cecilia Blanka hade förmodat skulle den äldste sonen på Ulfshem, Folke, inte alls falla Ulvhilde i smaken, trots att han förstås var den som först försökt hålla sig framme. Hans framfusighet hade som man kunde vänta bara förstört hans sak och snart hade Ulvhilde blivit mer nyfiken på yngste sonen Jon. Och eftersom Jon inte kunde slå Ulvhilde med häpnad genom att vifta med svärd och båge utan talte mer om hur land måste med lag byggas och sådant han lärt sig och tänkt mycket över, och eftersom han kunde sjunga vackert, så var det ju inte så svårt att räkna ut hur det skulle gå. Deras bröllöl skulle bli snart, desto bättre eftersom hon redan väntade deras första barn.

Vid den kunskapen hade Cecilia Rosa blivit mer skräckslagen än glad. Ty att vänta sitt barn innan brudölet var drucket och sängliggningen avklarad kunde ju stå unga människor mycket dyrt. Själv visste hon mer om den hårda saken än de flesta andra.

Men denna oro viftade Cecilia Blanka raskt bort. Nu var andra tider. Vemhelst som nu skulle bli ärkebiskop skulle nog inte som första ivrig åtgärd ge sig på att bannlysa någon som hade kungens och jarlens beskydd. Så Ulvhildes lilla synd skulle snart vara välsignad av Gud och därmed intet mer. Hon verkade dock mycket lycklig, den lilla, och friheten hade verkligen välkomnat henne stort och med öppen famn.

Nu, lättad av att Ulvhilde inte tycktes sväva i den fara som hon först skräckslaget fått för sig, kom sig Cecilia Rosa äntligen för att varnande hålla upp sina båda händer för att få stopp på sin väns lyckliga prat och säga som det var. Hon medförde onda tidningar från Gudhem. Cecilia Blanka tystnade då genast.

De kom ändå fel in i saken. För när Cecilia Rosa drog efter andan och begynte med att allvarligt berätta att Moder Rikissa nu var död och begraven, så slog hennes vän ihop händerna och brast ut i ett förtjust skratt, korsade sig sedan genast och bad med blicken uppåt om ursäkt för synden att glädjas åt sin nästas död, men blev snart munter på nytt och sade att detta var väl ändå inte en ond nyhet.

Cecilia Rosa fick börja om på nytt. Men hon behövde inte komma långt in i sin berättelse om den falska bikten och testamentet som skulle sändas till Rom förrän Cecilia Blanka blev allvarlig.

När Cecilia Rosa berättat färdigt satt de först tysta utan att kunna säga något. Ty vad fanns egentligen att säga om själva lögnen? Att någon enda olycklig jungfru som tvingats in under Rikissas gissel på Gudhem skulle komma på den befängda idén att just på Gudhem avlägga sina löften var i sig en orimlig tanke. Att Cecilia Blanka, som hela tiden längtat ut till sin trolovade och sin drottningkrona, skulle avsvära sig detta för glädjen att i stället bli Rikissas träl var som att säga att fåglarna flög i vatten och fiskarna simmade i skyn.

De avbröt sig när Cecilia Blanka tog sin vän med sig för att hälsa något på barnen innan de fortsatte sin natt tillsammans som de nu visste skulle bli en lång natt.

Äldste sonen Erik var med sin far uppe i Östra Aros, då han hade mycket att lära om sådant som en kung måste sköta. De två andra sönerna och dottern Brigida slogs vilt om en trähäst så att borgjungfrun inte kunde stoppa dem när de två Ceciliorna kom in. Barnen lugnade sig då genast, men såg med lite löje på Cecilia Rosas egendomliga klädsel. Men efter kvällsbönen förundrade de två Ceciliorna barnen genom att tillsammans sjunga en psalm vackrare än vad som någonsin sjungits på Näs. Det hade de tydligen inte väntat sig av sin mor, en sådan himmelsk sång, och de lade sig snällt och kvittrande av förtjusning över detta nya som de aldrig tycktes ha vetat att deras egen mor kunde åstadkomma.

På väg tillbaks till eldstaden där nytt glödgat vin väntade förklarade Cecilia Blanka något besvärad att sjunga hade hon inte gjort så mycket i friheten eftersom hon tänkt sig att sång hade hon fått nog av på Gudhem. Men om de sjöng tillsammans var det annorlunda, som om hon då mer mindes deras kära vänskap än alla kalla morgnar i svinottan när de sömndrucket och på kalla golv vacklade iväg för den eländiga laudes.

När de på nytt satt vid sin värmande eld, ensamma utan fientliga öron och med vin i händerna, var tid för att försöka förstå.

Rikissas avsikt var att få den Helige Fadern i Rom att förklara att kung Knut av Västra Götaland, Östra Götaland och Svealand och ärkestiftet Östra Aros inte levde annat än i hor, började Cecilia Blanka. Det betydde att lille jarlen Erik var avlad i hordom och inte kunde ärva kronan, liksom inte heller någon av de andra sönerna.

Att Rikissa ville sända detta bud direkt till den Helige Fadern i Rom var inte att undra på. Inte heller att budet skulle gå via Danmark, där sverkrarna hade alla sina landsflyktiga fränder och där många av dem gift in sig med den danske kungens närmaste. Den eld och det krig Rikissa hotat med på sin dödsbädd var alltså kriget när sverkrarna skulle komma tillbaks för att ta kungakronan. Så hade Rikissa räknat ut allt.

Men hela hennes uträkning byggde ju på en lögn, invände Cecilia Rosa. Det som stod i hennes testamente var ju inte sant. Hur en sådan skrift skulle läsas i Rom var en sak, men inför en svensk ärkebiskop, vilken det nu blev nästa gång, kom ju saken i ett annat ljus.

De hamnade nu i grubbel över frågan om lögnen verkligen kunde segra. Att Rikissa likt en självspilling offrade sin själ för att få hämnd fann de lättare att förstå, även om det var en skräckinjagande tanke att någon människa kunde vara så ond att hon tog på sig den eviga elden bara för hämnd.

Hon såg det nog som ett offer, menade Cecilia Rosa, hon offrade sin själ för att frälsa sina fränder. Likt en mor som kunde offra sitt liv för sitt barn, eller en far som kunde offra livet för sin son offrade Rikissa sin själ för alla sina fränders skull. Man kunde rysa vid den tanken, men också förstå den. Åtminstone om man tillhörde dem som haft plågan att lida under Rikissa i hennes jordeliv.

Det var som om de plötsligt frös trots värmen från stockelden. Cecilia Blanka reste sig, gick fram till sin vän, kysste henne, rättade till fällarna runt henne och gick sedan för att ordna med mer vin.

När hon kom tillbaka försökte de göra sig fria från Rikissas onda ande i rummet. De tröstade sig med att de i alla fall hade kunskapen i god tid och att Birger Brosa säkert skulle kunna använda den kunskapen rätt, och så försökte de tala om annat.

Cecilia Rosa funderade något över deras kära vän Ulvhilde. Hon hade alltså knappt hunnit sticka foten utanför Gudhem förrän hon var på väg i brudsäng. Ja, hon hade till och med hunnit pröva något av den sängen. Var detta verkligen en god sak? Var hon inte i sin oskuld utlämnad som ett lamm? Hon hade fått lära känna blott två junkrar i sitt fria liv och nu skulle hon för tid och evighet dela säng och säte med en av dem, var det verkligen rätt?

Cecilia Blanka menade att det var rätt. Hon kände ju Jon och hon hade varit ganska säker på att det skulle gå som det gick, hon kände ju också Ulvhilde. Det var förstås en bra förening mellan sverkrar och folkungar som ingen kunde tycka illa om, men det var en sak. En annan sak var att det fanns människor som liksom var skapta för varandra. Säkert hade Cecilia Rosa och Arn varit som skapta för varandra. Men så kunde det mycket väl vara också med Ulvhilde och Jon Sigurdson. Cecilia Rosa skulle snart få se själv, för till julen skulle de alla träffas för stort julöl på Näs, hade hon bestämt.

Av de sista orden blev Cecilia Rosa så tankfull att hon drömde sig bort en stund. Som om det hade varit klart och enkelt hade hennes vän drottningen bjudit till julöl. Och det nya i hennes liv var ju att det *var* sant och självklart. Cecilia Rosa var fri, hon kunde till och med tacka nej om hon ville, vilket hon dock inte hade en tanke på. Men redan möjligheten att tacka nej var ju, funderade hon nu alltmer sömnigt, något av det mest märkliga med hennes nya frihet.

Hon somnade med sitt glas i handen, ovan som hon var vid just den sidan av det fria livet, rätten att dricka hur mycket glödgat vin man ville.

Cecilia Blanka hämtade några borgjungfrur som bar kära vännen till sängs.

* * *

Under den följande dagen förvandlades Cecilia Rosa. Drottningens jungfrur tog henne till bad och skrubbning men mest ägnade de sig åt hennes hår, som de tovade ut och borstade, kammade och klippte där det var grovt och ojämnt klippt; klosterklippning var till för att hålla håret kort, inte för att hålla det vackert eftersom det ändå aldrig fick visas.

Cecilia Blanka hade tänkt mycket över vilka nya kläder hon skulle ge sin vän. Att det inte kunde bli frågan om de vackraste kläderna hade hon haft lätt att inse, ty steget från de bylsiga bruna och ofärgade klosterkläderna till en borgfrus klädsel hade varit för stort. Dessutom hade hon förstått, utan att ens behöva fråga, att Cecilia Rosa inte ville flytta till Näs bara som drottningens vän, därtill var hon alldeles för egensinnig. Cecilia Blanka begrep mycket väl att hennes käraste väns stora önskan var att Arn Magnusson skulle komma hem. Hur stort hopp det kunde finnas om den saken efter alla dessa år var inte gott att veta, men så särdeles stort var det väl inte. Därför var det inte heller ett bra samtalsämne. Tiden skulle ändå ha sin gång och med den kom svaren vare sig man önskade sig dem eller inte.

Vad hon hade tänkt sig att Cecilia Rosa skulle resa vidare med från Näs var en mantel som visserligen var brun som i ett kloster bland conversae men av mycket mjukare ull från lamm. En ättefärgad mantel hade blivit en alldeles för känslig sak, ty Cecilia Rosa tillhörde rätteligen pålsätten och då skulle hon haft en grön mantel. Men hon hade alltid tänkt sig som Arn Magnussons brud och därför alltid i en blå folkungamantel, det hade ju varit klart som vatten på Gudhem redan de år när de varit två som gick med små blåa ullband runt ärmen medan andra familiares bar röda. Sanningen var dock att Cecilia Rosas trolovning med Arn Magnusson, hur mycket den än gällde för henne, och om Nåden var stor gällde inför Vår Fru, inte gällde inför kyrkan. Så en blå mantel hade varit rätt på ett sätt, men olyckligt fel på ett annat sätt. En brun mantel av klosterfärg var därför tills vidare det kloka.

Däremot hade säkert en yconoma, som ju var en världslig dagverkare på kloster, rätt att bära vilka världsliga kläder som helst. Cecilia Blanka hade därför låtit sy en grön dräkt, då hon tänkte sig att det gröna skulle göra sig särdeles väl till Cecilia Rosas röda hår. Och som för att ändå påminna något om det folkungska hade hon bytt ut Cecilia Rosas svarta huvuddok mot ett blått, just den rätta blåa färgen som hon kände så väl att hon till och med kunde göra den av väl inövad vana med egna händer.

Det tog någon liten övertalning att få Cecilia Rosa att ikläda sig allt detta och att dessutom, liksom en övning för framtiden som Cecilia Blanka sade, gå en hel dag med det röda håret alldeles fritt utan att täcka huvudet.

Möjligen, insåg Cecilia Blanka men i så fall alldeles för sent, var denna enda dags övning för kort. För när aftonen närmade sig tog hon på nytt Cecilia Rosa till jungfrurnas kammare och klädde henne i en mycket vackrare grön klänning och fäste silverskärp om hennes liv och ett spänne av silver i hennes hår, ty som hon förklarade väntades folk till gästabud inför kvällen.

Därefter tog hon Cecilia Rosa till sina egna rum där det fanns en stor blankpolerad spegel i vilken man kunde se hela sig själv från hjässan till fotabjället. Hon bävade själv för vad som skulle hända.

När Cecilia Rosa nu fick se sig själv blev hon först alldeles stum och det var omöjligt att utläsa i hennes ansikte vad hon tänkte. Men sedan föll hon plötsligt i gråt, gick och satte sig och måste tröstas länge av Cecilia Blanka innan det gick att klämma ur henne vad som orsakat denna oväntade sorg.

Hon hade blivit gammal och ful, snyftade hon. Det här var inte hon själv som hon mindes sig själv, det här var någon annan som var gammal och ful.

Cecilia Blanka kysste henne tröstande en stund men blev sedan full i skratt och tog henne vid handen och ledde henne på nytt fram till spegeln så att de kunde se sig båda samtidigt.

"Se här, här har du oss båda", sade hon med ett spelat strängt allvar. "Jag har sett dig under många år utan att se mig själv, liksom du hela tiden har sett mig. Nå, här står jag med magen i vädret och bröst som hänger och fett i ansiktet och där står du bredvid mig. Spegeln ljuger inte, det kan den inte. Den ser en vacker kvinna som bara är trettiosju år gammal men ser yngre ut, och den ser mig som är fyrtio år gammal och ser ut som det. Tiden har inte tärt så mycket på dig som du tror, käraste Cecilia Rosa."

Cecilia Rosa stod tyst en stund och såg in i deras spegelbilder. Så vände hon sig häftigt om, slog armarna om Cecilia Blanka och bad om ursäkt. Hon menade att det mest var hennes ovana att se sig själv som hade fått henne att bli så slagen av sin egen bild. Och hon blev snart munter igen.

Men av detta konstiga beteende från sin väns sida blev Cecilia Blanka inte mindre orolig, ty hon hade sparat en hemlighet alldeles för länge, insåg hon nu. Och snart fanns inte mycket mer tid att tiga om saken.

Den som kom till kvällens gästabud, ridande norrifrån på Visingsö och resande från Bjälbo var Magnus Månesköld, Cecilia Rosas son. Han kom enkom för att för första gången träffa sin mor.

Det fanns två möjligheter, insåg Cecilia Blanka. Den ena var att inte säga något och låta mor och son själva känna igen varandra, ty det borde de.

Den andra möjligheten var att genast säga som det var, med all den oro det förmodligen skulle föra med sig.

Hon bad Cecilia Rosa sätta sig framför spegeln och låtsades att det var något att bestyra med hennes hår. Hon hämtade borste och kammar och började borsta sin väns hår och höll på så en stund, eftersom detta var mycket lugnande. Sedan sade hon liksom det inte vore något märkvärdigt, nästan som med tankarna på annat håll att jo visst, det var en sak till, Magnus Månesköld skulle komma till kvällens gästabud och de kunde snart rida honom till mötes om det passade.

Då blev Cecilia Rosa alldeles stilla, betraktade länge sig själv i spegelbilden, och tårar glimmade i hennes båda ögon utan att falla; men hon sade ingenting på en lång stund. För att dölja sin oro började Cecilia Blanka på nytt borsta hennes vackra röda hår, som dock ännu var något för kort.

Stormen hade sedan länge bedarrat över Vättern och det var bara en del moln på himlen när de två utan följemän red norrut på Visingsö. De sade inte mycket på vägen. Cecilia Blanka berömde sin vän för hur gott och säkert hon red. Cecilia Rosa sade något om vädret och den vackra kvällen.

I en skogsglänta där ekar sedan länge huggits till skepp mötte de tre ryttare. De bar alla tre vida folkungamantlar. Den som red främst var den yngste och hans hår lyste rött i kvällssolen.

När de tre männen upptäckte drottningen och frun vid hennes sida höll de samtidigt in sina hästar. Strax steg då den unge rödhårige mannen av sin häst och började gå över gläntan.

Seden bjöd nu att Cecilia Rosa skulle sitta kvar på sin häst och lugnt invänta mannen, som skulle stiga fram till henne, buga och räcka henne sin hand för att hon skulle kunna stiga säkert av hästen från sin sadel och att de därvid skulle hälsa varandra.

Helt säkert är att Cecilia Rosa hade vetat detta när hon var sjutton år och då också betett sig som seden krävde. Osäkert var om hon efter så långa år i fångenskap kom ihåg seden.

Men vigt som om hon fortfarande vore sjutton år tog hon ett föga hövisk språng ner på marken och skyndade bort över gläntan med steg som var för långa för hennes gröna dräkt så att hon snubblade något.

När Magnus Månesköld såg detta började också han springa och de möttes mitt i gläntan och omfamnade varandra utan ord.

Sedan tog de varandra om skuldrorna så att de kunde se in i varandras ögon. De såg som en spegelbild av sig själva.

Magnus Månesköld hade bruna ögon och rött hår och det var han den ende bland bröder och systrar hos Birger Brosa och Brigida som hade.

De såg på varandra länge men ingen av dem kunde säga något.

Därefter sjönk han ner på knä framför henne, tog hennes högra hand och kysste den ömt. Det var tecknet att han lagligen erkände sin mor.

När han reste sig tog han hennes hand ovanpå sin höjda och ledde henne försiktigt tillbaks mot hennes häst. Där föll han på nytt på knä medan han räckte henne hästens tyglar, höll fram stigbygeln och bjöd henne att stiga på hans rygg för att komma upp i sadeln, så som seden bjöd.

Först när hon satt väl där uppe kom han sig för att säga något.

"Jag har haft många tankar och drömmar om dig, min mor", sade han med någon förlägenhet. "Kanske tänkte jag att jag skulle känna igen dig, men inte så väl som du och jag gjorde nu. Och inte hade jag, trots vad min käre frände Birger Brosa sade mig, föreställt mig att det skulle vara som att se en syster snarare än en mor. Vill du därför ge mig äran att föra dig till kvällens gästabud, kära mor?"

"Det går mycket väl för sig", svarade Cecilia Rosa med något fnitter över den unge sonens osäkert stela sätt att tala.

Magnus Månesköld var en ung man med fjun som ännu inte hade kommit nära den tid då hans fränder skulle börja tänka ut brud åt honom. Men han var också en man som vuxit upp i maktens borgar. Så att döma av hans sätt att bete sig som alla goda seder krävde kunde man inte gissa sig till någon osäkerhet eller gossaktighet. Han bar folkungamantel med just den säkerhet som tydligt visade att han förstod dess värde. Och dess innebörd, ty när de nalkades Näs i de sista sneda solstrålarna före mörkret red han upp intill sin mor och sade något om kvällskylan medan han hängde sin blåa mantel över hennes axlar. Ty så ville han rida in med henne till kungens borg Näs, men det sade han ingenting om. Hans mor förstod det ändå.

Vid gästabudet drack han öl som en man, men inte vin som de två Ceciliorna. I början av kvällen talade han med dem båda mest om hur fångenskapen i Gudhem varit, ty om detta hade han aldrig kunnat göra sig några föreställningar. Först nu fick han säkert veta att Gudhem var den plats där han fötts, och något om hur det gått till.

Men som båda Ceciliorna väntat sig, och också talat om med det händernas språk som bara de förstod utanför klostervärlden, började

Magnus Månesköld snart ställa försiktiga frågor om sin far, om vad som var sant om Arn Magnussons konst med svärd och båge. Cecilia Rosa svarade honom otvunget, ty den rädsla hon känt för bara timmar sedan var nu förbytt i en varm lycka, och hon förklarade att det där om svärdet var något som hon bara hört andra berätta, fast historierna var många. Dock hade hon en gång själv sett Arn Magnusson skjuta med båge vid ett gästabud på Husaby kungsgård och det var ju inte illa.

Precis som Cecilia Blanka då teckentalat bakom den förlorade sonens rygg att han skulle fråga, frågade han hur bra hans far verkligen skjutit.

"Han träffade ett silvermynt med två pilar från tjugofem stegs avstånd", svarade Cecilia Rosa utan att blinka, "åtminstone tror jag att det var tjugofem steg, men kanske tjugo. Ett silvermynt var det dock."

Först blev unge Magnus alldeles förstummad när han hörde detta. Sedan fick han tårar i sina ögon och böjde sig fram mot sin mor och omfamnade henne länge.

Bakom hans rygg frågade då Cecilia Blanka med sina händers språk om det verkligen varit ett silvermynt.

I så fall ett ovanligt stort silvermynt, tecknade Cecilia Rosa tillbaka och försjönk sedan i den ljuvliga doften av sin sons omfamning. Ty det fanns ett minne i hans doft, någonting som påminde henne om ungdom och kärlek.

* * *

Strax före Katarinamässan då det redan var köld som varslade om en sträng vinter kom Birger Brosa på brådskande besök till Riseberga. Han hade inte tid att träffa priorinnan Beata mer än vad som krävdes för att inte visa sig ohövisk i det kloster som förvisso tillhörde Jungfru Maria, men som han nog i sina tankar mer såg som sin egen egendom.

Främst ville han träffa yconoma, och då den tidiga kölden gjorde det svårt att sitta behagligt utomhus fick de sitta samman inne i hennes räkenskapskammare, som hon låtit bygga efter samma mönster som i Gudhem.

Han talade först något om affärerna, men med tankarna tydligt på annat håll, eftersom han oavlåtligt kom in på sitt kommande korståg i öster till våren.

Sedan kom han till det han egentligen ville. Det fanns ännu ingen abbedissa på Riseberga. Om Cecilia Rosa nu avlade löftena skulle hon, i kraft av sin långa erfarenhet av klostervärlden, genast kunna upphöjas. Han hade talat med ärkebiskopen, den nya ärkebiskopen, om saken och därmed skulle tydligen inte finnas några problem. Otåligt verkade han begära ett prompt svar.

Cecilia Rosa kände sig matt och hårt slagen. Hon kunde inte föreställa sig att jarlen, som ju ändå kände drottning Cecilia Blanka så väl, kunde ha den ringaste tro på hennes önskan att avlägga löftena.

När hon samlat sig och tänkt efter frågade hon utan att vika med blicken vad som var den egentliga avsikten bakom denna fråga. Själv var hon inte dum och ingen var mer klok än jarlen i hela riket, så nog borde det väl finnas ett skäl som vägde mycket tungt för en sådan hård begäran?

Då log Birger Brosa sitt breda kända leende, satte sig väl tillrätta med det ena benet uppdraget under sig, knäppte händerna runt knäet och såg en stund på Cecilia Rosa innan han sade som det var, fastän inte rakt på.

"Du vore i sanning en prydnad som en av våra fruar bland folkungar, Cecilia", började han. "På sätt och vis är du det redan och det är därför jag kommit med min tunga begäran till dig."

"Begäran?" avbröt Cecilia Rosa skräckslaget.

"Nå, låt oss kalla det fråga. Du har ett förstånd när det gäller räkenskaper och silver som nog bara Eskil skulle kunna mäta sig med. Ja, Eskil är Arns bror, det är han som sköter rikets affärer. Så dig lurar man inte med vänt tal. Därför skall du nu få kärvt tal. Vi behöver en abbedissa som kan uppväga en abbedissas falska vittnesmål. Så ligger det till."

"Det kunde du kostat på dig att säga genast du kom, min käre jarl", frynte Cecilia Rosa. "Så lögnerskans falska vittnesbörd bars ända till Rom?"

"Ja, det bars ända till Rom av alltför villiga händer", svarade Birger Brosa dystert. "Så inte nog med bångstyriga folk i öster som måste kväsas en gång för alla, längre i framtiden har vi det stora kriget framför oss om det vill sig illa."

"Det stora kriget med sverkrar och danskarna?"

"Ja, just det."

"Därför att Knuts son Erik vore en horunge?"

"Ja, du förstår ju allt."

"Och mitt och drottningens ord väger lätt mot en lögnaktig abbedissas skrift i Rom?"

"Så är det nog."

"Om jag avlägger löftena så är det en abbedissas ord mot en annan abbedissas ord?"

"Ja, och du räddar kanhända landet från krig."

Därvid tystnade Cecilia Rosa och måste tänka efter. Hon kom på sig med att hon nog inte borde föra så hastigt samtal med en man som Birger Brosa, då ju han var den som alla sade tänkte bäst i landet. Hon måste vinna tid till eftertanke.

"Det är märkligt som Gud har ordnat världen och styr människorna", började hon mer tankfull i orden än hon var.

"Ja, det är verkligen märkligt", instämde Birger Brosa då annat inte fanns att säga.

"Rikissa sålde sin själ till djävulen för att störta landet i krig, är det inte märkligt?"

"Jo, det är mycket märkligt", instämde Birger Brosa något otåligt.

"Och nu vill du att jag skall överlämna min själ redan i jordelivet till Jungfru Maria för att vi skall kunna uppväga denna synd?" fortsatte Cecilia Rosa med oskyldig uppsyn.

"Då säger du på ditt hårda sätt allt samlat i en hasselnöts skal", svarade Birger Brosa.

"Man kommer att säga att den nya abbedissan var en gång för länge sedan en jungfru som hatade Rikissa, som vägrade att förlåta

henne ens på dödsbädden och därför är hennes ord inte vatten värt!"
utbrast Cecilia Rosa i en ton som förvånade henne själv mer än jarlen.

"Du tänker skarpt och du är mycket hård, Cecilia Rosa", sade han
efter att ha funderat en stund. "Men du har en möjlighet att frälsa
landet från krig med ett offer som ändå innebär att du blir abbedissa,
den högsta. Riseberga blir ditt rike och där kan du härska som drott-
ning, det är ju inte alls som att piskas av någon Rikissa. Vad skulle du
kunna göra med ditt liv som bättre tjänade dina fränder, din drott-
ning och din kung?"

"Nu är det du som är hård, Birger Brosa. Vet du vad jag bett om
och hoppats var natt i tjugo års tid? Förstår du i din krigarsjäl hur
lång tid tjugo år i en bur är? Jag talar så här fräckt och frimodigt till
dig inte bara för att jag känner förtvivlan inför det du ber mig om,
utan för att jag vet att du håller av mig och inte tycker illa om sådant
tal."

"Det är sant, Cecilia Rosa min kära, det är sant", suckade jarlen på
reträtt.

Cecilia Rosa lämnade honom då utan ett ord och var borta en
stund. När hon kom tillbaka höll hon en praktfull folkungamantel i
sina händer. Hon vred den fram och åter några gånger så att guldtrå-
darna i lejonet på ryggen blixtrade i vaxljusens sken, hon lät honom
smeka den mjuka pälsen på insidan. Han nickade beundrande utan
att säga något.

"I två år har jag arbetat med den här, den har varit som min dröm",
förklarade Cecilia Rosa. "Nu har vi den här på Riseberga för att se och
göra efter, ty än så länge ligger vi ju långt efter Gudhem i denna
konst."

"Den är verkligen mycket vacker, aldrig har jag sett en så vacker blå
färg och ett så kraftfullt lejon", intygade Birger Brosa tankfullt. Han
anade redan vad Cecilia Rosa skulle säga härnäst.

"Förstår du, kära frände, åt vem jag sytt denna mantel?" frågade
Cecilia Rosa.

"Ja, och Gud give att du får hänga den över Arn Magnussons axlar.
Jag förstår din dröm, Cecilia Rosa. Jag förstår nog bättre än du tror

också det du tänkt under de år du sydde denna mantel. Men du måste ändå höra på mig och förstå du också. Om inte Arn kommer snart så köper jag manteln till den dag Magnus Månesköld skall dricka brudöl eller den dag Erik Knutsson skall krönas eller vad helst som passar mig. Du kan inte hoppas för länge, Cecilia Rosa, den rätten har du inte mot dina fränder."

"Låt oss nu bedja för Arns snara återkomst", sade Cecilia Rosa och slog ned blicken.

Inför en sådan uppmaning fanns inget val för vare sig man eller jarl, särskilt inte i ett kloster, särskilt inte i eget ägandes kloster. Birger Brosa nickade att de skulle bedja.

De lade sig på knä tillsammans bland räkenskaper och kulramar och bad för Arn Magnussons frälsning och snara återkomst.

Cecilia Rosa bad för sin brinnande kärleks skull som inte falnat under tjugo år och som hon hellre ville dö än överge.

Jarlen bad av mera kluven anledning, dock ärligt. Men han tänkte sig att om man nu inte kunde ordna saken med tronföljden så enkelt som att ställa abbedissas ed mot abbedissas, så behövde man nog alla goda krigare man kunde stampa fram på folkungasidan.

Och som han hört från numera salige Fader Henri i Varnhem var ju Arn Magnusson en krigare av Guds Nåde i mer än ett avseende. I värsta fall skulle han snart behövas hemma.

XI

Arn vårdades i två veckor på Hamediyeh-sjukhuset i Damaskus innan läkarna lyckades bryta hans sårfeber och de menade att det var en Guds försyn, ty mycket längre tid än så med feber brukade ingen leva. Han hade sedan tidigare fler sår över sin kropp än han kunde räkna, men han antog att det kunde vara hundra. Aldrig hade han dock skadats så illa som vid Hattins horn.

Från den första tiden mindes han inte mycket. De hade burit bort honom, slitit av honom alla ringbrynjeskydd och sytt de värsta såren i hast innan de släpade honom och syriska och egyptiska sårade fort upp bland berg och svalka. Under den förflyttningen hade Arn och andra sårade lidit svårt och de flesta börjat blöda på nytt. Men läkarna hade menat att det varit än värre att stanna i hettan bland flugor och likstank nere vid Tiberias.

Hur han senare kommit till Damaskus mindes han inte, för när de flyttade honom vidare från sjuklägret i bergen hade hans feber satt in med full kraft.

I Damaskus hade läkarna skurit upp några av hans sår, försökt rena dem och sedan sytt dem på nytt, fast nu antagligen med större noggrannhet än vad som skett vid det första sjuklägret vid Tiberias.

Värst var ett djupt svärdshugg som skurit igenom ringbrynjeskyddet och långt in i hans vad och ett yxhugg som spräckt hans hjälm snett ovan vänstra ögat och slitit sönder hans ögonbryn och vänstra delen av pannan. Den första tiden hade han inte kunnat behålla någon mat utan kräkts upp allting man försökte truga i honom och hans huvudvärk hade varit mördande svår så att feberdimmorna som började stiga inom honom kom som en lindring.

Han mindes ingen särskild smärta, inte ens när de bränt hans bensår med glödande järn.

När febern äntligen vek upptäckte han först av allt att han kunde se med båda ögonen, för som han mindes det hade han varit blind på det vänstra ögat.

Han låg på andra våningen i ett vackert rum med blå mosaik och såg rakt ut i skuggan av höga palmer. Då och då rörde vinden palmbladen till ett rofyllt rassel och nere på gården hörde han ljudet av springbrunnar.

Läkarna hade förhållit sig kallt artiga till honom den första tiden och säkert gjort sitt arbete så väl som deras yrkesskicklighet tillät dem. Ovanför Arns bädd hängde en liten tavla i svart och guld med Saladins hopskrivna namnchiffer som tydligt visade att Arn var värd mer som levande än död för sultanen, trots att det viskades att han var en av de vita demonerna med det röda korset.

När febern vek och Arn kunde börja tala redigt så blev glädjen desto större bland läkarna som förvånade samlades kring hans bädd för att höra en tempelriddare som talade Guds språk; som läkare i Damaskus visste de inte vad åtminstone varannan emir i armén visste om den man som kallades Al Ghouti.

Den förnämste av alla läkarna hette Musa ibn May-nun och hade rest upp från Kairo där han varit Saladins personlige läkare under många år. Hans arabiska hade en främmande klang i Arns öron och det kom sig av att han fötts ända borta i Andalusien. Livet där borta hade blivit svårt för judar, berättade han för Arn vid deras första möte. Arn lät sig inte förvånas av att Saladins livläkare var jude eftersom han ju visste att kalifen i Bagdad, muslimernas högste ledare, hade många judar i sin tjänst. Och eftersom hans erfarenhet av saracenska läkare sade honom att de alla var kunniga i både trons och filosofins regler passade han på att fråga om Jerusalems betydelse för judarna. Då hade Musa ibn May-nun förvånat höjt på ögonbrynen och undrat vad som kunde få en kristen krigare att intressera sig för en sådan sak. Arn berättade om sitt möte med överrabbinen från Bagdad och vad det hade lett till, åtminstone så länge han själv haft makten i Jerusalem. Om de kristna hade Guds Grav som helgedom i Jerusalem, fortsatte han, och muslimerna Abrahams klippa där Profeten, frid över honom, hade uppstigit till himlen så kunde man ju förstå den kraft dessa pilgrimsmål hade för de troende. Men kung Davids tempel? Det var ju bara en byggnad uppförd av människor och riven av människor, vad kunde vara så heligt med den?

När den judiske läkaren då tålmodigt förklarade för Arn hur Jerusalem var judarnas enda helgedom och om hur profetiorna sade att judarna skulle komma tillbaka för att återupprätta sitt rike och bygga upp templet på nytt suckade Arn djupt och bedrövat. Inte för judarnas skull, påpekade han fort när han såg att hans nyvunne vän blev något brydd, utan för Jerusalems skull. Snart skulle Jerusalem falla i muslimernas händer, om så inte redan skett. Därefter skulle de kristna inte spara någon möda att ta tillbaks staden. Och om nu också judarna skulle blanda sig i striden om Jerusalem så kunde ju krigen pågå i tusen år eller mer.

Musa ibn May-nun gick då genast och hämtade en liten pall och slog sig ned vid Arns bädd för att verkligen ta itu med denna diskussion som plötsligt föreföll honom viktigare än allt annat han hade att sköta på sjukhuset.

Arn ombads förklara sig mer tydligt och berättade då om samtal han fört med både Saladin och greve Raymond av Tripoli, som båda, trots att den ene var muslim och den andre kristen och båda varandras farligaste fiender på slagfältet, ändå tycktes resonera lika i denna fråga. Enda sättet att få slut på det eviga kriget vore att ge lika rätt åt alla pilgrimer, oavsett vad deras pilgrimsfärd till den heliga staden gällde och oavsett om de kallade den Al Quds eller Jerusalem.

Eller *Yerushalaim*, tillade Musa ibn May-nun med ett leende.

Jo, medgav Arn genast. Det var sådana tankar han snuddat vid när han gav rabbinen från Bagdad tillstånd för judar att be vid västra muren. Men då hade han inte anat vidden av denna murs helighet för judar. Om denna sak borde man söka tillfälle att tala med Saladin innan han intog staden, enades de snart.

Deras vänskap växte under de följande veckorna när Musa började tvinga upp Arn på hans första försök att gå. Läkaren menade att man inte fick vänta vare sig för länge eller för kort tid med den saken. Ena faran var att man rev upp skadan i benet, andra faran att benet stelnade och försvagades för mycket av att inte få börja om sin tjänst i livet.

Till en början gick de bara något enstaka varv nere på den kringbyggda gården bland palmer och springbrunnar och dammar. Där var lätt att gå, eftersom hela gården fram till palmträdens rotstammar var belagd med mosaik. Snart nog fick Arn låna en del kläder och de kunde börja gå ut på försiktiga promenader i staden. Eftersom den stora moskén bara låg ett stenkast eller två från sjukhuset blev den ett av deras första mål. Som otrogna fick de inte gå in i själva moskén, men de hade tillträde till den väldiga kringbyggda gården, där Musa visade på alla underbara guldmosaiker i de överbyggda pelargångarna som helt tydligt var från kristen tid, och de muslimska mönstren i svart, vitt och rött i marmorgolven som var från umayyadernas tid. Arn förundrades över att all den kristna bysantinska konsten hade fått vara kvar orörd, eftersom den avbildade både människor och helgon, en konst som de flesta muslimer skulle anse ogudaktig. Och den stora moskén var ju alldeles tydligt en kyrka, även om man byggt en jättelik minaret vid dess ena sida.

Musa ibn May-nun påpekade då att såvitt han visste var det det omvända i Jerusalem, där de två stora moskéerna ännu någon tid var kyrkor. Det var ju praktiskt, ironiserade han, om man behöll alla sådana helgedomar hela. För så fort någon ny erövrade dem så var det bara att slita ner korset från kupolen och resa en halvmåne, eller tvärtom, beroende på vem som vann och vem som förlorade. Värre vore ju om man för var gång skulle behöva riva de gamla helgedomarna och bygga nya.

Eftersom Arn inte visste något om den judiska tron blev detta ett av deras första stora samtalsämnen, och då han kunde läsa arabiska försåg Musa ibn May-nun honom med en bok som han själv hade skrivit som hette *Vägvisare för de förvirrade*. När Arn väl börjat läsa boken blev deras samtal oändligt långa, ty vad Musa ibn May-nun mest arbetade med i sin filosofi var att finna den rätta fogen mellan förnuft och tro, mellan Aristoteles läror och den rena, som många menade förnuftsbefriade och blott heligt uppenbarade tron. Att få dessa påstådda motsatser att gå ihop till en helhet ansåg han vara filosofins största uppgift.

Inte utan viss möda följde Arn med i dessa långa resonemang, för som han sade hade hans huvud blivit något uttorkat sedan tiden i ungdomen då åtminstone Aristoteles tankar var hos honom var dag. Men han höll med om att ingenting kunde vara större än att göra tron förnuftig. För vad blind och oförnuftig tro ledde till hade krigen i det Heliga Landet visat med kraften av en jordbävning. Att ändå så många män kunde gå över den skälvande marken och säga att de intet såg och intet hörde tillhörde sinnevärldens verkliga mysterier.

I takt med att Arns sårskorpor började falla av och lämna grova röda men läkande ärr växte både vänskapen med läkaren och filosofen Musa ibn May-nun och Arns förmåga sedan ungdomen att tänka på annat än regler och lydnad. Det var, kände han, som om inte bara hans kropp höll på att läka.

Möjligen hade han med sådan yrvaken iver kastat sig in i den högre tankevärlden därför att han ville skjuta undan den gnagande vissheten om vad som nu skedde ute i den synliga världen. Men hans omedvetna strävan att hålla dessa kunskaper borta stötte på svårigter redan när andra som vårdades på Hamediyeh-sjukhuset fick besökare som med jubel berättade att nu hade Acre och Nablus fallit, nu Beirut eller Jebail, nu hade den borgen eller den borgen fallit. Det var ingen lätt sak att vara den ende kristne när alla omkring honom kände så stark och högljudd glädje över strömmen av sådana nyheter.

När Saladins bror Fahkr kom för att besöka honom blev snart allt detta till full visshet, även om sådana ting långtifrån var det första de började tala om.

De var båda rörda av mötet och omfamnade genast varandra som om de varit bröder, vilket fick alla i närheten nere på den vackra gården att göra stora ögon, ty alla kände de ju igen Saladins bror.

Det första som Fahkr påminde om, vilket han inte behövt eftersom Arn redan flera gånger hunnit tänka den saken, var hur de skämtat när de skildes i Gaza den gången Fahkr hade varit Arns fånge och skulle stiga ombord på skeppet till Alexandria, detta om hur angenämt det skulle bli den gången det blev tvärtom mellan fånge och fångvaktare. Som om Gud behagat skämta med dem var de nu där.

Arn låtsades då bekymrad och oroad att Fahkr skulle ha några klagomål på sin tid som fånge i Gaza. Fahkr svarade med samma spelade bekymmer att det skulle i så fall vara att han misstänkte att han fått äta gris, vilket Arn upprört förnekade och så föll de skrattande i varandras armar på nytt.

Så blev Fahkr allvarlig en kort stund och bad om Arns hedersord att inte fly och inte höja vapen mot någon så länge han var Saladins gäst, ty om Arn hade någon regel av ett eller annat slag som påbjöd motsatsen så måste man ju tyvärr behandla honom mer aktsamt. Arn förklarade då att det för det första inte fanns någon regel som förbjöd en tempelriddare att hålla sitt svurna ord, vilket han gav Fahkr som i förbigående, och att han för det andra inte kunde sägas vara tempelriddare längre efter som hans tid att tjäna orden händelsevis hade gått ut på kvällen efter Hattins horn.

Fahkr blev då genast allvarlig och sade att detta ju måste ses som ett tecken från Gud att Arn fått sitt liv skonat just i samma stund som hans tid som tempelriddare gick ut. Arn invände att han i det fallet nog trodde mer på Saladins nåd än Guds Nåd, även om han inte längre kom ihåg riktigt hur det där gick till.

Fahkr svarade inte utan hängde en stor guldmedaljong med Saladins namnchiffer om halsen på Arn, tog honom menande i armen och förde honom ut på gatan. Arn kände sig fortfarande något naken i sina lånade kläder eftersom han saknade tyngden av ringbrynjan, men om det nu inte varit för att han var barhuvad så att hans korta blonda hår lyste lång väg skulle han och Fahkr kunnat gå samtalande helt obemärkt längs gatan. Det var som om han väckte större nyfikenhet nu när han gick med Fahkr än med Musa ibn May-nun, som om det vore mer naturligt att en jude och en kristen gick tillsammans än att en kristen gick med sultanens bror.

Fahkr, som stördes något av denna uppmärksamhet, drog med sig Arn in i den stora basaren som låg intill moskén och inhandlade ett tyg som Arn kunde svepa om huvudet några varv. Därefter fick Arn välja mellan några lätta syriska mantlar i ståndet intill, och när han då såg folkungarnas blåa färg hållas fram mot honom av en ivrig köpman bestämde han sig genast. Bara ett kort stycke efter dessa inköp var det som om Arn och Fahkr smälte in som alla andra i trängseln bland stånden.

Fahkr ledde honom nu genom basarernas vindlande gränder tills de kom till en öppning ut på en gård där det låg berg av kristna vapen och sköldar och hjälmar. Fahkr förklarade att det var Saladins uttryckliga order att Arn nu skulle välja sig ett nytt svärd och helst det vackraste han kunde finna, ty som Saladin sagt så var han skyldig Arn ett svärd till ett mycket högt pris. Köpmännen hade lagt alla kristna svärd för sig i två små och en jättelik hög. I en av de två små högarna låg alla dyrbarheter, svärd som kunde ha tillhört kungliga kristna och var dekorerade med guld och ädla stenar, i den lilla högen intill låg de svärd som ansetts vara de näst finaste och i den stora högen allt som var av mer ringa värde.

Arn gick bestämt till den stora högen och rotade fram det ena tempelriddarsvärdet efter det andra och såg på nummermärkningen. När han fått fram tre svärd med rätt nummerstorlek jämförde han dem hastigt och räckte sedan utan att tveka över ett av dem till Fahkr.

Fahkr såg besviket på det enkla och osmyckade svärdet och påpekade att Arn nu gick miste om en förmögenhet enbart av envishet. Arn sade att ett svärd var förmögenhet enbart för de män som inte kunde använda det och att ett tempelriddarsvärd i passande vikt och storlek, som det han just räckt fram, var det enda han någonsin ville hänga vid sin sida. Fahkr försökte lirka med honom att han ju kunde välja det dyraste svärdet, sälja det, köpa det billiga som man nog kunde få för en eller två dinarer och sedan behålla mellanskillnaden. Arn fnös åt detta förslag och menade att det knappast vore att hedra Saladins gåva att bete sig så.

Men Fahkr lät honom inte få svärdet genast, utan tog det till köpmannen och viskade något som Arn inte hörde. Sedan gick de därifrån utan svärd för att söka upp Saladins palats där de skulle tillbringa kvällen och natten. Kanske skulle Saladin själv komma hem till Damaskus i kväll, och i så fall var Al Ghouti en av de män han ville träffa genast, så det gällde att hålla sig i närheten, förklarade Fahkr.

Saladins palats var långt ifrån någon av de större byggnaderna runt stora moskén, det var ett enkelt tvåvåningshus med få dekorationer och om det inte varit för de bistra mamelukiska vakterna utanför porten skulle ingen ha kunnat tro att detta var sultanens boning. Rummen som de gick genom var sparsamt inredda med mattor och sittkuddar medan väggarna bara pryddes av vackert målade Korancitat som Arn roade sig med att tyda och citera allteftersom de gick förbi.

När de slutligen slog sig ned tillsammans i ett av de bortre rummen som vette mot en lång balkong övertäckt av en pelargång serverade Fahkr kallt vatten och granatäpplen och sedan satte han sig med en min som var lätt att förstå. Nu ville han bli mera allvarlig.

Vad som återstod av det kristna väldet i Palestina var Tyrus, Gaza, Ashkelon, Jerusalem och några borgar, berättade Fahkr med behärskad triumf. Först skulle man nu ta Ashkelon och Gaza och då var det Saladins önskan att Arn skulle vara med. Därefter skulle man ta själva Jerusalem och Saladin ville ha Arn som rådgivare även i den saken. Saladin skulle själv framföra denna begäran till Arn så fort de träffades, så det var ju lika så gott att redan nu låta Arn förbereda sig i sinnet för hur han skulle ställa sig.

Arn svarade sorgset att han visserligen vetat länge att det skulle gå så här och att de kristna hade sig själva och framför allt sina synder att skylla för den stora olyckan. Och visserligen var han inte längre bunden av sin ed till tempelriddarna. Men det vore ändå för mycket begärt att han skulle gå över till fienden.

Fahkr drog lite i sitt tunna skägg och svarade eftertänksamt att Arn nog tycktes missförstå sultanens önskan. Det var inte precis frågan om att be Arn dra vapen mot sina egna utan snarare motsatsen. Tillräckligt många kristna var döda eller drivna på flykt från sina hem redan, det var inte om sådant det stod utan om viktigare ting. Bäst vore kanske ändå att Saladin fick förklara allt detta själv. Arn skulle ju som han säkert redan förstått komma att bli frigiven av Saladin när tiden var mogen för det, för inte hade Saladin skonat Arn vid Hattins horn bara för att döda honom senare. Och inte var heller Arn en sådan fånge som man kunde få betalt för. Men också om detta var det nog bäst att Arn talade med Saladin själv. Under tiden kunde man ju fundera över vad Arn skulle göra med sin frihet.

Arn svarade att hans tjugoåriga tjänst i det Heliga Landet var till ända för hans del. Om möjligt skulle han försöka resa hem till sitt eget land så fort det kunde bli av. Fast kanske hade han ett litet bekymmer med den saken, eftersom han visserligen tjänat sin edsvurna tid men ändå enligt Regeln måste befrias från sin tjänst av Stormästaren i Tempelherreorden, annars skulle han räknas som desertör. Och hur den saken nu skulle kunna ordnas var ju inte gott att veta.

Av denna lilla fundering blev Fahkr till synes omåttligt road och förklarade att om Arn bara gnuggade oljelampan framför sig med ena tummen två gånger så skulle denna önskan lätt kunna uppfyllas.

Arn såg tvivlande på sin kurdiske vän och letade efter en förklaring till skämtet i hans ögon, men då Fahkr bara envist nickade mot oljelampan sträckte Arn fram sin hand och lät tummen vidröra den.

"Seså Aladin, din önskan är uppfylld!" utropade Fahkr glatt. "Du får precis vilket dokument du vill underskrivet och fäst med sigill av Stormästarens egen hand. Han är nämligen också vår gäst här i Damaskus, fast under något mindre vänskapliga former än det som med rätta beskärs dig. Författa du bara ditt dokument så är saken redan ordnad!"

Arn hade inte svårt att tro att Gérard de Ridefort var fånge i Damaskus, ty att den mannen skulle slåss för Guds Moder till sista blodsdroppen hade han aldrig haft någon föreställning om. Men att han också skulle underteckna vadsomhelst?

Fahkr skakade bara leende på huvudet och försäkrade att det skulle bli så. Och ju förr dess bättre! Han kallade på en tjänare och beställde de rätta skrivdonen nere från basarerna, sedan försäkrade han att Arn själv skulle få se på när Stormästaren skrev sitt namn.

När pergament och skrivdon kommit upp med en andfådd tjänare en stund senare lämnade Fahkr Arn ensam för att författa dokumentet, lät ställa fram en liten skrivpulpet och gick för att ägna en stund åt bön och att förbereda kvällens måltid.

Arn satt en stund med det tomma pergamentet framför sig och skrivfjädern i handen och försökte se klart på sig själv och på världens ordning i denna obegripligt egendomliga stund. Han skulle skriva sitt eget frihetsbrev. Och det skedde i sultanens palats i Damaskus, där han själv satt framför en syrisk skrivpulpet med benen i kors på mjuka kuddar och med turban lindad runt huvudet.

Många gånger under senare år hade han försökt föreställa sig slutet som tempelherre. Men i sin fantasi hade han inte ens varit nära det som blev.

Så tog han sig samman och präntade fort och säkert ned den text han kunde väl, eftersom han under sin tid som Jerusalems Mästare upprättat åtskilliga liknande brev. Han gjorde också ett tillägg som förekom ibland: att denne riddare som nu med stor heder lämnade sin tjänst i Guds Heliga Armé Tempelherreorden var fri att återgå till sitt tidigare liv och då också, närhelst han fann passande, hade rätt att ikläda sig tempelriddardräkten av den grad han hade när han lämnat orden.

Han läste igenom texten och erinrade sig att Gérard de Ridefort ju inte kunde latin, varför han skrev ner en fransk översättning.

Det fanns fortfarande utrymme kvar och han kunde då inte avstå från det lilla nöjet att skriva texten en tredje gång åt den föga läskunnige Stormästaren, fast nu på arabiska.

Han satt en stund och fläktade texten torr, kastade en blick ut på solen och fann att det åtminstone var två timmar kvar till kvällsbönen för såväl muslimer som för kristna. I detsamma kom Fahkr tillbaks, tittade på dokumentet och tog skrattande upp det när han såg att där fanns en arabisk översättning, läste den fort och grep sedan efter gåspennan för att förtydliga några diakritiska tecken. Det var verkligen inget dåligt skämt med herr helighet Stormästare, myste han när han nu tog Arn under armen och förde honom ut i staden på nytt. De behövde bara gå några kvarter innan de kom till det hus där de mest värdefulla kristna fångarna hölls. Det var ett större och mer dyrbart inrett hus än Saladins eget.

Men här fanns förstås vakter och en och annan låst dörr, även om det var svårt att se vad en rymmande Stormästare skulle ta sig till om han kom ut på Damaskus gator. Fahkr förklarade det hela som en egentligen tom gest, som kom sig av att både Stormästaren och kung Guy högdraget hade förklarat att en ed till otrogna inte gällde.

Kung Guy och Stormästaren Gérard de Ridefort var inlåsta tillsammans i två praktfullt inredda salar med möbler i kristen stil. De satt vid ett litet snidat arabiskt bord och spelade schack när Fahkr och Arn kom in och dörrarna bakom dem demonstrativt låstes.

Arn hälsade dem båda utan överdriven höviskhet och påpekade att det var mot Regeln för tempelriddare att spela schack men att han inte tänkte störa länge. Det var bara ett dokument han ville ha undertecknat och som han nu räckte fram med en något överdriven bugning till Gérard de Ridefort. Denne verkade på något oväntat sätt mer stukad än rasande av Arns föga underdåniga tilltal.

Gérard de Ridefort låtsades läsa dokumentet och försökte rynka pannan som om han tänkte över innehållet. Sedan frågade han som väntat Arn vad som var avsikten med detta och formulerade frågan så att svaret helst skulle förklara texten som han inte förstod något av. Arn tog då försiktigt tillbaks pergamentssidan, läste upp texten på frankiska och förklarade sedan fort att allt var i sin ordning eftersom han svurit in på begränsad tid i Tempelherreorden, vilket ju inte var alltför ovanligt.

Gérard de Ridefort blev nu äntligen vred och muttrade att något sådant dokument hade han inga som helst planer på att skriva under, och om före detta Jerusalems Mästare tänkte desertera var det i så fall en sak mellan honom och hans samvete. Och så viftade han med handen för att få bort Arn ur sin åsyn och stirrade stint ner i schackbrädet som om han med full kraft tänkte över sitt nästa drag. Kung Guy sade inget och glodde bara förvånad från Stormästaren i sin ordensdräkt till Arn i hans saracenska kläder.

Fahkr som förstått tillräckligt av situationen gick bort till dörren och knackade lätt på den. När den genast öppnades viskade han bara några ord innan dörren stängdes på nytt.

Så gick han fram till Arn och sade lågt, som om han omedvetet trodde att de andra två i rummet skulle förstå, att det här skulle bara ta några ögonblick, men att det vore smidigast att sköta det hela med en annan översättare än Arn.

På väg ut med Fahkrs försiktiga hand på sin skuldra mötte Arn en syrier som av klädsel och uppsyn att döma var köpman snarare än militär.

Han behövde inte vänta länge utanför dörrarna förrän Fahkr kom ut och höll upp dokumentet underskrivet och försett med Stormästarens sigill. Han överräckte Arns halva frihet på framsträckta händer och med en djup bugning.

"Vad sade du som fick honom att så snabbt ändra uppfattning?" undrade Arn nyfiket när de var på väg tillbaks mot sultanens palats där trängseln nu ökat av all trafik på väg mot kvällsbönen.

"Åh, inget särskilt allvarligt", svarade Fahkr som om han talade om en bagatell. "Bara att Saladin skulle uppskatta en tjänst gentemot en tempelriddare som han höll mycket högt. Och att Saladin kanske skulle bli bekymrad om inte denna lilla tjänst kunde göras honom, något sådant bara."

Arn kunde tänka sig en lång rad möjligheter att formulera en sådan begäran, men anade att Fahkr kanske hade uttryckt saken något hårdare än han velat medge.

På kvällen strax före kvällsbönen kom Saladin tillbaks till Damaskus i spetsen för en av sina arméer. Han hyllades av folk på gatorna hela vägen fram till stora moskén, för nu mer än någonsin förtjänade han sin hederstitel al-Malik al-Nasir, den segerrike konungen.

Tiotusen män och kvinnor bad med honom när solen gick ner, de var så många att de inte bara fyllde den jättelika moskén utan också större delen av gården utanför.

Efter bönen red han sakta och alldeles ensam genom människomassorna till sitt palats. Till alla sina emirer och andra som sökte honom i tusen ärenden hade han sagt att denna första kväll i Damaskus ville han vara ensam med sin son och sin bror, ty han hade varit i fält i två månader och aldrig haft en stund för sig själv. Inför de orden fann ingen svårt att böja sig.

När han på strålande humör hälsade och omfamnade sig fram mellan vänner och släktingar i palatset tycktes han verkligen vara inställd på att lämna alla statens affärer därhän denna kväll. Desto mer förvånad, och för något ögonblick lite störd, verkade han när han plötsligt stod öga mot öga med Arn.

"Den besegrade hälsar dig, segerrike konung", hälsade Arn allvarligt och det glada sorlet runt dem lade sig genast. Saladin tvekade ytterligare något innan han plötsligt tycktes ändra sig, tog två snabba steg framåt och omfamnade Arn och kysste honom på båda kinderna, varvid det gick ett viskande sorl genom församlingen.

"Var hälsad, tempelriddare, du som kanske mer än någon annan man skänkte mig segern", svarade Saladin och visade sedan med armen att Arn skulle gå vid hans sida till måltiden.

Snart bars stora fat med stekta duvor och vaktlar in och höga karaffer i guld och silver som immade av iskallt vatten.

Intill Saladin och Arn satt Saladins son al Afdal, som var en ung spenslig man med intensiv blick och glest skägg. Länge dröjde det inte förrän han bad att få fråga Arn om något.

Han hade ju haft befäl över sjutusen ryttare vid Cressons källor förra året och någon av hans emirer hade sagt att Al Ghouti var den som förde tempelriddarnas fana, var det sant?

Arn, som nu påmindes om det vansinniga anfall som Gérard de Ridefort tvingat fram, etthundrafyrtio ryttare mot sjutusen, och om den nesliga flykt han tvingats delta i, såg tydligt besvärad ut när han bekräftade att han verkligen varit där, att det var han som fört fanan bort i flykt.

Över just den saken tycktes den unge prinsen dock inte vara så förvånad, och han nämnde att han gett order till alla emirer att Al Ghouti måste tas levande. Men vad han aldrig kunnat förstå, inte just då när det inträffade, och aldrig någonsin senare, var hur kristna riddare med så berått mod kunde rida i döden.

Det blev tyst runt bordet när Arn skulle svara och han rodnade av att han inte hade något svar. Han ryckte på axlarna och sade att för hans del såg det lika vansinnigt ut som det måste ha sett ut för al Afdal själv och hans män där nere. Det fanns ingen logik i ett sådant anfall. Det var bara ett sådant tillfälle när tron och förnuftet gick helt olika vägar. Sådant hände ibland, han hade sett muslimer göra liknande ting, men kanske aldrig så överdrivet som denna gång. Det var Gérard de Ridefort, fortsatte han med en min av ogillande som ingen kunde missförstå, som beordrat anfallet och sedan bestämt sig för att fly så fort han sänt alla sina underlydande i döden. Fanbäraren, han själv alltså, var då tvungen att följa sin högste ledare, tillade han skamset.

I den besvärade tystnad som nu uppstod påpekade Saladin att Gud ju ändå styrt det till det bästa, eftersom det var bättre för Arn och för honom själv att Arn blev fånge vid Hattins horn än om han blivit det innan. Vad Saladin menade med det förstod inte Arn just då, men hade ingen lust att förlänga samtalsämnet med någon fråga.

Snart visade Saladin tydligt att han ville bli lämnad ensam med sin son, sin bror och Arn, och han blev snart åtlydd. När de blev ensamma bytte de rum och lade sig bekvämt tillrätta bland mjuka kuddar med sina iskalla silverbägare med vatten. Arn undrade hur man kunde åstadkomma denna ljuvliga kyla, men han ville inte fråga om sådana småttigheter nu när det tvivelsutan skulle bli stort allvar, fast han inte kunde förutse om vad.

"En man som heter Ibrahim ibn Anaza kom en gång till mig", började Saladin långsamt och tankfullt. "Och han bar med sig den förunderligaste gåva, det svärd vi kallar Islams svärd och som varit försvunnet i långa tider. Förstår du vad du gjorde, Arn?"

"Ibrahim känner jag, han är en vän", svarade Arn försiktigt. "Han fick för sig att jag hade förtjänat detta svärd, men jag var förvissad om att jag var ovärdig. Därför sände jag svärdet till dig, Yussuf. Varför kan jag inte riktigt säga, men det var en upprörd stund och något fick mig att göra som jag gjorde. Det gläder mig att gamle Ibrahim villfor min önskan."

"Men du förstod inte vad du gjorde?" frågade Saladin lågmält och Arn märkte genast hur spänt tyst det blev i rummet.

"Jag kände att jag gjorde rätt", svarade Arn. "Ett svärd som är heligt för muslimerna är intet för mig, men kanske, tänkte jag, mer för dig. Mer än så kan jag inte förklara saken, kanske Gud styrde mitt handlande."

"Det gjorde han nog", log Saladin. "Det är som om jag skulle ha sänt dig det ni kallar det Sanna Korset, som nu finns i tryggt förvar i detta hus. Det stod skrivet att den som en gång återfick Islams svärd skulle ena alla troende och besegra alla de vantroende."

"Om det är så", svarade Arn något skakad, "är det inte mig du har att tacka så mycket som Gud som styrde mig i denna plötsliga tanke. Jag var bara Hans enkla redskap."

"Må så vara, men jag är skyldig dig ett svärd i alla fall, min vän. Är det inte egendomligt hur jag ständigt tycks hamna i skuld till just dig?"

"Jag har fått ett svärd nu och du är inte skyldig mig något, Yussuf."

"Åjo, om jag sänt dig det så kallade Sanna Korset hade du nog inte tyckt att du gjort dig skuldfri till mig med ens den mest vackert snidade träbit i gengäld. Min skuld får vi tala om senare. Jag vill be dig om en tjänst."

"Om jag kan för mitt samvete skall jag ge dig vilken som helst tjänst, och det vet du, Yussuf, för jag är ju din fånge och lösen kan du aldrig få för mig."

"Först skall vi nu ta Ashkelon. Sedan Gaza och därefter Jerusalem. Vad jag önskar är att du är min rådgivare när detta sker. Därefter har du din frihet och du skall inte gå olönad härifrån. Det är vad jag ber dig."

"Det du ber mig göra är i sanning ohyggligt, Yussuf, du ber mig ju bli förrädare", kved Arn och alla kunde se hans plåga.

"Det är inte som du tror", svarade Saladin lugnt. "Jag behöver inte din hjälp att döda kristna, för vad den saken angår har jag oräkneligt antal hjälpande händer just nu. Men jag minns en sak från vårt första nattliga samtal, första gången jag hamnade i skuld till dig. Du sade något om en tempelriddarregel som jag tänkt ofta över: *När du drar ditt svärd – tänk inte på vem du skall döda. Tänk på vem du skall skona.* Förstår du nu vad jag menar?"

"Det är en bra regel, men jag känner mig bara till hälften lättad.

Nej, helt förstår jag inte vad du menar, Yussuf."

"Jag har Jerusalem här i min hand!" utbrast Saladin och höll upp sin knutna hand framför Arns ansikte. "Staden faller när jag vill att den skall falla och det är efter Ashkelon och Gaza. Att segra är en sak, men att segra gott är en annan sak. Och om vad som är gott och ont i detta måste jag tala med någon annan än mina emirer som är övertygade om att vi måste göra som de kristna."

"Döda alla människor och alla djur i staden och låta intet utom flugorna leva", sade Arn och sänkte sitt huvud.

"Om det varit det omvända", resonerade Fahkr som nu för första gången lade sig i diskussionen utan att hans äldre bror gjorde min åt det, "om det varit vi som tagit Jerusalem från er för en och en halv mansålder sedan, och om vi då behandlat staden som ni gjorde? Hur skulle ni då resonera i ert läger utanför den heliga staden när ni visste att ni snart skulle ta den?"

"Dåraktigt", svarade Arn med en grimas av avsmak. "Män som era två fångar där borta, Gérard de Ridefort och Guy Lusignan, skulle för ovanlighets skull vara helt ense. Ingen skulle tala emot dem, ingen, när de hävdade att nu måste hämndens timma komma, nu skall vi göra det till och med värre än vad fienden gjorde när de vanhelgade vår stad."

"Så resonerar vi alla utom min bror Yussuf" sade Fahkr. "Kan du övertyga oss om att han har rätt i att hämnd är fel?"

"Längtan efter hämnd är något av det starkaste hos människor", sade Arn uppgivet. "Muslimer och kristna är sådana, kanske också judar. Det första man kan säga emot detta är att man skall uppträda med större värdighet än den fiende som var ogudaktig. Men det bryr sig inte hämndlystna om. Det andra man kan säga är det som jag hört både från en kristen, greve Raymond, och från en muslim som är Yussuf, att kriget aldrig tar slut så länge inte alla pilgrimer får tillträde till den heliga staden, till och med judar. Men inte heller det bryr sig hämndlystna om, ty de vill se blodet rinna i dag och tänker inte på i morgon."

"Så långt har vi resonerat själva", instämde Saladin. "Och så långt är det som du säger, att de hämndlystna som är i flertal inte bryr sig om vare sig ord om värdighet eller eviga krig. Så vad finns mer att säga?"

"En sak", sade Arn. "Alla städer kan erövras, också Jerusalem, vilket ni nu skall göra. Men alla städer kan inte behållas lika enkelt som de togs. Så er fråga måste bli, vad gör vi med segern? Kan vi behålla den heliga staden?"

"Just nu när de kristna bara har fyra städer kvar i Palestina varav vi genast skall ta tre så tvivlar ingen på svaret, dessvärre", sade Saladin.

"Så finns något mer att säga?"

"Ja, det finns", sade Arn. "Ni vill behålla Jerusalem längre än ett år? Fråga er då om ni nästa år vill se tiotusen nya frankiska riddare i landet, eller om ni föredrar hundratusen. Om ni föredrar hundratusen frankiska riddare nästa år så skall ni göra med er seger som de kristna gjorde. Döda allt som är levande. Om ni nöjer er med bara tiotusen franker nästa år, tag staden, återta era helgedomar, skydda den Heliga Gravens kyrka och låt alla som vill lämna staden. Det är enkel matematik om ingenting annat gäller. Hundratusen franker nästa år eller bara tiotusen? Vad vill ni helst?"

De tre andra satt länge tysta. Till slut reste sig Saladin, gick fram till Arn, ryckte upp honom och omfamnade honom. Som han var känd för att göra när något känsligt, grymt eller vackert inträffat i hans närhet grät han. Saladins tårar var berömda, hånade och beundrade i hela den rättroende världen.

"Du har räddat mig, du har gett mig skälet och därmed har du räddat många liv i Jerusalem i nästa månad och kanske staden åt oss för all evig tid", snyftade Saladin.

Hans bror och son rördes av hans tårar, men själva kunde de behärska sig.

* * *

En månad senare befann sig Arn i Saladins här utanför Ashkelons murar. Han var klädd i sina gamla kläder, som reparerats och putsats och sytts om liksom hela hans brynjedress till bättre skick än när han förlorade dem. Men han var inte ensam om att bära en tempelriddares mantel, ty där fanns också Stormästaren Gérard de Ridefort. Han och kung Guy de Lusignan följde med i hären snarare som packning än som ryttare. De satt och klamrade sig fast uppe på varsin kamel så gott de kunde. Saladin hade funnit det säkrare att placera dem på ett djur som de inte kunde rida än på hästar. Saracenerna hade haft stort nöje under fem dagars förflyttning av att se de två dyrbara fångarna försöka behärska sina ridsmärtor och samtidigt se värdiga ut fast de släpades fram i raden av kameler strax bakom själva ryttarhären.

Saladin hade sänt en flotta från Alexandria att möta vid Ashkelon och den låg redan hotfullt för ankar utanför staden när den saracenska hären kom fram landvägen. Men flottan såg mer hotfull ut än den var, ty det var en handelsflotta utan stridsmän och med tomma lastrum.

När man slagit läger utanför stadens murar lät Saladin kung Guy de Lusignan stiga fram till den stängda stadsporten och ropa att invånarna skulle ge sig, ty då skulle deras kung bli fri. Vad var en enda stad mot kungen själv?

Åtskilligt, tyckte stadens invånare, vilket snart visade sig. Kung Guys ord hade ingen annan verkan än att stadens invånare kastade rutten frukt och orenlighet mot honom uppe från tornet vid stadsporten och hånade honom så grovt som någon kung någonsin hånats av sina undersåtar.

Saladin roades mer av skådespelet än han lät sig nedslås av dess resultat, lämnade större delen av hären kvar för att inleda arbetet med att ta Ashkelon med våld och fortsatte ner mot Gaza.

På Gazas murar stod ett fåtal tempelriddare i vita mantlar men desto fler sergeanter. De lät sig inte skrämmas av den obetydliga här som nu slog läger utanför deras murar, och till det hade de inte heller några skäl. Några katapulter eller andra anordningar för att rasera murar medförde inte fienden.

Inte heller lät de sig påverkas av att deras Stormästare nu leddes fram mot stadsporten. De väntade sig att hotas med att därest de inte gav upp så skulle Stormästaren avrättas framför deras ögon.

Av sådant hot skulle de emellertid inte låta sig rubbas. Regeln var alldeles klar i sådana frågor. En tempelriddare fick inte utväxlas mot vare sig guld eller andra fångar eller hot. Stormästarens skyldighet var alltså att dö som en tempelriddare utan att klaga och utan att visa fruktan. Dessutom skulle få av dem finna det särskilt beklagligt att se just Gérard de Rideforts huvud rulla ner i sanden. Ty vem de än valde som näste Stormästare måste bli bättre än den dåre som orsakat så stora nederlag.

Men till deras bestörtning och obeskrivliga skam inträffade nu något annat. Gérard de Ridefort steg fram och gav som Stormästare en order om att staden omedelbart skulle utrymmas och att var och en fick ta sina egna vapen och en häst med sig men att allt annat, även de välfyllda skattkistorna, skulle lämnas kvar.

Regeln lämnade inget utrymme att vägra lyda Stormästaren.

En timme senare var utrymningen av Gaza genomförd. Arn satt till häst och såg hela utmarschen och han grät av skam inför Gérard de Rideforts svek.

När de sista hästarna i tempelriddarnas kolonn kommit utanför stadsporten fick Gérard en egen frankisk häst och hälsades med muntra ironiska ord avsked och lycka till av Saladin. Gérard svarade ingenting, vände sin häst och red bort mot sina tempelriddare som långsamt och med sänkta huvuden som i sorgetåg var på väg norrut längs havsstranden. Utan att tilltala någon av dem red han upp i spetsen för kolonnen.

Saladin konstaterade nöjt att han nu hade vunnit två segrar. Den ena var att tack vare en man utan ryggrad få hela Gaza med dess välfyllda skattkistor utan att behöva avlossa en enda pil. Den andra segern var att han fått Gérard de Ridefort att på nytt ta befäl över resterna av tempelriddarhären. En man som Gérard tjänade ju Saladin mer än till och med sig själv.

Saladins män hade fort stormat in i den erövrade staden, men strax kom några av dem tillbaks ut och närmade sig upphetsat Saladin med två hästar som de påstod var Anaza, och sådana hästar ägde varken Saladin eller ens kalifen i Bagdad.

Saladin sade sig glädjas mer över denna gåva än över allt guld som fanns i tempelriddarnas kistor inne i borgen, men när han osäkert frågade sin omgivning om dessa hästar verkligen kunde vara Anaza, återfunna hos tempelriddare vilket ju verkade omöjligt, svarade Arn honom att så var det. Ty det var en gång hans hästar som han fått av Ibrahim ibn Anaza samtidigt med det heliga svärdet.

Saladin tvekade nu inte att omedelbart återskänka hästarna till Arn.

Tre dagar senare föll Ashkelon. Saladin skonade stadens befolkning trots att de inte frivilligt gett upp staden, men lät dem alla stiga ombord på den väntande flottan som skulle föra dem till Alexandria. Eftersom Alexandria hade en omfattande handel över havet med både Pisa och Genua var det bara en tidsfråga innan alla dessa franker från Ashkelon var tillbaka där de hörde hemma.

Nu återstod bara Tyrus och Jerusalem.

* * *

Fredagen den tjugosjunde i månaden Rajab, just den dag då Profeten, frid över honom, stigit till sjunde himlen från Abrahams klippa efter sin underbara resa från Mecka den natten, höll Saladin sitt intåg i Jerusalem. Enligt de kristnas tideräkning var detta fredagen den andra oktober Nådens år 1187.

Staden hade varit omöjlig att försvara. Den ende riddare i staden av någon betydelse utanför de nästan utrotade riddarordnarna var Balian d'Ibelin. Han hade förutom sig själv bara räknat två riddare bland försvararna och hade därför dubbat varje man över sexton års ålder. Men försvar hade ändå varit meningslöst och bara gjort plågan mer utdragen. Mer än tiotusen flyktingar från de närmaste omgivningarna hade strömmat in bakom stadsportarna veckan före Saladins ankomst. Det innebar att stadens försörjning vad gällde både vatten och mat var omöjlig i längden.

Staden plundrades inte. Ingen enda invånare mördades.

Tiotusen av stadens invånare kunde betala för sin frihet, tio dinarer för män, fem för kvinnor och en för barn. De som betalat för sin frihet fick också bära med sig sina tillhörigheter.

Men tjugotusen av Jerusalems invånare blev kvar i staden eftersom de inte kunde betala. De kunde heller inte låna från patriarken Heraclius eller från de båda andliga riddarordnarna som liksom Heraclius föredrog att ta med sig sina skatter i tunga laster i stället för att rädda kristna bröder och systrar från det slaveri som hotade dem som inte hade råd med friheten.

Många av Saladins emirer grät av förtvivlan när de såg patriarken Heraclius nöjt betala sina tio dinarer för att därefter föra ut en guldlast som skulle ha räckt till att betala lejden för de flesta av de återstående tjugotusen kristna.

Saladins män fann hans generositet lika barnslig som de fann Heraclius snikenhet avskyvärd.

När alla kristna som kunnat betala för sig hade dragit bort mot Tyrus, eskorterade av Saladins soldater för att inte plundras av rövare och beduiner på vägen, efterskänkte Saladin skulden för de tjugotusen människor som sett sig tvungna att gå i slaveri därför att de varken haft råd med lösensumman eller haft någon nåd att vänta från patriark och riddarordnar.

När de kristna var borta började muslimer och judar omedelbart flytta in. De helgedomar som de kristna kallat Templum Domini och Templum Salomonis renades med rosenvatten i flera dagar, korsen på kupolernas högsta punkt slets ner och släpades i triumf genom de renspolade och blodfria gatorna och halvmånen restes på nytt efter åttioåtta år över Al Aksa och Klippmoskén.

Heliga Gravens kyrka hölls stängd i tre dagar medan man vaktade den noga och grälade om vad som borde göras. Saladins emirer ansåg nästan alla att kyrkan borde jämnas med marken. Saladin tillrättavisade dem att kyrkan bara var en byggnad, att det var gravkryptan i klippan under byggnaden som var själva helgedomen. Det vore bara en tom gest att riva själva huset.

Efter tre dagar fick han sin vilja igenom även i denna sak. Heliga Gravens kyrka öppnades och anförtroddes åt syrianska och bysantinska präster. Och vaktades noga av bistra mameluker mot varje försök till vanhelgande.

En vecka senare kunde Saladin hålla bön i den renade mest avlägsna böneplatsen, Islams tredje viktigaste helgedom, Al Aksa. Som vanligt grät han. Ingen förundrade sig över detta. Han hade äntligen uppfyllt det han svurit inför Gud, att befria den heliga staden Al Quds.

Saladins erövring av Jerusalem var som affär betraktat en av de allra uslaste under hela det långa kriget i Palestina. Och för det fick han utstå både skratt och hån i sin samtid.

Men inför evigheten gjorde han något enastående, hans namn blev odödligt och för all tid blev han den ende saracen som de frankiska länderna såg på med verklig respekt.

* * *

Arn hade inte varit med vid Saladins erövring av Jerusalem. Saladin hade förskonat honom från de synerna, fast han ändå tagit staden med de milda händer som Arn hade föresprâkat.

Arn ville nu resa hem men Saladin bad honom enträget att stanna ytterligare någon tid. Det var en egendomlig situation, ty samtidigt som Saladin försäkrade att Arn var fri i det ögonblick han själv valde, sparade han ingen möda i sina övertalningsförsök om ytterligare hjälp.

Som alla hade kunnat förutse var nu ett nytt korståg i antågande. Tyske kejsaren Fredrik Barbarossa var på väg genom Mindre Asien med en väldig här. Kungen av Frankrike Philip August och kungen av England Richard Lejonhjärta kom seglande över havet.

Saladin menade att det kommande kriget skulle avgöras mer vid förhandlingar än på slagfält, eftersom hans erfarenhet sade honom att så många frankiska nykomlingar på en gång skulle få svårt att strida. Arn kunde inte annat än instämma i den förutsägelsen. Det var också svårt för honom att säga emot när Saladin menade att ingen var mer lämpad som förhandlare än Arn, som talade Guds språk utan hinder och frankiska som sitt eget språk, som dessutom hade Saladins förtroende och som borde ha samma förtroende hos franker eftersom han tjänat tjugo år som tempelriddare i det Heliga Landet.

Också detta var svårt att säga emot. Arn ville hem, han längtade så att det värkte i hans senaste sår, som ändå var gott läkta. Men han kunde inte förneka för sig själv att han hade en svårbetald skuld till Saladin, som vid mer än ett tillfälle sparat hans liv. Utan Saladins nåd hade han därför aldrig kunnat komma hem. Men han led av att deltaga i ett krig som inte längre angick honom.

Gud visade sig dock nådig mot muslimerna på mer än ett sätt. Tyske kejsaren Barbarossa drunknade i en flod på vägen innan han ens nått det Heliga Landet. Hans kropp fraktades vidare i en tunna med vinäger, men han ruttnade ändå och begravdes i Antiokia. Det var som om det tyska korståget dog med honom.

Och det blev som Arn förutspått, att inte hundratusen kristna franker kom efter Jerusalems milda fall utan bara tiotusen.

Saladin hade släppt kung Guy de Lusignan utan att ens begära lösen för honom. Inför det nya korståget från frankernas länder ansåg Saladin att han behövde en man som kung Guy frigiven bland de sina, eftersom han skulle göra mycket större nytta där än som fånge. Däri hade Saladin rätt, kung Guys återkomst bland de sina ledde genast till ändlösa gräl om tronföljd och förräderi bland de kristna.

Ett misstag begick dock Saladin som han skulle ångra länge. När kung Guy ledde en kristen här från Tyrus nedåt kusten för att försöka återta Acre, som varit de kristnas viktigaste stad efter Jerusalem, tog inte Saladin detta hot på allvar. När kung Guy började belägra Acre lät Saladin förstås sända en här som i sin tur skulle belägra de kristna, som nu hamnade mellan stadens försvarare och Saladins armé. Saladin ansåg att tiden, lägersjukdomarna och matbristen skulle vinna kriget bekvämt mot den föga skräckinjagande kung Guy. Hade han varit beredd att offra många liv hade han kunnat slå kung Guy snabbt, men det priset fann han onödigt att betala.

Hans långa dröjsmål ledde till att först den franske kungen Philip August och snart därefter den engelske kungen Richard Lejonhjärta kunde landstiga och undsätta de kristna belägrarna utanför Acre. Och därmed hade Saladin dragit på sig ett onödigt hårt krig, just det som han försökt undvika.

Arn kallades förstås till Saladins tjänst, eftersom det snart nog skulle bli både det ena och det andra att förhandla om. Och när Saladin efter en tid återsamlat vad han menade var tillräckligt många av de män han sänt hem till väl förtjänad vila efter ett långt segerrikt krig anföll han övermodigt och räknade med en snabb seger.

Han hade räknat fel på mer än ett sätt. Säkert var de nyanlända franska och engelska korsfararna just så ovana vid sol och hetta som Saladin räknat med, och det var nu mitt i sommaren. Men framför allt engelsmännen var inte ovana att slå anfallande rytteri. Det var tvärtom just det de kunde bäst.

När den första saracenska ryttararmén stormade fram över slätten mot de frankiska belägrarna utanför Acre förmörkades himlen ovanför anfallarna utan att de först kunde förstå varför. Några ögonblick senare red de in i tusentals pilar som tycktes falla som hagel i storm från skyn. Och de få som undgick att träffas, de som varit främst bland ryttarna och inte märkte att det nu blivit tomt bakom dem, red rakt in i armborstens skurar från nära håll.

Allt var över på kortare tid än det tar en häst att galoppera en sträcka på fyra vanliga pilskott. Slätten framför Acre var ett hav av sårade och döende, hästar som låg och sparkade eller i panik sprang fram och åter och trampade ner sårade som vacklade omkring förvirrade eller skrämda från vettet.

Då anföll Richard Lejonhjärta själv i spetsen för sina riddare. Det blev hans snabbast vunna seger.

Arn hade med en blandning av förfäran och krigarens sakliga intresse sett vad långbågar och armborst kunde uträtta. Den lärdomen skulle aldrig förblekna hos honom.

Det var således dags att börja förhandla. Det första gällde stillestånd för att kunna samla in alla döda ute på fältet, till båda parters båtnad i sommarhettan. Arn ombads att ensam klara av denna sak, eftersom han var klädd i tempelriddarnas dräkt och därför kunde rida rakt fram till engelsmännen utan att riskera att bli beskjuten.

Av segerrusiga engelska soldater vars språk han inte förstod fördes han utan dröjsmål till kung Richard själv, som till Arns lättnad visade sig vara fransman och inte engelsman och talade franska med normandisk accent.

Kung Richard Lejonhjärta var högrest, rödblond, bred över axlarna och såg verkligen ut som en kung rakt motsatt kung Guy. Av storleken på den stridsyxa som hängde intill sadeln på hans högra sida var det lätt att se att han också måtte besitta stor styrka.

Deras första samtal blev dock kort, eftersom det bara gällde en så enkel och självklar sak som att städa slagfältet. Arn ombads framföra att Richard Lejonhjärta nu ville träffa Saladin själv, vilket han lovade att göra.

Nästa dag när han återvände med beskedet från Saladin att det inte kunde bli tal om något möte mellan kungar innan det var dags för fred, men att Saladins son al Afdal kunde komma till samtal, blev Richard Lejonhjärta rasande både gentemot Saladin och hans förhandlare och gav sig snart på Arn med hånfulla anklagelser om förräderi och kärlek till saracenska män.

Arn svarade att han tyvärr var fånge hos Saladin och gett sitt hedersord på att inte svika uppdraget att vara Saladins tunga hos kung Richard och dennes tunga hos Saladin.

Då lugnade sig kung Richard, men mumlade misslynt något om vad han tyckte om hedersord till okristna.

När Arn återvände med det beskedet skrattade Saladin för första gången på länge och sade att hedersord bara betydde att det fanns någon heder att svära på och så enkelt var det med den saken. När han släppte kung Guy utan lösen hade han nämligen avkrävt denne att i gengäld lämna det Heliga Landet och aldrig höja vapen mot någon rättroende. Kung Guy hade självklart svurit på sin bibel och sin heder och inför Gud och olika helgon. Och lika självklart, precis som Saladin hade räknat med och hoppats, svek han genast sin ed och var snart åter till nytta som splittrare av de kristna.

Men Saladins belägring av de kristna utanför Acre gick inte så bra nu längre när den engelska flottan kunde snöra av Acre från all försörjning sjövägen. Den svält som Saladin räknat med som en fördel för honom kom snart att drabba hans egna inne i Acre hårdare än de kristna belägrarna utanför stadens murar. Och nya anfall med ryttare över öppet fält mot de engelska långbågarna var bevisligen ingen bra idé.

Saladin förlorade kapplöpningen med tiden. Till hans förtvivlan gav garnisonen i Acre upp och överlämnade staden till kung Richard.

Arn och al Afdal fick nu det tunga uppdraget att rida in i den erövrade staden för att ta del av de villkor som invånarna i Acre gått med på i Saladins namn för att ge upp utan fortsatt strid.

Det blev därefter mycket dystert att rida tillbaks till Saladin, ty det som hans eget folk inne i Acre gått med på var hårda villkor. Förutom staden och det som fanns i den krävde kung Richard hundratusen besanter i guld, tusen frigivna kristna fångar, hundra särskilt namngivna fångna riddare och det Sanna Korset åter.

Inte oväntat föll Saladin i gråt när han fick höra dessa villkor. Det var ett högt pris på de tvåtusensjuhundra själar som nu var utlämnade till kung Richards nåd. Men Saladins egna hade gått med på dessa hårda krav för att rädda sina liv. Hedern krävde att Saladin anslöt sig.

På nytt red Arn och al Afdal över till staden som al Afdal kallade Akko och Arn för Saint-Jean d'Acre och romarna kallat för Akkon. Nu skulle förhandlingarna bli mer petiga och komplicerade, eftersom det gällde många praktiska frågor om tider och platser och hur betalningen skulle kunna delas upp i olika poster och hur mycket som skulle uppfyllas av villkoren innan fångarna kunde släppas.

Det skulle ta tid att reda ut sådana frågor. Men kung Richard lät förhandlarna från andra sidan vänta länge eftersom hans segerfirande bland mycket annat också inbegrep ryttarlekar utanför Acres murar.

När han slutligen lät sig störas gjorde han allt för att visa sitt förakt för Saladins båda förhandlare och menade att den som kom för att avbryta en tornering var föga hövisk om han inte hade för avsikt att själv deltaga. Och så vände han sig mot al Afdal och frågade om denne var feg eller vågade rida med lans mot någon av de engelska riddarna. Arn översatte och al Afdal svarade på Arns inrådan att han hellre red med båge i handen mot vilka som helst två av kung Richards riddare samtidigt, ett svar som kungen inte låtsades höra eller förstå när

Arn översatte det.

"Än du då, tillfångatagne tempelriddare, är du också en feg man?" frågade kung Richard hånfullt.

"Nej Sire, jag har tjänat som tempelriddare i tjugo år", svarade Arn.

"Om jag erbjuder din nye herre att betala mig först femtiotusen besanter och fångarna vi talat om och därefter släpper mina saracener innan vi fått de återstående femtiotusen och det Sanna Korset, rider du då mot min bäste riddare?"

"Ja Sire, men jag vill ogärna skada honom", svarade Arn.

"De orden lär du få ångra, överlöpare, ty nu bjuder jag dig Sir Wilfred", fnös kungen.

"Jag behöver sköld, lans och hjälm, Sire", svarade Arn.

"Det får du låna av dina tempelriddarvänner här i staden, eller före detta vänner kanske, det skall jag se till", sade kungen.

Arn förklarade lite håglöst vad den barnslige engelske kungen hittat på för al Afdal, som då genast invände att det var mot reglerna att bruka vapen både mot förhandlare och för förhandlare. Arn suckade att regler nog inte var vad den engelske kungen omhuldade mest, såvida de inte var honom till glädje.

Arn fick utan några svårigheter låna det han behövde från tjänstvilliga bröder i tempelriddarnas kvarter och snart därefter red han ut på fältet framför stadsmuren för att med hjälmen i samma hand som han bar tempelriddarskölden hälsa sin motståndare. Han blev lite betänksam när han såg hur ung och oskyldig denne Wilfred såg ut, knappt äldre än något eller några och tjugo år och helt omärkt i ansiktet av strid.

De red upp mot varandra och skrittade två varv runt innan de stannade ansikte mot ansikte. Arn avvaktade eftersom han inte kunde reglerna för dessa lekar. Den unge engelsmannen tilltalade honom då på ett språk som han inte förstod och han bad att hans motståndare borde tala på sin kungs språk.

"Jag är Sir Wilfred, riddare som vunnit mina sporrar på slagfältet och jag hälsar min motståndare med heder", sade den unge engelsmannen då karskt på en franska som lät mycket otymplig.

"Jag är Arn de Gothia, jag har burit mina sporrar på slagfältet i tjugo år och jag hälsar dig också, unge man. Vad gör vi nu?" svarade Arn roat.

"Nu rider vi mot varandra tills en av oss ligger där försvarslös eller död eller ger upp. Må bäste man vinna!" sade Sir Wilfred.

"Nå, men jag vill inte göra dig illa, unge man. Räcker det med om jag bara slår dig ur sadeln några gånger?" frågade Arn.

"Ni vinner inget på kränkande tal, Sir Arn, det kommer bara att kosta er desto större lidande", svarade Sir Wilfred med ett snett leende som föreföll Arn väl inövat.

"Betänk nu en sak, unge man", svarade Arn. "Du rider mot en tempelriddare för första gången och vi förlorar aldrig mot ömskinn i sådana här lekar."

Mer blev inte sagt för den unge Sir Wilfred vände sin häst och galopperade tillbaks över fältet där han kastade om på nytt, höjde hjälmen och krängde den över sitt huvud. Han använde en hjälm av den nya typen som täckte hela ansiktet men där det var svårt att se annat än rakt fram.

Arn red också tillbaks för att ställa upp, men långsammare.

De stod så en stund mitt emot varandra utan att något hände. Eftersom hans motståndare tycktes ha blicken mot kung Richards paviljong sneglade Arn också åt det hållet. När tystnaden lagt sig bland publiken reste sig kung Richard och steg fram med en stor röd schal som han höll i sin ena utsträckta hand. Plötsligt släppte han schalen och genast anföll då den unge riddaren från andra sidan fältet.

Arn red Ibn Anaza, vilket gav honom en fördel så stor att hans motståndare, som kom dundrande på en tung frankisk hingst, nog inte ens skulle kunna föreställa sig det i sin fantasi. Striden skulle bli mycket ojämn redan av den anledningen, men det svåra för Arn skulle bli att inte skada sin motståndare mer än med blåmärken.

På väg ut över fältet, där Arn till en början red i samma måttliga takt som den ankommande motståndaren såg han vad som tydligen var avsikten, att träffa den andres huvud eller sköld för att döda honom eller slå honom ur sadeln. Det föreföll som en mycket farlig lek och Arn ville inte träffa med lansspetsen i full fart.

Kort före deras möte ökade Arn plötsligt farten till allt vad Ibn Anaza förmådde och svängde i hårt lutande galopp åt vänster strax före sammandrabbningen så han kom in på fel sida om sin motståndare och kunde svepa honom ur sadeln med lansens bredsida.

Sedan vände han oroligt om och travade upp till den unge mannen som låg svärande och sparkande i sanden.

"Jag hoppas jag inte skadade dig illa, ty det var inte meningen", sade Arn vänligt. "Är vi klara nu?"

"Nej, jag ger mig *inte*", sade ömskinnet, grep argt efter tyglarna till sin häst och reste sig. "Jag har rätt till tre anfall!"

Något besviken red då Arn upp till den plats där han startat förra gången medan han tänkte att samma enkla knep nog inte skulle fungera en andra gång.

Därför bytte han försiktigt hand så att han nu höll lansen i vänster hand med skölden trädd ovanpå överarmen så att det inte skulle synas förrän de kom helt nära varandra och var försent.

På nytt släppte kungen sin röda schal och på nytt anföll den unge engelsmannen i så hög fart som han kunde förmå sin tunga hingst att åstadkomma. Hans mod var det tydligen inget fel på.

Nu bytte inte Arn sida i anfallet. Men just före stöten höjde han sin vänsterarm så att skölden kom snett mot motståndarens lans och greppade grova änden på sin lans hårt med högerhanden. Sir Wilfreds lansspets studsade undan mot Arns snedställda sköld och i nästa ögonblick träffades engelsmannen mitt i bröstet som av en åra som denna gång slogs med dubbel kraft mot förra gången så att resultatet blev detsamma, utom att Sir Wilfred den här gången gjorde en längre luftfärd innan han damp i marken.

Men inte heller den här gången ville han ge sig.

Tredje gången slängde Arn ifrån sig sin sköld och höll lansen bakänt som en klubba och red framåt med klubban sänkt till sista ögonblicket då han med båda händer höjde den så att motståndarens lans for upp och förbi honom medan hans egen jättepåk for som på ett spår efter den andres lans och träffade honom mitt i ansiktet. Hjälmen räddade honom från att bli ihjälslagen men han for förstås av sin häst på ungefär samma sätt som de två tidigare gångerna.

När Arn försäkrat sig om att hans motståndare inte var illa skadad tog han av sig sin runda öppna hjälm, red upp mot kung Richard och bugade ironiskt.

"Sire, din unge Wilfred är värd stor respekt för sitt mod", sade han. "Inte var ung man rider så utan fruktan mot en tempelriddare."

"Dina konster är lustiga, men inte riktigt efter våra regler", svarade kungen misslynt.

"Mina regler är från slagfältet och inte från lekfältet, Sire. Dessutom sade jag ju att jag ogärna ville skada er riddare. Hans tapperhet och mod kommer säkert att bli er till stor glädje, Sire."

Denna enligt Arn barnsliga lek fick två följder. Den första och för stunden viktigaste var att kung Richard ruckade lite på villkoren för Saladins betalning.

Den andra följden blev att en ung riddare vid namn Sir Wilfred of Ivanhoe, som nu deltog i sitt första stora krig, för resten av sitt liv skulle ha lätt för alla motståndare på både lekfält och slagfält, utom tempelriddare. Om tempelriddare skulle han ofta drömma mardrömmar.

När Arn återvände till tempelriddarnas kvarter för att lämna tillbaks de vapen han lånat blev han inbjuden till mat och dryck hos den nye Mästaren av Saint-Jean d'Acre som han kände sedan lång tid tillbaka då de en kort tid varit samtidigt på borgen La Fève. Hans broder hade en hel del att klaga över när det gällde den engelske kungen, framför allt att den mannen gjorde sig ovän med alla sina likar. Han hade kastat ut den franske kungen Philip August från tempelriddarkvarteret som var den efter det kungliga palatset – där förstås kung Richard själv tagit in – näst förnämsta boningen i Saint-Jean d'Acre. De hade till den grad börjat kivas om denna bagatell att den franske kungen nu beslutat att resa hem med alla sina män. Och den österrikiske storhertigen hade kung Richard förolämpat på ett annat sätt, genom att ta det österrikiska baneret, som hängt mellan det engelska och det franska uppe på murarna, bryta sönder det och kasta ner det i vallgraven. Våldsamma slagsmål hade därefter utbrutit mellan engelsmän och österrikare, och nu skulle också österrikarna ge sig av. Genom dessa barnsligheter hade de kristna förlorat hälften av den styrka man haft, men kung Richard tycktes på allvar vara övertygad om att bara han själv och hans egna män behövdes för att tillsammans med tempelriddarna återta Jerusalem. Det var en lika farlig som lättsinnig inställning, men det förstod ju de bättre som liksom Arn och hans gamle vän länge varit i krig mot Saladin. Bara det att till fots börja förflytta alla dessa bågskyttar i den brännande solen på väg mot Jerusalem skulle ju bli ett stort lidande när anfallen från Saladins syriska beridna bågskyttar satte in.

En sak var dock värre. Kung Richard var inte bara en lynnig man som hela tiden ställde till bråk i onödan. Han var en man vars ord man inte kunde lita på.

* * *

Saladin hedrade avtalet som överenskommet. Efter tio dagar kunde han leverera femtiotusen besanter i guld och tusen frigivna kristna fångar. Däremot ännu inga av de namngivna hundra riddarna i fångenskap, då de kunde befinna sig lite var som helst i syriska eller egyptiska borgars fängelsehålor.

På grund av att inga av de hundra riddarna hade överlämnats menade kung Richard att Saladin nu brutit deras avtal.

Därför lät han först omringa en kulle utanför Acre som hette Ayyadieh med armborstskyttar och långbågar. Sedan lät han leda ut staden Acres tvåtusen sjuhundra fångar, männen i kedjor, barn och kvinnor intill sina män och fäder.

Muslimerna hade svårt att tro sina ögon i det som följde, och när de gjorde det kunde de knappt se för alla tårar. Alla de tvåtusen sjuhundra fångarna som skulle ha släppts denna dag enligt avtalet halshöggs, stacks med spjut eller klubbades till döds med yxor.

Snart anföll saracenska ryttare från alla håll i vild oordning, gråtande och ifrån sina sinnen. De möttes av en skur av pilar och ingen av dem nådde levande fram. Slaktandet pågick i många timmar innan de sista små barnen hittats och dräpts de också.

Kvar uppe vid de döda på Ayyadieh fanns till slut bara engelska likplundrare som gick från kropp till kropp och skar upp magarna för att leta efter något nedsvalt guldmynt.

Saladin hade då sedan länge lämnat den kulle där han betraktat början av mördandet.

Han gick åt sidan och satte sig för sig själv ett stycke från sitt tält. Ingen vågade då störa honom av hans egna, men Arn kom sakta fram till honom.

"Det är en svår stund, Yussuf, jag vet det, men just i denna svåra stund begär jag min frihet", sade Arn lågt och satte sig bredvid Saladin som inte svarade på länge.

"Varför vill du lämna mig just i denna svåra stund, denna sorgens dag som skall leva för evigt?" frågade Saladin till slut och försökte torka sina tårar.

"Därför att du har segrat över Richard Lejonhjärta idag, även om det var till ett högt pris."

"Segrat!" fnös Saladin. "Jag har förlorat femtiotusen besanter i guld enbart för att se dem jag skulle ha friköpt bli slaktade. Det är i sanning min märkligaste seger."

"Nej, det är en svår förlust", sade Arn. "Men segern är att du inte förlorar Jerusalem till denne usling. Han kommer inte att gå till historien som annat än slaktaren från Ayyadieh och den som avstod det Sanna Korset, bara så kommer våra barn och deras barn att minnas den hederslöse förrädaren. Men han har skadat sin egen sak mer än din sak. Den franske kungen har redan farit hem efter ett barnsligt bråk om vem som skulle bo var inne i Acre. Den österrikiske kungen har lämnat honom av en liknande orsak, den tyske kejsaren ligger rutten i sin grav i Antiokia. Du har inte hundratusen fiender nu utan mindre än tiotusen under den där galne Richard. Han måste förresten hem snart han också fick jag höra, annars tar hans bror hans land. Så menar jag, på så vis har du segrat, Yussuf."

"Men varför lämna mig i denna svåra stund när sorgen måste vara mycket större än hoppet om lyckad hämnd, Arn min vän?"

"Därför att jag nu inte kan förhandla mer åt dig. Det är slut med förhandlingar med den där galne slaktaren. Därför att jag vill hem till de mina, till mitt land, mitt språk och mitt folk."

"Vad skall du göra när du kommer dit, till ditt land och ditt folk?"

"Kriget är slut för min del, det är det enda jag vet säkert. Jag har ett hopp om att kunna uppfylla en ed jag svor för länge sedan, en kärleks- ed. Men det jag nu skulle vilja veta är meningen med allt, vad jag hade här att göra, vad Gud menade. Jag slogs i tjugo år och jag var rättvis på den förlorande sidan. Det var rättvist eftersom Gud straffa- de oss för våra synder."

"Du tänker på Heraclius, Agnes de Courtenay, Guy de Lusignan och sådana människor?" viskade Saladin med en svag antydan till ett ironiskt leende mitt i sorgen.

"Ja, just sådana", svarade Arn. "För sådana slogs jag, och vad Gud menade med det kommer jag aldrig att kunna förstå."

"Det kan jag", svarade Saladin, "och det skall jag säga dig strax. Men först andra saker. Du är nu fri. Du tog bara femtiotusen besanter i guld för min bror när han var din fånge, trots att du visste att du kunnat pressa av mig det dubbla. Jag tror att det är Guds mening att jag just har den summan kvar av det jag skulle betalat slaktaren Richard. De pengarna är nu dina och det är en ringa ersättning för det svärd du gav mig. Förresten väntar ett svärd på dig i Damaskus som nog skall passa dig på mer än ett sätt. Jag ber dig nu lämna mig i min sorg. Rid med Guds fred, min vän Al Ghouti som jag aldrig skall glömma."

"Jo men meningen! Du sade att du visste Guds mening", invände Arn utan att vilja gå sin väg, mer upptagen av denna fråga än att Sala- din öst en förmögenhet över honom.

"Guds mening?" sade Saladin. "Som muslim kan jag säga dig att Guds mening var att du, en tempelriddare av alla, skulle ge mig Islams heliga svärd som gjorde att jag segrade. Men som kristen kan du säga dig en annan sak. Det du sade mig om varför vi inte skulle göra med Jerusalems befolkning som Richard nyss gjorde med Acres var ett råd som jag tog till mitt hjärta. Och det blev därför som du rådde mig. Dina ord räddade femtiotusen kristna liv. Det var Guds mening med ditt uppdrag i Palestina, ty Han ser allt och Han hör allt och Han visste vad Han gjorde när Han förde dig och mig samman."

Arn reste sig och stod tvekande och tyst en stund. Så reste sig också Saladin. De omfamnade varandra en sista gång och Arn vände och gick utan att säga något mer.

Hans långa resa hem till det land där han tänkte sig att aldrig mer höja ett vapen hade begynt.